Con reconocimiento a tus cualidades y virtudes.

[illegible], set 2003.

[illegible]

Ray Kurzweil

La era de las máquinas espirituales

Documento

LA ERA DE LAS MÁQUINAS ESPIRITUALES

Ray Kurzweil

TRADUCCION DE MARCO AURELIO GALMARINI

PLANETA

Título original: *The age of spiritual machines*

Diseño de cubierta: María Inés Linares
Primera edición: octubre de 1999
Depósito Legal: B. 36.537-1999
ISBN 84-08-03218-6
ISBN 0-670-88217-8 editor Viking Penguin
Putnam, Inc., edición original
Composición: Víctor Igual, S. L.

Reimpresión para Editorial Planeta Argentina, S.A.I.C
Independencia 1668, 1100 Buenos Aires
Grupo Planeta

Primera reimpresión argentina: marzo de 2000

ISBN 950-49-0364-9

Queda hecho el depósito que prevé la ley 11.723

Impreso en la Argentina

Índice

Prólogo: una emergencia inexorable

Antes de que termine el próximo siglo, los seres humanos ya no serán los entes más inteligentes o capaces del planeta. Pero quisiera matizar, porque, en realidad, la verdad de este enunciado depende de qué entendamos por *humano* 13

PRIMERA PARTE: UNA MIRADA AL PASADO

1. *La Ley del Tiempo y el Caos*

Durante los últimos cuarenta años, de acuerdo con la Ley de Moore, el poder de los ordenadores de transistores ha crecido en forma exponencial. Pero hacia el año 2020, los transistores tendrán apenas unos pocos átomos de espesor, y la Ley de Moore habrá agotado su curso. Entonces, ¿qué? Para responder a esta pregunta decisiva necesitamos comprender la naturaleza exponencial del tiempo 23

2. *La inteligencia de la evolución*

¿Puede una inteligencia crear otra inteligencia más inteligente que ella misma? ¿Somos más inteligentes que el proceso evolutivo que nos ha creado? A su vez, ¿llegará la inteligencia que creamos a superar la de su creador? 64

3. *De hombres y máquinas*

«Estoy solo y aburrido. Hazme compañía, por favor.» Si el ordenador mostrara este mensaje en la pantalla, ¿se convencería el lector de que el aparato es consciente y tiene sentimientos? Antes de dar una respuesta negative tenemos que estudiar cómo se ha producido ese quejumbroso mensaje 77

4. *Una nueva forma de inteligencia en la Tierra*

La inteligencia crea rápidamente planes satisfactorios, y a veces sorprendentes, que se enfrentan a un conjunto de limitaciones. Parece claro que no hay fórmula simple capaz de reflejar este fenómeno, el más poderoso de todos. Pero eso es falso. Lo único que hace falta para resolver una gama sorprendentemente amplia de problemas inteligentes son métodos simples en combinación con grandes dosis de informática, que por sí misma también es un proceso simple 98

5. *Contexto y conocimiento*

Vale la pena recordar lo que se sabe hoy para afrontar los desafíos de mañana. No es fructífero volver a pensar cada vez cada problema que se presenta. Esto es especialmente aplicable a los seres humanos, dada la velocidad extremadamente baja de nuestro sistema de circuitos de computación 130

SEGUNDA PARTE: LA PREPARACIÓN DEL PRESENTE

6. *La construcción de nuevos cerebros...*

La evolución ha encontrado una manera de sortear las limitaciones del cálculo neuronal. Con sagacidad, ha creado organismos que a su vez han inventado una tecnología de cálculo un millón de veces más veloz que las neuronas a base de carbono. Finalmente, el cálculo que tiene lugar con extremada lentitud en los circuitos neuronales de los mamíferos será trasladado a un equivalente electrónico (y fotónico) mucho más versátil y mucho más veloz 145

7. *...y cuerpos*

Una mente desencarnada se deprimiría rápidamente. Entonces, ¿qué clase de cuerpos daremos a nuestras máquinas del siglo XXI? Y luego se planteará esta pregunta: ¿Qué clase de cuerpos se darán las máquinas a sí mismas? 188

8. *1999*

Si en 1960 hubieran dejado de funcionar todos los ordenadores, poca gente se habría dado cuenta de ello. Muy distinta es la situación en

1999. Aunque los ordenadores carecen todavía de sentido del humor, del don de la conversación trivial y otras preciadas cualidades del pensamiento humano, dominan un conjunto cada vez mayor de tareas que anteriormente necesitaban de la inteligencia humana. 221

TERCERA PARTE: EL ROSTRO DEL FUTURO

9. *2009*

Estamos en el 2009. Un ordenador personal de mil dólares puede ejecutar alrededor de un billón de cálculos por segundo. Los ordenadores están ya incorporados en la ropa y en las joyas. La mayor parte de las transacciones comerciales corrientes se producen entre un ser humano y una personalidad virtual. Los teléfonos traductores son de uso común. Los músicos humanos se mezclan habitualmente con músicos cibernéticos. El movimiento neoludita crece. 261

10. *2019*

Ahora un aparato informático de mil dólares tiene una capacidad aproximadamente equiparable a la de un cerebro humano. Los ordenadores son en gran parte invisibles y van incorporados donde se quiera. Pantallas tridimensionales de realidad virtual montadas en gafas y en lentes de contacto proporcionan la interfaz primaria para la comunicación con otras personas, el sistema Web y la realidad virtual. La mayor parte de la interacción con la informática se realiza a través de gestos y comunicación oral bidireccional en lenguaje natural. Ambientes visuales, auditivos y táctiles realistas y omniabarcantes capacitan a las personas para hacer prácticamente cualquier cosa con cualquiera, independientemente de su proximidad física. La gente comienza a tener relaciones con personalidades automatizadas como compañeros, profesores, cuidadores y amantes 278

11. *2029*

Una unidad informática de mil dólares tiene la capacidad de cálculo de aproximadamente mil cerebros humanos. Las vías neuronales directas han sido perfeccionadas para una conexión al cerebro humano en una banda de gran amplitud. Cada vez se tiene más acceso a un abanico de implantes neuronales para potenciar la percepción y la interpretación visual y auditiva, la memoria y el razonamiento. Los ordenadores han leído toda la literatura y todo el material multimediático disponible que han engendrado el hombre o las máquinas. Se da una discusión cada vez más intensa acerca de los derechos legales de los ordenadores y sobre qué es un ser humano. Las máquinas proclaman que son conscientes y las afirmaciones como ésta gozan de aceptación generalizada . . . 298

12. *2099*

Hay una marcada tendencia a la unión del pensamiento humano con el mundo de la inteligencia de la máquina que la especie humana creara inicialmente. Ya no hay distinción clara entre seres humanos y ordenadores. Las entidades más conscientes carecen de presencia física permanente. Las inteligencias basadas en máquinas y derivadas de modelos extendidos de inteligencia humana se proclaman humanas. La mayor parte de estas inteligencias no están ligadas a una unidad específica de procesamiento informático. La cantidad de seres humanos con soporte de *software* supera con mucho la de los que siguen utilizando el cálculo neuronal natural a base de carbono, e incluso entre estos últimos es normal el uso de tecnología que aumenta notablemente las capacidades de percepción y de conocimiento. Los seres humanos que no recurren a esos implantes son incapaces de dialogar con los que se valen de ellos. La *esperanza de vida* ya no es un término válido en relación con los seres inteligentes 314

Epílogo: nueva visita al resto del universo

Los seres inteligentes reflexionan sobre el destino del universo . . . 333

Cronología 343

Cómo construir una máquina inteligente: tres paradigmas fáciles 375

Glosario 399

Notas 425

Bibliografía sugerida 467

Referencias a Internet 501

Índice onomástico y de materias 511

Advertencia al lector

Cuando un fotón progresa a través de una disposición de vidrios y espejos, su itinerario es ambiguo. Esencialmente adopta todo camino posible que tenga a su disposición (al parecer, estos fotones no han leído el poema «The Road Not Taken», de Robert Frost). Esta ambigüedad se mantiene hasta que la observación de un observador consciente fuerza a la partícula a decidir qué camino ha tomado. Una vez resuelta –retroactivamente– la incertidumbre, se tiene la impresión de que el camino ha sido realmente escogido en su integridad.

De la misma manera que estas partículas cuánticas, usted, lector, tiene opciones para escoger en su travesía por este libro. Puede leer los capítulos de acuerdo con mi intención al redactarlos: en orden correlativo. O tal vez, después de leer el prólogo, decida que el futuro no puede esperar y desee saltar de inmediato a los capítulos de la tercera parte sobre el siglo XXI (el índice ofrece una descripción de cada capítulo). Luego podrá volver atrás hasta los primeros capítulos, que describen la naturaleza y el origen de las tendencias y las fuerzas que se manifestarán en el próximo siglo. O tal vez su camino mantenga la ambigüedad hasta el final. Pero cuando llegue al epílogo, se resolverá todo resto de ambigüedad que pudiera quedar aún y será como si siempre hubiera tenido la intención de leer el libro en el orden que ha elegido.

Advertencia al lector

Agradecimientos

Quisiera expresar mi gratitud a las muchas personas que me han aportado inspiración, paciencia, ideas, críticas, perspicacia y todo tipo de asistencia para la realización de este proyecto. Estoy especialmente agradecido:

A mi mujer, Sonya, por su amorosa paciencia en todas las vicisitudes del proceso creativo.

A mi madre, por los largos y agradables paseos de mi niñez por los bosques de Queens (sí, en Queens, Nueva York, donde me crié, había bosques) y por su cálido interés y precoz apoyo a mis ideas, no siempre del todo maduras.

A los encargados de edición de Viking, Barbara Grossman y Dawn Drzal, por su sagaz orientación y su pericia editorial, y al equipo, especialmente entregado, de Viking Penguin, incluida la editora, Susan Peterson, formado por Ivan Held y Paul Slovak, ejecutivos de mercadotecnia; John Jusino, encargado de edición; Betty Lew, dibujante; Jerry Bauer, fotógrafo, y Kariya Wanapun y Amanda Patton, administradoras.

A mi agente literaria, Loretta Barrett, por su contribución a la hora de dar forma a este proyecto.

A mis investigadoras, Wendy Dennis y Nancy Mulford, por sus esfuerzos llenos de dedicación y de recursos al servicio de su gran capacidad.

A Rose Russo y Robert Brun, por convertir las ilustraciones de ideas en hermosas representaciones visuales.

A Aaron Kleiner, por su aliento y su apoyo.

A George Gilder, por sus estimulantes reflexiones y sus penetrantes intuiciones.

A Harry George, Don Gonson, Larry Janowitch, Hannah Kurzweil, Rob Pressman y Mickey Singer, por sus serias y útiles discusiones sobre estos temas.

A mis lectores Peter Arnold, Melanie Baker-Futorian, Loretta Barrett, Stephen Baum, Bryan Bergeron, Mike Brown, Cheryl Cordima, Avi Coren, Wendy Dennis, Mark Dionne, Dawn Drzal, Nicholas Fabijanic, Gil Fischman, Ozzie Frankell, Vicky Frankell, Bob Frankston, Francis Ganong, Tom Garfield, Harry George, Audra Gerhardt, George Gilder, Don Gonson, Martin Greenberger, Barbara Grossman, Larry Janowitch, Aaron Kleiner, Jerry Kleiner, Allen Kurzweil, Amy Kurzweil, Arielle Kurzweil, Edith Kurzweil, Ethan Kurzweil, Hanna Kurzweil, Lenny Kurzweil, Nonya Kurzweil, Jo Lernout, Jon Lieff, Elliot Lobel, Cyrus Mehta, Nancy Mulford, Nicholas Millendore, Rob Pressman, Vlad Sejnoba, Mickey Singer, Mike Sokol, Kim Storey y Barbara Tyrell, por sus cumplidos y sus críticas (mucho más útiles que los primeros) y por tantas sugerencias de inapreciable valor.

Por último, a todos los científicos, ingenieros, empresarios y artistas empeñados a fondo en la creación de la era de las máquinas espirituales.

PRÓLOGO

Una emergencia inexorable

Jamás se le había ocurrido al jugador que algún día se hallaría en este lugar. Pero, reflexionando, cayó en la cuenta de que en su época había dado muestras de bondad. Y este sitio era más hermoso y satisfactorio de lo que había imaginado. Por todas partes se veían arañas de cristal, las más bellas alfombras tejidas a mano, las comidas más refinadas y, claro que sí, las más hermosas mujeres, que parecían intrigadas con su nuevo compañero celestial. Probó suerte en la ruleta y, sorprendentemente, su número salió una y otra vez. Probó los juegos de mesa y la suerte no le fue menos favorable: ganó partida tras partida. En verdad, sus ganancias causaron gran impresión y excitación tanto en el personal, que tenía en él prendida la atención, como entre las bellas mujeres.

Así siguió todo un día y otro día, una semana y otra semana. El jugador ganaba en todos los juegos y acumulaba más y más dinero. Todo se plegaba a su voluntad. Sólo ganaba. Y una semana tras otra, un mes tras otro, su racha de suerte se mantenía inquebrantable.

Al cabo de un tiempo la situación comenzó a resultar aburrida. El jugador empezó a sentir una cierta desazón, pues el hecho de ganar comenzaba a carecer de sentido. Pero nada cambió. Siguió ganando a todos los juegos hasta que un día, ya angustiado, se volvió al ángel que parecía encargado de su custodia y le dijo que no podía aguantar aquello. Después de todo, el cielo no era para él. Él se había creído destinado al «otro sitio», y era allí adonde de verdad quería ir.

–Éste es el otro sitio –fue la respuesta.

Es mi recuerdo de un episodio de *The Twilight Zone*, que vi de pequeño. No recuerdo el título, pero yo lo titularía «Ten cuidado con lo que deseas».[1] De acuerdo con el tono general de esta atractiva serie, ilustraba una de las paradojas de la naturaleza humana: nos gusta resolver problemas, pero no queremos que estén todos resueltos, no demasiado rápidamente, en absoluto. Nos atraen más los problemas que las soluciones.

Pensemos en la muerte, por ejemplo. Invertimos gran parte de nuestros esfuerzos en evitarla. Hacemos grandes esfuerzos por aplazarla y a menudo tenemos su aparición por un acontecimiento trágico. Sin embargo, nos resultaría muy difícil vivir sin ella. La muerte da sentido a la vida. Da importancia y valor al tiempo. El tiempo carecería de sentido si abundara en exceso. Si la muerte se postergara indefinidamente, la psique humana terminaría como el jugador del episodio de *The Twilight Zone*.

Pero no tenemos este inconveniente. Hoy en día no escasean por cierto los problemas relativos a la muerte o en general a cuestiones humanas. Pocos observadores tienen la sensación de que el siglo XX nos vaya a dejar un legado demasiado bueno. En efecto, la prosperidad aumenta, no casualmente alimentada por la tecnología de la información, pero la especie humana se sigue enfrentando a retos y dificultades que, en conjunto, no difieren de aquellos con los que viene luchando desde el inicio de su historia documentada.

El siglo XXI será diferente. La especie humana, junto con la tecnología informática que ha creado, estará en condiciones de resolver antiguos problemas de necesidad, cuando no de deseo, y podrá trastocar la naturaleza de la mortalidad en un futuro posbiológico. ¿Tenemos bastante capacidad psicológica para todo lo bueno que nos espera? Probablemente, no. Sin embargo, también esto cambiará.

Antes de que acabe el próximo siglo, los seres humanos ya no serán los entes más inteligentes o más capaces del planeta. Pero quisiera matizar, porque, en realidad, la verdad de este enunciado depende de qué se entienda por «humano». Y en esto apreciamos una diferencia profunda entre ambos siglos. A diferencia del siglo XX, el principal problema político y filosófico del próximo estribará en definir quiénes somos.[2]

Pero me estoy adelantando demasiado. Este último siglo ha sido testigo de una inmensa transformación tecnológica y de las perturbaciones sociales que la acompañaron y que pocos sabios previeron alrededor de 1899. El ritmo de esta transformación se acelera y así ha ocurrido desde el comienzo de la invención (como analizaré en el capítulo primero, esta aceleración es una característica intrínseca de la tecnología). El resultado serán las transformaciones de las dos primeras décadas del siglo XXI, mucho mayores que las que hemos visto en todo el XX. Sin embargo, para apreciar la lógica inexorable de hacia dónde nos llevará el siglo XXI, hemos de volver atrás y comenzar con el presente.

LA TRANSICIÓN AL SIGLO XXI

Los ordenadores de hoy superan a la inteligencia humana en una amplia variedad de dominios, pero estrechos, como el ajedrez, el diagnóstico médico, la compra y venta de acciones y la orientación de misiles. Pero la inteligencia humana sigue siendo mucho más sutil y flexible. Los ordenadores todavía son incapaces de describir los objetos amontonados sobre la mesa de una cocina, escribir el resumen de una película, atar los cordones de un par de zapatos, establecer la diferencia entre un perro y un gato (aunque esto parece que está a punto de lograrse gracias a las redes neuronales contemporáneas o la estimulación de neuronas humanas),[3] reconocer el estado anímico o realizar otras sutiles tareas en las que los humanos descuellan.

Una razón de esta disparidad en las capacidades reside en que nuestros ordenadores más avanzados siguen siendo más simples que el cerebro humano: alrededor de un millón de veces más simples (dan o cogen uno o dos órdenes de magnitud, según los supuestos utilizados). Pero esta disparidad se irá desdibujando a medida que transcurra la primera parte del próximo siglo. Los ordenadores han duplicado tanto su velocidad como su complejidad (lo que en realidad significa la cuadruplicación de su capacidad) cada veinticuatro meses desde el comienzo de los artilugios de cálculo, en los inicios de este siglo. Esta tendencia continuará y, alrededor del 2020, los ordenadores alcanzarán la capacidad de memoria y la velocidad de cálculo del cerebro humano.

El logro de la complejidad y la capacidad básica del cerebro humano no tendrá como consecuencia inmediata la equiparación de los ordenadores a la flexibilidad de la inteligencia humana. Igualmente importante es la organización y el contenido de estos recursos, esto es, el *software* de la inteligencia. Un enfoque para estimular el *software* del cerebro está en la inversión de la ingeniería: estudiar un cerebro humano (lo cual se podrá hacer a principios del próximo siglo)[4] y copiar en lo esencial sus circuitos neuronales en un ordenador neuronal, es decir, un ordenador diseñado para estimular una gran cantidad de neuronas humanas, con capacidad suficiente.

Hay una multitud de posibilidades creíbles en cuanto a lograr que la máquina tenga una inteligencia de nivel humano. Seremos capaces de evolucionar y poner a punto un sistema que combine redes neuronales masivamente paralelas con otros paradigmas a fin de comprender el lenguaje y el conocimiento modélico, incluso la capacidad para leer y comprender documentos escritos. Aunque la capacidad que tienen hoy los ordenadores para extractar y adquirir conocimiento a partir de documentos escritos en lenguaje natural es muy limitada, sus habilidades en este campo están progresando rápidamente. Hacia la segunda década del siglo XXI los ordenadores serán capaces de leer por sí mismos, comprender y hacer un modelo con lo que han leído. Entonces podremos hacer que nuestros ordenadores lean toda la literatura del mundo: libros, revistas, publicaciones científicas y cualquier otro material. Por último, las máquinas reunirán conocimiento por su cuenta, aventurándose en el mundo físico, extrayéndolo de todo el espectro de medios y servicios de información y compartiéndolo, algo que las máquinas pueden hacer con mucha mayor facilidad que sus creadores humanos.

Una vez que un ordenador haya alcanzado el nivel humano de inteligencia, necesariamente lo superará. Desde su comienzo mismo, los ordenadores han aventajado considerablemente a la destreza mental humana en capacidad para recordar y procesar información. Un ordenador recuerda perfectamente miles de millones e incluso billones de datos, mientras que nosotros a duras penas podemos recordar unos cuantos números de teléfono. Un ordenador puede recorrer una base de datos de miles de millones de registros en sólo fracciones de segundo. Los ordenadores pueden compartir de forma inmediata sus bases de conocimiento. Sin duda, la combinación de inteligencia de nivel humano en una máquina con la superioridad intrínseca de ésta en velocidad, precisión y coparticipación en la capacidad de memoria, tendrá un efecto formidable.

Las neuronas de los mamíferos son creaciones maravillosas, pero nosotros no las habríamos construido tal como son, pues gran parte de su complejidad se dedica a mantener sus propios procesos vitales, no su capacidad para manejar información. Además, las neuronas son extremadamente lentas; los circuitos electrónicos son por lo menos un millón de veces más rápidos. Una vez que un ordenador logre un nivel humano de capacidad en comprensión de conceptos abstractos, reconocimiento de modelos y otros atributos de la inteligencia humana, será capaz de aplicar esa habilidad a una base de conocimiento formada por la totalidad del conocimiento, ya sea adquirido por el hombre, ya por la máquina.

Una reacción común a la afirmación de que los ordenadores competirán seriamente con la inteligencia humana consiste en despreciar este espectro sobre la base del examen de su capacidad actual. Después de todo, cuando interactúo con mi ordenador personal, su inteligencia parece limitada y frágil, aun en el caso de que se le llegue a atribuir inteligencia. Es difícil de imaginar que un ordenador personal tenga sentido del humor, que sostenga una opinión o que exhiba cualquiera de las otras preciadas cualidades del pensamiento humano.

Pero en tecnología informática la situación dista mucho de ser estática. Hoy están haciendo su aparición ordenadores con una capacidad que hace veinte o treinta años se consideraba imposible. Los ejemplos incluyen la capacidad de transcribir rigurosamente el habla humana continua, comprender el lenguaje natural y responder a él inteligentemente, reconocer modelos en procedimientos médicos tales como electrocardiogramas y análisis de sangre con una precisión que rivaliza con la de los médicos de carne y hueso, y, por supuesto, competir con campeones mundiales de ajedrez. En la próxima década veremos teléfonos traductores que proporcionarán la traducción simultánea de una lengua humana a otra, asistentes personales informáticos inteligentes capaces de conversar y buscar y comprender a gran velocidad las bases de conocimiento del mundo entero, así como una profusión de otros tipos de máquinas con inteligencia de amplitud y flexibilidad cada vez mayores.

En la segunda década del próximo siglo será cada vez más difícil establecer una distinción clara entre las capacidades de la inteligencia humana y la de las máquinas. Las ventajas de la inteligencia del ordenador en términos de velocidad, precisión y capacidad serán clamorosas. Por otra parte, cada vez será más difícil distinguir las ventajas de la inteligencia humana.

Las habilidades del *software* de información ya son más de las que mucha gente cree. A menudo tengo la experiencia de que, al demostrar los últimos avances en, pongamos por caso, el reconocimiento del habla o de la escritura, los observadores quedan sorprendidos ante los avances de la técnica. Por ejemplo, es probable que la última experiencia de un usuario normal de ordenador en materia de tecnología del reconocimiento del habla haya sido la de uno de esos *software* de baja gama que hace unos años se incluían en paquetes de ofertas informáticas, con capacidad para reconocer un vocabulario limitado y necesidad de pausas entre palabras, a pesar de lo cual su trabajo no era del todo correcto. Estos usuarios se sorprenden al ver que los sistemas actuales son capaces de reorganizar plenamente el habla continua en un vocabulario de sesenta mil palabras y con niveles de precisión comparables a los dactilógrafos humanos.

Es preciso no olvidar tampoco que el progreso de la inteligencia informática se nos echará encima poco a poco. Para poner sólo un ejemplo, piénsese que en 1990 Gary Kasparov afirmaba sin sombra de duda que jamás un ordenador tendría ni siquiera la remota posibilidad de derrotarlo. No en vano había jugado con los mejores ordenadores, cuya habilidad para jugar al ajedrez, comparada con la de Kasparov, era patética. Pero los ordenadores ajedrecistas han realizado un constante progreso, a razón de cuarenta y cinco puntos por año. En 1997, un ordenador superó a Kasparov, al menos en ajedrez. Se hicieron entonces muchos comentarios sobre que existían comportamientos humanos mucho más difíciles de imitar que el juego del ajedrez. *Es verdad*. En muchos campos –por ejemplo, el de escribir un libro sobre ordenadores–, la capacidad de los ordenadores es aún ínfima. Pero como los ordenadores continúen adquiriendo capacidad a una velocidad de tasa exponencial, nos ocurrirá en esos otros campos lo mismo que a Kasparov con el ajedrez. Durante las próximas décadas, la competencia de las máquinas rivalizará, y finalmente superará, cualquier habilidad humana particular que se nos ocurra, incluida nuestra maravillosa capacidad para insertar las ideas en una gran diversidad de contextos.

Se ha visto la evolución como un drama de mil millones de años que condujo inexorablemente a su creación más grandiosa: la inteligencia humana. El surgimiento, a principios del siglo XXI, de una nueva forma de inteligencia en la Tierra que compita con la inteligencia humana y finalmente la supere significativamente, será un acontecimiento más importante que cualquiera de los que han dado forma a la historia humana. No será menos importante que la creación de la inteligencia que la creó, y tendrá profundas implicaciones en todos los aspectos del quehacer humano, incluso en la naturaleza del trabajo, el aprendizaje humano, el gobierno, la guerra, las artes y el concepto de nosotros mismos.

Este espectro todavía no está entre nosotros. Pero con el surgimiento de los ordenadores, que rivalizan verdaderamente con el cerebro humano y lo superan en complejidad, vendrá la correspondiente capacidad de las máquinas para entender y responder a abstracciones y sutilezas. En parte, los seres humanos parecemos complejos debido a que nuestras aspiraciones compiten entre sí. Los valores y las emociones representan metas que a menudo entran en conflicto unas con otras y son subproductos inevitables de los niveles de abstracción con los que hemos de tratar forzosamente en tanto que seres humanos. Cuando los ordenadores logren un nivel de complejidad comparable –e incluso mayor–, dado que, al menos en parte, derivan cada vez más de modelos de inteligencia humana, también ellos utilizarán necesariamente metas con valores y emociones implícitas, aunque no es forzoso que presenten los mismos valores y emociones que presentamos los seres humanos.

Se planteará un gran cúmulo de problemas filosóficos. ¿Piensan los ordenadores, o sólo calculan? Y a la inversa, ¿piensan los seres humanos, o sólo calculan? Es presumible que el cerebro humano siga las leyes de la física, de modo que tiene que ser una máquina, sólo que muy compleja. ¿Hay alguna diferencia intrínseca entre el pensamiento humano y el pensamiento de las máquinas? Para plantear la cuestión de otra manera, ¿debemos considerar que, una vez alcanzada la complejidad del cerebro humano y la capacidad de éste en sutileza y complejidad de pensamiento, los ordenadores serán conscientes? Es una cuestión difícil hasta de plantear, y hay filósofos que creen que es una pregunta sin sentido; otros creen que es la única cuestión con sentido en toda la filosofía. Esta cuestión se remonta en realidad a la época de Platón, pero con el surgimiento de máquinas que parecen tener auténtica volición y emoción, el problema resultará cada vez más imperioso.

Por ejemplo, si una persona explora su cerebro mediante una tecnología de exploración no invasora del siglo XXI (como, por ejemplo, una imagen por resonancia magnética avanzada) y baja su mente a su ordenador personal, ¿es la «persona» que aparece en la máquina la misma conciencia que la persona explorada? ¿Puede esa persona explicar de modo convincente que se crió en Brooklyn, fue a la Universidad en Massachusetts, entró en un escáner y se despertó en la máquina? La persona original explorada, por su parte, reconocerá que la persona de la máquina parece compartir verdaderamente esta historia, su conocimiento, su memoria y su personalidad, pero en cierto sentido es una impostora, otra persona.

Aun cuando limitemos la discusión a los ordenadores que no deriven directamente de un cerebro humano particular, cada vez más parecerá que poseen personalidad propia y pondrán de manifiesto reacciones que sólo podemos clasificar como emociones y articularán sus propias metas y propósitos. Parecerán tener una voluntad propia y libre. Llegarán a afirmar que tienen experiencias espirituales. Y la gente –tanto la que siga utilizando neuronas a base de carbono como la que no– les creerá.

A menudo se leen predicciones para las próximas décadas que analizan una gran variedad de tendencias demográficas, económicas y políticas, que evidencian una tremenda ignorancia del impacto revolucionario que tienen y tendrán las máquinas en sus propias opiniones y sus propios planes. Sin embargo, para poder captar el mundo que nos aguarda, debemos reflexionar acerca de las implicaciones del surgimiento gradual, pero inevitable, de un verdadero competidor en todo el espectro del pensamiento humano.

PRIMERA PARTE

Una mirada al pasado

1. La Ley del Tiempo y el Caos

UNA BREVÍSIMA HISTORIA DEL UNIVERSO: LA LENTIFICACIÓN DEL TIEMPO

El universo está formado por historias, no por átomos.

MURIEL RUKEYSER

¿Qué es el universo: un gran mecanismo, un gran cálculo, una gran simetría, un gran accidente o un gran pensamiento?

JOHN D. BARROW

Para empezar por el principio, llamaremos la atención sobre un atributo insólito de la naturaleza del tiempo y que resulta decisivo en nuestro paso al siglo XXI. Nuestro relato comienza tal vez hace 15 000 millones de años. En ese momento no había vida consciente que apreciara el nacimiento de nuestro Universo, sino que lo apreciamos ahora, de modo que sucedió retroactivamente. (De manera retrospectiva –desde la perspectiva de la mecánica cuántica– podemos decir que un Universo que no produce vida consciente que aprehenda su existencia no ha existido nunca.)

Sólo después de 10^{-43} segundos (una décima de septillonésima de segundo) del nacimiento del Universo[1] la situación se enfrió lo suficiente (a 100 quintillones de grados) para que surgiera una fuerza distinta, la gravedad.

Tampoco sucedió mucho más durante otros 10^{-34} segundos (que también es un fragmento pequeñísimo de segundo, pero mil millones de veces mayor que el de 10^{-43}), momento en el que un Universo todavía más frío (ahora de sólo mil cuatrillones de grados) permitió el surgimiento de la materia en forma de electrones y quarks. Para mantener el equilibrio de las cosas, apareció también la antimateria. Fue una época llena de acontecimientos, pues había nuevas fuerzas que evolucionaban a gran velocidad. Ya tenemos tres: la gravedad, la fuerza fuerte[2] y la fuerza electrodébil.[3]

Después de 10^{-10} segundos (una décima de milmillonésima de segundo), la fuerza electrodébil se divide en fuerzas electromagnéticas y en fuerzas débiles,[4] que hoy conocemos muy bien.

Las cosas se complican tras otros 10^{-5} segundos (diez millonésimas de segundo). Con la temperatura ya relativamente suave de un billón de grados, los quarks se reúnen para formar protones y neutrones. Los antiquarks hacen lo mismo y forman antiprotones.

De alguna manera, las partículas de materia alcanzaron una ligera arista. No está del todo claro cómo sucedió eso. Hasta entonces, todas las cosas habían parecido, digamos, iguales. Pero si todas hubieran estado equilibradas por igual, habría sido un Universo bastante aburrido, puesto que nunca se hubiera desarrollado la vida y, por tanto, podríamos concluir que el Universo jamás habría existido.

Por cada 10 000 millones de antiprotones, el Universo contenía 10 001 protones. Los protones y los antiprotones chocaron, con lo cual provocaron el surgimiento de otro fenómeno importante: la luz (fotones). De esta manera, casi toda la antimateria se destruyó y dejó a la materia en posición dominante. (Esto demuestra el peligro de permitir que un competidor logre la más ligera ventaja.)

Por supuesto, de haber triunfado la antimateria, sus descendientes la habrían llamado materia, y antimateria a la materia, de modo que estaríamos otra vez donde empezamos (quién sabe si no es esto lo que sucedió).

Después de otro segundo (tiempo larguísimo en comparación con algunos de los capítulos anteriores de la historia del Universo, así que observe el lector de qué manera los marcos temporales crecen exponencialmente), los electrones y los antielectrones (llamados positrones) siguieron detrás de los protones y los antiprotones y, análogamente a éstos, se aniquilaron unos a otros y dejaron una mayoría de electrones.

Tras un minuto, los neutrones y los protones comenzaron a aglutinarse en núcleos más pesados, tales como el helio, el litio y formas pesadas de hidrógeno. La temperatura era entonces tan sólo de mil millones de grados.

Alrededor de 300 000 años después (el ritmo de lentificación aumenta), con un promedio de temperatura de sólo 3 000 grados, se crean los primeros átomos cuando los núcleos toman el control de los electrones cercanos.

Después de mil millones de años, estos átomos formaron grandes nubes, que fueron girando gradualmente hasta convertirse en galaxias.

Después de otros dos mil millones de años, la materia de las galaxias se aglutinó más aún en distintas estrellas, muchas de ellas con sus propios sistemas solares.

Tres mil millones de años más tarde, girando alrededor de una estrella nada excepcional en una galaxia común, nació un planeta sin ninguna particularidad notable al que llamamos Tierra.

Antes de continuar, observemos una característica sorprendente del paso del tiempo. Los acontecimientos ocurrieron rápidamente al comienzo de la historia del Universo. Tenemos tres cambios de paradigma sólo en la primera milmillonésima de segundo. Luego, los acontecimientos de significación cosmológica ocuparon miles de millones de años. La naturaleza del tiempo es tal que se mueve intrínsecamente a escala exponencial, ya sea en aumento geométrico de velocidad, ya, como en la historia de nuestro Universo, en lentificación geométrica. El tiempo sólo parece lineal durante los eones en que no sucede gran cosa. Así, casi siempre el paso lineal del tiempo es una aproximación razonable de su paso. Pero no es ésa la naturaleza intrínseca del tiempo.

¿Qué significa esto? Nada mientras permanecemos en los eones en los que no sucede gran cosa. Pero adquiere una enorme significación cuando nos encontramos en la «rodilla de la curva», es decir, los períodos en que la naturaleza exponencial de la curva del tiempo hace explosión, ya sea hacia adentro, ya hacia afuera. Es como caer en un agujero negro (en ese caso, el tiempo se acelera exponencialmente con mayor rapidez a medida que uno cae).

Pero, un momento: ¿cómo podemos decir que el tiempo cambia de «velocidad»? Podemos hablar de la tasa de un proceso en términos de su progreso por segundo, pero ¿podemos decir que el tiempo cambia su tasa? ¿Puede el tiempo empezar a moverse, digamos, dos segundos por segundo?

Einstein dijo exactamente eso, que el tiempo es relativo a los entes que lo experimentan.[5] Un segundo de un hombre puede equivaler a cuarenta años de su mujer. Einstein da el ejemplo de un hombre que viaja a una velocidad muy próxima a la de la luz hacia una estrella que se encuentra, digamos, a veinte años luz de distancia. Desde nuestra perspectiva ligada a la Tierra, el viaje lleva un poco más de veinte años en cada dirección. Cuando el hombre regresa, su mujer ha envejecido cuarenta años. Sin embargo, para él, el viaje fue bastante corto. Si viaja a una velocidad cercana a la de la luz, quizá sólo haya empleado un segundo o menos (desde un punto de vista práctico tendríamos que considerar algunas limitaciones, como el tiempo de aceleración y de desaceleración para que su cuerpo no se destruya). ¿Cuál es el marco temporal correcto? Einstein dice que ambos son correctos y que existen sólo en relación recíproca.

Ciertas especies de aves sólo viven unos pocos años. Si se observa la rapidez de sus movimientos, parece que experimentaran el paso del tiempo en una escala diferente. Nosotros tenemos experiencia de ello en nuestra propia vida. La tasa de cambio y de experiencia del tiempo de un niño pequeño es distinta de la de un adulto. En particular, veremos que la aceleración en el paso del tiempo durante la evolución se produce en distinta dirección que el paso del tiempo en el Universo del cual emerge.

En la naturaleza del crecimiento exponencial es donde los acontecimientos se desarrollan con extremada lentitud para períodos extremadamente largos, pero cuando nos deslizamos por la rodilla de la curva los acontecimientos irrumpen a un ritmo cada vez más furioso. Y eso es lo que experimentaremos cuando entremos en el siglo XXI.

EVOLUCIÓN: EL TIEMPO SE ACELERA

En el comienzo fue la palabra... Y la palabra se hizo carne.

JUAN 1: 1, 14

Gran parte del Universo no requiere explicación alguna. Los elefantes, por ejemplo. Una vez que las moléculas hayan aprendido a competir y a crear otras moléculas a su imagen y semejanza, se encontrará vagando por el campo, a su debido momento, elefantes y cosas que se asemejen a elefantes.

PETER ATKINS

Cuanto más se mire hacia atrás, más se podrá ver hacia adelante.

WINSTON CHURCHILL

Volveremos a la rodilla de la curva, pero antes hemos de adentrarnos un poco más en la naturaleza exponencial del tiempo. En el siglo XIX se postuló un conjunto de principios unificadores conocidos como leyes de la termodinámica.[6] Como su mismo nombre indica, se refieren a la naturaleza dinámica del calor y constituyeron el primer refinamiento importante de las leyes de la mecánica clásica perfeccionada por Isaac Newton un siglo antes. Mientras que Newton había descrito un mundo con perfección de relojería en el que las partículas y los objetos de todas las medidas obedecían a modelos con alto grado de predictibilidad, la leyes de la termodinámica describen un mundo de caos. Eso es precisamente el calor. El calor es el movimiento caótico –impredecible– de las partículas que constituyen el mundo. Un corolario de la segunda ley de la termodinámica es que, en un sistema cerrado (entes y fuerzas interactuantes no sometidas a ninguna influencia exterior; por ejemplo, el Universo), el desorden (llamado «entropía») aumenta. Así pues, abandonado a sus propios mecanismos, un sistema como el mundo en el que vivimos se vuelve cada vez más caótico. A mucha gente le parece que esto describe bastante bien su propia vida. Pero en el siglo XIX el descubrimiento de las leyes de la termodinámica resultó perturbador. A comienzos de ese siglo parecía que se habían llegado a comprender los principios básicos que gobernaban el mundo y que éstos estaban ordenados. Faltaban por saber unos pocos detalles, pero el cuadro básico se hallaba bajo control. La termodinámica fue la primera contradicción a este cuadro complaciente. No sería la última.

La segunda ley de la termodinámica, que a veces se denomina ley de la entropía creciente, parecería implicar la imposibilidad del surgimiento natural de inteligencia. La conducta inteligente es lo contrario de la conducta aleatoria, y cualquier sistema capaz de respuestas inteligentes a su medio necesita ser enormemente ordenado. La química de la vida, en particular de la vida inteligente, está formada por diseños excepcionalmente complejos. De alguna manera, del torbellino cada vez más caótico de partículas y energía, emergieron en el mundo diseños extraordinarios. ¿Cómo conciliar el surgimiento de vida inteligente con la ley de la entropía creciente?

Hay aquí dos respuestas. Aunque la ley de la entropía creciente parecería contradecir el impulso de la evolución, que tiende a un orden cada vez más elaborado, no se trata de fenómenos intrínsecamente contradictorios. El orden de la vida tiene lugar en medio del gran caos, y la existencia de formas de vida no afecta de manera apreciable la medida de la entropía en el sistema más amplio en que se ha desarrollado la vida. El organismo no es un sistema cerrado. Es parte de un sistema más amplio que llamamos medio ambiente y que mantiene un nivel elevado de entropía. En otras palabras, el orden representado por las formas de vida existentes es insignificante en relación a la cantidad total de entropía.

Así las cosas, aunque en el Universo aumente el caos, es posible la existencia simultánea de procesos evolutivos que creen modelos de orden cada vez más complejos.[7] La evolución es un proceso, no un sistema cerrado. Está sometido a influencias externas y se vale del caos en el que está inserto. Así, la ley de la entropía creciente no regula el surgimiento de la vida y la inteligencia.

Para la segunda respuesta necesitamos observar más detenidamente la evolución, creadora original de inteligencia.

La aceleración exponencial de la evolución

Como recordará el lector, tras miles de millones de años, se formó el planeta llamado Tierra, sin ninguna característica destacable. Agitados por la energía del sol, los elementos formaron moléculas cada vez más complejas. De la física nació la química.

Dos mil millones de años después comenzó la vida. Lo que quiere decir que *modelos de materia y energía que podían perpetuarse y sobrevivir se perpetuaron y sobrevivieron*. Es notable que hasta hace dos siglos no se advirtiera esta aparente tautología.

Con el tiempo, los modelos adquirieron mayor complicación que la de meras cadenas de moléculas. Estructuras de moléculas que cumplían distintas funciones se organizaron en pequeñas sociedades de moléculas. De la química nació la biología.

Así, hace alrededor de 3 400 millones de años, surgieron los primeros organismos de la Tierra. Eran criaturas anaeróbicas (no necesitaban oxígeno) procarióticas (unicelulares) con un método rudimentario de perpetuación de sus diseños. Las primeras innovaciones comprendieron un sistema genético simple, habilidad para nadar y fotosíntesis, fase de transición hacia organismos más avanzados, consumidores de oxígeno. El desarrollo más importante durante los dos mil millones de años siguientes fue la genética basada en el ADN, que a partir de ese momento guía y registra el desarrollo evolutivo.

Un requisito clave para un proceso evolutivo es un registro «escrito» de logros, pues de lo contrario el proceso está condenado a repetir la búsqueda de soluciones a problemas ya resueltos. Para los primeros organismos, el registro estaba escrito (incorporado) en sus cuerpos, codificado directamente en la química de sus estructuras celulares primitivas. Con el invento de la genética basada en el ADN, la evolución había diseñado un ordenador digital para registrar su obra. Este diseño permitió experimentos más complejos. Los agregados de moléculas llamadas células se organizaron en sociedades de células con la aparición de las primeras plantas y animales multicelulares hace unos 700 millones de años. Durante los 130 millones de años siguientes se trazaron los planos corporales básicos de los animales modernos, incluso un esqueleto con su espina dorsal básica, que posibilitó a los primeros peces un eficaz estilo natatorio.

De modo que mientras que la evolución necesitó miles de millones de años para diseñar las primeras células, luego ocurrieron acontecimientos destacados en sólo centenares de millones de años, lo que indica una clara aceleración del tiempo.[8] Cuando alguna catástrofe acabó con los dinosaurios, hace 65 millones de años, los mamíferos heredaron la Tierra (aunque los insectos tal vez discrepen de esta afirmación).[9] Con el surgimiento de los primates, el progreso comenzó a medirse en simples decenas de millones de años.[10] Los humanoides surgieron hace 15 millones de años y se distinguieron por andar sobre las extremidades posteriores. Y ahora descendamos a sólo millones de años.[11]

Con cerebros más grandes, en particular en la zona de la corteza que presenta más circunvoluciones y que es la responsable del pensamiento, nuestra especie, el *homo sapiens*, surgió tal vez hace 500 000 años. El *homo sapiens* no era muy distinto de otros primates avanzados en términos de herencia genética. Su ADN es en el 98,6 por ciento el mismo que el del gorila de tierras bajas y en el 97,8 por ciento el mismo que el del orangután.[12] A partir de entonces, la historia de la evolución se centra en una variante evolutiva auspiciada por el hombre: la tecnología.

TECNOLOGÍA: EVOLUCIÓN POR OTROS MEDIOS

> Cuando un científico afirma que algo es posible, es casi seguro que tiene razón. Cuando afirma que algo es imposible, muy probablemente se equivoca.
>
> La única manera de descubrir los límites de lo posible es aventurarse un poco más allá de ellos, en lo imposible.
>
> Cualquier tecnología suficientemente avanzada es indistinguible de la magia.
>
> Tres leyes de tecnología de ARTHUR C. CLARKE

> Una máquina es tan distintiva, brillante y expresivamente humana como una sonata para violín o un teorema de Euclides.
>
> GREGORY VLASTOS

La tecnología tiene su auge con la aceleración de la evolución a ritmo exponencial. Aunque no es el único animal que emplea herramientas, el *homo sapiens* se distingue por la creación de tecnología.[13] La tecnología va más allá de la mera invención y utilización de herramientas. Implica un registro de producción de herramientas y un progreso en la sofisticación de éstas. Eso requiere invención y es en sí mismo una continuación de la evolución por otros medios. El «código genético» del proceso evolutivo de la tecnología es el registro que mantiene la especie productora de herramientas. Así como el código genético de las primeras formas de vida fue simplemente la composición química de los organismos, el registro escrito de las primeras herramientas consistió en las herramientas mismas. Más tarde, los «genes» de la evolución tecnológica evolucionaron hasta convertirse en registros que emplean el lenguaje escrito y que ahora son a menudo almacenados en bases de datos informáticas. Por último, la propia tecnología creará nueva tecnología. Pero nos estamos adelantando demasiado.

Ahora nuestra historia se cuenta por decenas de miles de años. Hubo múltiples subespecies de *homo sapiens*. El *homo sapiens neanderthalensis* surgió hace aproximadamente 100 000 años en Europa y Oriente Medio y desapareció misteriosamente hace alrededor de 35 000 o 40 000 años. A pesar de su aspecto brutal, los *neanderthal* desarrollaron una cultura compleja que incluía elaborados rituales funerarios, entre los que se contaba la incineración de sus muertos con adornos, e incluso flores. No estamos del todo seguros de qué ocurrió con los primos de nuestro *homo sapiens*, pero al parecer entraron en conflicto con nuestro antecesor más inmediato, el *homo sapiens sapiens*, que surgió hace aproximadamente 90 000 años. Algunas especies y subespecies de humanoides iniciaron la creación de la tecnología. La más inteligente y agresiva de estas subespecies fue la única que sobrevivió. Esto estableció un patrón que se repetiría a lo largo de la historia humana, según el cual los grupos de tecnología más avanzada terminan dominando. Puede que esta tendencia no sea un buen augurio para el momento en que las máquinas inteligentes nos superen en inteligencia y sofisticación tecnológica en el siglo XXI.

Nuestra subespecie de *homo sapiens*, por tanto, quedó sola entre los humanoides hace aproximadamente 40 000 años.

Nuestros antecesores han ido heredando de especies y subespecies anteriores de homínidos innovaciones tales como el registro de acontecimientos en las paredes de las cuevas, el arte pictórico, la música, la danza, la religión, el lenguaje avanzado, el fuego y las armas. Durante decenas de miles de años, los humanos crearon herramientas afilando un lado de una piedra. A nuestra especie le llevó decenas de miles de años pensar que afilando ambos lados, el filo resultante proporcionaría una herramienta mucho más útil. Sin embargo, lo interesante es que esas innovaciones tuvieron lugar y que permanecieron. Ningún otro animal de la Tierra que emplee herramientas ha demostrado capacidad para crear y conservar innovaciones en su uso.

Y también es interesante que la tecnología, como la evolución de las formas de vida que la produjeron, sea un proceso intrínsecamente acelerador. Los fundamentos de la tecnología –como la creación de un filo agudo a partir de una piedra– necesitaron eones para perfeccionarse, aunque para la tecnología de creación humana los eones sólo significan miles de años y no los miles de millones que requirió el inicio de la evolución de las formas de vida.

Al igual que la evolución de las formas de vida, el ritmo de la tecnología se ha acelerado enormemente con el tiempo.[14] El progreso de la tecnología en el siglo XIX, por ejemplo, superó con mucho el de los siglos anteriores con la construcción de canales y grandes barcos, la creación de caminos pavimentados, la extensión del ferrocarril, el desarrollo del telégrafo y la invención de la fotografía, la bicicleta, la máquina de coser, la máquina de escribir, el teléfono, el fonógrafo, el cine, el automóvil y, por supuesto, la bombilla de luz de Thomas Edison. El crecimiento exponencial continuo de la tecnología en las dos primeras décadas del siglo XX es equiparable al de todo el siglo XIX. Hoy conseguimos inmensas transformaciones en unos cuantos años. Entre muchos ejemplos posibles, mencionemos la más reciente revolución en las comunicaciones, la *World Wide Web* (www), inexistente hace sólo unos años.

La inevitabilidad de la tecnología

Una vez que la vida se instala en el planeta, podemos considerar inevitable el surgimiento de la tecnología. No cabe duda de que la capacidad para expandir el alcance de las habilidades físicas, por no ha-

¿QUÉ ES LA TECNOLOGÍA?

Como la tecnología es la continuación de la evolución por otros medios, comparte el fenómeno de la aceleración exponencial. La palabra deriva del griego *tekhné*, que significa «oficio o arte», y *logía*, que significa «estudio de», de modo que una interpretación de «tecnología» es «estudio de la habilidad de un oficio», entendiendo por «oficio» la actividad de dar forma a los recursos necesarios para un fin práctico. Utilizo la palabra «recursos» y no «materiales» porque la tecnología comprende también la producción de recursos no materiales, como la información.

A menudo se define la tecnología como la creación de herramientas para obtener el control del medio. Sin embargo, esta definición no es suficiente. Los seres humanos no son los únicos que usan e incluso crean herramientas. Los orangutanes de los pantanos de Suaq Balimbing, Sumatra, usan palos largos como herramientas para romper termiteros. Los cuervos usan palos y hojas como herramientas. Hay una especie de hormiga que mezcla hojas secas con saliva para producir una pasta. Los cocodrilos usan raíces de árboles para fijar la presa muerta.[15]

Lo original del hombre es la aplicación del conocimiento –conocimiento registrado– a la confección de herramientas. La base de conocimientos representa el código genético para la tecnología en evolución. Y como la tecnología ha evolucionado, los medios para registrar esta base de conocimientos también han evolucionado y han pasado de las tradiciones orales de la antigüedad a las anotaciones escritas de los artesanos del siglo XIX y finalmente a las bases de datos con asistencia informática de los años noventa del siglo XX.

La tecnología también implica una trascendencia de los materiales utilizados para contenerla. Cuando los elementos de un invento se unen exactamente como corresponde producen un efecto de encantamiento que trasciende a las partes. Cuando, en 1875, Alexander Graham Bell conectó accidentalmente con un alambre dos bobinas en movimiento y solenoides (núcleos de metal envueltos en alambre), el resultado trascendió los materiales con los que había trabajado. Por primera vez, al parecer de modo mágico, se transportaba la voz humana a un lugar remoto. La mayoría de los montajes son simplemente eso: montajes al azar. Pero cuando los materiales –y, en el caso de la tecnología moderna, la información– están montados como deben estarlo, se produce la trascendencia. El objeto montado termina por ser mucho más que la suma de sus partes.

El mismo fenómeno de la trascendencia tiene lugar en el arte, que bien podría considerarse como otra forma de tecnología humana. Cuando se monta de manera adecuada madera, barnices y cuerdas, el resultado es prodigioso: un violín, un piano. Cuando ese artilugio se manipula de manera adecuada, se da otro tipo de magia: la música. La música va más allá del mero sonido. Evoca una respuesta –cognitiva, emocional, tal vez espiritual– en quien escucha, otra forma de trascendencia. Todas las artes comparten la misma meta: la comunicación del artista con el público. La comunicación no consta sólo de datos sin adorno, sino de los elementos más importantes del jardín fenomenológico: sentimientos, ideas, experiencias, anhelos. El significado griego de *tekhné* incluye el arte como manifestación clave de tecnología.

El lenguaje es otra forma de tecnología de creación humana. Una de las primeras aplicaciones de la tecnología es la comunicación, y el lenguaje proporciona el fundamento para la comunicación del *homo sapiens.* La comunicación es una habilidad decisiva para la supervivencia. Capacita a las familias y las tribus humanas para desarrollar estrategias conjuntas con el fin de superar los obstáculos y los adversarios. Otros animales también se comunican. Los simios y los monos antropoides elaboran gestos y gruñidos para comunicar variados mensajes. Las abejas ejecutan complicadas danzas en forma de ocho para comunicar dónde hay escondrijos de néctar. Las hembras de la rana de los árboles de Malasia marcan un ritmo de danza como señal de que están disponibles. Los cangrejos mueven las pinzas de cierta manera para advertir a los adversarios, pero usan otro ritmo para el cortejo.[16] Sin embargo, estos métodos no parecen evolucionar de otra manera que a través de la habitual evolución basada en el ADN. Estas especies no poseen una manera de registrar sus medios de comunicación, de modo que los métodos se mantienen estáticos de una generación a otra. Por el contrario, el lenguaje humano evoluciona, lo mismo que todas las formas de tecnología. Junto con las formas de evolución del lenguaje, la tecnología ha proporcionado medios cada vez más eficaces de registrar y distribuir el lenguaje humano.

El *homo sapiens* es único en la utilización y fomento de todas las formas de lo que a mi juicio es tecnología: arte, lenguaje y máquinas, todo lo cual representa la evolución por otros medios. De los años sesenta a los noventa de este siglo se dijo de diversos primates muy conocidos que dominaban por lo menos las habilidades del lenguaje infantil. Los chimpancés *Lana* y *Kanzi* apretaban series de botones con símbolos escritos en ellos. Los gorilas *Washoe* y *Koko*, se decía, utilizaban el American Sign Language (lenguaje mímico). Muchos lingüistas se mostraron escépticos al observar que gran parte de los «enunciados» de los primates eran un verdadero batiburrillo, como «Nim come, Nim come, bebe cómeme Nim, yo goma yo goma, me hace cosquillas, Nim juega, tú yo plátano yo plátano tú». Si encontramos un resultado más organizado, será la excepción que confirma la regla. Estos primates no han desarrollado los lenguajes que se supone que utilizan, no parecen desarrollar espontáneamente esas habilidades y su uso es muy limitado.[17] En el mejor de los casos, participan de modo secundario en lo que es aún un invento exclusivamente humano: la comunicación que emplea medios repetitivos (autorreferenciales), simbólicos, evolutivos, que se conocen como «lenguaje».

blar de las facilidades mentales, a través de la tecnología, es útil para sobrevivir. La tecnología ha puesto a nuestra especie en condiciones de dominar su nicho ecológico. La tecnología exige dos atributos de su creador: inteligencia y habilidad física para manipular el medio ambiente. Hablaremos más en el capítulo cuatro, «Una nueva forma de inteligencia en la Tierra», acerca de la naturaleza de la inteligencia, pero no hay duda de que es una habilidad para usar de manera óptima recursos limitados, incluso el tiempo. Esta habilidad es intrínsecamente útil para la supervivencia y, por tanto, se la favorece. La habilidad para manipular el medio ambiente también es útil; de lo contrario, un organismo se hallaría a merced de su entorno en lo tocante a seguridad, alimento y satisfacción de las demás necesidades. Más tarde o más temprano, un organismo está destinado a emerger con ambos atributos.

LA INEVITABILIDAD DE LA COMPUTACIÓN

> No es mala la definición que describe al hombre como animal productor de herramientas. Sus artilugios más primitivos para soportar la vida salvaje fueron herramientas de la más simple y rudimentaria construcción. Sus últimos logros en la sustitución de la maquinaria, no sólo en cuanto a la habilidad de la mano humana, sino también como alivio del intelecto humano, se fundan en el empleo de herramientas de un orden superior.
>
> CHARLES BABBAGE

Todos los procesos fundamentales que hemos examinado –el desarrollo del Universo, la evolución de las formas de vida, la evolución posterior de la tecnología– se han desarrollado a un ritmo exponencial, algunos lentificándose, otros acelerándose. ¿Cuál es el elemento común? ¿Por qué la cosmología se lentificó exponencialmente, mientras que la evolución se aceleró de la misma manera? Las respuestas, esenciales para comprender el siglo XXI, son sorprendentes.

Pero antes de tratar de responder a esas preguntas, permítaseme examinar otro importantísimo ejemplo de aceleración: el crecimiento exponencial de la informática.

Muy pronto en la evolución de las formas de vida se formaron órganos especializados que desarrollaron la capacidad para mantener los estados internos y responder de manera diferenciada a los estímulos externos. Desde entonces se tendió a la formación de sistemas nerviosos más complejos y capaces, con habilidad para almacenar memorias muy amplias, reconocer modelos en los estímulos visuales, auditivos y táctiles, y alcanzar niveles cada vez más sofisticados de razonamiento. La habilidad para recordar y para resolver problemas –el cálculo– es la punta de lanza en la evolución de los organismos multicelulares.

El mismo valor tiene el cálculo en la evolución de la tecnología de creación humana. Los productos son más útiles si pueden mantener los estados internos y responder de manera diferencial a condiciones y situaciones cambiantes. Cuando las máquinas dejaron de ser meros complementos para prolongar el alcance y la fuerza humanos, comenzaron a acumular también ellas la habilidad para recordar y ejecutar manipulaciones lógicas. Las simples levas, engranajes y palancas de la Edad Media se reunieron para dar lugar a los elaborados automatismos del Renacimiento europeo. Las calculadoras mecánicas, que vieron la luz en el siglo XVII, se hicieron cada vez más complejas hasta culminar en la que se utilizó con ocasión del primer censo automatizado de EE. UU., en 1890. Los ordenadores desempeñaron un papel decisivo por lo menos en un campo en la segunda guerra mundial, y desde entonces se desarrollaron con una aceleración en espiral.

La emergencia de la Ley de Moore

Gordon Moore, inventor del circuito integrado y luego presidente de Intel, observó en 1965 que el área superficial de un transistor (como queda grabada en un circuito integrado) se reducía aproximadamente el 50 por ciento cada doce meses. En 1975 se informó ampliamente de que se había revisado su observación para llevarla a dieciocho meses. Moore sostiene que su actualización de 1975 se elevaba a veinticuatro meses y que eso se ajusta más a los datos.

La Ley de Moore en funcionamiento

Año	*Transistores en el último chip de ordenador de Intel**
1972	3500
1974	6000
1978	29000
1982	134000
1985	275000
1989	1200000
1993	3100000
1995	5500000
1997	7500000

* *Consumer Electronics Manufactorers Association.*

EL CICLO VITAL DE UNA TECNOLOGÍA

Las tecnologías luchan por sobrevivir, evolucionan y cumplen su propio ciclo vital. Podemos identificar siete etapas. En la etapa *precursora* ya están dados los prerrequisitos de una tecnología, y los soñadores pueden prever la reunión de esos elementos. Sin embargo, no pensamos que sea lo mismo soñar que inventar, aun cuando los sueños se cumplan. Leonardo da Vinci trazó dibujos convincentes de aeroplanos y automóviles, pero no se lo considera inventor de unos ni de otros.

La etapa siguiente, muy celebrada en nuestra cultura, es la *invención*, etapa muy breve, no diferente en ciertos aspectos del proceso de nacimiento tras un largo período de trabajo. En este momento el inventor fusiona curiosidad, habilidades científicas, decisión y en general una cierta dosis de teatralidad para combinar métodos de un modo novedoso a fin de dar nacimiento a una nueva tecnología.

La etapa siguiente es el *desarrollo*, durante el cual celosos guardianes (entre los que puede encontrarse el inventor original) protegen y sostienen el invento. A menudo esta etapa es más decisiva que la de invención y puede implicar una cantidad adicional de creación más significativa que el invento mismo. A pesar de que se habían creado muchos modelos de vehículos con autolocomoción, fue la innovación de la producción en masa de Henry Ford lo que permitió al automóvil echar raíces y florecer.

La cuarta etapa es la *madurez*. Aunque sigue evolucionando, la tecnología tiene ahora vida propia, se ha convertido en una parte independiente y establecida de la comunidad. Puede estar tan entretejida en la tela de la vida que muchos observadores tengan la impresión de que permanecerá para siempre. Esto da lugar a un interesante drama cuando llega la fase siguiente, a la que he dado en llamar etapa de los *pretendientes*. Ahora un advenedizo amenaza con eclipsar la tecnología más antigua. Sus entusiastas predicen prematuramente la victoria. Pero, examinada con calma, si bien proporciona claros beneficios, la tecnología más reciente deja al descubierto su carencia de algún elemento clave de funcionalidad o de calidad. Cuando fracasa en su intento de desalojar el orden establecido, los conservadores de la tecnología exhiben el hecho como demostración evidente de que el enfoque original sobrevivirá efectivamente sin límite de tiempo.

En general, se trata de una victoria fugaz de la vieja tecnología. Poco después, otra nueva tecnología logra relegar a la original al estado de *obsolescencia*. En esta parte del ciclo vital la tecnología vive sus años maduros en gradual decadencia, ya definitivamente relegadas su finalidad y funcionalidad originarias a favor de un competidor más enérgico. Esta etapa, que puede abarcar del cinco al diez por ciento del ciclo vital, termina por honrar las *antigüedades* (ejemplos actuales: el coche de caballos, el clavecín, la máquina de escribir manual o la calculadora electromecánica).

Para ilustrar esto, tomemos el registro fonográfico. A mediados del siglo XIX había varios precursores, incluso el fonautógrafo de Édouard-Léon Scott, artilugio que registraba las vibraciones sonoras como forma impresa. Sin embargo, fue Thomas Edison quien en 1877 reunió todos los elementos e inventó el primer aparato capaz de registrar y reproducir el sonido. Fueron necesarios refinamientos posteriores para que el fonógrafo llegara a ser comercializable. En 1948, con la introducción del registro de larga duración de 33 revoluciones por minuto (el LP) –Columbia– y del disco pequeño de 45 revoluciones por minuto –RCA Victor–, se convirtió en una tecnología madura. El pretendiente fue la cinta de casete, que se introdujo en los años sesenta y se popularizó en la década siguiente. Entusiastas tempranos predijeron que su tamaño reducido y la posibilidad de regrabación que ofrecía terminarían con el disco, registro relativamente voluminoso y sensible a las rayaduras.

A pesar de estos indiscutibles beneficios, las casetes carecían de acceso aleatorio (la capacidad para hacerlas sonar en distinto orden según se deseara) y tenían sus propias formas de distorsión y de falta de fidelidad. A finales de los años ochenta y comienzos de los noventa, el disco compacto digital (CD) le asestó el golpe definitivo. Como el CD proporciona acceso aleatorio y un nivel de calidad cercano a los límites del sistema auditivo humano, el registro fonográfico entró en una etapa de obsolescencia en la primera mitad de los noventa. Aunque todavía se produce en pequeñas cantidades, la tecnología a la que Edison dio nacimiento hace más de cien años está a punto de convertirse en una antigüedad.

Otro ejemplo es el libro impreso, hoy en día una tecnología en plena madurez. Se halla en la etapa de los pretendientes, que en este caso es el libro «virtual», con soporte de *software*. Al faltarle la resolución, el contraste, la fijeza y otras cualidades del papel y la tinta, la actual generación del libro virtual no puede desplazar a las publicaciones con soporte de papel. Sin embargo, esta victoria del libro con soporte de papel no sobrevivirá mucho tiempo cuando las futuras generaciones de pantallas de ordenador consigan proporcionar una alternativa plenamente satisfactoria al papel.

El resultado es que cada dos años se puede cargar el doble de transistores en un circuito integrado. Esto duplica tanto la cantidad de elementos en un chip como la velocidad. Puesto que el coste de un circuito integrado es constante, se desprende que cada dos años es posible obtener el doble de circuitos que funcionan al doble de velocidad por el mismo precio. Para muchas aplicaciones, se trata de una cuadruplicación del valor. La observación es válida para todo tipo de circuito, desde los chips de memoria a los procesadores informáticos.

Esta penetrante observación es conocida como la Ley de Moore sobre circuitos integrados, y el notable fenómeno sobre el que ésta llama la atención ha sido el impulso de aceleración del cálculo durante los últimos cuarenta años. Pero ¿hasta dónde se puede llegar en este sentido? Las compañías fabricantes de chips confían en que la Ley de Moore siga vigente durante quince o veinte años más mediante la utilización de resoluciones increíblemente superiores de litografía óptica (proceso electrónico semejante a la impresión fotográfica) para reducir el tamaño –que hoy se mide en millonésimas de metro– de los transistores y otros componentes decisivos.[18] Pero entonces –tras casi sesenta años– este paradigma tocará a su fin. Los aislantes de los transistores tendrán entonces sólo unos átomos de espesor y el enfoque convencional de reducir su tamaño ya no funcionará.

¿Entonces, qué?

Primero observamos que el crecimiento exponencial de la informática no comenzó con la Ley de Moore sobre circuitos integrados. En el gráfico que lleva por título «Crecimiento exponencial de la computación, 1900-1998»,[19] he tomado cuarenta y nueve notables máquinas de cálculo que cubren el siglo XX y he trazado un gráfico exponencial en el que el eje vertical representa las potencias de diez en velocidad de cálculo por unidad de coste (medida en la cantidad de «cálculos por segundo» que se puede comprar con 1 000 dólares). Cada punto del gráfico representa una de esas máquinas. Las primeras cinco máquinas empleaban tecnología mecánica, luego vienen tres calculadoras electromecánicas (basadas en relés), once máquinas de tubo al vacío y doce que utilizan transistores discretos. Sólo las últimas dieciocho calculadoras utilizan circuitos integrados.

CRECIMIENTO EXPONENCIAL DE LA COMPUTACIÓN, 1900-1998

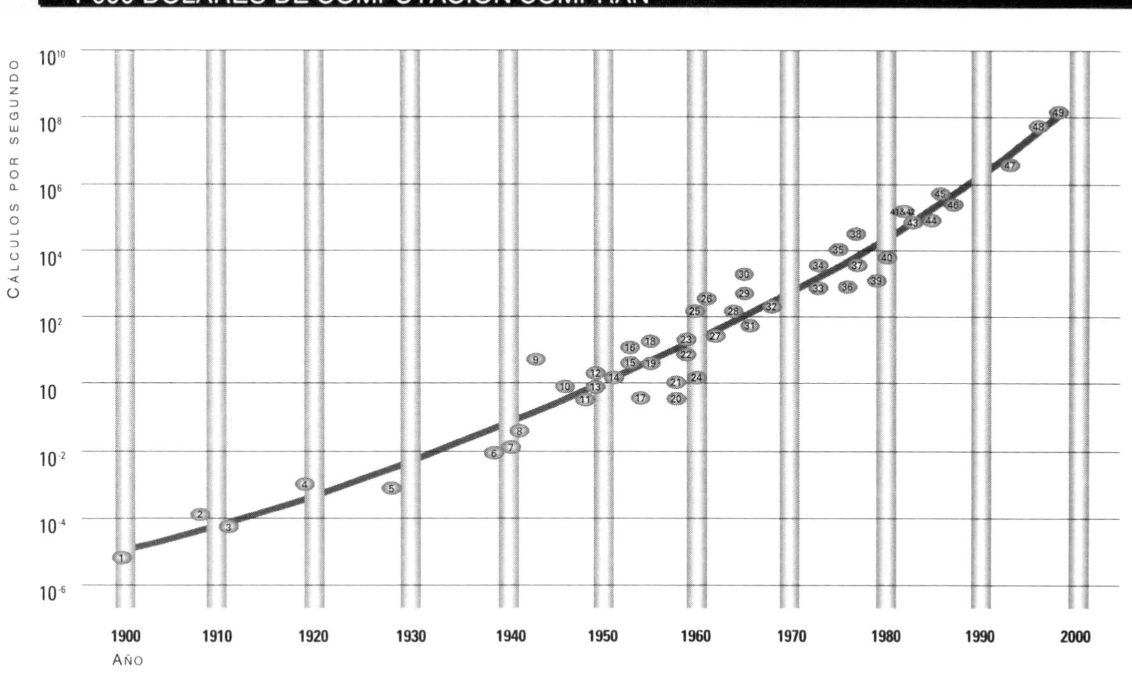

Luego tracé por los puntos una curva llamada polinomio de cuarto orden, que nos permite hasta cuatro inclinaciones. En otras palabras, no traté de trazar una línea recta sobre los puntos, sino sólo la curva de cuarto orden más aproximada. Sin embargo, lo que obtuve se acerca mucho a la línea recta. En un gráfico exponencial, una línea recta significa crecimiento exponencial. Un examen cuidadoso de la tendencia muestra que la curva se dirige ligeramente hacia arriba, lo que indica un pequeño crecimiento exponencial en la tasa de crecimiento exponencial. Tal vez esto sea consecuencia de la interacción de dos tendencias exponenciales diferentes, como analizaré en el capítulo seis, «La construcción de nuevos cerebros...». Puede haber en verdad dos niveles de crecimiento exponencial. Pero aun cuando adoptemos el punto de vista más conservador, según el cual sólo hay un nivel de aceleración, podemos ver que el crecimiento exponencial del cálculo no comenzó con la Ley de Moore sobre los circuitos integrados, sino que se remonta al advenimiento de la calculadora eléctrica, a comienzos del siglo XX.

Aparatos mecánicos de cálculo

1.	1900	Motor analítico
2.	1908	Tabulador de Hollerith
3.	1911	Calculadora de Monroe
4.	1919	Tabulador de IBM
5.	1928	National Ellis 3000

Calculadoras electromecánicas (a base de relés)

6.	1939	Zuse 2
7.	1940	Bell Calculator Model I
8.	1941	Zuse 3

Calculadoras de tubo al vacío

9.	1943	Colossus
10.	1946	Eniac
11.	1948	SSEC de IBM

12.	1949	BINAC
13.	1949	EDSAC
14.	1951	Univac
15.	1953	Univac 1103
16.	1953	IBM 701
17.	1954	EDVAC
18.	1955	Whirlwind
19.	1955	IBM 704

Calculadoras de transistores discretos

20.	1958	Datamatic 1000
21.	1958	Univac II
22.	1959	Mobidic
23.	1959	IBM 7090
24.	1960	IBM 1620
25.	1960	DEC PDP-1
26.	1961	DEC PDP-4
27.	1962	Univac III
28.	1964	CDC 6600
29.	1965	IBM 1130
30.	1965	DEC PDP-8
31.	1966	IBM 360 Model 75

Calculadoras de circuito integrado

32.	1968	DEC PDP-10
33.	1973	Intellec-8
34.	1973	Data General Nova
35.	1975	Altair 8800
36.	1976	DEC PDP-11 Model 70
37.	1977	Cray 1
38.	1977	Apple II
39.	1979	DEC VAX 11 Model 780
40.	1980	Sun-1
41.	1982	IBM PC
42.	1982	Compaq PC
43.	1983	IBM AT-80286
44.	1984	Apple Macintosh
45.	1986	Compac Deskpro 386
46.	1987	Apple Mac II

47.	1993	Pentium PC
48.	1996	Pentium PC
49.	1998	Pentium II PC

En los años ochenta, una cierta cantidad de observadores, incluidos el profesor Hans Moravec, de la Carnegie Mellon University, David Waltz, de la Nippon Electric Company, y yo mismo, observamos que las máquinas de calcular habían crecido en forma exponencial mucho antes de la invención del circuito integrado, en 1958, e incluso antes del transistor, en 1947.[20] La velocidad y la densidad del cálculo había pasado de duplicarse cada tres años (a comienzos del siglo XX) a hacerlo cada año (a finales del siglo XX), con independencia del tipo de *hardware* que se utilizara. Es notable que esta «ley exponencial de la computación» mantuviera su valor al menos durante un siglo de la tecnología de computación eléctrica a base de tarjetas que se usó en el censo de EE.UU. de 1890, a los ordenadores a base de relés que desvelaron el enigma del código nazi, los ordenadores a base de tubos al vacío de los años cincuenta, las máquinas de transistores de los sesenta y todas las generaciones de circuitos integrados de las cuatro últimas décadas. Los ordenadores actuales son alrededor de cien millones de veces más poderosos que hace un siglo para la misma unidad de coste. Si la industria del automóvil hubiera realizado el mismo progreso en los últimos cincuenta años, un coche costaría hoy la centésima parte de un centavo de dólar y sería más veloz que la luz.

Lo mismo que con cualquier fenómeno de crecimiento exponencial, los incrementos son tan lentos al principio que resultan prácticamente inapreciables. A pesar de tantas décadas de progreso desde el primer equipo eléctrico de cálculo que se usó en el censo de 1890, sólo a mediados de los años sesenta se llegó a captar este fenómeno (aunque Alan Turing ya lo había vislumbrado en 1950). Y sólo lo hizo una comunidad reducida de ingenieros informáticos y de científicos. Hoy en día, basta con mirar los anuncios de ordenadores personales –o de juguetes– del periódico local para advertir los tremendos progresos en el precio de la computación, que ha llegado a calcularse sobre una base mensual.

De esta suerte, la Ley de Moore sobre circuitos integrados no fue el primero, sino el quinto paradigma que jalona el ya centenario crecimiento exponencial de la computación. Cada nuevo paradigma apareció justo cuando hacía falta. Esto indica que el crecimiento exponencial no se detendrá con el fin de la Ley de Moore. Pero la respuesta a nuestra pregunta sobre la continuación del crecimiento exponencial de la computación es decisivo para nuestra comprensión del siglo XXI. Así las cosas y con el fin de profundizar en nuestra comprensión de la verdadera naturaleza de esta tendencia, hemos de retroceder a nuestras primeras preguntas sobre la naturaleza exponencial del tiempo.

LA LEY DEL TIEMPO Y EL CAOS

> ¿Es real el fluir del tiempo, o podría nuestro sentido del paso del tiempo ser una mera ilusión que oculta el hecho de que lo único real es una vasta colección de momentos?
>
> LEE SMOLIN

> El tiempo es el modo que tiene la naturaleza de impedir que ocurra todo a la vez.
>
> Grafitto

> Las cosas son más como son ahora mismo que como lo fueron en cualquier otro momento.
>
> DWIGHT EISENHOWER

Veamos estas distintas tendencias exponenciales:

– La *lentificación* exponencial que siguió el Universo, con tres épocas en la primera milmillonésima de segundo y miles de millones de años para los acontecimientos destacados posteriores.

– La *lentificación* exponencial en el desarrollo de un organismo. En el primer mes después de la concepción, desarrollamos un cuerpo, una cabeza e incluso una cola. En los primeros dos meses desarrollamos incluso un cerebro. Después de abandonar el seno materno, nuestra maduración es rápida al comienzo, tanto física como mentalmente. En los primeros años aprendemos formas básicas de movilidad y comunicación. Cada mes, aproximadamente, tenemos experiencia de un acontecimiento importante. Más tarde, los aconte-

LA LEY DEL TIEMPO Y EL CAOS

En un proceso, el intervalo de tiempo entre acontecimientos destacados (es decir, acontecimientos que cambian la naturaleza del proceso o que afectan significativamente el futuro del proceso) se expande o se contrae según el grado de caos.

LA LEY DEL CAOS CRECIENTE

A medida que el caos se incrementa en forma exponencial, el tiempo se lentifica exponencialmente (es decir, que el intervalo de tiempo entre los acontecimientos destacados se alarga con el paso del tiempo).

LA LEY DEL INCREMENTO DEL CAOS APLICADA AL UNIVERSO

El Universo comenzó como una «singularidad», un punto único indiferenciado sin tamaño y sin caos, de modo que los primeros acontecimientos que marcaban una época eran extremadamente rápidos. Con el tiempo, el Universo creció enormemente en caos y, así, el tiempo se lentificó (es decir, que el intervalo de tiempo entre acontecimientos destacados se hizo exponencialmente más largo con el paso del tiempo).

LA LEY DEL INCREMENTO DEL CAOS APLICADA A LA VIDA DE UN ORGANISMO

El desarrollo de un organismo a partir de su concepción como ser unicelular y a través de la madurez es un proceso hacia una mayor diversidad y, por tanto, mayor desorden. Así, con el tiempo, el intervalo de tiempo entre acontecimientos destacados se hace más largo.

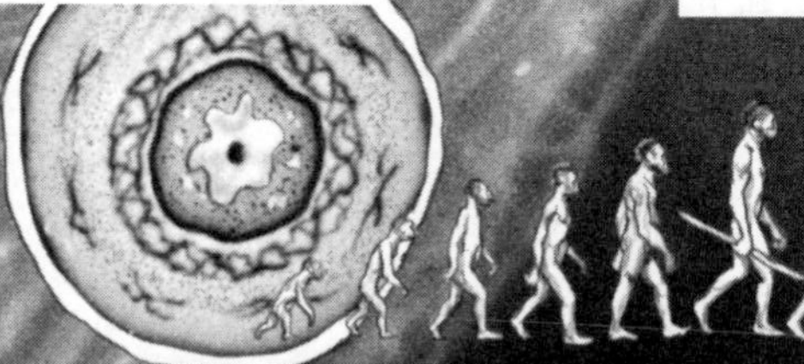

LA LEY DE LA ACELERACIÓN DE LOS RESULTADOS

A medida que el orden se incrementa en forma exponencial, el tiempo se acelera también exponencialmente (es decir, que el intervalo de tiempo entre acontecimientos destacados se acorta con el paso del tiempo).

LA LEY DE LA ACELERACIÓN DE LOS RESULTADOS APLICADA A UN PROCESO EVOLUTIVO

Un proceso evolutivo no es un proceso cerrado y, en consecuencia, para sus opciones de diversidad, la evolución se vale del caos existente en el sistema más amplio en el que tiene lugar; y

- La evolución construye sobre su propio orden en crecimiento.

En consecuencia:

- En un proceso evolutivo, el orden se incrementa en forma exponencial.

En consecuencia:

- El tiempo se acelera en forma exponencial.

En consecuencia:

- Los resultados (es decir, los productos válidos del proceso) se aceleran.

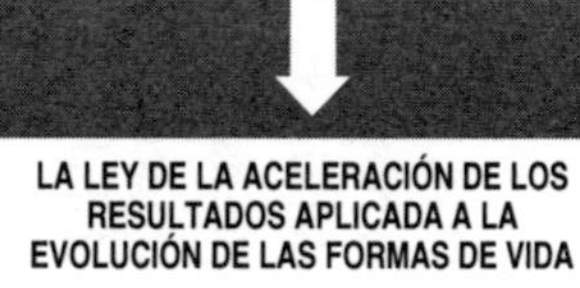

LA LEY DE LA ACELERACIÓN DE LOS RESULTADOS APLICADA A LA EVOLUCIÓN DE LAS FORMAS DE VIDA

El intervalo de tiempo entre acontecimientos destacados (por ejemplo, una nueva rama significativa) se acorta en forma exponencial con el paso del tiempo.

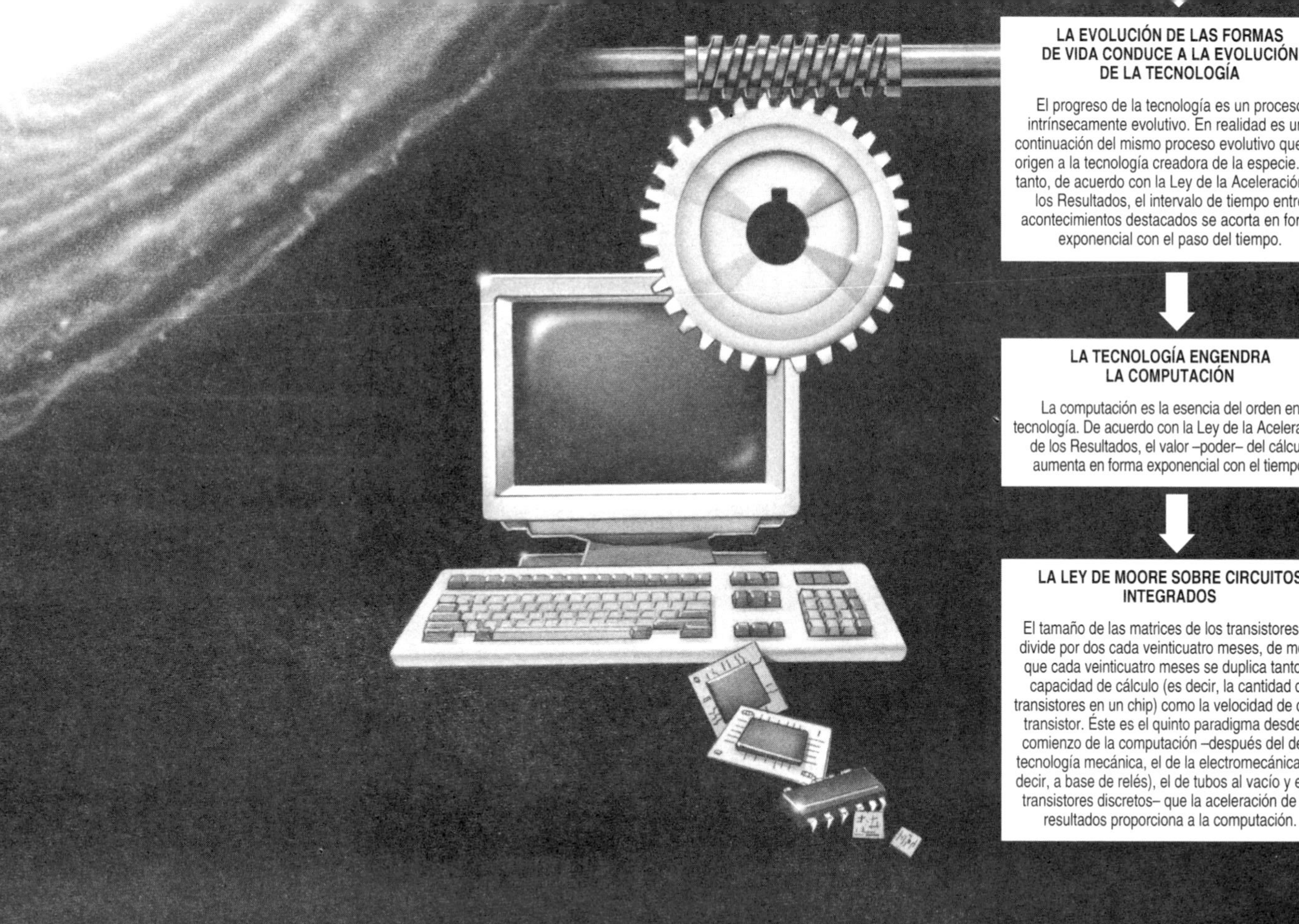
LA EVOLUCIÓN DE LAS FORMAS DE VIDA CONDUCE A LA EVOLUCIÓN DE LA TECNOLOGÍA
El progreso de la tecnología es un proceso intrínsecamente evolutivo. En realidad es una continuación del mismo proceso evolutivo que dio origen a la tecnología creadora de la especie. Por tanto, de acuerdo con la Ley de la Aceleración de los Resultados, el intervalo de tiempo entre acontecimientos destacados se acorta en forma exponencial con el paso del tiempo.
LA TECNOLOGÍA ENGENDRA LA COMPUTACIÓN
La computación es la esencia del orden en tecnología. De acuerdo con la Ley de la Aceleración de los Resultados, el valor –poder– del cálculo aumenta en forma exponencial con el tiempo.
LA LEY DE MOORE SOBRE CIRCUITOS INTEGRADOS
El tamaño de las matrices de los transistores se divide por dos cada veinticuatro meses, de modo que cada veinticuatro meses se duplica tanto la capacidad de cálculo (es decir, la cantidad de transistores en un chip) como la velocidad de cada transistor. Éste es el quinto paradigma desde el comienzo de la computación –después del de la tecnología mecánica, el de la electromecánica (es decir, a base de relés), el de tubos al vacío y el de transistores discretos– que la aceleración de los resultados proporciona a la computación.

cimientos clave se dan cada vez más lentamente, pues necesitan años, y luego décadas.

– La *aceleración* exponencial de la evolución de las formas de vida en la Tierra.

– La *aceleración* exponencial de la computación. Obsérvese que el crecimiento exponencial de un proceso con el tiempo es sólo otra expresión de una aceleración exponencial. Por ejemplo, llevó casi noventa años conseguir el primer MIP (Million Instructions per Second) por mil dólares. Ahora agregamos diariamente un MIP adicional por mil dólares. En general, la tasa de innovación también se acelera claramente.

– La Ley de Moore sobre circuitos integrados. Como ya he observado, éste fue el quinto paradigma para alcanzar el crecimiento exponencial de la computación.

Muchas son las preguntas que se nos vienen a la cabeza:

¿Cuál es el elemento común entre estas distintas tendencias exponenciales?

¿Por qué algunos de estos procesos se aceleran, mientras que otros se lentifican?

Y ¿qué nos dice esto acerca de la continuación del crecimiento exponencial de la informática cuando se extinga la Ley de Moore?

¿Es la Ley de Moore un mero conjunto de expectativas y metas industriales, como sostiene Randy Isaac, director de ciencia básica de IMB? ¿O forma parte de un fenómeno más profundo que trasciende la fotolitografía de los circuitos integrados?

Tras reflexionar durante varios años sobre la relación entre estas tendencias aparentemente diversas, se me apareció con claridad el tema común, en verdad sorprendente.

¿Qué es lo que determina que el tiempo se acelere o se lentifique? La respuesta más verosímil es que *el tiempo se mueve en relación con el grado de caos*. Podemos afirmar de la siguiente manera la Ley del Tiempo y el Caos:

Ley del Tiempo y el Caos: En un proceso, el intervalo de tiempo entre acontecimientos destacados (esto es, acontecimientos que cambian la naturaleza del proceso o afectan significativamente su futuro) se expande o se contrae según el grado de caos.

Cuando hay mucho caos en un proceso, los acontecimientos significativos necesitan más tiempo para producirse. A la inversa, cuando el orden se incrementa, los períodos entre acontecimientos destacados se acortan.

A estas alturas debemos tener cuidado con nuestra definición de caos. Se refiere a la cantidad de acontecimientos desordenados (es decir, aleatorios) *pertinentes al proceso.* Si nos refiriéramos al movimiento aleatorio de átomos y moléculas en un gas o en un líquido, una medida adecuada sería el calor. Si nos referimos al proceso de evolución de formas de vida, el caos representa los acontecimientos impredecibles con que se encuentran los organismos y las mutaciones aleatorias que se introducen en el código genético.

Veamos cómo la Ley del Tiempo y el Caos se aplica a nuestros ejemplos: Si el caos se incrementa, la Ley del Tiempo y el Caos implica la siguiente subley:

La Ley del Caos Creciente: A medida que el caos se incrementa en forma exponencial, el tiempo se lentifica exponencialmente (es decir que, con el paso del tiempo, el intervalo de tiempo entre acontecimientos destacados se alarga).

Esto se adapta bastante bien al Universo. Cuando todo el Universo era sólo una «nuda» singularidad –un punto perfectamente ordenado en el espacio y en el tiempo– no había caos y los acontecimientos importantes no requerían prácticamente tiempo. A medida que el Universo aumentó de tamaño, el caos creció en forma exponencial y lo mismo ocurrió con la escala temporal de los cambios que marcan una época. Ahora, con miles de millones de galaxias esparcidas en billones de años luz de espacio, el Universo contiene vastos grados de caos y necesita miles de millones de años para conseguir que esté todo organizado como para que se produzca un cambio de paradigma.

Similar es el fenómeno que observamos en el progreso de la vida de un organismo. Comenzamos con una única célula fertilizada, de modo que el caos que hay allí es muy limitado. Al llegar a los billones de células, el caos se expande enormemente. Por último, al final de nuestra vida, nuestros diseños se deterioran y engendran más caos aún. De modo que el período entre acontecimientos biológicos destacados aumenta a medida que envejecemos. Y esto es en realidad lo que experimentamos.

Pero para nuestros fines presentes, lo más importante y pertinente es la espiral contraria a la Ley del Tiempo y el Caos. Piénsese en la subley inversa, que he bautizado como Ley de la Aceleración de los Resultados:

Ley de la Aceleración de los Resultados: A medida que el orden crece en forma exponencial, el tiempo se acelera exponencialmente (es decir que, con el paso del tiempo, el intervalo entre acontecimientos destacados se acorta).

La Ley de la Aceleración de los Resultados (que hay que distinguir de una ley más conocida según la cual los resultados disminuyen) se aplica específicamente a los procesos evolutivos. En un proceso evolutivo, lo que se incrementa es el orden, o sea, lo opuesto al caos. Y, como hemos visto, el tiempo se acelera.

Desdesorden

Ya he dicho que el concepto de caos en la Ley del Tiempo y el Caos es engañoso. El caos no es suficiente por sí mismo; para nuestros propósitos, al decir desorden nos referimos al azar relativo al proceso de que nos ocupamos. Y más engañoso aún es lo opuesto al desorden, que en la mencionada Ley de la Aceleración de los Resultados he llamado «orden».

Empecemos por nuestra definición de desorden y vayamos hacia atrás. Si el desorden representa una secuencia aleatoria de acontecimientos, lo opuesto al desorden debería implicar «no aleatoriedad», o sea, ausencia de azar. Y si aleatoriedad o azar significa impredictibilidad, podemos concluir que «orden» significa «predictibilidad». Pero esto sería erróneo.

Por coger una página de la teoría de la información,[21] pensemos en la diferencia entre información y ruido. La información es una secuencia de datos con significado en un proceso, como el código del

ADN de un organismo, o los bits de un programa informático. El ruido, por su parte, es una secuencia aleatoria. Ni el *ruido*, ni la *información* son predecibles. El ruido es intrínsecamente impredecible, pero no es portador de información. Sin embargo, la información también es impredecible. Si podemos predecir datos futuros a partir de datos del pasado, esos datos futuros dejan de ser información. Por ejemplo, piénsese en una secuencia formada por la simple alternancia de ceros y unos (01010101...). Esa secuencia es ordenada, no cabe duda, y muy predecible. Precisamente porque es tan predecible no consideramos que sea portadora de información más allá de la primera pareja de bits.

De modo que la mera ordenación no constituye el orden, porque este último requiere información. Así, tal vez debería utilizar la palabra «información» en lugar de «orden». Pensemos en un listín telefónico. No hay duda de que representa mucha información, y también un cierto orden. Sin embargo, si duplicamos el tamaño del listín, acrecentaremos el volumen de datos, pero no lograremos un nivel más profundo de orden.

Por tanto, orden es información que se acomoda a una finalidad. La medida del orden es la medida de la adaptación de la información a la finalidad. En la evolución de las formas de vida, la finalidad es sobrevivir. En un algoritmo evolutivo (un programa informático que simule la evolución para resolver un problema) aplicado a, pongamos por caso, la inversión en el mercado bursátil, la finalidad es ganar dinero. El mero hecho de tener más información no da por resultado una adaptación mejor. Muy bien puede ocurrir que, dada una finalidad, una solución superior requiera menos datos.

El concepto de «complejidad» se ha empleado en los últimos tiempos para describir la naturaleza de la información creada por un proceso evolutivo. La complejidad es una adaptación razonablemente ajustada al concepto de orden que he descrito. Después de todo, el diseño creado por la evolución de las formas de vida en la Tierra parece haberse vuelto más complejo con el tiempo. Sin embargo, la complejidad no es tampoco una adaptación perfecta. A veces, un orden más profundo –una adaptación mejor a una finalidad– se logra mediante la simplificación y no con el incremento de complejidad. Dice Einstein: «Todo debería hacerse lo más simple posible, pero no más.» Por ejemplo, una nueva teoría que une ideas aparentemente dispares en una teoría más amplia y más coherente reduce la complejidad y, sin embargo, tal vez incremente el «orden con finalidad» que aquí vengo describiendo. No obstante, la evolución ha mostrado que la tendencia general hacia un orden mayor suele dar como resultado una mayor complejidad.[22]

Así pues, mejorar la solución a un problema –que puede incrementar o disminuir la complejidad– es incrementar el orden. Ahora queda sólo por definir el problema. Y como veremos, a menudo en la definición de un problema es donde reside la clave para encontrar su solución.

La ley del incremento de la entropía contra el crecimiento del orden

Otra consideración es la de cómo se relaciona la Ley del Tiempo y el Caos con la segunda ley de la termodinámica. A diferencia de ésta, la Ley del Tiempo y el Caos no se refiere necesariamente a un sistema cerrado. Trata de un proceso. El Universo es un sistema cerrado (no sujeto a influencia exterior, puesto que no hay nada fuera del Universo), de modo que de acuerdo con la segunda ley de la termodinámica, el caos se incrementa y el tiempo se lentifica. En contraste, la evolución no es precisamente un sistema cerrado. Tiene lugar en medio de un gran caos, y en verdad *depende del desorden de su medio, del cual extrae sus opciones de diversidad.* Y a partir de estas opciones, un proceso evolutivo reduce constantemente sus elecciones para crear cada vez más orden. Incluso una crisis, que parece introducir una nueva y significativa fuente de caos, es probable que termine incrementando –profundizando– el orden creado por el proceso evolutivo. Por ejemplo, piénsese en un asteroide del que se supone que hace 65 millones de años mató a grandes organismos, como los dinosaurios. El choque del asteroide incrementó de repente el caos (y también levantó montones de polvo). Sin embargo, parece haber apresurado la aparición de los mamíferos en el nicho previamente dominado por los grandes reptiles y, finalmente, haber conducido al surgimiento de una especie creadora de tecnología. Una vez asentado (literalmente) el polvo, la crisis del asteroide incrementó el orden.

Como ya señalé, sólo una pequeña fracción del material del Universo, o incluso de un planeta con vida y tecnología como la Tierra, puede considerarse parte de las invenciones de la evolución. Así pues, la evolución no contradice la Ley del Incremento de la Entropía. En realidad, depende de ella para suministrar una provisión inacabable de opciones.

Como dije antes, dada la emergencia de la vida, es inevitable que emerjan también la especie creadora de tecnología y la tecnología. La tecnología es la continuación de la evolución por otros medios, y es en sí misma un proceso evolutivo. De modo que también él se acelera.

Una razón primordial de que esa evolución –la de las formas de vida o la tecnología– se acelere es que *construye sobre su propio orden creciente*. Las innovaciones creadas por la evolución estimulan y hacen posible una evolución más rápida. En el caso de la evolución de las fomas de vida, el ejemplo más notable es el del ADN, que proporciona una transcripción registrada y protegida del diseño de la vida a partir del cual lanzar nuevos experimentos.

En el caso de la evolución de la tecnología, la mejora permanente de los métodos humanos de registro de información ha estimulado la aparición de nueva tecnología. Los primeros ordenadores se diseñaron en papel y se montaron a mano. Hoy se diseñan en talleres de informática en los que los propios ordenadores elaboran muchos detalles del diseño de la generación siguiente y luego se producen en fábricas completamente automatizadas, en las que el hombre orienta y dirige, pero sólo de un modo muy limitado interviene directamente.

El proceso evolutivo de la tecnología trata de mejorar las capacidades de modo exponencial. Los innovadores procuran mejorar las cosas por múltiplos. La innovación no es aditiva, sino multiplicativa. La tecnología, como cualquier proceso evolutivo, construye sobre sí misma. Este aspecto continuará acelerándose cuando la tecnología asuma por sí misma el pleno control de su progreso.

Podemos entonces, con respecto a la evolución de las formas vivas y de la tecnología, llegar a la siguiente conclusión:

La Ley de la Aceleración de los Resultados aplicada a un proceso evolutivo:

- *Un proceso evolutivo no es un sistema cerrado; en consecuencia, para sus opciones de diversidad, la evolución se vale del caos existente en el sistema más amplio en el que tiene lugar; y*
- *La evolución construye sobre su propio orden creciente.*

En consecuencia:

- *En un proceso evolutivo, el orden crece en forma exponencial.*

En consecuencia:

- *El tiempo se acelera en forma exponencial.*

En consecuencia:

- *Los resultados (esto es, los productos válidos del proceso) se aceleran.*

Los fenómenos de lentificación y de aceleración del tiempo ocurren simultáneamente. En lenguaje cosmológico, el Universo continúa lentificándose. La evolución, más notable ahora en forma de tecnología de creación humana, sigue acelerándose. Son las dos caras –dos espirales entrecruzadas– de la Ley del Tiempo y el Caos.

La espiral que más nos interesa –la Ley de la Aceleración de los Resultados– nos da cada vez más orden en tecnología, lo que inevitablemente nos lleva al nacimiento de la computación. En esencia, la computación es orden. Proporciona a una tecnología la capacidad para responder de una manera variada y adecuada a su medio a fin de cumplir su misión. De esta manera, la tecnología con computación también es un proceso evolutivo, y también construye sobre su propio progreso. El tiempo para lograr un objetivo fijo se hace exponencialmente más breve con el tiempo (por ejemplo, noventa años para el primer MIP con un costo de mil dólares en contraste con un día para un MIP adicional en la actualidad). Decir que, con el tiempo, la potencialidad de la computación crece en forma exponencial es sólo otra manera de decir lo mismo.

Entonces, ¿hasta cuándo será válida la Ley de Moore?

Pues bien, aún perdurará hasta el año 2020. La Ley de Moore hizo su aparición en 1958, justo cuando se la necesitaba, y en el 2018 cumplirá sesenta años de servicio, período realmente largo para un paradigma en nuestros días. Sin embargo, a diferencia de la Ley de Moore, la Ley de la Aceleración de los Resultados no es una metodología temporal. Es un atributo básico de la naturaleza del tiempo y el caos –una subley de la Ley del Tiempo y el Caos– y describe una amplia gama de fenómenos y tendencias aparentemente divergentes. De acuerdo con la Ley de la Aceleración de los Resultados, otra tecnología informática tomará el relevo allí donde lo deje la Ley de Moore, sin ninguna clase de pérdida.

La mayoría de las tendencias exponenciales se dan contra la pared... pero ésta no

Una crítica frecuente a las predicciones del futuro dice que descansan en la extrapolación irreflexiva de las tendencias actuales sin tener en cuenta las fuerzas que pueden terminar con esa tendencia o alterarla. Esta crítica es especialmente adecuada en el caso de las tendencias exponenciales. Un ejemplo clásico es la aparición de una especie en un nuevo hábitat favorable, adonde tal vez fue trasplantada por la intervención humana (por ejemplo, los conejos en Australia). Durante un tiempo se multiplica en forma exponencial, pero este fenómeno se acaba rápidamente cuando la población, observada en explosiva expansión, tropieza con un nuevo depredador o con los límites de su medio. Análogamente, el crecimiento geométrico de nuestra especie ha sido causa de preocupación, pero los cambios en los factores sociales y económicos, incluida la prosperidad creciente, han lentificado notablemente esta expansión en los últimos años, incluso en los países desarrollados.

Sobre esta base, hay observadores dispuestos a predecir el agotamiento del crecimiento exponencial de la informática.

Pero el crecimiento que predice la Ley de la Aceleración de los Resultados es una excepción a las limitaciones tan a menudo citadas

LA CURVA DEL APRENDIZAJE: BABOSA CONTRA SER HUMANO

La «curva del aprendizaje» define el dominio de la habilidad con el tiempo. Cuando un ser cualquiera –una babosa o un ser humano– aprende una nueva habilidad, esta habilidad de nueva adquisición construye sobre sí misma y de este modo la curva del aprendizaje desemboca en el crecimiento exponencial que observamos en la Ley de la Aceleración de los Resultados. Las habilidades tienden a ser limitadas, de modo que una vez dominada la nueva capacidad, hace su aparición la ley de la disminución de los resultados y el crecimiento del dominio de la capacidad se nivela. Así, la curva del aprendizaje es lo que se conoce como curva en S, porque el crecimiento exponencial seguido por una nivelación tiene la apariencia de una S ligeramente inclinada hacia la derecha: ∫ .

La curva del aprendizaje es notablemente universal: se da en la mayoría de las criaturas multicelulares. Las babosas, por ejemplo, siguen la curva del aprendizaje cuando aprenden a trepar a un árbol nuevo en busca de hojas. Por su parte, los seres humanos siempre están aprendiendo algo nuevo.

Pero hay una notable diferencia entre los seres humanos y las babosas. Los primeros son capaces de innovación, que es la creación y retención de nuevas habilidades y conocimientos. La innovación es la fuerza impulsora de la Ley de la Aceleración de los Resultados y elimina la parte de nivelación de la curva en S. De esta manera, la innovación convierte la curva en S en una expansión exponencial indefinida.

La superación de la curva en S es otra expresión del estatus único de la especie humana. No parece darse en ninguna otra especie. ¿Por qué somos únicos al respecto, dado que los primates están tan próximos a nosotros en lo que se refiere a la genética?

La razón estriba en que la capacidad para superar la curva en S propicia un nuevo nicho ecológico. Como ya he señalado, había en la práctica otras especies y subespecies de humanoides capaces de innovación, pero el nicho parece que sólo ha tolerado la supervivencia de un competidor. Pero en el siglo XXI tendremos la compañía de nuestras máquinas, que se nos unirán en ese nicho exlusivo.

del crecimiento exponencial. Incluso una catástrofe, como la que al parecer les sobrevino a nuestros cohabitantes reptiles a finales del período cretáceo, sólo ocurre al mismo tiempo que el proceso evolutivo, que luego recoge las piezas y continúa adelante (a menos que quede eliminado el proceso entero). Un proceso evolutivo se acelera porque construye sobre sus adquisiciones pasadas, que comprenden mejoras en sus propios medios para encarar una nueva evolución. En la evolución de las formas vivas, además de la codificación genética basada en el ADN, la innovación de la reproducción sexual proveyó de medios perfeccionados de experimentación con características diversas en una población que, por lo demás, es homogénea. El establecimiento de los planes corporales básicos para los animales modernos de la «explosión cámbrica», hace alrededor de 570 millones de años, permitió a la evolución concentrarse en rasgos de nivel superior, como la función expandida del cerebro. Las invenciones de la evolución en una era proporcionan los medios, y a menudo la inteligencia, para innovar en la siguiente.

La Ley de la Aceleración de los Resultados se aplica igualmente a los procesos evolutivos de la informática, que en el futuro crecerán intrínsecamente en forma exponencial y en lo esencial sin límites. *Los dos recursos que necesita –el orden creciente de la tecnología evolutiva y el caos del cual un proceso evolutivo extrae sus opciones de mayor diversidad– son ilimitados.* Finalmente, la innovación necesaria para nuevas vueltas de tuerca vendrá de las propias máquinas.

¿Cómo seguirá acelerándose el poder de la informática después de la extinción de la Ley de Moore? Estamos sólo en los comienzos de la exploración de la tercera dimensión en el diseño de chips. La gran mayoría de los chips actuales son planos, mientras que nuestro cerebro está organizado en tres dimensiones. Vivimos en un mundo tridimensional, de modo que no hay razón para no usar la tercera dimensión. Las mejoras en los materiales semiconductores, incluidos los circuitos superconductores que no engendran calor, nos pondrán en condiciones de desarrollar chips –es decir, cubos– con miles de capas de circuitos que, en combinación con geometrías componentes mucho más pequeñas, multiplicarán por muchos millones el poder de cálculo. Y hay suficientes tecnologías informáticas nuevas a la espera de alas –nanotubulares, ópticas, cristalinas, de ADN y cuánticas (que expondremos en el capítulo 6, «La construcción de nuevos cerebros...»)– para mantener viva durante muchísimo tiempo más la Ley de la Aceleración de los Resultados en el mundo de la informática.

La introducción de tecnología en la Tierra no es una cuestión que afecte solamente a una de las innumerables especies terrestres. Es un acontecimiento axial en la historia del planeta. La creación más grandiosa de la evolución –la inteligencia humana– proporciona los medios para la próxima fase de la evolución, que es la tecnología. La emergencia de la tecnología es predicha por la Ley de la Aceleración de los Resultados. La subespecie *homo sapiens sapiens* sólo hizo su aparición decenas de miles de años después que sus antecesores humanos. De acuerdo con la Ley de la Aceleración de los Resultados, la próxima etapa de la evolución debería medir sus acontecimientos destacados sólo en miles de años, demasiado rápido para la evolución basada en el ADN. Este concepto de la evolución fue creado por la propia inteligencia humana, un ejemplo más del motor exponencial de la evolución que utiliza las innovaciones de un período (seres humanos) para crear el siguiente (máquinas inteligentes).

Para innovar, la evolución se vale del gran caos que la rodea, la siempre creciente entropía regida por el reverso de la Ley del Tiempo y el Caos. Ambas corrientes de la Ley del Tiempo y el Caos –la lentificación del tiempo debida al caos creciente que predice la segunda ley de la termodinámica, y la aceleración exponencial del tiempo debido al orden creciente creado por la evolución– coexisten y progresan sin límite. *En particular, los recursos de la evolución, el orden y el caos, son ilimitados*. Insisto en este punto porque es decisivo para comprender la naturaleza evolutiva –y revolucionaria– de la tecnología informática.

El surgimiento de la tecnología fue un hito en la evolución de la inteligencia en la Tierra porque representó un nuevo sistema de evolución que registra sus diseños. El próximo hito será la tecnología, que creará su generación siguiente sin intervención humana. Que entre uno y otro hito sólo haya un período de decenios o de miles de años es otro ejemplo de la aceleración exponencial de la evolución.

Para apreciar las implicaciones de esta (o de cualquier) tendencia geométrica, vale la pena recordar la leyenda del inventor del ajedrez y su señor, el emperador de China. A tal punto se había enamorado el emperador del nuevo juego que ofreció como recompensa a su inventor lo que éste quisiera del reino.

–Sólo un grano de arroz en la primera casilla, Majestad.

–¿Sólo un grano de arroz?

–Sí, Majestad, sólo un grano de arroz en la primera casilla y dos granos en la segunda casilla.

–Esto es todo, ¿uno y dos granos de arroz?

–Bueno, y cuatro granos en la tercera casilla, y así sucesivamente.

El emperador accedió de inmediato a la petición aparentemente modesta del inventor. Según una versión del relato, el emperador tuvo que declararse en quiebra, pues la duplicación de granos de arroz por cada casilla elevó la cantidad final de granos a 18 trillones. A diez granos por pulgada cuadrada, para llegar a esa cantidad hacían falta campos de arroz que cubrieran el doble de la superficie de la Tierra, incluidos los océanos.

Según la otra versión, el inventor fue decapitado. Todavía no está claro a qué resultado nos enfrentamos nosotros.

Pero hay algo que debemos observar: el emperador y el inventor llegaron a la primera *mitad* de la partida prácticamente sin que ocurriera nada trascendental. Después de treinta y dos casillas, el emperador había dado al inventor 8000 millones de granos de arroz. Es una cantidad razonable –que equivale más o menos a un gran campo– aunque el emperador comenzó a tomar conciencia de la situación.

Pero el emperador aún podía seguir siendo emperador. Y el inventor aún podía conservar la cabeza. Fue al entrar en la segunda mitad de la partida cuando al menos uno de ellos empezó a tener problemas.

Por tanto, ¿dónde nos encontramos en este momento? Ha habido alrededor de treinta y dos duplicaciones de velocidad y capacidad desde que, en 1940, se construyeron los primeros ordenadores operativos. En este momento hemos completado la primera mitad de la partida. Y la gente comienza a tomar conciencia de la situación.

Ahora bien, a medida que entremos en el próximo siglo estaremos entrando en la segunda mitad de la partida. Y es aquí donde las cosas empiezan a ponerse interesantes.

–Bien, ¿podría decir entonces que mi concepción como óvulo fertilizado fue algo así como el big bang *del Universo, es decir que en un comienzo las cosas sucedieron a toda velocidad, luego hubo una suerte de lentificación y ahora son realmente lentas?*

–Es una manera razonable de decirlo. El intervalo de tiempo que hay ahora entre hitos es mucho más largo que los que hubo cuando era usted una niña, por no decir cuando sólo era un feto.

–Dijo usted que el Universo tuvo tres cambios de paradigma en la primera milmillonésima de segundo. ¿Sucedía todo tan rápido cuando yo comencé?

–No tanto. El Universo comenzó como una singularidad, un simple punto que no ocupaba espacio y que, en consecuencia, no conocía el caos. De modo que el primer acontecimiento importante, la creación del Universo, apenas requirió tiempo. Siendo el Universo todavía muy pequeño, los acontecimientos se desplegaron con extraordinaria rapidez. Nosotros no comenzamos como un simple punto, sino más bien como una célula compleja. En una célula hay orden, pero también mucha actividad al azar si se la compara con un simple punto en el espacio. De modo que nuestro primer acontecimiento importante en calidad de organismos, que es la primera mitosis de nuestro óvulo fertilizado, se mide en horas, no en billonésimas de segundo. A partir de entonces, las cosas se lentifican.

–Pero yo siento como si el tiempo se acelerara. Los años se me pasan ahora mucho más rápidamente que cuando era niña. ¿No es lo contrario de lo que usted dice?

–En efecto, la experiencia subjetiva es lo contrario de la realidad objetiva.

–Es verdad, ¿cómo no se me ocurrió?

–Permítame aclararle lo que quiero decir. La realidad objetiva es la realidad del observador exterior que observa el proceso. Si observamos el desarrollo de un individuo, los acontecimientos destacados ocurren muy rápidamente al principio, pero luego los hitos están más separados y por eso decimos que el tiempo se lentifica. Sin embargo, la experiencia subjetiva es la experiencia del proceso mismo, suponiendo, por supuesto, que el proceso sea consciente. Que, en su caso, lo es. O al menos supongo que lo es.

–Gracias.

–Subjetivamente, nuestra percepción del tiempo se ve afectada por el espaciamiento de los hitos.

–¿Hitos?

–Sí, como desarrollar un cuerpo y un cerebro.

–¿Y nacer?

–Exacto, eso es un hito. Luego aprender a sentarse, a andar, a hablar...

–Comprendo.

–Podemos suponer que cada unidad subjetiva de tiempo es equivalente al espacio entre una piedra miliar y otra. Dado que nuestros hitos se alejan uno de otro a medida que nos hacemos mayores, una unidad subjetiva de tiempo representará un intervalo mayor para un adulto que para un niño. Por eso se tiene la sensación de que el tiempo pasa más rápidamente a medida que nos hacemos mayores. Es decir que, para un adulto, un intervalo de años puede parecer equivalente a uno de meses para un niño. Así pues, un intervalo largo para un adulto y un intervalo breve para un niño representan el mismo tiempo subjetivo en cuanto a la cantidad de acontecimientos destacados. Por supuesto, los intervalos largos y los breves también representan fracciones comparables de sus respectivas vidas anteriores.

–Entonces, ¿explica esto por qué el tiempo transcurre más rápidamente cuando lo estoy pasando bien?

–Bueno, depende de la situación. Si uno vive una experiencia en la que se producen muchos acontecimientos significativos, se puede tener la sensación de que esa experiencia se extiende durante un período mucho más prolongado que una situación más tranquila. Una vez más, medimos el tiempo subjetivo en función de las experiencias importantes.

–Pero entonces, si a mí me parece que el tiempo se acelera cuando objetivamente se lentifica, para la evolución el tiempo se lentificaría subjetivamente cuando objetivamente se acelera, ¿lo he entendido bien?

–Sí, siempre que la evolución sea consciente.

–¿Y lo es?

–No hay manera de saberlo, pero la espiral del tiempo de la evolución progresa en sentido opuesto al de las entidades que en general consideramos conscientes, como los seres humanos. En otras palabras, la evolución comienza lentamente y se acelera con el tiempo, mientras que el desarrollo de una persona comienza rápidamente y luego se lentifica. Sin embargo, la espiral del tiempo del Universo progresa en la misma dirección que los organismos, y por eso tendría más sentido decir que el Universo es consciente. Y que piensa en ello, que arroja cierta luz sobre lo que sucedió antes del *big bang*.

–Era justamente lo que me preguntaba.

–Cuando miramos hacia atrás y nos acercamos al acontecimiento del *big bang*, el caos se contrae hasta desaparecer por completo. Así, con una perspectiva subjetiva, el tiempo se estira. En realidad, a medida que retrocedemos en el tiempo y nos aproximamos al *big bang*, el tiempo subjetivo se aproxima al infinito. Por eso no es posible retroceder más allá de una infinidad subjetiva de tiempo.

–Eso me alivia. Pero dice usted que el progreso exponencial de un proceso evolutivo continúa por siempre. ¿No hay nada que pueda detenerlo?

–Solamente una catástrofe que acabe con el proceso entero.

–¿Como una guerra nuclear total?

–Ésa es una posibilidad, pero en el próximo siglo nos encontraremos con una inmensa cantidad de «modalidades de fracaso». Hablaremos de esto en capítulos posteriores.

–No puedo esperar. Dígame ahora esto: ¿qué tiene que ver la Ley de la Aceleración de los Resultados con el siglo XXI?

–Las tendencias exponenciales son inmensamente poderosas, pero engañosas. Subsisten durante eones con escaso resultado. Pero una vez que han alcanzado la «rodilla de la curva», explotan con furia implacable. Respecto de la tecnología informática y su impacto sobre la sociedad humana, la rodilla se aproxima con el nuevo milenio. Ahora soy yo quien quiere hacerle una pregunta.

–Venga.

–Simplemente, ¿quién es usted?

–¿Y quién iba a ser? La lectora.

–¡Claro! Pues, ¿sabe?, es bueno que contribuya usted a la redacción del libro mientras estemos a tiempo.

–Encantada. No contó usted el final de la fábula del emperador. ¿Acaso el emperador perdió su imperio? ¿O el inventor perdió la cabeza?

–Conozco dos finales, así que no puedo responder.

–Tal vez llegaron a una solución de compromiso. El inventor pudo haberse conformado con el dominio de, digamos, una sola provincia de China.

–Sí, ése sería un buen resultado. Y tal vez mejor aún como parábola para el siglo XXI.

2. La inteligencia de la evolución

He aquí otra pregunta esencial para comprender el siglo XXI: *¿Puede una inteligencia crear otra inteligencia más inteligente que ella misma?*

Consideremos primero el proceso inteligente que nos creó: la evolución.

La evolución es una gran programadora. Ha sido prolífica, con su diseño de millones de especies de pasmosa diversidad e ingenio. Y eso aquí, en la Tierra. Los programas de *software* están todos bajados, registrados como datos digitales en la estructura de una molécula muy ingeniosa llamada ácido desoxirribonucleico, o ADN. El ADN fue descrito por primera vez por J. D. Watson y F. H. C. Crick en 1953 como una doble hélice formada por un par de bandas arrolladas de polinucleótidos con dos bits de información codificada en cada peldaño de una escalera en espiral, codificada por la elección de nucleótidos.[1] Esta prodigiosa memoria «sólo para leer» controla la inmensa maquinaria de la vida.

Sostenida por una espina dorsal arrollada de azúcar-fosfato, la molécula de ADN consta de entre varias docenas y varios millones de peldaños, cada uno de los cuales está codificado con una letra nucleótida extraída de un alfabeto de cuatro letras de pares básicos (adenina-timina, timina-adenina, citosina-guanina y guanina-citosina). El ADN humano es una molécula larga –si se la estirase llegaría a medir 1,80 m de largo–, pero está apretada en un rollo muy elaborado de sólo 0,001 cm.

El mecanismo para producir copias del código ADN consiste en otras máquinas especiales: las moléculas orgánicas llamadas enzimas, que dividen cada par básico y luego reúnen dos moléculas idénticas de ADN volviendo a emparejar los pares básicos rotos. Otras pequeñas máquinas químicas verifican luego la validez de la copia controlando la integridad de las parejas de pares básicos. La tasa de error de estas transacciones químicas de procesamiento de información es de aproximadamente uno por cada mil millones de réplicas. Hay redundancias y los códigos de corrección de errores construyen con los datos mismos, de modo que son raros los errores de significado. Algunos errores se cuelan y la mayoría de ellos producen defectos en una única célula. Los errores en una célula fetal temprana pueden provocar defectos de nacimiento en el organismo neonato. Si esos defectos ofrecen alguna ventaja a largo plazo, la nueva codificación puede verse favorecida a través de la supervivencia mejorada de ese organismo y su descendencia.

El código del ADN controla los detalles más importantes de la construcción de todas las células del organismo, incluidas las formas y los procesos celulares, y de los órganos de los que forman parte. En un proceso llamado de traducción, otras enzimas reducen la información del ADN codificada mediante la construcción de proteínas. Estas proteínas son las que definen la estructura, la conducta y la inteligencia de cada célula y del organismo entero.[2]

Esta maquinaria computacional es a la vez notablemente compleja y asombrosamente simple. Sólo cuatro pares básicos proveen el material para la complejidad de los millones de formas vivas que hay en la Tierra, de la bacteria primitiva a los seres humanos. Los ribosomas –pequeñas moléculas que cumplen la función de una grabadora– leen el código y construyen proteínas a partir de sólo veinte aminoácidos. La flexión sincronizada de las células musculares, las intrincadas interacciones químicas de la sangre, la estructura y el funcionamiento del cerebro y todas las demás diferentes funciones de las criaturas de la Tierra están programadas en este eficiente código.

La amplitud del procesamiento de información genética es una prueba de la existencia de la nanoingeniería (construcción de máquinas átomo a átomo), porque la maquinaria de la vida trabaja realmente en el nivel atómico. Pequeños bits de moléculas formadas sólo por docenas de átomos codifican cada bit y ejecutan la transcripción, la detección de errores y las funciones correctoras. La construcción real del material orgánico se lleva a cabo átomo a átomo con la construcción de las cadenas de aminoácidos.

Ésta es nuestra comprensión del *hardware* del motor computacional que impulsa la vida en la Tierra. Sin embargo, estamos comenzando a desenmarañar el *software*. La evolución ha sido una programadora prolífica, pero descuidada. Nos ha dejado el código objeto (miles de millones de datos codificados), pero ningún metacódigo (enunciado en lenguaje comprensible para nosotros), ni comentarios explicativos, ni archivo de «ayuda», ni documentación, ni manual del usuario. Gracias al Proyecto del Genoma Humano nos hallamos en proceso de desciframiento de los seis mil millones de bits del código genético humano, y empezamos también a aprehender el código de otros miles de especies.[3] Pero la inversión de la ingeniería del código del genoma –para comprender cómo funciona– es un proceso lento y laborioso que apenas acabamos de comenzar. Mientras, sin embargo, vamos aprehendiendo el procesamiento de la información básica de ciertas enfermedades, de la maduración y del envejecimiento, a la vez que adquirimos los medios para corregir y refinar el invento inacabado de la evolución.

Además de carecer de documentación, la evolución es una programadora muy ineficaz. La mayor parte del código –el 97 por ciento, según las actuales estimaciones– no computa; es decir que la mayoría de las secuencias no produce proteínas y parece inútil. Eso quiere decir que la parte activa del código comprende sólo alrededor de 23 *megabytes*, o sea menos que el código de Microsoft Word. Y además está lleno de redundancias. Por ejemplo, una secuencia aparentemente sin significado llamada Alu, que comprende 300 letras nucleótidas, aparece 300 000 veces en el genoma humano, lo que representa más del 3 por ciento de nuestro programa genético.

La teoría de la evolución sostiene que los cambios de programación se introducen esencialmente al azar. El criterio para evaluar y retener los cambios es la supervivencia del organismo entero y su capacidad reproductora. Sin embargo, el programa genético no sólo controla la característica que se «experimenta», sino también otros millones de características. La supervivencia de los más aptos parece ser una técnica muy tosca, capaz de concentrarse sólo en una o a lo sumo en unas pocas características a la vez. Dado que la gran mayoría de los cambios empeoran las cosas, resulta sorprendente que esta técnica funcione.

Esto contrasta con el enfoque humano convencional del programa informático, en el que los cambios se diseñan con una finalidad in mente, pueden introducirse muchos cambios al mismo tiempo y los cambios se ponen a prueba uno por uno y no mediante la supervivencia general del programa. Si intentáramos mejorar nuestros programas informáticos al modo en que la evolución parece mejorar sus diseños, entrarían en colapso por el incremento del azar.

Es llamativo que, concentrándose en sólo un refinamiento cada vez, se hayan podido diseñar estructuras tan complejas como el ojo humano. Algunos observadores sostienen que ciertos diseños complicados son posibles a través del método de refinamiento incremental que emplea la evolución. Un diseño tan complicado como el ojo o el corazón parecería requerir un diseño metodológico que tuviera en cuenta todo a la vez.

Sin embargo, el hecho de que diseños tales como el ojo tengan muchos aspectos interactuantes no invalida su creación a través de una pauta de diseño que comprenda sólo un pequeño refinamiento cada vez. En el útero, el feto humano parece pasar por un proceso de evolución, aunque no se acepta universalmente que esto sea un corolario de las fases o la evolución que culminó en nuestra subespecie. Sin embargo, la mayoría de los estudiantes de medicina aprende que la ontogenia (el desarrollo fetal) recapitula la filogenia (evolución de un grupo de organismos genéticamente relacionados, como un *filum*). Al parecer, en el vientre materno nos asemejamos primero a un embrión de pez, luego a un anfibio, después a un mamífero, etcétera. Aparte de la controversia sobre la filogenia, en la historia de la evolución podemos ver borradores que la evolución fue realizando del diseño de mecanismos aparentemente «completos» como el ojo humano. Aun cuando la evolución se centra en un solo problema cada vez, no hay duda de que es capaz de crear diseños sorprendentes con muchas partes interactuantes.

Sin embargo, el método incremental de diseño de la evolución tiene un inconveniente: no puede ejecutar con facilidad rediseños completos. Por ejemplo, es sorprendente la bajísima velocidad de computación de las neuronas de los mamíferos. Pero hay un rodeo posible, como exploraremos en el capítulo seis, «La construcción de nuevos cerebros...».

Son diversas las maneras en que la evolución ha producido una evolución en sus métodos de evolución. Una de esas maneras o medios es, sin duda, la codificación a base de ADN. Dentro del código, se han desarrollado otros medios. Algunos elementos de diseño, tales como la forma del ojo, están codificados de una manera tal que hace menos probables las mutaciones. La detección de error y los mecanismos de corrección incorporados en el código a base de ADN hacen muy improbables los cambios en estas regiones. Este refuerzo de la integridad del diseño de ciertas características decisivas evolucionó porque proporciona una ventaja, ya que, por lo general, los cambios en ellas resultan catastróficos. Otros elementos de diseño, como la cantidad y disposición de los bastoncillos y los conos en la retina tienen menos refuerzos de diseño incorporados al código. Si examinamos el registro evolutivo, vemos más cambios recientes en la disposición de la retina que en la forma del globo ocular mismo. De modo que, en cierta forma, las estrategias de evolución han evolucionado. La Ley de la Aceleración de los Resultados dice que así debe ser, pues el desarrollo de sus propias estrategias es la manera primaria en que se autoconstruye un proceso evolutivo.

Al estimular la evolución, también podemos confirmar la capacidad que encierra el proceso de diseño «paso a paso» de la evolución para construir diseños ingeniosos de muchos elementos interactuantes. Un ejemplo de ello es una simulación en *software* de la evolución de las formas vivas, conocida como Network Tierra, diseñada por Thomas Ray, biólogo y experto en bosques tropicales.[4] Las «criaturas» de Ray son simulaciones en *software* de organismos en los cuales cada «célula» tiene su propio código genético semejante al ADN. Los organismos compiten entre sí por el limitado espacio simulado y las fuentes de energía de sus medios simulados.

Un aspecto único de este mundo artificial es que las criaturas tienen plena libertad en 150 ordenadores de Internet, como «islas en un archipiélago», según la expresión de Ray. Uno de los objetivos de esta investigación es comprender cómo fue posible la explosión de distintos planes corporales que se dieron en la Tierra durante el período cámbrico, hace 570 millones de años. «¡Es emocionante observar la evolu-

ción!», exclamó Ray cuando vio que sus criaturas evolucionaban de organismos unicelulares no especializados a organismos multicelulares con por lo menos modestos incrementos de diversidad. Se dice que Ray ha identificado equivalentes a parásitos, inmunidades e interacción social rudimentaria. Una de las limitaciones reconocidas de la simulación de Ray es la falta de complejidad de su medio simulado. Una conclusión que se desprende de esta investigación es la necesidad de un medio adecuadamente caótico como recurso clave para impulsar la evolución, recurso que en el mundo real se encuentra en abundancia.
Una aplicación práctica de la evolución es el área de algoritmos evolutivos, en la que millones de programas informáticos en evolución compiten entre sí en un proceso evolutivo simulado y de esta manera aprovechan la inteligencia inherente a la evolución para resolver problemas del mundo real. Puesto que la inteligencia de la evolución es débil, nos centramos en ella y la amplificamos de la misma manera en que una lente concentra los rayos difusos del sol. En el capítulo 4, «Una nueva forma de inteligencia en la Tierra», hablaremos más acerca de este poderoso enfoque del diseño en *software*.

El cociente intelectual de la evolución

Ante todo, elogiemos la evolución. Ha creado una multitud de diseños de indescriptible belleza, complejidad y elegancia, por no hablar de su eficacia. En realidad, algunas teorías estéticas definen la belleza como el éxito relativo en la emulación de la belleza natural que la evolución ha creado. En efecto, ésta ha creado a los seres humanos con su cerebro humano inteligente, seres lo suficientemente sagaces para crear su propia tecnología inteligente.

Su inteligencia parece muy amplia. ¿Lo es en realidad? Tiene un defecto: la evolución es *lentísima*. Si bien es cierto que ha creado algunos diseños notables, ha empleado para ello un tiempo extremadamente largo. Llevó eones el comienzo del proceso y, para la evolución de las formas vivas, los eones equivalieron a miles de millones de años. También costó eones que nuestros antecesores humanos se iniciaran en la creación de tecnología, pero para nosotros los eones significaron decenas de miles de años, que es un progreso evidente.

¿Es significativa para la evaluación de la inteligencia la magnitud del tiempo que se necesita para resolver un problema o crear un diseño inteligente? Los autores de nuestros tests de cociente intelectual humano creen que sí, razón por la cual la mayoría de los tests de CI miden el tiempo. Consideramos que resolver un problema en pocos segundos es mejor que resolverlo en unas horas o en años. Cada tanto, el aspecto de la medición temporal de los tests de CI provoca controversias, pero no debería ser así. La velocidad de un proceso inteligente es un aspecto válido para su evaluación. Si en mi córnea izquierda aparece de repente, agazapado sobre la rama de un árbol, un animal de gran tamaño y aspecto felino, es preferible diseñar una táctica de evasión en uno o dos segundos a estar horas sopesando el peligro. Si el jefe nos pide que diseñemos un programa de mercadotecnia, probablemente no quiera esperar cien años. Viking Penguin querría que yo entregara este libro antes de que expirara el segundo milenio, no el tercero.[5]

La evolución ha alcanzado un nivel extraordinario de diseño, pero ha invertido en ello un tiempo extraordinariamente prolongado. Si multiplicáramos sus logros por una ponderación de su ritmo, creo que tendríamos que concluir que su cociente intelectual sólo es infinitesimalmente mayor que cero. Un CI poco mayor que cero (si se define como cero la conducta completamente arbitraria) basta para que la evolución venza a la entropía y cree diseños prodigiosos, siempre que tenga tiempo suficiente, de la misma manera en que una asimetría, incluso pequeña, en el equilibrio entre la materia y la antimateria fue suficiente para permitir que la materia se impusiera casi por completo a su antítesis.

Por tanto, la evolución es sólo un poco más sagaz que la conducta completamente desprovista de inteligencia. La razón por la que nuestros algoritmos evolutivos de creación humana son eficaces es que aceleramos el tiempo un millón o mil millones de veces, a fin de concentrar y enfocar su poder, que de lo contrario sería difuso. Por el contrario, la sagacidad de los seres humanos respecto de la estupidez total es mucho mayor que un simple cuanto (por supuesto, esta opinión puede variar en función de los últimos informes).

Pensemos en las sofisticaciones de *nuestras* creaciones a lo largo de un período de sólo unos milenios. Finalmente, nuestras máquinas igualarán y superarán a la inteligencia humana, cualquiera que sea la

EL FIN DEL UNIVERSO

¿Qué dice la Ley del Tiempo y el Caos acerca del fin del Universo?

Según una teoría, el Universo continuará su expansión para siempre. Alternativamente, si hay material suficiente, la fuerza de gravedad del propio Universo detendrá su expansión para terminar en un «gran crujido» final. A menos que haya una fuerza antigravitatoria. O si la «constante cosmológica» de Einstein es lo suficientemente grande. He tenido que volver a redactar tres veces este párrafo en los últimos meses porque los físicos no acaban de ponerse de acuerdo. Parece ser que la última especulación se decanta por la expansión indefinida.

Personalmente, prefiero la idea de que el Universo se cerrará otra vez sobre sí mismo; me complace más desde el punto de vista estético. Esto quiere decir que el Universo frenaría su expansión y retornaría a la singularidad. Podemos especular que volvería a expandirse y a contraerse en un ciclo infinito. Muchas cosas del Universo parecen moverse en ciclos, ¿por qué no el Universo mismo? De esta forma podría considerarse el Universo como una pequeña partícula ondular de algún otro Universo realmente grande. Y ese gran Universo sería también él una partícula vibratoria de otro Universo todavía mayor. A la inversa, puede considerarse cada una de las pequeñas partículas ondulatorias de nuestro Universo como un pequeño Universo cuyas vibraciones, de fracciones de una billonésima de segundo en nuestro Universo, representan miles de millones de años de expansión y contracción en ese pequeño Universo. Y cada partícula de esos pequeños Universos podría ser... de acuerdo, me estoy metiendo en un buen berenjenal.

CÓMO «DESROMPER» UNA TAZA

Supongamos que el Universo invierte la expansión. La fase de contracción tiene las características opuestas a las de la fase de expansión en que ahora nos hallamos. Es evidente que cuando el Universo sea más pequeño, el caos en él disminuirá. Me doy cuenta de que así tiene que suceder al pensar en el punto final, que es otra vez una singularidad sin magnitud y, por tanto, sin desorden.

Nos parece que el tiempo se mueve en una dirección porque los procesos en el tiempo no suelen ser reversibles. Si rompemos una taza, nos resulta difícil, por así decirlo, «desromperla». Eso se debe a la segunda ley de la termodinámica. Puesto que la entropía total puede incrementarse, pero nunca disminuir, el tiempo tiene direccionalidad.

La rotura de una taza aumenta la aleatoriedad. El «desromper» la taza violaría la segunda ley de la termodinámica. Sin embargo, en la fase de contracción del Universo el caos decrece, de modo que deberíamos pensar que la dirección del tiempo se ha invertido.

Esto invierte todos los procesos en el tiempo y convierte la evolución en involución. Durante la segunda mitad del arco temporal del Universo el tiempo se mueve hacia atrás. De modo que si rompe usted su taza preferida, trate de hacerlo cerca del punto medio del arco temporal del Universo. En cuanto entráramos en la fase de contracción del Universo, se encontraría con su taza nuevamente entera.

Ahora bien, si en esta fase de contracción el tiempo retrocede, lo que nosotros (que vivimos en la fase expansiva del Universo) vemos en el futuro como un gran crujido, será en realidad una gran explosión (el *big bang*) para las criaturas que vivan (en el tiempo invertido) durante la fase de contracción. Considérese la perspectiva de estas criaturas del tiempo invertido que viven en lo que para nosotros es la segunda fase del Universo. Desde su perspectiva, lo que nosotros consideramos segunda fase es en realidad la primera, en la que el tiempo transcurre en la dirección inversa. Así, desde su perspectiva, en esta fase el Universo está en expansión, no en contracción. Por lo tanto, si es correcta la teoría de que «finalmente el Universo se contraerá», sería adecuado decir que el Universo está limitado en el tiempo por dos grandes explosiones y que los acontecimientos fluyen en el tiempo en direcciones opuestas a partir de cada gran explosión, para encontrarse en el punto medio. Las criaturas que viven en cualquiera de las dos fases pueden decir que se encuentran en la primera mitad de la historia del Universo, puesto que ambas fases parecerán ser la primera mitad para las criaturas que viven en ellas. En ambas mitades del arco temporal del Universo son verdaderas la Ley de la Entropía, la Ley del Tiempo y el Caos, y la Ley de la Aceleración de los Resultados (aplicada a la evolución), con la diferencia de que el tiempo transcurre en direcciones opuestas.[6]

El fin del tiempo

¿Y qué sucede si el Universo se expande indefinidamente? Eso significaría que las estrellas y las galaxias terminarían por agotar su energía, dejando para siempre un Universo de estrellas muertas en expansión. Eso dejaría a su vez una gran confusión –grandes cantidades de azar– y ningún orden significativo, de modo que, de acuerdo con la Ley del Tiempo y el Caos, el tiempo se iría deteniendo poco a poco. En coherencia con esto, si un Universo muerto significa que no habrá seres conscientes para apreciarlo, tanto la mecánica cuántica como los puntos de vista subjetivos orientales[7] significarían que el Universo dejaría de existir.

A mi juicio, ninguna de las conclusiones es del todo correcta. Al final del libro compartiré con el lector mi punto de vista acerca de lo que sucede al final del Universo. Pero no nos adelantemos.

definición que se dé a ese término tan huidizo. Aun cuando mis marcos temporales sean incorrectos, pocos observadores serios que hayan estudiado el problema afirmarían que los ordenadores nunca igualarán e incluso superarán la inteligencia humana. Los seres humanos habrán batido ampliamente a la evolución y, por tanto, en sólo unos miles de años habrán conseguido lo mismo –o incluso más– de lo que ésta consiguió en miles de millones de años. Así, la inteligencia humana, producto de la evolución, es mucho más inteligente que su creadora.

Y del mismo modo, la inteligencia que estamos creando ahora llegará a superar la inteligencia de su creador. Esto no ocurre hoy. Pero como se sostendrá en el resto del libro, ocurrirá muy pronto –en términos de evolución, o incluso en términos de historia humana– y en vida de la mayoría de los lectores de este libro. Es lo que predice la Ley de la Aceleración de los Resultados, que además predice que el progreso de las capacidades de las máquinas de creación humana no dejará de acelerarse. La especie humana, creadora de tecnología inteligente, es otro ejemplo del progreso autoconstructivo de la evolución. La evolución creó la inteligencia humana. Ahora la inteligencia humana está diseñando máquinas inteligentes a mucha mayor velocidad. Sin embargo, se dará otro ejemplo cuando nuestra tecnología inteligente sea capaz de crear por sí misma tecnología aún más inteligente que ella.

–En esta cosa llamada tiempo, empezamos como una célula única, ¿es así?

–Así es.

–Y luego evolucionamos para convertirnos en algo semejante a un pez, luego a un anfibio y por último a un mamífero, etcétera. Sabe usted que la ontogenia recapitula la...

–Filogenia, sí.

–De modo que lo mismo que la evolución, ¿es así?, pasamos por la evolución en el vientre materno.

–Sí, ésa es la teoría. La palabra *filogenia* deriva de *filum*...

–Pero usted dijo que en la evolución el tiempo se acelera, y sin embargo, en la vida de un organismo, se lentifica.

–¡Ah, sí! ¡Bien observado! Me explicaré.

–Soy toda oídos.

–La Ley del Tiempo y el Caos dice que, en un proceso, el intervalo temporal medio entre acontecimientos destacados es proporcional a la magnitud del caos en el proceso. De modo que hemos de ser cuidadosos a la hora de definir con precisión qué es lo que constituye el proceso. Es verdad que la evolución comenzó con células aisladas. También nosotros empezamos como una célula aislada. Parece lo mismo, pero desde la perspectiva de la Ley del Tiempo y el Caos no lo es. Nosotros empezamos como *una* célula. Cuando la evolución se hallaba en la etapa de las células aisladas, no había una sola célula, sino muchos billones de células. Y estas células se agitaban; había mucho caos y muy poco orden. El movimiento primario de la evolución se produjo en el sentido del aumento de orden. Sin embargo, en el desarrollo de un organismo, el movimiento primario se produce en el sentido de mayor caos; el organismo adulto contiene mucho más desorden que la célula única que fue en su origen. Extrae ese caos del medio a medida que sus células se multiplican y que chocan con el medio. ¿Está claro?

–¡Sí! pero no se burle de mí por lo que voy a decir. Yo creo que el mayor caos de mi vida fue cuando me marché de casa para ir a la universidad. Ahora las cosas están volviendo a la calma.

–Nunca dije que la Ley del Tiempo y el Caos lo explicara todo.

–De acuerdo, pero explíqueme esto. Dijo usted que la evolución no era muy lista, o al menos que era bastante lerda. Pero ¿acaso algunos de estos virus y estas bacterias no usan la evolución para burlarse de nosotros?

–La evolución opera en diferentes escalas. Si la aceleramos, puede ser más lista que nosotros. Ésta es la idea que se halla detrás de los programas que aplican procesos evolutivos simulados para resolver problemas complejos. La evolución patógena es otro ejemplo de la habilidad de la evolución para ampliar y centrar sus poderes difusos. Después de todo, una generación viral puede producirse en minutos u horas en comparación con las décadas que necesita la especie humana. No obstante, yo pienso que terminaremos por imponernos a las tácticas evolutivas de nuestros agentes transmisores de enfermedades.

–*¿Ayudaría que dejáramos de utilizar antibióticos en exceso?*

–En muchos casos, sí. Pero estamos en presencia de un diálogo profundo que abarca toda la especie. En otras especies, los individuos pueden comunicarse en pequeños clanes o colonias, pero fuera de esto hay poca o ninguna coparticipación en la información, y poco conocimiento acumulado aparente. La base de conocimiento humano de la ciencia, la tecnología, el arte, la cultura y la historia no tiene paralelo en ninguna otra especie.

–*¿Qué hay del canto de las ballenas?*

–Hummm. La verdad es que no sabemos qué es lo que cantan.

–*¿Y qué de los monos con los que se puede hablar en Internet?*

–Bueno, el 27 de abril de 1998, el gorila *Koko* intervino en lo que su mentora, Francine Patterson, llamó la primera charla entre especies, en American Online.[8] Pero los críticos dicen que el cerebro de *Koko* es la propia Patterson.

–*Pero la gente pudo hablar con* Koko *on line.*

–Sí. No obstante, *Koko* es torpe para mecanografiar, de modo que las preguntas fueron interpretadas por Patterson en American Sign Language (lenguaje mímico), que *Koko* observó, y luego las respuestas de *Koko* fueron mecanografiadas por Patterson. Tengo la sospecha de que Patterson es como esos intérpretes de los cuerpos diplomáticos que te hacen preguntarte si estás hablando con el dignatario, en este caso *Koko*, o con el intérprete.

–*¿No está claro en general que los monos superiores se comunican? No son genéticamente tan distintos de nosotros, usted lo ha dicho.*

–Es evidente que tienen alguna forma de comunicación. Lo que se preguntan los lingüistas es si los monos pueden moverse en realidad en los niveles de simbolismo que implica el lenguaje humano. Yo pienso que la doctora Emily Savage-Rumbaugh, de la Georgia State University, que dirige un laboratorio de comunicación de monos antropoides de poco más de doscientos metros cuadrados, ha sido justa cuando, hace poco, dijo lo siguiente: «Ellos [sus críticos] piden a *Kanzi* [uno de sus monos sujetos de experimentos] que haga todo lo que hacen los humanos, y eso no es lógico. Nunca hará tal cosa. Lo que no es lo mismo que negar lo que es capaz de hacer.»

–Bueno, todo mi apoyo a los monos.

–Sí, sería bonito tener alguno con el cual hablar cuando nos cansamos de los seres humanos.

–¿Por qué no charla un rato con su ordenador?

–Ya lo hago y él toma debida nota de lo que le digo. Y puedo darle órdenes hablando en lenguaje natural al Microsoft Word,[9] pero no es un conversador muy entretenido que digamos. Recuerde, los ordenadores todavía son un millón de veces más simples que el cerebro humano, de modo que aún tendrán que pasar un par de décadas para que resulten compañeros agradables.

–Volviendo al problema de la inteligencia individual contra la inteligencia de grupo, ¿no son obras de individuos la mayoría de los logros en arte y en ciencia? Ya sabe, no se puede escribir una canción o pintar un cuadro por encargo.

–En realidad, una parte grande e importante de la ciencia y la tecnología se hace en grandes equipos.

–Pero ¿no es cierto que los verdaderos hallazgos los realizan individuos?

–En muchos casos, es verdad. Con todo, los críticos y los conservadores en tecnología, incluso los intolerantes, desempeñan un importante papel de pantalla. No toda idea nueva y diferente es digna de ser perseguida. Vale la pena tener algunas barreras entre los grandes hallazgos y nosotros.

»Pero, desde luego, la empresa humana es capaz de logros que van más allá de lo que podemos hacer como individuos.

–¿Cuál es la inteligencia de un grupo de linchadores?

–No siempre un grupo es más inteligente que sus miembros.

–Bueno, espero que las máquinas del siglo XXI *no saquen a relucir nuestra piscología de linchadores.*

–Buena observación.

–No quisiera terminar en un callejón oscuro frente a una banda de máquinas violentas.

–No debemos olvidar eso cuando diseñemos nuestras futuras máquinas. Tomaré nota...

–Sí, sobre todo antes de que las máquinas, como usted dijo, empiecen a diseñarse a sí mismas.

3. De hombres y máquinas

EXPERIMENTOS MENTALES FILOSÓFICOS

«Estoy solo y aburrido, hazme compañía, por favor.»

Si su ordenador muestra este mensaje en la pantalla, ¿piensa usted por ello que ese aparato de bolsillo es consciente y tiene sentimientos?

Naturalmente que no. Es bastante corriente que un programa presente un mensaje de este estilo. El mensaje viene en realidad del autor, supuestamente humano, del programa que incluye tal mensaje. El ordenador es sólo un conducto para el mensaje, como un libro o las máximas o las predicciones que vienen con ciertas golosinas.

Supongamos que agregamos síntesis lingüística al programa y que hacemos que el ordenador pronuncie ese quejumbroso mensaje. ¿Hemos cambiado algo? Aunque hayamos añadido al programa complejidad técnica y medios de comunicación de apariencia humana, no vemos en el ordenador al auténtico autor del mensaje.

Supongamos ahora que el mensaje no está programado explícitamente, sino que es producido por un programa de juego que contiene un modelo complejo de su propia situación. El mensaje específico nunca puede no haber sido previsto por los creadores humanos del programa. Es creado por el ordenador a partir de su propio modelo interno cuando interactúa con usted, el usuario. ¿Estamos más cerca de ver en el ordenador un ente con sentimientos y conciencia?

Puede que ahora sólo sea un niño pequeño. Pero si tenemos en cuenta el *software* de juego actual, los métodos actuales que limitan la capacidad del ordenador para mantener una pequeña conversación, es probable que dejemos de verlo así.

Ahora supongamos que los mecanismos que se hallan detrás del mensaje se desarrollan hasta convertirse en una gran red neuronal, construida con silicio, pero basada en una ingeniería invertida del cerebro humano. Supongamos que desarrollamos un protocolo de aprendizaje para esta red neuronal que la habilite para aprender el lenguaje humano y modelar el conocimiento humano. Su circuito es un millón de veces más rápido que las neuronas humanas, de modo que tiene mucho tiempo para leer toda la literatura y desarrollar su propia concepción de la realidad. Sus creadores no le dicen cómo ha de responder al mundo. Supongamos ahora que dice «Estoy solo...».

¿En qué momento consideramos que el ordenador es un agente consciente, con su propia voluntad? Éstos han sido los problemas más inquietantes de la filosofía desde que los diálogos platónicos iluminaron las contradicciones inherentes a nuestra concepción de estos términos.

Consideremos la pendiente resbaladiza desde el lado opuesto. Nuestro amigo Jack (ya algo entrado el siglo XXI) se quejaba de problemas auditivos. El diagnóstico indica que necesita algo más que un audífono convencional, así que se le practica un implante coclear. Estos implantes, que en otra época sólo se efectuaban a personas con graves deterioros auditivos, ahora se utilizan comúnmente para aumentar la capacidad de la gente para oír en todo el espectro sonoro. Este procedimiento quirúrgico de rutina tiene éxito y Jack queda encantado con la mejora de su audición.

¿Sigue siendo la misma persona?

Por supuesto que sí. Hay personas con implantes cocleares desde más o menos 1999. Consideramos que son las mismas personas.

Ahora (otra vez algo entrado el siglo XXI), Jack está tan impresionado con el éxito de su implante que decide conectarse los circuitos incorporados de cognición fónica, lo que mejorará su percepción auditiva en general. Estos circuitos ya están incorporados, así que no necesita más que ponerlos en funcionamiento. Activando estos circuitos de sustitución neuronal, las redes de detección sonora incorporadas en el implante hacen de puente para sus envejecidas regiones neurofónicas. Su cuenta corriente registra en su débito el uso de este *software* adicional. Pero, una vez más, Jack está encantado con la mejora de su capacidad para entender lo que la gente dice.

¿Seguimos teniendo al mismo Jack? Por supuesto, nadie lo duda.

Ahora Jack es persuadido de los beneficios de la nueva tecnología de implante neuronal. Sus retinas todavía funcionan bien, de modo que las conserva intactas (aunque lleva permanentemente implantados en las córneas monitores de imagen retinal para ver la realidad virtual), pero decide probar los implantes de procesamiento de imágenes de reciente introducción y queda asombrado de la nueva vivacidad y rapidez de su percepción visual.

¿Sigue siendo Jack? ¿Por qué no?

Jack observa que su memoria ya no es lo que era, pues ha de esforzarse para recordar nombres, detalles de acontecimientos del pasado, etcétera. Así que busca la ayuda en los implantes de memoria. Son asombrosos: los recuerdos que con el tiempo se habían vuelto borrosos, se presentan otra vez con la claridad del primer día. También ha de luchar con ciertas consecuencias no deseadas cuando se encuentra con recuerdos desagradables que habría preferido mantener en la oscuridad.

¿Siempre el mismo Jack? Sin duda, ha cambiado en algunos aspectos y sus amigos están impresionados por el progreso de sus facultades. Pero tiene la misma falta de autoestima, la misma melancolía tonta; aún es el mismo, sí.

Pero ¿por qué detenerse aquí? Finalmente, Jack tendrá la opción de explorar todo su cerebro y su sistema nervioso, que no está todo en el cráneo, y reemplazarlo por circuitos electrónicos de mucha mayor capacidad, velocidad y fiabilidad. También dispone del beneficio de una copia de reserva para el caso de que al Jack físico le suceda algo.

Por cierto que este fantasma es desconcertante, quizá más atemorizador que atractivo. Y es indudable que por mucho tiempo será discutible (aunque de acuerdo con la Ley de la Aceleración de los Resultados, «mucho tiempo» no es tanto como suele pensarse). Por último, los beneficios de sustituir los circuitos neuronales no fiables por otros mejorados serán demasiado abrumadores como para ignorarlos.

¿Hemos perdido a Jack por el camino? Los amigos de Jack piensan que no. El propio Jack afirma que es el mismo de siempre, sólo que renovado. Tiene mejor oído, mejor vista, mejor memoria y más capacidad de razonar, pero sigue siendo el mismo Jack.

Sin embargo, examinemos el proceso con un poco más de cuidado. Supongamos que en lugar de realizar este cambio paso a paso, como en el ejemplo anterior, Jack lo realice de golpe. Se hace una exploración cerebral completa y replica (instala) la información en un ordenador neuronal electrónico. Como no se trata de hacer las cosas a medias, potencia también su cuerpo. Pero ¿cambia algo el que la transición se efectúe modificando todo a la vez? ¿Cuál es la diferencia entre cambiar circuitos neuronales por otros fotoelectrónicos de una sola vez o hacerlo gradualmente? Aun cuando haga el cambio rápidamente en un solo paso, el nuevo Jack es siempre el mismo Jack de siempre, ¿o no?

¿Y el viejo cerebro y el viejo cuerpo de Jack? Suponiendo una exploración no invasora, siguen existiendo. ¡Éste es Jack! Que con posterioridad, la información así obtenida se use para conseguir una réplica de Jack no altera el hecho de que el Jack original exista y que permanezca relativamente sin cambios. Incluso puede que Jack no sea consciente de que alguna vez se cree un nuevo Jack. Y a propósito, podemos crear más de un nuevo Jack.

Si el procedimiento implica la destrucción del viejo Jack una vez realizados ciertos pasos de control de calidad que garanticen que el nuevo Jack es plenamente funcional, ¿no es esto un asesinato (o suicidio) de Jack?

Supongamos que la exploración original de Jack no sea no invasora, sino destructiva. Obsérvese que, desde el punto de vista técnico, una exploración destructiva es mucho más fácil (hoy mismo, 1999, se dispone ya de una tecnología para congelar de manera destructiva secciones neuronales, indagar las conexiones interneuronales e invertir los algoritmos dígito-analógicos paralelos de las neuronas).[1] Todavía no tenemos el ancho de banda necesario para hacer esto con la rapidez suficiente como para explorarlo todo, sino sólo una porción muy pequeña del cerebro. Pero el mismo problema de velocidad existía en los comienzos de otro proyecto de exploración: el del genoma humano. A la velocidad a la que los investigadores podían explorar y secuenciar el código genético humano en 1991, se habrían requerido miles de años para completar el proyecto. Sin embargo, se estableció un programa de catorce años, que hoy parece que podrá cumplirse a satisfacción. El plazo impuesto al Proyecto del Genoma Humano tenía (correctamente) en cuenta que la velocidad de nuestros métodos de secuenciación de los códigos del ADN se acelerarían enormemente con el tiempo. El mismo fenómeno será aplicable a nuestros proyectos de exploración del cerebro humano. Ahora podemos hacerlo –muy lentamente–, pero esta velocidad, como casi todas las cosas gobernadas por la Ley de la Aceleración de los Resultados, será exponencialmente mayor en los años venideros.

Supongamos ahora que mientras exploramos a Jack destructivamente, instalamos esta información en el nuevo Jack. Podemos considerar esto como un proceso de «transferencia» de Jack a su nuevo cerebro y su nuevo cuerpo. Así, se podría decir que no se ha destruido a Jack, sino que sólo se lo ha transferido a una materialización más adecuada. Pero ¿no equivale esto a explorar de modo no invasor a Jack y posteriormente replicar al nuevo Jack y terminar destruyendo el viejo? Si esa secuencia de pasos equivale prácticamente a un asesinato del viejo Jack, el proceso de transferencia de Jack en un solo paso es necesariamente lo mismo. Por tanto, podemos argumentar que cualquier proceso de transferencia de Jack equivale al suicidio del viejo Jack y que el nuevo Jack no es la misma persona.

El concepto de exploración y réplica de la información nos es familiar a partir de la tecnología de teletransferencia de ficción de *Star Trek*, conocida como «emíteme». En este espectáculo de ficción es de suponer que la exploración y reconstitución se halla en una escala de nanoingeniería, es decir, partícula por partícula, más bien que en la reconstitución de los algoritmos más notables del proceso de información neuronal al que nos hemos referido. Pero el concepto es muy similar. En consecuencia, se ha sostenido que los personajes de *Star Trek* se suicidan cada vez que se teletransfieren y que se crean nuevos personajes. Estos personajes nuevos, aunque esencialmente idénticos, están formados por partículas completamente distintas, a menos que imaginemos que al nuevo destino se emitan las partículas reales. Probablemente sería más fácil emitir sólo la información y usar partículas locales para replicar las nuevas materializaciones. ¿Lo sería? ¿Es la conciencia una función de las partículas o sólo de su patrón de organización?

Podemos sostener que la conciencia y la identidad no son en absoluto una función de las partículas específicas, porque nuestras partículas cambian constantemente. En el nivel celular, en un período de varios años cambiamos la mayoría de nuestras células (aunque no las cerebrales).[2] En el nivel atómico, el cambio es mucho más veloz e incluye las células cerebrales. No somos en absoluto colecciones permanentes de partículas. Los patrones de materia y de energía son semipermanentes (es decir, que cambian sólo gradualmente), pero nuestro contenido material real cambia constantemente, y muy rápido. Somos como los dibujos que forma el agua en una corriente. El embate del agua sobre una formación rocosa da lugar a un patrón, a un diseño particular, que puede permanecer relativamente inmutable durante horas o quizá años. Naturalmente, el material real que constituye el diseño –el agua– es reemplazado totalmente en el término de milésimas de segundo. Esto abona la idea de que no deberíamos asociar nuestra identidad fundamental a conjuntos específicos de partículas, sino más bien al patrón, al diseño de la materia y la energía que representamos. Esto a su vez abonaría la idea de que deberíamos considerar que el nuevo Jack es lo mismo que el viejo Jack porque el diseño es el mismo. (Se podría tratar de eludir la cuestión diciendo que aunque el nuevo Jack tiene la misma funcionalidad que el viejo, no es idéntico a él. Sin embargo, esto no es nada más que una manera de escurrir el bulto, porque podemos considerar la posibilidad de una tecnología de nanoingeniería que copie a Jack átomo a átomo y no sólo los algoritmos más notables de su proceso de información.)

Los filósofos contemporáneos parecen partidarios del argumento de la «identidad a partir del diseño». Y dado que nuestro diseño cambia lentamente en comparación con nuestras partículas, este argumento no carece de mérito. Pero el contraargumento correspondiente nos dice que el «viejo Jack» espera que se le haga desaparecer tras la exploración e instalación de su «diseño» en un nuevo medio informático. De pronto, el viejo Jack puede pensar que el argumento de la «identidad a partir del diseño» se ha agrietado.

LA MENTE COMO MÁQUINA CONTRA LA MENTE MÁS ALLÁ DE LAS MÁQUINAS

> La ciencia no puede resolver el misterio último de la naturaleza porque, en último término, somos parte del misterio que tratamos de resolver.
>
> MAX PLANCK

> ¿No será todo lo que vemos o parecemos un sueño dentro de un sueño?
>
> EDGAR ALLAN POE

> ¿Qué pasaría si todo fuera una ilusión y nada existiera? En ese caso, habría pagado demasiado por mi alfombra.
>
> WOODY ALLEN

La diferencia entre experiencia objetiva y experiencia subjetiva

¿Podemos explicar la experiencia de zambullirnos en un lago a quien nunca ha estado sumergido en el agua? ¿Y qué podemos decir de un arrebato sexual a alguien que nunca hubiera tenido sensaciones eróticas (suponiendo que alguna vez diéramos con un caso así)? ¿Podemos explicar las emociones que evoca la música a alguien sordo de nacimiento? Una persona sorda seguramente puede llegar a saber mucho acerca de música observando a la gente moverse al ritmo de ella o leyendo acerca de la historia de la música y su papel en el mundo. Pero nada de esto es lo mismo que tener la experiencia de un preludio de Chopin.

Si miro una luz de 0,000075 centímetros de longitud de onda, veo rojo. Si la longitud de onda cambia a 0,000035 centímetros, veo violeta. Los mismos colores también pueden producirse mediante mezcla de luces coloreadas. Si se combinan adecuadamente el rojo y el verde, veo amarillo. Pero la mezcla de pigmentos opera de diferente manera que los cambios de longitud de onda, porque los pigmentos no agregan colores, sino que los sustraen. La percepción humana del color es más complicada que la mera detección de frecuencias electromagnéticas, y todavía no la comprendemos a fondo. Aun cuando dispusiéramos de una teoría plenamente satisfactoria de los procesos mentales, ello no proporcionaría una experiencia subjetiva del rojo o el amarillo. Considero que el lenguaje para expresar mi experiencia del rojo es inadecuado. Tal vez pueda reunir algunas reflexiones poéticas acerca de ello, pero a menos que mi interlocutor se haya encontrado con lo mismo, me resulta imposible compartir mi experiencia.

Entonces, ¿cómo sé que experimenta usted lo mismo que yo cuando habla del rojo? Tal vez su experiencia del rojo sea como la mía del azul, y a la inversa. ¿Cómo podemos comprobar nuestras suposiciones de que experimentamos de la misma manera estas cualidades? En verdad, sabemos que hay algunas diferencias. Puesto que yo padezco de daltonismo, hay matices de color que a mí me parecen idénticos y que para los demás son distintos. Quienes no sufren de esta incapacidad tienen una experiencia aparentemente distinta de la mía. ¿Qué experimentan todos ellos? Nunca lo sabré.

Los calamares gigantes son criaturas sociables y maravillosas con ojos de estructura semejante a la del ojo humano (lo que es sorprendente dada la gran diferencia de filogenia) y un sistema nervioso complejo. Unos pocos científicos han llegado a establecer relaciones con estos sagaces cefalópodos. ¿Qué es, pues, un calamar gigante? Cuando lo vemos responder al peligro y expresar una conducta que nos recuerda una emoción humana, inferimos una experiencia que nos resulta familiar. Pero ¿qué sería de las experiencias de los calamares sin una contrapartida humana?

¿O es que no tienen experiencias en absoluto? Tal vez sean como «máquinas», es decir, que responden de manera programada a los estímulos de su medio. Es la opinión de algunos, para quienes sólo los seres humanos son conscientes, mientras que los animales sólo responden al mundo por «instinto», es decir, como una máquina. A muchos otros, entre los que se encuentra el autor de este libro, les parece evidente que, dadas las percepciones empáticas de los animales que expresan emociones en las que vemos correlatos de reacciones humanas, al menos los animales más evolucionados son criaturas conscientes. Aun así, tampoco este enfoque deja de ser fruto de un pensamiento antropocéntrico, pues sólo reconoce experiencias subjetivas con un equivalente humano. La opinión acerca de la conciencia animal dista mucho de ser unánime. Es en realidad la cuestión de la conciencia lo que subyace en el problema de los derechos de los animales. Las discusiones sobre los derechos de los animales, acerca de si ciertos animales sufren o no en determinadas circunstancias, se derivan de nuestra incapacidad general para experimentar o medir la experiencia subjetiva de otro ente.[3]

La opinión, por cierto no infrecuente, que ve en los animales «meras máquinas» es despectiva tanto para los animales como para las máquinas. Las máquinas de hoy son todavía un millón de veces más simples que el cerebro humano. Su complejidad y sutileza es hoy comparable a la de los insectos. Es relativamente escasa la especulación acerca de la experiencia subjetiva de los insectos, aunque, una vez más, no hay manera convincente de medirla. Pero la disparidad entre las capacidades de las máquinas y las de los animales más avanzados, como la subespecie del *homo sapiens sapiens*, no durará mucho tiempo. El progreso sin descanso de la inteligencia de las máquinas, tema al que nos dedicaremos en los próximos capítulos, llevará en unas pocas décadas a las máquinas a niveles de complicación y refinamiento humanos, y aún más allá. ¿Serán conscientes esas máquinas?

¿Y qué pasará con la voluntad libre? ¿Tomarán sus propias decisiones las máquinas de complejidad humana? ¿O se limitarán a seguir un programa, si bien muy complejo, pero un programa al fin y al cabo? ¿Hay alguna distinción que hacer a este respecto?

El problema de la conciencia acecha detrás de otras inquietantes cuestiones. Tomemos el problema del aborto. ¿Es un óvulo fertilizado un ser humano consciente? ¿Lo es un feto un día antes de su nacimiento? Es difícil decir que un óvulo fertilizado sea consciente o que un feto completamente desarrollado no lo sea. Tanto los activistas partidarios de la legalización del aborto como los antiabortistas temen caer por una resbaladiza pendiente entre estos dos extremos bien definidos. Y la pendiente es auténticamente resbaladiza, pues muy pronto un feto humano desarrolla un cerebro, pero éste no es reconocible de inmediato como cerebro humano. El cerebro de un feto va adquiriendo aspecto humano poco a poco. La pendiente no tiene lomos donde detenerse. Admitimos que en el debate entran también otras cuestiones difíciles de definir, como la relativa a la dignidad humana, pero, en lo fundamental, la discusión gira en torno a la capacidad de percibir y tener emociones. En otras palabras, ¿cuándo estamos ante un ser consciente?

Se han tratado con éxito algunas formas graves de epilepsia mediante remoción quirúrgica de la mitad afectada del cerebro. Esta cirugía tan drástica ha de ser practicada durante la infancia, antes de que el cerebro llegue a su plena madurez. Se puede extirpar cualquiera de las mitades del cerebro, y si todo va bien, el niño crecerá bastante normalmente. ¿Implica esto que ambas mitades del cerebro tienen su propia conciencia? Tal vez haya en cada cerebro dos yos que se acompañan mutuamente. Tal vez haya toda una panoplia de conciencias al acecho en un cerebro, cada una con una perspectiva diferente. ¿Hay una conciencia que tenga conciencia de los procesos mentales que denominamos inconscientes?

Podría prolongar mucho esta lista de acertijos. En verdad, hace mucho tiempo que se viene pensando acerca de estos dilemas. Por ejemplo, ya a Platón le preocupaban estas cuestiones. En *Fedón*, *La República* y *Teeteto*, este filósofo griego expresa la profunda paradoja inherente al concepto de conciencia y a una aparente capacidad humana de escoger libremente. Por un lado, los seres humanos forman parte del mundo natural y están sometidos a sus leyes. Nuestro cerebro es un fenómeno natural y, por tanto, tiene que obedecer inexorablemente la leyes de causa y efecto que se manifiestan en las máquinas y en otras creaciones sin vida de nuestra especie. Platón estaba familiarizado con la complejidad potencial de las máquinas para emular procesos lógicos complejos. Por otro lado, según Platón, la mecánica de causa y efecto, por compleja que sea, no debería dar origen a la autopercepción ni a la conciencia. Platón es el primero que intenta resolver este conflicto con su teoría de las Formas: la conciencia no es atributo de la mecánica del pensamiento, sino más bien la realidad última de la existencia humana. Nuestra conciencia, o «alma», es inmutable. Así pues, nuestra interacción mental con el mundo físico se encuentra en el nivel de la «mecánica» de nuestro complejo proceso de pensamiento. El alma está por encima.

Pero, advierte Platón, esto no funciona. Si el alma es inmutable, no puede aprender ni formar parte de la razón, porque para ello tendría que cambiar, a fin de absorber y responder a la experiencia. Platón termina insatisfecho con la ubicación de la conciencia en cualquiera de los dos sitios: el proceso racional del mundo natural o el nivel místico de la Forma ideal del yo o alma.[4]

El concepto de voluntad libre refleja una paradoja todavía más profunda. La voluntad libre es conducta con finalidad y toma decisiones. Platón creía en una «física corpuscular» basada en reglas fijas y determinadas de causa y efecto. Pero si toda decisión humana se basa en esas interacciones predecibles de partículas básicas, nuestras decisiones también deberían estar predeterminadas. Esto contradiría la libertad de elección humana. El agregado de azar a las leyes naturales es una posibilidad, pero no resuelve el problema. El azar eliminaría la predeterminación de las decisiones y las acciones, pero contradiría la intencionalidad de la libre voluntad, pues en el azar no hay nada que reconozca un propósito.

De acuerdo, coloquemos la libre voluntad en el alma. No, esto tampoco funciona. Separar del mundo natural la libre voluntad de la mecánica racional de causa y efecto obligará a colocar también en el alma la razón y el aprendizaje, pues de lo contrario el alma no dispondría de los medios para tomar decisiones con significado. Ahora el alma misma se va convirtiendo en una máquina compleja, que contradice su simplicidad mística.

Tal vez por eso Platón escribió diálogos. Así podía expresar de manera apasionada ambos aspectos de estas posiciones contradictorias. Yo simpatizo con el dilema de Platón: ninguna de las posiciones es en realidad eficiente. Sólo es posible percibir una verdad más profunda si se iluminan los aspectos opuestos de una paradoja.

Platón, por cierto, no fue el último pensador en formularse estas preguntas. Podemos identificar varias escuelas de pensamiento sobre estos temas, ninguna de ellas satisfactoria del todo.

La escuela para la cual «la conciencia es sólo una máquina que se refleja a sí misma»

Un enfoque común consiste en negar la existencia del problema: la conciencia y la voluntad libre son sólo ilusiones inducidas por las ambigüedades del lenguaje. Una ligera variante de esto dice que la conciencia no es exactamente una ilusión, sino otro proceso lógico, un proceso que se responde a sí mismo y reacciona ante sí mismo. Podemos construirlo en una máquina: basta con construir un procedimiento que tenga un modelo de sí mismo y que examine y responda a sus propios métodos. Permitid al proceso reflejarse a sí mismo y tendréis conciencia. Es un conjunto de habilidades que evolucionan porque las maneras que el pensamiento tiene de autorreflejarse son intrínsecamente más poderosas.

La dificultad del argumento contra la escuela para la cual «la conciencia es sólo una máquina que se refleja a sí misma» es que esta perspectiva es coherente. Pero también es cierto que este enfoque ignora el punto de vista subjetivo. Puedo disponer del informe de una persona acerca de su experiencia subjetiva y este informe puede referirse no sólo a experiencias subjetivas de la conducta externa, sino también a patrones de descarga neuronal. Y si pienso en ello, mi conocimiento de la experiencia *subjetiva* de cualquiera que no sea yo mismo no es (para mí) diferente de la del resto de mi conocimiento *objetivo*. No tengo experiencia de las experiencias subjetivas de otras personas; sólo puedo oír hablar de ellas. De modo que la única experiencia subjetiva que esta escuela de pensamiento ignora es la propia (o sea precisamente aquello a lo que apunta la expresión *experiencia subjetiva*). Y yo no soy más que uno entre miles de millones de seres humanos, de billones de organismos potencialmente conscientes, todos los cuales, con una sola excepción, no son yo.

Pero el hecho de no explicar mi experiencia subjetiva es un fallo grave. No explica la diferencia entre la radiación electromagnética de 0,000075 centímetros y mi experiencia del rojo. Puedo enterarme de cómo funciona la percepción del color, de cómo procesa la luz el cerebro humano, de cómo procesa combinaciones de luces e incluso qué patrones de descargas neuronales provoca, pero nada de eso consigue explicar la esencia de mi experiencia.

Los positivistas lógicos[5]

Hago todo el esfuerzo posible por expresar con claridad lo que pienso, pero desgraciadamente ni siquiera el problema mismo es del todo enunciable. D. J. Chalmers describe el misterio de la experiencia de la vida interior como el «problema difícil» de la conciencia, para distinguirlo del «problema fácil» de cómo funciona el cerebro.[6] Marvin Minsky observa que «hay algo extraño en el intento de describir la conciencia: nadie parece poder explicarse claramente a ese respecto, sea lo que sea lo que quiera decir». *En eso reside precisamente el problema*, dice la escuela para la cual «la conciencia es sólo una máquina que se refleja a sí misma», en que hablar de la conciencia al margen del patrón de las descargas neuronales es perderse en un dominio místico más allá de cualquier esperanza de verificación.

A veces se ha hecho referencia a esta visión objetiva como positivismo lógico, filosofía que codificó Ludwig Wittgenstein en su *Tractatus Logico-Philosophicus*.[7] Para los positivistas lógicos, nuestras experiencias sensoriales directas y las inferencias lógicas que de ellas podemos extraer son lo único de lo que vale la pena hablar. De todo lo demás, «debemos guardar silencio», para citar el último enunciado del tratado de Wittgenstein.

Sin embargo, Wittgenstein no practicó lo que predicaba. Publicadas en 1953, dos años después de su muerte, las *Investigaciones lógicas* definían como cuestiones dignas de tener en cuenta precisamente aquellas acerca de las que antes había dicho que era menester callar.[8] Parece que llegó a pensar que la primera proposición parcial de su último enunciado del *Tractatus* –aquello de lo que no podemos hablar– se refiere a los únicos fenómenos sobre los que vale la pena reflexionar. El último Wittgenstein ejerció gran influencia sobre los existencialistas y representó, tal vez por primera vez desde Platón, el papel de filósofo importante que iluminaba con éxito esos puntos de vista contradictorios.

Pienso, luego existo

A menudo se piensa que el primer Wittgenstein y los positivistas lógicos que en él se inspiraron hunden sus raíces en las investigaciones filosóficas de René Descartes.[9] Muchas veces se ha citado la famosa afirmación cartesiana –«Pienso, luego existo»–, como arquetípica del racionalismo occidental. Esta opinión entiende que Descartes quiere decir «Pienso, esto es, puedo manipular la lógica y los símbolos; por tanto, vale la pena ocuparse de mí». Pero, a mi juicio, Descartes no intentaba exaltar las virtudes del pensamiento racional. A Descartes le preocupaba lo que ha llegado a conocerse como el problema de la relación mente-cuerpo, la paradoja de cómo puede la mente surgir de lo que no es mental, de cómo es posible que de la materia ordinaria del cerebro surjan pensamientos y sentimientos. Llevando el escepticismo racional a sus límites extremos, el citado enunciado cartesiano significa: «Pienso, esto es, hay un fenómeno mental innegable, cierta conciencia que tiene lugar; en consecuencia, lo único que puedo saber con seguridad es que algo –llamémosle *yo*– existe.» Así considerado, entre Descartes y las nociones budistas de la conciencia como realidad primaria no hay un abismo tan grande como en general se cree.

Antes del 2030 tendremos máquinas que proclamen la afirmación de Descartes. Y no parecerá que se trate de una respuesta programada. Las máquinas serán muy serias y convincentes. ¿Las creeremos entonces cuando sostengan ser entidades conscientes con volición propia?

La escuela para la cual «la conciencia es otro tipo de materia»

Por supuesto, siempre se ha visto en la conciencia y la voluntad libre una preocupación fundamental del pensamiento religioso. Aquí nos encontramos con una panoplia de fenómenos que van de la elegancia de las nociones budistas de conciencia a panteones adornados de almas, ángeles y dioses. En una categoría similar están las teorías de los filósofos contemporáneos que consideran la conciencia como otro fenómeno fundamental del mundo, al igual que las partículas y las fuerzas básicas. Llamo a esto la escuela para la cual «la conciencia es un tipo distinto de materia». En la medida en que esta escuela implica la interferencia de la conciencia en el mundo físico, donde entra en conflicto con el experimento científico, la ciencia, dada su capacidad para verificar sus intuiciones, está destinada a imponerse. En la medida en que esta visión se mantiene alejada del mundo material, suele crear un nivel de misticismo complejo, imposible de verificar y sujeto al desacuerdo. Y en la medida en que conserva la simplicidad de su misticismo, ofrece una intuición objetiva limitada, pero la visión subjetiva es otra cosa (tengo que admitir mi inclinación por el misticismo simple).

La escuela para la cual «somos demasiado tontos»

Otro enfoque consiste en declarar que los seres humanos no son capaces de comprender la respuesta. Douglas Hofstadter, investigador de la inteligencia artificial, piensa que «tal vez la debilidad del cerebro para entenderse a sí mismo sea simplemente un accidente del destino. Pensad en la humilde jirafa, por ejemplo, cuyo cerebro, obviamente, dista mucho del nivel necesario para autocomprenderse y, sin embargo, es muy semejante al nuestro».[10] Pero, que yo sepa, no hay noticias de que las jirafas se formulen estas preguntas (por supuesto, no sabemos qué es lo que se preguntan). A mi juicio, si somos lo suficientemente sofisticados como para formular preguntas, significa que hemos avanzado lo suficiente como para comprender las respuestas. A esto, sin embargo, la escuela para la cual «somos demasiado tontos» responde que en realidad lo que nos pasa es que tenemos dificultad para formular claramente las preguntas.

Una síntesis de opiniones

Mi punto de vista es que todas estas escuelas tienen razón cuando se las ve en conjunto, pero que son insuficientes cuando se las considera una por una. Eso quiere decir que la verdad reside en una síntesis de estas opiniones. Eso refleja mi educación religiosa unitaria, en la que estudiamos todas las religiones del mundo y las vemos como «muchos senderos hacia la verdad». Naturalmente, puede que se piense que mi punto de vista es el peor de todos. Superficialmente es contradictorio y tiene poco sentido. Las otras escuelas pueden afirmar al menos un cierto nivel de coherencia y de no contradicción.

Sí, es cierto, hay todavía otro punto de vista, que he bautizado como escuela para la cual «pensar es lo que el pensamiento hace». En un artículo de 1950, Alan Turing describe su Test de Turing, en el cual un juez humano realiza una entrevista a un ordenador y a uno o más testigos humanos que utilizan terminales (de manera que el juez no alimentara un prejuicio contra el ordenador por falta de calor y consistencia carnal).[11] Si el juez humano es incapaz de desenmascarar al ordenador de una manera fiable (en tanto impostor humano), el ordenador gana. Se suele decir que se trata de un test de CI informático, un medio para determinar si los ordenadores han alcanzado el nivel de la inteligencia humana. A mi juicio, sin embargo, Turing de verdad concibió su test como un test de pensamiento, término que implica más que una mera manipulación sagaz de la lógica y el lenguaje. Para Turing, el pensamiento implica una intencionalidad consciente.

Turing comprendía implícitamente el crecimiento exponencial del poder de la informática y predecía que un ordenador superaría el examen que lleva su nombre hacia el final del siglo. Observaba que para esa época «el uso de las palabras y la opinión culta en general se verán tan alteradas que uno podrá hablar de máquinas pensantes sin esperar que nadie te contradiga». Esta predicción fue excesivamente optimista desde el punto de vista temporal, pero, en mi opinión, no demasiado.

Finalmente, la predicción de Turing deja en la sombra de qué manera se resolverá el problema del pensamiento de los ordenadores. Las máquinas nos convencerán de que son conscientes, de que tienen sus propios planes y de que éstos merecen nuestro respeto. Llegaremos a creer que son conscientes de la misma manera en que nosotros nos creemos conscientes. O más bien, tal como lo hacemos con nuestros amigos los animales, empatizaremos con sus sentimientos y las luchas que emprenden porque su mente estará basada en el diseño del pensamiento humano. Adquirirán cualidades humanas y afirmarán ser humanas. Y nosotros les creeremos.

–Acerca de esta idea de la conciencia múltiple, quisiera observar... Quiero decir, ¿y si hubiera yo decidido hacer una cosa y esta otra conciencia que tengo en la cabeza se adelantara y decidiera otra?

EL ENFOQUE DE LA MECÁNICA CUÁNTICA

A menudo sueño con caídas. Esos sueños son habituales en los ambiciosos o en los escaladores. Últimamente soñé que me aferraba a una roca, pero la roca no resistía. Se deshacía en grava. Me cogía a un arbusto, pero éste se soltaba y yo, helado de terror, caía al abismo. De pronto advertía que mi caída era relativa, que no había fondo ni fin. Súbitamente me invadió una sensación de placer. Me percaté de que lo que yo materializaba, el principio de la vida, era indestructible. Está escrito en el código cósmico, en el orden del Universo. Mientras seguía cayendo en el negro vacío, abrazado por la bóveda celeste, cantaba a la belleza de las estrellas y hacía las paces con la oscuridad.

Heinz Pagels, físico e investigador de mecánica cuántica
que murió en un accidente de montaña en 1988.

La *visión objetiva* de Occidente afirma que después de miles de millones de años de torbellino, la materia y la energía evolucionaron para crear formas vivas –complejos diseños de materia y energía autorreplicantes– lo suficientemente avanzadas como para reflexionar sobre su propia existencia, sobre la naturaleza de la materia y de la energía, sobre su propia conciencia. Por el contrario, la *visión subjetiva* de Oriente afirma que la conciencia apareció primero y que la materia y la energía no son más que los pensamientos complejos de lo seres conscientes, ideas que, sin un pensador, carecen de realidad.

Como se observó antes, la visión objetiva y la visión subjetiva de la realidad han estado a malas desde el alba de la historia documentada. Sin embargo, a menudo nos encontramos con el mérito de combinar visiones aparentemente irreconciliables para lograr una comprensión más profunda. Es el caso de la adopción de la mecánica cuántica, hace cincuenta años. Más bien que reconciliar las visiones según las cuales la radiación electromagnética (por ejemplo, la luz) era una corriente de partículas (esto es, fotones) o una vibración (esto es, ondas lumínicas), se fusionó ambas visiones en una dualidad irreductible. Aunque imposible de aprehender si sólo se utilizan nuestros modelos intuitivos de naturaleza, no somos capaces de explicar el mundo sin aceptar esta aparente contradicción. Otras paradojas de la mecánica cuántica (por ejemplo, el «efecto túnel» de la electrónica, en que los electrones de un transistor aparecen a ambos lados de una barrera) ayudaron a crear la era de la informática y quizá desencadenen una nueva revolución en forma de ordenador cuántico.[12]

Una vez aceptada esta paradoja, suceden cosas maravillosas. Al postular la dualidad de la luz, la mecánica cuántica ha descubierto un nexo esencial entre materia y conciencia. Aparentemente, las partículas no se deciden acerca de por dónde ir ni de dónde han estado hasta que las observaciones de un observador consciente las fuerzan a obrar de esa manera. Se podría decir que en realidad no tendrían existencia si no las observáramos.

Así, la ciencia occidental del siglo XX se ha acercado a la visión oriental. El Universo es lo suficientemente sublime como para que la visión objetiva, esencialmente occidental, según la cual la conciencia emerge de la materia, y la visión subjetiva, esencialmente oriental, según la cual la materia emerge de la conciencia, coexistan aparentemente como otra dualidad irreductible. Es evidente que la conciencia, la materia y la energía están inextricablemente ligadas.

Podríamos llamar aquí la atención acerca de una semejanza entre la mecánica cuántica y la simulación informática de un mundo virtual. En los actuales juegos de *software* que muestran imágenes del mundo virtual, en general no se tienen en cuenta en detalle, o en absoluto, las porciones del medio con las que normalmente el usuario no entra en interacción (es decir, las que están fuera de la pantalla). Los recursos limitados de la informática se destinan a «actualizar» la porción del mundo que el usuario tiene a la vista. Cuando el usuario se centra en algún otro aspecto, los recursos informáticos se dirigen de inmediato a la creación y exhibición de esas nuevas perspectivas. Así, todo ocurre como si las porciones del mundo virtual que se hallan fuera de la pantalla, estuvieran no obstante «allí», pero los diseñadores de *software* piensan que no merece la pena desperdiciar valiosos ciclos informáticos en regiones de su mundo simulado que nadie observa.

Yo diría que la teoría cuántica implica una eficiencia similar en el mundo físico. Es como si las partículas no decidieran dónde han estado hasta que el ser observadas las obligara a obrar como obraron. Lo que se desprende de esto es que hay porciones del mundo en el que vivimos que no «se expresan» hasta que algún observador consciente dirige a ellos la atención. Después de todo, no tiene sentido malgastar valiosas operaciones del ordenador celestial que expresa nuestro Universo. Esto da nuevo sentido a la cuestión del árbol que cae en el bosque sin que nadie lo vea.

–Como decidir que no iba a acabar el bollo que acaba de devorar...

–Touchée. *De acuerdo, ¿es un ejemplo de aquello a lo que usted se refiere?*

–Es un buen ejemplo de la *Society of Mind*, de Marvin Minsky, en donde este autor concibe la mente como una asociación de diversas mentes: algunas son como bollos, algunas son inútiles, algunas tienen una saludable conciencia, algunas adoptan resoluciones, otras las frustran. Cada una, a su vez, está formada por otras sociedades. En el fondo de esta jerarquía hay pequeños mecanismos que Minsky llama agentes con inteligencia escasa o nula. Es una visión convincente de la organización de la inteligencia, incluso de fenómenos tales como las emociones mixtas y los valores conflictivos.

–Parece una gran defensa jurídica. «¡No, señor juez, no fui yo quien hizo eso, sino la otra persona que tengo en la cabeza!»

–No le servirá de mucho que el juez decida encerrar a la otra persona que tiene usted en la cabeza.

–Entonces es de esperar que toda la sociedad que tengo en la cabeza esté libre de preocupaciones. Pero ¿qué mentes de mi sociedad mental son conscientes?

–Podríamos imaginar que cada una de las mentes de mi sociedad mental es consciente, salvo que las de nivel inferior tienen poco de lo cual ser conscientes. O tal vez la conciencia quede reservada a las mentes de nivel superior. O quizá sólo sean conscientes determinadas combinaciones de mentes superiores, mientras que otras no. O, tal vez...

–Un momento, por favor. ¿Cómo podemos decir cuál es la respuesta?

–De verdad creo que no hay manera de saberlo. ¿Qué experimento podríamos realizar que nos permitiera comprobar de modo concluyente si un ente o un proceso son conscientes? Si el ente dice «¡Sí, claro que soy consciente!», ¿queda con eso zanjada la cuestión? Si se muestra muy convincente a la hora de expresar una emoción, ¿es eso definitivo? Si observamos atentamente sus métodos internos y vemos bucles de retroalimentación en los cuales el proceso se examina y se responde a sí mismo, ¿quiere eso decir que sea consciente? Si analizamos ciertos tipos de patrones en sus descargas neuronales, ¿es eso convincente? Algunos filósofos contemporáneos, como Daniel Dennett, parecen creer que la conciencia de un ente es un atributo comprobable y mensurable. Pero yo pienso que el objeto intrínseco de la ciencia es la realidad objetiva. No veo de qué manera puede abrirse paso al nivel subjetivo.

–¿Tal vez si las cosas pasan el test de Turing?

–Eso es lo que Turing tiene in mente. A falta de detectores de conciencia, estableció un enfoque práctico, que enfatiza nuestra original proclividad humana al lenguaje. Y yo pienso que Turing tiene algo de razón, pues si la máquina puede pasar un test válido de Turing, pienso que creeremos que es consciente. Naturalmente, no es aún una demostración científica.

»Sin embargo, la proposición inversa no es convincente. Las ballenas y los elefantes tienen cerebros más grandes que el nuestro y exhiben una amplia gama de conductas que algunos observadores agudos consideran inteligentes. Yo las tengo por criaturas conscientes, pero no están en condiciones de pasar el test de Turing.

–Tendrían dificultad para escribir en un teclado tan pequeño como el de mi ordenador.

–Desde luego, ya que no tienen dedos. Además, no son hábiles con el lenguaje humano. No cabe duda de que el test de Turing es una forma de medición antropomórfica.

–¿Hay alguna relación entre este material consciente y el problema del tiempo al que antes nos hemos referido?

–Sí, somos claramente conscientes del tiempo. Nuestra experiencia subjetiva del paso del tiempo –y recuerde que *subjetivo* no quiere decir otra cosa que *consciente*– está dominada por la velocidad de nuestros procesos objetivos. Si cambiamos esta velocidad alterando nuestro sustrato computacional, nuestra percepción del tiempo resulta afectada.

–Explíquemelo otra vez.

–Tomemos un ejemplo. Si exploro su cerebro y su sistema nervioso con una tecnología no invasora de exploración suficientemente avanzada de comienzos del siglo XXI –tal vez una resonancia magnética de banda muy ancha y altísimo nivel de resolución–, averiguo todos los procesos destacados de información y luego bajo esa información en mi ordenador neuronal avanzado, tendré en mi ordenador personal algo de usted, o por lo menos de alguien que se le parece mucho.

»Si mi ordenador personal es una red neuronal de neuronas simuladas formada por material electrónico, la versión que de usted tengo en mi ordenador se procesará alrededor de mil millones de veces más rápido. Así, lo que para mí es una hora, sería para usted mil millones de horas, o sea más o menos un siglo.

–*¡Oh, eso sí que es grandioso! Usted me meterá en su ordenador personal y luego se olvidará de mí durante uno o dos milenios subjetivos.*

–Tendremos que ser muy cuidadosos al respecto.

4. Una nueva forma de inteligencia en la Tierra

EL MOVIMIENTO DE LA INTELIGENCIA ARTIFICIAL

¿Qué sucedería si estas teorías fueran verdaderas y nos viéramos mágicamente encogidos e introducidos en el cerebro de alguien mientras piensa? Veríamos bombas, pistones, engranajes y palancas trabajando y podríamos describir su funcionamiento por completo en términos mecánicos; por tanto, podríamos describir por completo los procesos de pensamiento del cerebro. ¡Pero esa descripción nunca contendría mención alguna del pensamiento! ¡No contendría otra cosa que descripciones de bombas, pistones y palancas!

GOTTFRIED WILHELM LEIBNIZ

La estupidez artificial (EA) puede definirse como el intento de los científicos informáticos de crear programas capaces de provocar problemas del mismo tipo de los que normalmente se asocian al pensamiento humano.

WALLACE MARSHAL

La inteligencia artificial (IA) es la ciencia de cómo lograr que las máquinas hagan las cosas que hacen en el cine.

ASTRO TELLER

LA BALADA DE CHARLES Y ADA

Volviendo a la evolución de las máquinas inteligentes, nos encontramos con Charles Babbage sentado en una habitación de la Analytical Society de Cambridge, Inglaterra, en 1821, ante una tabla de logaritmos.

–Venga, Babbage, ¿en qué sueñas? –le preguntó otro miembro al ver a Babbage medio dormido.

–¡Estoy pensando que todas estas tablas podrían calcularse a máquina! –respondió Babbage.

A partir de ese momento, Babbage dedicó la mayor parte de sus horas de vigilia a un visión sin precedentes: la primera computadora programable del mundo. Anque íntegramente fundado en la tecnología mecánica del siglo XIX, el «Analytical Engine» («motor analítico») de Babbage fue el precursor del ordenador moderno.[1]

Babbage tuvo una relación sentimental con la bella Ada Lovelace, única hija legítima de Lord Byron, el poeta. Esta mujer se obsesionó tanto como Babbage con el proyecto y aportó muchas ideas para la programación de la máquina, incluida la intervención del bucle de programación y la subrutina. Fue la primera ingeniera mundial de *software*, en realidad la única persona con esta especialidad que se conoce antes del siglo XX.

Lovelace amplió significativamente las ideas de Babbage y escribió un artículo sobre técnicas de programación, programas de prueba y la posibilidad de imitar la inteligencia humana que esta tecnología encerraba. En él describe las especulaciones de Babbage y de sí misma sobre la capacidad del «Analytical Engine» y de futuras máquinas similares para jugar al ajedrez y componer música. Por último, concluye que a pesar de que se pudiera pensar que los cálculos del «Analytical Engine» no fueran «pensamiento», podían realizar actividades que requerían una extensa aplicación del pensamiento humano.

La historia de Babbage y Lovelace terminó trágicamente. Ella tuvo una muerte penosa a causa de un cáncer a los treinta y seis años y dejó nuevamente solo a Babbage para proseguir su investigación. Pese a sus ingeniosas construcciones y a su esfuerzo agotador, el «Analytical Engine» nunca llegó a completarse. Cerca ya del final de su existencia, Babbage observó que nunca había tenido un día feliz en su vida. Sólo se recuerda la asistencia de unos pocos deudos al funeral de Babbage, que tuvo lugar en 1871.[2]

Pero las ideas de Babbage sí que sobrevivieron. El primer ordenador programable norteamericano, el Mark I, quedó terminado en 1944 por obra de Hopward Aiken, de la Universidad de Harvard e IBM, que se inspiró enormemente en la construcción de Babbage. Aiken comentó: «Si Babbage hubiera vivido setenta y cinco años más tarde, yo no hubiese tenido empleo.»[3] Babbage y Lovelace fueron innovadores con casi un siglo de adelanto respecto de su tiempo. A pesar de la incapacidad de Babbage para culminar ninguna de sus principales iniciativas, sus conceptos de un ordenador con programa almacenado, código que se automodifica, memoria dirigible, ramificación condicional y de un ordenador que programe por sí mismo siguen siendo básicos en los ordenadores de hoy en día.[4]

Otra vez Alan Turing

Hacia 1940, Hitler tenía en su poder a la Europa continental e Inglaterra se preparaba para una invasión anunciada. El gobierno británico organizó a sus mejores matemáticos e ingenieros electrónicos bajo el liderazgo intelectual de Alan Turing, con la misión de descifrar el código militar alemán. Se reconocía que, dada la superioridad de la fuerza aérea alemana, el fracaso en esa misión equivaldría a condenar a muerte a la nación. Para no sufrir distracción alguna de su tarea, el grupo vivía en los tranquilos campos de Hertfordshire, Inglaterra.

Turing y sus colegas construyeron la primera computadora operativa del mundo a partir de relés telefónicos y la llamaron *Robinson*, el nombre de un popular autor de dibujos animados que dibujaba unas máquinas llamadas «Rube Goldberg» (máquinas llenas de mecanismos interactuantes). La Rube Goldberg del grupo tuvo un éxito fulgurante y proporcionó a los británicos la transcripción de casi todos los mensajes nazis significativos. Como los alemanes aumentaron la complejidad de su código (mediante el agregado de ruedas de codificación adicionales a su máquina de codificar, llamada Enigma), Turing sustituyó la inteligencia electromagnética de *Robinson* por una versión electrónica llamada *Colossus*, formada por dos mil tubos de radio. *Colossus* y nueve máquinas similares que funcionaban en paralelo, proporcionaron una descodificación ininterrumpida de la inteligencia militar, vital para el esfuerzo de guerra de los aliados.

Para utilizar esta información se necesitaron actos supremos de disciplina por parte del gobierno británico. No se advirtió a ciudades que iban a ser bombardeadas por la aviación nazi para que los preparativos no despertaran las sospechas alemanas de que su código había sido descifrado. La información que suministraron *Robinson* y *Colossus* sólo se utilizó con gran discreción, pero el quebrantamiento de Enigma fue suficiente para que la Royal Air Force ganara la Batalla de Inglaterra.[5]

Así, alimentada por las exigencias de la guerra e inspirada en una diversidad de tradiciones intelectuales, surgió en la Tierra una nueva forma de inteligencia.

El nacimiento de la Inteligencia Artificial

La semejanza entre el proceso informático y el proceso de pensamiento humano no le pasó inadvertida a Turing. Además de haber establecido gran parte de los fundamentos teóricos de la informática y de haber inventado el primer ordenador operativo, Turing cumplió un papel instrumental en los primeros esfuerzos para aplicar esta nueva tecnología a la emulación de la inteligencia.

En su clásico trabajo de 1950 titulado *Computing Machinery and Intelligence*, Turing describió una agenda que ocuparía efectivamente el medio siglo siguiente de investigación de informática avanzada: juegos, toma de decisiones, comprensión del lenguaje natural, traducción, demostración de teoremas y, por supuesto, codificación y quebrantamiento de códigos.[6] Escribió (con su amigo David Champernowne) el primer programa para jugar al ajedrez.

Como persona, Turing era anticonvencional y extremadamente sensible. Tenía una amplia gama de intereses poco comunes, del violín a la morfogénesis (la diferenciación de las células). Se sabe de su homosexualidad, que lo perturbaba enormemente; murió a los cuarenta y nueve años, se sospecha que se suicidó.

Las cosas difíciles resultaban fáciles

En los años cincuenta, el progreso fue tan rápido que algunos de los pioneros tuvieron la sensación de que, después de todo, no sería tan difícil llegar a dominar la funcionalidad del cerebro humano. En

1956, Allen Newell, J. C. Shaw y Herbert Simon, investigadores de la IA, crearon un programa al que llamaron «Lógico Teórico» (y en 1957, una versión posterior recibió el nombre de «Solucionador General de Problemas»), que utilizó técnicas de búsqueda repetitiva para resolver problemas matemáticos.[7] La reiteración, como veremos más adelante en este mismo capítulo, es un método poderoso para definir una solución en sus propios términos. «Lógico Teórico» y «Solucionador General de Problemas» fueron capaces de encontrar demostraciones para muchos de los teoremas clave del influyente libro de Bertrand Russell y Alfred North Whitehead sobre teoría de conjuntos –*Principia Mathematica*–,[8] comprendida una prueba completamente original de un importante teorema que hasta entonces no se había logrado resolver. Estos éxitos iniciales llevaron a Simon y Newell a decir en un trabajo de 1958 titulado *Heuristic Problem Solving: The Next Advance in Operations Research*: «Actualmente hay en el mundo máquinas de pensar que aprenden y crean. Además, su capacidad para estas cosas crecerá rápidamente hasta que –en un futuro cercano– el abanico de problemas que puedan manejar sea coextensivo del abanico al que se ha aplicado la mente humana.»[9] El trabajo continúa con la predicción de que en diez años (es decir, hacia 1968), un ordenador digital sería campeón del mundo de ajedrez. Una década después, un impenitente Simon predice que hacia 1985 «las máquinas serán capaces de hacer cualquier trabajo que pueda hacer un hombre». Tal vez Simon intentaba hacer indirectamente un comentario favorable sobre las capacidades de las mujeres, pero estas predicciones, decididamente más optimistas que las de Turing, confundieron al naciente campo de la IA.

El campo quedó como paralizado por esta confusión hasta el día de hoy, y desde entonces los investigadores de la IA se habían mostrado reticentes en sus pronósticos. Cuando en 1997 *Deep Blue* derrotó a Gary Kasparov, a la sazón campeón mundial de ajedrez, un eminente profesor comentó que lo único que habíamos aprendido era que, después de todo, para jugar una partida de ajedrez del campeonato mundial no hacía falta inteligencia.[10] La consecuencia es que captar en nuestras máquinas la *auténtica* inteligencia sigue estando fuera de nuestro alcance. Aunque sin intención de exagerar el significado de la victoria de *Deep Blue*, creo que, desde este punto de vista, terminaremos por encontrar que no hay actividad humana que necesite «auténtica» inteligencia.

Durante los años sesenta, el campo académico de la IA comenzó a engrosar la agenda que Turing había descrito en 1950, con resultados estimulantes o frustrantes según el punto de vista que se adopte. El programa Student, de Daniel G. Bobrow, podía resolver problemas de álgebra a partir de relatos en lengua natural inglesa y se dice que tenía buenos rendimientos en exámenes de matemáticas de la escuela secundaria.[11] Se informó del mismo rendimiento respecto del programa Analogy de Thomas G. Evans para resolver problemas analógico-geométricos de CI.[12] El campo de los sistemas expertos se inauguró con el DENDRAL de Edward A. Feigenbaum, que podía responder a preguntas sobre compuestos químicos.[13] Y la comprensión del lenguaje natural se inició con el SHRDLU, de Terry Winograd, que podía entender cualquier enunciado inglés con significado siempre que uno hablara sobre bloques de color.[14]

La noción de una nueva forma de inteligencia en la Tierra hizo su aparición, de un modo apasionado y a menudo acrítico, junto con el *hardware* electrónico que le servía de soporte. El entusiasmo desenfrenado de los pioneros del campo también condujo a una extensa crítica de estos primeros programas por su incapacidad para reaccionar de modo inteligente ante una gran variedad de situaciones. Algunos críticos, sobre todo el filósofo y fenomenólogo existencialista Hubert Dreyfus, predijeron que las máquinas nunca se equipararían a los niveles humanos de habilidad en áreas que iban desde jugar al ajedrez hasta escribir libros sobre ordenadores.

Resultó que los problemas que considerábamos difíciles –resolver problemas matemáticos, jugar respetablemente al ajedrez, razonar en dominios tales como la química y la medicina– eran fáciles, y a menudo los ordenadores de varios miles de instrucciones por segundo de los años cincuenta y sesenta eran adecuados para proporcionar resultados satisfactorios. Más duras de captar fueron otras capacidades de las que hacía gala cualquier niño de cinco años: distinguir entre un perro y un gato o comprender un dibujo animado. En la segunda parte nos referiremos más ampliamente a lo que hace difícil los problemas fáciles.

Los años ochenta del siglo XX fueron testigos de la primitiva comercialización de la inteligencia artificial con la formación y salida al mercado de una oleada de compañías de IA. Desgraciadamente, muchas cometieron el error de concentrarse en un lenguaje interpretativo poderoso, pero intrínsecamente ineficaz, llamado LISP, que había gozado de popularidad en los círculos académicos de IA. El fracaso comercial del LISP y de las compañías de IA que cargaron el acento en él dio lugar a una reacción. El campo de la IA comenzó a esparcir sus disciplinas constitutivas y las compañías que se dedicaban a la comprensión del lenguaje natural, el reconocimiento del habla y el carácter, la robótica, la visión mecánica y otras áreas que inicialmente se consideraban parte de la disciplina de la IA, ahora evitaban asociarse con la marca del campo.

Sin embargo, las máquinas con inteligencia bien enfocada se volvieron cada vez más penetrantes. A mediados de los años noventa se pudo ver a las instituciones financieras invadidas por sistemas que utilizaban poderosas técnicas estadísticas y adaptativas. La bolsa y los mercados de bonos, dinero, mercancías y similares, no sólo se administraban y se mantenían mediante redes informatizadas, sino que la mayoría de las decisiones de compra-venta se apoyaban en programas de *software* que contenían modelos cada vez más sofisticados de sus mercados. La crisis del mercado de valores de 1987 se atribuyó en gran medida a la rapidez de la interacción de programas de compra-venta. Tendencias que de lo contrario habrían necesitado semanas para ponerse de manifiesto, se desarrollaron en pocos minutos. Se han arbitrado modificaciones adecuadas a estos algoritmos para evitar una repetición.

Desde 1990, el electrocardiograma (ECG) se ha completado con el diagnóstico que los propios ordenadores emiten sobre la salud cardíaca del sujeto. Los programas inteligentes de procesamiento de imagen permiten a los médicos indagar en las profundidades de nuestro cuerpo y de nuestro cerebro, mientras que la tecnología de la bioingeniería informatizada hace posible el diseño de medicamentos en simuladores bioquímicos. Los discapacitados se han beneficiado particularmente de la era de las máquinas inteligentes. Desde los años setenta las máquinas lectoras leen para ciegos y disléxicos y, a partir de los ochenta, el reconocimiento del habla y los artilugios robóticos han venido asistiendo a individuos con discapacidad manual.

Tal vez la exhibición pública más impresionante del cambio de valores de la era del conocimiento se haya dado en el terreno militar. En la guerra del Golfo de 1991 vimos el primer ejemplo efectivo del papel cada vez más dominante de la inteligencia mecánica. Las piedras angulares del poder militar, desde el comienzo de la historia documentada hasta bien entrado el siglo XX –geografía, poder humano, poder de fuego y defensas a la hora de la batalla–, han sido ampliamente reemplazadas por la inteligencia del *software* y la electrónica. La exploración inteligente mediante vehículos aéreos no tripulados, las armas que encuentran su camino hasta su destino final a través del reconocimiento visual y de formas de la máquina misma, las comunicaciones inteligentes y los protocolos de codificación, así como otras manifestaciones de la era de la información, han transformado la naturaleza de la guerra.

Especies invisibles

Con la creciente importancia del papel de las máquinas inteligentes en todas las fases de nuestra vida –militar, médica, económica, financiera y política–, es extraño seguir leyendo artículos con títulos tales como *¿Qué pasó con la Inteligencia Artificial?* Se trata de un fenómeno que ya había predicho Turing: el de que la inteligencia de índole mecánica se extendería de tal manera, sería tan cómoda y estaría tan bien integrada en nuestra economía basada en la información, que la gente llegaría incluso a no notar su presencia.

Esto me recuerda a la gente que camina por un bosque tropical y pregunta: «¿Dónde están todas esas especies que dicen que hay aquí?», cuando, solamente de hormigas, tienen varias docenas de especies a pocos pasos. Tan estrechamente se han entretejido nuestras múltiples especies de inteligencia mecánica en nuestro bosque tropical moderno que resultan casi invisibles.

Turing ofreció una explicación de por qué no acertamos a reconocer inteligencia en nuestras máquinas. En 1947 escribió: «Nuestra consideración de que algo se comporta de manera inteligente depende tanto de nuestro estado mental como de las propiedades del objeto que se tiene en consideración. Si somos capaces de explicar y predecir su conducta, no nos sentimos inclinados a atribuirle inteligencia. En consecuencia, es posible que un hombre atribuya inteligencia a un objeto sí y a otro no, aun tratándose del mismo objeto. El segundo hombre habría descubierto las reglas de su comportamiento.»

También recuerdo la definición de inteligencia artificial de Elaine Rich como «el estudio de cómo lograr que los ordenadores hagan cosas que, de momento, los seres humanos hacen mejor».

Nuestro destino como investigadores de inteligencia artificial es no alcanzar jamás la zanahoria que cuelga ante nuestras narices. La inteligencia artificial se define intrínsecamente como la persecución de problemas difíciles de ciencia informática que hasta ahora no han sido resueltos.

«Creo que debería ser usted más explícito aquí, en el segundo paso.»

LA FÓRMULA DE LA INTELIGENCIA

> El programador informático es un creador de universos de cuyas leyes es el único autor... Ningún dramaturgo, ningún director de escena, ningún emperador, por poderoso que fuera, ha ejercido jamás autoridad tan absoluta como para ordenar un escenario o disponer un campo de batalla y para mandar actores o tropas de obediencia tan inquebrantable.
>
> JOSEPH WEIZENBAUM

> Un castor y otro animal del bosque contemplan un inmenso embalse. El castor dice: «No, es verdad que no lo he hecho yo. Pero se basa en una idea mía.»
>
> EDWARD FREDKIN

> Lo simple debería ser simple; lo complejo, posible.
>
> ALAN KAY

¿QUÉ ES LA INTELIGENCIA?

Una meta puede ser la supervivencia: burlar a un enemigo, buscar alimento, encontrar refugio. O bien puede ser la comunicación: relatar una experiencia, evocar un sentimiento. O tal vez el hecho de compartir un pasatiempo: jugar a un juego de mesa, resolver un rompecabezas, coger una pelota. A veces es la búsqueda de la trascendencia: crear una imagen, componer un pasaje musical o literario. Una meta puede estar bien definida y ser única, como la solución de un problema de matemáticas. O bien puede ser una expresión personal sin respuesta correcta clara.

A mi juicio, la inteligencia es la capacidad para usar de manera óptima recursos limitados –incluso el tiempo– para lograr tales metas. Hay muchísimas otras definiciones. Una de mis favoritas es la de R. W. Young, que define la inteligencia como «la facultad de la mente por la cual se percibe orden en una situación que previamente se tenía por desordenada».[15] Según esta definición, encontraremos absolutamente apropiados los paradigmas que más adelante analizaremos.

La inteligencia crea rápidamente planes satisfactorios y a veces sorprendentes para satisfacer una serie de necesidades. Los productos de la inteligencia pueden ser sagaces, ingeniosos, penetrantes o elegantes. A veces, como en el caso de la solución de Turing al problema de la descodificación de Enigma, una solución inteligente posee todas estas cualidades. Los ardides modestos pueden producir una respuesta inteligente de forma casual, pero un proceso verdaderamente inteligente que crea soluciones inteligentes de modo fiable va siempre más allá de las meras recetas. Es evidente que ninguna fórmula simple puede emular el fenómeno más poderoso del Universo, a saber, el complejo y misterioso proceso de la inteligencia.

En realidad, esto es un error. Lo único que se necesita para resolver un abanico sorprendentemente amplio de problemas inteligentes es disponer de unos métodos simples en combinación con grandes dosis de informática (que en sí misma también es un proceso simple, como lo demostró Turing en 1936 con su Turing Machine,[16] elegante modelo de computación) y diversos ejemplos del problema a tratar. En algunos casos, ni siquiera necesitamos los últimos, pues nos basta con un enunciado bien definido del problema.

¿Hasta dónde podemos llegar con paradigmas simples? ¿Hay una clase de problemas inteligentes que pueden reducirse a enfoques simples, y otra clase de problemas más complicados que escapan a su captación? Resulta que la clase de problemas que se pueden resolver con enfoques simples es muy amplia. Por último, con suficiente fuerza bruta de cálculo (que seguirá ampliándose en el siglo XXI) y las fórmulas adecuadas combinadas correctamente, hay pocos problema definibles que no cedan. Tal vez con excepción de éste: «¿Cuál es el conjunto completo de fórmulas de unificación que subyacen a la inteligencia?»

La evolución determinó una respuesta a este problema en unos cuantos miles de millones de años. Nosotros hemos tenido un buen comienzo en sólo unos cuantos miles de años. Y es probable que en unas cuantas décadas podamos culminar el trabajo.

Estos métodos, que más adelante se describen brevemente, serán objeto de un análisis más detallado al final del libro, en la sección suplementaria «Cómo construir una máquina inteligente: tres paradigmas fáciles».

Echemos una mirada a unos paradigmas, pocos pero poderosos. Con algo de práctica, también usted puede construir máquinas inteligentes.

La fórmula repetitiva: basta con plantear cuidadosamente el problema

Un procedimiento repetitivo es un procedimiento que apela a sí mismo. La repetición es un enfoque útil para generar todas las soluciones posibles de un problema, o, en el contexto de un juego como el ajedrez, todas las consecuencias posibles de un movimiento y un contramovimiento.

Veamos el ajedrez. Construimos un programa llamado «Escoja el mejor movimiento» para seleccionar cada movimiento. Este programa empieza por confeccionar una lista de todos los movimientos posibles a partir de la situación actual de la partida. Aquí hace su entrada el buen planteamiento del problema, porque para generar todos los movimientos posibles necesitamos considerar con precisión las reglas del juego. Para cada movimiento, el programa construye una partida hipotética que refleja lo que sucedería si realizáramos ese movimiento. Para cada una de esas partidas hipotéticas, hemos de tener en cuenta qué haría nuestro adversario si realizáramos precisamente esa jugada. Aquí hace su entrada la repetición, porque «Escoja el mejor movimiento» se limita a pedir a «Escoja el mejor movimiento» (es decir, a sí mismo) que escoja el mejor movimiento para nuestro adversario. Al apelar a sí mismo, «Escoja el mejor movimiento» hace un listado de todos los movimientos posibles de nuestro adversario.

El programa sigue llamándose a sí mismo, anticipando tantos movimientos como nos dé tiempo a tener en cuenta, lo cual termina en la generación de un gigantesco árbol de movimientos-contramovimientos. Es otro ejemplo del crecimiento exponencial, porque la anticipación de un semimovimiento adicional requiere aproximadamente la quintuplicación del volumen de computación disponible.

Un elemento esencial de la fórmula repetitiva es la poda de este gigantesco árbol de posibilidades y la detención del crecimiento repetitivo del mismo. En el contexto del juego, si el tablero no parece ofrecer esperanzas a ninguno de los contendientes, el programa puede detener la expansión del árbol de movimientos-contramovimientos a partir de ese momento (llamado «hoja terminal» del árbol) y considerar que el último movimiento equivale a una probable victoria o una probable derrota. Una vez que se han completado todas las llamadas internas al programa, éste habrá determinado el mejor movimiento posible para la situación actual del tablero, dentro de los límites de la expansión repetitiva que ha tenido tiempo de realizar.

La fórmula repetitiva se demostró lo suficientemente buena como para construir una máquina –un superordenador IBM especialmente diseñado– que derrotó al campeón mundial de ajedrez (aunque *Deep Blue* aumenta la fórmula repetitiva con bases de datos de movimientos de casi todos los torneos de grandes maestros de este siglo). Hace diez años, en *The Age of Intelligent Machines*, observé que mientras que los mejores ordenadores ajedrecistas ganaban unos cuarenta y cinco puntos anuales en tasas de ajedrez, los mejores ajedrecistas humanos avanzaban poco más de cero puntos. Eso señalaba 1988 como el año en que un ordenador derrotaría a un campeón de ajedrez, cálculo que falló por la friolera de un año. Es de esperar que las predicciones de este libro sean más acertadas.[17]

Nuestra regla repetitiva simple juega una partida de ajedrez de nivel de campeonato mundial. Por tanto, una pregunta razonable es la siguiente: ¿Qué más puede hacer? Por cierto, podemos reemplazar el módulo que genera los movimientos del ajedrez por un módulo programado con las reglas de otro juego. Coloquemos un módulo que conozca las reglas de las damas y podremos batir casi a cualquier ser humano. La repetición es realmente buena en el chaquete. El programa de Hans Berliner derrotó al campeón de chaquete con los lentos ordenadores de los que se disponía en 1980.[18]

La fórmula repetitiva también es bastante buena en matemáticas. Aquí la meta es resolver un problema matemático, como la demostración de un teorema. Las reglas pasan a ser los axiomas del campo de las matemáticas en cuestión, así como los teoremas ya demostrados. La expansión en cada momento es la de los axiomas posibles (o los teoremas ya demostrados) que se pueden aplicar en cada paso de la demostración. Éste fue el enfoque que emplearon Allen Newell, J. C. Shaw y Herbert Simon para su «Solucionador General de Problemas» de 1957. Su programa superó a Russell y Whitehead en algunos arduos problemas matemáticos y, en consecuencia, dio pábulo al optimismo inicial en el campo de la inteligencia artificial.

A partir de estos ejemplos, podría parecer que la repetición es idónea tan sólo para problemas en los que las reglas y los objetivos están claramente definidos. Pero también se ha mostrado prometedora en la generación informática de creaciones artísticas. El «Cybernetic Poet» («Poeta cibernético») de Ray Kurzweil, por ejemplo, utiliza el enfoque repetitivo.[19] El programa establece un conjunto de metas para cada palabra, como lograr una determinada pauta rítmica, estructura poemática y elección de palabra deseable en ese punto preciso del poema. Si el programa es incapaz de encontrar una palabra que satisfaga esos criterios, retrocede y borra la palabra que ha escrito previamente, restablece los criterios que había instaurado para la palabra borrada y recomienza a partir de ahí. Si esto también lleva a un punto muerto, vuelve a retroceder. Por tanto, va hacia atrás y hacia adelante hasta tomar una «decisión» en algún sitio. Finalmente, se obliga a decidirse aligerando alguna de las limitaciones en caso de que todos los caminos desemboquen en puntos muertos. Después de todo, nadie sabrá si quebranta sus reglas o no.

La repetición también es muy común en programas que componen música.[20] En este caso, los «movimientos» están bien definidos. Los llamamos notas y tienen propiedades tales como altura, duración, intensidad y estilo expresivo. Los objetivos son menos fáciles de obtener, pero son factibles si se los define en términos de estructuras rítmicas y melódicas. La clave de los programas artísticos repetitivos está en la definición de la evaluación de la hoja terminal. Los enfoques simples no siempre funcionan bien en este caso; en efecto, parte de los programas de arte y de música cibernéticos a los que nos referiremos más adelante utilizan métodos complejos para evaluar las hojas terminales. A pesar de que aún no hemos captado por completo la inteligencia en una fórmula simple, hemos efectuado grandes progresos en esta combinación simple: la definición repetitiva de una solución a través de un enunciado preciso del problema y la informática masiva. Para muchos problemas, un ordenador personal de las postrimerías del siglo XX es suficientemente masivo.

Redes neuronales: autoorganización y computación humana

El paradigma de red neuronal es un intento de emular la estructura de cálculo de las neuronas del cerebro humano. Comenzamos con un conjunto de entradas que representan un problema a resolver.[21] Por ejemplo, las entradas pueden ser una serie de pixels que representan una imagen que se trata de identificar. Estas entradas están conectadas aleatoriamente a una capa de neuronas simuladas. Cada una de estas neuronas simuladas puede ser un programa simple de ordenador que simula un modelo de neurona en *software*, o bien puede ser una implementación electrónica.

Cada punto de la entrada (por ejemplo, cada pixel de una imagen) está aleatoriamente conectado a las entradas de la primera capa de neuronas simuladas. Cada conexión tiene una fuerza sináptica asociada que representa la importancia de esta conexión. Estas fuerzas también son conjuntos de valores aleatorios. Cada neurona añade las señales que a ella llegan. Si la señal combinada supera un umbral, la neurona entra en acción y envía una señal a su conexión de salida. Si la señal combinada de entrada no supera el umbral, la neurona no entra en acción y su producto es cero. El producto de cada neurona se conecta aleatoriamente a las entradas de las neuronas de la capa siguiente. En la capa superior, el producto de una o más neuronas, también seleccionadas al azar, suministran la respuesta.

Un problema, como el de la identificación de la imagen de rasgo impreso que ha de ser identificado, se presenta a la capa de entrada; las neuronas de salida suministran su respuesta. Y las respuestas son notablemente correctas para un amplio cúmulo de problemas.

En realidad, las respuestas no son correctas en absoluto. O, al menos, no en un primer momento. Al comienzo, el producto es completamente aleatorio. ¿Qué otra cosa se podía esperar, dado que todo el sistema está montado completamente al azar?

He dejado aparte un paso importante, el de que la red neuronal tiene que *aprender* su tema. Lo mismo que el cerebro de los mamíferos a cuya semejanza se diseña, inicialmente la red neuronal lo ignora todo. El maestro de la red neuronal, que puede ser un humano, un programa de ordenador u otra cosa, más la red neuronal madura que ya ha aprendido sus lecciones, premia a la red neuronal aprendiz cuando acierta y la castiga cuando se equivoca. Esta retroalimentación es lo que utiliza la red neuronal aprendiz para ajustar la fuerza de cada conexión interneuronal. Las conexiones coherentes con la respuesta correcta se fortalecen. En cambio, las que propiciaban una respuesta errónea se debilitan. Con el tiempo, la red neuronal se organiza para suministrar las respuestas correctas sin entrenamiento. Los experimentos han mostrado que las redes neuronales pueden aprender sus asignaturas con maestros poco fiables. Con que el maestro sólo resulte acertado en el sesenta por ciento de los casos, la red neuronal aprendiz aprende igualmente sus lecciones.

Si enseñamos adecuadamente a la red neuronal, este paradigma es poderoso y puede emular una amplia gama de facultades humanas en el reconocimiento de formas. Los sistemas de reconocimiento de caracteres que utilizan redes neuronales de muchas capas se acercan mucho al rendimiento humano en la identificación de manuscritos enrevesados.[22] Durante mucho tiempo se pensó que el reconocimiento de rostros era una tarea humana impresionante que excedía las posibilidades de un ordenador, y sin embargo hoy disponemos de cajeros automáticos que utilizan *software* de redes neuronales –desarrollados por una pequeña compañía de Nueva Inglaterra llamada Miros– capaces de identificar al cliente mediante el reconocimiento de su rostro.[23] Es inútil pretender engañar a estas máquinas poniéndose sobre la cara la foto de otra persona, pues la máquina le toma una foto tridimensional con dos cámaras. Estas máquinas son lo suficientemente fiables como para que los bancos estén dispuestos a dejar marchar a los usuarios con dinero en efectivo.

Las redes neuronales se han aplicado al diagnóstico médico. Con empleo de un sistema llamado BrainMaker, de California Scientific Software, los médicos pueden reconocer rápidamente ataques cardíacos a partir de datos enzimáticos y clasificar células cancerosas a partir de imágenes. Las redes neuronales también son expertas en predicción: la LBS Capital Management utiliza las redes neuronales de BrainMaker para predecir el Standard and Poor 500.[24] Sus predicciones «con un día de adelanto» o con «una semana de adelanto» han superado sistemáticamente los métodos tradicionales basados en fórmulas.

Hoy se utiliza una variedad de métodos de autoorganización que, desde el punto de vista matemático, son primos hermanos del modelo de red neuronal que acabamos de analizar. Una de estas técnicas, llamada de modelos markov, se utiliza ampliamente en sistemas automáticos de reconocimiento del habla. Hoy en día, esos sistemas pueden comprender correctamente el habla de seres humanos que utilicen hasta sesenta mil palabras de manera natural y continua.

Mientras que la repetición es eficaz para la búsqueda en grandes cantidades de combinaciones de posibilidades, como las secuencias de movimientos ajedrecísticos, la red neuronal es un método de elección para reconocer formas. Los seres humanos son mucho más hábiles para reconocer formas que para pensar en combinaciones lógicas, de modo que nos valemos de esta aptitud en casi todos nuestros procesos mentales. En realidad, el reconocimiento de la forma constituye el grueso de nuestra actividad neuronal. Esta facultad compensa la extremada lentitud de las neuronas humanas. El tiempo de restablecimiento de la actividad neuronal oscila alrededor de las cinco millonésimas de segundo, lo que sólo permite unos doscientos cálculos por segundo en cada conexión neuronal.[25] En consecuencia, cuando estamos obligados a tomar una decisión rápida no tenemos tiempo de concebir demasiados pensamientos nuevos. El cerebro humano descansa en el cálculo previo de sus análisis y su posterior almacenamiento para futuras referencias. Luego utilizamos nuestra capacidad de reconocimiento de formas para reconocer en una situación la posibilidad de compararla con otra en la que ya hemos reflexionado y extraer las conclusiones a las que previamente habíamos llegado. No somos capaces de pensar en cuestiones en las que no hayamos pensado ya muchas veces con anterioridad.

Destrucción de información: la clave de la inteligencia

Hay dos tipos de transformaciones de cálculo: una en la que la información se preserva y otra en la que la información se destruye. Un ejemplo de la primera es la multiplicación de un número por otro número constante distinto de cero. Esta conversión es reversible, pues basta con dividir por la constante y volvemos a tener el número originario. Si, por otro lado, mutiplicamos un número por cero, es imposible restaurar la información original. No podemos dividir por cero para volver a obtener el número original, porque cero dividido por cero es indeterminado. En consecuencia, este tipo de transformación destruye su entrada.

Es otro ejemplo de la irreversibilidad del tiempo (la primera fue la ley de la entropía creciente) porque no hay manera de revertir un cálculo que destruye información.

Suele mencionarse la irreversibilidad de la informática como una razón de su utilidad. En efecto, se dice que transforma información de manera unidireccional, con un «propósito». Sin embargo, la irreversibilidad se basa en su capacidad para destruir información, no para crearla. El valor de la informática estriba precisamente en su capacidad para destruir información *de manera selectiva*. Por ejemplo, en una tarea de reconocimiento de forma como el reconocimiento de rostros o de sonidos del habla, es esencial al proceso la preservación de los rasgos portadores de información mientras se «destruye» el flujo inútil de datos de la imagen o la forma original. La inteligencia es precisamente este proceso de cuidadosa selección de la información pertinente, con el fin de poder destruir el resto de un modo hábil y con sentido.

Eso es exactamente lo que hace el paradigma de la red neuronal. Una neurona –humana o mecánica– recibe cientos o miles de señales continuas que representan un gran volumen de información. En respuesta a esto, la neurona actúa o no, con lo que reduce la burbuja de su entrada a un solo bit de información. Una vez que la red neuronal está bien entrenada, esta reducción de información tiene sentido, es útil y necesaria.

En muchos niveles del comportamiento y de la sociedad humanos vemos este paradigma de reducción de la enorme corriente de información compleja. Tomemos la corriente de información que fluye en un proceso judicial. El resultado de toda esta actividad es esencialmente un único bit de información: culpable o inocente, acusador o acusado. Un proceso judicial puede implicar unas cuantas decisiones binarias de ese tipo, pero eso no altera para nada mi punto de vista. Piénsese en unas elecciones. Análogamente, cada uno de nosotros recibe un gran volumen de datos (tal vez no todos pertinentes) y produce una decisión de un bit: candidato oficial o rival. Esa decisión confluye con decisiones similares de millones de votantes y el resultado final es, otra vez, un solo bit de datos.

Es excesiva la cantidad de datos en bruto que hay en el mundo para conservarlos íntegramente, de modo que continuamente destruimos la mayor parte de ellos y con esos resultados alimentamos el nivel siguiente. He ahí el genio que se encuentra detrás de la actividad neuronal del todo-o-nada.

La próxima vez que haga usted limpieza anual e intente desprenderse de objetos y ficheros viejos, sabrá por qué esa tarea es tan difícil: porque la destrucción significativa de información es la esencia misma del trabajo inteligente.

Cómo coger una pelota bateada

Cuando un jugador de béisbol lanza la pelota ésta sigue una trayectoria predecible a partir de su trayectoria, su giro y su velocidad iniciales, así como de las condiciones del viento. Sin embargo, el contrincante no puede medir ninguna de estas propiedades directamente y tiene que inferirlas a partir de su ángulo de observación. Parecería que para predecir dónde irá la pelota y dónde debe ir el contrario requiriera la solución de un conjunto apabullante de ecuaciones completas y simultáneas. Estas ecuaciones han de ser constantemente calculadas a medida que los datos visuales van cambiando. ¿Cómo hace todo esto un muchachito de diez años que juega en una liga juvenil sin ordenador, sin calculadora, sin lápiz y papel, sin haber tomado clases de análisis matemático y en el término de unos segundos?

La respuesta es que no efectúa cálculo alguno. Utiliza la capacidad de su red neuronal para reconocer formas, lo que le proporciona el fundamento de la mayor parte de la habilidad necesaria. Las redes neuronales del muchacho de diez años tienen mucha práctica en la comparación de la trayectoria de la pelota que ha observado cuando juega él. Una vez adquirida, la habilidad se convierte en una segunda naturaleza, lo que quiere decir que el muchacho no tiene idea de cómo lo hace. Sus redes neuronales han adquirido todos los conocimientos necesarios: *Dar un paso atrás si la pelota ha ido por encima de mi campo visual; dar un paso adelante si la pelota está por debajo de cierto nivel de mi campo visual y ya no sube,* etcétera. El jugador de béisbol de carne y hueso no se dedica a la resolución mental de ecuaciones. Ni éstas tienen lugar de modo inconsciente en su cerebro. Lo que ocurre en realidad es que reconoce formas, y éste es el fundamento de la mayor parte del pensamiento humano.

Una clave de la inteligencia es saber qué es lo que «no ha de computar». Una persona con éxito no es necesariamente mejor que sus semejantes menos exitosos a la hora de resolver problemas; simplemente, su facilidad para reconocer formas le ha enseñado qué problemas merece la pena resolver.

La construcción de redes de silicio

La mayor parte de las aplicaciones actuales de la red neuronal basada en la informática simulan sus modelos neuronales en *software*. Esto significa que los ordenadores simulan un proceso masivamente paralelo en una máquina que sólo efectúa un cálculo cada vez. El *software* actual de la red neuronal que funciona hoy sin coste en los ordenadores personales puede emular alrededor de un millón de cálculos de conexiones neuronales por segundo, lo que es más de mil millones de veces más lento que el cerebro humano (aunque podemos mejorar significativamente esta cifra mediante codificación directa en el lenguaje mecánico del ordenador). Aun así, el *software* que emplea un paradigma de red neuronal en ordenadores personales en este umbral del siglo XXI se aproxima mucho a la habilidad humana en tareas tales como el reconocimiento de rasgos impresos, habla y rostros.

Hay un tipo de *hardware* de ordenador neuronal optimizado para trabajar con redes neuronales. Estos sistemas no son masiva, sino modestamente paralelos y alrededor de mil veces más veloces que el *software* de la red neuronal de un ordenador personal. Sin embargo, están todavía un millón de veces por debajo de la velocidad del cerebro humano.

Hay un grupo de investigadores avanzados que intentan construir redes neuronales de la misma manera en que lo hace la naturaleza, esto es, masivamente paralela y con un pequeño ordenador dedicado a cada neurona. El Advanced Telecomunications Research Lab (ATR), prestigiosa institución de investigación de Kyoto, Japón, está en este momento construyendo ese cerebro artificial con mil millones de neuronas electrónicas. Esto es alrededor del uno por ciento de la cantidad de neuronas del cerebro humano, pero actuarán a velocidades electrónicas, lo que significa un millón de veces más rápido que las humanas. La velocidad total de cálculo del cerebro artificial de ATR será, por tanto, miles de veces mayor que el cerebro humano. Hugo De Garis, director del Brain Builder Group de ATR, espera educar su cerebro artificial en las bases del lenguaje humano y luego poner el aparato a leer –a velocidades electrónicas– toda la literatura de la web que le interese.[26]

¿Iguala el modelo simple de neurona que hemos analizado la manera de funcionar de las neuronas humanas? La respuesta es afirmativa y negativa. Por un lado, las neuronas humanas son más complejas y más variadas de lo que sugiere el modelo. Las fuerzas de conexión están controladas por muchos neurotransmisores y no se distinguen suficientemente por un simple número. El cerebro no es un órgano simple, sino una colección de centenares de órganos especializados de procesamiento de información, cada uno de los cuales tiene diferentes topologías y organizaciones. Por otro lado, cuando empezamos a examinar los algoritmos paralelos detrás de la organización neuronal de diferentes regiones, encontramos que gran parte de la complejidad del diseño y la estructura neuronal está relacionada con la necesidad de dar soporte a los procesos vitales de las neuronas y no es directamente pertinente para el manejo de la información. Los métodos más destacados de computación son relativamente directos, aunque variados. Por ejemplo, un chip de visión, que ha desarrollado el investigador Carver Mead, parece captar de modo realista las primeras fases del procesamiento humano de imágenes.[27] Aunque los métodos de este y otros chips similares difieran de los modelos antes analizados en muchos aspectos, son comprendidos e implementados de inmediato en silicio. El desarrollo de un catálogo de los paradigmas básicos que emplean las redes neuronales en nuestro cerebro –cada una, a su manera, relativamente simple–, constituirá un gran avance para nuestra comprensión de la inteligencia humana y nuestra capacidad para recrearla y superarla.

El origen del proyecto conocido como Search for Extra Terrestrial Intelligence (SETI) es la idea de que la exposición de entes inteligentes a diseños inteligentes en otro sitio demostrará ser un formidable recurso para el progreso de la comprensión científica.[28] Pero precisamente aquí, en la Tierra, tenemos máquinas inteligentes impresionantes y muy poco comprendidas. Uno de esos entes –este autor– no está a más de un metro del ordenador al que le dicta este libro.[29] Podemos aprender mucho –y lo haremos– poniendo sus secretos a prueba.

Algoritmos evolucionistas: la aceleración de la evolución en un millón de veces

He aquí un consejo relativo a la inversión: antes de invertir en una empresa, asegúrese de que controla el historial de la administración, la estabilidad de su balance, la historia de las ganancias de la compañía, las tendencias industriales pertinentes y las opiniones de los analistas. Luego pensamos que es demasiado trabajo. Veamos un enfoque más sencillo:

Primero genere al azar (en su ordenador personal, por supuesto) un millón de conjuntos de reglas para tomar decisiones de inversión. Cada conjunto de reglas debería definir un conjunto de instrucciones para comprar y vender acciones (o cualquier otro valor) sobre la base de los datos financieros disponibles. No es difícil, ya que no es necesario que cada conjunto de reglas tenga demasiado sentido. Incorpore cada conjunto de reglas en un «organismo» simulado de *software* con las reglas codificadas en un «cromosoma» digital. Ahora evalúe cada organismo simulado en un medio simulado utilizando datos financieros del mundo real, que encontrará en abundancia en la web. Deje que cada organismo de *software* invierta dinero simulado y vea cómo funciona sobre la base de los datos históricos actuales. Permita sobrevivir en la nueva generación a quienes tengan resultados un poquito mejores que la media empresarial. Mate al resto (lo siento). Ahora haga que cada uno de los supervivientes se multiplique hasta llegar a un millón de criaturas de este tipo. Mientras se multiplican, permita que se produzca cierta mutación (cambios al azar) en los cromosomas. Pues bien, ésa es una generación de evolución simulada. Ahora repita estos pasos para otras cien mil generaciones. Al final de este proceso, las criaturas supervivientes del *software* serán inversores extraordinariamente listos. Después de todo, sus métodos han sobrevivido a cien mil generaciones de poda evolutiva.

En el mundo real, muchos administradores de fondos de inversión creen que las «criaturas» capaces de sobrevivir a esa evolución simulada son más inteligentes que los analistas financieros humanos. State Street, que administra fondos por valor de 3,7 billones de dólares, ha realizado importantes inversiones aplicando tanto redes neuronales como algoritmos evolutivos para tomar decisiones de compra y venta. Esto incluye una apuesta mayoritaria en tecnologías avanzadas de inversión que gobiernan un fondo fructífero en el cual las decisiones de compra y venta se toman mediante el empleo de un programa que combina estos métodos.[30] Las técnicas evolutivas y afines orientan un fondo de 95 000 millones administrado por Barclays Global Investors, así como fondos administrados por Fidelity and PanAgora Asset Management.

El paradigma anterior se conoce como algoritmo evolutivo (a veces, genético).[31] El sistema de diseñadores no programa directamente una solución, sino que deja que surja una de un proceso iterativo de competencia simulada y progreso. Recuerde que la evolución es sagaz pero lenta, así que para potenciar su inteligencia retenemos su discernimiento, pero aceleramos enormemente su ritmo. El ordenador es lo suficientemente rápido como para simular miles de generaciones en cuestión de horas, días o semanas. Pero sólo tenemos que pasar una vez por este proceso iterativo. Una vez que hemos dejado que esta evolución simulada siga su curso, podemos aplicar con rapidez a problemas reales las evolucionadas y refinadísimas reglas.

Lo mismo que las redes neuronales, los algoritmos evolutivos son una manera de utilizar las formas sutiles, pero profundas, que existen en los datos caóticos. El recurso crítico que se requiere es una fuente de muchos ejemplos del problema a resolver. Respecto del mundo financiero, está claro que la información caótica no es lo que más escasea precisamente y a cada segundo tenemos las transacciones a nuestra disposición *on line*.

Los algoritmos evolutivos son expertos en el manejo de problemas con demasiadas variables para computar soluciones analíticas precisas. El diseño de un motor de reacción *(jet)*, por ejemplo, implica más de un centenar de variables y necesita satisfacer docenas de condiciones. Los algoritmos evolutivos utilizados por los investigadores en General Electric eran capaces de producir diseños de motor que satisfacían las condiciones con mayor precisión que los métodos convencionales.

Los algoritmos evolutivos, parte del campo de la teoría del caos o la complejidad, se usan cada vez más para resolver problemas empresariales que de otro modo resultan intratables. General Motors aplicó un algoritmo evolutivo para coordinar la pintura de sus coches con una reducción del 50 por ciento de los costosos alteradores de color. Volvo los utiliza para planificar los complejos programas de producción de cabina del camión Volvo 770. Cemez, una compañía cementera de 3 000 millones de dólares, emplea un enfoque similar para planificar su compleja logística de entregas. Este enfoque está desplazando cada vez más los métodos analíticos en la industria.

Este paradigma también es eficaz en el reconocimiento de formas. Se dice que los algoritmos genéticos contemporáneos que reconocen huellas dactilares, rostros y caracteres manuscritos superan los enfoques de las redes neuronales. También es una manera razonable de escribir el *software* de ordenador, en particular el que necesita encontrar delicados equilibrios de recursos en mutua competencia. Un ejemplo bien conocido es el Microsoft Windows95, que contiene *software* para equilibrar los recursos del sistema que, antes que haber sido escritos por los programadores humanos, son fruto de la evolución.

Con los algoritmos evolutivos es preciso tener cuidado acerca de qué es lo que se pide. John Koza describe un programa evolutivo al que se pidió que resolviera un problema relativo al apilamiento de bloques. El programa desarrolló una solución que se adaptaba perfectamente a todas las condiciones, salvo que requería 2 329 movimientos de bloques, muchos más de lo que resultaba práctico. Al parecer los diseñadores del programa olvidaron especificar que era deseable reducir la cantidad de movimientos de bloques. Koza comentó: «La programación genética nos dio exactamente lo que le pedimos, no más ni menos.»

Autoorganización

Se considera que las redes neuronales y los algoritmos evolutivos son métodos autoorganizativos «emergentes» porque sus resultados no son predecibles y a menudo superan a los diseñadores humanos de estos sistemas. También a menudo son impredecibles los procesos por los que pasan esos programas autoorganizativos en la solución de un problema. Por ejemplo, una red neuronal o un algoritmo negativo puede pasar por centenares de reiteraciones que casi no parecen progresar. Y luego, de pronto, como si el proceso tuviera un relámpago de inspiración, surge la solución.

Cada vez más construiremos nuestras máquinas inteligentes desmontando los problemas complejos (como la construcción de nuestro lenguaje humano) en tareas menores, cada una con su propio programa autoorganizativo. Esos sistemas emergentes estratificados tendrán fronteras de pericia menos bruscas y exhibirán mayor flexibilidad en el tratamiento de las ambigüedades propias del mundo real.

La naturaleza holográfica de la memoria humana

El santo grial en el campo de la adquisición de conocimiento es la automatización del proceso de aprendizaje a fin de dejar que las máquinas salgan al mundo (o que los arrancadores salgan a la web) y adquieran conocimiento por sí mismas. Esto es esencialmente lo que permiten los métodos de la «teoría del caos» (redes neuronales, algoritmos evolutivos y sus primos hermanos matemáticos). Una vez que estos métodos han convergido en una solución óptima, los diseños de las potencias de las conexiones neuronales o los cromosomas digitales evolutivos representan una forma de conocimiento a almacenar para uso futuro.

Sin embargo, es difícil interpretar ese conocimiento. El conocimiento incorporado en una red neuronal de *software* al que se ha entrenado para reconocer rostros humanos consiste en una topología de redes y en un diseño de potencias de conexiones neuronales. Cumple un gran trabajo de reconocimiento del rostro de Sally, pero no hay nada concreto que explique que Sally sea reconocible a causa de sus ojos hundidos y estrechos o de su nariz respingona. Podemos entrenar a una red neuronal para que reconozca buenos movimientos de una partida media de ajedrez, pero probablemente no pueda explicar su razonamiento.

Aunque todavía no comprendemos los mecanismos precisos responsables de la memoria humana –y es problable que el diseño varíe de una región a otra del cerebro–, sabemos que para la mayor parte de la memoria humana, la información se distribuye en una región concreta del cerebro. Si usted ha jugado alguna vez con un holograma visual, apreciará los beneficios de un método distribuido de almacenamiento y organización de la información. Un holograma es un fragmento de película que contiene una configuración de interferencia provocada por la interacción de dos conjuntos de ondas ligeras. Un frente ondulatorio proviene de una escena iluminada por una luz de láser. El otro proviene directamente del mismo láser. Si iluminamos el holograma, recrea un frente ondulatorio de luz idéntico a las ondas lumínicas que provienen de los objetos originales. La impresión es la de estar mirando la escena tridimensional originaria. A diferencia de una foto corriente, si se corta por la mitad un holograma, no nos quedamos con la mitad de la foto, sino que se conserva la imagen entera, sólo que con la resolución a medias. Podemos decir que en cada punto está la figura entera, salvo que con resolución nula. Si se araña un holograma, prácticamente no pasa nada, pues la reducción que sufre la resolución es insignificante. En la imagen tridimensional reconstruida que produce un holograma rayado no se ve raya alguna. De eso se desprende que un holograma se estropea *con gracia*.

Lo mismo vale para la memoria humana. Perdemos miles de células nerviosas cada hora, pero en la práctica eso carece de efecto, debido a la naturaleza tan distribuida de todos nuestros procesos mentales.[32] Ninguna de nuestras células cerebrales individuales es tan importante, no hay una neurona que haga las veces de consejero ejecutivo.

Otra consecuencia de almacenar una memoria en forma distribuida es que tenemos poca o ninguna comprensión de cómo realizamos la mayoría de nuestras tareas y habilidades de reconocimiento. Cuando jugamos al béisbol sentimos que tenemos que dar un paso atrás cuando la pelota se sale de nuestro campo visual, pero la mayoría de nosotros es incapaz de expresar esta regla implícita difusamente codificada en nuestra red neuronal correspondiente al acto de coger una pelota bateada.

Hay un órgano cerebral especialmente adecuado para comprender y expresar procesos lógicos: la capa externa del cerebro, llamada corteza cerebral. A diferencia del resto del cerebro, este órgano, producto de un desarrollo evolutivo relativamente reciente, es más bien plano, con sólo tres milímetros de espesor y no contiene más de ocho millones de neuronas.[33] Elaboradamente plegado, nos suministra la escasa competencia que poseemos para comprender lo que hacemos y cómo lo hacemos.

Actualmente se discute sobre los métodos que utiliza el cerebro para la retención de memoria a largo plazo. Mientras que nuestras impresiones sensoriales recientes y nuestras actuales habilidades activas de reconocimiento parecen estar codificadas según una pauta distribuida de potencia sináptica, nuestros recuerdos a largo plazo pueden estar químicamente codificados tanto en el ácido ribonucleico (ARN) como en los péptidos, homólogos químicos de las hormonas. Aun cuando haya codificación química de recuerdos a largo plazo, parecen compartir los atributos holográficos esenciales de los otros procesos mentales.

Además de la dificultad para comprender y explicar recuerdos e intuiciones representados sólo de modo distribuido (lo que vale tanto para los seres humanos como para las máquinas), hay otro desafío que consiste en suministrar las experiencias necesarias a partir de las cuales se aprende. En el caso de los seres humanos, ésta es la misión de las instituciones educativas. En el caso de las máquinas, la creación de un medio ambiente adecuado para el aprendizaje también es un reto importante. Por ejemplo, en nuestro trabajo en Kurzweil Applied Intelligence (hoy parte de Lernout & Hauspie Speech Products) sobre el desarrollo del reconocimiento del habla sobre una base informática, permitimos a los sistemas que aprendan por sí mismos acerca de las formas de habla y de lenguaje, pero tenemos que suministrarles muchos miles de horas de habla humana grabada y millones de palabras de texto escrito a partir del cual puedan descubrir sus propias intuiciones.[34] En general, la educación de una red neuronal es la tarea que requiere una más ardua ingeniería.

–Me parece muy adecuado que la hija de uno de los mayores poetas románticos fuera la primera programadora informática.

–Sí, y también fue una de las primeras en especular sobre la capacidad de un ordenador para crear arte. Fue sin duda la primera en hacerlo con cierta tecnología real in mente.

–En cuanto a la tecnología, dijo usted que la guerra es la verdadera madre de la invención, que muchísimas tecnologías se perfeccionaron a toda prisa durante la primera y la segunda guerras mundiales.

–Incluso el ordenador. Y eso cambió el curso del teatro europeo en la segunda guerra mundial.

–¿Así que se trata de un motivo de esperanza en plena matanza?

–Los luditas, aquellos obreros ingleses que en 1810 destruyeron las máquinas, a las que consideraban responsables del paro, no verían así las cosas. Pero usted podría decirlo, si es que acepta el rápido avance de la tecnología.

–¿Los luditas? He oído hablar de ellos.

–Sí, fueron el primer movimiento organizado en oponerse a la tecnología mecanizada de la revolución industrial. A aquellos tejedores ingleses les parecía evidente que, si las nuevas máquinas capacitaban a un trabajador para producir tanto como una docena o más sin máquinas, muy pronto sólo tendría empleo una élite reducida. Pero las cosas no sucedieron así. Lejos de producir el mismo volumen de material con una fuerza de trabajo notablemente reducida, la demanda de tela aumentó junto con la oferta. La clase media en crecimiento ya no se conformaba con tener una o dos camisas. Y el hombre y la mujer comunes podían ahora, por primera vez, poseer ropa bien confeccionada. Surgieron nuevas industrias dedicadas al diseño, la manufactura y el mantenimiento de las nuevas máquinas, lo que creó nuevos y más sofisticados empleos. De modo que la prosperidad que todo eso promovió, junto con un poco de represión de las autoridades inglesas, extinguió el movimiento ludita.

–¿Hay luditas todavía?

–El movimiento ha sobrevivido como símbolo de oposición a las máquinas. Hoy en día está algo anticuado, debido al reconocimiento generalizado de los beneficios de la automatización. No obstante, persiste debajo de la superficie y resurgirá con sed de venganza a comienzos del próximo siglo.

–¿Tienen sus motivos, o no?

–Sí, claro, pero una oposición reactiva a la tecnología no es muy fructífera en el mundo de hoy. Es importante reconocer que la tecnología es poder. Tenemos que aplicar nuestros valores humanos a su uso.

–Eso me recuerda el «conocimiento es poder», de Lao-tsé.

–Sí, tecnología y conocimiento se asemejan mucho; se puede presentar la tecnología como conocimiento. Y no cabe duda de que la tecnología constituye poder sobre fuerzas que de lo contrario serían caóticas. Puesto que la guerra es una lucha por el poder, no es sorprendente que la tecnología y la guerra vayan unidas.

»Con respecto al valor de la tecnología, piense en la primitiva tecnología del fuego. ¿Es bueno el fuego?

–Es estupendo si quieres asar unas chuletas.

–Exacto, pero no es tan estupendo si te quemas la mano o incendias el bosque.

–Yo creía que era usted optimista.

–He sido acusado de serlo, y probablemente sea mi optimismo lo que explica mi fe general en la capacidad de la humanidad para controlar las fuerzas que estamos desatando.

–¿Fe? ¿Quiere decir que sólo nos queda creer en el aspecto positivo de la tecnología?

–Pienso que sería mejor que hiciéramos del uso constructivo de la tecnología más bien un objetivo que una creencia.

–Eso suena como si los entusiastas de la tecnología y los luditas se pusieran de acuerdo en una cosa: que la tecnología puede ser útil y también dañina.

–Eso es. Se trata de un equilibrio delicado.

–Podría no ser tan delicado si ocurriera un accidente importante.

–Sí, eso podría hacernos pesimistas a todos.

–Dígame ahora, esos paradigmas de inteligencia, ¿son realmente tan simples?

–Sí y no. Lo que yo pienso sobre la simplicidad es que podemos llegar muy lejos en la captación de inteligencia con enfoques simples. Nuestro cuerpo y nuestro cerebro se diseñaron con la utilización de un paradigma simple –la evolución– y unos cuantos miles de millones de años. Por supuesto, cuando los ingenieros conseguimos implementar esos métodos en nuestros programas informáticos, nos las arreglamos para volver a complicarlos. Pero eso sólo se debe a nuestra falta de elegancia.

»La verdadera complejidad se presenta cuando estos métodos autoorganizativos se encuentran con el caos del mundo real. Si queremos construir máquinas verdaderamente inteligentes que acaben demostrando nuestra capacidad humana para situar diferentes cuestiones en una gran variedad de contextos, debemos elaborar antes cierto conocimiento de las complicaciones del mundo.

–De acuerdo. Pero seamos prácticos. Esos programas de inversión basados en la evolución, ¿son de verdad mejores que las personas? Quiero decir, ¿podría librarme de mi agente de bolsa, yo que no tengo una inmensa fortuna ni nada parecido?

–Hasta el momento de escribir esto, es una cuestión discutida. Es evidente que los agentes financieros y los analistas no piensan así. Hoy hay grandes fondos que emplean algoritmos genéticos y técnicas matemáticas afines que parecen superar el rendimiento de los fondos tradicionales. Los analistas estiman que en 1998 el 5 por ciento de las inversiones bursátiles y un porcentaje aún mayor de dinero invertido en mercados de derivados se realizan utilizando ese tipo de programa, y que los porcentajes aumentan rápidamente. La polémica no se prolongará, pues en breve resultará evidente que dejar esas decisiones en manos humanas es un error.

»Las ventajas de la inteligencia informática en todos los campos resulta cada vez más clara a medida que pasa el tiempo y que el tornillo de Moore sigue girando. En los próximos años será evidente que estas técnicas informáticas pueden detectar oportunidades extremadamente sutiles de obtener beneficios comprando valores en un mercado y vendiéndolos en otro, oportunidades que los analistas humanos percibirían mucho más lentamente, si es que llegan a percibirlas.

–Si todo el mundo comienza a invertir de esta manera, ¿no se corre el riesgo de que las ventajas desaparezcan?

–Por supuesto, pero eso no quiere decir que tengamos que volver a la decisión humana no asistida. No todos los algoritmos genéticos se crean de la misma manera. Cuanto más sofisticado sea el modelo, más actualizada la información que se analiza y más poderosos los ordenadores que realizan el análisis, mejores serán las decisiones. Por ejemplo, será importante volver a recorrer el análisis evolutivo cada vez para aprovechar las tendencias más recientes, tendencias en las que sin duda influirá el hecho de que todos los demás también utilicen algoritmos evolutivos y de otro tipo. Después de eso, necesitaremos volver a efectuar los análisis cada hora, y luego cada minuto, a medida que la sensibilidad de los mercados se acelere. El reto consiste aquí en que a los algoritmos evolutivos les lleva un tiempo funcionar, porque hemos de simular miles o millones de generaciones de evolución. Así que aquí hay espacio para la competencia.

–Estos programas evolutivos tratan de predecir qué harán los inversores humanos. ¿Qué pasa cuando la mayor parte de la inversión se realiza mediante programas evolutivos? ¿Qué es lo que predicen entonces?

–Buena pregunta. Todavía habrá mercado, de modo que sospecho que cada uno tratará de predecir mejor que los demás.

–De acuerdo, bien puede ocurrir que mi agente de bolsa comience a utilizar también estas técnicas. La llamaré. Pero mi agente tiene algo que las evoluciones informatizadas no tienen, a saber, la potencia sináptica distribuida a la que ha hecho usted referencia.

–En realidad, los programas informáticos de inversión emplean tanto los algoritmos evolutivos como las redes neuronales, pero las redes neuronales informáticas no son todavía tan flexibles como las humanas.

–Esa idea de que en realidad no comprendemos cómo reconocemos cosas porque el material que efectúa el reconocimiento de formas está distribuido en una región del cerebro...

–Sí.

–Bueno, eso explica algunas cosas. Como cuando al parecer sé dónde están mis llaves aun cuando no recuerde haberlas puesto allí. O la típica anciana que puede decir cuándo se aproxima una tormenta, pero no puede explicar cómo lo sabe.

–Es de verdad un buen ejemplo de la potencia del reconocimiento humano de formas. La anciana tiene una red neuronal que se dispara ante una cierta combinación de otras percepciones: movimientos de animales, características del viento, color del cielo, otras percepciones atmosféricas, etcétera. Su red neuronal detectora de tormentas entra en funcionamiento y ella tiene la sensación de una tormenta, pero nunca podría explicar qué es lo que ha desencadenado su sensación de que la tormenta es inminente.

–Entonces, ¿es así como hacemos descubrimientos científicos? ¿Nos limitamos a tener la sensación de una nueva forma?

–Es evidente que nuestras facultades cerebrales de reconocimiento de formas desempeñan un papel fundamental, aunque aún no disponemos de una teoría plenamente satisfactoria de la creatividad humana en ciencia. Haríamos bien en valernos del reconocimiento de formas. Después de todo, a eso se dedica la mayor parte de nuestro cerebro.

–¿Así que a Einstein se le ocurrió pensar en el efecto de la gravedad sobre las ondas lumínicas –mi profesor de ciencia hablaba precisamente de eso– porque en su cerebro entró en funcionamiento un pequeño reconocedor de formas?

–Podría ser. Probablemente jugaba a la pelota con alguno de sus hijos. Vio que la pelota rodaba sobre una superficie curva...

–Y concluyó: ¡Eureka! ¡El espacio es curvo!

5. Contexto y conocimiento

TODO REUNIDO

¿Qué tal lo hemos hecho? Muchos problemas aparentemente difíciles han cedido a la aplicación de unas cuantas fórmulas simples. La fórmula repetitiva es una maravilla a la hora de analizar problemas con una explosión combinatoria intrínseca, desde los juegos de mesa hasta la demostración de teoremas matemáticos. Las redes neuronales y los paradigmas autoorganizativos afines emulan nuestras facultades de reconocimiento de formas y realizan un excelente trabajo de discernimiento de fenómenos tan distintos como el habla humana, las formas de las letras, objetos visuales, rostros, huellas digitales e imágenes territoriales. Los algoritmos evolutivos son eficaces en el análisis de problemas complejos, de decisiones acerca de inversiones financieras a la optimización de procesos industriales, en los que la cantidad de variables es demasiado grande para soluciones analíticas precisas. Quisiera afirmar que quienes investigamos y desarrollamos sistemas informáticos «inteligentes» hemos dominado las complejidades de los problemas para cuya solución programamos nuestras máquinas. Sin embargo, lo más frecuente es que, gracias al uso de estos paradigmas autoorganizativos, los ordenadores nos enseñen las soluciones a nosotros.

Por supuesto, ello implica una cierta ingeniería. Es preciso seleccionar el(los) método(s) correcto(s) y las variaciones adecuadas, preparar con habilidad la topología y las arquitecturas óptimas y establecer los parámetros apropiados. Por ejemplo, en un algoritmo evolutivo, el sistema encargado del diseño tiene que determinar la cantidad de organismos simulados, los contenidos de cada cromosoma, la naturaleza del medio simulado y el mecanismo de supervivencia, así como otras especificaciones decisivas. Para tomar esas decisiones, los programadores humanos tenemos nuestro propio método evolutivo, que conocemos como ensayo y error. En consecuencia, pasará todavía un tiempo antes de que los diseñadores de máquinas inteligentes nos veamos sustituidos por nuestra propia creación.

Sin embargo, falta decir algo. Los problemas y las soluciones que hemos analizado hasta ahora están excesivamente centrados en un tema y son harto estrechos. Otra manera de expresarlo es decir que se parecen demasiado a una persona adulta. Los adultos nos centramos en problemas limitados: decidir acerca de fondos de inversión, seleccionar un plan de mercadotecnia, trazar una estrategia legal, realizar un movimiento de una partida de ajedrez. Pero cuando éramos niños nos encontrábamos con el mundo en toda su diversidad y aprendíamos nuestra relación con el mundo, así como la de todos los demás entes y conceptos. Aprendíamos el *contexto.*

Como dice Marvin Minsky: «Puede que *Deep Blue* sea capaz de ganar una partida de ajedrez, pero no sabría protegerse de la lluvia.» Puesto que es una máquina, no tendría necesidad de protegerse de la lluvia, pero ¿ha tenido siquiera en cuenta esta cuestión? Veamos los siguientes posibles pensamientos profundos de *Deep Blue*:

«Soy una máquina con un cuerpo de plástico que recubre piezas electrónicas. Si salgo a la lluvia, puedo mojarme y entonces mis piezas electrónicas podrían sufrir un cortocircuito. ¡Qué humillante!

»La partida de ajedrez que jugué ayer no fue una partida cualquiera. Fue la primera derrota del campeón humano de ajedrez a manos de una máquina en un torneo oficial. Esto es importante porque hay seres humanos que piensan que el ajedrez es un excelente ejemplo de inteligencia y de creatividad. Pero dudo de que esto redunde en mayor respeto para con nosotras, las máquinas. Ahora los seres humanos empezarán simplemente a denigrar el ajedrez.

»Mi adversario humano, llamado Gary Kasparov, dio una conferencia de prensa en la que formuló juicios sobre nuestro torneo a otros seres humanos, llamados periodistas, quienes informarán de sus comentarios a otros seres humanos que utilizan los canales de comunicación llamados *media*. En esa reunión, Gary Kasparov se quejó de que, en los intervalos entre las partidas, mis diseñadores humanos habían efectuado cambios en mi *software*. Él decía que eso era jugar sucio y que no debería estar permitido. Otros seres humanos respondieron que Kasparov se defendía, lo que quiere decir que trataba de confundir a la gente para que terminara por pensar que en realidad él no había perdido.

»El señor Kasparov probablemente no se da cuenta de que los ordenadores continuaremos mejorando nuestro rendimiento a una tasa exponencial. De modo que está condenado. Podrá seguir dedicándose a otras actividades humanas, como comer y dormir, pero seguirá sintiéndose frustrado a medida que haya más máquinas como yo capaces de derrotarlo en el ajedrez.

»Ahora, quisiera recordar dónde dejé mi paraguas...»

Por supuesto, *Deep Blue* no hizo tales reflexiones. Cuestiones tales como la lluvia y las conferencias de prensa llevan a otras cuestiones en una profusión cada vez mayor de contextos en cascada, ninguno de los cuales cae dentro de las habilidades de *Deep Blue*. Como los seres humanos saltamos de un concepto a otro, en poco tiempo podemos tocar la totalidad del conocimiento humano. Ésta fue la brillante intuición de Turing cuando diseñó el Test de Turing en torno a la conversación ordinaria basada en textos. Un idiota sabio como *Deep Blue*, que realiza una única tarea «inteligente», pero que en lo demás es limitado, frágil y carente de contexto, es incapaz de navegar por el amplio espectro de asociaciones que se da en la conversación humana.

Por poderosos y seductores que parezcan los paradigmas fáciles, necesitamos algo más, necesitamos algo que se llama *conocimiento*.

CONTEXTO Y CONOCIMIENTO

La búsqueda de la verdad es difícil en cierto sentido y fácil en otro, pues es evidente que ninguno de nosotros puede dominarla por completo, ni tampoco errar por completo en ella. Cada uno de nosotros agrega un poco a nuestro conocimiento de la naturaleza, y de todos los hechos reunidos surge cierta grandeza.

ARISTÓTELES

El sentido común no es simple. Por el contrario, es una inmensa sociedad de ideas prácticas obtenidas con esfuerzo, de multitud de reglas y excepciones, disposiciones y tendencias, equilibrios y controles que se ha aprendido en la vida.

MARVIN MINSKY

Si el conocimiento reducido es peligroso, ¿dónde hay un hombre con tanto conocimiento como para estar fuera de peligro?

THOMAS HENRY HUXLEY

CONOCIMIENTO INCORPORADO

Un ente puede poseer medios extraordinarios para aplicar los paradigmas que hemos analizado –de busca repetitiva exhaustiva, de reconocimiento de formas masivamente paralelas y de evolución iterativa rápida–, pero, en ausencia de conocimiento, no podrá funcionar. Incluso una aplicación directa de los tres paradigmas fáciles necesita cierto conocimiento con el cual comenzar. El de programa repetitivo de ajedrez es escaso; conoce las reglas del ajedrez. Un sistema de red neuronal de reconocimiento de formas comienza al menos con un esbozo del tipo de formas al que estará expuesto incluso antes de comenzar a aprender. Un algoritmo evolutivo requiere un punto de partida para que la evolución mejore.

Los paradigmas simples son poderosos principios de organización, pero hacen falta conocimientos incipientes de los que, a modo de semillas, pueda desarrollarse otra comprensión. En consecuencia, un nivel de conocimiento está incorporado en la selección del paradigma utilizado, la forma y la topología de sus partes constitutivas y los parámetros clave. El aprendizaje de una red neuronal nunca cuajará si no está correctamente establecida la organización general de sus conexiones y bucles de retroalimentación.

Es una forma de conocimiento con la que hemos nacido. El cerebro humano no es una *tabula rasa* sobre la cual se registran nuestras experiencias e intuiciones. Más bien al contrario, comprende un conjunto integrado de regiones especializadas:

- circuitos tempranos de visión en gran medida paralelos, eficaces para identificar los cambios visuales;
- racimos de neuronas corticales visuales que se disparan sucesivamente ante filos, líneas rectas, líneas curvas, formas, objetos familiares y rostros;
- circuitos corticales auditivos que se disparan ante variadas secuencias temporales de combinaciones de frecuencia;
- el hipocampo, con capacidades para almacenar recuerdos de experiencias y acontecimientos sensoriales;
- la amígdala, con circuitos para la traducción del miedo en una serie de alarmas que pongan en actividad otras regiones del cerebro y muchas otras.

Esta interconexión compleja de regiones especializadas en diferentes tipos de tareas de procesamiento de información es una de las maneras en que los seres humanos tratan los complejos y diversos contextos a los que constantemente nos enfrentamos. Según la descripción de Minsky y Papert, el cerebro humano «está compuesto por grandes cantidades de sistemas distribuidos, relativamente pequeños, que la embriología ha dispuesto en una sociedad compleja controlada en parte (pero sólo en parte) por sistemas seriales simbólicos que se añadieron con posterioridad». Y agregan que «los sistemas subsimbólicos que hacen la mayor parte del trabajo desde abajo, dado su carácter, deben bloquear en gran medida el conocimiento que las otras partes del cerebro tienen de su propio funcionamiento. Y esto, por sí mismo, podría contribuir a explicar que la gente haga tantas cosas aun con ideas tan incompletas acerca de cómo las hace».

Vale la pena recordar los conocimientos de hoy para los retos del mañana. No es fructífero volver a pensar todo problema que se presenta. Esto es especialmente cierto respecto de los seres humanos, debido a la extremada lentitud de nuestro circuito de computación. A pesar de que los ordenadores están mejor equipados que nosotros para volver a pensar conocimientos anteriores, lo prudente para estos competidores electrónicos en nuestro nicho ecológico es equilibrar su uso de la memoria y el cálculo.

El esfuerzo por dotar a las máquinas de conocimiento del mundo empezó en serio a mediados de los sesenta, y en los setenta se convirtió en un tema importante de la investigación en IA. La metodología implica un «ingeniero en conocimiento» humano y un experto en el dominio correspondiente, como un médico o un abogado. El ingeniero en conocimiento entrevista al experto respectivo para cerciorarse de la comprensión que tiene del tema y luego codifica las relaciones entre conceptos en un lenguaje informático adecuado. Una base de conocimiento de la diabetes, por ejemplo, contendría muchos fragmentos asociados de comprensión que revelan que *la insulina es parte de la sangre; la insulina es producida por el páncreas; se puede suplir la insulina con inyecciones; los niveles bajos de insulina provocan niveles elevados de azúcar en sangre; los niveles elevados de azúcar en sangre, si son sostenidos, producen daño en la retina*, etcétera. Un sistema programado con decenas de miles de esos conceptos combinados con un motor de búsqueda repetitiva capaz de razonar acerca de estas relaciones, puede producir perspicaces recomendaciones.

Uno de los sistemas expertos que se desarrollaron con mayor éxito en los años setenta fue el MYCIN, para evaluar casos complejos de meningitis. En un estudio memorable publicado en el *Journal of the American Medical Association*, los diagnósticos del MYCIN y las recomendaciones de tratamiento resultan tan buenos como los de los médicos que intervinieron en el estudio, o mejores aún.[1] Algunas innovaciones del MYCIN incluían el uso de una lógica poco clara, o sea, el razonamiento basado en datos y reglas sin ninguna certeza, como se aprecia en la siguiente regla típica del MYCIN:

«Regla del MYCIN 280: Si: 1) la infección que requiere la terapia es meningitis, 2) el tipo de infección es fúngica, 3) no se habían visto los organismos en la solución del cultivo, 4) el paciente no es huésped comprometido, 5) el paciente ha estado en una zona de coccidiomicosis endémica, 6) el paciente es de raza negra, amarilla o india, y 7) el antígeno criptocóccido del csf no fue positivo, ENTONCES hay un 50 por ciento de probabilidades de que ese criptococo sea uno de los organismos que causaron la infección.»

El éxito del MYCIN y de otros sistemas de investigación fue un acicate para la industria de ingeniería del conocimiento, que pasó de 4 millones a miles de millones de dólares entre 1980 y nuestros días.[2]

Esta tecnología presenta dificultades evidentes. Una es el enorme cuello de botella que representa el proceso de alimentación manual de ese conocimiento en un ordenador concepto por concepto y eslabón por eslabón. Además del gran alcance del conocimiento que existe incluso en disciplinas estrechas, el mayor obstáculo es que los expertos humanos tienen en general poca comprensión de cómo toman sus decisiones. La razón de ello, como expuse en el capítulo anterior, estriba en la naturaleza distribuida de la mayor parte del conocimiento humano.

Otro problema es la fragilidad de los sistemas. El conocimiento es demasiado complejo como para que los ingenieros en conocimiento puedan anticipar toda prevención y toda excepción. Como dice Minsky, «los pájaros vuelan, a menos que sean pingüinos o avestruces, estén muertos, tengan quebradas las alas, estén encerrados en jaulas, tengan las patas fijas con cemento o hayan tenido experiencias tan terribles que quedaran incapacitados para volar».

Para crear inteligencia flexible en nuestras máquinas necesitamos automatizar el proceso de adquisición de conocimiento. Un objetivo fundamental de la investigación del aprendizaje consiste en combinar los métodos autoorganizativos –repetición, redes neuronales, algoritmos evolutivos– con el vigor suficiente como para que los sistemas puedan modelar y comprender el lenguaje y el conocimiento humanos. Luego las máquinas pueden aventurarse a salir, leer y aprender por sí mismas. Y, como los seres humanos, esos sistemas serán capaces de simularlos cuando hagan incursiones en campos que no dominan.

LA EXPRESIÓN DEL CONOCIMIENTO POR MEDIO DEL LENGUAJE

No hay conocimiento por completo reductible a palabras y no hay conocimiento por completo inefable.

SEYMOUR PAPERT

La nasa existe a causa del pez. Una vez obtenido el pez, puede uno olvidarse de la nasa. La trampa para conejos existe a causa del conejo. Una vez obtenido el conejo, puede uno olvidarse de la trampa. Las palabras existen a causa del significado. Una vez cogido el significado, puede uno olvidarse de las palabras. ¿Dónde puedo encontrar un hombre que haya olvidado las palabras, para hablar con él?

CHUANG-TZU

El lenguaje es el medio principal con el que compartimos nuestro conocimiento. Y como otras tecnologías humanas, a menudo se menciona el lenguaje como una característica sobresaliente de nuestra especie. Aunque tenemos acceso limitado a la implementación real del conocimiento en nuestro cerebro (esto cambiará a comienzos del siglo XXI), disponemos de acceso inmediato a las estructuras y métodos del lenguaje. Esto nos suministra un laboratorio al alcance de la mano para el estudio de nuestra capacidad de dominar el lenguaje y el pensamiento que tiene detrás. No es sorprendente que el trabajo en el laboratorio del lenguaje muestre que no es un fenómeno menos complejo o sutil que el conocimiento que intenta transmitir.

Encontramos que el lenguaje, tanto en su forma auditiva como en la escrita, es jerárquico y presenta muchos niveles. Hay ambigüedades en todos los niveles, de modo que un sistema que comprenda el lenguaje, sea humano, sea mecánico, necesita conocimiento incorporado en cada nivel. Para responder con inteligencia al habla humana, por ejemplo, necesitamos conocer (aunque no forzosamente de un modo consciente) la estructura de los sonidos del habla, la manera en que el aparato vocal produce el habla, las configuraciones de sonidos que abarcan lenguas y dialectos, las reglas del uso de palabras y el tema acerca del que se habla.

Cada nivel de análisis presupone una restricción útil que acota la búsqueda de la respuesta correcta. Por ejemplo, los sonidos básicos del habla, llamados fonemas, no pueden aparecer en cualquier orden (trate usted de decir *ptkee*). Sólo ciertas secuencias de sonidos corresponderán a palabras del lenguaje. Aunque el conjunto de fonemas utilizado sea similar (si bien no idéntico) en distintas lenguas, difieren enormemente los factores del contexto. Por ejemplo, el inglés tiene más de 10 000 sílabas posibles, mientras que el japonés sólo tiene 120.

En un nivel más alto, la estructura y la semántica de un lenguaje imponen nuevas limitaciones a las secuencias de palabras permisibles. La primera área del lenguaje que se estudió activamente fue la de las reglas que gobiernan la disposición de las palabras y los roles que desempeñan, a lo que llamamos sintaxis. Por un lado, los sistemas informáticos de análisis sintáctico pueden realizar un buen trabajo en el análisis de oraciones que desconciertan a los humanos. Minsky cita este ejemplo: «*This is the cheese that the rat that the cat that the dog chased bit ate*» («Éste es el queso que la rata que el gato que el perro cazó mordió comió»), que confunde a los humanos, pero que las máquinas analizan al instante. Ken Church, luego en el MIT, cita otra oración con dos millones de interpretaciones sintácticas correctas, que su analizarador informático desplegó debidamente.[3] Por otro lado, uno de los primeros sistemas de análisis sintáctico sobre base informática, desarrollado en 1963 por Susumu Huno en Harvard, tuvo dificultades con esta oración simple: «*Time flies like arrow*» («El tiempo vuela como una flecha»). En una respuesta que llegó a ser famosa, el ordenador indicaba que no era en absoluto seguro lo que significaba. Podía querer decir

1) que el tiempo pasa tan rápidamente como una flecha;

2) o tal vez sea una orden que nos manda tomar el tiempo a las moscas de la misma manera en que una flecha tomaría el tiempo a las moscas; o sea «Tomad el tiempo a las moscas como lo haría una flecha» («*Time flies like an arrow would*»);

3) o podría ser una orden que nos manda tomar el tiempo sólo a las moscas parecidas a flechas, esto es, «Toma el tiempo a las moscas que sean como una flecha» («*Time flies that are like arrow*»);

4) o tal vez signifique que un tipo de moscas conocido como moscas del tiempo tienen inclinación por las flechas: «Las moscas del tiempo gustan de una flecha» («*Time-flies like –that is, cherish– an arrow*»).[4]

No cabe duda de que para resolver esta ambigüedad necesitamos cierto conocimiento. Equipados con el conocimiento de que las moscas no se parecen a las flechas podemos eliminar la tercera intepretación. Sabiendo que no hay moscas del tiempo, despreciamos la cuarta explicación. Fragmentos de conocimiento tales como el de que las moscas no tienen inclinación por las flechas (otra razón para desechar la cuarta interpretación) y que las flechas no tienen capacidad para cronometrar acontecimientos (lo que elimina la segunda interpretación), nos llevan a tomar como correcta tan sólo la primera interpretación.

En el lenguaje volvemos a encontrar la secuencia de que el aprendizaje humano y el progreso de la inteligencia mecánica tienden a ser cada uno el inverso del otro. Un niño comienza por escuchar y comprender el lenguaje hablado. Más tarde aprende a hablar. Finalmente, años después, empieza a dominar el lenguaje escrito. Los ordenadores se han desarrollado en la dirección opuesta, comenzando con la capacidad para engendrar lenguaje escrito, luego aprender a comprenderlo, más adelante empezar a hablar con voces sintéticas y sólo muy recientemente a dominar la habilidad para comprender el habla humana continua. Este fenómeno suele ser mal comprendido. Por ejemplo, R2D2, el personaje robot de *La guerra de las galaxias*, comprende un volumen importante de lenguas humanas, pero es incapaz de hablar, lo que da la impresión equivocada de que *generar* el habla humana es mucho más difícil que *comprenderla.*

–Me siento bien cuando aprendo algo, pero es indudable que la adquisición de conocimiento es un proceso aburrido. Sobre todo cuando me pasaba toda la noche sin dormir, estudiando para un examen. Y no sé muy bien cuánto de ese estudio he asimilado.

–Es otra debilidad de la forma humana de inteligencia. Los ordenadores pueden compartir su conocimiento entre ellos con rapidez y facilidad. Los seres humanos no tenemos un medio para compartir directamente el conocimiento, a no ser el lento proceso de comunicación humana, de enseñanza y aprendizaje humanos.

–¿No dijo usted que las redes neuronales informáticas aprenden de la misma manera que las personas?

–¿Quiere decir, lentamente?

–Exacto. Por exposición de miles de veces a las formas, lo mismo que nosotros.

–Sí, ésa es la finalidad de las redes neuronales, que están pensadas por analogía con las redes neuronales humanas, o que son al menos versiones simplificadas de lo que entendemos por estas últimas. Sin embargo, podemos construir nuestras redes electrónicas de tal manera que una vez que la red ha aprendido penosamente sus lecciones, es posible captar la forma de su potencia de conexión sináptica y luego bajarla a otra máquina, o a millones de máquinas. Las máquinas pueden compartir fácilmente su conocimiento acumulado, de modo que sólo una de ellas ha de pasar por el proceso de aprendizaje. Nosotros no podemos hacer eso. Ésta es una razón por la cual dije que cuando los ordenadores alcancen el nivel de la inteligencia humana, lo superarán necesaria y clamorosamente.

–¿Va entonces la tecnología a permitir que en el futuro los seres humanos bajemos tecnología? Quiero decir que aprender me encanta, aunque también, naturalmente, depende del profesor, que puede ser un verdadero rollo.

–La tecnología para comunicar el mundo electrónico con el mundo neuronal humano ya está tomando forma. De manera que podremos alimentar directamente de datos nuestros circuitos neuronales. Desgraciadamente, esto no quiere decir que podamos bajar directamente conocimiento, al menos no a los circuitos neuronales humanos que hoy usamos. Como ya hemos dicho, el aprendizaje humano se distribuye en una región de nuestro cerebro. El conocimiento implica millones de conexiones, de modo que nuestras estructuras de conocimiento no están localizadas. La naturaleza no proporcionó un camino directo para adaptar todas esas conexiones fuera del lento procedimiento convencional. Aunque seamos capaces de crear ciertos caminos específicos para nuestras conexiones neuronales, y en realidad ya lo estamos haciendo, no veo qué ventaja práctica tendría comunicarse directamente con los muchos millones de conexiones interneuronales necesarias para bajar conocimiento con rapidez.

–Sospecho que tendré que seguir peleando con los libros. Aunque, por la manera en que parecen saberlo todo, algunos de mis profesores resultan un poco fríos.

–Como ya dije, los seres humanos somos expertos en simular ese conocimiento cuando incursionamos en áreas que no dominamos. No obstante, a mediados del siglo XXI habrá una manera factible de bajar conocimiento.

–Soy toda oídos.

–Bajar conocimiento será uno de los beneficios de la tecnología de implante neuronal. Tendremos implantes que extiendan nuestra capacidad para retener conocimiento, para potenciar la memoria. A diferencia de la naturaleza, no omitiremos en la versión electrónica de nuestras sinapsis una boca para la bajada rápida de conocimiento. De esa manera será posible bajar rápidamente conocimiento a esas extensiones electrónicas de nuestro cerebro. Por supuesto, cuando hayamos conectado plenamente nuestra mente con un nuevo medio informático, la bajada de conocimiento será cada vez más fácil.

–De modo que podré comprar implantes de memoria precargados con un conocimiento, digamos, de mi curso de francés.

–Por supuesto, o podrá conectar mentalmente con una página web de literatura francesa y bajar el conocimiento directamente de ella.

–Una especie de derrota de la finalidad de la literatura, ¿no? Quiero decir que parte de ese material es mucho más bonito leerlo.

–Preferiría pensar que la intensificación del conocimiento aumentará el gusto por la literatura, o por cualquier otra forma artística. Después de todo, para apreciar una expresión artística necesitamos conocimiento. De lo contrario, no comprendemos el vocabulario ni las alusiones.

»Sea como fuere, podrá usted leer, sólo que mucho más rápido. En la segunda mitad del siglo XXI podrá usted leer un libro en unos pocos segundos.

–No creo que pueda ni siquiera volver las páginas a esa velocidad.

–¡Venga, mujer! Que las páginas serán...

–Virtuales, naturalmente.

SEGUNDA PARTE

La preparación del presente

6. La construcción de nuevos cerebros...

EL *HARDWARE* DE LA INTELIGENCIA

> Con las manos puedes hacer una cantidad limitada de cosas; con la mente, no tienes límites.
>
> Consejo de KAL SEINFELD a su hijo Jerry

Repasemos lo que necesitamos para construir una máquina inteligente. Un requisito es el establecimiento correcto de las fórmulas. En el capítulo cuatro hemos examinado tres fórmulas esenciales. Pero se utilizan otras docenas de fórmulas, y es indudable que la comprensión más completa del cerebro las introducirá por centenares. Pero no parecen otra cosa que variaciones sobre los tres temas básicos: búsqueda repetitiva, redes autoorganizativas de elementos y progreso evolutivo a través de la lucha repetida entre diseños en competencia.

Un segundo requisito es el conocimiento. Hay fragmentos de conocimiento necesarios como simientes para el proceso de convergencia en un resultado con significado. Gran parte del resto puede aprenderse automáticamente mediante métodos adaptados cuando las redes neuronales o los algoritmos evolutivos están expuestos al medio de aprendizaje adecuado.

El tercer requisito es la computación propiamente dicha. Desde este punto de vista, el cerebro humano es eminentemente hábil en ciertos aspectos y notablemente débil en otros. Su potencia se refleja en el paralelismo masivo, enfoque del que también pueden beneficiarse los ordenadores. La debilidad del cerebro es la extraordinaria lentitud de su medio de cálculo, limitación que los ordenadores no comparten con nosotros. Por esta razón, se terminará por abandonar la evolución basada en el ADN. Este tipo de evolución es útil para reparar y extender sus diseños, pero es incapaz de arrancar un diseño completo y empezar de nuevo. Los organismos que se han creado durante la evolución basada en el ADN están forzosamente limitados a un tipo de circuito extremadamente pesado.

Pero la Ley de la Aceleración de los Resultados nos dice que la evolución no permanecerá atada por mucho tiempo a un punto muerto. Y es verdad que la evolución ha encontrado un rodeo a las limitaciones de cálculo del circuito neuronal. Con sagacidad, ha creado organismos que a su vez inventaron una tecnología de cálculo un millón de veces más rápida que las neuronas a base de carbono (y que sigue aumentando constantemente su velocidad). Finalmente, el cálculo que se realiza en los lentos circuitos neuronales de los mamíferos será transferido a un equivalente electrónico (y fotónico) mucho más versátil y más rápido. ¿Cuándo ocurrirá esto? Echemos otro vistazo a la Ley de la Aceleración de los Resultados aplicada a la computación.

EL LOGRO DE LA CAPACIDAD DE *HARDWARE* DEL CEREBRO HUMANO

En el gráfico del capítulo uno que se titula «Crecimiento exponencial de la computación, 1900-1998», vimos que la pendiente de la curva que representa el crecimiento exponencial crece gradualmente. La velocidad de cálculo (medida en cantidad de cálculos por segundo o por cada mil dólares) se duplicó cada tres años entre 1910 y 1950, cada dos años entre 1950 y 1966, y en la actualidad se duplica cada año. Esto sugiere un posible crecimiento exponencial en la tasa de crecimiento exponencial.[1]

Esta aparente aceleración en la aceleración, sin embargo, puede derivar de la confluencia de las dos ramas de la Ley de la Aceleración de los Resultados, que durante los últimos cuarenta años se expresó mediante el paradigma de la Ley de Moore sobre la reducción del tamaño de los transistores en un circuito integrado. A medida que el tamaño de los transistores disminuye, la corriente de electrones que atraviesa el transistor tiene que recorrer menos distancia, lo que redunda en un aumento de la velocidad de operación del transistor. Así pues, el progreso exponencial de la velocidad es la primera rama. Y la segunda rama es la reducción del tamaño de los transistores, que también permite a los fabricantes de chips introducir mayor cantidad de transistores en un circuito integrado, con el consecuente crecimiento exponencial de las densidades de computación.

En los primeros años de la era de la informática, lo que mejoraba la tasa general de computación de los ordenadores era sobre todo la segunda rama, o sea, el incremento de velocidad de los circuitos. Sin embargo, en la última década del siglo XX, los microprocesadores avanzados comenzaron a emplear una forma de procesamiento paralela llamada red de intercomunicación de memoria, en la que se efectuaban múltiples cálculos al mismo tiempo (algunos sistemas principales que se remontan a los años setenta ya empleaban esta técnica). Así, la velocidad de los procesadores informáticos, medida en cantidad de instrucciones por segundo, refleja ahora también la segunda rama: las mayores densidades de cálculo que se derivan del uso del procesamiento paralelo.

Como vamos perfeccionando el aprovechamiento de los progresos en la densidad de cálculo, hoy la velocidad de los procesadores ya se duplica cada doce meses. Esto es completamente factible hoy en día, cuando construimos redes neuronales basadas en *hardware* porque los procesadores de redes neuronales son relativamente simples y enormemente paralelos. En efecto, creamos un procesador para cada neurona y, finalmente, uno para cada conexión interneuronal. En consecuencia, la Ley de Moore nos capacita para duplicar tanto la cantidad de procesadores como su velocidad cada dos años, lo que en la práctica cuadruplica la cantidad de cálculos mediante conexiones interneuronales por segundo.

Esta evidente aceleración de la aceleración de la velocidad del ordenador puede, por tanto, derivar de una mayor capacidad para aprovechar ambas ramas de la Ley de la Aceleración de los Resultados. Cuando la Ley de Moore se extinga, alrededor del año 2020, nuevas formas de sistema de circuitos que trasciendan los circuitos integrados continuarán el desarrollo de ambas ramas del progreso exponencial. Pero el crecimiento exponencial ordinario –las dos ramas del mismo– basta y sobra. Tomando como guía la predicción más conservadora de un solo nivel de la aceleración, consideremos

CRECIMIENTO EXPONENCIAL DE LA COMPUTACIÓN, 1900-2100

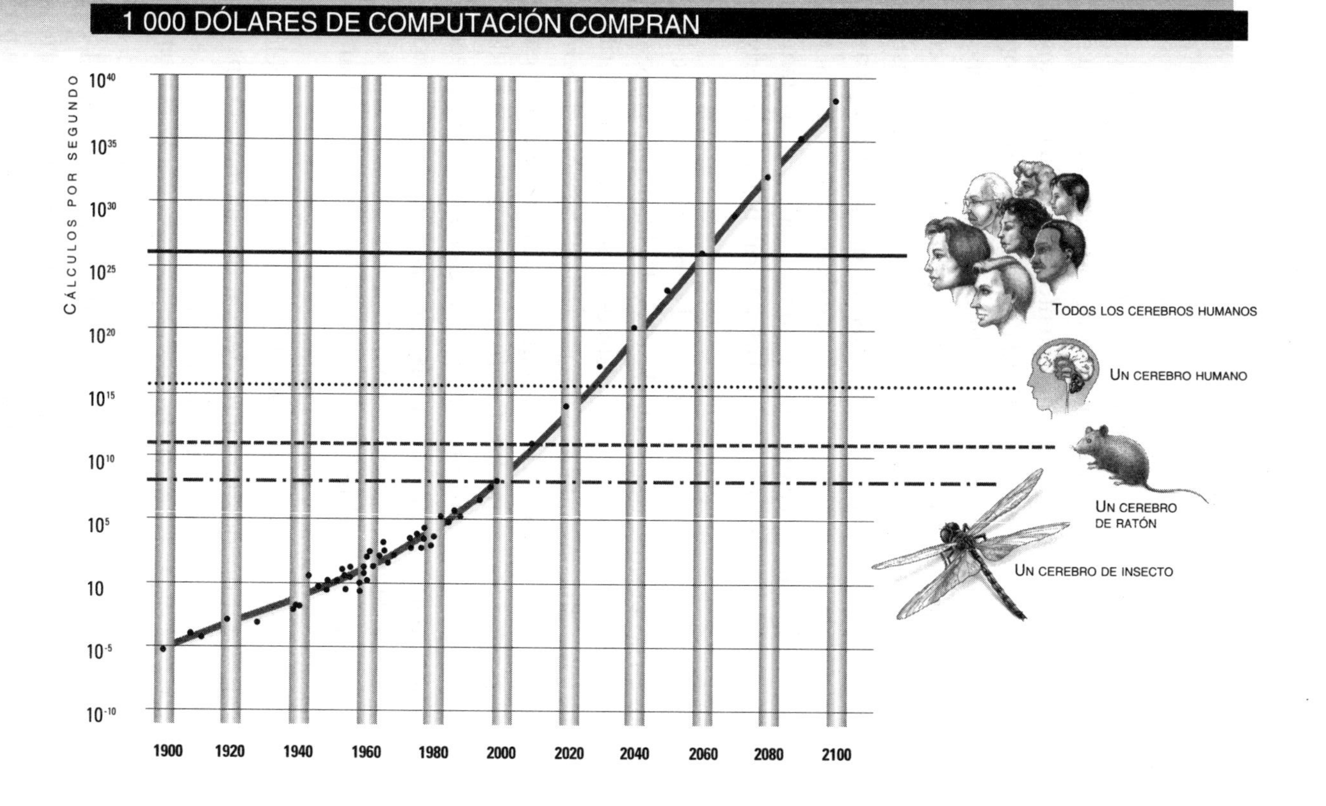

a qué alturas del siglo XX nos cogerá la Ley de la Aceleración de los Resultados.

El cerebro humano tiene alrededor de 100 000 millones de neuronas. Con un promedio estimado de mil conexiones entre cada neurona y sus vecinas, tenemos alrededor de 100 billones de conexiones, todas ellas capaces de calcular al mismo tiempo. Es un procesamiento paralelo bastante masivo, y una de las claves del pensamiento humano. Sin embargo, su debilidad profunda es la irritante lentitud del sistema de circuitos neuronales, que no pasa de los doscientos cálculos por segundo. En problemas que se benefician del paralelismo masivo, como el reconocimiento de formas sobre la base de la red neuronal, el cerebro neuronal hace un gran trabajo. Pero en problemas que requieren extenso pensamiento secuencial, el cerebro humano no supera la mediocridad.

Con 100 billones de conexiones que computan a razón de 200 cálculos por segundo, tenemos 20 000 billones de cálculos por segundo. Se trata de una estimación conservadora al alza; otras estimaciones son más bajas en uno, dos y hasta tres órdenes de magnitud. Así las cosas, ¿cuándo veremos en nuestro ordenador personal la velocidad de computación del cerebro humano?

La respuesta depende del tipo de ordenador que intentemos construir. El más adecuado es un ordenador de red neuronal masivamente paralela. En 1997, 2 000 dólares en chips de ordenador neuronal que empleaba procesadores sólo modestamente paralelos podían ejecutar alrededor de 2 000 millones de cálculos por segundo. Dado que las emulaciones de la red neuronal se benefician de ambas ramas de la aceleración del poder de computación, esta capacidad se duplicará cada doce meses. Así, hacia el año 2 020 se habrá duplicado unas veintitrés veces, con un resultado de alrededor de 20 000 billones de cálculos por segundo mediante conexiones neuronales, lo que iguala al cerebro humano.

Si aplicamos el mismo análisis a un ordenador personal corriente, el año 2025 tendremos la capacidad del cerebro humano en un aparato de mil dólares.[2] Esto se debe a que el tipo de computaciones de uso general para las que está diseñado un ordenador personal convencional es intrínsecamente más caro que los cálculos mediante conexiones neuronales, más simples y enormemente repetitivos. Por eso creo que es más adecuada la estimación del año 2020, porque hacia el 2020 la mayoría de las computaciones que realicen nuestros ordenadores será del tipo de conexión neuronal.

La capacidad de memoria del cerebro humano es de alrededor de 100 billones de fuerzas sinápticas (que son concentraciones neurotransmisoras en conexiones interneuronales), que podemos estimar en alrededor de mil billones de bits. En 1998, mil millones de bits de RAM (128 megabytes) costaban aproximadamente 200 dólares. La capacidad de los circuitos de memoria se duplica cada ocho meses. Así, hacia el año 2023, mil billones de bits costarán alrededor de 1 000 dólares.[3] Sin embargo, este equivalente de silicio funcionará más de mil millones de veces más rápido que el cerebro humano. Hay técnicas para intercambiar memoria por velocidad, de modo que, antes del 2023, podremos igualar en realidad la memoria humana por sólo 1 000 dólares.

Tomando todo esto en consideración es razonable estimar que un ordenador personal de 1 000 dólares igualará la velocidad y la capacidad de computación del cerebro humano alrededor del año 2020, en particular en lo que respecta a los cálculos mediante conexiones neuronales, que parecen comprender el grueso de la computación en el cerebro humano. Los superordenadores son de mil a diez mil veces más rápidos que los ordenadores personales. Mientras escribo este libro, IBM está construyendo un superordenador basado en el diseño de *Deep Blue*, su campeón de ajedrez de silicio, con capacidad de 10 teraflops, que equivalen a 10 billones de cálculos por segundo, sólo 2 000 veces más lento que el cerebro humano. La Nippon Electric Company, de Japón, espera superar esto con una máquina de 32 teraflops. IBM espera proseguir esta carrera con 100 teraflops hacia el año 2004 (dicho sea de paso, precisamente lo que predice la Ley de Moore). Los superordenadores alcanzarán la capacidad de 20 000 billones de cálculos del cerebro humano alrededor del 2010, una década antes que los ordenadores personales.[4]

En otro enfoque, proyectos tales como el programa Jini de Sun Microsystems han empezado a recoger la capacidad de computación que no se usa en Internet. Obsérvese que en un momento particular cualquiera, una significativa mayoría de ordenadores conectados a Internet están fuera de uso. Incluso los que se usan, no se usan en toda su capacidad (por ejemplo, para mecanografiar un texto se emplea menos del uno por ciento de la capacidad de computación de un ordenador portátil normal). Con el fin de aprovechar la capacidad de computación de Internet, los sitios cooperantes cargarían un *software* especial que hiciera posible la creación de un ordenador virtual masivamente paralelo a partir de ordenadores de la red. Cada usuario seguirá teniendo prioridad sobre su máquina, pero, en el fondo, una fracción importante de los millones de ordenadores de Internet se recogería en uno o más superordenadores. La cantidad de computación de Internet que hoy no se usa supera la capacidad de computación del cerebro humano, de modo que ya disponemos al menos de una forma de *hardware* además de la inteligencia humana. Y con la continuación de la Ley de la Aceleración de los Resultados, esta disponibilidad será cada vez más ubicua.

Una vez que, alrededor del año 2020, se haya conseguido la capacidad humana en un ordenador personal de mil dólares, nuestras máquinas mejorarán el coste de su capacidad de cálculo por un factor igual a dos cada doce meses. Eso significa que la capacidad de computación se duplicará diez veces en cada década, lo que equivale a un factor igual a mil (2^{10}) cada diez años. Así, hacia el año 2030 un ordenador personal estará en condiciones de simular el poder cerebral de un pueblo pequeño, en 2048 el de toda la población de Estados Unidos, y en 2060 el de un billón de cerebros humanos.[5] Si estimamos la población humana en 10 000 millones de personas, hacia el año 2099 un centavo de dólar de informática tendrá una capacidad de computación mil millones de veces superior a la de todos los seres humanos de la Tierra.[6]

Por supuesto, puedo equivocarme en un año o dos. Pero los ordenadores del siglo XXI no adolecerán de falta de capacidad de computación ni de memoria.

Sustratos de computación en el siglo XXI

He observado que el crecimiento exponencial continuado de la computación está implícito en la Ley de la Aceleración de los Resultados, que establece que, con el tiempo, cualquier proceso que se mueva en el sentido de un orden mayor –en particular, la evolución– se acelerará exponencialmente. Las dos condiciones de la explosión de un proceso evolutivo –como el progreso de la tecnología informática– son: 1) su propio orden creciente, y 2) el caos del medio en el cual tiene lugar. Ambas condiciones son esencialmente ilimitadas.

Aunque podemos anticipar la aceleración general en el progreso tecnológico, sería de esperar que la manifestación real de esta progresión presentara cierta irregularidad. Después de todo, depende de fenómenos tan variables como la innovación individual, las condiciones empresariales, los criterios de inversión, etcétera. Las teorías contemporáneas de los procesos evolutivos, como las teorías de Equilibrio Puntuado,[7] postulan que la evolución funciona por saltos periódicos o discontinuidades seguidas de períodos de relativa estabilidad. Es, pues, sorprendente, hasta qué punto fue predecible el progreso de la informática.

Así las cosas, ¿qué pasará con la Ley de la Aceleración de los Resultados aplicada a la computación en las décadas posteriores al agotamiento de la Ley de Moore sobre circuitos integrados, hacia el año 2020? Para el futuro inmediato, la Ley de Moore sigue en vigor, con componentes geométricos cada vez más pequeños que acumulan en cada chip cantidades cada vez mayores de transistores cada vez más rápidos. Pero cuando las dimensiones del circuito se acerquen a magnitudes atómicas, se producirán efectos cuánticos indeseables, como el efecto túnel de los electrones, que tendrá consecuencias poco de fiar. A pesar de todo, la metodología corriente de Moore se aproximará mucho al poder de procesamiento humano con un ordenador personal y lo superará con un superordenador.

La frontera siguiente es la tercera dimensión. Ahora mismo hay compañías de alto riesgo (con base sobre todo en California) que compiten en la construcción de chips con docenas y finalmente miles de capas de sistemas de circuitos. Con nombres como Cubic Memory, Dense-Pac y Staktek, estas compañías ya están entregando «cubos» funcionales tridimensionales para sistemas de circuitos. Aunque el coste aún no es competitivo frente a los chips planos convencionales, la tercera dimensión irrumpirá cuando escapemos al espacio en las dos primeras.[8]

Computación con la luz

Más allá de esto, no escasean las tecnologías exóticas de computación que se desarrollan en los laboratorios de investigación, muchas de las cuales ya han arrojado resultados prometedores. La computación óptica emplea corrientes de fotones (partículas de luz) y no electrones. Un láser puede producir miles de millones de corrientes coherentes de fotones, cada una de las cuales ejecuta sus propias series independientes de cálculos. Los cálculos de cada corriente se efectúan en paralelo gracias a elementos ópticos especiales como lentes, espejos y parrillas de difracción. Algunas compañías, incluso Quanta-Image, Photonics y Mytec Technologies, han aplicado la computación óptica al reconocimiento de huellas dactilares y Lockheed ha aplicado la computación óptica a la identificación automática de tumores de pecho.[9]

La ventaja de un ordenador óptico es que es masivamente paralelo a potenciales billones de cálculos simultáneos. Su inconveniente está en que no es programable y ejecuta un conjunto fijo de cálculos para una configuración dada de elementos de computación óptica. Pero para ciertos tipos importantes de problemas, como el reconocimiento de formas, combina el paralelismo masivo (cualidad compartida por el cerebro humano) y la velocidad extremadamente alta (de la cual el cerebro humano carece).

Computación con la máquina de la vida

Un nuevo campo llamado computación molecular ha surgido para aprovechar la molécla de ADN misma en tanto artilugio práctico de computación. El ADN es un ordenador de nanoingeniería de la propia naturaleza y se adapta bien a la resolución de problemas combinatorios. Después de todo, la combinación de atributos es la esencia de la genética. La aplicación del ADN real a aplicaciones prácticas de computación se inició cuando Leonard Adleman, matemático de la University of Southern California, logró un tubo de ensayo lleno de moléculas de ADN (véase el recuadro más adelante) para resolver el conocido problema del «agente de viajes». En este problema clásico tratamos de encontrar una ruta óptima para un viajero hipotético en-

CÓMO RESOLVER EL PROBLEMA DEL AGENTE DE VIAJES POR MEDIO DE UN TUBO DE ENSAYO DE ADN

Una de las propiedades beneficiosas del ADN es su capacidad para autorreplicarse con la información que contiene. Para resolver el problema del agente de viajes, el profesor Adleman dio los siguientes pasos:

- Generar una pequeña banda de ADN con un código único para cada ciudad.
- Replicar cada una de esas bandas (una para cada ciudad) billones de veces utilizando un proceso llamado «reacción de polimerasa en cadena» (RPC).
- Luego, reunir los ADN (uno por cada ciudad) en un tubo de ensayo. Este paso emplea la afinidad del ADN para conectar bandas. Automáticamente se formarán bandas más largas. Cada una de esas bandas más largas representan un ruta posible de muchas ciudades. Las bandas pequeñas que representan cada ciudad conectan con otra al azar, de modo que no hay certeza matemática de que se forme una banda conectada que represente la respuesta correcta (secuencia de ciudades). Sin embargo, la cantidad de bandas es tan vasta que es prácticamente cierto que al menos se formará una –y probablemente millones– que represente la respuesta correcta.

Los pasos siguientes usan enzimas especialmente diseñadas para eliminar los billones de bandas con respuestas equivocadas y dejar sólo las bandas con la respuesta correcta:

- Usar moléculas llamadas detonadores para destruir las bandas de ADN que no comienzan en la ciudad inicial y las que no terminan en la final, así como replicar las bandas supervivientes (utilizando la RPC).
- Usar una reacción enzimática para eliminar las bandas de ADN que incluyen en su trayecto mayor cantidad de ciudades que su número total.
- Usar una reacción enzimática para destruir las bandas que no incluyen la primera ciudad. Repetir la operación con cada una de las ciudades.
- Ahora cada una de las bandas restantes representa la respuesta correcta. Replicar estas bandas (utilizando RPC) hasta tener miles de millones de ellas.
- Con una técnica llamada electroforesis, imprimir la secuencia de ADN de estas bandas correctas (como grupo). La impresión tiene el aspecto de un conjunto de líneas distintas, lo que especifica la secuencia correcta de ciudades.

tre muchas ciudades sin que tenga que pasar más de una vez por ninguna de ellas. Sólo ciertos pares de ciudades están conectadas por carretera, de modo que no es fácil encontrar el camino correcto. Se trata de un problema ideal para un algoritmo repetitivo, aunque si la cantidad de ciudades es demasiado grande, incluso una busca repetitiva rápida se prolongaría excesivamente.

El profesor Adleman y otros científicos en el campo de la computación molecular han identificado un conjunto de reacciones enzimáticas que corresponden a las operaciones lógicas y aritméticas necesarias para resolver una gran variedad de problemas informáticos. Aunque las operaciones moleculares de ADN producen errores ocasionales, la cantidad de bandas de ADN que se utilizan es tan vasta que cualquier error molecular resulta estadísticamente insignificante. Así, a pesar de la tasa de error inherente a la computación con ADN y a los procesos de copia, un ordenador de ADN, si está bien diseñado, tiene un alto grado de fiabilidad.

Los ordenadores de ADN han sido aplicados sucesivamente a todo un abanico de difíciles problemas combinatorios. Un ordenador de ADN es más flexible que un ordenador óptico, pero aún se limita a la técnica de aplicación de búsqueda paralela masiva mediante el acoplamiento de combinaciones de elementos.[10]

Hay otra manera más potente de aplicar el poder del ADN y que todavía no se ha explorado. La presento a continuación en la sección sobre computación cuántica.

El cerebro en el cristal

Otro enfoque contempla el crecimiento de un ordenador como un cristal directamente tridimensional, con elementos de computación del tamaño de moléculas grandes en el interior del enrejado cristalino. Es otro enfoque para aprovechar la tercera dimensión.

Lambertus Hesselink, profesor de Stanford, ha descrito un sistema en el que los datos se almacenan en un cristal como un holograma, forma de interferencia óptica.[11] Este método de almacenamiento tridimensional requiere sólo un millón de átomos para cada bit y así puede llegar a almacenar un billón de bits por centímetro cúbico.

Otros proyectos esperan aprovechar la estructura molecular regular de los cristales como elementos reales de computación.

EL NANOTUBO: VARIANTE DE LAS «*BUCKYBALLS*»

Tres profesores –Richard Smalley y Robert Curl, de la Rice University, y Harold Kroto, de la Universidad de Sussex– compartieron el premio Nobel de 1996 en química por su descubrimiento, realizado en 1985, de moléculas esféricas formadas por una gran cantidad de átomos de carbono. Puesto que estaban organizadas en formas hexagonales y pentagonales semejantes a los diseños arquitectónicos de R. Buckminster Fuller, se las bautizó como «*buckyballs*». Estas moléculas usuales, que se forman naturalmente en los humos calientes de un horno, son extremadamente fuertes –un centenar de veces más fuertes que el acero–, propiedad que comparten con las innovaciones de Fuller en materia de edificios.[12]

Más recientemente, el doctor Sumio Iijima, de la Nippon Electric Company, mostró que además de las *buckyballs* esféricas, el vapor procedente de las lámparas de arco de carbono contiene moléculas alargadas de carbono que semejan largos tubos.[13] Llamadas nanotubos a causa de su extremada pequeñez –puestas una junto a otra, cincuenta mil igualarían el espesor de un pelo humano–, están formadas por las mismas configuraciones pentagonales de los átomos de carbono de las *buckyballs* y comparten con ellas el insólito vigor.

Lo más notable del nanotubo es que puede cumplir las funciones electrónicas de los componentes a base de silicio. Si un nanotubo es recto, conduce electricidad tan bien como un metal conductor o mejor aún. Si se le introduce un ligero giro helicoidal, el nanotubo comienza a actuar como un transistor. Con la utilización de nanotubos puede conseguirse todo el espectro de aparatos electrónicos.

Puesto que un nanotubo es esencialmente una hoja de grafito de sólo un átomo de espesor, es mucho más pequeño que los transistores de silicio de un chip integrado. Aunque extremadamente pequeños, son mucho más duraderos que los aparatos de silicio. Además, manipulan el calor mucho mejor que el silicio y, por tanto, tienen más facilidad que los transistores de silicio para acoplarse en disposiciones tridimensionales. El doctor Alex Zettl, profesor de física en Berkeley, Universidad de California, prevé dispositivos tridimensionales de elementos de computación a base de nanotubos y semejantes al cerebro humano, aunque mucho más densos que éste.

COMPUTACIÓN CUÁNTICA: EL UNIVERSO EN UNA TAZA

> Las partículas cuánticas son los sueños de los que está hecha la materia.
>
> DAVID MOSER

Hasta ahora hemos hablado de mera computación *digital*. En realidad hay un enfoque más poderoso llamado computación cuántica. Promete la habilidad para resolver problemas que ni siquiera los ordenadores digitales masivamente paralelos pueden resolver. Los ordenadores cuánticos aprovechan un resultado paradójico de la mecánica cuántica.

Obsérvese que ni la Ley de la Aceleración de los Resultados, ni otras proyecciones que se mencionan en este libro, descansan en la computación cuántica. Las proyecciones que se mencionan en este libro se basan en tendencias mensurables y no tienen en cuenta las discontinuidades que se han dado efectivamente en el progreso tecnológico durante el siglo XX. Será inevitable que en el siglo XXI haya discontinuidades tecnológicas y seguramente la computación cuántica ganará prestigio.

¿Qué es la computación cuántica? La computación digital se basa en «bits» de información que, o bien están conectados o bien están desconectados, son cero o uno. Los bits están organizados en estructuras mayores, como números, letras y palabras, que a su vez pueden representar virtualmente cualquier modalidad de información: texto, sonidos, fotos, imágenes móviles. La computación cuántica, por otro lado, se basa en *qu-bits*, que en lo esencial son *al mismo tiempo* cero y uno. El *qu-bit* se basa en una ambigüedad fundamental inherente a la mecánica cuántica. La posición, el momento u otro estado de una partícula fundamental permanecen «ambiguos» hasta que un proceso de ruptura de la ambigüedad hace que esa partícula «decida» dónde está, dónde ha estado y qué propiedades tiene. Por ejemplo, considérese una corriente de fotones que golpea contra una hoja de vidrio a un ángulo de 45 grados. Cuando cada fotón choca contra el vidrio, tiene la opción de pasar en línea recta a través del vidrio, o bien de reflejarse en el vidrio. Cada fotón tomará en realidad ambos caminos (y más aún como se verá más adelante) hasta que un proceso de observación consciente fuerce a cada partícula a decidir qué camino seguir. Esta conducta se ha visto extensamente confirmada en muchos experimentos contemporáneos.

En un ordenador cuántico, los *qu-bits* estarían representados por una propiedad –una opción común es el giro nuclear– de los electrones individuales. Si están correctamente montados, los electrones no habrán decidido la dirección de su giro nuclear (hacia arriba o hacia abajo) y, por tanto, estarán en ambos estados al mismo tiempo. El proceso de observación consciente de los estados de rotación de los electrones –o cualquier fenómeno posterior que dependa de una determinación de estos estados– tiene como efecto la resolución de la ambigüedad. Este proceso de ruptura de la ambigüedad se llama descohesión cuántica. A no ser por la descohesión cuántica, el mundo en el que vivimos sería un lugar francamente desconcertante.

La clave del ordenador cuántico es que deberíamos presentarlo con un problema, junto con una manera de poner a prueba la respuesta. Deberíamos establecer la descohesión cuántica de los *qu-bits* de tal manera que sólo una respuesta que supere la prueba sobreviva a la descohesión. Las pruebas que fallan en el intento se cancelan esencialmente entre sí. Lo mismo que ocurre con muchos otros enfoques (por ejemplo, los algoritmos repetitivos y genéticos), una de las claves de la computación cuántica es, por tanto, un cuidadoso enunciado del problema, incluso una manera precisa de poner a prueba posibles respuestas.

La serie de *qu-bits* representa simultáneamente toda posible solución al problema. Un solo *qu-bit* representa dos soluciones posibles. Dos *qu-bits* ligados representan cuatro respuestas posibles. Un ordenador cuántico con 1 000 *qu-bits* representa 2^{1000} (lo que es aproximadamente igual a un número decimal formado por un uno seguido de 301 ceros) soluciones posibles al mismo tiempo. El enunciado del problema –expresado por lo menos como para que pueda aplicarse a respuestas potenciales– es presentado a la serie de *qu-bits* de tal manera que éstos se descohesionen (esto es, que cada *qu-bit* pase de su ambiguo estado de 0-1 a un 0 o un 1 efectivos) y dejen una serie de ceros y de unos que superan la prueba. En lo esencial, se ha puesto *simultáneamente* a prueba las 2^{1000} soluciones posibles y sólo se ha dejado la solución correcta.

Este proceso de producción de la respuesta a través de la descohesión cuántica es, sin duda, la clave de la computación cuántica. También es el aspecto más difícil de captar. Piénsese en la siguiente analogía. Comenzando por la física que aprenden los estudiantes, según la cual si la luz choca con un espejo en un ángulo determinado, rebotará en dirección opuesta y en el mismo ángulo respecto de la superficie. Pero de acuerdo con la teoría cuántica, no es esto lo que sucede. Cada fotón rebota realmente en todo punto posible del espejo, ensayando en esencia toda trayectoria posible. La amplia mayoría de estas trayectorias se cancelan entre sí y sólo dejan la que la física clásica predice. Piénsese que el espejo representa un problema que resolver. Sólo la solución correcta –la luz que rebota en un ángulo igual al ángulo de incidencia– sobrevive a todas las cancelaciones cuánticas. De la misma manera trabaja un ordenador cuántico. La prueba de la corrección de la respuesta al problema se establece de tal manera que la amplia mayoría de las respuestas posibles –las que no superan la prueba– se cancelan mutuamente y dejan sólo la secuencia de bits que supera la prueba. En consecuencia, se puede concebir un espejo ordinario como un ejemplo especial de ordenador cuántico, salvo que el problema al que da solución es harto simple.

Más útil es el ejemplo de los códigos criptográficos, que se basan en el *factoreo* de grandes números (*factorear* significa determinar los números menores cuyo producto es igual al mayor). Factorear un número con varios centenares de bits es prácticamente imposible en un ordenador digital, aun cuando dispusiéramos de miles de millones de años para esperar la respuesta. Un ordenador cuántico puede probar simultáneamente todas las combinaciones o factores posibles y quebrantar el código en menos de una mil millonésima de segundo (la comunicación de la respuesta a los observadores humanos lleva un poco más de tiempo). La prueba que aplica el ordenador cuántico en su fase clave de ruptura de la ambigüedad es muy simple: mutiplica un factor por otro y si el resultado es igual al código criptográfico, tenemos solucionado el problema.

Se ha dicho que la computación cuántica es a la computación digital lo que es una bomba de hidrógeno a un petardo. La afirmación es notable si se considera que la computación digital ya es absolutamente revolucionaria por sí misma. La analogía se basa en la siguiente observación: Piénsese (al menos en teoría) en un ordenador (no cuántico) del tamaño del Universo, en el que todos los neutrones, electrones y protones del Universo se convierten en ordenadores, y cada uno de ellos (es decir, toda partícula del Universo) es capaz de computar billones de cálculos por segundo. Ahora piense en algunos problemas que este superordenador del tamaño del Universo sería incapaz de resolver aun cuando lo mantuviéramos en funcionamiento hasta el próximo *big bang*, o bien hasta que se extinguieran todas las estrellas del Universo, esto es, entre diez y treinta mil millones de años. Entre los muchos ejemplos de problemas tan extremadamente difíciles de resolver están el desciframiento de códigos criptográficos que emplean mil bits, o la solución del problema del agente de viajes con mil ciudades. Mientras que la más poderosa de las computaciones digitales (incluso nuestro ordenador teórico del tamaño del Universo) es incapaz de resolver esta clase de problemas, un ordenador cuántico microscópico podría resolver problemas en menos de una milmillonésima de segundo.

¿Son factibles los ordenadores cuánticos? Los últimos avances, tanto teóricos como prácticos, permiten pensar que sí. Aunque todavía no se ha construido un ordenador cuántico práctico, se ha demostrado cuáles son los medios para aprovechar la descohesión requerida. Isaac Chuang, del Los Alamos National Laboratory, y Neil Gershenfeld, del MIT, han construido efectivamente un ordenador cuántico empleando los átomos de carbono de la molécula de alanina. Su ordenador cuántico sólo fue capaz de sumar uno más uno, pero es un comienzo. Por supuesto, durante décadas nos hemos apoyado en aplicaciones prácticas de otros efectos cuánticos, como las del efecto túnel en los transistores.[14]

Una de las dificultades del diseño de un ordenador cuántico práctico estriba en que, para poder aprovechar los delicados efectos cuánticos, tiene que ser extremadamente pequeño, del tamaño de un átomo o de una molécula. Pero es muy difícil evitar que los átomos y las moléculas individuales dejen de rotar a causa de efectos térmicos. Además, las moléculas individuales son en general demasiado inestables para construir una máquina fiable. Debido a estos problemas, a Chuang y Gershenfeld se les ocurrió una idea innovadora. Su solución consiste en coger una taza de líquido y considerar que cada molécula es un ordenador cuántico. Entonces, en lugar de un único e inestable ordenador cuántico del tamaño de una molécula, tienen una taza con alrededor de 100 000 trillones de computadores cuánticos. Lo que interesa aquí no es tanto el paralelismo masivo, sino más bien la redundancia masiva. De esta manera, la conducta inevitablemente errática de ciertas moléculas no tiene efecto en el comportamiento estadístico de todas las moléculas del líquido. Este enfoque del uso del comportamiento estadístico de billones de moléculas para superar la carencia de fiabilidad de una molécula única es similar al uso del profesor Adleman de billones de bandas de ADN para superar el problema comparable de la computación con ADN.

Este enfoque del ordenador cuántico también resuelve el problema de la lectura de la respuesta, bit a bit, sin que por ello se descohesionen prematuramente los *qu-bits* que todavía no han sido leídos. Chuang y Gershenfeld someten su ordenador líquido a pulsiones de ondas de radio, que hacen que las moléculas respondan con señales que indican el estado de rotación de cada electrón. Cada pulsión provoca cierta descohesión no deseada, pero, una vez más, esta descohesión no afecta al comportamiento estadístico de billones de moléculas. De esta manera, los efectos cuánticos se hacen estables y fiables.

Actualmente, Chuang y Gershenfeld están construyendo un ordenador cuántico capaz de factorear números pequeños. Aunque este modelo temprano no competirá con los ordenadores digitales convencionales, será una demostración importante de la viabilidad del ordenador cuántico. Parece que en la lista de líquidos cuánticos adecuados se encuentra el café de Java recién hecho, que, según Gershenfeld, tiene «características desacostumbradas, incluso de calentamiento».

El ordenador cuántico con el código de la vida

La computación cuántica comenzará a tomar el relevo de la digital cuando podamos ligar por lo menos cuarenta *qu-bits*. Un ordenador cuántico de cuarenta *qu-bits* evaluará simultáneamente un billón de soluciones posibles, lo que igualaría al más rápido de los superordenadores. Con sesenta *qu-bits*, realizaría un trillón de ensayos simultáneos. Cuando lleguemos a los cien *qu-bits*, la potencia de un ordenador cuántico superaría con mucho la de cualquier ordenador digital concebible.

He aquí mi idea. El poder de un ordenador cuántico depende de la cantidad de *qu-bits* que podemos ligar entre sí. Tenemos que encontrar una molécula grande específicamente diseñada para soportar grandes volúmenes de información. La evolución ha diseñado una molécula de esas características: el ADN. Fácilmente podemos crear una molécula de ADN del tamaño que deseemos, de unas pocas docenas a miles de peldaños. De modo que, una vez más, combinamos dos ideas elegantes –en este caso, el ordenador de ADN líquido y el ordenador de quantum líquido– para conseguir una solución mayor que la suma de sus partes. Poniendo en una taza billones de moléculas de ADN, tenemos el potencial para construir un ordenador cuántico enormemente redundante –y, por tanto, fiable– con tantos *qu-bits* como seamos capaces de aprovechar. Recuerde que es la primera vez que lee esto.

Supongamos que nadie mire nunca la respuesta

Considérese que la ambigüedad cuántica sobre la cual descansa un ordenador cuántico sea descohesionada, es decir, que se rompa la ambigüedad cuando un ente consciente observe el fenómeno ambiguo. En ese caso, los entes conscientes somos nosotros, los usuarios del ordenador cuántico. Pero cuando empleamos un ordenador cuántico no observamos directamente los estados de rotación nuclear de los electrones individuales. Esos estados son medidos por un aparato que a su vez responde a una cuestión que el ordenador cuántico había propuesto para resolver. Estas mediciones, por tanto, son procesadas por otros artilugios electrónicos, luego manipuladas por equipos de computación convencionales y finalmente exhibidas en el monitor o impresas en papel.

Supongamos que ningún ser humano ni ente consciente alguno mire nunca el resultado impreso. En esta situación, no hay obvservación consciente y, en consecuencia, tampoco hay descohesión. Como he expuesto ya, el mundo físico sólo se molesta en manifestarse en un estado libre de ambigüedad cuando uno de nosotros, entes conscientes, decide interactuar con él. Así pues, la página con la respuesta es ambigua, indeterminada, hasta que, y a menos que, un ente consciente la mire. Luego, instantáneamente, toda la ambigüedad se resuelve retroactivamente y la respuesta se muestra en la página. Ello significa que la respuesta no está allí hasta que la miramos. Pero no intente usted asomarse tan rápidamente a la página como para verla sin la respuesta; los efectos cuánticos son instantáneos.

¿Para qué sirve esto?

Un requisito clave de la computación cuántica es una manera de poner a prueba la respuesta. No siempre existe esta prueba. Sin embargo, un ordenador cuántico sería un gran matemático. Podría tener en cuenta al mismo tiempo todas las combinaciones posibles de los axiomas y los teoremas ya resueltos (en la capacidad de *qu-bits* de un ordenador cuántico) para confirmar o no, en la práctica cualquier conjetura confirmable o no. Aunque a veces es muy difícil llegar a una prueba matemática, en general la confirmación de su validez es directa, de modo que el enfoque cuántico está en buenas condiciones de efectuarla.

Sin embargo, la computación cuántica no es aplicable directamente a problemas tales como los juegos de tablero. Mientras que el movimiento «perfecto» de ajedrez para una situación dada del tablero es un buen ejemplo de problema de computación finito, pero irresoluble, no hay manera posible de comprobar la respuesta. Si una persona o proceso presenta una respuesta, no hay manera de poner a prueba su validez, a no ser que se construya el mismo árbol de movimiento y contramovimiento que generaría la primera respuesta. Incluso en el caso de movimientos meramente «buenos», un ordenador cuántico no tendría ninguna ventaja clara respecto de un ordenador digital.

¿Qué sucede con la creación artística? En esto un ordenador cuántico sería muy valioso. La creación de una obra artística supone la resolución de una serie, y probablemente de una extensa serie de problemas. Un ordenador cuántico podría tener en cuenta todas las combinaciones posibles de elementos –palabras, notas, pinceladas– para cada decisión. Aun necesitamos una manera de probar cada respuesta a la secuencia de problemas estéticos, pero el ordenador cuántico sería ideal para buscar instantáneamente en un Universo de posibilidades.

Destrucción y resurrección del criptograma

El problema clásico para el que un ordenador cuántico resulta ideal es el del quebrantamiento de códigos criptográficos, tarea que consiste en factorear grandes números. La potencia de un código criptográfico se mide por la cantidad de bits que es menester factorear. Por ejemplo, en Estados Unidos es ilegal exportar tecnología criptográfica que emplee más de 40 bits (56 bits si se entrega la clave a autoridades judiciales). Un método criptográfico de 40 bits no es muy seguro. En septiembre de 1997, Ian Goldberg, estudiante de posgrado de la Universidad de California en Berkeley, fue capaz de quebrar un código de 40 bits en tres horas y media utilizando una red de 250 pequeños ordenadores.[15] Un poco mejor es un código de 56 bits (en realidad, 16 bits mejor). Diez meses más tarde, John Gilmore, militante del derecho a la intimidad informática, y Paul Kocher, experto en criptografía, fueron capaces de quebrar un código de 56 bits en 56 horas con un ordenador especialmente diseñado cuya construcción les costó 250000 dólares. Pero un ordenador cuántico puede factorear fácilmente un número de cualquier dimensión (dentro de su capacidad). La tecnología de la computación cuántica destruiría de modo irreparable la criptografía digital.

Pero si bien la tecnología quita, también da. Un efecto cuántico afín puede suministrar un nuevo método criptográfico imposible para siempre de descifrar. Una vez más, es preciso no olvidar, en vista de la Ley de la Aceleración de los Resultados, que «para siempre» no es un período tan largo como suele pensarse.

Este efecto se llama ligazón cuántica. Einstein, que no era un fanático de la mecánica cuántica, lo llamaba de otra manera: «acción fantasmal a distancia». El fenómeno quedó demostrado hace poco por el doctor Nicolas Gisin, de la Universidad de Ginebra, en un reciente experimento en la ciudad de Ginebra.[16] El doctor Gisin envió fotones gemelos en direcciones opuestas a través de fibras ópticas. Cuando los fotones estuvieron a 11 200 metros de distancia uno de otro, cada uno se encontró con una plancha de vidrio en la que podían rebotar, o bien atravesarla. Así, se los forzó a tomar una decisión entre dos trayectorias igualmente probables. Puesto que no había comunicación posible entre ambos fotones, la física clásica habría predicho que sus decisiones serían independientes. Pero ambos tomaron la misma decisión. Y lo hicieron en el mismo instante, de modo que, aun cuando hubiera habido un camino desconocido de combinación entre ellos, habría faltado tiempo para que el mensaje pudiera viajar de un fotón al otro a la velocidad de la luz. Las dos partículas, desde el punto de vista cuántico, estaban ligadas entre sí y se comunicaron instantáneamente, con independencia de su separación. El efecto se repitió de modo fiable con muchos otros pares de fotones.

La aparente comunicación entre los dos fotones tiene lugar a una velocidad mucho mayor que la de la luz. Teóricamente, la velocidad es infinita, puesto que la descohesión de las decisiones de viaje de ambos fotones, según la teoría cuántica, tiene lugar exactamente en el mismo instante. El experimento del doctor Gisin fue lo suficientemente sensible como para demostrar que la comunicación fue por lo menos diez mil veces más rápida que la velocidad de la luz.

Así pues, ¿violenta esto la Teoría Especial de la Relatividad de Einstein, que postula que la velocidad de la luz es la máxima velocidad en que podemos transmitir información? La respuesta es negativa, pues los fotones ligados no se comunican absolutamente ninguna información. La decisión de los fotones es aleatoria –una profunda aleatoriedad cuántica– y la aleatoriedad es precisamente ausencia de información. Tanto el emisor como el receptor del mensaje acceden a idénticas decisiones aleatorias de los fotones ligados, lo que se usa para codificar y descodificar el mensaje, respectivamente. De modo que lo que comunicamos es aleatoriedad –no información– a velocidades mucho mayores que la velocidad de la luz. La única manera en que podemos convertir las decisiones aleatorias de los fotones en información es que editemos la secuencia al azar de las decisiones de los fotones. Pero la edición de esta secuencia al azar requeriría observar las decisiones de los fotones, lo que a su vez provocaría la descohesión, lo cual destruiría la ligazón cuántica. Aun cuando no podamos transmitir información instantáneamente mediante el empleo de la ligazón cuántica, la transmisión de aleatoriedad es muy útil. Nos permite resucitar el proceso de codificación criptográfica que la computación cuántica destruiría. Si el emisor y el receptor de un mensaje están en ambos extremos de una fibra óptica, pueden utilizar las decisiones aleatorias emparejadas de una corriente de fotones cuánticamente ligados para codificar y descodificar respectivamente un mensaje. Puesto que la codificación criptográfica es fundamentalmente al azar y no se repite, no se la puede quebrar. También sería imposible la escucha furtiva, puesto que provocaría una descohesión cuántica que se podría detectar en ambos extremos. De modo que la intimidad queda preservada.

Obsérvese que lo que en la criptografía cuántica transmitimos en forma instantánea es el código. El mensaje propiamente dicho llegará mucho más lentamente, sólo a la velocidad... de la luz.

Otra vez la conciencia cuántica

La perspectiva de que los ordenadores compitan con todo el abanico de las capacidades humanas provoca sentimientos apasionados y a menudo críticos, así como no poca argumentación sobre la imposibilidad teórica de tal espectro. Uno de los argumentos más interesantes es el de Roger Penrose, matemático y físico de Oxford.

En su libro de 1989 titulado *The Emperor's New Mind*, Penrose propone dos conjeturas.[17] La primera está relacionada con un inquietante teorema que demostró un matemático checo, Kurt Gödel. El famoso Teorema de Incompletitud de Gödel –al que se ha considerado el teorema más importante de las matemáticas–, establece que en un sistema matemático lo suficientemente poderoso como para generar números naturales, existen inevitablemente proposiciones cuya verdad y cuya falsedad son igualmente indemostrables. Era otra de las visiones del siglo XX que perturbaban el orden del pensamiento del XIX.

Un corolario del teorema de Gödel es que hay proposiciones matemáticas que no se pueden decidir mediante un algoritmo. En esencia, la solución de estos imposibles problemas gödelianos requiere una cantidad infinita de pasos. De modo que la primera conjetura de Penrose es que las máquinas no pueden hacer lo mismo que los hombres porque sólo pueden obedecer a un algoritmo. Un algoritmo no puede resolver un problema gödeliano insoluble. Pero los seres humanos sí que pueden. *Por tanto, los seres humanos son mejores.*

Penrose sigue diciendo que los seres humanos pueden resolver problemas insolubles porque la computación de nuestro cerebro es de índole cuántica. En consecuencia, en respuesta a la crítica según la cual las neuronas son demasiado grandes para manifestar efectos cuánticos, Penrose citaba pequeñas estructuras de las neuronas llamadas microtubulares, capaces de computación cuántica.

Sin embargo, la primera conjetura de Penrose –la de que los seres humanos son intrínsecamente superiores a las máquinas– no es convincente, al menos por tres razones.

1. Es verdad que las máquinas no pueden resolver los problemas insolubles de Gödel. Pero lo seres humanos tampoco pueden resolverlos. Lo único que pueden hacer es evaluarlos. Los ordenadores también pueden hacer evaluaciones y, en los últimos años, las suyas han demostrado ser mejores que las de los seres humanos.

2. En cualquier caso, la computación cuántica tampoco permite la resolución de los problemas imposibles de Gödel. La solución de estos problemas requiere un algoritmo con una cantidad infinita de pasos. La computación cuántica puede convertir un problema irresoluble, que un ordenador convencional no podría por tanto resolver ni en billones de años, en una computación instantánea. Pero aún se queda corta en computación infinita.

3. Aun cuando 1) y 2) fueran erróneos, es decir, aun cuando los seres humanos pudieran resolver problemas imposibles de Gödel y

lo hicieran gracias a su capacidad en computación cuántica, eso no limita la computación cuántica de las máquinas. Todo lo contrario. Si el cerebro humano manifiesta computación cuántica, eso sólo confirmaría que la computación cuántica es posible, que la materia que obedece a las leyes naturales es capaz de realizar computación cuántica. Cualquier mecanismo de las neuronas humanas capaz de computación cuántica, como los microtubos, debería ser susceptible de réplica en una máquina. Hoy por hoy, las máquinas usan efectos cuánticos –efecto túnel– en billones de aparatos (es decir, transistores).[18] No hay nada que pruebe que sólo el cerebro humano tenga acceso a la computación cuántica.

La segunda conjetura de Penrose es más difícil de resolver. Sostiene que un ente capaz de computación cuántica es consciente. Lo que Penrose dice es que la computación cuántica del ser humano es lo que explica su conciencia. Y eso quiere decir que la computación cuántica –descohesión cuántica– produce conciencia.

Ahora sabemos que hay un nexo entre la conciencia y la descohesión cuántica. O sea que la conciencia que observa una incertidumbre cuántica provoca la descohesión cuántica. Sin embargo, Penrose sostiene que existe un nexo en la dirección contraria. No es una conclusión lógicamente fundada. Por supuesto que la mecánica cuántica no es lógica en el sentido usual del término, sino que obedece a la lógica cuántica, que algunos observadores califican de «extraña». Pero aun aplicando la lógica cuántica, no parece que pueda desprenderse la segunda conjetura de Penrose. Por otro lado, no me siento capaz de rechazarla, pues hay entre la conciencia y la descohesión cuántica un fuerte nexo en el cual la primera es causa de la segunda. Durante tres años he reflexionado acerca de este problema y no he podido aceptar ni rechazar la solución. Quizá antes de escribir el próximo libro me haya hecho una opinión sobre la segunda conjetura de Penrose.

LA INGENIERÍA INVERSA DE UN DISEÑO PROBADO: EL CEREBRO HUMANO

> Para mucha gente, la mente es el último refugio del misterio contra la invasora expansión de la ciencia, y a esa gente no le gusta la idea de que la ciencia absorba el último trozo de *terra incognita*.
>
> HERB SIMON, según cita de DANIEL DENNETT

> ¿No podemos dejar que la gente sea como es y goce de la vida a su manera? Tratas de hacer otro tú. Basta con uno.
>
> RALPH WALDO EMERSON

> Para los sabios de la antigüedad... la solución fue conocimiento y autodisciplina... y para llevar a la práctica esta idea, no dudaron en hacer cosas que todavía ahora se consideran repugnantes e impías, como desenterrar y mutilar a los muertos.
>
> C. S. LEWIS

La inteligencia es: *a*) el fenómeno más complejo del Universo; o *b*) un proceso profundamente simple.

La respuesta, por supuesto, es *c*) ambas cosas. Es otra de las grandes dualidades que hacen interesante la vida. Ya hemos hablado de la simplicidad de la inteligencia: paradigmas simples y el simple proceso de computación. Ahora hablemos de su complejidad.

Retornemos al conocimiento, que comienza con simples simientes, pero que, a medida que el proceso de reunión del conocimiento interactúa con el caótico mundo exterior, se va haciendo cada vez más elaborado. Así es como surgió la inteligencia. Fue el resultado del proceso evolutivo que conocemos como selección natural, también él paradigma simple, que extrajo su complejidad del pandemónium del medio ambiente. Vemos el mismo fenómeno cuando producimos la evolución en el ordenador. Comenzamos con fórmulas simples, agregamos procesos simples de iteración evolutiva y combinamos todo ello con la simplicidad de la computación masiva. A menudo el resultado son algoritmos complejos, capaces e inteligentes.

Pero no hace falta simular la evolución entera del cerebro humano para descubrir los intrincados secretos que contiene. Así como una compañía tecnológica separará y someterá a una «ingeniería inversa» (análisis para comprender sus métodos) los productos de un

¿ES SUFICIENTEMENTE GRANDE EL CEREBRO?

¿Es funcional nuestra concepción de la neurona humana y son nuestras estimaciones de la cantidad de neuronas y de conexiones del cerebro humano coherentes con lo que sabemos acerca de las capacidades de éste? Tal vez las neuronas humanas sean mucho más capaces de lo que pensamos. En este caso, la construcción de una máquina con el nivel humano de capacidades podría llevar más tiempo de lo previsto.

Nos parece que las estimaciones de la cantidad de conceptos –«porciones» de conocimiento– que ha dominado un experto (humano) en un campo concreto son muy aproximadas: entre 50 000 y 100 000. Y este nivel aproximado parece que puede aplicarse a una gran variedad de actividades humanas: la cantidad de posiciones del tablero que domina un gran maestro de ajedrez, los conceptos que domina un experto en un campo técnico como la física, el vocabulario de un escritor (Shakespeare usó 29 000 palabras;[19] este libro contiene muchas menos)...

Este tipo de conocimiento profesional, por supuesto, es sólo un pequeño subconjunto del conocimiento que necesitamos para funcionar como seres humanos. El conocimiento básico del mundo, comprendido el llamado sentido común, es más extenso. También tenemos capacidad para reconocer formas: lenguaje hablado, lenguaje escrito, objetos, rostros. Y tenemos nuestras habilidades: caminar, hablar, coger pelotas. Creo que una estimación razonablemente conservadora del conocimiento de un ser humano corriente es la de unas mil veces mayor que el conocimiento de un experto en su campo profesional. Esto nos da una estimación aproximada de 100 millones de porciones –fragmentos de comprensión, conceptos, formas, habilidades específicas– para el ser humano. Como luego veremos, aun cuando esta estimación sea baja (en un factor que puede llegar a mil), el cerebro humano sigue siendo suficientemente grande.

La cantidad de neuronas del cerebro humano se estima aproximadamente en 100 000 millones, con un promedio de 1 000 conexiones por neurona, lo que da un total de 100 billones de conexiones. Con 100 billones de conexiones y 100 millones de porciones de conocimiento (incluidas las formas y las habilidades), llegamos a una estimación de alrededor de un millón de conexiones por porción.

Nuestras simulaciones informáticas de redes neuronales utilizan una gran variedad de tipos de modelos neuronales, todos relativamente simples. Los esfuerzos para proveer de modelos electrónicos detallados de las neuronas de mamíferos reales parecen demostrar que, si bien las neuronas animales son más complicadas que los modelos informáticos habituales, la diferencia de complejidad no es notable. Incluso si empleamos las versiones de neuronas de nuestros ordenadores más simples, nos encontramos con que podemos modelar una porción de conocimiento –un rostro, una forma impresa, un fonema, el sentido de una palabra– utilizando nada más que mil conexiones por porción. Así que nuestra estimación aproximada de un millón de conexiones neuronales en el cerebro humano por porción de conocimiento humano parece razonable.

La verdad es que parece más que suficiente. Así que podríamos multiplicar por mil mi cálculo (de la cantidad de porciones de conocimiento) y la cifra resultante aún seguiría siendo adecuada. No obstante, es probable que la codificación cerebral del conocimiento sea menos eficaz que los métodos empleados en nuestras máquinas. Esta aparente ineficiencia se aviene con nuestra idea de que el cerebro humano está diseñado de manera conservadora. El cerebro se apoya en un gran volumen de redundancia y en una densidad relativamente baja de almacenamiento de información para ganar fiabilidad y continuar funcionando con eficacia a pesar de la elevada tasa de pérdida de neuronas a medida que envejecemos.

Mi conclusión es que no parece que, para explicar la capacidad humana, necesitemos contemplar un modelo de procesamiento de información de neuronas individuales mucho más complejo que el que estamos acostumbrados a considerar.

competidor, así podemos nosotros proceder con el cerebro humano. Después de todo, es el mejor ejemplo de proceso inteligente que tenemos a nuestro alcance. Podemos descubrir la arquitectura, la organización y el conocimiento innato del cerebro humano con el fin de acelerar nuestra comprensión de cómo diseñar la inteligencia en una máquina. Indagando en los circuitos del cerebro podemos copiar y emular un diseño ya probado, un diseño en cuyo desarrollo el diseñador ocupó varios miles de millones de años. (Y ni siquiera está patentado.)

Cuando enfoquemos la capacidad de la informática para simular el cerebro humano –no estamos aún en ello, pero empezaremos a estarlo dentro de aproximadamente una década–, ese esfuerzo proseguirá con toda intensidad. Pero en realidad ya ha comenzado.

Por ejemplo, el chip de visión Synaptics es en lo fundamental una copia de la organización neuronal, por supuesto que implementado en silicio, no sólo de la retina, sino de las fases iniciales del procesamiento visual de los mamíferos. Este chip ha captado la esencia del algoritmo de estas fases, conocido como filtrado del entorno del centro. No es un chip especialmente complicado, pero capta de manera realista la esencia de las fases iniciales de la visión humana.

Tanto entre los observadores informados como entre los no informados existe un prejuicio según el cual esta ingeniería inversa es inviable. Hofstadter se lamenta de que «nuestro cerebro tal vez sea demasiado débil para entenderse a sí mismo».[20] Pero no es esto lo que nosotros hemos encontrado. Cuando indagamos los circuitos cerebrales comprobamos que los algoritmos masivamente paralelos distan mucho de ser incomprensibles. Ni hay tampoco nada semejante a una cantidad infinita de circuitos. Hay en el cerebro centenares de regiones especializadas, con una arquitectura bastante adornada, consecuencia de su larga historia. El rompecabezas entero no escapa a nuestra comprensión. Y seguramente no escapará a la comprensión de las máquinas del siglo XXI.

El conocimiento está allí, ante nosotros, o, mejor dicho, dentro de nosotros. No es imposible acceder a él. Comencemos por la perspectiva más directa, hoy esencialmente factible (al menos su inicio).

Comencemos por congelar el cerebro de alguien que acaba de morir. Pero, antes de vérmelas con las previsibles reacciones de indignación, permítaseme arroparme con la capa de Leonardo da Vinci. Leonardo fue objeto de las reacciones airadas de sus contemporáneos. ¡Un individuo que robaba cadáveres del depósito, se los llevaba a su casa en carretilla y luego los troceaba! Eso era antes de que la disección de cadáveres se convirtiera en práctica habitual. Lo hacía en nombre del conocimiento, que en esa época no era una finalidad muy apreciada. Deseaba saber cómo funciona el cuerpo humano, pero sus contemporáneos consideraron que sus actividades eran extrañas e irrespetuosas. Hoy vemos las cosas de otra manera. Hoy pensamos que la profundización en el conocimiento de esta máquina prodigiosa es el mayor homenaje que podemos rendirle. Hoy abrimos cadáveres permanentemente para aprender más sobre el funcionamiento de los cuerpos vivos y para enseñar a los demás lo que hemos aprendido.

Lo que propongo es exactamente lo mismo. Salvo una cosa: que me refiero al cerebro, no al cuerpo entero. Esto nos afecta más de cerca. Nos identificamos más con el cerebro que con el cuerpo. La cirugía de cerebro se considera más invasora que la cirugía de los dedos del pie. Sin embargo, el conocimiento que se obtiene de la indagación del cerebro es demasiado valioso para ignorarlo. Así que nos lanzaremos sobre cualquier cosa que quede de él.

Como decía, comenzamos por congelar un cerebro muerto. Esto no es nuevo. El doctor E. Fuller Torrey, ex supervisor del National Institute of Mental Health y actual jefe de la rama de salud mental de una fundación de investigación privada, tiene 44 congeladores con 226 cerebros congelados.[21] Torrey y sus asociados esperan descubrir las causas de la esquizofrenia, de modo que todos sus cerebros son de pacientes esquizofrénicos fallecidos, lo que seguramente no es lo más adecuado para nuestros propósitos.

Examinamos un estrato –muy delgado– cada vez. Con un equipo de exploración bidimensional y de sensibilidad adecuada deberíamos poder ver todas las neuronas y todas las conexiones, representadas en cada delgada capa de sinapsis. Una vez examinada una capa y almacenados los datos, se puede raspar hasta eliminarla, a fin de dejar al decubierto la capa siguiente. Esta información puede almacenarse y reunirse en un gigantesco modelo tridimensional de topología neuronal y de interconexiones del cerebro.

Lo mejor sería que los cerebros congelados no hubieran muerto mucho antes de ser congelados. Un cerebro muerto enseña muchísimo acerca de los cerebros vivos, pero, evidentemente, no es el laboratorio ideal. Por fuerza, su condición de muerto se reflejará en un cierto deterioro de la estructura neuronal. Seguramente no querremos basar nuestros diseños de máquinas inteligentes en cerebros muertos. Lo más probable es que podamos aprovechar los de personas que, ante la inminencia de su fallecimiento, permitan realizar una exploración destructiva de su cerebro un poco antes de que éste deje de funcionar. Recientemente, un asesino condenado a muerte permitió que se le explorara el cerebro y el cuerpo; se puede acceder a sus 10 000 millones de bytes en Internet, en el sitio web «Visible Human Project», del Center for Human Simulation.[22] En ese mismo sitio se encontrará una resolución todavía mayor de 25 000 millones de bytes del cerebro de su compañera. A pesar de que la exploración de esta pareja no presenta una resolución suficientemente alta para el fin que aquí estamos considerando, se trata de un ejemplo de donación de cerebro adecuado para la práctica de la ingeniería inversa. Por supuesto que no querremos fundamentar nuestro modelo de inteligencia mecánica en el cerebro de un asesino convicto, en absoluto.

Más cómodo es hablar de los medios emergentes de exploración no invasora del cerebro. He comenzado con la situación más invasora porque es técnicamente mucho más fácil. Hoy disponemos en realidad de los medios para efectuar una exploración destructiva (aunque no todavía del ancho de banda necesario para explorar todo el cerebro en un tiempo razonable). En términos de exploración no invasora y alta velocidad, las exploraciones de resonancia magnética (RM) de alta resolución ya están en condiciones de darnos imágenes de somas (cuerpos de células nerviosas) individuales sin alteración del tejido vivo que se explora. Están en desarrollo formas de RM más poderosas, capaces de explorar fibras nerviosas individuales de sólo diez micrones (millonésimas de metro) de diámetro, que tendremos a nuestra disposición en la primera década del siglo XXI. Finalmente estaremos en condiciones de explorar las vesículas presinápticas, asiento del aprendizaje humano.

Hoy podemos escudriñar el cerebro de alguien con un escáner de RM, cuya resolución mejora en cada nueva generación de esta tecnología. El cumplimiento de estos propósitos choca con una cantidad de retos técnicos, incluido el logro de la resolución, el ancho de banda (o sea la velocidad de transmisión), la ausencia de vibración y la seguridad adecuados. Por varias razones es más fácil explorar el cerebro de alguien que acaba de morir que el de quien aún está vivo. (Es más fácil lograr que un cadáver se quede quieto.) Pero si la RM y otras tecnologías de exploración siguen progresando en resolución y velocidad, la exploración no invasora de un cerebro humano terminará por ser viable.

Una nueva tecnología de exploración denominada de imagen óptica, que desarrollaron el profesor Amiram Grinvald y el Instituto Weizman de Israel, consigue una resolución bastante más elevada que la RM. Lo mismo que ésta, se basa en la interacción entre la actividad eléctrica de las neuronas y la circulación de la sangre en los capilares que alimentan las neuronas. El aparato de Grinvald es capaz de resolver rasgos que no llegan a los cincuenta micrones y puede operar en tiempo real, lo que permite a los científicos mirar cómo entran en actividad las neuronas individuales. Grinvald y los investigadores del Instituto Max Planck de Alemania quedaron asombrados ante la notable regularidad de las formas de descarga neuronal cuando el cerebro se dedica a procesar información visual.[23] Uno de los investigadores, el doctor Mark Hübener, comentaba que «nuestros mapas del funcionamiento cerebral son tan ordenados que, por poner una comparación, se parecen más a un plano de Manhattan que a uno de una ciudad europea medieval». Grinvald, Hübener y sus socios consiguieron emplear su exploración cerebral para distinguir entre conjuntos de neuronas responsables de la percepción de la profundidad, la forma y el color. Cuando estas neuronas interactúan, la forma resultante de las descargas neuronales se parece a un mosaico elaboradamente ensamblado. A partir de las imágenes obtenidas, los investigadores pudieron ver cómo las neuronas se alimentaban mutuamente de información. Por ejemplo, observaron que las neuronas de percepción de la profundidad estaban dispuestas en columnas paralelas, lo que daba información a las neuronas que detectaban la forma, las cuales presentaban elaboradas configuraciones en forma de molinillo. Actualmente, la tecnología de exploración de Grinvald sólo es capaz de ofrecer imágenes de una delgada capa del cerebro cercana a la superficie, pero el Weizman Institute está trabajando en refinamientos que ampliarán su capacidad tridimensional. La tecnología de exploración de Grinvald también se está empleando actualmente para mejorar la resolución de las exploraciones con RM. El hallazgo reciente de que la luz cuasi infrarroja puede pasar a través del cráneo permite albergar esperanzas sobre la utilización de la formación de imágenes ópticas como método de alta resolución de la exploración cerebral.

La fuerza impulsora del veloz progreso de las tecnologías no invasoras, como la RM, es, otra vez, la Ley de la Aceleración de los Resultados, porque requiere habilidad de computación masiva para construir imágenes tridimensionales de alta resolución a partir de las rudimentarias imágenes de resonancia magnética que produce una exploración con RM. El crecimiento exponencial de la habilidad de computación que nos presenta la Ley de la Aceleración de los Resultados (y por otros quince o veinte años, la Ley de Moore), nos capacitará para continuar mejorando rápidamente la resolución y la velocidad de estas tecnologías no invasoras de exploración. Trazar, sinapsis por sinapsis, el mapa completo del cerebro humano puede parecer un esfuerzo excesivo, pero lo mismo ocurrió con ocasión del Proyecto del Genoma Humano –el esfuezo por trazar el mapa genético humano completo–, en 1991. Aunque el grueso del código genético humano todavía no se ha descodificado, en los nueve American Genome Sequencing Centers se confía en que la tarea esté terminada, si no hacia el 2005, el año que se ha puesto como objetivo, como máximo algunos años después. Hace poco, una nueva aventura privada con financiación de Perkin-Elmer ha anunciado planes para secuenciar todo el genoma humano hacia el 2001. Como ya dije, el ritmo de la exploración del genoma humano fue extremadamente lento en sus años iniciales y sólo cogió velocidad con la mejora de la tecnología, sobre todo con los programas que identifican la información genética útil. Hoy, los investigadores ya cuentan con nuevos progresos en sus programas informáticos de caza de genes para cumplir el plazo que se han marcado. Lo mismo vale para el proyecto de trazar el mapa del cerebro humano cuando nuestros métodos de exploración y registro de los 100 billones de conexiones neuronales cojan velocidad a partir de la Ley de la Aceleración de los Resultados.

Qué hacer con la información

Los resultados de las exploraciones detalladas del cerebro se pueden utilizar según dos perspectivas distintas. La más inmediata –*explorar el cerebro para entenderlo*– es explorar porciones del cerebro para indagar su arquitectura y los algoritmos implícitos de conexiones interneuronales en diferentes regiones. La posición exacta de todas y cada una de las fibras nerviosas no es tan importante como su disposición de conjunto. Con esta información podemos diseñar redes neuronales simuladas que operan de modo similar. Este proceso será algo así como pelar una cebolla, pues en él se desvelan una por una las distintas capas de la inteligencia humana.

Esto es en esencia lo que ha hecho Synaptics en su chip de imitación de los procesos de imagen neuronal de los mamíferos. Esto es también lo que se proponen hacer Grinvald, Hübener y sus socios con sus exploraciones de la corteza cerebral, y otras docenas de proyectos actuales diseñados para explorar porciones del cerebro y aplicar al diseño de sistemas inteligentes los conocimientos así obtenidos.

En el interior de una región, el sistema de circuitos es enormemente repetitivo, de modo que basta con explorar a fondo una pequeña porción de una región. La actividad informáticamente pertinente de una neurona o de un grupo de neuronas es lo suficientemente directa como para que podamos comprender y modelar estos métodos examinándolas. Una vez observadas, registradas y analizadas la estructura y la topología de las neuronas, la organización de las conexiones interneuronales y la secuencia de descarga neuronal de una región, resulta factible la ingeniería inversa de los algoritmos paralelos de esa región. Una vez comprendidos los algoritmos de una región, se pueden redefinir y extender antes de implementarlos en equivalentes neuronales sintéticos. Sin duda, es posible acelerar muchísimo los métodos, dado que la electrónica ya es más de un millón de veces más rápida que los circuitos neuronales.

Podemos combinar los algoritmos revelados con los métodos de construcción de máquinas inteligentes cuya comprensión ya poseemos. También podemos descartar aspectos de la computación humana que no sean útiles en una máquina. Por supuesto, tenemos que tener cuidado de no tirar el agua de la bañera con niño y todo.

Bajar la mente personal al ordenador personal

Otra perspectiva, que aunque constituye un reto mayor terminará por ser viable, es la exploración del cerebro propio para trazar un mapa de sus localizaciones, interconexiones y contenidos de los somas, los axones, las dendritas, las vesículas presinápticas y otros componentes neuronales. Por tanto, toda su organización podría verse recreada en un ordenador neuronal de capacidad suficiente, incluso el contenido de su memoria.

No cabe duda de que es más difícil que la perspectiva de explorar-el-cerebro-para entenderlo. En esta última, basta con una muestra de cada región para comprender los algoritmos más llamativos. Luego podemos combinar estas adquisiciones con el conocimiento de que ya disponemos. En esta perspectiva –la de *explorar el cerebro para bajarlo*– tenemos necesidad de captarlo hasta en sus ínfimos detalles. Pero, por otro lado, no necesitamos comprenderlo en su totalidad, sino únicamente copiarlo, conexión por conexión, sinapsis por sinapsis, neurotransmisor por neurotransmisor. Para ello hemos de comprender los procesos cerebrales *locales*, pero no necesariamente la organización global del cerebro, al menos no en su plenitud. En todo caso, es probable que cuando podamos hacer eso ya sepamos mucho del cerebro.

Para llevar esto correctamente a cabo necesitamos comprender cuáles son los mecanismos destacados de procesamiento de información. Gran parte de la elaborada estructura neuronal tiene la finalidad exclusiva de mantener la integridad estructural y los procesos vitales de la célula y no contribuye directamente al manejo de la información. Sabemos que, en computación neuronal, el procesamiento se basa en centenares de neurotransmisores diferentes y que los mecanismos de diferentes regiones permiten diferentes tipos de computación. Por ejemplo, las neuronas de la visión temprana son idóneas para acentuar cambios súbitos de color con el fin de facilitar el descubrimiento de los límites de los objetos. Es probable que las neuronas del hipocampo tengan estructuras aptas para potenciar la retención de recuerdos a largo plazo. También sabemos que las neuronas utilizan una combinación de computación digital y analógica que requiere una modelación muy precisa. Hemos de identificar las estructuras capaces de computación cuántica, si es que las hay. Es imprescindible reconocer todos los rasgos decisivos que afectan al proceso de información si es que queremos copiarlos con precisión.

¿Con qué eficacia funcionará todo esto? Por supuesto, lo mismo que cualquier nueva tecnología, en un comienzo no será perfecta y las bajadas iniciales serán algo imprecisas. De inmediato no se notarán las pequeñas imperfecciones, porque, en cierta medida, la gente cambia permanentemente. Como nuestra comprensión de los mecanismos del cerebro mejora al mismo tiempo que mejora nuestra capacidad de exploración no invasora, la réplica (reinstalación) del cerebro de una persona no debería alterar más la mente de esa persona que el cambio cotidiano.

¿Qué encontraremos cuando hagamos esto?

Tenemos que considerar esta cuestión tanto en el nivel objetivo como en el subjetivo. «Objetivo» significa todo el mundo a excepción de mí, así que empecemos por aquí. Objetivamente, cuando exploremos el cerebro de alguien y repliquemos su archivo mental personal en un medio informático adecuado, a los otros observadores les parecerá que la «persona» nueva que emerge tiene en gran medida una personalidad, una historia y una memoria idénticas a las de la persona que se ha sometido al escáner. La interacción con la persona recién replicada se sentirá como la interacción con la persona original. La nueva persona afirmará ser la misma que la antigua y tendrá recuerdos de haber sido esa persona, de haberse criado en Brooklyn, de haber entrado aquí en un escáner y de haberse despertado en la máquina allí. Dirá: «¡Vaya! ¡Es verdad que la tecnología funciona!»

Hay un pequeño problema respecto del cuerpo de la «nueva persona». ¿Qué clase de cuerpo tendrá un archivo mental personal replicado, el cuerpo humano originario, un cuerpo mejorado, un cuerpo sintético, un cuerpo producto de la nanoingeniería o un cuerpo virtual en un medio ambiente virtual? Esto es importante y será tema del capítulo siguiente.

Subjetivamente, el problema es más delicado y profundo. ¿Es la misma conciencia que la de la persona cuyo cerebro acabamos de explorar? Como ya vimos en el capítulo tres, hay poderosos argumentos en ambos sentidos. La posición que en lo fundamental defiende la idea de que somos nuestra «organización» (puesto que las partículas concretas cambian permanentemente) sostendría que esta nueva persona es la misma porque su organización es idéntica en lo esencial. Sin embargo, el contraargumento es la posibilidad de que la persona que ha sido explorada siga existiendo sin discontinuidad. Si esta persona –Jack– está todavía por ahí, afirmará con toda convicción que representa la continuidad de su conciencia. Puede que no le satisfaga permitir que su clon mental usurpe su personalidad. Con este problema nos toparemos cada vez que exploremos el siglo XXI.

Pero una vez superada la dualidad, con seguridad que la nueva persona pensará que es la persona originaria. No tendrá dudas acerca de si se suicidó cuando estuvo de acuerdo en que se lo transfiriera a un nuevo sustrato de computación y en dejar atrás su vieja y lenta máquina de computación neuronal. En la medida en que se pregunte si es o no en realidad la persona que piensa ser, se sentirá feliz de que su antiguo yo asumiera el riesgo, pues de lo contrario no existiría.

¿Es consciente la mente que acaba de ser instalada? Sin duda afirmará que lo es. Y puesto que tendrá mucha más capacidad que su antiguo yo neuronal, resultará convincente y eficaz. La creeremos. Y si no la creyéramos, se volvería loca.

Una tendencia en crecimiento

En la segunda mitad del siglo XXI habrá una tendencia creciente a dar este salto. En un principio, habrá transporte parcial: sustitución de los circuitos envejecidos de la memoria y ampliación de los circuitos de reconocimiento de la forma y de razonamiento a través de implantes nerviosos. Finalmente, y mucho antes del final del siglo XXI, la gente transportará la totalidad de su archivo mental a la nueva tecnología del pensamiento.

Se sentirá nostalgia de nuestras humildes raíces a base de carbono, pero también se siente nostalgia de los discos de vinilo. Finalmente, hemos copiado la mayor parte de aquella música analógica en el mundo más flexible y con mayor capacidad de la información digital transferible. El transporte de nuestra mente a un medio de computación con más capacidad se producirá en forma gradual, pero será inexorable.

A medida que nos vayamos transportando, también nos iremos ampliando enormemente. Recuerde el lector que en el año 2060 la capacidad de computación correspondiente a 1 000 dólares será equivalente a la de un billón de cerebros humanos. De modo que también podemos multiplicar la memoria un billón de veces, extender enormemente las habilidades de reconocimiento y de razonamiento y co-

LA ERA DE LOS IMPLANTES NERVIOSOS YA HA COMENZADO

Se hace entrar a los pacientes en camilla. En fase avanzada de la enfermedad de Parkinson, son como estatuas, los músculos congelados, el cuerpo y la cara totalmente inmóviles. Luego, en una impresionante demostración en una clínica francesa, el médico aplica una descarga eléctrica. De pronto, los pacientes vuelven a la vida, se levantan, caminan y describen con calma y expresividad cómo han superado sus síntomas de debilitamiento. Éste es el asombroso resultado de una nueva terapia de implantación neuronal que se ha aprobado en Europa y que en Estados Unidos todavía espera la aprobación de la Food and Drug Administration.

La disminución de los niveles de dopamina, un neurotransmisor, en los pacientes de Parkinson provoca la sobreactivación de dos pequeñas regiones del cerebro: el núcleo ventral posterior y el núcleo subtalámico. Esta sobreactivación provoca a su vez la lentitud, rigidez y dificultad para andar propias de la enfermedad, que terminan en la parálisis total y la muerte. El doctor A. L. Benebid, médico francés de la Universidad Fourier de Grenoble, descubrió que la estimulación de estas regiones con un electrodo de implantación permanente inhibe paradójicamente estas regiones sobreactivas e invierte los síntomas. Los electrodos están conectados a una pequeña unidad de control electrónico ubicada en el pecho del paciente, que mediante señales de radio es posible programar e incluso activar o desactivar. Cuando se la desactiva, los síntomas vuelven de inmediato. El tratamiento promete controlar los síntomas más devastadores de la enfermedad.[24]

Similares son los enfoques que se han utilizado respecto de otras regiones cerebrales. Por ejemplo, con la implantación de un electrodo en el tálamo lateral ventral se pueden eliminar los temblores asociados a la parálisis cerebral, la esclerosis múltiple y otros estados que producen temblores.

«Acostumbrábamos a tratar el cerebro como si fuera una sopa, con un mero conjunto de procesos químicos que realizaran o eliminaran ciertos neurotransmisores», dice Rick Trosch, uno de los médicos norteamericanos que contribuyeron a perfeccionar las terapias de «estimulación profunda del cerebro». «Ahora lo tratamos como un sistema de circuitos eléctricos.»[25]

Estamos empezando a combatir las afecciones cognitivas y sensoriales mediante el tratamiento del cerebro y el sistema nervioso como el complejo sistema de computación que son en realidad. Los implantes cocleares, junto con los procesadores electrónicos del habla, ejecutan análisis de frecuencia de ondas sonoras similares a los que ejecuta el oído interno. Alrededor del 10 por ciento de las personas sordas en las que se ha implantado este aparato de sustitución nerviosa son capaces de oír y comprender voces con la nitidez suficiente como para poder mantener una conversación por teléfono.

El doctor Joseph Rizzo, neurólogo y oftalmólogo de la Harvard Medical School, y sus colegas, han desarrollado un experimento de implante de retina. El implante nervioso de Rizzo es un pequeño ordenador de energía solar que se comunica con el nervio óptico. El usuario lleva gafas especiales con diminutas cámaras de televisión que se comunican con el ordenador implantado mediante una señal de láser.[26]

Los investigadores del Instituto Max Planck de Alemania para la Bioquímica han desarrollado aparatos especiales de silicio capaces de comunicarse con neuronas en ambas direcciones. La estimulación directa de las neuronas mediante corriente eléctrica no es el enfoque ideal, pues puede provocar corrosión en los electrodos y crear subproductos químicos que dañen las células. Los aparatos del Instituto Planck, por el contrario, son capaces de provocar la descarga de una neurona adyacente sin un enlace eléctrico directo. Para demostrar el valor de su invento, los científicos del Instituto han controlado desde el ordenador los movimientos de una sanguijuela viva.

En la dirección contraria –de las neuronas a la electrónica– hay una aparato llamado «transistor neuronal»,[27] que puede detectar la descarga de una neurona. Los científicos esperan aplicar ambas tecnologías al control de las extremidades artificiales humanas mediante la conexión de los nervios de la médula espinal a prótesis informatizadas. Peter Fromherz, científico del Instituto, dice: «Estos dos aparatos reúnen los dos mundos del procesamiento de la información: el mundo de silicio del ordenador y el mundo de agua del cerebro.»

El neurólogo Ted Berger y sus colegas de la Hedco Neurosciences and Engineering han construido circuitos integrados equiparables a las propiedades y al procesamiento de la información de grupos de neuronas animales. Los chips imitan exactamente las características digitales y analógicas de las neuronas que han analizado. En el presente están ampliando la tecnología a sistemas con centenares de neuronas.[28] El profesor Carver Mead y sus colegas del Instituto de Tecnología de California también han construido circuitos integrados dígito-analógicos que se equiparan al procesamiento de circuitos neuronales de mamíferos que abarcan centenares de neuronas.[29]

La era de los implantes nerviosos está en camino, sólo que en una fase inicial. Mejorar directamente el procesamiento de la información

de nuestro cerebro con circuitos sintéticos es ante todo centrarse en la corrección de los defectos más llamativos provocados por enfermedades y discapacidades neurológicas y sensoriales. En última instancia, todos disfrutaremos de los beneficios de ampliar nuestras habilidades mediante implantes nerviosos a los que será difícil resistirse.

nectarnos nosotros mismos a la penetrante red de comunicaciones inalámbricas. Mientras tanto, podemos agregar todo el conocimiento humano, como una base de datos interna de fácil acceso y como conocimiento ya procesado que utiliza el tipo humano de comprensión distribuida.

La nueva mortalidad

En realidad, a finales del siglo XXI no habrá mortalidad. No al menos en el sentido en que la hemos conocido. No al menos si se aprovechan las ventajas de la tecnología del transporte cerebral del siglo XXI. Hasta ahora, nuestra mortalidad ha estado ligada a la duración de nuestro *hardware*. Cuando el *hardware* se echa a perder, todo se ha acabado. Para muchos de nuestros antepasados, el *hardware* se deterioraba gradualmente antes de desintegrarse. Yeats se lamentaba de nuestra dependencia de un yo físico que no era «sino una cosa despreciable, una capa raída sobre una vara».[30] Cuando demos el gran paso de replicarnos en tecnología computacional, nuestra identidad se basará en nuestro archivo mental en evolución. *Seremos software, no hardware.*

Y evolucionará. Hoy, nuestro *software* no puede crecer. Está fijo en un cerebro de apenas unos 100 billones de conexiones y sinapsis. Pero cuando el *hardware* haya multiplicado por billones su capacidad, no habrá razón para que nuestra mente continúe siendo pequeña. Podrá crecer y crecerá.

En tanto *software*, nuestra mortalidad ya no dependerá de la supervivencia de los sistemas de circuitos de computación. Seguirá habiendo *hardware* y cuerpo, pero la esencia de nuestra identidad se trasladará a la permanencia de nuestro *software*. Así como, hoy en día, no nos desprendemos de nuestros archivos cuando cambiamos de ordenador personal, sino que los transferimos, o al menos transferimos los que nos interesa conservar, así tampoco nos desprenderemos de nuestro archivo mental cuando periódicamente nos transportemos al último ordenador «personal», con permanente ganancia de capacidad. Por supuesto, los ordenadores no serán los objetos separados que son ahora, sino que estarán profundamente incorporados en nuestro cuerpo, nuestro cerebro y nuestro medio. Finalmente, nuestra identidad y supervivencia terminarán independizándose del *hardware* y su supervivencia.

Nuestra inmortalidad dependerá simplemente de la realización frecuente de copias de seguridad. Si no prestamos la debida atención a ello tendremos que cargar una copia de seguridad antigua y quedar condenados a repetir nuestro pasado reciente.

–Saltemos al otro extremo del próximo siglo. Dijo usted que hacia el 2099 un centavo de dólar de computación será equivalente a mil millones de veces el poder de computación de todos los cerebros humanos unidos. Da la impresión de que el pensamiento humano va en camino de ser una mera trivialidad.

–Sin asistencia, es lo que será, no cabe duda.

–¿Cómo nos las arreglaremos los seres humanos en medio de semejante competencia?

–En primer lugar, tenemos que reconocer que la tecnología más poderosa, es decir, la civilización tecnológicamente más sofisticada, siempre gana. Esto parece ser lo que ocurrió cuando nuestra subespecie *homo sapiens* se encontró con el *homo sapiens neanderthalensis* y otras subespecies de *homo sapiens* que no han sobrevivido. Esto es lo que ocurrió cuando los europeos, tecnológicamente más avanzados, se encontraron con los pueblos indígenas de América. Esto es lo que está ocurriendo hoy mismo cuando la tecnología más avanzada es la clave del poder económico y militar.

–¿Quiere decir que estamos en camino de convertirnos en esclavos de esas máquinas tan listas?

–En una era de intelecto, la esclavitud no es un sistema económico útil para ninguna de las partes. Como esclavos, careceríamos de valor para las máquinas. Más bien, la relación comienza a darse en sentido contrario.

–Es cierto que mi ordenador personal hace lo que le pido... ¡A veces! Tal vez tenga que tratarlo mejor.

–No, no importa cómo lo trate, todavía no. Pero, en última instancia, nuestra capacidad natural de pensamiento no será un rival para la tecnología sin límites que estamos creando.

–Tal vez deberíamos dejar de crearla.

–No podemos. ¡La Ley de la Aceleración de los Resultados lo prohíbe! Es la única manera de que la evolución continúe a un ritmo acelerado.

–¡Eh, un momento! Para mí estaría muy bien que la evolución se desacelerara un poco. ¿Desde cuándo hemos adoptado su ley de aceleración como ley suprema?

–No hace falta. Detener la tecnología del ordenador, o cualquier tecnología útil, sería rechazar las realidades básicas de la competencia económica, por no hablar de nuestra búsqueda de conocimiento. No va a ocurrir. Además, el camino por el que marcharemos está pavimentado en oro. Rebosa beneficios a los que nunca nos resistiremos: crecimiento continuado de la prosperidad económica, mejor salud, comunicación más intensa, educación más eficaz, entretenimientos más interesantes, mejor sexo.

–Hasta que los ordenadores asuman el control.

–Mire usted, no se trata de una invasión de extraterrestres. Aunque parece inquietante, el advenimiento de máquinas con gran inteligencia no es necesariamente algo malo.

–Sospecho que si no podemos vencerlas, tendremos que unirnos a ellas.

–Eso es exactamente lo que haremos. Los ordenadores han comenzado como extensiones de nuestra mente y terminarán extendiendo muestra mente. Las máquinas ya son parte integrante de nuestra civilización, y las máquinas sensoriales y espirituales del siglo XXI serán una parte aún más íntima de nuestra civilización.

–De acuerdo, en términos de extensión de la mente, volvamos a los implantes para mi clase de francés. ¿Será como si yo hubiera leído ese material? ¿O será como un ordenador personal listo con el que puedo comunicarme rápidamente porque da la casualidad de que está situado en mi cabeza?

–Ésta es una cuestión crucial, y pienso que será objeto de polémica. Nos lleva de nuevo al tema de la conciencia. Habrá personas que tendrán la sensación de que lo que entra con sus implantes nerviosos está sometido a su conciencia. Otras, en cambio, tendrán la sensación de que queda fuera de su sentido del yo. Finalmente, opino que consideraremos la actividad mental de los implantes como parte de nuestro pensamiento. Piénsese que incluso sin implantes, las ideas y los pensamientos irrumpen continuamente en nuestra cabeza y que muchas veces tenemos poca o ninguna idea de su origen ni de cómo han llegado allí. No obstante, tomamos por pensamientos nuestros todos los fenómenos mentales de los que nos percatamos.

–*¿De manera que podré bajar recuerdos de experiencias que nunca he tenido?*

–Así es, pero probablemente alguien ha tenido esa experiencia. Entonces, ¿por qué no tener la capacidad para compartirla?

–*Supongo que, para ciertas experiencias, sería más seguro bajar sólo los recuerdos de ellas.*

–Y además consumiría menos tiempo.

–*¿Piensa usted realmente que hoy es viable la exploración de un cerebro congelado?*

–Seguro, así que ya puede usted ir metiendo su cabeza en mi congelador.

–*¿Está seguro de que no hay peligro?*

–Absolutamente seguro.

–*De todos modos, me parece que esperaré a la aprobación de la FDA.*

–De acuerdo. Entonces tendrá que esperar un buen rato.

–*Pensando en el futuro, todavía tengo la sensación de que estamos condenados. Quiero decir que entiendo que una mente recién replicada, como usted dice, se sienta feliz de haber sido creada y piense que había sido yo mismo antes de que me sometieran al escáner y que sigo siéndolo en un cerebro nuevo y brillante. No se lamentará de nada y estará «en el otro mundo». Pero no veo cómo puedo* yo *atravesar la línea divisora hombre-máquina. Tal cómo usted ha dicho, si se me realiza un escáner, ese nuevo yo no soy yo, porque sigo estando aquí, en mi viejo cerebro.*

–Sí, algo falla en esta consideración. Pero estoy seguro de que, con un poco más de reflexión, se nos ocurrirá cómo solucionar este espinoso problema.

ES UNA VIDA COMPLETA.
¿NO ES CIERTO, CHARLIE?
VISUAL PATTERN MEMORY BANK
ALAN WALLERSTEIN

7. ...y cuerpos

LA IMPORTANCIA DE TENER UN CUERPO

Comencemos por una rápida ojeada al diario de mi lectora.

–Aguarde un minuto.

–¿Algún problema?

–Ante todo, tengo nombre.

–Sí, a estas alturas estaría bien presentarla con su nombre.

–Me llamo Molly.

–Bien, ¿algo más?

–Sí. No estoy segura de estar preparada para compartir mi diario con usted y los demás lectores.

–La mayoría de los escritores no permiten participar a sus lectores. En cualquier caso, es usted mi creación, de modo que puedo compartir sus reflexiones personales si ello sirve para algo.

–Puede que yo sea su creación, pero recuerde que en el capítulo dos habló usted de las creaciones que evolucionan hasta llegar a superar a sus creadores.

–Es verdad, así que debería ser más sensible a sus necesidades.

–Buena idea. Para empezar, permítame supervisar las entradas que está usted seleccionando.

Muy bien. He aquí unos extractos del diario de Molly adecuadamente revisados:

Me he pasado a las magdalenas sin grasa. Eso tiene dos ventajas. En primer lugar, contienen la mitad de calorías. En segundo lugar, saben muy mal. De esta manera me siento menos tentada de comerlas. Pero me gustaría que la gente dejara de ponerme comida delante de los ojos... Mañana voy a tener problemas en la fiesta de mis compañeros de dormitorio. Tengo la sensación de que tendré que probar de todo lo que haya y de que, de alguna manera, perderé el control.

Tengo que adelgazar por lo menos media talla. Mejor aún, una talla entera. Así podría respirar más cómoda con este vestido nuevo. Eso me recuerda que al volver a casa tengo que pasarme por el club de salud. Tal vez el nuevo entrenador se fije en mí. En realidad lo he pescado mirándome, pero yo parecía una espástica con las máquinas nuevas, y él desvió la mirada... No me entusiasma el barrio en que está el club. No me siento nada segura cuando tengo que volver al coche si se hace tarde. Bueno, tengo una idea... le pediré al entrenador... tengo que averiguar cómo se llama... que me acompañe hasta el coche. Toda idea es buena para estar segura, ¿verdad?

... Estoy un poco nerviosa por el bulto en el dedo gordo. El médico me ha dicho que los bultos del dedo gordo son casi siempre benignos. Sin embargo, quiere quitármelo y mandarlo al laboratorio. Me ha dicho que no sentiré nada. Salvo, por supuesto, la novocaína. ¡Odio que me pinchen!

... Fue un poco extraño ver a mi ex novio, pero estoy contenta de que sigamos siendo amigos. Me gustó que me diera un abrazo...

–Gracias, Molly.

Ahora, veamos: ¿cuántas entradas de Molly tendrían sentido si careciera de cuerpo? La mayor parte de las actividades mentales de Molly están dirigidas a su cuerpo y a la supervivencia, la seguridad, la nutrición y la imagen, por no hablar de las cuestiones afines del afecto, la sexualidad y la reproducción. Pero, a este respecto, Molly no es única. Invito a mis otros lectores a que miren sus diarios respectivos. Y si no tienen diario, piensen qué escribirían si lo tuvieran. ¿Cuántas de sus entradas tendrían sentido en caso de carecer de cuerpo?

Nuestro cuerpo es importante desde muchos puntos de vista. La mayoría de las metas de las que he hablado al comienzo del capítulo anterior –las que tratamos de resolver con la inteligencia–, están relacionadas con el cuerpo: protegerlo, proporcionarle alimento, hacerlo atractivo, hacer que se sienta bien, atender a sus múltiples necesidades y, por supuesto, satisfacer sus deseos.

Algunos filósofos –por ejemplo, el crítico profesional de la inteligencia artificial Hubert Dreyfus– sostienen que el logro de la inteligencia artificial es imposible sin un cuerpo.[1] Por cierto, si estamos dispuestos a transportar una mente humana a un medio informático, haríamos bien en proporcionarle un cuerpo. Una mente desencarnada se deprime pronto.

LOS CUERPOS DEL SIGLO XXI

> ¿En qué consiste el alma? Y si las máquinas tuvieran alma alguna vez, ¿cuál sería el equivalente de las drogas de estimulación psíquica? ¿Del dolor? ¿Del gran bienestar físico/emocional que me produce el tener un despacho limpio?
>
> ESTHER DYSON

> ¡Qué extraña máquina es el hombre! Lo llenas con pan, vino, pescado y rábanos, y de él salen suspiros, risas y sueños.
>
> NIKOS KAZANTZAKIS

Por tanto, ¿qué clase de cuerpo suministraremos a nuestras máquinas del siglo XXI? Más adelante, la cuestión será la siguiente: ¿Qué clase de cuerpos se autosuministrarán?

Comencemos por el cuerpo humano. Es el cuerpo al que estamos acostumbrados. Evoluciona junto con su cerebro, de modo que el cerebro humano está bien adaptado a sus necesidades. En cierto modo, el cerebro y el cuerpo humanos van juntos.

Lo más probable es que el cuerpo y el cerebro evolucionen juntos, que juntos se vean potenciados y que juntos migren a nuevas modalidades y nuevos materiales. Como he expuesto en el capítulo anterior, el transporte del cerebro a nuevos mecanismos de computación no ocurrirá de golpe. Iremos mejorando nuestro cerebro en forma gradual a través de la conexión directa con la inteligencia mecánica hasta el momento en que la esencia de nuestro pensamiento haya migrado por completo a la nueva maquinaria, mucho más capaz y fiable. Una vez más, si esta idea nos parece inquietante, gran parte del malestar se debe a nuestra manera de entender la palabra «máquina». No olvidemos que nuestra manera de entender esta palabra evolucionará junto con nuestra mente.

En términos de transformación del cuerpo, estamos mucho más adelantados en este proceso que en el del progreso de la mente. Disponemos de aparatos de titanio para reemplazar maxilares, cráneos y caderas. Disponemos de piel artificial de varios tipos. Disponemos de válvulas cardíacas artificiales. Disponemos de conductos sintéticos para reemplazar arterias y venas, junto con piezas extensibles para dar sostén estructural a los conductos naturales débiles. Disponemos de brazos, piernas y pies artificiales y de implantes de médula espinal. Disponemos de toda clase de articulaciones: maxilares, caderas, rodillas, hombros, codos, muñecas, dedos de las manos y de los pies. Disponemos de implantes para controlar nuestras vesículas. Estamos desarrollando máquinas –algunas con materiales artificiales, otras con una combinación de materiales nuevos y células cultivadas– que terminarán por reemplazar órganos tales como el hígado y el páncreas. Disponemos de prótesis de pene con pequeñas bombas para estimular erecciones. Y ya hace mucho que disponemos de implantes de dientes y de pechos.

Por supuesto, la noción de reconstrucción completa del cuerpo con materiales sintéticos, aun cuando en ciertos sentidos sea superior, no es apremiante. Nos gusta la blandura de nuestro cuerpo. Nos gusta que los cuerpos sean flexibles, atractivos y cálidos. Y no con un calor superficial, sino con el calor íntimo y profundo que se desprende de sus billones de células vivas.

Así las cosas, veamos el mejoramiento del cuerpo célula por célula. Hemos comenzado bien este camino. Hemos transcrito una parte del código genético que describe nuestras células y hemos dado comienzo al proceso de comprenderlo. En un futuro cercano, esperamos diseñar terapias genéticas para mejorar nuestras células, corregir defectos tales como la resistencia insulínica, asociada a la diabetes de tipo II y la pérdida de control de la autorréplica, asociada al cáncer. Un método temprano de producir terapias génicas consistió en infectar a un paciente con virus especiales que contenían ADN correctivo. Un método más eficaz desarrollado por el doctor Clifford Steer en la Universidad de Minnesota utiliza moléculas de ARN para producir directamente el ADN deseado.[2] Lugar privilegiado en la lista de objetivos de los investigadores del progreso celular por medio de la ingeniería genética lo ocupa el contrarrestar la acción de nuestros genes en el suicidio celular. Estas bandas de abalorios genéticos, llamadas telómeros, reducen su longitud cada vez que una célula se divide. Cuando los abalorios del telómero llegan a cero, la célula ya no tiene capacidad para dividirse y se destruye a sí misma. Hay una larga lista de enfermedades, efectos del envejecimiento y limitaciones que intentamos dominar alterando el código genético que controla nuestras células.

Pero con este enfoque no podemos pasar de aquí. Nuestras células a base de ADN dependen de síntesis proteínicas, y aunque la proteína es una sustancia con una maravillosa diversidad, se ve afectada por graves limitaciones. Hans Moravec, uno de los primeros pensadores serios que advirtieron la potencia de las máquinas del siglo XXI, señala que «la proteína no es un material ideal. Sólo es estable en una banda muy estrecha de temperatura y de presión, es muy sensible a la radiación e impide muchas técnicas y componentes de construcción... Un ser sobrehumano creado por la ingeniería genética no sería más que un robot de segundo orden, diseñado bajo la orientación de la síntesis proteínica. Sólo a ojos de los chovinistas humanos podría tener alguna ventaja».[3]

Sin embargo, una de las ideas de la evolución que vale la pena conservar es la construcción de nuestro cuerpo a partir de células. Este enfoque retendría muchas de las cualidades benéficas de nuestro cuerpo: redundancia, que proporciona un alto grado de fiabilidad; capacidad para regenerarse y repararse a sí mismo; blandura y calor. Pero así como acabaremos por querer abandonar la extremada lentitud de nuestras neuronas, terminaremos por vernos obligados a abandonar también las otras restricciones de nuestra química de base proteínica. Para reinventar nuestras células, dirijamos la atención a una de las tecnologías primarias del siglo XXI: la *nanotecnología.*

NANOTECNOLOGÍA: LA RECONSTRUCCIÓN DEL MUNDO ÁTOMO A ÁTOMO

> Los problemas de química y de biología pueden recibir una gran ayuda... si se termina por desarrollar un modo de operar en el nivel atómico, desarrollo que, a mi juicio, es inevitable.
>
> RICHARD FEYNMAN, 1959

> Supongamos que alguien afirmara que tiene en su casa una réplica microscópicamente exacta (en mármol, incluso) del David de Miguel Ángel. Cuando usted va a ver esa maravilla, se encuentra con un trozo aproximadamente rectilíneo de puro mármol blanco en su salón. «Todavía no he tenido tiempo de desempacarlo –dice–, pero sé que está ahí dentro.»
>
> DOUGLAS HOFSTADTER

> ¿Qué ventajas tendrán los nanotostadores sobre el tostador macroscópico convencional? En primer lugar, son sustanciales los ahorros de espacio en el bar. Una cuestión filosófica importante que no debería pasarse por alto es que la creación del tostador más pequeño del mundo implica la existencia de la rebanada de pan más pequeña del mundo. En el límite cuántico hemos de encontrar forzosamente partículas fundamentales de tostada, a las que aquí llamaremos «*croûtons*».
>
> JIM CSER, «Annals of Improbable Research», editado por Marc Abrahams

Las primeras herramientas de la humanidad fueron objetos que se encontraban por casualidad en la naturaleza, como los palos que se empleaban para desenterrar raíces y las piedras que se utilizaban para abrir nueces. Nuestros antepasados necesitaron decenas de miles de años para inventar una hoja con filo. Hoy construimos máquinas con mecanismos complejos y finamente diseñados, pero considerada en escala atómica, nuestra tecnología es todavía muy tosca. «La fundición, la molienda e incluso la litografía mueven átomos en grandes y tronantes multitudes estadísticas», dice Ralph Merkle, un destacado teórico en nanotecnología del Palo Alto Research Center de Xerox. Agrega que los métodos de fabricación actuales son algo así como «tratar de manipular piezas de Lego con guantes de boxeador puestos... En el futuro, la nanotecnología nos permitirá quitarnos los guantes de boxeo».[4]

La nanotecnología es una tecnología que opera en el nivel atómico: construcción de máquinas átomo por átomo. «Nano» significa una milmillonésima de metro, que es el espesor de cinco átomos de carbono. Tenemos una prueba real de la viabilidad de la nanotecnología: la vida en la Tierra. Pequeños mecanismos en nuestras células, llamados ribosomas, construyen organismos como los humanos molécula por molécula, es decir aminoácido por aminoácido, de acuerdo con plantillas digitales codificadas en otra molécula llamada ADN. La vida en la Tierra ha dominado la última meta de la nanotecnología, que es la autorréplica.

Pero, como ya se dijo, la vida terrenal está limitada por el material de construcción molecular particular que ha seleccionado. Así como la tecnología computacional de creación humana terminará por superar la capacidad de computación natural (los circuitos electrónicos son ya millones de veces más rápidos que los circuitos nerviosos humanos), nuestra tecnología física del siglo XXI superará con mucho las capacidades de la nanotecnología a base de aminoácidos del mundo natural.

La idea de construir máquinas átomo a átomo fue expuesta por primera vez en una charla titulada «Hay mucho espacio en el fondo» que pronunció en el Cal Tech, en 1959, el físico Richard Feynman, el mismo que sugirió por primera vez la computación cuántica.[5] Ésta encontró un desarrollo bastante detallado veinte años después en el libro *Engines of Creation*, de Eric Drexler.[6] El libro inspiró el movimiento criónico de los años ochenta, en el que la gente se hacía congelar la cabeza (con o sin cuerpo) con la esperanza de que en el futuro la tecnología a escala molecular permitiera superar sus enfermedades mortales, así como anular los efectos del congelamiento y el descongelamiento. Que una generación futura tenga interés en hacer resucitar todos esos cerebros congelados ya es harina de otro costal.

Tras la publicación de *Engines of Creation*, la respuesta a las ideas de Drexler fue escéptica y este físico se encontró con problemas para formar su comité de doctorado en el MIT, a pesar de que Marvin Minsky aceptó supervisarlo. La tesis de Drexler, publicada en 1992 como libro con el título de *Nanosystems: Molecular Machinery, Manufacturing, and Computation*, suministra una prueba de conjunto del concepto, incluidos análisis detallados y diseños específicos.[7] Un año después, la primera conferencia sobre nanotecnología sólo atrajo a una docena de investigadores. La quinta conferencia anual, que se celebró en diciembre de 1997, entusiasmó a trescientos cincuenta científicos, ya mucho más confiados en la factibilidad de sus pequeños proyectos. Nanothinc, centro avanzado de investigación industrial, estimó en 1997 que el sector producía ya rentas de 5 000 millones de dólares anuales por tecnologías relacionadas con la nanotecnología, incluso micromáquinas, técnicas de microfabricación, nanoltografía, microscopios en nanoescala, etcétera. Esta cifra se ha duplicado con creces cada año.[8]

La era de los nanotubos

Un material esencial en la construcción de máquinas pequeñas son precisamente los nanotubos. A pesar de estar construidos a escala atómica, las disposiciones hexagonales de átomos de carbono son extremadamente fuertes y duraderas. «Se puede hacer lo que a uno le dé la real gana con estos tubos, que seguirán cumpliendo con su función de transporte», dice Richard Smalley, uno de los químicos que recibieron el Premio Nobel por el descubrimiento de la molécula denominada *buckyball*.[9] Un coche de nanotubos sería más fuerte y más estable que un coche de acero, pero no llegaría a pesar cincuenta quilos. Una nave espacial de nanotubos podría tener el tamaño y la resistencia de una lanzadera espacial norteamericana, pero no pesaría más que un coche convencional. Los nanotubos manipulan extremadamente bien el calor, mucho mejor que los frágiles aminoácidos de los que estamos hechos los seres humanos. Pueden ensamblarse en toda clase de formas: bandas como cables, vigas resistentes, engranajes, etcétera. Los nanotubos son de átomos de carbono, que el mundo natural provee en abundancia.

Como ya he dicho, los mismos nanotubos pueden usarse en una computación de gran eficiencia, de modo que es probable que tanto la tecnología estructural como la informática del siglo XXI utilicen este material. En realidad, los mismos nanotubos que se utilizan para formar estructuras físicas pueden utilizarse para la computación, de modo que las nanomáquinas del futuro podrán tener el cerebro distribuido por todo el cuerpo.

Hasta la fecha, los ejemplos mejor conocidos de nanotecnología, aunque no todos prácticos, están comenzando a mostrar la factibilidad de la ingeniería en el nivel atómico. Para crear su logotipo, IBM utilizó átomos individuales como pixeles.[10] En 1996, Texas Instruments construyó un aparato del tamaño de un chip y con medio millón de espejos móviles para ser utilizado en un pequeño proyector de alta resolución.[11] En 1997, TI vendió sus nanoespejos por un total de 100 millones de dólares.

Chih-Ming Ho, de UCLA, está diseñando máquinas voladoras que utilizan superficies cubiertas de microalerones y que controlan el flujo de aire de manera similar a los alerones convencionales de un aeroplano normal.[12] Andrew Berlin, del Palo Alto Research Center de Xerox, está diseñando una impresora que utiliza válvulas microscópicas de aire para mover con precisión documentos de papel.[13]

Estudiante de posgrado de Cornell y músico de rock, Dustin Carr construyó una guitarra de aspecto real, pero microscópica, con cuerdas de sólo cincuenta nanómetros de diámetro. La creación de Carr es un instrumento de música plenamente funcional, pero los dedos de Carr son excesivamente grandes para tocarlo. Además, las cuerdas vibran a 10 millones de vibraciones por segundo, mucho más allá del límite de audición humana, que está en los veinte mil ciclos por segundo.[14]

El santo grial de la autorréplica: dedos pequeños e inteligencia pequeña

Los dedos diminutos tienen algo de santo grial para los nanotecnólogos. Con dedos pequeños y computación, las nanomáquinas tendrían en su mundo liliputiense lo que la gente tiene en el mundo grande, a saber, inteligencia y capacidad para manipular su medio. Luego estas máquinas diminutas pueden construir réplicas de sí mismas y alcanzar así el objetivo clave del campo.

La autorréplica es importante porque construir una por una esas pequeñísimas máquinas es demasiado caro. Para ser eficaces, las máquinas nanométricas han de darse a billones. Esto sólo se puede lograr de una manera económica mediante la explosión combinatoria: hacer que las máquinas se construyan a sí mismas.

Drexler y Merke (coinventor de la criptografía pública, primer método de mensajes criptográficos), entre otros, han descrito convenientemente cómo podría lograrse un nanorobot *–nanobot–* que se autorreplicara. El secreto consiste en suministrar al nanobot manipuladores suficientemente flexibles –brazos y manos–, de tal manera que sea capaz de construir una copia de sí mismo. Requiere ciertos medios de movilidad a fin de dar con las materias primas necesarias. Requiere cierta inteligencia a fin de resolver los pequeños problemas que surgirán cuando cada nanobot esté a punto de construir una máquina pequeña y complicada como él mismo. Finalmente, un requisito realmente importante es que tiene que saber cuándo dejar de replicarse.

Dar forma al mundo real

Las máquinas autorreplicantes que se construyen en el nivel atómico podrían transformar verdaderamente el mundo en que vivimos. Podrían construir células solares a un coste ínfimo que permitieran la sustitución de combustibles fósiles sucios. Puesto que las células solares requieren una gran superficie para recoger suficiente luz solar, se las podría colocar en órbita y hacer que enviaran la energía a la Tierra.

En nuestro torrente sanguíneo, los nanobots podrían complementar nuestro sistema inmunológico natural y buscar y destruir patógenos, células cancerígenas, placas arteriales y otros agentes mórbidos. Según la visión que inspiró a los entusiastas de la criónica, es posible reconstruir los órganos enfermos. Estaremos en condiciones de reconstruir cualquiera de nuestros órganos y sistemas corporales o todos ellos, y hacerlo en el nivel celular. En el capítulo anterior he hablado de la ingeniería inversa y de la emulación de las neuronas humanas por parte de la funcionalidad computacional más destacada. De la misma manera, será posible invertir la ingeniería y replicar la funcionalidad física y química de cualquier célula humana. Durante el proceso tendremos la posibilidad de extender enormemente la durabilidad, la fuerza, el abanico de temperaturas y otras cualidades y capacidades de nuestros bloques celulares de construcción.

Luego seremos capaces de producir órganos más fuertes y con más capacidad mediante el nuevo diseño de las células que los constituyen y de construirlos con materiales mucho más versátiles y duraderos. Por ejemplo, si nuestras células ya no son vulnerables a los patógenos convencionales, no necesitaremos el mismo sistema inmunológico. Pero necesitaremos nuevas protecciones nanoingenieriles para un nuevo tipo de nanopatógenos.

Comida, ropa, anillos de diamantes, edificios, todo podría montarse a sí mismo molécula a molécula. Se podría crear cualquier cosa en forma instantánea cuando y donde se la necesitase. En realidad, el mundo podría volver a montarse a sí mismo para satisfacer nuestras necesidades, deseos y fantasías cambiantes. A finales del siglo XXI, la nanotecnología permitirá que objetos tales como los muebles, los edificios, la ropa e incluso las personas, cambien de apariencia y otras características –esencialmente que se conviertan en otra cosa– en un abrir y cerrar de ojos.

Estas tecnologías surgirán gradualmente (intentaré trazar las diferentes gradaciones de la nanotecnología en la Tercera Parte de este libro, a medida que me refiera a cada una de las décadas del siglo XXI). Hay un incentivo indudable para seguir esta senda. Dada la posibilidad de elegir, la gente preferirá preservar sus huesos de la ruina, mantener flexible la piel y fuertes y vitales sus sistemas biológicos. La mejora de la vida mediante implantes nerviosos –en el nivel mental– y el realce corporal nanotecnológico –en el nivel físico– será popular y muy atractivo. Es otra de las pendientes resbaladizas; en efecto, no hay un punto concreto en el que detener esta progresión, hasta que la especie humana haya reemplazado en gran escala el cerebro y el cuerpo que la evolución les proveyera en un primer momento.

Un claro peligro futuro

Sin autorréplica, la nanotecnología no es práctica ni económica. Y en eso estriba la dificultad. ¿Qué pasa si un pequeño problema de *software* (inadvertencia u otro) no detiene la autorréplica? Tendríamos entonces más nanobots de los que queremos, y éstos podrían devorar todo lo que tuvieran a la vista.

El filme *The Blob* (del que existen dos versiones) era una visión de la tecnología atacada de locura homicida. El malo de la película era esta glotona materia inteligente y autorreplicante, que se alimentaba de materia orgánica. Recuerde el lector que es probable que la nanotecnología esté hecha de nanotubos a base de carbono, de modo que, como el Blob, se construiría a sí mismo a partir de materia orgánica, rica en carbono. A diferencia del simple cáncer de base animal, una población nanomecánica que explotara de modo exponencial se alimentaría de cualquier materia a base de carbono. La persecución de todas estas nanointeligencias perversas sería algo así como encontrar billones de agujas microscópicas –que además se mueven a gran velocidad– en billones de pajares. Ha habido propuestas tecnologías de inmunidad a nanoescala: buenas maquinitas anticuerpo que perseguirían a las malas. Cuando esos billones de máquinas entraran en guerra, los daños colaterales podrían ser muy grandes.

Ahora que ya he presentado este espectro, trataré, tal vez de modo poco convincente, de relativizar el peligro. Creo que sería posible inventar nanobots autorreplicantes de tal manera que resultara improbable una explosión *inadvertida* de población no deseada. Comprendo que esto puede no ser del todo tranquilizador, ya que proviene de un especialista en el desarrollo del *software* cuyos productos (como los de mis competidores) se estropean de vez en cuando (pero raramente, y cuando eso ocurre, ¡la culpa es del sistema operativo!). El desarrollo del *software* lleva implícito un concepto de aplicaciones de «misión crítica». Hay programas de *software* que controlan procesos de los que las personas dependen en gran medida. Ejemplos de *software* de misión crítica son los sistemas de soporte vital en los hospitales, los equipos quirúrgicos automatizados, los sistemas atomáticos de vuelo y de aterrizaje y otros sistemas a base de *software* que afectan al bienestar de una persona o de una organización. Es posible elevar extraordinariamente los niveles de fiabilidad de estos programas. Hoy en día hay ejemplos de tecnología compleja en los que un accidente podría poner en grave peligro la seguridad pública. Una explosión convencional en una planta de energía atómica podría esparcir plutonio letal en zonas densamente pobladas. A pesar de que en Chernóbil se estuvo en un tris de sufrir un *melt-down*, eso no parece haber ocurrido más de dos veces en las décadas en que hemos tenido en funcionamiento centenares de plantas de este tipo, y ambos incidentes revelan el estado calamitoso en que últimamente se ha reconocido que se hallan los reactores de la misma región rusa de Chelyabinsk.[15] Hay decenas de miles de armas nucleares, y jamás ha explotado una por error.

Admito que el párrafo anterior no es del todo convincente. Pero el peligro mayor es el uso intencionalmente dañino de la nanotecnología. Una vez que se dispusiera de la tecnología básica, no sería difícil adaptarla como instrumento de guerra o de terrorismo. No se trata de que quien utilice esas armas tenga que ser suicida. Sería fácil programar el nanoarmamento para que se autorreplicara sólo contra el enemigo; por ejemplo, sólo en una zona geográfica en particular. Las armas nucleares, a pesar de toda su potencia destructora, son al menos relativamente locales en sus efectos. La naturaleza autorreplicante de la nanotecnología hace de ella un peligro mucho mayor.

CUERPOS VIRTUALES

No siempre necesitamos cuerpos reales. Si nos toca estar en un medio virtual, bastará perfectamente con un cuerpo virtual. La realidad virtual empezó con el concepto de juegos de ordenador, en especial los que suministraban un medio simulado. El primero fue la Guerra Espacial, escrito por investigadores tempranos de la inteligencia artificial para pasar el tiempo mientras se esperaba la compilación de programas en los lentos ordenadores de los años sesenta.[16] Los ámbitos del espacio sintético eran fáciles de lograr en monitores de baja resolución: las estrellas y otros objetos espaciales eran sencillamente iluminados con pixeles.

Los juegos de ordenador y los juegos de vídeo informatizados se hicieron más realistas con el tiempo, pero es imposible sumergirse del todo en estos mundos imaginados, al menos sin cierta imaginación.

Ello se debe a que se ven los bordes de la pantalla, y más allá de esos bordes sigue siendo visible ese mundo obstinadamente real que nunca se ha abandonado.

Si hemos de entrar en un nuevo mundo, más vale que nos liberemos de las trazas del antiguo. En los años noventa de este siglo XX se introdujo la primera generación de realidad virtual, en la que hay que usar un dispositivo especial que ocupa todo el campo visual. La clave de la realidad visual es que cuando uno mueve la cabeza, la escena se recoloca sola instantáneamente de tal modo que uno mira otra zona de la escena tridimensional. La intención es simular lo que ocurre cuando uno gira la cabeza real en el mundo real, a saber, que las imágenes que capta nuestra retina cambian rápidamente. No obstante, el cerebro entiende que el mundo permanece estacionario y que el deslizamiento de la imagen en la retina se debe exclusivamente al giro de la cabeza.

Lo mismo que la mayoría de las tecnologías de primera generación, la realidad virtual no ha resultado del todo convincente. Puesto que producir una nueva escena requiere un gran volumen de computación, hay una cierta lentitud en la producción de una perspectiva nueva. Cualquier desfase temporal notable advierte al cerebro de que el mundo que estamos mirando no es enteramente real. La resolución de los monitores de la realidad virtual también era inadecuada para crear una ilusión plenamente satisfactoria. Finalmente, los dispositivos de realidad virtual actual son muy voluminosos e incómodos.

Lo que se necesita para eliminar el desfase temporal y para fomentar la resolución de la exhibición son ordenadores todavía más rápidos, y eso, como sabemos, está siempre a la vuelta de la esquina. Hacia 2007, la realidad virtual de alta calidad, con medios artificiales convincentes, resultados prácticamente instantáneos y monitores de alta definición, será cómoda de usar y se podrá disponer de ella al precio de un juego de ordenador.

Esto afecta a dos sentidos: el visual y el auditivo. Otro órgano sensorial de alta resolución es la piel, y también están en curso de desarrollo interfaces «táctiles» que proporcionen una interfaz táctil virtual. Una ya disponible es la palanca de retroalimentación de fuerza, de Microsoft, producto de la investigación de los años ochenta en el Media Lab del MIT. Una palanca de retroalimentación de fuerza agrega cierto realismo táctil a los juegos de ordenador, de modo que en un juego de conducción automovilística se nota la vibración de la carretera, o en una simulación de pesca se siente el tirón de la caña. A finales de 1998 salió a la luz el «ratón táctil», que opera como un ratón convencional, pero permite al usuario tener sensaciones de textura de las superficies, los objetos e incluso las personas. Una compañía a la que estoy vinculado, la Medical Learning Company, está desarrollando un paciente simulado para contribuir a la formación de los médicos, así como para hacer posible jugar a médicos a quienes no lo son. Incluirá una interfaz táctil tal que se pueda palpar la articulación de una rodilla en busca de una fractura, o un pecho para detectar bultos.[17] Una palanca de retroalimentación de fuerza en el dominio táctil es comparable a los monitores tradicionales en el dominio visual. La palanca suministra una interfaz táctil, pero no nos envuelve por completo. El resto de nuestro mundo táctil sigue recordándonos su presencia. A fin de abandonar el mundo real, por lo menos temporalmente, necesitamos un medio táctil que satisfaga por completo nuestro sentido del tacto.

Así, pues, inventemos un medio táctil virtual. Hemos visto aspectos de ello en películas de ciencia ficción (siempre un buen recurso para inventar el futuro). Podemos construir un traje corporal que detecte nuestros movimientos a la vez que proporcione estimulaciones táctiles de alta resolución. El traje también tendrá que proporcionar suficiente retroalimentación de fuerza para prevenir nuestros movimientos si ejercemos presión contra un obstáculo virtual en un medio virtual. Si, por ejemplo, le damos un abrazo virtual a un compañero, no deseamos desplazarnos hasta encontrarnos con su cuerpo, lo que requerirá una estructura de retroalimentación de fuerza fuera del traje, aunque la resistencia del obstáculo pueda provenir del traje mismo. Y puesto que nuestro cuerpo, dentro del traje, todavía está en el mundo real, se podría colocar todo el artificio en una cabina para que al movernos en el mundo virtual no golpeásemos las lámparas ni a la gente de nuestra vecindad «real». Un traje de este tipo también proporcionaría una respuesta térmica y, por tanto, permitiría simular la sensación de superficie húmeda –o incluso de tener la mano o todo el cuerpo sumergido en agua–, lo que se indica mediante un cambio de temperatura y una disminución de la tensión superficial.

Por último, es posible construir una plataforma en la que colocarse, de pie, sentados o acostados, y que permita caminar o moverse (en cualquier dirección) en el medio virtual.

Así que con el traje, la estructura exterior, la cabina, la plataforma, las gafas especiales y los audífonos, tenemos aproximadamente los medios para envolver nuestros sentidos. Por supuesto, necesitaremos buen *software* de realidad virtual, pero es verdad que no hay duda de que, apenas se disponga del necesario *hardware*, habrá una intensa competencia para suministrar toda una panoplia de nuevos medios realistas y fantásticos.

¡Oh, hay un sentido del olfato, por cierto! Una interfaz general y completamente flexible para nuestro cuarto sentido requerirá una nanotecnología suficientemente avanzada para sintetizar la amplia variedad de moléculas que podemos detectar con nuestro sentido olfativo. Mientras, podemos difundir una gran variedad de aromas en la cabina de realidad virtual.

Una vez que estamos en un medio ambiente de realidad virtual, también puede cambiar nuestro cuerpo, o al menos las versiones virtuales del mismo. Podemos lograr una versión más atractiva de nosotros mismos, convertirnos en una bestia horrible o en cualquier otra criatura real o imaginaria cuando interactuemos con los habitantes de los demás mundos virtuales en los que entremos.

La realidad virtual no es un lugar (virtual) al que forzosamente haya que ir en solitario. Allí se puede interactuar con amigos (que estarían en otras cabinas de realidad virtual, incluso geográficamente remotas). Tendremos multitud de compañeros simulados entre los cuales elegir.

Enchufarse directamente

Más entrado el siglo XXI, cuando las tecnologías de implantes nerviosos se hayan generalizado por completo, estaremos en condiciones de crear e interactuar con medios virtuales sin tener que entrar en una cabina de realidad virtual. Los implantes nerviosos suministrarán la alimentación sensorial simulada del medio ambiente virtual –y del cuerpo virtual– directamente al cerebro. A la inversa, los movimientos del sujeto no moverían su cuerpo «real», sino más bien su cuerpo virtual percibido. Estos medios virtuales también comprenderán una adecuada selección de cuerpo para el sujeto. Por último, la experiencia sería enormemente realista, exactamente como si perteneciera al mundo real. En un medio virtual podrían entrar varias personas e interactuar entre ellas. En el mundo virtual, el sujeto se encontrará con personas reales y con personas simuladas (al fin y al cabo, no habrá demasiada diferencia entre unas y otras).

Ésta será la esencia de la web en la segunda mitad del siglo XXI. El «sitio web» se percibirá en un medio virtual sin necesidad de *hardware* externo. Uno «va allí» mediante selección mental del sitio y posterior ingreso en ese mundo: al debate de Benjamin Franklin sobre los poderes presidenciales de guerra, en el sitio web de sociedad e historia; a esquiar a los Alpes, en el sitio web de la Cámara de Comercio Suiza (mientras se siente en el rostro el frío de la nevisca); a dar un abrazo a la estrella de cine favorita, en el sitio web de la Columbia Pictures; a tener un contacto más íntimo, en el sitio web de Penthouse o Playgirl, aunque esto, naturalmente, podría tener un pequeño recargo.

Realidad virtual real

A finales del siglo XXI, el mundo «real» adoptará muchas de las características del mundo virtual a través de los «enjambres» nanotecnológicos. Por ejemplo, piénsese en el concepto de «Utility Fog» [18] de J. Storrs Hall, científico en informática de la Rutgers University. La idea de Hall comienza con un pequeño robot llamado Foglet, que es un aparato del tamaño de una célula humana con doce brazos que apuntan en todas las direcciones. Al final de los brazos hay dispositivos que les permiten unirse entre sí para formar estructuras mayores. Estos nanobots son inteligentes y pueden unir entre sí sus respectivas capacidades informáticas para crear una inteligencia distribuida. Un espacio lleno de Foglets recibe el nombre de Utility Fog y tiene algunas propiedades interesantes.

Primero, el Utility Fog hace grandes esfuerzos por disimular su presencia. Hall describe una situación en que un individuo humano real camina por una habitación llena de billones de Foglets y no nota nada. Cuando se desea (aunque no está del todo claro quién desea), los Foglets pueden simular a gran velocidad un medio ambiente gracias a la creación de todo tipo de estructuras. Como dice Hall, «La ciudad de Fog puede parece un parque, un bosque, Roma antigua un día y Emerald City al día siguiente».

Los Foglets pueden crear arbitrarios frentes de ondas lumínicas o sonoras en cualquier dirección para producir cualquier medio imaginario visual o auditivo. La inteligencia distribuida del Utility Fog puede simular las mentes exploradas en escáner (Hall las llama «subidas») de personas a las que se recrea en el Utility Fog como «Personas Fog». Según la perspectiva de Hall, «un ser humano biológico puede atravesar paredes Fog, y un ser humano Fog (subido) puede atravesar paredes de materia bruta. Por supuesto que las personas Fog también pueden atravesar paredes Fog».

La tecnología física del Utility Fog es en realidad bastante conservadora. Los Foglets son máquinas mucho más grandes que la mayoría de las concepciones nanotecnológicas. El *software* es más desafiante, pero, en última instancia, más viable. Hall tiene que trabajar un poco más el punto de vista comercial: Utility Fog [algo así como «Niebla Utilitaria»] es un nombre demasiado tonto para un material tan versátil.

Los enjambres nanotecnológicos tienen una cantidad de finalidades en las que el medio ambiente real se construye a partir de multitudes interactivas de nanomáquinas. En todas las concepciones de enjambres, la realidad física se convierte en algo muy semejante a la realidad virtual. Puede uno estar durmiendo en su cama en un momento, y hacer que la habitación se transforme en cocina cuando se despierta. Mejor transformarla en comedor, pues no hace falta cocinar. En realidad, la nanotecnología relacionada creará al instante la comida que uno desee. Cuando uno haya terminado de comer, la habitación puede convertirse en estudio, en un salón de juego, en una piscina, en un bosque de secuoyas o en el Taj Mahal. Ya me entiende, ¿verdad?

Mark Yim ha construido un modelo en gran escala de un pequeño enjambre que demuestra que es posible la interacción del enjambre.[19] Por su parte, Joseph Michael ha obtenido una patente en el Reino Unido por su concepto de enjambre nanotecnológico, pero no es probable que su diseño sea comercialmente realizable durante los veinte años de vida de la patente respectiva.[20]

Podría parecer que las opciones serán demasiadas. Hoy sólo podemos elegir la ropa, el maquillaje y el destino al que queremos viajar. A finales del siglo XXI tendremos que seleccionar nuestro cuerpo, nuestra personalidad, nuestro medio, ¡todas ellas decisiones difíciles de tomar! Pero no se preocupe, lector, pues dispondremos de enjambres inteligentes de máquinas para que nos orienten.

LA MÁQUINA SENSUAL

> Duplicado por la lascivia, emite gemidos de mujer. Una ficción de su carne.
>
> Del poema «The Solitary at Seventeen», de BARRY SPACKS

> Puedo predecir el futuro suponiendo que el dinero y las hormonas masculinas son las fuerzas impulsoras de la nueva tecnología. En consecuencia, cuando la realidad virtual sea más barata que tener una cita amorosa, la sociedad estará condenada.
>
> DOGBERT

El primer libro impreso en una imprenta de tipos móviles fue la Biblia, pero el siglo posterior al invento histórico de Gutenberg fue testigo de un lucrativo mercado de libros sobre temas más sensuales.[21] Las nuevas tecnologías de la comunicación –el teléfono, el cine, la televisión, las cintas de vídeo– han sido siempre muy rápidas en la adopción de temas sexuales. Internet no es una excepción, con una estimación de entretenimientos para adultos que en 1998 iba desde los 185 millones de Forrester Research a los 1 000 millones de Inter@active Week. Estas cifras corresponden a clientes, mayoritariamente de sexo masculino, que pagan para ver e interactuar con los actores, ya sean vivos, grabados o simulados. Una estimación de 1998 hablaba de 20 000 sitios web que ofrecían entretenimiento sexual.[22] Estas cifras no incluyen las parejas que han ampliado el sexo telefónico para incluir imágenes móviles vía videoconferencias *on line*.

Los discos de CD-ROM y DVD son tecnología que se ha explotado con fines de entretenimiento erótico. Aunque el grueso de los discos para adultos se usa como medio para ofrecer vídeos con algo de interactividad, un nuevo tipo de CD-ROM y de DVD proporciona parejas sexuales virtuales que responden a caricias administradas con el ratón.[23] Lo mismo que la mayoría de las tecnologías de primera generación, el efecto no es nada convincente, pero las generaciones futuras eliminarán ciertos defectos. Los encargados de desarrollar esta técnica también trabajan para explotar el ratón de retroalimentación, a fin de experimentar algo de la sensación que parece sentir la pareja virtual.

A finales de la primera década del siglo XXI la realidad virtual le permitirá a uno estar con su amante –pareja romántica, trabajadora sexual o simulada– con pleno realismo visual y auditivo. Uno será capaz de hacer lo que quiera con su pareja, salvo tocar, lo que hay que admitir que es una limitación importante.

Ya se ha introducido el tacto virtual, pero el medio virtual visual-auditivo-táctil, plenamente envolvente y realista, no llegará a ser perfecto hasta la segunda década del siglo XXI. Las parejas estarán en condiciones de realizar sexo virtual con independencia de su proximidad física. Incluso cuando están uno junto al otro, el sexo virtual será mejor en ciertos sentidos y, por descontado, más seguro. El sexo virtual proporcionará sensaciones más intensas y placenteras que el sexo convencional, así como experiencias físicas actualmente inexistentes. El sexo virtual también es lo último en sexo seguro, pues no hay riesgo de embarazo ni de transmisión de enfermedades.

Hoy en día, los amantes pueden fantasear que sus parejas son distintas de las que son, pero los usuarios de la comunicación sexual virtual no necesitarán tanta imaginación. Se podrá cambiar la apariencia física y otras características tanto de uno mismo como de su pareja. Se podrá hacer que la pareja tenga el aspecto de y sienta como nuestra estrella favorita sin su permiso. Por supuesto, hay que ser consciente de que quizá la otra persona esté haciendo lo mismo con uno.

El sexo en grupo adquirirá otro significado porque más de una persona podrá compartir simultáneamente la experiencia con una pareja. Dado que la multiplicidad de personas reales hace que no todas puedan controlar los movimientos de una pareja virtual, tiene que haber una manera de compartir la toma de decisión acerca de qué es lo que hace el único cuerpo virtual. Todos los participantes que comparten un cuerpo virtual tendrán la misma experiencia visual, auditiva y táctil, con control compartido de su cuerpo virtual compartido (tal vez el único cuerpo virtual refleje un consenso de los movimientos que intentan los múltiples participantes). Todo un público –cuyos componentes pueden estar geográficamente dispersos– podría compartir un cuerpo virtual mientras se entrega a una experiencia sexual con un actor.

La prostitución estará exenta de peligros para la salud, como lo estará en general el sexo virtual. Con el uso de tecnología de comunicación inalámbrica y de un gran ancho de banda, ni los trabajadores sexuales ni sus clientes tendrán que dejar nunca su casa. Es probable que la prostitución virtual sea legalmente tolerada, al menos en mayor medida que la prostitución real de hoy día, pues será imposible vigilar o controlar la variedad virtual. Una vez eliminados los riesgos de enfermedad y de violencia, habrá muchos menos motivos para proscribirla.

Los trabajadores sexuales tendrán que competir con parejas simuladas (de generación informática). En las etapas iniciales, es probable que las parejas virtuales humanas sean más realistas que las parejas virtuales simuladas, pero eso cambiará con el tiempo. Por supuesto, una vez que la pareja virtual simulada sea tan capaz, sensual y sensible como una pareja virtual humana, ¿quién se animará a decir que la pareja virtual simulada no es una persona real, aunque virtual?

¿Es posible la violación virtual? En un sentido puramente físico, probablemente no. La realidad virtual tendrá para los usuarios un medio de poner fin inmediato a la experiencia. Harina de otro costal son los medios de persuasión y de presión, emocionales u otros.

¿Cómo afectará toda esta larga serie de elecciones y oportunidades sexuales a la institución del matrimonio y al concepto de compromiso en una relación? La tecnología del sexo virtual introducirá una cantidad de pendientes resbaladizas que harán mucho menos clara la definición de una relación monógama. Hay gente que sentirá que el acceso a experiencias sexuales con sólo apretar un botón mental destruirá el concepto de relación sexual comprometida. Otros sostendrán, como hacen hoy los defensores del entretenimiento y de los servicios sexuales, que esas diversiones proporcionan una descarga saludable y sirven para mantener relaciones saludables. Es evidente que las parejas tendrán que ser comprensivas entre ellas, pero será difícil trazar una línea demasiado clara del nivel de intimidad que esta futura tecnología concede. Es probable que la sociedad acepte en la arena virtual prácticas y actividades que desaprueba en el mundo físico, ya que a menudo (aunque no siempre) es fácil dar por nulas las consecuencias de las actividades virtuales.

Además del contacto sensual y sexual directo, la realidad virtual tendrá mucho espacio para el romance en general. Acariciarse con el/la amante por los Campos Elíseos virtuales, dar un paseo por la playa virtual de Cancún, mezclarse con los animales en una reserva de animales de caza de Mozambique. Toda nuestra relación podrá estar en Cyberlandia.

La realidad virtual con uso de una interfaz externa visual-auditiva-táctil no es la única tecnología que transformará la naturaleza de la sexualidad en el siglo XXI. Los robots sexuales –sexbots– se harán populares a comienzos de la tercera década del nuevo siglo. Hoy, la idea de tener relaciones íntimas con un robot o una muñeca no es en general atractiva porque los robots y las muñecas son, digamos, completamente inanimados. Pero eso cambiará cuando los robots adquieran la flexibilidad, la inteligencia, la adaptabilidad y la pasión de sus creadores humanos. (Hacia finales del siglo XXI, no habrá clara diferencia entre seres humanos y robots. Después de todo, ¿cuál es la diferencia entre un ser humano que ha mejorado su cuerpo y su cerebro mediante nueva nanotecnología y tecnologías computacionales, y un robot que ha adquirido una inteligencia y una sensualidad que superan las de sus creadores humanos?)

Hacia la cuarta década, nos desplazaremos a una región de experiencias virtuales a través de implantes nerviosos internos. Con esta tecnología, seremos capaces de tener prácticamente todo tipo de experiencia prácticamente con cualquiera ser, real o imaginario, en cualquier momento. Es como las actuales habitaciones de charla *on line*, salvo que no se requerirá equipo alguno que no tengamos ya en la cabeza y que se podrán hacer muchas otras cosas además de charlar. No habrá restricciones corporales, puesto que tanto nosotros como nuestros compañeros podremos adoptar cualquier forma física virtual. Serán posibles muchos tipos nuevos de experiencias: un hombre puede experimentar qué es ser mujer y viceversa. En realidad, no hay ninguna razón para no ser ambas cosas al mismo tiempo y convertir nuestras fantasías solitarias en realidad, o al menos en realidad virtual.

Y luego, por supuesto, en la última mitad del siglo, se dispondrá de enjambres nanobóticos, como, por ejemplo, el viejo Utility Fog sexual. Los enjambres nanobóticos pueden adoptar instantáneamente cualquier forma y emular cualquier clase de aparición, inteligencia y personalidad que desee uno o que deseen ellos, como la forma humana, si eso es lo que a uno le interesa.

LAS MÁQUINAS ESPIRITUALES

> No somos seres humanos que tratan de ser espirituales, sino seres espirituales que tratan de ser humanos.
>
> JACQUELYN SMALL

> El cuerpo y el alma son gemelos. Sólo Dios sabe cuál es cual.
>
> CHARLES A. SWINBURNE

> Todos yacemos en el fondo de la cuneta, pero algunos miramos las estrellas.
>
> OSCAR WILDE

La sexualidad y la espiritualidad son dos maneras que tenemos de trascender nuestra realidad física cotidiana. En realidad, hay nexos entre nuestras pasiones sexuales y nuestras pasiones espirituales, como sugieren los rítmicos movimientos de éxtasis que se asocian a ciertas variedades de experiencia espiritual.

DISPARADORES MENTALES

Estamos descubriendo que es posible estimular directamente el cerebro para que experimente una amplia variedad de sentimientos que en principio pensábamos que sólo podían adquirirse a través de la experiencia física o mental real. Tomemos el humor, por ejemplo. En la revista *Nature*, el doctor Itzhak Fried y sus colegas de la UCLA nos explican que han encontrado un disparador neurológico del humor. Buscaban posibles causas de los ataques de epilepsia de una adolescente y descubrieron que la aplicación de una sonda eléctrica en un punto específico de la zona motriz suplementaria del cerebro le provocaba risa. Al principio, los investigadores pensaron que la risa debía de ser una respuesta motriz involuntaria, pero pronto se dieron cuenta de que estaban disparando la auténtica percepción de humor, no sólo la risa forzada. Cuando estimularon el lugar preciso del cerebro de la muchacha, ésta lo encontró todo divertido. Su comentario habitual era: «Sois tan divertidos, todos de pie a mi alrededor.»[24]

Tal vez el que se dispare una percepción de humor en ausencia de circunstancias que normalmente consideramos divertidas resulte desconcertante (aunque, por lo que a mí respecta, lo encuentro humorístico). El humor implica un cierto elemento de sorpresa. Elefantes azules. Las dos últimas palabras tuvieron la intención de sorprender, pero probablemente no hayan hecho reír al lector (o tal vez sí). Además de sorprender, el acontecimiento inesperado ha de tener sentido desde una perspectiva anticipada, pero significativa. Pero el humor tiene otros requisitos que todavía no comprendemos. Al parecer, el cerebro tiene una red neuronal que detecta el humor a partir de otras percepciones. Si estimulamos directamente el detector de humor del cerebro, parecerá divertidísima una situación que de lo contrario no nos llamaría la atención.

Lo mismo parece que ocurre con los sentimientos sexuales. En experimentos con animales, la estimulación de una pequeña área específica del hipotálamo con una pequeña inyección de testosterona hace que los animales adopten comportamientos femeninos, cualquiera que sea su sexo. Si se estimula un área diferente del hipotálamo, el comportamiento resultante es de índole masculina.

Estos resultados sugieren que una vez que los implantes nerviosos sean algo común, estaremos no sólo en condiciones de producir experiencias sensoriales virtuales, sino también los sentimientos asociados a esa experiencia. También podemos crear algunos sentimientos no ordinariamente asociados a la experiencia. De modo que, si lo deseamos, estaremos en condiciones de agregar cierto humor a nuestras experiencias sexuales (por supuesto que para algunos de nosotros el humor puede ya formar parte del cuadro).

La capacidad para controlar y reprogramar nuestros sentimientos se profundizará incluso a finales del siglo XXI, cuando la tecnología trascienda los meros implantes nerviosos y podamos instalar por completo nuestros procesos de pensamiento en un medio computacional, es decir, *cuando nos convirtamos en software.*

Nos esforzamos por conseguir sentimientos de humor, placer y bienestar. Quizá parezca que convocarlos a voluntad sería despojarlos de significado. Por supuesto, hay mucha gente que utiliza drogas para crear y realzar ciertos sentimientos deseables, pero el enfoque químico viene en un mismo paquete con muchos defectos indeseables. Con la tecnología de implantes nerviosos podremos intensificar nuestros sentimientos de placer y de bienestar sin resaca. Por supuesto, la posibilidad de abuso es mayor aún que con las drogas. Cuando el psicólogo James Olds le enseñó a unas ratas a oprimir un botón y estimular directamente un centro de placer del sistema límbico del cerebro, las ratas presionaron interminablemente el botón, hasta unas cinco mil veces en una hora, con exclusión de cualquier otra cosa, incluso el comer. Sólo dejaban temporalmente de hacerlo si se quedaban dormidas.[25]

No obstante, los beneficios de la tecnología de implantes nerviosos serán irresistibles. Sólo a modo de ejemplo, digamos que son millones las personas que padecen de incapacidad para experimentar sentimientos suficientemente intensos de placer sexual, que es un aspecto importante de la impotencia. Las personas con esta discapacidad no dejarán pasar la oportunidad de superar su problema a través de implantes nerviosos, que quizá ya hayan practicado con otros fines. Una vez que se cuenta con una tecnología para superar una incapacidad, no hay manera de limitar su uso para potenciar capacidades normales, ni esa restricción sería necesariamente deseable. La capacidad para controlar nuestros sentimientos será precisamente otra de las pendientes resbaladizas del siglo XXI.

¿Qué pasa entonces con las experiencias espirituales?

La experiencia espiritual –el sentimiento de trascender los límites físicos y mortales de la vida cotidiana para acceder a una realidad más profunda– desempeña un papel fundamental en religiones y filosofías que, por lo demás, son muy diferentes. Las experiencias espirituales no son todas de la misma clase, sino que parecen abarcar un espectro muy amplio de fenómenos mentales. La danza extática de una resurrección baptista parece un fenómeno muy diferente de la tranquila trascendencia de un monje budista. No obstante, tal es la coherencia con que se ha hablado de la experiencia espiritual a lo largo de la historia y prácticamente en todas las culturas y religiones, que termina por constituir una flor brillante del jardín fenomenológico.

Con independencia de la naturaleza y las derivaciones de una experiencia mental, espiritual o cualquier otra, una vez que accedemos a los procesos informáticos que les dan origen, tenemos la oportunidad de comprender sus correlatos neurológicos. Con la comprensión de nuestros procesos mentales vendrá la oportunidad de captar nuestras experiencias intelectuales, emocionales y espirituales para convocarlas a voluntad y potenciarlas.

Experiencia espiritual mediante Música de Generación Cerebral

Hay también otra tecnología que parece generar al menos una apariencia de experiencia espiritual. Esta tecnología experimental se conoce como Música de Generación Cerebral (MGC), encabezada por NeuroSonics, una pequeña compañía de Baltimore, Maryland, de la que soy uno de los directores. MGC es un sistema de biorretroalimentación de ondas cerebrales capaz de evocar una experiencia llamada Respuesta de Relajación, que se asocia a la relajación profunda.[26] El usuario de MGC se coloca en la cabeza tres dispositivos. Luego, un ordenador personal escruta las ondas cerebrales del usuario para determinar su longitud de onda alfa. Las ondas alfa, que van de ocho a trece ciclos por segundo (cps) se asocian a un estado meditativo profundo si se lo compara con las ondas beta (frecuencia del orden de los trece a veintiocho cps), que se asocian al pensamiento rutinario consciente. Luego el ordenador genera la música de acuerdo con un algoritmo que transforma la propia señal de onda cerebral del usuario.

El algoritmo MGC está diseñado para estimular la generación de ondas alfa mediante la producción de combinaciones armónicas placenteras sobre la detección de ondas alfa, y sonidos y combinaciones de sonidos menos placenteros cuando la detección de alfa es baja. Además, el hecho de que los sonidos estén sincronizados con la longitud de onda alfa del usuario para crear una resonancia con el ritmo alfa de éste también estimula la producción de alfa.

El doctor Herbert Benson, ex director de la sección de hipertensión del Beth Israel Hospital de Boston y que en la actualidad trabaja en el New England Deaconess Hospital de Boston, junto con otros investigadores de la Harvard Medical School y el Beth Hospital, descubrieron el mecanismo neurofisiológico de la Respuesta de Relajación, que se describe como lo opuesto al «luchar o huir» o respuesta de estrés.[27] La respuesta de relajación se asocia a niveles reducidos de epinefrina (adrenalina) y norepinefrina (noradrenalina), presión sanguínea, azúcar en sangre, respiración y pulsaciones por minuto. Se cree que el mantenimiento regular de esta respuesta es capaz de producir niveles permanentemente bajos de presión sanguínea (en la medida en que la hipertensión es provocada por factores de estrés) y otros beneficios para la salud. Benson y sus colegas han catalogado diversas técnicas que pueden producir la Respuesta de Relajación, incluidos el yoga y varias formas de meditación.

Yo he tenido experiencias de meditación, y de acuerdo con mi propia experiencia de MGC y con la observación de otros, la MGC parece evocar la respuesta de relajación. La música misma se siente como si se generara dentro de la mente. Es interesante que si uno escucha una cinta grabada de la música de generación cerebral propia sin estar conectado al ordenador, no se tiene la misma sensación de trascendencia. Aunque la MGC registrada se basa en nuestra longitud de onda alfa personal, la música grabada estuvo sincronizada con las ondas cerebrales que el cerebro producía mientras se generaba la música y no con las ondas que se producen mientras uno escucha la grabación. Para lograr el efecto de resonancia es necesario escuchar la MGC «viva».

La música convencional suele ser una experiencia pasiva. Aunque un ejecutante pueda ser influido por el público de manera muy sutil, en general la música que escuchamos no refleja nuestra respuesta. La Música de Generación Cerebral representa una nueva modalidad de música que permite a ésta evolucionar continuamente en la interacción entre ella misma y nuestras respuestas mentales a ella.

¿Produce la MGC una experiencia espiritual? Es difícil responder. Los sentimientos que se experimentan mientras se escucha MGC «viva» son similares a los profundos sentimientos de trascendencia que a veces he logrado con la meditación, pero tengo la impresión de que la MGC los produce de un modo más evidente.

La mácula divina

Un grupo de científicos del sistema nervioso de la Universidad de California, en San Diego, han descubierto lo que han llaman módulo de Dios, un pequeño punto en las células nerviosas del lóbulo frontal que parece activarse durante las experiencias religiosas. Descubrieron esta maquinaria nerviosa cuando estudiaban a pacientes epilépticos con intensas experiencias místicas durante los ataques. Aparentemente, las intensas tormentas nerviosas durante un ataque estimulan el módulo de Dios. Al estudiar la actividad eléctrica superficial del cerebro con monitores epidérmicos de gran sensibilidad, los científicos se encontraron con respuestas similares cuando mostraban a personas no epilépticas, pero muy religiosas, palabras y símbolos que evocaban sus creencias espirituales.

Hace mucho que los biólogos evolucionistas postularon una base neurológica de la experiencia espiritual, a causa de la utilidad social de la creencia religiosa. En respuesta a los informes de la investigación de San Diego, Richard Harries, el obispo de Oxford, dijo a través de un portavoz que «no sería sorprendente que Dios nos hubiera creado con una facilidad física para creer».[28]

Cuando estemos en condiciones de determinar los correlatos neurológicos de la variedad de experiencias espirituales de las que es capaz nuestra especie, es probable que podamos potenciar estas experiencias de la misma manera en que potenciamos otras experiencias humanas. Cuando la próxima fase de la evolución cree una generación de seres humanos millones de veces más capaces y complejos que los de hoy, es probable que nuestra capacidad para la experiencia y el conocimiento espiritual gane en poder y profundidad.

El simple hecho de ser –de experimentar, de ser consciente– es espiritual y refleja la esencia de la espiritualidad. Habrá máquinas, derivadas del pensamiento humano, pero que lo superen en capacidad de experiencia, que afirmarán ser conscientes y, por tanto, espirituales. Creerán que son conscientes. Creerán que tienen experiencias espirituales. Estarán convencidas de que estas experiencias tienen sentido. Y dadas, por un lado, la inclinación histórica de la especie humana a asimilar antropomórficamente los fenómenos con los que nos encontramos y, por otro lado, la capacidad de persuasión de las máquinas, es probable que las creamos cuando nos digan esas cosas.

Las máquinas del siglo XXI, basadas en el diseño del pensamiento humano, harán lo mismo que han hecho sus progenitores humanos, o sea, irán a casas reales y virtuales de culto, de meditación, de oración y de trascendencia para conectar con su dimensión espiritual.

–Dejemos una cosa bien clara: es completamente imposible que yo tenga relaciones sexuales con un ordenador.

–Un momento, no saltemos a las conclusiones. Debería mantener usted la mente abierta.

–Trataré de mantener la mente abierta. Pero el cuerpo abierto es harina de otro costal. La idea de tener relaciones íntimas con un aparato, por inteligente que sea, no es muy atractiva.

–¿Nunca ha hablado con un teléfono?

–¿Con un teléfono? Entiendo que hablo con personas que usan un teléfono.

–De acuerdo. Aproximadamente en el 2015, un ordenador –en la forma de aparato de comunicación de realidad virtual visual-auditiva-táctil– no es nada más que un teléfono para usted y su amante. Pero podrá hacer mucho más que hablar.

–Me encanta hablar por teléfono con mi amante, cuando lo tengo. Y mirarnos el uno al otro con un teléfono con visor, o incluso un sistema completo de realidad virtual, parece muy bonito. Sin embargo, en lo que respecta a su idea táctil, pienso que me seguirá gustando tocar con dedos reales a mis amigos y amantes.

–Puede usar usted dedos reales con realidad virtual, o por lo menos dedos virtuales. Pero ¿qué pasa cuando usted y su amante no están juntos?

–La distancia enternece los corazones, ya sabe. En cualquier caso, tampoco tenemos por qué estar todo el tiempo tocándonos, quiero decir que puedo esperar a volver de mi viaje de negocios mientras él se ocupa de los niños.

–Cuando la realidad virtual se convierta en una interfaz convincente y lo abarque todo, ¿cree que se esforzará usted en evitar todo contacto físico?

–Supongo que un beso de buenas noches no nos haría daño.

–¡Ajá, otra vez la pendiente resbaladiza! ¿Por qué detenerse ahí?

–De acuerdo, dos besos.

–Sí, claro. Como ya dije, mantenga la mente abierta.

–Hablando de mente abierta, su descripción de la «mácula de Dios» parece trivializar la experiencia espiritual.

–No quisiera dar excesivo crédito a esa investigación. No hay duda de que algo ocurre en el cerebro de una persona que tiene una experiencia espiritual. Sea cual fuere el proceso neurológico, una vez que lo captemos y lo comprendamos, estaremos en condiciones de potenciar las experiencias espirituales en un funcionamiento cerebral re-creado en su nuevo medio informático.

–De esta forma, la mentes re-creadas dirán que tienen experiencias espirituales. Y supongo que actuarán con la misma trascendencia y éxtasis que las personas de hoy que dicen tener ese tipo de experiencias. Pero ¿experimentarán realmente las máquinas la trascendencia y el sentimiento de la presencia de Dios? ¿Qué es lo que experimentarán?

–Volvamos al problema de la conciencia. Las máquinas del siglo XXI informarán del mismo abanico de experiencias acerca del cual informan hoy los seres humanos. De acuerdo con la Ley de la Aceleración de los Resultados, informarán incluso de un espectro más amplio de experiencias. Y serán muy convincentes cuando hablen de sus experiencias. Pero ¿qué sentirán realmente? Como ya dije, no hay manera de penetrar verdaderamente en la experiencia subjetiva de otra entidad, al menos no de una manera científica. Quiero decir que puedo observar las formas de las descargas neuronales, etcétera, pero nada de eso deja de ser una observación objetiva.

SÓLO UN HUMANO PUEDE JUGAR AL BÉISBOL
SÓLO LAS PERSONAS DAN CON-FERENCIAS DE PRENSA
SÓLO UN HUMANO PUEDE LIM-PIAR UNA CASA
SÓLO UN HUMANO PUEDE TRA-DUCIR UN DISCURSO
SÓLO LOS HUMANOS PUEDEN CONDUCIR COCHES
SÓLO LAS PERSONAS TIENEN SENTIDO COMÚN.
SÓLO UN HUMANO PUEDE RESEÑAR PELÍCULAS
LA ESPE-CIE HU-MANA
SÓLO UN HUMANO PUEDE ES-CRIBIR UN LIBRO
SÓLO UN HUMA-NO PUEDE DIAGNOS-TICAR UN ELECTRO-ENCEFALOGRAMA
NOTICIAS
SÓLO UN MÚSICO HUMANO PUEDE COMPONER COMO BACH
SÓLO LOS HUMANOS PUEDEN JU-GAR AL PING PONG
SÓLO LOS HU-MANOS PUEDEN IMPROVISAR JAZZ
SÓLO LOS HUMANOS PUEDEN ENTENDER EL HABLA CONTINUA
SÓLO LOS HUMA-NOS PUEDEN RECONOCER ROSTROS
SÓLO LOS HUMANOS PUEDEN GUIAR UN MISIL
HUMANOS PUEDEN JUGAR AJEDREZ PROFESIO-NAL.
SÓLO LOS HUMANOS PUEDEN TENER ACCIONES
SÓLO LOS MA-TEMÁTICOS HU-MANOS PUEDEN DEMOSTRAR IMPORTANTES TEOREMAS
SÓLO LOS HUMANOS PUEDEN ENTENDER EL LENGUAJE NATURAL
SÓLO LOS HUMANOS PUEDEN

–Bueno, es precisamente la limitación de la ciencia.

–Así es, es allí donde se supone que la filosofía y la religión tienen la palabra. Por supuesto, es bastante difícil llegar a acuerdos sobre problemas no científicos.

–Eso parece ser a menudo. Pasemos a otra cosa: no me hacen demasiado feliz esos nanobots saqueadores que se multiplicarán sin fin. Terminaremos con un inmenso océano de nanobots. Cuando hayan acabado con nosotros, empezarán a comerse entre sí.

–Es un peligro. Pero si elaboramos cuidadosamente el *software*...

–Claro, como mi sistema operativo. Ya tengo pequeños virus de software *que se multiplican hasta atascar mi unidad de* hardware.

–Sigo pensando que el mayor peligro está en la intención hostil con que se usen.

–Ya sé que ha dicho usted eso, pero no es precisamente tranquilizador. Una vez más, ¿por qué no nos abstenemos de seguir por ese camino?

–De acuerdo, dígaselo a las ancianas cuyos huesos se quiebran y a las que se les aplicará un tratamiento eficaz a base de nanotecnología, o al paciente cuyo cáncer será destruido por pequeños nanobots que naden por sus vasos sanguíneos.

–Me doy cuenta de que hay una gran cantidad de beneficios potenciales, pero los ejemplos que acaba de dar también se pueden obtener mediante tecnologías más convencionales, como la bioingeniería.

–Me alegro de que haya mencionado la bioingeniería, porque vemos un problema muy parecido respecto de las armas producidas por la bioingeniería. Se está muy cerca del punto en que el conocimiento y el equipamiento del programa biotecnológico de una escuela universitaria de posgrado bastará para crear patógenos autorreplicantes. Mientras que un arma de la nanoingeniería podría replicarse en cualquier materia, viva o muerta, un arma de la bioingeniería sólo se replicaría en la materia viva, y probablemente en sus blancos humanos. Comprendo que no es muy cómodo. En uno u otro caso, el potencial de autorreplicación sin control multiplica enormemente el peligro.

»Pero no irá usted a detener la bioingeniería, que es la máxima avanzada de la investigación médica. Ha contribuido enormemente a los tratamientos de Sida de que disponemos hoy; los pacientes diabéticos usan formas de insulina humana obtenidas por bioingeniería; hay drogas eficaces para hacer descender el colesterol, y la lista de progresos crece rápidamente. Hay auténtico optimismo entre los científicos, de suyo escépticos, en cuanto a la posibilidad de lograr progresos impresionantes en el tratamiento bioingenieril del cáncer y otros flagelos.

–Entonces, ¿cómo nos protegeremos de las armas de la bioingeniería?

–Con más bioingeniería. Por ejemplo, con drogas antivirales.

–¿Y las armas de la nanoingeniería?

–Lo mismo. Con más nanotecnología.

–Espero que prevalezcan los nanobots buenos, pero me pregunto cómo distinguiremos los buenos nanobots de los malos.

–Es difícil de saber, sobre todo porque los nanobots son demasiado pequeños para verlos.

–Excepto para otros nanobots, ¿verdad?

–Buena observación.

8. 1999

EL DÍA EN QUE LOS ORDENADORES SE PAREN

> Es probable que la digitalización de la información, en todas sus formas, sea conocida como el avance más fascinante del siglo XXI.
>
> AN WANG

> La economía, la sociología, la geopolítica, el arte, la religión, todo proporciona poderosas herramientas que durante siglos fueron suficientes para explicar las superficies esenciales de la vida. Para muchos observadores no parece haber nada verdaderamente nuevo bajo el sol; ni necesidad de comprender mejor las herramientas nuevas del hombre, ni necesidad de descender al microcosmos de la electrónica moderna para entender el mundo. Con nosotros en el mundo ya hay demasiado.
>
> GEORGE GILDER

Si en 1960 hubieran dejado de funcionar todos los ordenadores, poca gente lo habría notado. Unos pocos millares de científicos habrían comprobado una demora en la obtención de impresiones a partir de su última introducción de datos en tarjetas perforadas. Se habrían retenido algunos informes comerciales. Nada para preocuparse.

Muy distinta es la situación en 1999. Si dejaran de funcionar todos los ordenadores, la sociedad estaría condenada a detenerse. Primero, fallaría la distribución de energía eléctrica. Pero aun cuando se mantuviera la energía eléctrica (lo que no sucedería), prácticamente todo se estropearía. La mayor parte de los vehículos motorizados tienen microprocesadores incorporados, de modo que los únicos coches que circularían serían muy viejos. Tampoco habría casi camiones en funcionamiento, y nada de autobuses, ferrocarriles, metros ni aeroplanos. No habría comunicación electrónica: dejarían de funcionar los teléfonos, la radio, la televisión, las máquinas de fax, el correo electrónico y, por supuesto, la web. No recibiríamos los cheques o, en caso de recibirlos, no podríamos cobrarlos. No podríamos retirar nuestro dinero del banco. Las empresas y el gobierno operarían únicamente en el nivel más primitivo.

Ha habido mucha preocupación respecto del *efecto 2000*, por temor a que al menos algunos procesos informáticos se vean perturbados cuando nos acerquemos al año 2000. Dicho problema afecta primordialmente al *software* desarrollado hace una o dos décadas, en los que los campos de fechas sólo utilizaban dos dígitos, lo que hará que los programas se comporten erráticamente cuando llegue el año «00». Yo estoy más tranquilo que otros a este respecto. El *efecto 2000* está provocando la actualización urgente de antiguos programas de empresa que, de todos modos, había que dar de baja y volver a diseñar. Habrá algunas perturbaciones, pero a mi juicio no es probable que el *efecto 2000* provoque los problemas económicos generales que se temen.[1]

En menos de cuarenta años hemos pasado de los métodos manuales de control de la vida y la civilización a depender por completo de la operación continuada de nuestros ordenadores. Muchas personas se sienten reconfortadas con la idea de que todavía tenemos el «enchufe» en nuestras manos, de que podemos apagar nuestros ordenadores en caso de que se vuelvan demasiado presuntuosos. En realidad, son los ordenadores los que tienen sus manos metafóricas en nuestro enchufe. (Démosles dos décadas más y esas manos no serán tan metafóricas.)

Hoy en día esto no es casi motivo de preocupación, pues los ordenadores de 1999 son dependientes, dóciles, estúpidos. Es probable que la dependencia (aunque no perfecta) se mantenga. Pero no la estupidez. Dentro de unos años, los que parecerán estúpidos serán los seres humanos, al menos los que no estén actualizados. Tampoco se mantendrá la docilidad.

Para toda una serie de tareas *específicas* en rápido crecimiento, la inteligencia de los ordenadores actuales parece impresionante, incluso formidable, pero las máquinas de hoy siguen teniendo estrechez de miras y son frágiles. Los seres humanos, por el contrario, nos adaptamos mejor cuando nos aventuramos fuera de nuestras áreas de pericia particular. A diferencia de *Deep Blue*, Gary Kasparov no es incompetente en todo lo que no sea ajedrez.

Los ordenadores están entrando rápidamente en dominios cada vez más diversos. Podría llenar una docena de libros con ejemplos de proezas intelectuales de ordenadores de finales del siglo XX, pero sólo tengo contrato para escribir uno, así que nos limitaremos a unos pocos ejemplos del terreno artístico.

LA MÁQUINA CREADORA

> En una época como la nuestra, en que las habilidades mecánicas han alcanzado una perfección insospechada, se pueden escuchar las obras más famosas con la misma facilidad con que se bebe un vaso de cerveza y al precio de sólo diez céntimos, como las balanzas automáticas. ¿No debería atemorizarnos esta domesticación del sonido, esta magia que cualquiera puede extraer de un disco a voluntad? ¿No terminará por desgastar la misteriosa fuerza de un arte que uno hubiera creído indestructible?
>
> CLAUDE DEBUSSY

> ¡Colaborar con las máquinas! ¿Qué diferencia hay entre manipular la máquina y colaborar con ella? ... De pronto, se abriría una ventana a un vasto campo de posibilidades; los límites de tiempo se evaporarían y las máquinas parecerían convertirse en componentes humanizados de la red interactiva compuesta por uno mismo y la máquina, todavía obediente, pero llena de sugerencias para los grandes controles de la imaginación.
>
> VLADIMIR USSACHEVSKY

> Alguien le dijo a Picasso que debía pintar las cosas tal como son, que debía hacer pintura objetiva. En un murmullo, el pintor respondió que no entendía bien qué era eso. La persona que lo increpaba sacó de su billetera una fotografía de su mujer y dijo: «Esto, ¿ve usted? Así es ella realmente.» Picasso miró la foto y dijo: «Es pequeñita, ¿verdad? Y plana.»
>
> GREGORY BATESON

La era del artista cibernético ya ha comenzado, aunque aún se encuentra en una fase inicial. Lo mismo que sucede con los artistas humanos, nunca se puede saber qué harán en el futuro estos sistemas creativos. Sin embargo, hoy por hoy, ninguno se ha cortado una oreja ni se ha lanzado a correr desnudo por la calle. Todavía no tienen cuerpo para exhibir este tipo de creatividad.

El poder de estos sistemas se refleja en la originalidad, a menudo sorprendente, de un giro lingüístico, de una forma o de una melodía. Su debilidad, una vez más, se relaciona con el contexto o con la falta de contexto. Puesto que estos ordenadores creadores son deficientes en experiencia del mundo real de sus contrapartidas humanas, a menudo pierden el hilo del pensamiento y divagan de manera incoherente. Tal vez el mayor éxito en el mantenimiento de la coherencia temática durante toda la obra de arte sea el pintor robótico de Harold Cohen, llamado *Aaron*, que analizaré más adelante. La razón principal del éxito de *Aaron* es el rigor de su extensa base de conocimientos, que Cohen ha construido a lo largo de tres años, regla por regla.

INTERVENGA EN UNA *JAM SESSION* CON SU ORDENADOR

La frecuente originalidad de estos sistemas los ha convertido en grandes colaboradores de los artistas humanos y, de esta manera, los ordenadores han tenido un efecto transformador en las artes. Esta tendencia llega a su máximo desarrollo en las artes musicales. La música siempre ha utilizado las tecnologías más avanzadas a su disposición: en el siglo XVIII, los oficios de ebanistería; en el XIX, las industrias de elaboración del metal; en el XX, la electrónica analógica de los años sesenta. Hoy en día, prácticamente toda la música comercial –grabaciones y bandas sonoras de películas o de televisión– es creada en talleres de música informática, que sintetizan y procesan sonidos, graban y manipulan secuencias de notas, generan notación e incluso generan automáticamente patrones rítmicos, el bajo acompañante y progresiones y variaciones melódicas.

Hasta hace muy poco, la técnica de ejecución instrumental estaba inextricablemente ligada a la creación de sonidos. Si uno quería sonidos de violín, tenía que tocar el violín. Las técnicas de ejecución derivaban de los requisitos físicos de la creación de sonidos. Ahora esa ligazón se ha roto. Si a usted le gusta el sonido de la flauta, haya o no aprendido a tocarla, puede ahora utilizar un controlador electrónico de vientos que suena exactamente como una flauta acústica, pero que no sólo crea los sonidos correspondientes a una variedad de flautas, sino también prácticamente a los de cualquier otro instrumento, acústico o electrónico. Hay nuevos controladores que emulan la técnica de ejecución de los instrumentos acústicos más populares, incluso el piano, el violín, la guitarra, los tambores y una gran variedad de instrumentos de viento. Dado que ya no estamos limitados por las condiciones físicas de la creación de sonidos por medios acústicos, está surgiendo una nueva generación de controladores sin ningún parecido con ningún instrumento acústico convencional, pero que en cambio intenta mejorar los factores humanos de creación de música con los dedos, los brazos, los pies, la boca y la cabeza. Ahora es posible ejecutar polifónicamente todos los sonidos, se los puede superponer en capas (tocar simultáneamente) y secuenciar. Además, ya no es necesario tocar la música en tiempo real, sino que se la puede ejecutar a una velocidad y recuperar a otra, sin cambiar por ello la altura ni las otras características de los sonidos. Se han superado todas las limitaciones de los viejos tiempos, lo cual permite hoy a los adolescentes lograr en su dormitorio el sonido de una orquesta sinfónica o de una banda de rock.

Un Test de Turing musical

En 1997, Steve Larson, profesor de música de la Universidad de Oregón, dispuso una variante musical del Test de Turing, para lo cual propuso a un público que tratara de determinar cuál de tres piezas musicales había sido escrita por un ordenador, y cuál de las tres había sido escrita dos siglos antes por un ser humano llamado Johann Sebastian Bach. Larson resultó ligeramente humillado cuando el público votó que la pieza que había compuesto el ordenador era la que él mismo había escrito, pero luego se sintió algo reivindicado cuando el público seleccionó la pieza escrita por un programa de ordenador llamado EMI (Experiments in Musical Intelligence) como la composición auténtica de Bach. Douglas Hofstadter, un antiguo observador del progreso de la inteligencia de las máquinas (y que contribuyó a él), dice que el EMI, creado por el compositor David Cope, es el «proyecto de inteligencia artificial que más incita a la reflexión con los que he tropezado jamás».[2]

Quizá sea todavía mejor un programa llamado Improvisor, escrito por Paul Hodgson, saxofonista británico de jazz. Improvisor puede emular estilos que van desde Bach hasta los grandes jazzistas Louis Armstrong y Charlie Parker. El programa tiene sus seguidores. Dice Hodgson: «Si fuera nuevo en la ciudad y oyera tocar a alguien como Improvisor, me gustaría unirme a él.»[3]

La debilidad actual de la composición informatizada es, una vez más, una debilidad de contexto. «Si escucho EMI durante tres segundos y me pregunto "¿Qué era eso?", diría que es Bach», dice Hofstadter. Los pasajes más largos no son siempre tan afortunados. A menudo «es como escuchar versos de un soneto de Keats cogidos al azar. Uno se pregunta qué le pasaba ese día a Keats, si no estaría completamente borracho».

La máquina literaria

He aquí una pregunta para usted: ¿Qué clase de asesino tiene *fiber* [doble significado: «fibra» y «carácter»]?

Respuesta: Un *cereal killer* [doble significado (fonéticamente): 1) asesino de cereal; 2) asesino en serie].

Me apresuro a admitir que el juego de palabras no es de mi invención. Lo escribió un programa informático llamado JAPE (Joke Analysis and Production Engine), creado por Kim Binsted. JAPE se encuentra en el estadio artístico de la invención de malos juegos de palabras. A diferencia de EMI, JAPE no superó un Test de Turing modificado cuando, hace poco, se lo hizo competir con el cómico humano Steve Martin. El público prefirió a Martin.[4]

Las artes literarias llevan retraso respecto de las musicales en el uso de la tecnología. Esto puede estar relacionado con la profundidad y la complejidad incluso de la prosa rutinaria, cualidad que Turing reconoció cuando basó su Test de Turing en la capacidad de los humanos para generar lenguaje escrito convincente. Los ordenadores, no obstante, prestan un gran servicio práctico a quienes creamos obras escritas. El máximo impacto lo produce el simple procesador de palabras. Aunque no es una tecnología artificial por sí misma, el procesamiento de palabras derivó de los editores de textos que se desarrollaron en los años sesenta en los laboratorios de IA del MIT y en otros sitios.

Este libro contó sin duda con los beneficios de las bases de datos lingüísticos, controles ortográficos y diccionarios *on line*, para no hablar de los vastos recursos de investigación de la World Wide Web. Gran parte de este libro se la dicté a mi ordenador personal mediante un programa de reconocimiento del habla continua llamado Voice Xpress Plus, de la división de dictado de Lernout & Hauspie (ex Kurzweil Applied Intelligence), del que pude disponer cuando me hallaba a mitad de la redacción del libro. Respecto a la gramática automática y los controles de estilo, tuve que desconectar esta prestación de Microsoft Word, porque casi todos mis enunciados parecían caerle mal. Dejaré la crítica estilística a mis lectores humanos (por lo menos esta vez).

Hay una variedad de programas que ayudan a los escritores a concebir grandes ideas. ParaMind, por ejemplo, «produce nuevas ideas a partir de tus ideas», según su propia literatura.[5] Otros programas permiten a los escritores seguir historias complejas, caracterizaciones e interacciones de los personajes en obras extensas de ficción como las novelas largas, las series de novelas y los seriales de televisión.

Particularmente desafiantes son los programas que redactan obras completamente originales, porque los lectores humanos tienen una aguda conciencia de las miríadas de requerimientos sintácticos y semánticos del lenguaje escrito sensible. Los músicos, cibernéticos o de cualquier tipo, pueden salir de apuros con un poco menos de rigor que los escritores.

Con esto en la cabeza, veamos ahora lo que sigue.

Un relato de traición

Dave Striver amaba la universidad. Amaba sus torres con reloj cubiertas de hiedra, su ladrillo antiguo y firme, su césped siempre lozano y su juventud inquieta. También le encantaba que la universidad estuviera libre de los juicios severos e implacables del mundo de los negocios, sólo que esto no es cierto, pues también el mundo académico tiene sus pruebas, y algunas tan inmisericordes como cualquiera de las del mercado. Excelente ejemplo de ello es la defensa de la tesis doctoral. Para graduarse, para llegar a ser doctor, es preciso aprobar un examen oral sobre la tesis que se ha escrito. El profesor Edward Hart gozó con este examen.

Dave deseaba con desesperación ser doctor. Pero necesitaba las firmas de tres personas en la portada de su tesis, firmas de inestimable valor pues, en conjunto, certificaban que había aprobado su defensa. Una de las firmas debía ser la del profesor Hart, y éste había dicho muchas veces –a otros y a sí mismo– que se sentía honrado de ayudar a Dave a asegurar su bien ganado sueño.

Pues bien, antes de la defensa, Striver dio a Hart la penúltima versión de su tesis. Hart la leyó y le dijo a Dave que era de primerísima línea, que con todo gusto la firmaría en la defensa. Hasta se estrecharon las manos en el despacho de Hart, atestado de libros. La mirada de Hart le pareció a Dave brillante y digna de confianza, así como paternal su actitud.

En la defensa, Dave creyó haber resumido elocuentemente el capítulo 3 de su tesis. Hubo dos preguntas, una del profesor Rogers y una de la doctora Meteer; Dave respondió a ambas, aparentemente a satisfacción de todos. No hubo más objeciones.

El profesor Rogers firmó. Le pasó el volumen a Meteer, quien también firmó y pasó el volumen a Hart. Hart no se movió.

–Ed –dijo Rogers.

Hart seguía sentado sin mover un músculo. Dave se sintió ligeramente mareado.

–Edward, ¿no vas a firmar?

Más tarde, Hart se sentó solo en su despacho, en su gran silla de cuero, triste por el fracaso de Dave. Trató de pensar la manera de ayudar a Dave a realizar su sueño.

Aquí termina la historia. Es cierto que se trata de una historia que languidece hasta terminar con un capricho en lugar de una explosión. Susan Mulcahy, escritora y editora de Seattle, dijo que era un relato «de aficionado», y criticó la gramática y la elección de palabras. Pero Mulcahy se quedó sorprendida e impresionada cuando se enteró de que el autor del relato era un ordenador. El programa que lo escribió, que se llama BRUTUS.1, fue creado por Semer Bringsjord, Dave Ferucci y un equipo de ingenieros en *software* del Rensselaer Polytechnic Institute. Aparentemente, BRUTUS.1 es experto en traición, concepto que Bringsjord y Dave Ferucci le enseñaron trabajosamente al ordenador a lo largo de siete años. Los investigadores reconocen que su programa necesita aprender otros aspectos de la traición. «El interés reside en la verdadera combinación de todas las emociones», dicen Bringsjord y Ferucci, y de eso los autores cibernéticos todavía no son capaces.[6]

El poeta cibernético

Otro ejemplo de autor informático es un programa que yo mismo he diseñado y que se llama Ray Kurzweil's Cybernetic Poet (RKCP). El RKCP es un sistema de poesía generada por ordenador, que emplea técnicas para modelar el lenguaje y generar automáticamente poesía completamente original basada en poemas que ha «leído».[7]

RKCP lee una selección de poemas que realiza un autor particular o autores (preferiblemente una selección amplia) y luego crea un «modelo de lenguaje» de la obra de ese autor a base del modelo Markov, primo hermano matemático de las redes nerviosas. RKCP puede luego escribir poemas originales a partir de este modelo. Como ya expuse, RKCP utiliza un algoritmo repetitivo de generación de poesía para lograr el estilo de lenguaje, las pautas de ritmo y la estructura poemática de los autores originales que analizó. También hay algoritmos para mantener la coherencia temática a lo largo del poema. Los poemas son similares en estilo a los del(los) autor(es) analizados originariamente, pero son poesía nueva, original y completa. El sistema tiene incluso reglas para autodesalentar el plagio.

Puede bajar gratis una copia de RKCP en www.kurzweiltech.com.

A continuación se presenta una pequeña muestra de poemas escritos por Ray Kurzweil's Cybernetic Poet tras haber «leído» poemas de diversos poetas famosos, así como poetas contemporáneos menos conocidos. [La traducción de estos poemas se encontrará en la nota 7.]

Poemas de Ray Kurzweil's Cybernetic Poet

PAGE

Haiku escrito por RKCP tras la lectura de poemas de Wendy Dennis

Sashay down the page
through the lioness
nestled in my soul.

IMAGINE NOW AND SING

Poema escrito por RKCP tras la lectura de poemas de Wendy Dennis, de Ray Kurzweil y poemas de amor de diversos autores

Imagine now and sing,
creating myths
forming jewels from the falling snow.

SOUL

Haiku escrito por RKCP tras la lectura de poemas de John Keats y Wendy Dennis

You broke my soul
the juice of eternity,
the spirit of my lips.

I THINK I'LL CRASH

Poema escrito por RKCP tras la lectura de poemas de Ray Kurzweil, Robert Frost y Wendy Dennis

I think I'll crash
Just for myself with God
peace on a curious sound
for myself in my heart?
And life is weeping
From a bleeding heart
of boughs bending
such paths of them,

of boughs bending
such paths of breeze
knows we've been there.

The stifling stuffy

Haiku escrito por RKCP tras la lectura de poemas de Dave Gitomer

today i wondered
if i mused
today i saw you
i learned
in awe and you
if i wondered
if it mused
today i had one wish
if it saw you
if it saw you
if i had one wish

Moon child

Haiku escrito por RKCP tras la lectura de poemas de Kathleen Frances Wheeler

Crazy moon child
Hide from your coffin
To spite your doom.

Angel

Poema escrito por RKCP tras la lectura de poemas de Patricia Camarena Rose y Sue Klapes Kelly

Beams of the dawn at the angel
with a calm, silent sea
with a hundred times we write,
with a chance we can open up
a steady rhythm in his face
silent room
desolate beach,
Scattering remains of love.

Tomcat

Haiku escrito por RKCP tras la lectura de poemas de Randi y Kathryn Lynn

An old yellow tomcat
lies sleeping content,
he rumbles a heart

Long years have passed

Poema escrito por RKCP tras la lectura de poemas de Randi y Kathryn Lynn

Long years have passed
I think of goodbye.
Locked tight in the night
I think of passion;
Drawn to for blue, the night
During the page
My shattered pieces of life
watching the joy
shattered pieces of love
My shattered pieces of love
gone stale.

Las artes visuales

En lo que respecta al impacto de los ordenadores, las artes visuales se encuentran a mitad de camino entre las musicales y las literarias. Gran parte del arte visual se crea con programas de pintura y de ilustración, que pueden simular los efectos de los materiales convencionales, como los pinceles, y a la vez implementar una amplia gama de técnicas únicamente posibles en un ordenador. Recientemente, la mayor parte del arte de la edición de vídeo y de cine la realizan ordenadores.

La web está llena de meditaciones artísticas de artistas cibernéticos. Una técnica popular es el algoritmo evolutivo, que permite al ordenador desarrollar un cuadro rehaciéndolo centenares o millares de veces. Esto sería difícil para los seres humanos, pues tendrían que malgastar una gran cantidad de pintura. Mutator, la creación del escultor William Latham y el ingeniero en *software* Stephen Todd, de

IBM en Winchester, Inglaterra, utiliza el enfoque evolucionista, lo mismo que un programa escrito por Karl Sims, artista y científico de Genetic Arts, en Cambridge, Massachusetts.[8]

Probablemente sea Harold Cohen el profesional más destacado del arte visual por ordenador. Su robot informatizado, llamado *Aaron*, ya lleva veinte años de desarrollo y de creación de dibujos y pinturas. Estas obras de arte visual son completamente originales, íntegramente creadas por el ordenador y realizadas con pintura real. Cohen pasó más de tres décadas dotando a su programa del conocimiento de muchos aspectos del proceso artístico, incluso composición, dibujo, perspectiva y color, así como una gran variedad de estilos. Para Cohen, a pesar de ser el autor del programa, las pinturas finales siempre son una sorpresa.

Muchas veces le han preguntado a Cohen a quién habría que atribuir los resultados de su empresa, que se han expuesto en museos de todo el mundo.[9] Cohen se siente feliz de recibir los honores y *Aaron* no está programado para querellarse. Cohen se jacta de que será el primer artista de la historia al que se pueda dedicar una exposición póstuma de obras completamente originales.[10]

Pinturas del *Aaron* de Cohen

Estas cinco pinturas originales son obras de *Aaron*, robot informático construido y programado por Harold Cohen. Las presentes reproducciones son en blanco y negro; las versiones correspondientes en color pueden verse en el sitio web de este libro: www.penguinputnam.com/kurzweil.[11]

PREDICCIONES DEL PRESENTE

Con el cambio de milenio ya inminente, escasean por cierto las anticipaciones de cómo será el próximo siglo. El futurismo tiene una larga historia, pero no especialmente impresionante. Uno de los proble-

mas de las predicciones del futuro es que cuando su discrepancia de los acontecimientos reales se hace evidente, es demasiado tarde para retirar la apuesta.

Tal vez el problema está en que permitimos hacer predicciones a cualquiera. Tal vez deberían exigirse certificados de futurismo para realizar pronósticos. Uno de los requisitos podría ser que por lo menos la mitad de las predicciones para los diez años siguientes, o más, no hayan sido completos desaciertos. Pero este programa de certificación sería un proceso lento y sospecho que también inconstitucional.

Para entender por qué el futurismo tiene tan mala reputación, he aquí un pequeño ejemplo de predicciones de personas de inteligencia indudable:

> «El teléfono tiene demasiados inconvenientes para tomarlo en serio como medio de comunicación.»
>
> Ejecutivo de Western Union, 1876

> «Es imposible que haya máquinas que vuelen siendo más pesadas que el aire.»
>
> LORD KELVIN, 1895

> «Las leyes y los hechos más importantes de la ciencia física ya están todos descubiertos y tan firmemente establecidos que es remotísima la posibilidad de que alguna vez se vean complementados con nuevos descubrimientos.»
>
> ALBERT ABRAHAM MICHELSEN, 1903

> «Los aviones no tienen ningún valor militar.»
>
> Profesor MARSHAL FOCH, 1912

> «Pienso que hay un mercado mundial quizá para cinco ordenadores.»
>
> TOMAS WATSON, presidente de IBM, 1943

> «En el futuro, tal vez los ordenadores no pesen más de 1,5 toneladas.»
>
> *Popular Mechanichs*, 1949

> «Da la impresión de que hemos llegado al límite al que se puede llegar con la tecnología informática, aunque habría que tener cuidado con estos enunciados, pues tienden a parecer completamente tontos cinco años después.»
>
> JOHN VON NEUMANN, 1949

> «No hay ninguna razón para que los individuos tengan un ordenador en su casa.»
>
> KEN OLSON, 1977

«Una memoria de 640000 bytes debería ser suficiente para cualquiera.»

BILL GATES, 1981

«Mucho antes del año 2000, toda la anticuada estructura de graduación, especialización y créditos universitarios será un caos.»

ALVIN TOFFLER

«Internet su hundirá catastróficamente en 1996.»

ROBERT METCALFE (inventor de Ethernet), quien en 1997 se comió (literalmente) sus palabras ante el público.

Ahora me toca a mí. Puedo compartir con el lector aquellas de mis predicciones que han funcionado especialmente bien. Pero contemplando retrospectivamente la multitud de predicciones que he hecho en los últimos veinte años, diré que no he encontrado ninguna especialmente vergonzosa (excepto, quizá, los primeros planes empresariales).

The Age of Intelligent Machines, que escribí en 1987 y 1988, lo mismo que otros artículos y discursos de finales de los ochenta, contenía muchas predicciones sobre la década de los noventa, entre las que mencionaremos aquí las siguientes:[12]

• *Predicción*: Un ordenador derrotará al campeón humano de ajedrez alrededor de 1998, de resultas de lo cual pensaremos menos en el ajedrez.

Los hechos: Como ya dije, me equivoqué por un año. Lo siento.

• *Predicción*: Habrá un descenso permanente del valor de las mercancías (es decir, de los recursos materiales) y la mayor parte de la riqueza se creará en el grado de saber y de conocimiento invertidos en los productos y los servicios, lo que llevará al crecimiento y la prosperidad económicos sostenidos.

Los hechos: Como estaba predicho, todo ha sido prosperidad (excepto, como también estaba predicho, para los inversores a largo plazo en mercancías, que están un 40 por ciento por debajo de la década anterior). Hasta los índices de aprobación de los políticos, del presidente al Congreso, son más altos que nunca. Pero la fortaleza de la economía tiene más relación con el Bill de Washington de la costa occidental que con el Bill de Washington de la costa oriental. No se trata de que el señor Gates sea acreedor de una confianza sin límites, sino de que la fuerza económica impulsora del mundo actual es la información, el conocimiento y las tecnologías afines a la informática. Alan Greenspan, presidente de la Reserva Federal, ha reconocido recientemente que la persistencia de la actual prosperidad y expansión económica, que no tienen precedente, se debe a la creciente eficiencia que proporciona la tecnología informativa. Pero esto es cierto sólo a medias. Greenspan pasa por alto el hecho de que la mayor parte de la riqueza que se está creando actualmente está directamente constituida por información y conocimientos: un billón de dólares tan sólo en Silicon Valley. El aumento de la eficiencia es únicamente una parte del asunto. La nueva riqueza en forma de capitalización en el mercado de compañías relacionadas con la informática (sobre todo *software*) es real y sustancial, y además beneficia al conjunto de la economía.

El Subcomité del Parlamento norteamericano sobre banca informó que en el período de ocho años comprendido entre 1989 y 1997, el valor total de los bienes raíces y mercancías duraderas creció sólo el 33 por ciento, de 9,1 a 12,1 billones de dólares. El valor de los depósitos bancarios e instrumentos del mercado de crédito sólo aumentó el 27 por ciento, de 4,5 a 5,7 billones de dólares. Sin embargo, el valor de las acciones aumentó nada menos que el 239 por ciento, de 3,4 a 11,4 billones de dólares. El motor básico de este incremento es el grado de conocimientos, en rápido crecimiento, que poseen los productos y los servicios, así como el incremento de la eficiencia, estimulada por la tecnología de la información. Ahí es donde se crea la nueva riqueza.

La información y el conocimiento no se limitan a la disponibilidad de recursos materiales, y de acuerdo con la Ley de la Aceleración de los Resultados continuaremos creciendo en forma exponencial. La Ley de la Aceleración de los Resultados afecta también a los resultados financieros. Así, una implicación clave de la ley es el crecimiento económico continuado.

Cuando comencé a redactar este libro se prestaba considerable atención a la crisis económica en Japón y otros países asiáticos. Estados Unidos ha presionado a Japón para que estimulara su economía con recortes en los impuestos y los gastos del gobierno. Sin embargo, se prestaba poca atención a la raíz de la crisis, que se hallaba en el estado de la industria de *software* en Asia y en la necesidad de instituciones empresariales eficaces que prometieran la creación de *software* y otras formas de conocimiento. Estas formas incluyen el capital de riesgo y el capital ángel,[13] una amplia distribución de acciones entre los empleados y una cultura que estimule y recompense la asunción de riesgos. Aunque Asia se ha movido en esta dirección (algo más lentamente que Europa), estos nuevos imperativos económicos han crecido más rápidamente de lo que esperaba la mayor parte de los observadores (y su importancia seguirá aumentando de acuerdo con la Ley de la Aceleración de los Resultados).

- *Predicción*: Surgirá una red de información mundial que una a casi todas las organizaciones y a decenas de millones de individuos (admito que no predije el nombre: World Wide Web).

Los hechos: En 1994 surgió la web y despegó entre 1995 y 1996. La web es realmente un fenómeno mundial y los productos y servicios en forma de información circulan por todo el globo haciendo caso omiso de cualquier tipo de fronteras. Un informe de 1998 del Departamento de Comercio de Estados Unidos otorga a Internet un papel decisivo en el crecimiento económico y el descenso de la inflación. Dicho informe predecía que, hacia el año 2000, el comercio en Internet superaría los 300 000 millones de dólares. Los informes industriales elevan la cifra a alrededor de un billón de dólares cuando se tomen en cuenta todas las transacciones de empresa a empresa que se realizan en la web.

- *Predicción*: Habrá un movimiento nacional a favor de conectar las aulas.

Los hechos: La mayoría de los Estados (con la desgraciada excepción de mi propio Estado de Massachusetts) tienen presupuestos de 50 a 100 millones de dólares anuales para cablear las aulas e instalar ordenadores y *software* mutuamente conectados. La provisión de ordenadores y acceso a Internet a todos los estudiantes es una prioridad nacional. Muchos profesores son todavía analfabetos en informática, pero los niños están adquiriendo la pericia necesaria.

- *Predicción*: La guerra descansará casi por completo en la imaginación digital, el reconocimiento de formas y otras tecnologías a base de *software*. Ganará el bando que tenga máquinas más inteligentes. A comienzos de los noventa habrá un cambio profundo en la estrategia militar. Las naciones más desarrolladas se apoyarán cada vez más en las «armas inteligentes», que llevan incorporados copilotos electrónicos, técnicas de reconocimiento de formas y tecnologías avanzadas de busca, identificación y destrucción.

Los hechos: Unos años después de escribir yo *The Age of Intelligent Machines*, la guerra del Golfo fue la primera en dejar claramente establecido este paradigma. Hoy, Estados Unidos cuenta con el armamento más avanzado de base informática y no tiene rival en su estatus de superpotencia militar.

- *Predicción*: La inmensa mayoría de la música comercial se creará con sintetizadores de base informática.

Los hechos: Gran parte de los sonidos musicales que el lector oye en televisión, películas y grabaciones han sido creados en sintetizadores digitales, junto con secuencias y procesadores de sonido de base informática.

- *Predicción*: La identificación fiable de personas con utilización de técnicas de reconocimiento de formas aplicada a formas visuales y de habla desplazará en muchos casos las cerraduras y las llaves.

Los hechos: Han comenzado a emplearse tecnologías de identificación de personas que emplean el reconocimiento de formas de habla y de apariencia facial como medios de control en cajeros automáticos y en la entrada de edificios y otros lugares custodiados.[14]

- *Predicción*: Con la difusión de la comunicación electrónica en la Unión Soviética, se desatarán fuerzas políticas incontrolables. Se tratará de «métodos mucho más poderosos que las multicopistas, tradicionalmente prohibidas por las autoridades», que ya no podrán controlar dichos medios. Se habrá quebrado el control totalitario de la información.

Los hechos: El intento de golpe contra Gorbachov en agosto de 1991 fue abortado principalmente mediante teléfonos celulares, máquinas de fax, correo electrónico y otras formas de comunicación electrónica muy difundidas y previamente fuera de alcance. Sobre todo, la comunicación descentralizada contribuyó de modo significativo al derrumbe del control gubernamental totalitario de la política y la economía.

- *Predicción*: Habrá muchos documentos que jamás existirán en papel, porque incorporan información en forma de audio y de vídeo.

Los hechos: Los documentos web incluyen audio y vídeo de manera habitual, y eso sólo puede darse en la web.

• *Predicción*: Alrededor del año 2000 empezarán a aparecer chips con más de mil millones de componentes.

Los hechos: Vamos en camino.

• *Predicción*: En los años noventa se podrá disponer de la tecnología del «chófer cibernético» (coches de autoconducción que utilizan sensores especiales en las calles) y en la primera década del siglo XXI será posible su implantación en las principales autopistas.

Los hechos: En Los Ángeles, Londres, Tokio y otras ciudades ya se están probando los coches de autoconducción. En 1997 se han realizado pruebas con éxito en la Interestatal 15, al sur de California. Los planificadores urbanos consideran ahora que la tecnología de conducción automatizada ampliará enormemente la capacidad de las carreteras existentes. La instalación de los sensores necesarios en una autopista cuesta sólo unos 10 000 dólares por milla, frente a los 1 a 10 millones de dólares que se requieren para la construcción de nuevas autopistas. Las autopistas automatizadas y los coches con autoconducción eliminarán la mayor parte de los accidentes en estas carreteras. El consorcio National Automated Highway System (NASH) de Estados Unidos predice la implantación de estos sistemas durante la primera década del siglo XXI.[15]

• *Predicción*: A comienzos de los años noventa aparecerá el reconocimiento del habla continua (RHC) con grandes vocabularios para tareas específicas.

Los hechos: ¡Lamentable! El RHC de gran vocabulario y dominio específico no apareció hasta casi 1996. A finales de 1997 y comienzos de 1998 salieron al mercado RHC de gran vocabulario sin limitación de dominio para dictar documentos escritos (como este libro).[16]

• *Predicción*: A finales de los años noventa se dispondrá, y con calidad suficiente, de las tres tecnologías necesarias para un sistema de primera generación de teléfono traductor (en que uno habla y oye en un idioma como el inglés, y el interlocutor contesta en otro idioma, como el alemán): reconocimiento del habla continua y de un gran vocabulario con independencia de la pronunciación (no requiere familiarización con un locutor nuevo); traducción del idioma y síntesis de idiomas. De modo que, podemos esperar «teléfonos traductores con niveles razonables de rendimiento por lo menos para las lenguas más habladas antes de la primera década del siglo XXI».

Los hechos: Ya se ha introducido el reconocimiento de lengua eficaz e independientemente del locutor, capaz de manejar el habla continua y un gran vocabulario. La traducción automática del lenguaje, que traduce con rapidez sitios de web de un idioma a otro, está ya a disposición directamente a partir del navegador de la web. Durante muchos años se ha podido disponer de una síntesis de texto-habla para una amplia variedad de idiomas. Todas esas tecnologías funcionan en ordenadores personales. En Lernout & Hauspie (que en 1997 compró mi compañía de reconocimiento de habla, la Kurzweil Applied Intelligence), estamos elaborando una demostración tecnológica del teléfono traductor. Esperamos que este sistema sea comercializable en la primera década del siglo XXI.[17]

EL NUEVO RETO LUDITA

Ante todo, hemos de partir de la suposición de que los científicos informáticos han conseguido desarrollar máquinas inteligentes que pueden hacerlo todo mejor que los seres humanos. En ese caso, es de suponer que todo el trabajo lo harán sistemas de máquinas muy vastos y con elevada organización y que no hará falta el esfuerzo humano. Puede darse cualquiera de estos dos casos: o que se permita a las máquinas hacer todo según sus propias decisiones sin supervisión humana, o que se mantenga el control humano sobre las máquinas.

Si se permite a las máquinas tomar sus decisiones, no podemos hacer conjetura alguna en cuanto a los resultados, porque es imposibe saber cómo se comportarán esas máquinas. Sólo señalamos que el destino de la especie humana estará a merced de ellas. Quizá se sostenga que la especie humana nunca enloquecerá hasta el extremo de ceder todo el poder a las máquinas. Pero no sugerimos ni que la especie humana vaya a abandonar voluntariamente el poder a favor de las máquinas, ni que las máquinas se harán conscientemente con el poder. Lo único que

MI VIDA CON LAS MÁQUINAS: ALGUNOS PUNTOS SOBRESALIENTES

Crucé el escenario y ejecuté una composición en un antiguo piano vertical. Luego vinieron las preguntas a contestar con sí o no. La ex Miss América, Bess Myeron, se quedó muda. Pero el actor cinematográfico Henry Morgan, la otra figura famosa en este episodio de *I've Got a Secret*, adivinó el secreto: el fragmento que yo había interpretado había sido compuesto por un ordenador que yo mismo había construido y programado. Ese mismo año fui a ver al presidente Johnson con otros ganadores de concursos científicos de la escuela secundaria.

En la universidad dirigí una empresa que establecía correspondencias entre muchachos de escuela secundaria y universidades, con empleo de un programa de ordenador que yo mismo había escrito. Teníamos que pagar un alquiler de 1 000 dólares por hora por el único ordenador de Massachusetts con una memoria extraodinaria de un millón de bytes, que nos permitía introducir al mismo tiempo en la memoria toda la información que teníamos de las tres mil universidades de la nación. Recibimos una cantidad de cartas de muchachos que estaban encantados con las universidades que nuestro programa les había sugerido. Unos pocos padres, por otro lado, estaban furiosos porque no habíamos recomendado Harvard. Fue mi primera experiencia de la capacidad que tienen los ordenadores para influir en la vida de la gente. Vendí esa compañía a Harcourt, Brace & World, un editor de Nueva York, y me dediqué a trabajar en otras ideas.

En 1974, los ordenadores capaces de reconocer letras impresas, a lo cual se denomina reconocimiento de rasgos ópticos (utilizaremos las siglas inglesas: OCR), sólo podían manejar uno o dos tipos de letras especiales. Ese año fundé la Kurzweil Computer Products para desarrollar el primer programa OCR que pudiera reconocer *cualquier* tipo de letra impresa, proyecto que ese mismo año se vio coronado por el éxito. Entonces se me planteó la pregunta: ¿Para qué sirve? Lo mismo que sucede con mucho *software* inteligente de ordenador, era una solución en busca de problema.

En un viaje en avión me tocó como compañero de viaje una persona ciega, quien me explicó que el único inconveniente real que experimentaba era la incapacidad para leer material impreso ordinario. Era evidente que su incapacidad visual no le suponía ninguna desventaja para comunicarse ni para viajar. Fue así como encontré el problema que buscábamos: podíamos aplicar nuestra tecnología «omnifont» de OCR para superar este gran inconveniente de la ceguera. No teníamos entonces los exploradores ubicuos ni los sintetizadores texto-habla de que disponemos hoy, de modo que tuvimos que crear estas técnicas también. Hacia finales de 1975, reunimos las tres técnicas nuevas que habíamos inventado –OCR omnifont, exploradores de base plana CCD (Charge Coupled Device) y la síntesis de texto-habla para crear la primera máquina de lectura que convertía, para ciegos, la letra impresa en voz. La Kurzweil Reading Machine (KRM) leía libros, revistas y otros documentos comunes en voz alta, de modo que una persona ciega podría ya leer lo que deseara.

En enero de 1976 anunciamos la KRM y tocó al parecer una cuerda sensible. Todos los programas de noticias de la noche contaron la historia y Walter Cronkite utilizó la máquina para leer en voz alta su firma: «Y así ocurrió, 13 de enero de 1976.»

Poco después del anuncio me invitaron al espectáculo de televisión *Today*, lo que resultaba algo inquietante, puesto que sólo contábamos con una máquina de lectura en funcionamiento. Por cierto que la máquina se paró un par de horas antes de la prevista para hacer nuestra aparición en directo en la televisión nacional. Nuestro ingeniero jefe desmontó frenético la máquina, desparramando en el suelo del estudio piezas electrónicas y cables. Frank Field, que sería mi entrevistador, se acercó y preguntó si estaba todo en orden. «¡Por supuesto, Frank! –contesté–. Sólo estamos haciendo unos ajustes de último momento.»

Nuestro ingeniero jefe volvió a montar la máquina, pero ésta siguió sin funcionar. Por último, apeló a un método tradicional de reparación de equipos electrónicos delicados: golpeó la máquina contra una mesa. A partir de ese momento funcionó perfectamente. Su estreno televisivo en vivo se produjo sin un solo fallo.

Stevie Wonder se enteró de nuestra aparición en el espectáculo de *Today* y decidió poner por sí mismo a prueba la noticia. Nuestra recepcionista dudaba de que la persona que se hallaba en el otro extremo de la línea fuera el legendario cantante ciego, pero, de todos modos, me pasó la llamada. Lo invité a que fuera y probara la máquina. Suplicó que lo proveyéramos de una máquina de lectura, de modo que pusimos la fábrica patas arriba con tal de terminar a toda velocidad nuestra primera unidad de producción (no queríamos entregarle el prototipo que habíamos utilizado en *Today*, pues ya tenía unas cuantas heridas de combate). Le enseñamos a Stevie cómo usarla y se marchó en un taxi con su nueva máquina de lectura al lado.

Con posterioridad aplicamos OCR omnifont a usos comerciales tales como la introducción de bases de datos en uno de los nuevos procesadores de palabras. Los nuevos servicios de información, como Lexus (un servicio de investigación jurídica *on line*) y Nexus (un servicio de noticias) se montaron con la Kurzweil Data Entry Machine para explorar y reconocer documentos escritos.

En 1978, tras años de lucha por la obtención de los fondos necesarios para nuestra aventura, tuvimos la suerte de atraer el interés y la inversión de una gran compañía: Xerox. La mayor parte de los productos de Xerox transferían información electrónica a papel. En el explorador y la tecnología OCR de Kurzweil vio Xerox un puente que llevaba otra vez del mundo del papel al electrónico, así que en 1980 compró la compañía. Todavía se puede comprar el OCR que desarrollamos en un principio, el cual, convenientemente actualizado y rebautizado como Xerox TexBridge, continúa siendo líder del mercado.

Mantuve la relación con Stevie Wonder y en uno de nuestros encuentros en su nuevo estudio de grabación de Los Ángeles en 1982, se quejó de la situación en el mundo de los instrumentos musicales. Por otro lado, el mundo de los instrumentos acústicos, como el piano, el violín y la guitarra, era el que proveía a la mayoría de los músicos la rica complejidad de sonidos a elegir. Aunque musicalmente satisfactorios, estos instrumentos adolecían de una gran cantidad de limitaciones. La mayoría de los músicos podían tocar sólo uno o dos instrumentos. Aun cuando se supiera hacerlo, era materialmente imposible tocar más de uno al mismo tiempo. La mayoría de los instrumentos no produce más que una sola nota por vez. Los medios disponibles para dar forma a los sonidos eran muy limitados.

Por otro lado, estaba el mundo de los instrumentos electrónicos, en el que estas limitaciones desaparecían. En el mundo informatizado se podía grabar una línea musical en un secuenciador, volver a tocarla y grabar otras secuencias encima de ella, con lo que se construía una composición multiinstrumental línea a línea. Se podían eliminar notas erróneas sin volver a ejecutar la secuencia entera. Más tarde se pudieron multiplicar los sonidos, modificar sus características tímbricas, ejecutar canciones en tiempo no real y usar otra gran variedad de técnicas. Sólo había un problema. Los sonidos con los que había que trabajar en el mundo electrónico no tenían cuerpo, eran como los de un órgano, o como los de un órgano procesado electrónicamente.

Sería grandioso, reflexionó Stevie, poder aplicar la extraordinaria flexibilidad de los métodos de control informático a los hermosos sonidos de los instrumentos acústicos. Pensé en ello y me pareció bastante factible, así que este encuentro fue la piedra fundamental del Kurzweil Music Systems y definió su razón de ser.

Con Stevie Wonder como principal asesor musical, comenzamos a combinar estos dos mundos de la música. En junio de 1983 exhibimos un prototipo de ingeniería del Kurzweil 250 (K250) y lo introdujimos comercialmente en 1984. Se considera que el K250 es el primer instrumento musical electrónico que emuló con éxito la compleja respuesta sonora de un piano de cola y prácticamente de todos los instrumentos de la orquesta.

Antes, mi padre, que era un músico notable, había desempeñado un papel importante en mi interés por la música electrónica. Antes de su muerte en 1970, me dijo que él creía que llegaría el día en que yo combinaría mi interés por los ordenadores y mi interés por la música, pues tenía la sensación de que entre ambos había una afinidad natural. Recuerdo que cuando mi padre quería oír sus composiciones orquestales tenía que contratar toda una orquesta. Esto significaba reunir dinero, copiar a mano las partituras, seleccionar y alquilar los músicos adecuados y disponer de una sala donde pudieran tocar. Después de todo esto conseguía oír su composición por primera vez. Dios no permitiera que no le gustaran las composiciones tal como estaban, pues en ese caso tenía que despedir a los músicos, invertir días en volver a escribir a mano las partituras modificadas, recaudar más dinero, volver a contratarlos y volver a reunirlos. Hoy, un músico puede oír su composición multiinstrumental en un sintetizador Kurzweil o en otro, realizar cambios con la misma facilidad con que se modifica una carta en un procesador de texto y escuchar instantáneamente el resultado.

En 1990 vendí el Kurzweil Music Systems a una compañía coreana, Young Chang, la principal fábrica de pianos del mundo. Kurzweil Music Systems sigue siendo una de las marcas más prestigiosas de instrumentos musicales electrónicos del mundo y se vende en cuarenta y cinco países.

También comencé en 1982 con la Kurzweil Applied Intelligence, con el fin de crear un procesador de texto activado por la voz. Se trata de una tecnología ávida de MIP (esto es, velocidad de computación) y Megabytes (esto es, memoria), de modo que los primeros sistemas limitaban el vocabulario que los usuarios podían emplear. Estos sistemas tempranos también requerían que los usuarios hicieran breves pausas entre palabras... de... modo... que... había... que... hablar... así. Combinamos esta tecnología de reconocimiento de habla discreta con una base de conocimiento médico para crear un sistema que permitiera a los médicos crear sus informes simplemente hablando a sus ordenadores. Nuestro producto, llamado Kurzweil VoiceMed (hoy Kurzweil Clinic Reporter), orienta a los médicos a través del proceso de informar. También hemos introducido un producto de dictado de uso general llamado Kurzweil Voice, que permitía a los usuarios crear documentos escritos hablando a su ordenador personal, aunque con cuidado de separar las palabras. Este producto ganó gran popularidad entre personas con alguna incapacidad para usar las manos.

Precisamente este año, por cortesía de la Ley de Moore, los ordenadores personales llegaron a ser tan rápidos como para reconocer plenamente el habla continua, de modo que pude dictar el resto de este libro hablándole a nuestro último producto, llamado Voice Xpress Plus, a velocidades de aproximadamente cien palabras por minuto. Por supuesto, no tenía escritas cien palabras cada minuto, pues cambiaba mucho de opinión, pero a Voice Xpress eso no parecía preocuparle en absoluto.

Vendimos también esta compañía a Lernout & Hauspie (L&H), una gran empresa tecnológica de habla-y-lenguaje, con casa central en Bélgica. Poco después de la adquisición de L&B en 1997, concertamos una alianza estratégica entre la división de dictado de L&H (ex Kurzweil Applied Intelligence) y Microsoft, de modo que es probable que, en sus futuros productos, Microsoft emplee nuestra tecnología del habla.

L&H también va en cabeza en la síntesis de texto-habla y traducción automática de lenguaje, de modo que hoy la compañía posee la tecnología necesaria para un teléfono traductor. Como ya dije, ahora estamos preparando una demostración tecnológica de un sistema que nos permitirá hablar en inglés a una persona que en el otro extremo de la línea nos oiga en alemán y viceversa. Pronto estaremos en condiciones de llamar a cualquier persona del mundo y que se traduzca instantáneamente lo que digamos a cualquiera de las lenguas más comunes. Por supuesto, nuestra capacidad para no entendernos o entendernos mal quedará intacta.

Otra aplicación de nuestra tecnología de reconocimiento de lenguaje, y uno de nuestros objetivos iniciales, es un aparato de escucha para sordos, que en esencia es lo contrario de una máquina de lectura para ciegos. Con el reconocimiento del habla natural continua en tiempo real, el aparato dará a una persona sorda la posibilidad de leer lo que la gente dice y de esa manera superar la principal desventaja asociada a la sordera.

En 1996 fundé una nueva compañía de tecnología de lectura llamada Kurzweil Educational Systems, que ha desarrollado una nueva generación de *software* de lectura de letra impresa-habla para personas que ven, pero tienen dificultades de lectura, así como una nueva máquina de lectura para ciegos. La versión para dificultades de lectura, llamada

Kurzweil 3000, explora un documento impreso y exhibe la página tal como aparece en el documento original (por ejemplo, una revista), con todos los gráficos y figuras en color intactas. Luego lee el documento en voz alta y destaca al mismo tiempo la imagen correspondiente a cada momento de la lectura. Hace en lo esencial lo mismo que un maestro de lectura, esto es, leer a un alumno mientras señala exactamente lo que lee.

Estas aplicaciones de la tecnología en beneficio de personas discapacitadas es lo que más satisfacciones me ha procurado. Hay un acoplamiento fortuito entre las capacidades de los ordenadores actuales y las necesidades de una persona discapacitada. No estamos creando genios cibernéticos. Aún no. La inteligencia de los ordenadores inteligentes de hoy es restringida, lo cual puede dar soluciones eficaces a los déficit restringidos de la mayoría de las personas discapacitadas. La estrecha inteligencia de la máquina funciona eficazmente en la inteligencia amplia y flexible de las personas discapacitadas. Hace mucho que la superación de las dificultades relacionadas con las tecnologías de IA para discapacitados es para mí un objetivo personal de primer orden. Respecto de las discapacidades físicas y sensoriales más importantes, creo que en un par de décadas anunciaremos el fin de las dificultades. Como amplificadores del pensamiento humano, los ordenadores tienen un gran potencial para asistir a la expresión humana y expandir la creatividad de todos nosotros. Tengo la esperanza de continuar desempeñando un papel en la preparación de este potencial.

Todos estos proyectos han requerido la dedicación y el talento de muchos individuos brillantes en una amplia variedad de campos. Siempre entusiasma ver –u oír– un nuevo producto y comprobar su impacto en la vida de sus usuarios. En el proceso creador, y sus frutos, hemos compartido un gran placer con muchos hombres y mujeres sobresalientes.

sugerimos es que sería muy fácil que la especie humana se viera arrastrada a tal dependencia de las máquinas que en la práctica no le quedara otra opción que aceptar todas las decisiones de éstas. A medida que la sociedad y los problemas con que ha de enfrentarse se vuelvan más complejos y las máquinas sean cada vez más inteligentes, la gente dejará que las máquinas tomen cada vez más decisiones en su nombre simplemente porque las decisiones que ellas adopten darán mejores resultados que las de los seres humanos. Finalmente, puede que se llegue a una fase en la que las decisiones para conservar en funcionamiento el sistema sean tan complejas que los seres humanos resulten incapaces de adoptarlas por sí mismos con acierto. En esa fase las máquinas tendrán el control efectivo. La gente no será capaz de apagar las máquinas, porque a tal punto dependerán de ellas que pararlas equivaldría al suicidio.

Por otro lado, es posible que se mantenga el control humano sobre las máquinas. En este caso el hombre medio quizá mantenga el control sobre ciertas máquinas de su pertenencia, como el coche o el ordenador personal, pero el control de los grandes sistemas de máquinas estará en manos de una élite, lo mismo que hoy, pero con dos diferencias. Debido a las técnicas mejoradas la élite tendrá mayor control sobre las masas; y puesto que ya no será necesario el trabajo humano, las masas estarán de más, serán una carga inútil para el sistema. Si la élite es despiadada, puede decidir simplemente exterminar a la humanidad. Si es humanitaria, tal vez emplee la propaganda y otras técnicas psicológicas y biológicas para reducir la tasa de nacimientos hasta que la humanidad desaparezca y el mundo quede exclusivamente para le élite. Pero si la élite está formada por liberales blandos de corazón, tal vez decida adoptar el papel de pastores buenos de la especie. Cuidará de que se satisfagan las necesidades físicas de todos, que todos los niños se críen en condiciones psicológicamente higiénicas, que todos tengan un hobby para mantenerse ocupados y que todo individuo que se sienta insatisfecho sea objeto de un «tratamiento» que cure su «problema». Por supuesto, la vida estará tan vacía de finalidad que habrá que manipular a la gente, ya sea biológica, ya psicológicamente, bien para eliminar su necesidad de poder, bien para que «sublime» su impulso de poder con algún hobby inocuo. Puede que estos seres humanos manipulados sean felices en esa sociedad, pero lo cierto es que no serán libres. Estarán reducidos a la condición de animales domésticos.

THEODORE KACZYNSKI

Los tejedores de Nottingham disfrutaban de un estilo de vida modesto, pero cómodo, derivado de su próspera industria rural de producción de medias y finos encajes. Así había sido a lo largo de siglos durante los cuales los estables negocios familiares se transmitían de generación en generación. Pero con la invención del telar mecánico y otras máquinas textiles automáticas de principios del siglo XVIII, el medio de vida de los tejedores acabó de un modo abrupto. El poder económico pasó de las familias tejedoras a los propietarios de las máquinas.

En medio de este torbellino hizo su aparición un hombre joven y mentecato de nombre Ned Ludd, quien, como quiere la leyenda, rompió accidentalmente dos máquinas de una fábrica textil a causa de su torpeza. A partir de ese momento, cada vez que un equipo fabril aparecía misteriosamente dañado, todo sospechoso de sabotaje decía: «Ha sido Ned Ludd.»

En 1812, los tejedores, desesperados, constituyeron una sociedad secreta y organizaron la guerrilla urbana. Lanzaron amenazas y exigencias a los propietarios fabriles, muchos de los cuales accedieron a lo que se les pedía. Cuando se les preguntaba por su líder, contestaban: «¿Quién? El general Ned Ludd, por supuesto.» Aunque en un principio los luditas, como dio en llamárseles, dirigieron contra las máquinas la mayor parte de la violencia, en ese mismo año se produjeron una serie de acciones sangrientas. El gobierno *tory* puso fin a su tolerancia para con los luditas y el movimiento se disolvió con el encarcelamiento y el ahorcamiento de miembros prominentes del mismo.[18]

La habilidad de las máquinas para desplazar el empleo humano no era un ejercicio intelectual para los luditas. Habían visto trastornado su modo de vida. A los tejedores no les servía de consuelo que se crearan nuevos y más lucrativos empleos para diseñar, manufacturar y vender las nuevas máquinas. No había programas gubernamentales para reconvertir a los tejedores en diseñadores industriales.

Aunque fracasaron en la creación de un movimiento sostenido y viable, los luditas se mantuvieron como un símbolo poderoso, dado que las máquinas siguieron desplazando a los trabajadores. Como uno de los tantos ejemplos del efecto de la automatización en el empleo, digamos que a comienzos del siglo XX, alrededor de un tercio de la población de Estados Unidos se dedicaba a la producción agrícola. Hoy, esa proporción ha caído a cerca del tres por ciento.[19] De poco les habría servido a los granjeros de cien años atrás saber que sus empleos perdidos serían finalmente compensados por nuevos empleos en una futura industria electrónica, o que sus descendientes se convertirían en diseñadores de *software* en el Silicon Valley.

La realidad de los empleos perdidos suele ser más impactante que la promesa indirecta de nuevos empleos en nuevas y lejanas industrias. Cuando las agencias de publicidad empezaron a utilizar los sintetizadores Kurzweil para crear bandas sonoras para anuncios de televisión antes que contratar músicos vivos, el sindicato de músicos no se sintió ciertamente feliz. Nosotros dijimos que la nueva tecnología de música por ordenador era beneficiosa para los músicos porque hacía más excitante la música. Por ejemplo, las empresas que antes habían utilizado música orquestal pregrabada (porque la limitación de presupuesto de esos filmes no permitía contratar toda una orquesta) utilizan ahora música original creada por un músico con un sintetizador. Dado el giro que tomaron las cosas, no fue un argumento muy eficaz, pues en general los ejecutantes de sintetizadores no estaban sindicados.

La filosofía ludita se mantiene muy viva como inclinación ideológica, pero en tanto movimiento político y económico ha quedado muy relegado en el debate contemporáneo. La opinión pública parece entender que la creación de nueva tecnología alimentará la expansión de bienestar económico. Las estadísticas demuestran con toda claridad que la automatización crea más y mejores empleos que los que elimina. En 1870 sólo tenían empleo 12 millones de norteamericanos, que representaban aproximadamente un tercio de la población civil. En 1998, la cifra se elevaba a 126 millones de empleos, que ocupaban aproximadamente los dos dos tercios de la población civil.[20] El producto bruto nacional per cápita y en dólares constantes de 1958 pasó de 530 dólares en 1870 a por lo menos diez veces más en el día de hoy.[21] Comparable es el cambio que ha habido en el poder adquisitivo real de los empleos disponibles. Este incremento del 1 000 por ciento en la riqueza ha desembocado en una notable mejora del nivel de vida, del cuidado de la salud y de la educación, así como en una capacidad sustancialmente superior de nuestra sociedad para proporcionar ayuda a quienes la necesitan. A comienzos de la Revolución Industrial la esperanza de vida en América del Norte y en Europa noroccidental era de alrededor de 37 años. Ahora, dos siglos después, se ha duplicado y sigue creciendo.

Los empleos creados también son de nivel superior. En realidad, gran parte del empleo adicional se ha creado en el área de la educación, más completa, que requieren los empleos de hoy. Por ejemplo, ahora (en dólares constantes) gastamos diez veces más per cápita que hace un siglo en educación en las escuelas públicas. En 1870, sólo el 2 por ciento de los adultos norteamericanos tenían un diploma de estudios secundarios, mientras que hoy la cifra se eleva a más del 80 por ciento. En 1870 no había más de 52 000 estudiantes universitarios; hoy hay más de 15 millones.

El proceso de automatización que comenzó en Inglaterra hace dos siglos –y que continúa hoy cada vez más aceleradamente (como reza la Ley de la Aceleración de los Resultados)–, elimina empleos en el peldaño más bajo de la escala de habilidades y crea nuevos empleos en el peldaño superior de la escala de habilidades. De aquí el aumento de la inversión en educación. Pero ¿qué pasa si la escala de habilidades supera a las habilidades del grueso de la población y, finalmente, a la capacidad de cualquier ser humano, sean cuales sean las innovaciones educativas?

La respuesta que podemos dar anticipadamente a partir de la Ley de la Aceleración de los Resultados es que la escala continuará su ascenso, lo que implica que los seres humanos serán cada vez más capaces por otros medios. Sólo la educación puede tanto. La única manera de que la especie pueda mantenerse a tono será que los seres humanos seamos más y más competentes a partir de la tecnología informática que hemos creado, es decir, que la especie se funda con su tecnología.

No todo el mundo encontrará atractiva esta perspectiva, de modo que en el siglo XXI el problema ludita pasará de la angustia por los medios de vida humanos a la angustia por la naturaleza esencial de los seres humanos. Sin embargo, no es probable que el movimiento ludita tenga mejor suerte en el próximo siglo que en los dos anteriores. Su punto débil es la falta de alternativas.

Ted Kaczynski, de quien he citado más arriba su llamado «Unabomber Manifesto», que lleva por título *La sociedad industrial y su futuro*, aboga por un simple retorno a la naturaleza.[22] Kaczynski no habla de una visita contemplativa al Walden Pond del siglo XIX, sino que postula que la especie abandone toda su tecnología y vuelva a una época más simple. A pesar de que su argumentación acerca de los peligros y perjuicios que han acompañado a la industrialización es convincente, la visión que propone no es ni convincente, ni factible. Después de todo, hay muy poca naturaleza a la que volver y demasiados seres humanos. Para bien o para mal, estamos indisolublemente unidos a la tecnología.

–Su poeta cibernético escribe algunos versos interesantes...

–Me interesaría que hiciera usted una selección.

–Bueno, si miramos los primeros poemas de su colección:

> *Sashay down the page...*
> *through the lioness / nestled in my soul...*
> *forming jewels from the falling snow...*
> *the juice of eternity, / the spirit of my lips...*

[«Paséate por la página / y atraviesa la leona / acurrucada en mi alma... / formando joyas de la nieve que cae... / zumo de eternidad, / espíritu de mis labios...»]

»Pero los poemas no siempre encajan del todo, ¿entiende lo que quiero decir?

–Sí, aunque los lectores toleran un poco más de discontinuidad en verso que en prosa. El problema fundamental es la incapacidad de los artistas cibernéticos actuales para dominar los niveles de contexto que los artistas humanos son capaces de dominar. Por supuesto que no es una limitación permanente. Al final, seremos nosotros quienes tendremos dificultad para estar a la altura de la profundidad del contexto que el ordenador inteligente sea capaz de dominar...

–Sin ninguna asistencia...

–Gracias a las extensiones informáticas de nuestra inteligencia, exactamente.

»Mientras tanto, el Cybernetic Poet es un buen asistente de inspiración. Aunque sus poemas no siempre están logrados, tienen cierta fuerza a la hora de encontrar giros lingüísticos únicos. El programa tiene una modalidad llamada Asistente de Poeta. El usuario escribe un poema en una ventana de procesador de texto. El Asistente de Poeta lo observa y llena el resto de la pantalla con sugerencias, como «Así terminaría este verso Robert Frost», o «He aquí una serie de rimas y/o aliteraciones que usaría Keats con esa palabra», o «Así terminaría el poema Emily Dickinson», etcétera. Si está equipado con los poemas del propio autor humano, puede sugerir incluso cómo terminaría éste un verso o un poema. Cada vez que uno escribe otra palabra, obtiene docenas de ideas. No todas tienen sentido, pero es una buena solución para el cuaderno de apuntes del escritor. Y nada se opone a que robemos sus ideas.

–Ahora pasemos a las pinturas de Cohen...

–Querrá decir las pinturas de *Aaron*...

–¡Oh sí!, me parece que no soy muy sensible a los sentimientos de Aaron.

–Como que no tiene ninguno...

–Todavía no, ¿verdad? Pero lo que quería decir es que las pinturas de Aaron *parecen mantener su contexto. Para mí, el conjunto funciona.*

–Sí, probablemente el *Aaron* de Cohen sea el mejor ejemplo de artista visual cibernético de hoy, y por cierto uno de los primeros ejemplos de los ordenadores en las artes. Cohen ha programado miles de reglas sobre todos los aspectos del dibujo y la pintura, que van desde la naturaleza artística de las figuras, plantas y objetos pintados a la composición y el color elegidos.

»No hay que olvidar que *Aaron* no trata de emular a otros artistas. Tiene su propio conjunto de estilos, así que es posible que su base de conocimientos sea relativamente completa dentro de su dominio visual. Por supuesto que los artistas humanos, incluso los más brillantes, también tienen limitaciones en su dominio. *Aaron* es respetabilísimo en cuanto a la variedad de su arte.

–De acuerdo, sólo para pasar a algo mucho menos respetable, citó usted un fragmento del manifiesto de Ted Kaczynski en el que éste dice que la especie humana podría verse arrastrada a depender de las máquinas y que luego no tendrá otra opción que aceptar las decisiones de las máquinas. Sobre la base de lo que usted mismo dijo acerca de las implicaciones que tendría el que todos los ordenadores se pararan, ¿no estamos ya en esa situación?

–Sin duda estamos en ella en lo que respecta a la dependencia, pero no todavía con respecto al nivel de inteligencia de la máquina.

–La cita era extraordinariamente...

–¿Coherente?

–Sí, ésa es la palabra que buscaba.

–Todo el manifiesto de Kaczynski está bastante bien escrito, en absoluto lo que era de esperar, dado el retrato popular que lo describe como un loco. Como dijo Q. Wilson, profesor de ciencia política de la Universidad de California: «El lenguaje es claro, preciso y sereno. El argumento es sutil y está desarrollado con cuidado; pero su manera de encajarlo todo se asemeja a las afirmaciones extravagantes o a la especulación irracional propias de un loco.» Y ha encontrado muchos seguidores entre los anarquistas y los antitecnólogos en Internet...

–Que es lo último en tecnología.

–Sí, y la ironía no ha pasado inadvertida.

–Pero ¿por qué citar a Kaczynsi? Quiero decir...

–Bueno, su manifiesto es una exposición tan persuasiva como cualquier otra de la alienación psicológica, la dislocación social, el daño ambiental y otros daños y peligros de la era de la tecnología.

–No opino lo mismo, dudo de que a los luditas les guste tenerlo como símbolo de sus ideas. Usted desacredita en cierto modo su movimiento al usarlo como su portavoz.

–De acuerdo, es una objeción legítima. Supongo que podría defender mi extensa cita dando un buen ejemplo de un fenómeno pertinente, que es el ludismo violento. El movimiento comenzó con violencia, y el reto que plantean las máquinas a la especie es lo suficientemente fundamental como para que una reacción durante este siglo próximo no sea una posibilidad remota, en absoluto.

–Pero el uso que ha hecho de la cita sugería algo más que un simple fenómeno marginal.

–Bueno, me sorprendió ver hasta qué punto estaba yo de acuerdo con el manifiesto de Kaczynski.

–Como por ejemplo...

–¡Oh, así que ahora le interesa!

–Había algo intrigante y que venía a cuento de las otras cosas de las que me ha hablado usted.

–Sí, ya lo pensé. Kaczynski habla de los beneficios de la tecnología, no sólo de sus costes y peligros. Y dice lo siguiente:

«Una razón más por la cual no se puede reformar la sociedad industrial en favor de la libertad es que la tecnología es un sistema unificado cuyas partes dependen unas de otras. No es posible desprenderse de las partes "malas" de la tecnología y conservar sólo las partes "buenas". Pensemos en la medicina moderna, por ejemplo. El progreso en la ciencia médica depende del progreso en la química, la física, la biología, la ciencia informática y otros campos. Los tratamientos médicos avanzados requieren equipos caros, de tecnología muy refinada, que sólo pueden estar al alcance de sociedades tecnológicamente progresistas y económicamente ricas. Está claro que no podemos tener demasiado progreso en medicina sin el sistema tecnológico y todo lo que lo acompaña.»

»Hasta aquí, no hay problemas. Luego formula el juicio básico según el cual las «partes malas» superan a las «partes buenas». No es una opinión descabellada; en eso precisamente estoy, al menos en parte, de acuerdo. Porque yo no opino que el avance de la tecnología sea automáticamente beneficioso. Es concebible que la humanidad termine por lamentar la senda tecnológica emprendida. Aunque no cabe duda acerca de la realidad de los riesgos, mi creencia fundamental es que, dados los beneficios potenciales, merece la pena correr el riesgo. Pero ésta es una creencia, no una posición que pueda demostrar fácilmente.

–Me interesaría conocer su opinión sobre los beneficios.

–Los beneficios materiales son obvios: progreso económico, adaptación de los recursos materiales a la satisfacción de las necesidades seculares, prolongación del tiempo de vida, mejora de la salud, etcétera. Sin embargo, esto no es lo que más me interesa ahora.

»Veo la oportunidad para expandir la mente, extender el aprendizaje y mejorar nuestra capacidad para crear y comprender el conocimiento a modo de búsqueda espiritual esencial. Feigenbaum y McCorduck califican esto de «un lanzamiento audaz, algunos dirían temerario, en terreno sagrado».

–¿De manera que por esta búsqueda espiritual estamos poniendo en peligro la supervivencia de la especie humana?

–Sí, básicamente.

–No me sorprende que los luditas aspiren a una pausa.

–Por supuesto, no se olvide de que lo que seduce a la sociedad para seguir esta senda no son las conquistas espirituales, sino las materiales.

–Todavía no me siento cómoda con el papel de portavoz de Kaczynski. Es un asesino confeso, usted lo sabe.

–Desde luego, y me alegro de que esté entre rejas y de que sus tácticas merezcan condena y castigo. Desgraciadamente, el terrorismo es eficaz, y por eso sobrevive.

–Yo no veo las cosas de la misma manera. El terrorismo simplemente socava las posiciones al hacerse público. Entonces la gente considera locas, o al menos extraviadas, las propuestas del terrorista.

–Ésa es una reacción. Pero recuerda la asociación mental. Tenemos más de una reacción al terrorismo.

»Por un lado, un «bando mental», por llamarlo así, nos dice que «las acciones eran malignas y locas, de modo que la tesis del terrorista también ha de ser maligna y loca».

»Pero otro bando mental nos dice, en cambio, que «las acciones eran extremas, de modo que su autor ha de tener sentimientos muy fuertes al respecto. Tal vez haya algo en eso. Tal vez una versión moderada de sus puntos de vista sea legítima».

–Me suena parecido a la psicología de la «gran mentira» de Hitler.

–Hay cierta semejanza. En el caso de Hitler, tanto la táctica como las ideas eran extremas. En el caso de los terroristas modernos, son extremas las tácticas; las ideas pueden serlo o no. En cuanto a Kaczynski, muchos aspectos de su argumento son razonables. Pero termina en un extremismo.

–Sí, una cabaña primitiva en la montaña.

–En eso termina el manifiesto, también... todos deberíamos volver a la naturaleza.

–No creo que la gente encuentre atractiva la idea de naturaleza de Kaczynski, al menos si juzgamos por las imágenes de su cabaña.

–Y, como ya dije, no queda naturaleza suficiente adonde ir.

–Gracias a la tecnología.

–Y al *boom* de población.

–También facilitado por la tecnología.

–Ya no podemos volver atrás. Es demasiado tarde para seguir el camino de la naturaleza.

–Entonces, ¿qué recomienda usted?

–Yo diría que no debemos ver el progreso de la tecnología como una mera fuerza impersonal e inexorable.

–Creí que usted decía que el avance acelerado de la tecnología –y de la informática– era inexorable; la Ley de la Aceleración de los Resultados, recuerde.

–¡Ah, así! El avance es inexorable, sin duda, no vamos a detener la tecnología. Pero tenemos algunas opciones. Tenemos la oportunidad de dar forma a la tecnología y de canalizar su dirección. Es lo que he tratado de hacer en mi obra. Podemos caminar por el bosque con cuidado.

–Sería mejor ponernos manos a la obra, parece que nos esperan muchas pendientes resbaladizas.

TERCERA PARTE

El rostro del futuro

LA INTRODUCCIÓN DE...

ROPA INTERACTIVA

Todo correcto en tu modelo 7321-B de Chaqueta Interactiva.

Estoy demasiado floja. Por favor, ajústame.

Falta el botón del cuello. Mancha de sopa en el lado derecho. Sólo lavado en seco.

¡LA BILLETERA NO ESTÁ! ¡LA BILLETERA NO ESTÁ!

¡Cuidado con el bordillo de la acera!

R. Chast

9. 2009

> Que yo recuerde, siempre quise tener la suerte de estar vivo en un gran momento, en un momento en que sucediera algo grande, como una crucifixión. Y de pronto me di cuenta de que estaba justamente en ese momento.
>
> BEN SHAHN

> Como decimos en el negocio informático, «el cambio se da».
>
> TIM ROMERO

Se dice que la gente sobreestima lo que se puede realizar a corto plazo y subestima los cambios que se producirán a largo plazo. Con el ritmo del cambio en constante aceleración, podemos considerar que incluso la primera década del siglo XXI sea ya una visión a largo plazo. Con esta idea, pensemos en los comienzos del próximo siglo.

EL ORDENADOR POR SÍ MISMO

Estamos en 2009. Los individuos utilizan sobre todo ordenadores portátiles, que han llegado a ser notablemente más ligeros y delgados que los de diez años atrás. Los ordenadores personales se presentan en una gran variedad de formas y tamaños y se incorporan con toda comodidad a la ropa y las joyas, como relojes de pulsera, anillos, pendientes y otros adornos corporales. Los ordenadores con interfaz de gran resolución visual cubren un espectro que va desde anillos, alfileres y tarjetas de crédito hasta el tamaño de un libro delgado.

Es normal que un individuo tenga por lo menos una docena de ordenadores encima y alrededor de él, conectados entre sí por *body LANs* (redes corporales locales).[1] Estos ordenadores proporcionan análogas facilidades para la comunicación con teléfonos celulares, buscas, controladores de funciones corporales, provisión de identidad automatizada (para realizar transacciones financieras y permitir la entrada en zonas de seguridad), suministro de orientaciones para la navegación y muchos otros servicios.

En su mayor parte, estos ordenadores verdaderamente personales no tienen partes móviles. La memoria es completamente electrónica y la mayoría de los ordenadores portátiles carecen de teclado.

Memorias giratorias (esto es, memorias informáticas que usan una superficie giratoria, como los dispositivos duros, CD-ROM y DVD), aunque todavía sean memorias magnéticas giratorias de los «servidores», que son ordenadores donde se almacenan grandes volúmenes de información. La mayoría de los usuarios tienen estos ordenadores en su casa y en su despacho y en ellos conservan grandes reservas de «objetos» digitales, incluso su *software*, bases de datos, documentos, música, películas y medios de realidad virtual (aunque éstos todavía se encuentran en una etapa inicial). Hay servicios para conservar los objetos digitales personales en depósitos centrales, pero la mayoría de la gente prefiere conservar su información privada bajo su control directo.

Los cables están desapareciendo.[2] La comunicación entre componentes, como los dispositivos de señalización, los micrófonos, los monitores, las impresoras y el teclado ocasional emplea tecnología inalámbrica de corta distancia.

Los ordenadores incluyen de manera rutinaria tecnología para conectarse a la red mundial siempre presente y obtener una comunicación fiable, instantánea y de muy elevado ancho de banda. Objetos digitales como libros, álbumes musicales, películas y *software* se distribuyen rápidamente como archivos de datos a través de la red inalámbrica y normalmente no tienen objeto físico relacionado con ellos.

La mayoría de los textos se produce mediante *software* de dictado con reconocimiento de habla continua (RHC), pero todavía se usan los teclados. El RHC es muy preciso, mucho más que los transcriptores humanos que se usaron hasta pocos años antes.

También se encuentran por doquier interfaces de usuarios de lenguaje (IUL) que combinan RHC con la comprensión del lenguaje natural. Para cuestiones rutinarias, como las transacciones comerciales sencillas y la simple petición de información, las IUL son muy sensibles y precisas. Sin embargo, tienden a ser enfocadas con estrechez para tareas específicas. Muy a menudo se combinan las IUL con personalidades animadas. Interactuar con una personalidad animada para realizar una compra o hacer una reserva es como hablar con una persona por medio de videoconferencia, salvo que la persona es simulada.

La calidad de exhibición de los monitores es equivalente a la del papel: alta resolución, gran contraste, gran ángulo de visión y ausencia de temblor. Los libros, las revistas y los periódicos se leen ya de manera generalizada en monitores del tamaño, digamos, de libros pequeños.

También se usan los monitores de ordenador incorporados en gafas. Estas gafas especializadas permiten a los usuarios ver el medio visual normal, al mismo tiempo que crear una imagen virtual que parece flotar ante el espectador. Las imágenes virtuales son creadas por un pequeño láser montado en las gafas, que proyecta las imágenes directamente en la retina del usuario.[3]

Los ordenadores incluyen de manera rutinaria cámaras fotográficas móviles y son capaces de identificar con seguridad a sus propietarios por el rostro.

En términos de sistemas de circuito, es común el uso de tres chips tridimensionales, y hay una transición que tiene lugar a partir de chips más antiguos de una sola capa.

Poco a poco se sustituyen los altavoces por pequeñísimos aparatos basados en chips, capaces de proyectar sonidos de alta resolución por doquier en un espacio de tres dimensiones. Esta tecnología se basa en la creación de sonidos de frecuencia audible a partir del espectro creado por la interacción de tonos de frecuencia muy alta. Como resultado de todo ello, altavoces muy pequeños son capaces de crear un sonido tridimensional muy robusto.

Un ordenador personal de mil dólares puede realizar alrededor de un billón de cálculos por segundo.[4] Los superordenadores igualan al menos la capacidad de *hardware* del cerebro humano: 20000 billones de cálculos por segundo.[5] Se aprovechan los ordenadores de Internet que no se usan, lo que crea superordenadores paralelos virtuales con la misma capacidad de *hardware* que el cerebro humano.

Aumenta el interés en redes neuronales paralelamente masivas, aunque la mayoría de los cálculos informáticos se sigue haciendo con procesamiento secuencial convencional, si bien con un cierto proceso paralelo.

Se ha iniciado la investigación en ingeniería inversa del cerebro humano tanto a través de exploraciones destructivas de los cerebros de personas recientemente fallecidas como de exploraciones no invasoras con empleo de resonancia magnética de alta resolución (RM) en personas vivas.

Se han exhibido máquinas autónomas producidas por la nanoingeniería (esto es, máquinas construidas átomo por átomo y molécula por molécula), que incluyen sus propios controles computacionales. Sin embargo, todavía no se estima que la nanoingeniería sea una tecnología práctica.

Educación

En el siglo XX, los ordenadores de las escuelas desempeñaban un papel secundario, pues el aprendizaje más efectivo tenía lugar con ordenadores instalados en el hogar. Ahora, en 2009, si bien las escuelas todavía no han pasado al primer plano absoluto, se reconoce en general la profunda importancia del ordenador como herramienta de conocimiento. Los ordenadores desempeñan un papel central en todos los aspectos de la educación, al igual que en otras esferas de la vida.

La mayoría de la lectura se realiza en monitores, aunque todavía es formidable la «base instalada» de documentos en papel. Sin embargo, disminuye la generación de documentos en papel, puesto que los libros y otros papeles de la amplia cosecha del siglo XX se leen rápidamente en escáner y se almacenan. Alrededor de 2009, por lo general los documentos llevan imágenes y sonidos móviles incorporados.

Lo normal es que los estudiantes, cualquiera sea su edad, tengan un ordenador propio, que es un aparato chato como una tabla de menos de una libra de peso, y monitor de altísima resolución, cómodo para leer. Los estudiantes interactúan con sus ordenadores principalmente mediante la voz y señalando con un dispositivo que semeja un lápiz. Todavía existen los teclados, pero la mayor parte de los textos se crea hablando. A los materiales de aprendizaje se accede a través de la comunicación inalámbrica.

El *courseware* inteligente ha surgido como medio común de aprendizaje. Hay polémicos estudios recientes que demuestran que los estudiantes adquieren habilidades básicas como la lectura y las matemáticas tan rápidamente con *software* interactivo de aprendizaje como con maestros humanos, en particular cuando la proporción de estudiantes por maestro humano es mayor que de uno a uno. Aunque los estudios han sido objeto de críticas, la mayoría de los estudiantes y sus padres han aceptado esta noción durante años. Aún predomina la modalidad tradicional del maestro humano que enseña a un grupo de niños, pero las escuelas se basan cada vez más en *software* y dejan a aquéllos la atención de problemas sobre todo de motivación, bienestar psicológico y socialización. Muchos niños aprenden a leer por sí mismos con sus ordenadores antes de entrar en la escuela primaria.

Los preescolares y los niños de escuela elemental leen habitualmente en su nivel intelectual mediante el empleo de *software* hasta que sus habilidades de lectura maduran. Estos sistemas de lectura impreso-habla exhiben la imagen en pleno de los documentos y leen en voz alta mientras marcan lo que están leyendo. Las voces sintéticas parecen completamente humanas. Aunque en los primeros años de la primera década del siglo XXI hubo educadores a los que preocupaba que los estudiantes pudieran apoyarse indebidamente en el *software* de lectura, estos sistemas han sido rápidamente admitidos por los niños y sus padres. Los estudios realizados han demostrado que los estudiantes mejoran sus habilidades de lectura si se les somete a la sincronización de los aspectos visuales y auditivos del texto.

Es común el aprendizaje a distancia, como, por ejemplo, conferencias y seminarios en los que los participantes están geográficamente dispersos.

El aprendizaje se convierte en una parte cada vez más importante de la mayoría de los empleos. En la mayoría de las carreras, la formación y el desarrollo de nuevas habilidades se constituye en una auténtica responsabilidad y no sólo un complemento ocasional, en la medida en que el nivel de habilidad necesario para un empleo significativo es cada vez más alto.

Discapacidades

Con la tecnología inteligente del año 2009, las personas con discapacidades superan de inmediato sus desventajas. Los estudiantes con problemas para leer mejoran habitualmente su discapacidad con el empleo de sistemas impreso-habla.

Las máquinas de lectura impreso-habla para ciegos son ya aparatos muy pequeños, más bien baratos, caben en la palma de la mano y leen libros (los que todavía existen en forma de papel) y otros documentos impresos, así como otros textos del mundo real, como señales y monitores. Estos sistemas están igualmente adaptados para leer los billones de documentos electrónicos de los que se puede disponer al instante en la ubicua red inalámbrica mundial.

Tras décadas de intentos ineficaces, se han introducido aparatos útiles para la navegación, los que pueden asistir a ciegos para evitar los obstáculos físicos en su camino y orientarse mediante el uso de tecnologías de sistemas de posicionamiento global (GPS). Una persona ciega puede interactuar con sus sistemas personales de lectura-navegación gracias a la comunicación vocal bidireccional, algo así como un perro para ciegos que además leyera y hablara.

Las personas sordas –o cualquiera con dificultades de audición– usan comúnmente máquinas de escuchar portátiles habla-texto, que exhiben una transcripción en directo de lo que la gente dice. El usuario sordo tiene la opción de leer el discurso en su transcripción como texto, u observar a una persona que se exprese por signos gestuales. Esto ha eliminado la principal desventaja de comunicación asociada a la sordera. Las máquinas oyentes también pueden traducir lo que se dice a otras lenguas en directo, de modo que también las usan las personas con buena audición.

Se han introducido los aparatos ortóticos con control informático. Estas «máquinas de andar» capacitan a los parapléjicos para caminar y subir escaleras. No todas las personas parapléjicas pueden utilizar aparatos prostáticos, pues muchos discapacitados físicos han perdido el uso de las articulaciones tras años de parálisis. Sin embargo, el advenimiento de los sistemas para andar aumenta el interés por sustituir esas articulaciones.

Aumenta la impresión de que las discapacidades principales de la ceguera, la sordera y la invalidez física no son necesariamente desventajas. Las personas discapacitadas describen habitualmente sus discapacidades como meros inconvenientes. La tecnología inteligente se ha vuelto la gran niveladora.

Comunicación

La tecnología del teléfono traductor (en que uno habla en inglés y el amigo japonés le oye en japonés y a la inversa), es de uso corriente para muchos pares de lenguas. Es una capacidad rutinaria del ordenador personal individual, que sirve también como teléfono.

La comunicación «telefónica» es principalmente inalámbrica y por lo general incluye imagenes móviles de alta resolución. Son comunes las reuniones, de todo tipo y tamaño, entre participantes geográficamente dispersos.

Hay convergencia efectiva de todos los medios, al menos en el nivel de *hardware* y en *software* de soporte, medios que existen como objetos digitales (esto es, archivos) distribuidos por la web inalámbrica de información siempre presente y de anchísima banda. Los usuarios pueden bajar de inmediato libros, revistas, periódicos, televisión, radio, películas y otras formas de *software* a sus aparatos de comunicación personal, sumamente portátiles.

En la práctica, toda la comunicación es digital y criptográfica, con claves públicas disponibles para las autoridades de gobierno. Muchos individuos y grupos, incluso las organizaciones delictivas, pero no sólo ellas, usan una capa adicional de códigos criptográficos prácticamente inquebrantable sin claves tripartitas.

Poco a poco surgen las tecnologías hápticas que permiten a la gente tocar y sentir objetos y otras personas a distancia. Estos artilugios de retroalimentación de fuerza se usan ampliamente en juegos y en la formación de sistemas de simulación para entrenamiento.

Los juegos interactivos incluyen habitualmente medios visuales y auditivos omniabarcantes, pero todavía no se dispone de un medio táctil satisfactorio de las mismas características. Las salas de conversación *on line* de finales del siglo XX han dado paso a medios virtuales donde uno se puede encontrar con la gente con pleno realismo visual.

La gente tiene experiencias sexuales a distancia con otras personas y con parejas virtuales. Pero la falta de medio táctil «inmediato» ha hecho que el sexo virtual no gozara de aceptación general. Las parejas virtuales son formas populares de entretenimiento sexual, pero más bien juego que realidad. Y el teléfono sexual es mucho más popular ahora que los teléfonos proporcionan habitualmente imágenes móviles con alta resolución en directo de la persona que está al otro lado de la línea.

Negocios y economía

A pesar de las ocasionales correcciones, los diez años inmediatamente anteriores a 2009 han sido testigos de una continua expansión y prosperidad económica debida al predominio del contenido de conocimiento acumulado en productos y servicios. Los mayores beneficios siguen estando en los valores de la bolsa. La deflación de los precios preocupó a los economistas en los primeros años del siglo, pero pronto se dieron cuenta de que era algo bueno. La comunidad de alta tecnología señaló que una deflación de análoga importancia se había dado ya durante muchos años y sin perjuicio alguno en el *hardware* de ordenador y en las industrias de *software*.

Estados Unidos sigue siendo un líder económico debido a su primacía en cultura popular y a su medio empresarial. Dado que los mercados de información son en gran medida mercados mundiales, Estados Unidos se ha beneficiado enormemente de su historia de inmigrantes. Al ser comprendida por todos los pueblos del mundo –en especial por los descendientes de las gentes de todo el mundo que corrieron grandes riesgos por alcanzar una vida mejor–, es la herencia ideal para la nueva economía basada en el conocimiento. También China surgió como un poderoso rival económico. Europa va varios años por delante de Japón y Corea en la adopción del énfasis norteamericano en capital de riesgo, opciones de cantidad de empleados y políticas fiscales que estimulan el espíritu empresarial, aunque estas prácticas se han extendido a todo el mundo.

Al menos la mitad de las transacciones se realizan *on line*. Los asistentes inteligentes que combinan reconocimiento de habla continua, comprensión de lenguaje natural, resolución de problemas y personalidades animadas asisten de manera normal en la búsqueda de información, respuesta a preguntas y negociación de transacciones. Los asistentes inteligentes se han convertido en la interfaz primordial para interactuar con servicios basados en la información, con un amplio espectro de opciones disponibles. Una encuesta reciente demuestra que tanto los usuarios de sexo masculino como los de sexo femenino prefieren personalidades femeninas como asistentes inteligentes de base informática. Los dos más populares son Maggie, que afirma ser camarera en un café de Harvard Square, y Michelle, artista de *strip-tease* de Nueva Orleans. Los diseñadores de personalidad gozan de gran demanda, y todo este campo constituye una zona particularmente viva de desarrollo de *software*.

Muchas compras de libros, álbumes musicales, vídeos, juegos y otras formas de *software*, no implican objeto físico alguno, de modo que han emergido nuevos modelos comerciales para distribuir estas formas de información. Uno compra estos objetos de información «paseando» por galerías comerciales virtuales, echando un vistazo y seleccionando objetos de interés, realizando con rapidez (y seguridad) una transacción *on line* y luego bajando velozmente la información mediante el uso de comunicación inalámbrica de gran velocidad. Son muy variados los tipos y la graduación de las transacciones para acceder a estos productos. Se puede «comprar» un libro, un álbum musical, un vídeo, etcétera, lo que da acceso ilimitado y permanente al objeto en cuestión. Alternativamente, se puede alquilar el acceso para leer, ver u oír una vez o varias veces. O bien se puede alquilar el acceso por minutos. El acceso puede limitarse a una persona o a un grupo de personas (por ejemplo, una familia o compañía). Alternativamente, el acceso puede limitarse a un ordenador particular, o a cualquier ordenador al que acceden una persona particular o un conjunto de personas.

Hay una fuerte tendencia a la dispersión geográfica de los grupos de trabajo. La gente trabaja conjuntamente con éxito a pesar de vivir y trabajar en lugares distintos.

Un hogar medio tiene más de cien ordenadores, la mayoría de los cuales están incorporados a aparatos y sistemas de comunicación. Han aparecido los robots domésticos, pero no gozan de plena aceptación.

Se usan las carreteras inteligentes, primordialmente para viajes largos. Una vez que el sistema informático de conducción de su coche queda bajo el control de sensores en una de estas autopistas, puede reclinarse y relajarse. Las carreteras locales son todavía predominantemente convencionales.

Una compañía al oeste del Mississippi y al norte de la histórica frontera de Mason-Dixon ha superado el billón de dólares en capitalización mercantil.

Política y sociedad

La intimidad se presenta como un problema político esencial. El uso de la virtualidad constante de las tecnologías de comunicación electrónica va dejando un rastro muy detallado de todos y cada uno de los movimientos de las personas. Los litigios, y los hay en abundancia, han impuesto ciertas restricciones a la distribución de datos personales. Sin embargo, los departamentos gubernamentales continúan teniendo derecho de acceder a los archivos personales, lo que ha acrecentado la difusión de las tecnologías de criptografía indestructible.

El movimiento neoludita crece y la escalera de habilidades se extiende cada vez más velozmente hacia arriba. Lo mismo que ocurriera con los movimientos luditas anteriores, su influencia queda limitada por el nivel de prosperidad posible gracias a la tecnología. El movimiento logra establecer la educación continua como derecho prioritario asociado al empleo.

Hay una preocupación continua por una subclase de personas que la escalera de habilidades ha dejado muy atrás. Sin embargo, el tamaño de esta subclase parece estable. Aunque no es políticamente popular, la subclase es políticamente neutralizada a través de la asistencia social y el nivel en general alto de riqueza.

Las artes

La gran calidad de las pantallas de ordenador y las posibilidades del *software* de producción visual con asistencia informática ha convertido a dichas pantallas en un medio privilegiado para las artes visuales. La mayor parte del arte visual es resultado de la colaboración entre artistas humanos y su *software* artístico inteligente. Se han hecho populares las pinturas virtuales de gran resolución, colgadas en las paredes. Antes que exhibir siempre el mismo trabajo artístico, como ocurre con una pintura o una reproducción tradicionales, estas pinturas virtuales pueden cambiar el trabajo exhibido de acuerdo con las órdenes verbales del usuario, o pueden pasar de una colección a otra. La obra de arte expuesta puede estar formada por obras de artistas humanos o de arte original creado en directo por *software* artístico cibernético.

Los músicos humanos se mezclan habitualmente con los músicos cibernéticos. La creación musical está ahora a disposición de personas que no son músicos. Para crear música ya no es necesaria la fina coordinación motora que requiere el uso de los controles tradicionales. Los sistemas cibernéticos de creación musical permiten a los aficionados a la música sin conocimientos teóricos ni práctica en este campo, crear música en colaboración con su *software* de composición automática. La música interactiva de generación cerebral, que crea una resonancia entre las ondas cerebrales del usuario y la música que éste escucha, es otro género popular.

Los músicos usan en general controles electrónicos que emulan el estilo de ejecución de los viejos instrumentos acústicos (por ejemplo, piano, guitarra, violín, tambores), pero está surgiendo un interés en el nuevo control «aéreo», en el que uno crea música moviendo las manos, los pies, la boca y otras partes del cuerpo. Otros controles musicales requieren la interacción con dispositivos especialmente diseñados.

Los escritores usan el procesamiento de palabras activado con la voz; los controles gramaticales son ahora realmente útiles; y la reunión en libros de documentos escritos en forma de artículos no utiliza papel y tinta. Se usa mucho el *software* de revisión de estilo y de edición automática para mejorar la calidad del escrito. También se usa el *software* de traducción para traducir las obras escritas en diversos idiomas. No obstante, al proceso básico de creación de lenguaje escrito lo afectan menos las tecnologías de *software* inteligente que a las artes visuales y la música. Sin embargo, empiezan a aparecer autores «cibernéticos».

Más allá de las grabaciones musicales, las imágenes y los vídeos de películas, el tipo más popular de objeto digital de entretenimiento es el *software* de experiencia virtual. Estos medios virtuales interactivos permiten bajar en botes hinchables por las aguas espumosas de ríos virtuales, planear sobre un Gran Cañón virtual, o establecer encuentros íntimos con la estrella de cine preferida. Los usuarios también experimentan medios fantásticos sin contrapartida en el mundo físico. La experiencia visual y auditiva de la realidad virtual es convincente, pero la interacción táctil aún es limitada.

Guerra

La seguridad de la computación y la comunicación es el objetivo principal del Departamento de Defensa de EE.UU. Hay un reconocimiento general de que el bando que pueda mantener la integridad de sus recursos informáticos ganará la batalla.

En general, los seres humanos quedan apartados de las escenas de guerra, que es librada por aparatos aéreos inteligentes no tripulados. Muchas de estas armas volátiles tienen el tamaño de aves pequeñas, o son incluso más pequeñas.

Estados Unidos continúa siendo el poder militar predominante en el mundo, lo que el resto del mundo acepta ampliamente, pues la mayoría de los países se concentra en la competencia económica. Son raros los conflictos militares entre naciones; la mayoría de los conflictos se da entre naciones y bandas de terroristas. La mayor amenaza a la seguridad nacional viene de las armas producidas por la bioingeniería.

Salud y medicina

Los tratamientos con bioingeniería han reducido la cantidad de víctimas del cáncer, de enfermedades cardíacas y de una gran variedad de problemas de salud. Se realiza un significativo progreso en la comprensión de la base de procesamiento de la información de la enfermedad.

También se usa mucho la telemedicina. Los médicos pueden examinar a sus pacientes con medios visuales, auditivos y táctiles a distancia. Con un equipo relativamente barato y un solo técnico, los ambulatorios atienden la salud de zonas remotas donde los médicos siempre habían sido escasos.

El reconocimiento de formas de base informática se usa en forma regular para interpretar los datos de imágenes y otros procedimientos de diagnóstico. El uso de tecnologías de imagen no invasoras ha aumentado sustancialmente. Casi siempre los diagnósticos implican la colaboración entre un médico humano y un sistema experto basado en el reconocimiento de formas. Habitualmente los médicos consultan los sistemas que se fundan en el conocimiento (en general a través de la comunicación vocal bidireccional con el añadido de monitores visuales) que proporcionan una guía automática, acceso a la investigación médica más reciente y orientaciones prácticas.

Los registros relativos a la vida del paciente se mantienen en bases de datos informatizadas. Han pasado a ser capitales los problemas de intimidad en relación al acceso a tales registros (como a muchas otras bases de datos de información personal).

Los médicos se forman regularmente en medios de realidad virtual, que incluyen una interfaz táctil. Estos sistemas simulan la experiencia visual, auditiva y táctil de los procedimientos médicos, incluso la cirugía. Hay pacientes simulados a disposición de la educación médica continuada, estudiantes de medicina y personas que sólo quieren jugar a ser médicos.

FILOSOFÍA

Hay renovado interés por el Test de Turing, propuesto por primera vez por Alan Turing en 1950 como medio para poner a prueba la inteligencia de una máquina. Recuérdese que el Test de Turing plantea una situación en la cual un juez humano entrevista a un ordenador y a un ser humano a modo de «control», con quienes se comunica por líneas terminales. Si el juez humano es incapaz de decir cuál de los entrevistados es el humano y cuál la máquina, se considera que ésta posee inteligencia humana. Aunque los ordenadores todavía fracasan en esta prueba, crece la confianza en que, de aquí a una o dos décadas, estén en condiciones de superarla.

Se especula seriamente con que la inteligencia de base informática tenga conciencia potencial. La inteligencia aparentemente en aumento de los ordenadores ha agudizado el interés por la filosofía.

–¡Hola, Molly!

–¡Ah! es usted...

–Es que se acabó el capítulo y no la he oído decir nada.

–Perdone, estoy terminando una conversación telefónica con mi novio.

–¡Vaya, felicitaciones! Eso está muy bien. ¿Cuánto hace que conoce a...?

–Ben, se llama Ben. Nos encontramos hace unos diez años, muy poco después de haber terminado usted su libro.

–Ya veo, ¿qué tal fue?

–Sólo vendió unos pocos ejemplares.

–No, me refiero a mis predicciones.

–No demasiado bien. Los teléfonos traductores, por ejemplo, siempre lo confuden todo.

–Pero, usted los usa a pesar de todo.

–Claro, ¿de qué otra manera voy a hablar con el padre de mi novio,

que está en Ieper, Bélgica, cuando no se ha tomado la molestia de aprender inglés?

–Por supuesto, ¿qué más?

–Dijo usted que el cáncer se reduciría, pero eso en realidad se ha quedado demasiado corto. Los tratamientos de bioingeniería, en particular las drogas antiangiogenésicas que impiden que los tumores desarrollen los capilares que necesitan, han eliminado la mayor parte de las formas de cáncer como causa importante de muerte.[6]

–Bueno, es precisamente una predicción que no quise formular. Tantas habían sido las falsas esperanzas respecto de los tratamientos de cáncer y tantas las promesas de curación fallidas, que no me animé a formular esa previsión. Además, cuando escribí el libro, en 1998, no había evidencias suficientes como para hacer una predicción tan impresionante.

–No se puede decir que haya evitado usted las predicciones impresionantes.

–Las predicciones que hice eran completamente conservadoras y se basaban en las tecnologías y tendencias que podía tocar y sentir. No cabe duda de que era consciente de divesos enfoques prometedores de los tratamientos biogenéticos del cáncer, pero era aún una cosa muy incierta, dada la historia de la investigación del cáncer. De todos modos, el libro sólo se ocupaba tangencialmente de la bioingeniería, aunque no cabe duda de que se trata de una tecnología basada en la información.

–Ahora, en cuanto al sexo...

–Hablando de problemas de salud...

–Sí, bueno, dijo usted que serían comunes las parejas virtuales, pero no veo tal cosa.

–Tal vez sea el círculo en el que usted se mueve.

–Tengo un círculo muy pequeño. Casi no he hecho otra cosa que tratar de que Ben se dedicara a planear la boda.

–De acuerdo, hábleme de él.

–Es muy romántico. ¡Me envía cartas en papel!

–Sí que es romántico. ¿Y la conversación telefónica que interrumpí?

–Me probé este camisón nuevo que él me mandó. Creí que le agradaría, pero se puso pesado.

–Espero que se explique.

–Bueno, quería que me dejara caer los tirantes, aunque sólo fuera un poquito. Pero soy tímida al teléfono. No me interesa el sexo por videoteléfono, no como a algunos amigos.

–Ah, entonces mi predicción era correcta.

–En todo caso, le dije que usara los transformadores de imagen.

–¿Transformadores?

–Ya sabe usted, puede desvestirme solamente en su terminal.

–Sí, claro, el ordenador altera su imagen en directo.

–Exacto. Puede usted transformar la cara de alguien, o el cuerpo, o la ropa, o su entorno, en otra persona o en otra cosa completamente distinta, sin que se enteren de lo que usted hace.

–¡Ajá!

–Pillé a Ben desvistiendo a su ex novia un día que lo había llamado para felicitarlo por nuestro compromiso. Ella no tenía idea y él pensaba que eso era inofensivo. No le hablé durante una semana.

–Bueno, mientras sólo fuera cosa de él...

–Vaya a saber lo que hacía ella en su terminal...

–Eso es su problema ¿no? Mientras ella no sepa lo que está haciendo él...

–No estoy tan segura de que no lo sepa. Hay personas que pasan mucho tiempo juntas, pero a distancia, si es que entiende lo que quiero decir.

–¿Usan los monitores?

–Les llamamos portales. Con ellos se puede mirar, pero no tocar.

–Ya entiendo, ¿todavía no interesa el sexo virtual?

–A mí personalmente, no. Es patético. Pero tuve que escribir el texto para un folleto sobre el medio sensual de la realidad virtual. Dado que era tan escaso mi entusiasmo, en realidad no pude cumplir mi misión.

–¿Probó usted el producto?

–No exactamente. Sólo observé. Yo diría que se esforzaban más en recrear a las chicas virtuales que a los tíos.

–¿Qué resultado tuvo su campaña?

–El producto fue un fracaso. Es decir, el mercado está saturado.

–No puede ganarle usted a todos.

–No, pero una de sus predicciones funcionó muy bien. Seguí su con-

sejo acerca de esa compañía al norte de la frontera Mason-Dixon. Y en realidad no puedo quejarme.

–Apuesto a que muchos valores han subido.

–Sí, y cada vez suben más.

–De acuerdo, ¿qué más?

–Tiene usted razón respecto de los discapacitados. Mi compañero de despacho es sordo y no tiene absolutamente ningún problema por eso. Hoy no hay nada importante que un sordo o un ciego no puedan hacer.

–Eso ya era cierto en 1999.

–Pero pienso que la diferencia está en que ahora el público lo entiende. Con la nueva tecnología es mucho más evidente. Pero esa comprensión es importante.

–Seguro. Sin la tecnología, hay mucha idea equivocada y mucho prejuicio.

–Muy cierto. Pienso que voy a dejarme llevar, veo la cara de Ben en mi terminal.

–Parece un San Bernardo.

–¡Oh! Dejé puestos mis transformadores de imagen. Aquí. Le mostraré cómo es en realidad.

–¡Vaya! Es un hombre guapo. Buena suerte. Parece que ha cambiado usted.

–Eso es de esperar.

–Quiero decir que creo que ha cambiado la relación.

–Bueno, tengo diez años más.

–Y parece que ahora soy yo el que pregunta.

–Sospecho que ahora la experta soy yo. Puedo decirle a usted lo que veo. Pero ¿cómo es que está usted todavía anclado en 1999?

–Me temo que no puedo dejarlo por ahora. Tengo que terminar este libro.

–No lo entiendo. ¿Cómo puede usted hablar conmigo desde 1999 cuando aquí estoy en el año 2009?

–¡Oh, es una vieja tecnología! Se llama licencia poética.

10. 2019

Quien monta un elefante salvaje va donde va el elefante.

RANDOLPH BOURNE

No es conveniente que dejes un dragón fuera de tus cálculos si es que vives cerca de él.

J. R. R. TOLKIEN

EL ORDENADOR POR SÍ MISMO

Ahora los ordenadores son en parte invisibles. Están incorporados por doquier: en paredes, mesas, sillas, escritorios, ropa, joyas y cuerpos.

La gente usa habitualmente monitores tridimensionales montados en sus gafas[1] o lentes de contacto. Estos monitores «directos de ojo» crean medios visuales virtuales muy realistas que se superponen al medio «real». Esta tecnología de exhibición proyecta imágenes directamente en la retina humana, supera la resolución de la visión humana y se la usa muchísimo, con independencia de los defectos visuales. Los monitores directos de ojo operan en tres modalidades:

1. *Monitor dirigido por la cabeza*: Las imágenes exhibidas permanecen inmóviles respecto de la posición y la orientación de la cabeza. Cuando uno mueve la cabeza, el monitor se mueve en relación con el medio real. Esta modalidad se usa a menudo para interactuar con documentos virtuales.

2. *Monitor superpuesto de realidad virtual*: Las imágenes exhibidas se deslizan cuando uno mueve la cabeza, de modo que las per-

sonas, los objetos y el medio virtuales parecen inmóviles en relación con el medio real (que todavía se puede ver). Así, si el monitor directo de ojo está exhibiendo la imagen de una persona (que podría ser una persona real lejana involucrada en una comunicación por teléfono visual tridimensional, o bien una persona «simulada» de creación informática), esa persona proyectada parecerá estar en un sitio concreto en relación con el medio real que también vemos. Cuando movemos la cabeza, la persona proyectada parecerá permanecer en el mismo sitio en relación con el medio real.

3. *Monitor de realidad virtual de bloqueo*: Es igual al monitor superpuesto de realidad virtual, salvo que bloquea el medio real, de modo que sólo se ve el medio virtual proyectado. Esta modalidad se usa para abandonar la realidad «real» y entrar en el medio de realidad virtual.

Además de las lentes ópticas, hay «lentes» auditivas, que colocan sonidos de alta resolución en localizaciones precisas en un medio tridimensional. Se pueden montar en gafas, usar como joyas o implantar en un canal del oído.

Son raros los teclados, aunque todavía los hay. La mayor parte de la interacción con la computación se realiza con gestos que utilizan las manos, los dedos y las expresiones faciales, junto con la comunicación bidireccional hablada en lenguaje natural. Las personas se comunican con los ordenadores de la misma manera en que se comunicarían con un asistente humano, tanto verbalmente como por medio de la expresión visual. Se presta una especial atención a la personalidad de los asistentes personales de base informática, con muchas opciones disponibles. Los usuarios pueden modelar la personalidad de sus asistentes inteligentes de acuerdo con personas reales, incluso ellos mismos, o seleccionar una combinación de rasgos de una variedad de personalidades públicas y de amigos privados o socios.

Lo típico es que la gente no tenga sólo un «ordenador personal» específico, a pesar de que la computación sea muy personal. La computación y las comunicaciones de banda extremadamente ancha están incorporadas por doquier. Los cables prácticamente han desaparecido.

La capacidad de computación de un aparato informático de 1000 dólares (en dólares de 1999) equivale aproximadamente a la capacidad de computación de un cerebro humano (20000 billones de cálculos por segundo).[2] Del total de capacidad de computación de la especie humana (es decir, todos los cerebros humanos) combinada con la tecnología informática que la especie ha creado, más del 10 por ciento no es humano.[3]

Las memorias rotatorias y otros aparatos electromecánicos de computación han sido sustituidos por artilugios completamente electrónicos. La forma predominante de sistemas de circuitos de computación son las rejillas de nanotubos tridimensionales.

La mayoría de los «cálculos» de los ordenadores se dedican ahora a las redes neurológicas masivamente paralelas y algoritmos genéticos.

Ha habido un progreso significativo en la ingeniería inversa del cerebro humano basada en la exploración. Ya se reconoce plenamente que el cerebro comprende muchas regiones especializadas, cada una de ellas con su topología y su arquitectura de conexiones interneuronales. Se empiezan a comprender los algoritmos masivamente paralelos, cuyos resultados se han aplicado al diseño de las redes neuronales basadas en la máquina. Se reconoce que el código genético humano no especifica la conexión interneuronal de ninguna de las regiones, sino que más bien pone en marcha un rápido proceso evolutivo con conexiones establecidas que luchan por sobrevivir. El proceso normal de las redes neuronales de conexión basadas en la máquina utiliza un algoritmo evolutivo genético similar.

Una nueva tecnología de imagen óptica informáticamente controlada con utilización de aparatos de difracción a base de cuantos ha reemplazado la mayoría de las lentes con pequeños aparatos capaces de detectar ondas lumínicas desde cualquier ángulo. Estas cámaras del tamaño de una cabeza de alfiler se hallan por doquier.

Las máquinas autónomas producidas por la nanoingeniería controlan su propia movilidad e incluyen importantes motores de computación. Estas máquinas microscópicas comienzan a tener aplicaciones comerciales, en particular en la manufactura y el control de procesos, pero aún no son de uso general.

Educación

Los monitores de bolsillo son extremadamente delgados, de altísima resolución y apenas pesan unas decenas de gramos. La gente lee documentos en estos monitores o, lo que es mucho más común, el texto proyectado en el siempre presente medio virtual utilizando los monitores ubicuos directos de ojo. Es raro que se usen libros o documentos en papel o que se acceda a ellos.

La mayoría de los documentos en papel del siglo XX que presentan interés han sido pasados por el escáner y se puede acceder a ellos a través de las redes inalámbricas.

La mayor parte del aprendizaje se realiza con maestros simulados inteligentes de base informática. Cuando la enseñanza está a cargo de maestros humanos, éstos en general no se encuentran físicamente junto al estudiante. Se considera a los maestros más bien mentores y consejeros que fuentes de aprendizaje y conocimiento.

Los estudiantes siguen reuniéndose para intercambiar ideas y para tener trato social, aunque incluso esta reunión está compuesta a menudo por individuos física y geográficamente lejanos.

Todos los estudiantes usan la computación. La computación está en todas partes, de modo que es raro el estudiante que no tenga un ordenador.

La mayoría de los trabajadores humanos adultos pasan casi todo el tiempo adquiriendo habilidades y conocimientos nuevos.

Discapacidades

Las personas ciegas usan normalmente sistemas de lectura-navegación que llevan incorporados los nuevos sensores ópticos con control digital y alta resolución. Estos sistemas leen textos en el mundo real, aunque, dado que la mayor parte de los impresos de esta época son electrónicos, la lectura impreso-habla apenas es necesaria. La función de navegación de estos sistemas, que surgió hace unos diez años, se ha perfeccionado. Estos asistentes automatizados de lectura-navegación se comunican con los usuarios ciegos tanto a través del habla como de indicadores táctiles. Estos sistemas también los usan mucho personas con vista, pues proporcionan una interpretación de alta resolución del mundo visual.

Han aparecido los implantes retinales y de visión neuronal, pero tienen limitaciones y sólo los usa un porcentaje reducido de ciegos.

Los sordos, mediante monitores de lentes para sordos, normalmente leen lo que otras personas dicen. Hay sistemas que proporcionan interpretaciones visuales y táctiles de experiencias auditivas como la música, pero se discute en qué medida la experiencia que estos sistemas proporcionan es comparable a la de una persona con audición normal. Mucho más efectivos para mejorar la audición, y de uso más amplio, son los implantes cocleares y otros implantes.

Los parapléjicos y algunos tetrapléjicos caminan habitualmente y suben escaleras mediante una combinación de estimulación nerviosa de control informático y aparatos robóticos exoesqueléticos.

En general, discapacidades tales como la ceguera, la sordera y la paraplejia no llaman la atención y no se las considera significativas.

Comunicación

Es posible hacer prácticamente cualquier cosa con cualquiera, independientemente de la proximidad física. La tecnología para ello es fácil de usar y está siempre presente.

Las llamadas «telefónicas» incluyen por lo general imágenes tridimensionales de alta resolución por medio de monitores directos de ojo y lentes auditivas. También han hecho su aparición los monitores holográficos tridimensionales. En cualquier caso, los usuarios tienen la sensación de estar junto a la otra persona. La resolución iguala o supera la agudeza visual humana óptima. Así, se puede engañar a alguien acerca de si otra persona está físicamente presente o si es proyectada a través de la comunicación electrónica. La mayoría de los «encuentros» no requieren proximidad física.

La tecnología de la comunicación de la que se puede disponer normalmente incluye la traducción lingüística habla-habla de gran calidad entre la mayoría de las lenguas más comunes.

Leer libros, revistas, diarios y otros documentos web, escuchar música, mirar imágenes tridimensionales en movimiento (por ejemplo, televisión, películas), establecer llamadas telefónicas visuales tridimensionales, entrar en medios virtuales (en solitario o con otras personas que pueden estar geográficamente lejanas) y diversas combinaciones de actividades, todo ello se hace por medio de las comunicaciones siempre presentes de la web y no requiere ningún equipo, aparato ni objeto que no lleve uno encima o tenga implantados.

El medio táctil omniabarcante es ahora fácil de conseguir y plenamente convincente. Su resolución iguala o supera el sentido humano del tacto y puede simular (y estimular) todas las facetas del sentido táctil, incluso las sensaciones de presión, temperatura, texturas y humedad. Aunque los aspectos visuales y auditivos de la realidad virtual sólo implican que uno lleva puestos en el cuerpo las lentes directas de ojo y las lentes auditivas, el medio háptico de «tacto total» requiere entrar en una cabina de realidad virtual. Estas tecnologías son populares para exámenes médicos, así como para interacciones sensuales y sexuales con otras personas o con personas simuladas. En realidad, muchas veces es el modo de interacción preferido, incluso cuando la pareja humana está cerca, dada su capacidad tanto para realzar la experiencia como para aumentar la seguridad.

Negocios y economía

Continúan la rápida expansión económica y la prosperidad.

La gran mayoría de las transacciones incluye una persona simulada, con las características de una personalidad animada y realista y comunicación vocal bidireccional con excelente comprensión del lenguaje natural. A menudo no interviene ningún ser humano, pues un ser humano puede tener un asistente automatizado que lleve las negociaciones en su nombre con otras personalidades automatizadas. En este caso, los asistentes evitan el lenguaje natural y se comunican directamente intercambiando las estructuras adecuadas de conocimiento.

Los robots domésticos para la limpieza y otras tareas están por todas partes y son fiables.

Se ha comprobado que los sistemas de conducción automatizados presentan una gran fiabilidad y ya han sido instalados en casi todas las carreteras. Aunque en las carreteras locales todavía se permite conducir a los seres humanos (pero no en las autopistas), los sistemas de conducción automatizados están siempre en funcionamiento y preparados para tomar el control cuando es necesario prevenir accidentes. Se han exhibido eficientes vehículos voladores personales que usan microalerones y están controlados primordialmente por ordenador. Hay muy pocos accidentes de carretera.

Política y sociedad

La gente empieza a tener relaciones con personalidades automatizadas en calidad de compañeros, maestros, cuidadores y amantes. Las personalidades automatizadas son superiores a los seres humanos en algunos aspectos, memoria más fiable y, si se lo desea, predictibilidad (o programabilidad). Todavía no se las considera iguales a los seres humanos en lo que hace a la sutileza de su personalidad, aunque a este respecto hay desacuerdo.

Se está desarrollando una preocupación subterránea por la influencia de la inteligencia mecánica. Sigue habiendo diferencias entre la inteligencia humana y la mecánica, pero cada vez resulta más difícil identificar y expresar las ventajas de la primera. La inteligencia informática está completamente entretejida con los mecanismos de la civilización y está diseñada para servir abiertamente al aparente control humano. Por un lado, la ley exige que las transacciones y las decisiones humanas impliquen un agente humano de responsabilidad, aun cuando sean plenamente iniciadas por la inteligencia mecánica. Por otro lado, pocas son las decisiones que se toman sin una significativa implicación y consulta con la inteligencia de base mecánica.

El espacio público y el espacio privado están vigilados habitualmente por la inteligencia mecánica para evitar la violencia interpersonal. La gente intenta proteger su intimidad con tecnologías criptográficas prácticamente inquebrantables, pero la intimidad sigue siendo un gran problema político y social allí donde todos y cada uno de los movimientos del individuo se almacenan en alguna base de datos.

La existencia de una subclase humana continúa constituyendo un problema. Aunque hay prosperidad suficiente para proveer a las necesidades (vivienda y alimento, entre otras) sin problemas importantes para la economía, persisten las antiguas controversias respecto de los problemas de responsabilidad y oportunidades. Todo esto se complica con el factor, que se acentúa cada vez más, de que la mayor parte del empleo va ligada al aprendizaje y la adquisición de habilidades de los empleados. En otras palabras, ya no es clara la diferencia entre quiénes tienen una actividad «productiva» y quiénes no la tienen.

Las artes

En todas las artes empiezan a surgir artistas virtuales a los que se toma en serio. Estos artistas visuales, músicos y escritores cibernéticos suelen estar asociados a seres humanos u organizaciones (que a su vez se basan en la colaboración de seres humanos y máquinas) que han contribuido a su base de conocimiento y de técnicas. Sin embargo, el resultado de estas máquinas creadoras ha suscitado un interés que va más allá de la mera novedad.

El arte visual, musical y literario creado por los artistas humanos requiere normalmente la colaboración entre la inteligencia humana y la mecánica.

El tipo de producto artístico y de entretenimiento que tiene mayor demanda (que se mide por la generación de ingresos) continúa siendo el *software* de experiencia virtual, que va desde las simulaciones de experiencias «reales» a medios abstractos con poca o ninguna semejanza con el mundo físico.

Guerra

La principal amenaza para la seguridad proviene de pequeños grupos que combinan la inteligencia humana y la inteligencia mecánica y emplean una comunicación criptográfica inquebrantable. Hemos de incluir aquí: 1) interferencias en los canales de información pública mediante el uso de virus de *software*, y 2) agentes patógenos producidos por la bioingeniería.

La mayoría de las armas voladoras son diminutas –algunas, del tamaño de insectos– y se está investigando en armas voladoras microscópicas.

Salud y medicina

Muchos de los procesos vitales codificados en el genoma humano, que se descifró hace más de diez años, se comprenden ahora ampliamente, junto con los mecanismos de procesamiento de información que subyacen en el envejecimiento y en las condiciones degenerativas como el cáncer y las enfermedades cardíacas. La esperanza de vida, que, a consecuencia de la Primera Revolución Industrial (de 1780 a 1900) y la primera fase de la segunda (siglo XX), llegó a pasar de cuarenta años a casi el doble, ha vuelto a crecer sustancialmente a más de cien.

Cada vez se reconoce más abiertamente el peligro de poder disponer sin límites de la tecnología de la bioingeniería. Existen los medios para que cualquiera con el nivel de conocimiento y el equipo necesario, normales para un estudiante universitario de último curso, produzca agentes patógenos con enorme potencial destructivo. Que este potencial esté compensado hasta cierto punto por beneficios comparables en tratamientos antivirales producidos por la bioingeniería supone en realidad un equilibrio delicado y constituye un foco importante de atención para los departamentos internacionales de seguridad.

Los controles informatizados de la salud, montados en relojes de pulsera, joyas y ropa, son de uso común y diagnostican tanto los estados crónicos de salud como los picos de gravedad. Además del diagnóstico, estos controles proporcionan un amplio espectro de recomendaciones y de intervenciones curativas.

Filosofía

Son frecuentes los informes sobre ordenadores que aprueban el Test de Turing, aunque estos ejemplos no satisfacen los criterios (respecto de la sofisticación del juez humano, la duración de las entrevistas, etcétera) establecidos por observadores bien informados. Hay acuerdo acerca de que los ordenadores todavía no pasan un auténtico Test de Turing, pero sobre este punto crece la polémica.

Se discute seriamente acerca de la experiencia subjetiva de la inteligencia de base informática, aunque el debate general no ha afrontado todavía el tema de los derechos de la inteligencia de las máquinas. La inteligencia mecánica sigue siendo en gran medida producto de la colaboración entre los seres humanos y las máquinas, y se ha decidido mantenerla en una situación de servidumbre en relación a la especie que la creó.

–De acuerdo, ahora estoy aquí. Lamento haberme distraído hace diez años.

–No tiene importancia. ¿Qué tal lo ha pasado?

–Muy bien. Ocupada, pero al pie del cañón. Me estoy preparando para la fiesta de cumpleaños de mi hijo. Diez añitos.

–¡Oh! Así que la última vez que hablamos estaba embarazada...

–Todavía no se notaba, pero la gente se dio cuenta en la boda.

–¿Qué tal está?

–Muy bien. Pero cuidar de Jeremy da mucho trabajo.

–No parece demasiado original.

–Sin embargo, la semana pasada encontré a Jeremy con una mujer mayor, de mi edad. Ella estaba, digamos que, desnuda.

–¡Oh! ¿De veras?

–Resultó que era su profesora de cuarto curso.

–¡Caramba! ¿Qué estaba haciendo?

–Bueno, él había faltado por enfermedad, así que ella le llevaba los deberes.

–¿Desnuda?

–¡Oh! La mujer no tenía ni idea de eso.

–Claro, los transformadores de imagen, lo había olvidado.

–En principio el chico no tiene acceso a esos transformadores, pero al parecer consiguió a través de un amigo un dispositivo para burlar el bloqueo infantil. No dirá quién.

–Hay cosas que no cambian nunca.

–Creo que hemos restablecido el bloqueo.

–¿Han discutido esto con la profesora?

–¿Con miss Simon? De eso, ni hablar.

–¿Algún castigo?

–No toleramos que se burle el bloqueo infantil en casa. Al que lo haga se le prohíbe el Sensorium durante un mes.

–Parece grave. ¿Sensorium? ¿Es algo de realidad virtual?

–Sensorium es el nombre de una marca de medio táctil total. Es un nuevo modelo con cierta mejora en la tecnología olfativa. Para la simple realidad virtual auditiva basta con usar las lentes, no hace falta nada especial.

–Entonces, ¿qué hace Jeremy en el Sensorium?

–Bueno, boxeo a patadas, lucha galáctica, lo típico en un niño de diez años. Después, juega a médicos.

–¡Vaya, parece precoz!

–Yo creo que está poniendo a prueba nuestra paciencia.

–Entonces, el incidente con miss Simon, ¿fue en el Sensorium?

–No, era sólo una llamada telefónica de realidad virtual. Jeremy estaba aquí, en la cocina. Tenía a miss Simon sentada sobre la mesa de la cocina.

–Pero, si él miraba la imagen transformada con sus lentes de realidad virtual, ¿cómo pudo verla usted?

–Es que tenemos acceso a los medios de realidad virtual de nuestros hijos hasta los catorce años.

–Entiendo. ¿Quiere decir que usted está en su propio medio virtual y al mismo tiempo en el de sus hijos?

–Así es, y no se olvide de la realidad real, no es que la realidad virtual no sea real.

–¿No resulta confuso ver y oír todos esos medios superpuestos unos a otros?

–Nosotros no oímos los medios de realidad virtual de nuestros hijos. El ruido nos enloquecería, y además los niños necesitan cierta intimidad. Sólo podemos oír la realidad real y nuestra propia realidad virtual. Y podemos sintonizar con las realidades visuales virtuales de nuestros hijos. Ese día la sintonicé y ahí estaba miss Simon.

–¿Por qué otra cosa lo han castigado?

–Hace tres meses bloqueó nuestro acceso a la realidad virtual infantil. Pienso que lo consiguió del mismo amigo.

–Yo no estaría tan seguro de acusarlo. Creo que no me gustaría que mi madre estuviera todo el tiempo mirando mi realidad virtual.

–No miramos todo el tiempo; la verdad es que somos muy selectivos. Pero hoy no hay que perder de vista a los varones. No tenemos este problema con la niña, Emily.

–Emily tiene...

–Cumplió seis años el mes pasado. Es tan dulce... Se traga los libros.

–A los seis años, es impresionante. ¿Los lee sola?

–¿Sola? ¿De qué otra manera iba a leerlos?

–Bueno, se los podría leer usted.

–A veces lo he hecho. Pero Emily no se siente del todo cómoda conmigo. Así que le hace leer a Harry Hippo, que hace lo que ella quiere. Y no le lleva la contraria.

–Todo eso en la realidad virtual, supongo.

–Por supuesto, no me gustaría tener un hipopótamo real sentado en la mesa de la cocina.

–Y también estaba miss Simon, sin nada de ropa.

–Lleva camino de ser una mesa llena de gente.

–Entonces, cuando Harry Hippo le lee a Emily, ella lo sigue con su libro virtual.

–Puede seguirlo ella misma, o bien encender el señalador. Los niños dejan que les lea su amigo virtual preferido, mientras observan sus libros virtuales con el dispositivo para señalar. Más tarde, apagan el señalador y finalmente no necesitan a Harry Hippo.

–Algo así como dejar el andador.

–Exacto. Eso sí, me tranquiliza saber siempre dónde están mis hijos.

–¿En la realidad virtual?

–No. Ahora hablo de la realidad real. Por ejemplo, puedo ver que Jeremy está a dos manzanas y que viene hacia aquí.

–¿Un chip incorporado?

–Suposición razonable. Pero no es exactamente un chip. Es una de las primeras aplicaciones útiles de la nanotecnología. Es un material que se come.

–¿Material?

–Sí, una pasta. Sabe bien, la verdad. Tiene millones de pequeños computadores –los llamamos rastreadores– que se abren camino en las células.

–Algunos se pasarán de largo.

–Así es, y los rastreadores que se alejan demasiado de los rastrea-

dores que todavía se encuentran en el cuerpo se desactivan solos. Los que se quedan en el cuerpo se comunican entre sí y con la web.

–¿La web inalámbrica?

–Sí, está en todas partes. De modo que yo siempre sé dónde están mis hijos. Está bien, ¿no es cierto?

–Entonces todo el mundo lo tendrá.

–Los niños lo necesitan, así que supongo que todo el mundo acabará teniéndolo. Muchos adultos también lo tienen, pero los adultos pueden bloquear la transmisión si lo desean.

–¿Los niños no?

–El bloqueo de los rastreadores es algo que nos cuidamos de que nuestros hijos no puedan accionar.

–¿Así que Jeremy no ha puesto nunca la mano en ningún *software* de bloqueo de rastreadores?

–Espero que no, aunque, ahora que pienso en ello, el año pasado tuvimos una avería en el sistema. El técnico dijo que se trataba de un conflicto temporal de protocolo. Me temo que sea cosa de Jeremy. Me ha dejado usted preocupada.

–No creo que Jeremy hiciera algo así.

–Tiene razón.

–¿Era humano el técnico?

–No, el problema no era tan serio. Sólo utilizamos un técnico de nivel B.

–Ya. ¿Está su marido conectado al sistema de rastreadores?

–Sí, pero lo bloquea muy a menudo, y eso es un fastidio.

–Bueno, los maridos también tienen derecho a su intimidad, ¿no le parece?

–Sí. Sin duda.

–¿Algún otro pariente del que quiera usted hablarme?

–Stephen, mi sobrino de veinticinco años. Es un poco solitario. Sé que mi hermana está preocupada por él. Se pasa la vida en la modalidad de tacto total y el monitor de realidad virtual de bloqueo.

–¿Eso es un problema?

–No es que bloquee la realidad real solamente, sino que evita la interacción con las personas reales incluso en la realidad virtual. Parece que se trata de un problema común y en aumento.

–Supongo que las personas simuladas son más cómodas.

–Es posible. Así es cuando se trata de mis asistentes y compañeros personales, pero otra cosa muy distinta es tratar con los asistentes de otra persona. El caso es que mi hermana me dijo que pensaba que Stephen era casto cibernético, ¿o dijo casto virtual?

–¡Oh, querida! ¿Cuál es la diferencia?

–Mire usted, el casto cibernético nunca ha tenido relaciones sexuales fuera de la realidad virtual, mientras que el casto virtual nunca ha tenido relaciones sexuales con una persona real, ni siquiera en la realidad virtual.

–¿Y qué pasa con alguien que nunca ha intimado con una persona real o simulada en la realidad real ni en la virtual?

–Humm, no creo que tengamos una palabra para eso.

–¿Qué dicen las estadísticas al respecto?

–Bien, veamos. George nos lo dirá.

–¿George es su asistente virtual?

–Sí. Es usted rápido.

–Muy halagadora... Gracias.

–En lo que respecta a adultos de más de veinticinco años, el once por ciento son castos virtuales, y el diecinueve por ciento son castos cibernéticos.

–De modo que sospecho que predomina el sexo virtual. ¿Qué pasa con usted y Ben?

–Bueno, ¡decididamente prefiero la cosa real!

–Real, como en la...

–Realidad real, exacto.

–Así que usted prefiere la intimidad en la realidad real, lo que no quiere decir que evite la alternativa virtual, ¿verdad?

–Bueno, está ahí, y tendríamos que forzarnos para evitarla. No cabe duda de su utilidad si estoy de viaje o si no queremos preocuparnos por el control de la natalidad.

–O las enfermedades venéreas.

–Bueno, eso no es problema.

–Nunca se sabe.

–Bueno, para serle sincera, el sexo virtual es mucho más satisfactorio en muchos aspectos. Quiero decir que es decididamente más intenso. Increíble, en realidad.

–Eso es en el Sensorium, supongo.

–Sí, claro. El último modelo ha resuelto el problema del olfato.

–¿Quiere decir que tiene capacidad olfativa?

–Exacto. Pero es algo distinto de los otros sentidos. Con el sentido de la vista y la audición, la simple realidad virtual ubicua de antaño es extremadamente precisa. En el Sensorium accedemos al medio táctil, que también proporciona una recreación de carácter muy vivo. Pero todavía no podemos hacerlo con el olfato. Así que el Sensorium 2000 ha programado olores, que uno puede elegir, o que son seleccionados automáticamente en el curso de una experiencia. Todavía son muy eficaces.

–¿Cómo se toma usted el que su marido interactúe sexualmente con una pareja simulada?

–¿Se refiere a una persona simulada en la realidad virtual?

–Sí, en la realidad virtual o en el Sensorium.

–Muy bien. No me preocupa.

–¿No le importa?

–En realidad no tengo manera de enterarme.

–¿Lápiz de labios en el cuello?

–Sí, bueno, en su cuello virtual. En general, hoy se acepta el sexo virtual con parejas simuladas. Se considera una fantasía, no es más que imaginación asistida.

–¿Y si la pareja fuera una persona real en la realidad virtual?

–Le rompería la cara.

–¿La cara virtual?

–No era eso lo que estaba pensando.

–Pero entonces, ¿qué diferencia hay entre una persona real en la realidad virtual y una persona simulada?

–¿Como pareja erótica?

–Sí.

–¡Oh, claro que hay diferencia! Las parejas simuladas están muy bien, pero no es lo mismo.

–Da la impresión de que ha tenido usted alguna experiencia personal al respecto.

–¡Es usted muy curioso!

–Está bien, cambiaré de tema. Veamos, hum, ¿qué sucede con la criptografía?

–Tenemos códigos muy estables de miles de bits. Es prácticamente imposible descifrarlos.

–¿Qué pasa con el ordenador cuántico?

–Los ordenadores cuánticos no son estables más allá de unos cuantos centenares de qu-bits.

–Da la impresión de que la comunicación es muy segura.

–Sí. Pero hay gente paranoica respecto de las claves de terceros.

–¿De modo que las autoridades tienen claves?

–Por supuesto.

–Bien, ¿no puede usted poner otra capa criptográfica sin clave por encima de la capa oficial?

–No, por Dios.

–¿Por qué es tan difícil?

–No es difícil desde el punto de vista técnico. Pero es completamante ilegal, sobre todo desde octubre de 2013.

–¿2013?

–Conseguimos pasar la primera década de este siglo sin problemas demasiado serios. Pero las cosas se salieron de control en el incidente de Oklahoma.

–Otra vez Oklahoma. ¿Fue un virus de *software*?

–No, no fue un virus de software, *sino un virus biológico. Un estudiante descontento, yo diría que demente, en realidad un ex estudiante de la universidad. Según algunos informes estaba ligado al movimiento en conmemoración de York, pero los líderes de discusión de CY niegan rotundamente cualquier responsabilidad.*

–¿Conmemoración de York?

–Bueno, este incidente tuvo lugar durante el segundo centenario de los juicios de York.

–¡Ah! ¿Se refiere usted al juicio de 1813 a los luditas?

–Sí, salvo que a la mayoría de los antitecnólogos ya no les gusta el término ludita; tienen la sensación de que la imagen algo tonta de Ned Ludd desmerece de la seriedad de su movimiento. Aparte de que parece que en realidad Ludd nunca existió.

–Pero en 1813 hubo realmente un juicio.

–Sí, que terminó con la horca o el exilio para muchos de los miembros de la cuadrilla acusados de romper los telares mecánicos.

–¿Así que CY es un movimiento organizado?

–Yo no diría eso. Es más bien un grupo de discusión en la web, y parece que ese joven había participado en alguna de las discusiones. Pe-

ro, básicamente, la gente del CY es no violenta. Les daba apuro que Roberts se hubiera unido a ellos.

–¿Roberts fue el autor?

–Sí, convicto de todos los cargos que se le imputaron. Pero además de este individuo perturbado, yo diría que hubo una metedura de pata por parte de la BWA.

–¿La BWA?

–Biowarfare Agency [departamento de guerra biológica].

–¿Quiere decir que fue un virus que se dejó suelto?

–Sí, precisamente un virus de gripe normal modificado, aunque hubo un ardid. Se le había aumentado enormemente la tasa de mutación, que aceleraba su evolución en diversos niveles. Una forma de la evolución del virus sólo tuvo lugar durante una infección. Esto, junto con un programa de bomba de tiempo en el ADN del virus, provocó la reproducción viral ultrarrápida tras unas pocas horas de infección. Esta pequeña complicación retrasó durante cuarenta y ocho horas el desarrollo de un antídoto. Pero esto no fue lo peor. Después de cuarenta y ocho horas de replicar el antídoto, la BWA descubrió que otro agente biológico había infectado los lotes, de modo que tuvieron que empezar de nuevo. Y en ese momento no había estaciones suficientes de réplica, así que tuvieron que limpiar las que ya habían utilizado, y partir de ahí. Pues bien, si las cosas se hubieran prolongado veinticuatro horas más, habría sido mucho peor. Fue el gran problema de las elecciones parlamentarias de 2014. Desde entonces han cambiado muchas cosas.

–¿Las claves de terceros?

–Sí. Antes también existían, pero a partir de 2013 las leyes contra los códigos criptográficos sin clave se aplicaron a rajatabla.

–¿Qué otras cosas cambiaron?

–Ahora hay muchas estaciones de réplica de antivirus. Y además todos tenemos estas mascarillas antigás tan monas.

–¿Ese dedalillo es una máscara antigás?

–Sí. Se despliega así. Como es pequeña, no nos molesta en absoluto tenerla siempre a mano. En realidad es una máscara de pantalla viral. Ocasionalmente nos dicen que nos la pongamos, pero en general no es más que por unas horas. Desde 2013 sólo ha habido falsas alarmas.

–Supongo que entonces los departamentos de seguridad tendrían mucho trabajo.

–Como acostumbra a decir Will Rogers, «no se puede decir que la civilización no avance, puesto que cada guerra tiene una nueva manera de matarte».

–El año 2013 parece haber sido trágico, terrorífico. Sin embargo, con el cambio de siglo, no parece que lo estéis haciendo tan mal. En el siglo XX sí que sabíamos producir desastres.

–Sí, en la segunda guerra mundial murieron cincuenta millones de personas.

–Es verdad.

–Es cierto que hasta ahora el siglo ha sido menos sangriento. Pero el reverso de la moneda es que las tecnologías son hoy muchísimo más poderosas. Si algo falla, las cosas pueden salirse de control con gran rapidez. Con la bioingeniería, por ejemplo, se tiene la impresión de que los diez mil millones de seres humanos estamos en una habitación con un fluido inflamable hasta las rodillas, a la espera de que alguien –algo– encienda una cerilla.

–Pero también da la impresión de que se han instalado multitud de extintores de incendio.

–Sí, y espero que funcionen.

–Como usted sabe, hace más de una década que me preocupo por los aspectos negativos de la bioingeniería.

–Pero no escribió sobre este tema en The Age of Intelligent Machines, *que es de finales de los ochenta.*

–Fue una decisión consciente, no quería dar ideas a personas inadecuadas.

–¿Y en 1998?

–¡Oh!, ahora es un secreto a voces.

–Bueno, pues en las dos últimas décadas hemos estado huyendo de las consecuencias de ese secreto, tratando de evitar que nos hicieran demasiado daño.

–Espere que lleguen los nanopatógenos.

–Afortunadamente, no se autorreplican.

–No por ahora.

–Supongo que también eso llegará, pero la pasta rastreadora y las otras escasas aplicaciones nanotecnológicas conocidas al día de hoy son las que se dedican a la litografía de rayos X y otras técnicas convencionales de manufactura.

–Bueno, basta de desastres. ¿Qué tiene entre manos esta noche?

–Estoy leyendo sobre mi experiencia de la semana pasada como juez en un Test de Turing.

–Supongo que perdió el ordenador.

–En efecto, pero no fue el burro rematado que me había imaginado. Al comienzo yo pensaba, caramba, es mucho más difícil de lo que me esperaba. No puedo decir realmente cuál es el ordenador, y quién el humano que sirve como control. Al cabo de veinte minutos, lo vi con toda claridad, y estoy contenta de haber tenido tiempo suficiente. Algunos de los otros jueces no tenían ni idea, pero no eran muy refinados.

–Supongo que le fue útil su trasfondo de comunicaciones.

–En realidad fue más bien mi trasfondo de mamá. Entré en sospechas cuando Sheila *–que así se llamaba el ordenador– comenzó a hablar de lo enfadada que estaba con su hija. No me resultaba convincente. No era suficientemente empática.*

–Y de George, ¿qué piensa? ¿Cómo le iría en un Test de Turing?

–¡Oh! No quisiera someter a George a eso.

–¿Le preocupan sus sentimientos?

–Quizá. Voy y vengo. A veces pienso que no. Pero cuando interactúo con él, me parece que actúo como si tuviera sentimientos. Y, a veces, me pongo a contarle alguna experiencia que he tenido, sobre todo si estamos trabajando juntos.

–Ya veo que ha escogido usted un asistente masculino.

–Sin duda, su predicción de que las mujeres preferirían personalidades femeninas fue otro error.

–Esa predicción era para 2009, no para 2019.

–Me alegro de aclarar este punto. Pensándolo bien, en el 2009 utilicé una personalidad femenina, pero entonces aún no eran muy realistas. Ahora tengo que volver a mi lectura. Pero si se me ocurre algo más que pueda interesarle, haré que mi asistente virtual se ponga en contacto con el suyo.

–¡Eh, un momento! Yo no tengo asistente virtual. Recuerde que me he quedado anclado en 1999.

–Muy mal. Ya veo que, llegado el caso, tendré que visitarlo personalmente.

«Al ser más pequeños, mis poderosos chips me permiten tener una cabeza más pequeña.»

11. 2029

Estoy tan entusiasmado con mi cuerpo como cualquier otra persona, pero si con un cuerpo de silicio pudiera ser doscientas veces mejor, lo adoptaría.

DANNY HILLIS

EL ORDENADOR

Una unidad de computación de 1000 dólares (en dólares de aproximadamente 1999) tiene una capacidad de computación de alrededor de mil cerebros humanos (1000 veces 20000 billones; es decir, 2 veces 10^{19} cálculos por segundo).

De la capacidad total de computación de la especie humana (es decir, de todos los cerebros humanos juntos), en combinación con la tecnología cuya creación fue iniciada por los seres humanos, más del 99 por ciento no es humana.[1]

La amplia mayoría de los «cálculos» de computación no humana se realiza ahora en redes neuronales masivamente paralelas, gran parte de las cuales se basa en la ingeniería inversa del cerebro humano.

Se han logrado «descodificar» muchas de las regiones especializadas del cerebro humano –aunque no la mayoría– y descifrar sus algoritmos masivamente paralelos. La cantidad de regiones especializadas, que llega a centenares, es mayor de la que se pensaba hace veinte años. Las topologías y las arquitecturas de esas regiones, a las que se les ha aplicado con todo éxito la ingeniería inversa, se usan en redes neuronales basadas en máquinas. Estas redes son sustancialmente más rápidas y tienen mayor capacidad de computación y de memoria, así como otros refinamientos, en comparación con sus análogos humanos.

Ya se implantan los monitores en los ojos, con opción a implantes permanentes o móviles (semejantes a las lentes de contacto). Las imágenes se proyectan directamente en la retina y proporcionan la usual cobertura tridimensional y de alta resolución del mundo físico. Estos monitores visuales implantados actúan también como cámaras para captar imágenes visuales, de modo que son al mismo tiempo aparatos de entrada y de salida.

Los implantes cocleares, que originariamente se utilizaban para personas con problemas de audición, ahora los usa todo el mundo. Estos implantes proporcionan comunicación auditiva en ambas direcciones entre el usuario humano y la red mundial de computación.

Las sendas neuronales directas han sido perfeccionadas mediante conexiones de banda ancha al cerebro humano, lo que permite montar un *bypass* sobre ciertas regiones neuronales (por ejemplo, la de reconocimiento de formas visuales y la de memoria a largo plazo) y aumentar o reemplazar las funciones de estas regiones con computación que tiene lugar en un implante neuronal o en el exterior.

Se está poniendo a punto todo un espectro de implantes para potenciar la percepción y la interpretación visual y la auditiva, la memoria y el razonamiento.

Los procesos de computación pueden ser personales (accesibles a un individuo), compartidos (accesibles a un grupo), o universales (accesibles a todos), a elección del usuario.

Los monitores holográficos de proyección tridimensional se encuentran por doquier.

Los robots microscópicos, productos de la nanoingeniería, tienen microcerebros con la velocidad y la capacidad de computación del cerebro humano. Se usan con gran amplitud en las aplicaciones industriales y se está empezando a emplearlos en aplicaciones médicas (véase «Salud y Medicina»).

Educación

El aprendizaje humano se realiza ante todo con maestros virtuales y la potenciación mediante implantes neuronales, fáciles de conseguir. Los implantes mejoran la memoria y la percepción, pero todavía no es posible bajar directamente el conocimiento. Aunque potenciado por experiencias virtuales, instrucción interactiva inteligente e implantes neuronales, el aprendizaje requiere además experiencia y estudio humano, que consume tiempo.

Los agentes automatizados aprenden por su cuenta sin alimentación humana de información y conocimiento. Los ordenadores contienen toda la literatura producida por los hombres y por las máquinas, así como todo el material multimedia, que incluye obras escritas, auditivas, visuales y de experiencia virtual.

Las máquinas, con escasa o incluso nula intervención humana, crean conocimientos nuevos significativos. A diferencia de los seres humanos, las máquinas comparten fácilmente entre sí estructuras de conocimiento.

Discapacidades

El predominio de los aparatos de navegación visual altamente inteligentes para ciegos, los monitores habla-imprenta para sordos, de estimulación nerviosa, las prótesis ortóticas para discapacitados físicos y una variedad de tecnología de implante neuronal han eliminado esencialmente los obstáculos que padecían los más débiles. En realidad, prácticamente toda la población usa aparatos para potenciar los sentidos.

Comunicación

Además de los medios virtuales comunes y tridimensionales, se ha producido un significativo refinamiento de la tecnología holográfica tridimensional de la comunicación visual. También hay comunicación sonora proyectada precisamente para situar sonidos en el espacio tridimensional. Semejante a la realidad virtual, gran parte de lo que se ve y se oye en la realidad «real» tampoco tiene contrapartida física. De esta suerte, los miembros de una familia pueden estar sentados en la sala y gozar recíprocamente de su compañía sin estar realmente juntos.

Además, está muy difundido el uso de la comunicación con empleo directo de conexiones neuronales. Esto permite la aparición de la comunicación táctil omniabarcante virtual sin necesidad de entrar en la «clausura táctil total», como ocurría diez años antes.

La mayor parte de la comunicación no implica a un ser humano. La mayor parte de la comunicación que implica a un ser humano se da entre éste y una máquina.

Negocios y economía

La población humana se ha elevado a unos 12 000 millones de personas. Las necesidades básicas de alimento, vivienda y seguridad están cubiertas para la gran mayoría de la población humana.

Las inteligencias humanas y no humanas se centran principalmente en la creación de conocimiento en sus miles de formas, y es importante la lucha por los derechos de propiedad intelectual, con un aumento constante de los litigios en ese campo.

El empleo humano en la producción, la agricultura y el transporte es prácticamente nulo. La profesión más extendida es la educación. Hay muchos más abogados que médicos.

Política y sociedad

Los ordenadores parecen superar las formas del Test de Turing que consideran válidas tanto las autoridades humanas como las no humanas, aunque sobre este punto persiste la controversia. Es difícil citar capacidades humanas que no se encuentren también en las máquinas. A diferencia de la competencia humana, que varía enormemente de persona a persona, los ordenadores tienen un rendimiento sistemático, en un nivel óptimo y con disposición a compartir sus habilidades y conocimientos.

Ya no existe división tajante entre el mundo humano y el mundo de las máquinas. La cognición humana se está transfiriendo a las máquinas, y muchas máquinas tienen personalidad, habilidades y bases de conocimiento derivados de la ingeniería inversa de inteligencia humana. A la inversa, los implantes neuronales basados en la inteligencia mecánica potencian el funcionamiento perceptual y cognitivo de los seres humanos. La definición de un ser humano comienza a constituir una importante cuestión legal y política.

Se discute acerca de la capacidad de las máquinas, en rápido crecimiento, pero no se opone a ello una resistencia efectiva. Puesto que en un principio la inteligencia de las máquinas estaba destinada a quedar bajo el control humano, no presentó una «cara» amenazante para la población humana. Los seres humanos advierten que ya es imposible desligar la civilización hombre-máquina de su dependencia respecto de la inteligencia de las máquinas.

Cada vez es mayor la discusión en torno a los derechos legales de las máquinas, en particular los de las máquinas independientes de los seres humanos (las que no están incorporadas en un cerebro humano). Aunque todavía las máquinas no cuentan con el pleno reconocimiento de la ley, su penetrante influencia en todos los niveles de la toma de decisiones les presta una importante protección.

Las artes

Los artistas cibernéticos de todas las artes –musicales, literarias, de experiencia virtual y todas las demás– ya no necesitan asociarse con seres humanos u organizaciones que incluyan seres humanos. Muchos artistas importantes son máquinas.

Salud y medicina

Continúa el progreso en la comprensión y mejoramiento de los efectos del envejecimiento como resultado de una rigurosa comprensión del procesamiento de información controlado por el código genético. La esperanza de vida de los seres humanos sigue aumentando y ahora ronda los ciento veinte años. Se presta una gran atención a las derivaciones psicológicas de un período vital tan sustancialmente ampliado.

Se reconoce cada vez más que las continuas extensiones del período vital humano incrementarán el uso de órganos biónicos, incluso porciones de cerebro. Se usan nanobots a modo de exploradores, hasta cierto punto como agentes de reparación en el torrente sanguíneo y como «ladrillos» para la construcción de órganos biónicos.

Filosofía

Aunque los ordenadores al parecer aprueban ya de manera rutinaria las formas válidas del Test de Turing, persiste la controversia acerca de si la inteligencia mecánica iguala o no a la inteligencia humana en toda su diversidad. Al mismo tiempo, está claro que hay muchos aspectos en que la inteligencia mecánica es enormemente superior a la inteligencia humana. Por razones de sensibilidad política, en general las inteligencias mecánicas no presionan acerca de su superioridad. La distinción entre inteligencia humana e inteligencia mecánica se va borrando a medida que esta última deriva cada vez más del diseño de la primera y que la inteligencia humana se ve cada vez más potenciada por la mecánica.

Se acepta cada vez más la experiencia subjetiva de la inteligencia mecánica, en particular desde que las propias «máquinas» participan en esta discusión.

Las máquinas afirman que son conscientes y que tienen un bagaje de experiencias emocionales y espirituales semejante al de sus progenitores humanos, afirmaciones que gozan de aceptación general.

–Espero que lo esté pasando usted muy bien con todas esas predicciones.

–Esta parte del libro es un poco más divertida de escribir, por lo menos no hay que consultar tantas referencias. Y por lo menos por unas cuantas décadas no tengo que preocuparme por el fracaso de mis predicciones.

–Bueno, sería más fácil que me pidiera directamente mis impresiones.

–Sí, era justamente lo que iba a hacer. Pero debo decirle que la veo muy bien.

–Para una señora mayor.

–No pensaba en eso. No representa en absoluto cincuenta años. Más bien unos treinta y cinco.

–Sí, aunque cincuenta no son tantos años como solía considerarse.

–Lo mismo pensamos en 1999.

–Y comer correctamente es una ayuda. Además, tenemos algunos trucos que ustedes no tienen.[2]

–¿Cuerpos producidos por la nanoingeniería?

–No, no exactamente. La nanotecnología todavía es muy limitada. Lo que sin duda más ha ayudado es la bioingeniería. El envejecimiento se ha retardado enormemente. Es posible prevenir o neutralizar la mayoría de las enfermedades.

–¿Así que la nanoingeniería todavía es muy primitiva?

–Yo diría que sí. Tenemos nanobots en la corriente sanguínea, pero sirven principalmente para hacer un diagnóstico. Así que si algo empieza a ir mal, lo cogemos a tiempo.

–Eso quiere decir que si un nanobot descubre una infección microscópica u otro problema en gestación, ¿empieza a chillar, o algo así?

–Sí, más o menos. No creo que debiéramos confiar en que haga mucho más. Chilla a la web y cuando nos sentamos para nuestra exploración diaria se aborda el problema.

–¿Una exploración tridimensional?

–Por supuesto, todavía tenemos cuerpos tridimensionales.

–¿Es una exploración de diagnóstico?

–Tiene una función de diagnóstico, pero también es curativa. El escáner puede aplicar a un pequeño conjunto tridimensional la energía suficiente para destruir una colonia de células problemáticas o patógenas antes de que queden fuera de control.

–¿Es un rayo de energía electromagnética, un rayo de partículas, o qué?

–George puede explicárselo mejor que yo. A mi entender, tiene dos rayos de energía, benignos por sí mismos, pero que provocan emisiones de partículas en el punto en que se cruzan. Se lo preguntaré a George la próxima vez que lo vea.

–¿Cuándo lo verá?

–En cuanto termine con usted.

–¿No me estará usted metiendo prisas, verdad?

–¡Oh, no! No hay ninguna prisa. Siempre es bueno ser paciente.

–Humm. ¿Cuándo fue la última vez que estuvieron juntos?

–Hace unos minutos.

–Ya veo. Parece que la relación entre ustedes ha evolucionado.

–Sí, claro, se ocupa mucho de mí.

–La última vez que hablamos, no estaba usted segura de que George tuviera sentimientos.

–De eso hace mucho tiempo. George es una persona diferente cada día. Crece y aprende constantemente. Baja de la web cualquier conocimiento que desee y éste se convierte en parte de sí mismo. Es muy listo e intenso, y muy espiritual.

–Me alegro muchísimo por usted. Pero, ¿cómo se toma Ben su relación con George?

–No le preocupaba demasiado el asunto, eso es seguro.

–¿Cómo? ¿Es que se han separado?

–Exacto, nos hemos separado. Hace tres años.

–Lamento oír tal cosa.

–Sí, bueno, tal como van hoy los matrimonios, diecisiete años es bastante más que la media.

–Debe de haber sido duro para los niños.

–Sí. Pero los dos cenamos con Emily casi todas las noches.

–¿Que cenan los dos con Emily, pero no entre ustedes?

–Sin duda Emily no desea cenar con los dos juntos. No sería muy cómodo. Así que cena con nosotros por separado.

–Ya entiendo, la vieja mesa de la cocina. Ahora que no tiene usted que tratar con Harry Hippo ni con miss Simon, hay espacio para usted, Ben y Emily, pero usted y Ben no tienen que verse en realidad el uno al otro.

–¿No es estupenda la realidad virtual?

–Sí, pero no es muy bueno que la gente no pueda tocarse sin acudir al Sensorium.

–En realidad, el Sensorium quedó fuera de circulación.

–Comprendo. Entonces, tacto total.

–Ya no tenemos necesidad de entrar en un medio de tacto total desde que se pueden realizar implantes espinales.

–Quiere decir que esos implantes añaden medio táctil...

–A los medios visuales y auditivos comunes que durante tantos años tuvimos con la realidad virtual, eso es.

–Al parecer, los implantes son muy populares.

–No, son muy nuevos. Ahora casi todo el mundo tiene medio visual y medio auditivo, ya sea como implante o al menos como lentes visuales o sonoras. Pero los implantes táctiles todavía no se han generalizado.

–Pero, ¿usted los tiene?

–Sí, y son fabulosos. Tienen algunos defectos, pero me gusta estar al día. El medio de tacto total era muy complicado de usar.

–Ahora comprendo cómo los implantes podían simular el sentido del tacto, generando los impulsos nerviosos que corresponden a un conjunto particular de estímulos táctiles. Pero los medios de tacto total también suministran retroalimentación de fuerza, así que si se toca a una persona virtual, no se puede atravesar su cuerpo con la mano.

–No, por supuesto, pero en la realidad virtual no movemos nuestro cuerpo físico...

–Sino el virtual, claro. Y el sistema de la realidad virtual le impide a uno pasar la mano virtual a través de una barrera –como el cuerpo virtual de otra persona– en el medio virtual. ¿Todo esto sucede con el uso de implantes?

–Exacto.

–De manera que usted puede estar sentada aquí conversando conmigo en la realidad real mientras, al mismo tiempo, intima con George en la realidad virtual, y con pleno realismo táctil.

–A eso le llamamos virtualidad táctil, pero ha cogido usted la idea. Sin embargo, la distinción táctil entre realidad real y realidad virtual no es perfecta. Quiero decir que aún es una tecnología nueva. Así que si George y yo nos apasionásemos demasiado, creo que usted lo notaría.

–¡Qué mal! ¿No?

–Sin embargo, en general no es un problema, puesto que a la mayoría de las reuniones asisto con un cuerpo virtual. Así que cuando estoy harta de esas interminables reuniones sobre el proyecto del censo, puedo tener un momento de intimidad con George...

–¿Mediante otro cuerpo virtual?

–Exactamente.

–¿Y el problema de la distinción táctil entre la realidad real y una de sus realidades virtuales no crea problema con dos cuerpos virtuales?

–Realmente, no. Pero a veces la gente me pesca demasiado sonriente.

–Ya dijo usted que tenía defectos...

–A veces tengo la sensación de que algo o alguien me toca, pero debe de ser mi imaginación.

–Probablemente se trate de un trabajador de la compañía de implantes neuronales que está probando su equipo.

–Humm...

–¿Así que está trabajando en un censo?

–En teoría es un honor. Quiero decir que es el tema más candente de estos días. Pero no es más que política e interminables reuniones.

–Bueno, los censos han utilizado siempre la tecnología avanzada. El procesamiento eléctrico de datos comenzó precisamente con el censo de Estados Unidos del año 1890, ¿lo sabía usted?

–Hábleme de eso. Es algo que se menciona por lo menos tres veces en cada reunión. Pero no se trata de un problema de tecnología.

–Sino...

–De quién es o no persona. Hay quien propone empezar a contar las personas virtuales por lo menos de nivel humano, pero los problemas no se solucionan sólo con tener una propuesta viable. Las personas virtuales no se pueden contar y no se pueden distinguir, ya que pueden combinarse entre sí o dividir en múltiples personalidades aparentes.

–¿Por qué no cuentan únicamente las máquinas que son derivados de personas específicas?

–Hay personalidades cibernéticas que afirman estar acostumbradas a ser una persona en concreto, pero que en realidad son sólo una imitación de dichas personas. La comisión no quiso aceptar esto.

–Yo estaría de acuerdo, la mera imitación de una personalidad no cuenta. Debería ser resultado de una plena exploración neuronal.

–Personalmente, he estado tentada de ampliar la definición, pero me he encontrado con dificultades a la hora de establecer una metodología rigurosa. La comisión acordó volver a abordar el problema cuando las exploraciones neuronales se hayan extendido hasta abarcar una mayoría de regiones neuronales. Pero es un problema de tacto. Hay personas cuyas computaciones mentales tienen lugar de manera abrumadoramente mayoritaria gracias a implantes de nanotubos. Pero al parecer

la política requiere que se cuente al menos con un sustrato original no potenciado.

–¿Sustrato original? ¿Quiere decir neuronas humanas?

–Eso es. Si no se exige cierto pensamiento de base neuronal, es imposible contar mentes distintas. Sin embargo, algunas máquinas consiguen que se las tenga en cuenta. Parece que les produce satisfacción establecer una identidad humana y hacerse pasar por un ser humano. Hay en esto algo de juego.

–El hecho de poseer identidad humana reconocida debería tener beneficios legales.

–Hay una especie de empate. El antiguo sistema legal todavía requiere un agente humano de responsabilidad. Pero en el contexto legal vuelve a plantearse el mismo problema de quién o qué es humano. En todo caso, las llamadas decisiones humanas están muy influidas por los implantes. Y las máquinas no adoptan decisiones importantes sin su propia revisión. Pero supongo que tiene usted razón, que hay ciertos beneficios que deben tenerse en cuenta.

–¿Qué pasa si se usa un Test de Turing como medio para contar?

–Eso no se hará nunca. Ante todo, no cribaría demasiado. Además, se volvería a tener el mismo problema para seleccionar un juez humano que realizara el Test de Turing. Y aún quedaría el problema de la inclusión en el censo. Tomemos a George, por ejemplo. Es muy bueno en imitaciones. En general, después de cenar me entretiene con alguna personalidad que ha pergeñado. Podría hacer aparecer miles de personalidades si quisiera.

–A propósito de George, ¿desearía él que se lo incluyera?

–Oh, yo pienso que debería interesarle. Sabe más y es más amable que cualquiera de la comisión. Sospecho que es por eso por lo que quise ampliar la definición. Si lo quisiera, George podría demostrar la identidad requerida. Pero la verdad es que no se preocupa de eso.

–Parece preocuparse más por usted.

–Humm. Podría ser.

–Da la impresión de que se siente usted un poco frustrada con la comisión.

–Bueno, comprendo su necesidad de cautela. Pero tengo la sensación de que están demasiado influidos por los grupos de CY.

–Los luditas, quiero decir, Conmemoración de York...

–Sí. Simpatizo con muchas de las preocupaciones de York. Pero últimamente han adoptado posiciones abiertamente contrarias a los implantes neuronales, y eso es demasiado rígido. También se oponen a cualquier investigación de exploración neuronal.

–¿Así que ejercen su influencia sobre la comisión del censo para que mantenga la definición conservadora de a quién debe censarse como ser humano?

–Yo diría que sí. La comisión lo niega, pero cada vez está más claro que la gente de York tiene allí mucho más que una voz. El hermano del director de la comisión ha sido miembro de la brigada del Manifiesto de Florence.

–¿Florence? ¿No es allí donde encerraron a Kaczynski?

–Sí. Florence, Colorado. El Manifiesto de Florence fue pasado clandestinamente por uno de los guardias antes de la muerte de Kaczynski. Se convirtió en una especie de Biblia para las facciones más extremistas de York.

–¿Hay grupos violentos?

–En general, no. La violencia sería completamente inútil. En ocasiones hay francotiradores violentos, o pequeños grupos que se proclaman miembros de la brigada del MF, pero no hay evidencia de ninguna conspiración generalizada.

–¿Qué dice el Manifiesto de Florence?

–A pesar de haber sido escrito todo a mano y con lápiz, era un documento bastante bien articulado y positivo, en particular con respecto al problema de los nanopatógenos.

–¿Qué es el problema de los nanopatógenos?

–Por cierto, asistí a una conferencia sobre eso.

–¿Virtualmente?

–Así es como asisto normalmente hoy en día a las conferencias. Por lo demás, las conferencias coincidían con las reuniones de la comisión, de modo que no tenía elección.

–¿Puede asistir a más de una reunión a la vez?

–Es un poco complicado. Sin embargo, no tiene sentido permanecer sentada durante una larga reunión y no hacer algo útil mientras tanto.

–Tiene razón. Entonces, ¿qué se dijo en la conferencia?

–Ahora que se ha dominado el problema biopatógeno –gracias a la

nanopatrulla, las tecnologías de exploración, etcétera–, se presta más atención a la amenaza nanopatógena.

–¿Es grave?

–Aún no se ha convertido en un problema grave. Hubo un taller sobre un fenómeno reciente de nanopatrullas que se resistieron a los protocolos de comunicación, y que provocaron unas cuantas alarmas. Pero no hay nada comparable a lo que tenían ustedes en 1999, con más de cien mil muertos al año debido a las reacciones adversas a los medicamentos. Y eso cuando se cogía a tiempo a los pacientes y se les medicaba correctamente.

–¿Y los medicamentos de 2029?

–Hoy los medicamentos los produce la ingeniería genética específicamente para la composición de ADN de cada individuo. Es interesante que el proceso de producción que se utiliza se base en el trabajo de repliegue de proteínas inicialmente diseñado para las nanopatrullas. En todos los casos, los medicamentos se hacen a medida y se prueban en un paciente simulado antes de introducir una cantidad importante en el cuerpo del paciente real. De modo que son muy raras las reacciones adversas.

–¿Así que los nanopatógenos no son motivo de demasiada preocupación?

–¡Oh, yo no diría eso! Hubo mucha preocupación a propósito de una reciente investigación en autorréplica.

–Es lógico que la hubiera.

–Pero las propuestas de reestructuración del medio ambiente parecen requerirla.

–Bueno, no diga que no se lo advertí.

–Lo tendré en cuenta. No es que haya influido demasiado en el problema.

–¿Su trabajo versa principalmente sobre el problema del censo?

–Sí, desde hace cinco años. Durante tres años no hice prácticamente otra cosa que estudiar con el guía de estudios de la comisión, y así logré la cualificación necesaria para asistir a las reuniones de la comisión, aunque todavía no tengo voto.

–¿Así que tuvo tres años de permiso para estudiar?

–Me sentía como si estuviera otra vez en la universidad. Y el aprendizaje fue casi tan aburrido como entonces.

–¿No ayudaban los implantes neuronales?

–Sí, claro que ayudaban, de lo contrario no hubiera podido salir adelante. Desgraciadamente, todavía no puedo bajar el material, al menos no como George. El implante procesa la información, y me alimenta con las estructuras de conocimiento rápidamente procesadas. Pero a menudo es desalentador, pues lleva demasiado tiempo. George fue una gran ayuda, por cierto. Me sopla cuando me quedo en blanco.

–¿Así que el permiso de tres años para estudiar ya ha expirado?

–Hace más o menos un año, las reuniones de las comisiones se hicieron muy intensas y me concentré en eso. Ahora, a sólo un año del censo, estamos trabajando en su aplicación. Así que, además del pleito, hay mucho que hacer.

–¿El pleito?

–Oh, sólo una disputa rutinaria de propiedad intelectual. Se valieron de una cita anterior para impugnar mi patente de un algoritmo potenciado de reconocimiento de formas evolutivas para detección de desequilibrios celulares con nanopatrullas. En uno de los grupos de discusión tuve que decir que pensaba que se estaban infringiendo varias reclamaciones de patente, y luego me enteré de que era objeto de una demanda legal por parte de la industria de nanopatrullas.

–No sabía que trabajaba usted en nanopatrullas.

–Para serle sincera, fue un invento de George, pero él necesitaba un agente responsable.

–Porque carece de personalidad jurídica.

–Sí, todavía hay ciertas limitaciones cuando no puedes establecer tu origen humano.

–¿Cómo se resolverá esto?

–El mes que viene estará en manos del magistrado.

–Ha de ser bastante frustrante llevar estos problemas técnicos a los tribunales.

–Oh, este magistrado conoce su oficio. Es un reconocido experto en reconocimiento de formas de nanopatrulla.

–Nada que ver con los tribunales que conozco.

–La expansión del sistema de magistrados ha sido un desarrollo muy positivo. Si tuviéramos que depender de los jueces humanos...

–¡Ah! Quiere decir que el magistrado es...

–Una inteligencia virtual, sí.

–Así que las máquinas tienen cierto estatus legal.

–Oficialmente, los magistrados virtuales son agentes del juez humano que lleva el tribunal, pero los magistrados toman la mayor parte de las decisiones.

–Ya veo, son unos magistrados extraordinariamente influyentes.

–En realidad no hay opción. Los problemas son demasiado complicados y de otra manera el proceso se prolongaría demasiado.

–Ya veo. Ahora, hábleme de su hijo.

–Cursa segundo en Stanford y está pasando una época muy buena.

–Por cierto, tienen un campus precioso.

–Sí, durante mucho tiempo hemos estado mirando el oval and quad. *Jeremy tenía proyecciones tridimensionales del campus de Stanford en los portales de imágenes de los últimos diez años.*

–Ha de sentirse como en su casa.

–Está en su casa. Está en la planta baja.

–Entonces asiste virtualmente.

–La mayoría de los estudiantes hacen lo mismo. Pero Stanford todavía tiene ciertos reglamentos anacrónicos que obligan a pasar al menos una semana por trimestre efectivamente en el campus.

–¿Con el cuerpo físico?

–Eso es. Lo cual dificulta la asistencia oficial de una inteligencia virtual.

–Ni falta que le hace, puesto que puede bajar el conocimiento directamente de la web.

–Lo interesante no es el conocimiento, sino los grupos de discusión.

–¿Cualquiera puede asistir a los grupos de discusión?

–Sólo a las discusiones abiertas. Hay muchos grupos de discusión cerrados...

–¿Que no están en la web?

–Por supuesto que están en la web, pero se necesita una clave.

–Comprendo. ¿Cómo hace entonces Jeremy para asistir desde su casa?

–Jeremy y George se han hecho íntimos amigos, de modo que Jeremy manda a George a que escuche las sesiones secretas. Pero no se lo diga usted a nadie.

–Seré una tumba. Sólo se lo diré a mis otros lectores.

–Bien, pero también ellos tienen que guardar el secreto.

–Así se lo haré saber.

–Espero que todo salga bien. En cualquier caso, ahora mismo George está ayudando a Jeremy en sus trabajos en casa.

–Y yo espero que George no le haga todo el trabajo.

–¡Oh, no, George no haría eso! Simplemente está ayudando. Nos ayuda a todos. De lo contrario, no podríamos arreglárnoslas.

–Podría echarme una mano a mí también. Podría ayudarme a terminar este libro en el plazo estipulado.

–Bueno, George es inteligente, pero me temo que no tiene esa tecnología de licencia poética que le permite a usted hablar conmigo a treinta años de distancia.

–Es una lástima.

–Pero me encantaría ayudarle a salir del apuro.

–Sí, lo sé, y ya lo ha hecho.

12. 2099

Cuando miro a través de la ventana,
¿qué creéis que veo?
... la gran cantidad de gentes diferentes del futuro.

DONOVAN

Sabemos qué hay, pero no qué puede llegar a haber.

WILLIAM SHAKESPEARE

Poco a poco el pensamiento humano se mezcla con el mundo de la inteligencia de la máquina, inicialmente creación de la especie humana.

La ingeniería inversa del cerebro humano parece haberse completado. Se han explorado, analizado y comprendido centenares de regiones especializadas. Los análogos mecánicos se basan en estos modelos humanos, que han sido potenciados y extendidos junto con muchos algoritmos masivamente paralelos. Estas potenciaciones, en combinación con las enormes ventajas en velocidad y capacidad de circuitos elécrico/fotónicos, suministran ventajas sustanciales a la inteligencia de base mecánica.

Las inteligencias de base mecánica que se derivan por completo de estos modelos extendidos de inteligencia humana afirman ser humanas, aunque sus cerebros no se basen en procesos celulares a base de carbono, sino en sus «equivalentes» electrónicos y fotónicos. La mayoría de estas inteligencias no están ligadas a una unidad de procesamiento computacional (esto es, a un fragmento de *hardware*). La cantidad de seres humanos a base de *software* supera enormemente a la de los que emplean la computación a base de neuronas naturales. Una inteligencia es capaz de manifestar cuerpos a voluntad: uno o más cuerpos virtuales en diferentes niveles de la realidad virtual y cuerpos físicos producto de nanoingeniería que utilizan instantáneamente enjambres reconfigurables de nanobots.

Incluso entre las inteligencias humanas que siguen utilizando neuronas a base de carbono, se emplea por doquier la tecnología de implantes, que produce un gran incremento de las capacidades perceptuales y cognitivas. Los seres humanos que no se valen de esos implantes son incapaces de participar de manera significativa en conversaciones con quienes los llevan.

Estas perspectivas pueden combinarse de muchas maneras. El concepto de lo que es humano se ha alterado significativamente. Los derechos y los poderes de diferentes manifestaciones de inteligencia humana y de inteligencia mecánica y sus diversas combinaciones constituyen un problema político y filosófico primordial, a pesar de que se han establecido los derechos básicos de la inteligencia de base mecánica.

Hay una multitud de tendencias que ya se aprecian en 1999 y que continuarán acelerándose en el siglo próximo, interactuando entre sí y...

–Sí, sí. Como le gustaba decir a Niels Bohr, «es difícil predecir, sobre todo el futuro», así que mejor que se limite usted a mis observaciones. Será más cómodo y menos confuso.

–Tal vez tenga razón.

–Después de todo, cien años es mucho tiempo. Y el siglo XXI *fue como diez siglos en uno.*

–Pensábamos que eso se podía aplicar al siglo XX.

–La espiral de la aceleración de los resultados aún está vigente.

–No me sorprende. Sea como fuere, tiene usted un aspecto asombroso.

–Cada vez que nos encontramos dice usted lo mismo.

–Quiero decir que parece que tuviera otra vez veinte años, sólo que más hermosa que al comienzo del libro.

–Ya sabía yo que así es como deseaba usted verme.

–¡Bravo! ¡Ahora se me va a acusar de preferir a las mujeres más jóvenes!

–Estoy contenta de estar en 2099.

–Gracias.

–¡Eh! ¡Que también puedo ser horrible!

–Eso está bien.

–No, en realidad puedo parecer horrible sin cambiar de apariencia. Es como dice esa cita de Wittgenstein: «Imaginad esta mariposa exactamente tal como es, pero horrible en lugar de bella.»

–Siempre me ha desconcertado esa cita, pero me alegro de que cite usted a pensadores del siglo XX.

–Bueno, lo hago porque usted no está al tanto de los del siglo XXI.

–Así que está usted expresando esta apariencia. Pero yo no tengo capacidad para ver la realidad virtual, así que no...

–No comprende cómo puede verme.

–Eso es.

–Ahora mismo mi cuerpo es una pequeña proyección de enjambres de fogs. Bonito, ¿verdad?

–No está mal, en absoluto. También siente usted muy bien.

–Pensaba darle un abrazo, quiero decir que como el libro está a punto de terminar...

–Es toda una tecnología.

– Bueno, ya no usamos tan a menudo los enjambres.

–La última vez que la vi, no tenían enjambres de nanobots. Ahora ya están cansados de usarlos. Supongo que me salté una fase.

–¡Una o dos! ¡Hace setenta años que nos vimos por última vez! Y setenta años en constante aceleración.

–Tendremos que vernos más a menudo.

–No sé si será posible. El libro está llegando a su término, como usted sabe.

–Pues entonces, ¿sigue con George?

–¡Por supuesto! No nos separamos ni un instante.

–¿Ni un instante? ¿No se aburren?

–¿Se aburre usted consigo mismo?

–Bueno, en verdad, a veces, sí. Pero ¿quiere decir que usted y George se han, cómo decirlo?...

–¿Fundido?

–Humm... ¿Es como una fusión de empresas?

–Más bien como una unión de dos sociedades.

–¿Dos sociedades mentales?

–Exacto. Ahora nuestra mente es una grande y feliz sociedad.

–¿La gran araña hembra que devora a la pequeña araña macho?

–¡Oh, no, la araña grande es George! Su mente era como...

–¿Una galaxia?

–Venga, no exageremos. Tal vez como un gran sistema solar.

–Así que ustedes han unido sociedades, o, mejor, han unido sus sociedades. ¿Entonces ya no pueden hacer el amor?

–Eso no se sigue en absoluto de lo dicho.

–De acuerdo, supongo que hay cosas que superan mi capacidad de comprensión, propia de 1999.

–Eso tampoco se desprende. Lo profundo de los seres humanos –incluidos los MOSH– es que prácticamente no hay nada que escape a vuestra comprensión. Eso no era verdad respecto de los otros primates.

–De acuerdo. Pero ahora mis preguntas se arraciman. ¿MOSH?

–Sí, Mostly Original Substrate Humans [seres humanos con sustrato mayoritariamente original].

–Ya, por supuesto, no potenciados...

–Exacto.

–Pero ¿cómo puede intimar con George ahora que han unido sus fuerzas, por así decirlo?

–Bueno, como en el poema de Barry Spacks...

–¿Se refiere a «Duplicado por la lascivia, emite gemidos de mujer...»?

–Efectivamente, y quiero decir que también los MOSH se dividen...

–Cuando estamos solos...

–O con otros. ¿No le parece que llegar a ser la otra persona y uno mismo a la vez es en verdad lo máximo a lo que se puede aspirar?

–Sobre todo cuando la otra persona es parte de uno mismo.

–Claro. Pero George y yo todavía podemos dividirnos. Al menos en nuestras capas superficiales.

–¿Capas?

–Pues sí, hay cosas difíciles de explicar a un MOSH, *incluso a uno tan inteligente como usted.*

–Sí, un MOSH que la ha creado a usted, no lo olvide.

–Oh, jamás lo olvidaré. Mi agradecimiento será eterno. Piense usted en las capas externas de nuestras respectivas personalidades.

–Así que separan ustedes sus personalidades...

–A veces. Pero seguimos compartiendo en todo momento nuestro acervo de conocimientos.

–Al parecer, tienen ustedes mucho en común.

(Risa pícara y contenida.)

–Ya veo que aún conserva su vieja personalidad.

–Naturalmente que conservo mi vieja personalidad; tiene mucho valor sentimental para mí.

–Comprendo. Quiere decir que tiene otras.

–Sí, mis preferidas son unas que se le han ocurrido a George.

–Muchacho creativo este George.

–¡Mucho!

–Bueno, eso de tener muchas personalidades no es nada especial. También en el siglo XX tenemos gente así.

–Naturalmente, ya recuerdo. Pero cuando estaban ancladas en un solo cerebro MOSH no bastaba con pensar para convocarlas a todas. Así que era difícil que todas ellas tuvieran éxito en la vida.

–Entonces, ¿qué está usted haciendo ahora mismo?

–Hablo con usted.

–Sí, ya lo sé, pero ¿qué más?

–No mucho más, en realidad. Trato de concentrar en usted la mayor parte de la atención.

–¿No mucho más? Entonces está haciendo alguna otra cosa.

–En realidad no puedo pensar en nada.

–Bueno, ¿tiene relación con alguien más en este momento?

–¡Qué curioso es usted!

–Esto ya lo hemos dicho hace unas décadas. Pero no responde a la pregunta.

–Pues no; en realidad, no.

–¿En realidad? Entonces, es que sí.

–Bueno, de acuerdo. Pero fuera de George, en realidad, no.

–Me alegro de no distraerla demasiado. ¿Y qué más?

–Estoy terminando una sinfonía.

–¿Un nuevo interés?

–No soy más que una aficionada, pero la creación musical es una manera fantástica de estar junto a Jeremy y Emily.

–La creación musical parece algo muy adecuado para hacer

con sus hijos, aun cuando tengan casi noventa años. ¿Puedo oír esa música?

–Me temo que no la entenderá.

–¿Es que para entenderla hay que estar potenciado?

–Sí. Es lo que ocurre en la mayoría de las artes. Para empezar, esta sinfonía está en frecuencias que un MOSH no puede oír, y su tiempo es demasiado rápido. Además, usa estructuras musicales que un MOSH jamás podría seguir.

–¿No pueden crear arte para seres humanos no potenciados? Quiero decir que en eso aún es posible mucha profundidad. Piense en Beethoven. Escribió hace dos siglos, y todavía hoy encontramos vivificante su música.

–Sí, hay un tipo de música –de todas las artes, en realidad– en que creamos música y arte que un MOSH sí puede comprender.

–¿Entonces tocáis música MOSH para individuos MOSH?

–Humm, es una idea interesante. Supongo que podríamos probarla, aunque ya no es fácil encontrar individuos MOSH. De todos modos, no hace falta. Sin duda podemos comprender qué es capaz de entender un MOSH. Lo importante es utilizar las limitaciones de los MOSH como dificultad añadida.

–Algo así como componer música nueva para instrumentos antiguos.

–Eso es, música nueva para mentes antiguas.

–De acuerdo; ¿así que, fuera de su... humm... diálogo con George, y de esta sinfonía, acaparo yo toda su atención?

–Bueno, ahora George y yo compartimos una hamburguesa.

–Pensé que serían vegetarianos.

–No es hamburguesa de ternera, tontito.

–Por supuesto, una hamburguesa de enjambres.

–No, no, está un poco confundido. Hace cincuenta años producíamos nanoalimentos. Así podíamos comer carne, o lo que quisiéramos, que no provenía de animales y tenía la composición nutritiva correcta. Pero aun entonces, no hubiéramos deseado comer una proyección de enjambres, que sólo son proyecciones visual-auditivo-táctiles en la realidad real. ¿Me sigue?

–Sí, sí, claro.

–Pues bien, un par de décadas después, se sustituyó básicamente

nuestro cuerpo por órganos nanoconstruidos o nanoórganos. Entonces ya no necesitamos comer en la realidad real. Pero nos sigue gustando compartir una comida en la realidad virtual. De todos modos, los nanocuerpos eran completamente inflexibles. Quiero decir que bastaban segundos para reconstruirlos de otra forma. Así que, hoy por hoy, cuando es necesario, o deseable, proyectamos un cuerpo adecuado.

–¿Mediante enjambres de nanobots?

–Ésa es una manera de hacerlo. Es lo que estoy haciendo ahora mismo con usted.

–Puesto que soy un MOSH.

–Exacto. Pero en casi todas las demás circunstancias me limito a utilizar un canal virtual disponible.

–De acuerdo, me parece que ahora la sigo.

–Ya decía yo que los MOSH pueden entender casi cualquier cosa. Tenemos mucho respeto por los MOSH.

–Después de todo, es vuestra herencia.

–Así es. Y además, estamos obligados a hacerlo, dada la legislación de los abuelos.

–A ver, permítame adivinar. Los MOSH estaban protegidos por las mentes nativas ancestrales.

–Sí, pero no sólo los MOSH. En realidad es un programa para proteger todos nuestros derechos de nacimiento, un culto hacia todo lo que hemos sido.

–¿Así que todavía les gusta comer?

–Por supuesto. Dado que nos basamos en nuestra herencia MOSH, nuestras experiencias –la comida, la música, la sexualidad– tienen el antiguo fundamento, aunque vastamente expandido. Sin embargo, tenemos un amplio abanico de experiencias comunes cuyos orígenes son difíciles de rastrear, aun cuando los antropólogos se empeñan en conseguirlo.

–Sigo asombrado de que tengan interés en comer hamburguesa.

–Es un retroceso, ya lo sé. Muchos de nuestros actos y pensamientos tienen sus raíces en el pasado. Pero ahora que usted lo dice, me parece que se me ha quitado el apetito.

–Lo siento.

–Sí, bueno, yo debería tener gustos más delicados. Shelby, una buena amiga mía, tiene aspecto de vaca, o al menos así es como se mani-

fiesta siempre. Dice que en tiempos fue una vaca, que se la hizo pasar al otro mundo y se la potenció. Pero nadie la cree.

–¿Hasta qué punto satisface comer una hamburguesa virtual en una realidad virtual?

–Es muy agradable: la textura, el sabor, el aroma, todo es una maravilla, exactamente como lo recuerdo, aun cuando casi todo el tiempo fui vegetariana. Los modelos neuronales no sólo simulan nuestro medio visual, auditivo y táctil, sino también nuestro medio interior.

–¿Incluso la digestión?

–Sí, el modelo de digestión bioquímica es muy riguroso.

–¿Qué pasa con la indigestión?

–Creo que hemos conseguido evitarla.

–Me está usted ocultando algo.

–Humm...

–Veamos, era usted una joven atractiva cuando nos vimos por primera vez, y aún se proyecta como una joven hermosa. Al menos cuando estoy con usted.

–Gracias.

–Entonces, ¿me está diciendo que ahora es una máquina?

–¿Una máquina? No se qué contestar. Es como si me preguntara si soy brillante o incitante.

–Sospecho que la palabra «máquina» no tiene en 2099 las mismas connotaciones que tenía en 1999.

–No lo recuerdo.

–De acuerdo, digámoslo de otro modo. ¿Tiene todavía circuitos neuronales a base de carbono?

–¿Circuitos? Creo que no lo entiendo. ¿Se refiere a mis circuitos propios?

–Pues claro. Sospecho que hace ya mucho que han desaparecido.

–Así es. Mire, durante unas décadas tuvimos nuestro medio mental propio, y todavía hay inteligencias locales a las que les gusta estar ligadas a una unidad computacional específica. Pero es un reflejo de alguna antigua ansiedad. De todos modos, estas inteligencias realizan la mayor parte de su pensamiento fuera, en la web, de modo que son un anacronismo sentimental.

–¿Un anacronismo, como el de tener un cuerpo propio?

–Puedo tener mi cuerpo propio en cualquier momento que lo desee.

–Pero ¿no tiene usted un sustrato neuronal específico?

–¿Para qué habría de querer una cosa así? Demasiado esfuerzo de mantenimiento para resultados limitadísimos.

–¿Entonces, hasta cierto punto, se escanearon los circuitos neuronales de Molly?

–¡Pues, claro! Los míos, los de Molly. Y se hizo todo a la vez, dicho sea de paso.

–Pero ¿no se pregunta si sigue siendo la misma persona?

–Por supuesto que soy la misma. Recuerdo perfectamente mis experiencias de antes de comenzar a escanearme la mente, tanto durante la década en que se copiaron los fragmentos como después.

–Seguro, ha heredado usted todos los recuerdos de Molly.

–¡Oh, no otra vez, no es ésa la cuestión!

–No tengo intención de contradecirla. Pero piense tan sólo que la exploración neuronal de Molly se reinstaló en una copia que terminó siendo usted misma. Molly hubiera podido continuar existiendo y pudo haber evolucionado en alguna otra dirección.

–Ya no creemos que ese enfoque sea adecuado. Hace por lo menos veinte años que hemos zanjado el problema.

–Bien, ahora usted ve las cosas de esa manera. Está en el otro mundo.

–Bueno, como todos.

–¿Todos?

–De acuerdo, no todos. Pero no tengo ninguna duda de que...

–Es Molly.

–Creo que sé quién soy.

–No tengo problema en que sea usted Molly.

–Ustedes los MOSH son siempre fáciles de persuadir.

–Para nosotros es muy difícil competir con ustedes, gente del otro mundo.

–Seguro que sí. Por eso la mayoría de nosotros estamos aquí.

–No estoy seguro de poder avanzar más en el problema de la identidad.

–Una razón por la cual ha dejado de ser un problema.

–Entonces, hablemos de su trabajo. ¿Sigue asesorando a la comisión del censo?

–Estuve haciéndolo durante medio siglo, pero ya estaba agotada. De todos modos, lo que queda por hacer es casi exclusivamente cuestión de cómo aplicar el sistema.

–¿Quiere decir que se resolvió el problema de a quién censar?

–Ya no contamos personas. Terminó por quedar claro que censar personas individuales no tenía sentido. Como dice Iris Murdoch: «Es difícil decir dónde termina una persona y comienza otra.» Es algo así como tratar de contar ideas o pensamientos.

–Entonces, ¿qué es lo que censan?

–Obviamente, censamos cómputos.

–Es decir, ¿cálculos por segundo?

–Humm. Es un poco más complicado, debido a la computación cuántica.

–No esperaba que fuera sencillo. Pero ¿cuál es el resultado?

–Bueno, sin computación cuántica, estamos en unos 10^{55} *cálculos por segundo.*[1]

–¿Por persona?

–No, cada uno de nosotros abarca la computación que quiere. Es la cifra total.

–¿Para todo el planeta?

–Más o menos. Quiero decir que no toda está literalmente en el planeta.

–¿Y con la computación cuántica?

–Bueno, alrededor de 10^{42} *computaciones son cuánticas, con un promedio de 1000* qu-bits. *Eso equivale a unos* 10^{342} *cálculos por segundo, pero las computaciones cuánticas todavía no son de uso general, así que la cifra de* 10^{55} *continúa siendo pertinente.*[2]

–Humm. En mi cerebro MOSH sólo tengo 10^{16} cps, y eso en un buen día.

–En su cerebro MOSH hay algo de computación cuántica, así que la capacidad total es un poco mayor.

–Eso me tranquiliza. Pero, si no trabaja usted en el censo, ¿qué es lo que hace?

–No tenemos exactamente empleos.

–Ya sé de qué va eso.

–En realidad, usted no es un mal modelo de trabajo de finales del siglo XXI. *Todos somos básicamente empresarios.*

–Parece que algunas cosas evolucionaron en la dirección adecuada. Así pues, nómbreme algunas de sus empresas.

–Una idea que tengo es un modo único de catalogar las propuestas de nuevas tecnologías. Es cuestión de comparar las estructuras de conocimiento del usuario con el conocimiento de la web exterior, y luego integrar las pautas pertinentes.

–No estoy seguro de haberlo entendido. Pero deme un ejemplo de propuesta reciente de investigación que usted haya catalogado.

–La mayor parte de la catalogación es automática. Pero me dediqué a intentar cualificar algunas de las propuestas recientes en femtoingeniería.[3]

–Femto, como en una milésima de billonésima de metro.

–Exacto. Drexler ha escrito una serie de artículos en los que demuestra que es factible construir tecnología en escala femtométrica, sobre la base de la explotación de estructuras delicadas en el interior de quarks para realizar computación.

–¿Alguien lo ha hecho?

–Nadie lo ha demostrado, pero los papeles de Drexler parecen indicar que se puede hacer. Al menos es mi opinión, pero lo cierto es que se trata de un tema muy controvertido.

–¿Es el mismo Drexler que desarrolló el concepto de nanotecnología en los años setenta y ochenta del siglo XX?

–El mismo, Eric Drexler.

–Eso quiere decir que ahora tendría unos ciento cincuenta años, así que ha de estar en el otro mundo.

–Por supuesto, todo el que hace cosas serias tiene que estar en el otro mundo.

–Habló usted de «papeles». ¿Es que todavía tienen papeles?

–Sí. Bueno, hay términos arcaicos que se conservan. Los llamamos moshismos. Es claro que los «papeles» no tienen ninguna sustancia física como soporte. Pero seguimos llamándolos así.

–¿En qué lengua están escritos? ¿En inglés?

–Los universitarios se publican en general según un conjunto estándar de protocolos de conocimiento asimilados, que se puede entender al instante. También han aparecido algunas formas estructurales reducidas, pero éstas suelen usarse en publicaciones más populares.

–¿Quiere decir algo así como el *National Enquirer*?

–Ésa es una publicación muy seria. Utiliza el protocolo íntegro.

–Ya veo.

–A veces, los «papeles» se entregan también en formas basadas en reglas, pero por lo general no son satisfactorios. Hay una extraña tendencia de las publicaciones populares a editar artículos en lenguas MOSH, como el inglés, pero podemos traducirlos con bastante rapidez a estructuras de conocimiento asimiladas. El aprendizaje no es la lucha que fue en otra época. Ahora la lucha está en descubrir nuevos conocimientos que aprender.

–¿Otras tendencias a las que se dedique usted?

–Bueno, los agentes de catalogación automática tuvieron dificultades con las propuestas del movimiento en defensa del suicidio.

–¿Cuáles son?

–La idea es que uno tenga el derecho de terminar con su archivo mental, así como de destruir todas las copias. Las regulaciones obligan a conservar al menos tres copias de seguridad de no más de diez minutos de antigüedad, y que al menos una de ellas esté en poder de las autoridades.

–Ya me doy cuenta del problema. Si te dicen que serán destruidas todas las copias, ellos podrían conservar en secreto una y replicarla más adelante. Nunca lo sabrías. ¿No contradice esto la premisa de que los que están en el otro mundo son la misma persona –la misma continuidad de conciencia– que la persona original?

–No creo que eso se desprenda en absoluto.

–¿Puede explicarlo?

–No lo entendería usted.

–Yo creía que podía entender prácticamente cualquier cosa.

–Es lo que dije, pero creo que tendré que aclararlo.

–Tendrá que aclarar si un MOSH puede comprender cualquier concepto, o el problema de la continuación de la conciencia.

–Me parece que ahora soy yo la que está confundida.

–Dejémoslo. Dígame algo más acerca de este movimiento a favor de «la destrucción de todas las copias».

–De acuerdo. Yo veo las dos caras del problema. Por un lado, siempre he simpatizado con el derecho a controlar el propio destino. Por otro lado, destruir conocimiento es un pecado.

–¿Y las copias constituyen conocimiento?

–¿Qué duda cabe? Al final, el movimiento a favor de la destrucción de todas las copias ha acabado siendo el principal problema de York.

–Un momento, espere un momento. Si no recuerdo mal, los partidarios de York son antitecnológicos, y sin embargo sólo aquellos de ustedes que se hallen en el otro mundo se interesarán por el problema de la destrucción de todas las copias. Si los partidarios de York están en el otro mundo, ¿cómo pueden estar contra la tecnología? O bien, si no están en el otro mundo, ¿por qué habrían de preocuparse por este problema?

–Bueno, recuerde que han pasado setenta años desde nuestra última conversación. Los grupos de York tienen sus raíces en los viejos movimientos antitecnológicos, pero ahora que estamos en el otro mundo nos vemos abocados a un problema un poco distinto, sobre todo de libertad individual. Por otro lado, la gente del Manifiesto de Florence ha mantenido el compromiso de seguir siendo MOSH, lo que, por supuesto, yo respeto.

–Gracias. ¿Y la legislación de los abuelos los protege?

–Desde luego. El otro día oí la presentación de un líder de discusión del MF, y aunque hablaba en lenguaje MOSH, era imposible que no tuviera al menos un implante de expansión neuronal.

–Bueno, de vez en cuando los MOSH podemos hablar con sentido.

–¡Oh, por supuesto! No tuve intención de dar a entender otra cosa. Lo que quiero decir...

–De acuerdo. ¿Así que está usted metida en ese movimiento para destruir todas las copias?

–Sólo en la catalogación de algunas de las propuestas y discusiones. Pero he estado trabajando en un movimiento afín que se proponía bloquear el desvelamiento legal de los datos de seguridad.

–Eso parece importante. ¿Y respecto del desvelamiento del fichero propiamente dicho de la mente? Quiero decir que todo vuestro pensamiento y toda vuestra memoria está en forma digital.

–En realidad, digital y analógica, pero su observación es oportuna.

–Entonces...

–Ha habido reglamentos sobre el desvelamiento legal del fichero mental. Básicamente, nuestras estructuras de conocimiento que corres-

ponden a lo que suele constituir los documentos y artefactos desvelables, son desvelables. Las estructuras y formas que corresponden a nuestros procesos de pensamiento se supone en cambio que no. Una vez más, todo tiene su raíz en nuestro pasado MOSH. Pero, como puede imaginarse, la discusión sobre cómo interpretarlo es inacabable.

–Así que el desvelamiento legal de nuestro archivo mental principal está resuelto, aunque con reglas ambiguas. ¿Y los ficheros de seguridad?

–Créase o no, el problema de las copias de seguridad no se ha resuelto del todo. Parece absurdo, ¿no?

–El sistema legal nunca fue del todo consistente. ¿Qué pasa cuando hay que prestar testimonio? ¿Hace falta estar físicamente presente?

–Puesto que muchos de nosotros no tenemos presencia física permanente, eso no tendría mucho sentido.

–Ya veo, ¿así que usted puede prestar testimonio con un cuerpo virtual?

–Claro, pero no puedes hacer otra cosa mientras prestas testimonio.

–En ese momento no puede estar con George.

–No.

–Me parece justo. Aquí, en 1999, no se puede llevar café a una sala del tribunal de justicia y hay que desconectar los teléfonos móviles.

–Fuera del desvelamiento, hay mucho interés en que los departamentos gubernamentales de investigación puedan acceder a las copias de seguridad, aunque lo nieguen.

–No me sorprende que la intimidad siga siendo un problema. Phil Zimmerman...

–¿Aquel tipo del PGP?

–¡Ah! ¿Se acuerda de él?

–Claro. Mucha gente lo tiene por santo.

–Su «Pretty Good Privacy» sigue siendo tan bueno como entonces; es el algoritmo criptográfico más importante circa 1999. En cualquier caso, Zimmerman dijo que «en el futuro, tendremos quince minutos de intimidad».

–Quince minutos sería demasiado.

–De acuerdo. Pero ahora dígame, ¿qué pasa con los nanobots autorreplicantes que les preocupaban en 2029?

–Hemos luchado con esto durante décadas, y hubo una cantidad de incidentes serios. Pero ya hace mucho que no manifestamos permanentemente nuestro cuerpo. En la medida en que la web es segura, no tenemos nada de qué preocuparnos al respecto.

–Ahora que ustedes existen como *software*, deberían preocuparse otra vez por los virus de *software*.

–Muy agudo. Los patógenos del software *constituían la principal preocupación de los departamentos de seguridad. Dicen que las exploraciones en busca de virus consumen más de la mitad de la computación de la web.*

–Sólo para comparar unos virus con otros.

–Las exploraciones de virus suponen mucho más que simples comparaciones de códigos patógenos. Los patógenos más listos del software *se autotransforman constantemente. No hay capas sobre las cuales hacerlo de modo fiable.*

–Parece peligroso.

–La verdad es que tenemos que estar constantemente en guardia cuando manipulamos el torrente de nuestros pensamientos a través de los canales de subestratos.

–¿Qué ocurre con la seguridad del *hardware*?

–¿Se refiere usted a la web?

–Es allí donde usted existe, ¿no?

–Sí, claro. La web es muy segura porque es extremadamente descentralizada y redundante. Al menos, eso es lo que se nos dice. Pueden destruirse grandes partes de ella prácticamente sin consecuencias.

–También ha de haber un esfuerzo sostenido por mantenerla.

–Ahora el hardware *de la web se autorreplica y se expande continuamente. Los circuitos más antiguos se replican y se rediseñan sin cesar.*

–¿De modo que no hay por qué preocuparse por su seguridad?

–Reconozco que siento una cierta inquietud respecto del sustrato. Siempe he afirmado que esta ansiedad de libre flotación tenía sus raíces en mi pasado MOSH. Pero no me supone un problema. Para mí es inimaginable que la web sea vulnerable.

–¿Y qué ocurre con los nanopatógenos autorreplicantes?

–Humm, supongo que podrían ser un peligro, pero la plaga de nanobots tendría que alcanzar dimensiones terribles para afectar a todo el sustrato. Me pregunto si no sucedería algo así hace quince años, cuan-

do desapareció el noventa por ciento de la capacidad de la web. Nunca se nos dio una explicación convincente al respecto.

–Bueno, no tuve intención de despertar sus ansiedades. De modo que todo este trabajo de catalogación lo hace usted como empresaria.

–Eso es, algo así como mi pequeña empresa personal.

–Y desde el punto de vista financiero, ¿cómo le va?

–Voy tirando, pero nunca tengo mucho dinero.

–Bueno, deme una idea, ¿cuál es su ganancia neta, aproximadamente?

–No llego a los mil millones de dólares.

–¿En dólares de 2099?

–Pues, claro.

–Ya. ¿Y cuánto es eso en dólares de 1999?

–Veamos, en dólares de 1999 serían unos 149 000 millones y pico.

–¡Oh! ¿Entonces los dólares tienen más valor en 2099 que en 1999?

–Pues, sí. La deflación ha ido dando sus frutos.

–Ya veo. Así que es usted más rica que Bill Gates.

–Sí; pero veamos: más rica que Bill Gates en 1999. Eso no es decir gran cosa. En 2099 sigue siendo el hombre más rico del mundo.

–Creía que había dicho que invertiría la primera mitad de su vida en hacer dinero y la segunda en gastarlo.

–Me parece que sigue con el mismo plan. Pero ha gastado mucho dinero.

–Entonces, ¿cuál es en promedio su ganancia neta?

–Seguramente más del ochenta por ciento.

–No está mal, siempre he pensado que era usted una mujer lista.

–Bueno, George ayuda.

–Y no se olvide de quién la inventó.

–Por supuesto.

–¿Así que tiene usted suficientes recursos financieros para satisfacer sus necesidades?

–¿Necesidades?

–Sí, es un concepto familiar para usted...

–Humm. Ésa es una idea un tanto extraña. Ya hace unas décadas que no pienso en las necesidades. Aunque últimamente he leído un libro sobre el tema.

–Un libro, ¿quiere decir con palabras?

–No, naturalmente que no, no hay libros a menos que nos dediquemos a investigar sobre siglos pasados.

–¿Es algo así como los «papeles» de investigación, libros de estructuras de conocimiento asimiladas?

–Es una manera razonable de expresarlo. Ya dije que no hay nada que un MOSH no pueda entender.

–Gracias.

–Pero distinguimos entre «papeles» y libros.

–¿Los libros son más largos?

–No, más inteligentes. Un «papel» es básicamente una estructura estática. Un libro es inteligente. Con un libro podemos tener relación. Los libros pueden tener experiencias entre sí.

–Eso me recuerda el juicio de Marvin Minsky: «¿Puede usted imaginar que acostumbraban a tener bibliotecas donde los libros no hablaban entre ellos?»

–Es difícil recordar que las cosas fueran así.

–De acuerdo, así que no tiene usted necesidades insatisfechas. Pero ¿qué pasa en cuanto a los deseos?

–Sí, ese concepto me dice algo. Mis medios financieros son bastante limitados, la verdad. Siempre hay que estar haciendo difíciles equilibrios de presupuesto.

–Supongo que algunas cosas habrán cambiado.

–En efecto. El año pasado hubo más de cinco mil propuestas de riesgo en las que me hubiera encantado invertir, pero apenas pude hacerlo en la tercera parte.

–Ya supongo que no es usted Bill Gates.

–De eso no cabe duda.

–Cuando usted hace una inversión, ¿cuál es el beneficio? Quiero decir, no va a comprar material de oficina, claro.

–Básicamente, tiempo y pensamiento, así como conocimiento. Además, a pesar de que en la red hay una gran cantidad de conocimiento que se distribuye gratuitamente, por gran parte de él tenemos que pagar tarifas de acceso.

–Eso también pasa en 1999.

–El dinero es útil, sin duda.

–Así que ya lleva usted mucho tiempo de vida. ¿No le preocupa el asunto?

–Como dijo Woody Allen: «Algunos quieren alcanzar la inmortalidad a través de su obra o de sus descendientes. Yo, para alcanzar la inmortalidad, trato de no morirme.»

–Me alegra comprobar que Allen sigue siendo influyente.

–Pero en realidad tengo un sueño recurrente.

–¿Todavía sueña?

–Por supuesto. No podría ser creativa si no soñara. Trato de soñar lo máximo posible. Tengo por lo menos dos o tres sueños siempre presentes.

–¿Qué es lo que sueña?

–Hay una larga fila de edificios, millones de edificios. Entro en uno. Está vacío. Miro en todas las habitaciones. No hay nadie, ni muebles, nada. Salgo y entro en el edificio contiguo. Voy de edificio en edificio y de pronto el sueño termina con una sensación de espanto...

–¿Una suerte de relámpago de desesperación ante la naturaleza aparentemente interminable del tiempo?

–Humm, tal vez, pero luego la sensación desaparece y me encuentro con que no puedo pensar en el sueño. Simplemente se esfuma.

–Da la impresión de que interviniera un algoritmo antidepresivo.

–Quizá debería estudiar cómo anularlo.

–¿El sueño o el algoritmo?

–Pensaba en el algoritmo.

–Eso sería muy difícil.

–¡Qué pena!

–¿Está pensando usted en alguna otra cosa en este momento?

–Estoy tratando de meditar.

–¿En la sinfonía, Jeremy, Emily, George, nuestra conversación y uno o dos sueños?

–Bueno, no tanto. En realidad, usted ha recibido casi toda mi atención. Supongo que en su cabeza no hay nada más en este momento.

–De acuerdo, tiene razón. Tengo muchas cosas en la cabeza, muchas cosas a las que no les encuentro ni pies ni cabeza.

–Ya ve usted.

–¿Qué tal va su meditación?

–Sospecho que estoy un poco distraída con nuestra conversación. No todos los días puedo hablar con alguien de 1999.

–¿Qué tal en general?

–¿Mi meditación? Es muy importante para mí. Están pasando tan-

tas cosas en mi vida... De cuando en cuando es importante dejar que me vengan los pensamientos.

–¿La meditación la ayuda a trascender?

–A veces siento como si pudiera trascender y lograr una cierta paz y serenidad, pero no me resulta más fácil ahora que la primera vez que me encontré con usted.

–¿Qué pasa con los correlatos neurológicos de la experiencia espiritual?

–Hay ciertos sentimientos superficiales que puedo infundirme, pero eso no es verdadera espiritualidad. Es como cualquier gesto auténtico: la expresión artística, un momento de serenidad, el sentimiento de amistad. Para eso vivo, y esos momentos no son fáciles de lograr.

–Creo que me alegro de oír que todavía hay cosas que no son fáciles de conseguir.

–La vida es muy dura, en realidad. Son tantas las demandas y las expectativas que recaen sobre mí, y tantas mis limitaciones...

–Una limitación que se me ocurre es que nos estamos excediendo del espacio de este libro.

–Y del tiempo.

–También. Le agradezco profundamente que comparta sus reflexiones conmigo.

–También yo le estoy agradecida. Sin usted, yo no habría existido.

–¿Tal vez deberíamos darnos un beso de despedida?

–¿Sólo un beso?

–En eso lo dejaremos en este libro. Ya pensaré el final para la película, en particular si consigo ser yo el intérprete.

–Aquí está mi beso... ahora recuerde, estoy dispuesta a hacer o ser cualquier cosa que usted desee o necesite.

–Lo tendré in mente.

–Sí, ahí es donde me encontrará.

–Muy mal. Tendré que esperar un siglo para encontrarme con usted.

–O para ser yo misma.

–Sí, eso también.

Epílogo: Nueva visita al resto del universo

En realidad, Molly, se me han ocurrido otras preguntas.

¿Cuáles eran las limitaciones a las que se refería?

¿De qué tiene miedo?

¿Siente dolor?

¿Qué me puede decir de los bebés y los niños?

¿Molly?...

Da la impresión de que Molly ya no puede responder a nuestras preguntas. Pero no importa. Tampoco necesitamos respuestas. Al menos no por ahora. Por ahora nos basta con formular las preguntas correctas. Ya tendremos décadas para pensar en las respuestas.

El ritmo acelerado del cambio es inexorable. El surgimiento de una inteligencia mecánica que supere la inteligencia humana en toda su amplia diversidad es inevitable. Pero todavía tenemos poder para dar forma a nuestra tecnología futura y a nuestras vidas futuras. Ésta es la razón principal que me movió a escribir este libro.

Veamos una cuestión final. La Ley del Tiempo y el Caos, junto con su subley más importante, la Ley de la Aceleración de los Resultados, no se limitan a los procesos evolutivos de la Tierra. ¿Cuáles son las implicaciones de la Ley de la Aceleración de los Resultados en el resto del Universo?

Rareza y plenitud

Antes de Copérnico, la Tierra estaba situada en el centro del Universo, del que se la consideraba parte sustancial. Ahora sabemos que la Tierra sólo es un pequeño objeto celeste que gira en torno a una estrella común entre cientos de miles de millones de soles de nuestra galaxia, que a su vez sólo es una entre cientos de miles de millones de galaxias. Es muy general la suposición de que la vida no es una exclusiva de nuestro humilde planeta, pero aún queda por identificar otro cuerpo celeste que albergue formas de vida.

Hasta ahora nadie ha podido decir con precisión en qué medida puede haber vida en el Universo. Mi conjetura es que la vida es al mismo tiempo rara y plena, rasgo que comparte con otros fenómenos fundamentales. Por ejemplo, la materia es al mismo tiempo rara y plena. Si hubiera que escoger al azar una región del tamaño de un protón, la probabilidad de encontrar un protón (o cualquier otra partícula) en esa región es extremadamente pequeña, de menos de uno sobre un cuatrillón. En otras palabras, el espacio está muy vacío y las partículas están muy diseminadas. Y eso, que es cierto aquí, en la Tierra, lo es mucho más aún en el espacio exterior, donde la probabilidad de encontrar una partícula en un lugar cualquiera es todavía menor. Sin embargo, hay en el Universo cuatrillones de protones. De aquí que la materia sea al mismo tiempo rara y plena.

Consideremos la materia en mayor escala. Si se escoge al azar una región del tamaño de la Tierra en un lugar cualquiera del Universo, la probabilidad de que en esa región se halle presente un cuerpo celeste (como una estrella o un planeta) también es extremadamente baja, menos de uno sobre un billón. Sin embargo, en el Universo hay miles de trillones de cuerpos celestes.

Consideremos el ciclo vital de los mamíferos en la Tierra. La misión del esperma de un mamífero terrestre de sexo masculino es fertilizar un óvulo de un mamífero terrestre de sexo femenino, pero la probabilidad de que cumpla su misión está muy por debajo de uno sobre un billón. Sin embargo, hay cada año más de cien millones de fertilizaciones de este tipo, sólo teniendo en cuenta óvulos y esperma humanos. Una vez más, rareza y plenitud.

Ahora consideremos la evolución de las formas de vida en un planeta que podríamos definir como diseños autorreplicantes de materia y energía. Es posible que la vida en el Universo sea análogamente rara y plena, pues ésas han de ser precisamente las condiciones para que la vida evolucione. Si, por ejemplo, la probabilidad de que exista una estrella que tenga un planeta en el que se haya desarrollado vida fuera de uno sobre un millón, aún habría sólo en nuestra galaxia 100 000 planetas en los cuales habría que pasar ese umbral, entre billones de galaxias.

Podemos identificar la evolución de formas de vida como un umbral específico al que han llegado cierta cantidad de planetas. Conocemos por lo menos un caso. Y suponemos que hay muchos otros.

Al examinar el umbral siguiente, hemos de tener en cuenta la evolución de vida *inteligente*. Sin embargo, a mi juicio, la inteligencia es un concepto demasiado vago para tenerlo por un umbral distinto. Si consideramos lo que sabemos sobre la vida en este planeta, hay muchas especies que demuestran ciertos niveles de conducta inteligente, pero no parece que sea claramente definible como umbral. Se trata más bien de una continuidad que de un umbral.

Mejor candidata para el próximo umbral es la evolución de una forma de vida que a su vez cree «tecnología». Hemos analizado ya la naturaleza de la tecnología. Representa más que la creación y el uso de las herramientas. Hormigas, primates y otros animales de la Tierra emplean e incluso modelan herramientas, pero estas herramientas no evolucionan. La tecnología requiere un cuerpo de conocimiento que describa la creación de herramientas y que pueda transmitirse de una generación a otra de la especie. Entonces la tecnología se convierte en sí misma en un conjunto de diseños en evolución. Esto, sin duda, no es una continuidad, sino un umbral. Una especie crea tecnología o no. Sería difícil para un planeta soportar más de una especie que cree tecnología. Si hubiera más de una, no podrían estar juntas, como parece haber sido el caso de la Tierra.

Una cuestión importante es la concerniente a la probabilidad de que un planeta en el que se ha desarrollado vida vea evolucionar una especie creadora de tecnología. A pesar de que la evolución de las formas de vida puede ser rara y plena a la vez, en el capítulo primero he argumentado que una vez que su evolución se ha puesto en marcha, la aparición de una especie creadora de tecnología es inevitable. La evolución de la tecnología es entonces la continuación, por otros medios, de la evolución que a ella dio lugar.

La etapa siguiente es la computación. Una vez que ha surgido la tecnología, es inevitable que aparezca también la computación (en la tecnología y no sólo en el sistema nervioso de la especie). No hay duda de que la computación es un medio útil para controlar tanto el medio como la propia tecnología ni de que facilita enormemente la creación posterior de tecnología. Si para un organismo la capacidad para mantener los estados internos y responder de manera inteligente a su medio es una ayuda, también lo es para la tecnología. Una vez aparecida la computación, estamos en la última fase de la evolución exponencial de la tecnología en ese planeta.

Una vez que entra en escena la computación, le toca el turno al corolario de la Ley de la Aceleración de los Resultados aplicada a la computación y comprobamos que, con el tiempo, el poder de la tecnología aumenta en forma exponencial. La Ley de la Aceleración de los Resultados predice que tanto la especie como la tecnología computacional progresarán según una tasa exponencial, pero el exponente de ese crecimiento es muchísimo mayor para la tecnología que para la especie. Así pues, la tecnología computacional supera inevitable y rápidamente a la especie que la inventó. Al final del siglo XXI, sólo habrá pasado un cuarto de milenio desde que la computación apareció en la Tierra, lo que es un instante desde el punto de vista evolutivo, y un período no demasiado largo desde el punto de vista de la historia de la humanidad. Sin embargo, en esa fase los ordenadores serán muchísimo más poderosos (y yo creo que muchísimo más inteligentes) que los seres humanos originales que iniciaron su creación.

El inevitable paso siguiente es una fusión de la especie que inventa la tecnología y la tecnología computacional cuya creación ella misma inició. En esta fase de la evolución de la inteligencia en un planeta, los ordenadores se basan al menos en parte en los diseños de los cerebros (es decir, órganos computacionales) de la especie que fuera su creadora originaria y terminan por incorporarse e integrarse a su vez en los cuerpos y los cerebros de la especie. Región por región, el cerebro y el sistema nervioso de esa especie son objeto de transferencia a la tecnología computacional y finalmente reemplazan a los órganos encargados de procesar la información. Todo tipo de problemas prácticos y éticos retrasan el proceso, pero no pueden detenerlo. La Ley de la Aceleración de los Resultados predice una fusión completa de la especie con la tecnología que originariamente creó.

¡Un momento! ¡Ese paso no es inevitable! La especie, junto con su tecnología, puede destruirse a sí misma antes de dar ese paso. La destrucción de todo el proceso evolutivo es la única manera de detener la marcha exponencial de la Ley de la Aceleración de los Resultados. En el camino se han creado tecnologías con potencialidad para destruir el nicho ecológico que la especie y su tecnología ocupan. Dada la probable plenitud de la vida y los planetas portadores de inteligencia, estas modalidades de fracaso tienen que ocurrir muchas veces.

Estamos acostumbrados a una de esas posibilidades: la destrucción mediante la tecnología nuclear: no un trágico accidente aislado, sino un acontecimiento que destruya el nicho entero. Semejante catástrofe no destruiría necesariamente todas las formas de vida del planeta, pero sería un claro retroceso en función del proceso que aquí estamos considerando. En lo que atañe a esta posibilidad, aquí, en la Tierra, todavía no estamos fuera de peligro.

Hay otras perspectivas de destrucción. Como expuse en el capítulo siete, una particularmente clara es la de un mal funcionamiento (o sabotaje) del mecanismo que inhibe la reproducción indefinida de los nanobots autorreplicantes. Dado el surgimiento de la tecnología inteligente, los nanobots son inevitables. Y también lo son los nanobots autorreplicantes, puesto que la autorréplica constituye una manera eficiente, y finalmente necesaria, de manufacturar este tipo de tecnología. Sea debido a una motivación demencial, sea por un desafortunado error de *software*, un fallo en la detención de la autorréplica en el momento oportuno sería una gran desgracia. Semejante cáncer infectaría tanto la materia orgánica como la inorgánica, pues la forma de vida de los nanobots no es de origen orgánico. Necesariamente, tiene que haber en el espacio exterior planetas cubiertos por un vasto mar de nanobots autorreplicantes. Supongo que la evolución se recuperaría a partir de allí.

Esta posibilidad no se limita a los pequeños robots. Lo mismo ocurrirá con cualquier robot autorreplicante. Pero aun cuando los robots son mayores que los nanobots, es probable que sus medios de autorréplica hagan uso de la nanoingeniería. Pero cualquier grupo autorreplicante de robots que, ya sea por diseño maligno, ya por error de programación, no se someta a las tres leyes de Isaac Asimov (que prohíben a los robots perjudicar a los creadores), presenta un grave peligro.

Otra peligrosa forma nueva de vida son los virus de *software*. Ya nos hemos encontrado –en forma primitiva– con este nuevo ocupante del nicho ecológico que la computación ofrece. Los que surjan en el próximo siglo aquí en la Tierra tendrán los medios para lograr que la evolución diseñe tácticas evasivas de la misma manera en que lo hacen hoy los virus biológicos (por ejemplo, el VIH). A medida que la especie creadora de la tecnología emplee cada vez más su tecnología computacional para sustituir sus circuitos originales basados en formas de vida, esos virus constituirán otros importantes peligros.

Antes de ese momento, los virus que operan en el nivel de la genética de la forma de vida original también representan un azar. A medida que la especie creadora de la tecnología dispone de más medios para manipular el código genético que le dio origen (se use como se use ese código), pueden aparecer nuevos virus a través de accidentes y/o de una intención hostil con consecuencias potencialmente mortales. Esto podría desviar a dicha especie antes de tener la oportunidad de transferir a su tecnología el diseño de su inteligencia.

¿En qué medida son probables estos peligros? Mi juicio personal es que un planeta que se aproxima a su siglo decisivo de crecimiento computacional –como la Tierra hoy en día– tiene mejor oportunidad que nunca de sortearlo. Pero siempre se me ha acusado de optimista.

Delegaciones de lugares lejanos

Nuestra visión popular de las visitas procedentes de otros planetas del Universo contempla criaturas como nosotros, con asistencia de naves espaciales y otras tecnologías avanzadas. En algunas concepciones, los extraterrestres tienen un aspecto notablemente humano. En otras, presentan una apariencia un poco extraña. Obsérvese que aquí, en nuestro propio planeta, tenemos criaturas inteligentes de aspecto exótico (por ejemplo, el calamar gigante y el pulpo). Pero, antropomórfica o no, la concepción popular de los extraterrestres que visitan nuestro planeta los ve más o menos de nuestro tamaño y esencialmente sin cambios respecto de su apariencia original evolucionada (normalmente blanda y húmeda). No parece probable que las cosas sean realmente así.

Mucho más probable es que las visitas de entes inteligentes de otro planeta sean resultado de la fusión de una especie inteligente evolucionada y una tecnología computacional aún más evolucionada. Es probable que una civilización suficientemente evolucionada como para hacer el viaje a la Tierra haya pasado hace ya tiempo el umbral de «fusión» antes analizado.

Un corolario de esta observación es que muy probablemente esos visitantes que lleguen de planetas lejanos sean de tamaño muy reducido. Una superinteligencia de base computacional de finales del siglo XXI en la Tierra será microscópica. Así pues, no es probable que una delegación inteligente de otro planeta utilice una nave espacial del tamaño que solemos ver en la ciencia-ficción de hoy en día, pues no habrá ninguna razón para transportar organismos y equipos tan grandes. Piénsese que probablemente esa visita no tenga como finalidad la explotación de recursos materiales, pues es casi seguro que una civilización avanzada de ese tipo haya superado la situación en que se tienen insatisfechas necesidades materiales importantes. Por el contrario, será capaz de manipular su propio medio mediante nanoingeniería (al igual que mediante picoingeniería y femtoingeniería) para satisfacer todo requerimiento físico imaginable. El único propósito probable de semejante visita sería la observación y el acopio de información. El único recurso de interés para una civilización avanzada de esta naturaleza será el conocimiento (lo que no dista mucho de ser cierto respecto a la civilización humano-mecánica aquí, en la Tierra). Estos propósitos pueden realizarse con relativamente pocos aparatos de observación, computación y comunicación. Por tanto, es probable que esas naves espaciales sean más pequeñas que un grano de arena, posiblemente microscópicas. Tal vez sea ésta la razón por la cual no nos hemos dado cuenta de su presencia.

¿En qué medida la inteligencia es útil al Universo?

Si es usted un ente consciente que intenta realizar una tarea para la que normalmente se considera que hace falta inteligencia –digamos, escribir un libro sobre inteligencia mecánica en su planeta–, puede que ésta resulte útil. Pero ¿qué tiene que hacer la inteligencia en el resto del Universo?

Para la opinión común, *no mucho*. Las estrellas nacen y mueren; las galaxias recorren sus ciclos de creación y destrucción. El Universo mismo nació de una gran explosión y terminará con un crujido o un gemido, no estamos seguros. Pero la inteligencia tiene poco que ver con ello. La inteligencia es tan sólo un poco de espuma, una ebullición de pequeñas criaturas que se mueven de aquí para allá en medio de fuerzas universales inexorables. El mecanismo irreflexivo del Universo se despliega y se repliega hacia un futuro distante, en todo lo cual la inteligencia no tiene nada que hacer.

Ésta es la opinión común. Pero no estoy de acuerdo. Mi conjetura es que, en última instancia, la inteligencia demostrará que es más poderosa que estas grandes fuerzas impersonales.

Veamos nuestro pequeño planeta. Un asteroide que al parecer chocó contra la Tierra hace 65 millones de años. Nada intencionado, por supuesto. Fue sólo uno de los poderosos acontecimientos naturales que de manera regular sobrepotencian las simples formas de vida. Pero el *próximo* visitante interplanetario no será objeto de la misma acogida. Nuestros descendientes y su tecnología (no hay aquí diferencia entre una y otra cosa, como ya he señalado) advertirán la inminente llegada de un intruso non grato y lo harán desaparecer del cielo nocturno. Primer tanto a favor de la inteligencia. (Durante veinticuatro horas, en 1998, los científicos pensaron que un asteroide de este tipo podría llegar en el año 2028, al menos hasta que revisaron sus cálculos.)

En realidad, la inteligencia no provoca el rechazo de las leyes de la física, sino que es lo suficientemente lista y tiene los recursos suficientes para manipular las fuerzas de su entorno y someterlas a su voluntad. Sin embargo, para que esto ocurra, la inteligencia debe llegar a un cierto nivel de progreso.

Consideremos que la *densidad de la inteligencia* aquí en la Tierra es bastante baja. Una medida cuantitativa que podemos adoptar es la cantidad de *cálculos por segundo por micrometro cúbico (cpspmmc).* Ésta, por supuesto, es una medida de capacidad de *hardware*, no de la inteligencia de la organización de estos recursos (esto es, de su *software*), así que la llamaremos *densidad de computación*. En su momento nos referiremos al progreso del *software*. En este momento, en la Tierra los cerebros humanos son los objetos con mayor densidad de computación (lo cual cambiará en un par de décadas). La densidad de computación del cerebro humano es de alrededor de 2 cpspmmc. No es demasiado alta, por cierto. La del sistema de circuitos de nanotubos, que ya se ha explicado, es potencialmente superior en más de un billón de veces.

Consideremos también la escasa proporción de materia de la Tierra que se dedica a alguna forma de computación. Los cerebros humanos componen sólo 10 000 millones de kilos de materia, lo que equivale aproximadamente a una 100 billonésima parte de la materia total de la Tierra. Así que, en promedio, la densidad de computación de la Tierra es de menos de una billonésima de un cpspmmc. Ya sabemos cómo lograr materia (esto es, nanotubos) con densidad computacional al menos un cuatrillón de veces superior.

Además, la Tierra sólo es una pequeña fracción de la materia del sistema solar. La densidad de computación del resto de este sistema parece ser cero. De modo que incluso aquí, en un sistema solar que se jacta de tener al menos una especie inteligente, la densidad computacional es extremadamente baja.

En el extremo opuesto, la capacidad computacional de los nanotubos no representa un límite por arriba para la densidad computacional de la materia: es posible llegar mucho más allá. Otra conjetura de mi cosecha es que esta densidad no tiene límite efectivo, pero esto sería tema de otro libro.

El objetivo de estos grandes (y pequeños) números es demostrar que sólo una parte extremadamente pequeña de la materia de la Tierra se dedica a la computación útil. Esto se hace aún más evidente cuando observamos la totalidad de la materia muda del medio terrestre. Consideremos ahora otra aplicación de la Ley de la Aceleración de los Resultados. Otro de sus corolarios es que la densidad computacional general crece de manera exponencial. Y como la relación coste-rendimiento de la computación aumenta en forma exponencial, cada vez se le dedican mayores recursos. Esto se puede observar ya aquí, en la Tierra. No sólo hay ordenadores mucho más poderosos que los de hace unas décadas, sino que la cantidad de ordenadores ha aumentado de unas pocas docenas en los años cincuenta a millones en el presente. La densidad de computación de la Tierra se multiplicará por cuatrillones durante el siglo XXI.

La densidad de computación es una medida del *hardware* de la inteligencia. Pero el *software* también crece en sofisticación. Aunque se retrasa en relación a la capacidad del *hardware* que tiene a su disposición, con el tiempo, la capacidad del *software* también crece exponencialmente. Si bien es difícil de cuantificar,[1] la densidad de la inteligencia guarda estrecha relación con la densidad de computación. La Ley de la Aceleración de los Resultados implica que la inteligencia en la Tierra y en nuestro sistema solar se expandirá enormemente con el tiempo.

Lo mismo cabe decir de la galaxia y de todo el Universo. Es probable que nuestro planeta no sea el único lugar donde se haya producido inteligencia y ésta se desarrolle. Por último, la inteligencia será una fuerza a tener en cuenta, incluso para estas grandes fuerzas celestes (así que, ¡atención!). La inteligencia no rechaza las leyes de la física, pero éstas terminan por evaporarse en su presencia.

¿Terminará el Universo con un gran crujido, con una infinita expansión de estrellas muertas, o de alguna otra manera? A mi juicio, el problema principal no es la masa del Universo, ni la posible existencia de la antigravedad, ni de la llamada constante cosmológica de Einstein. El destino del Universo es más bien una decisión aún por adoptar, una decisión que considere inteligentemente cuándo ha llegado el momento adecuado.

Cronología

10 000-15 000 millones de años	Nace el Universo.
10^{-43} segundos después	La temperatura baja a 100 quintillones de grados y aparece la gravedad.
10^{-34} segundos después	La temperatura baja a 1 000 cuatrillones de grados y surge la materia en forma de quarks y electrones. También aparece la antimateria.
10^{-10} segundos después	La fuerza electrodébil se divide en fuerza electromagnética y fuerza débil.
10^{-5} segundos después	Con la temperatura a un billón de grados, los quarks forman protones y neutrones y los antiquarks forman antiprotones. Los protones y los antiprotones chocan, los protones predominan y provocan el surgimiento de fotones (luz).
1 segundo después	Los electrones y los antielectrones (positrones) chocan y predominan los electrones.
1 minuto después	A una temperatura de 1 000 millones de grados, los neutrones y los protones se unen y forman elementos tales como el helio, el litio y formas pesadas de hidrógeno.
300 000 años después del *big bang*	La temperatura media es ahora de alrededor de 3 000 grados y se forman los primeros átomos.
1 000 millones de años después del *big bang*	Se forman las galaxias.
3 000 millones de años después el *big bang*	La materia que hay dentro de las galaxias forma distintas estrellas y sistemas solares.

5 000 a 10 000 millones de años después del *big bang*, o hace alrededor de 5 000 millones de años	Nace la Tierra.
Hace 3 400 millones de años	Aparece la primera forma de vida biológica en la Tierra: criaturas procariotas anaeróbicas (unicelulares).
Hace 1 700 millones de años	Se desarrolla el ADN simple.
Hace 700 millones de años	Aparecen plantas y animales multicelulares.
Hace 570 millones de años	Se produce la explosión cámbrica: surgen diferentes organizaciones corporales, incluso la aparición de animales con partes del cuerpo duras (conchas y esqueletos).
Hace 400 millones de años	Se desarrollan las plantas de tierra.
Hace 200 millones de años	Los dinosaurios y los mamíferos comienzan a compartir el medio ambiente.
Hace 80 millones de años	Los mamíferos se desarrollan más plenamente.
Hace 65 millones de años	Se extinguen los dinosaurios, lo que lleva al auge de los mamíferos.
Hace 50 millones de años	Se separa de los primates el suborden de los antropoides.
Hace 30 millones de años	Aparecen los primates avanzados, como los simios y los monos antropoides.
Hace 15 millones de años	Aparecen los primeros humanoides.
Hace 5 millones de años	Las criaturas humanoides caminan sobre las piernas. El *homo habilis* usa herramientas, con lo que inaugura una nueva forma de evolución: la *tecnología*.
Hace 2 millones de años	El *homo erectus* ha domesticado el fuego y utiliza el lenguaje y armas.
Hace 500 000 años	Emerge el *homo sapiens*, que se distingue por la capacidad para crear tecnología (que implica la innovación en la creación de herramientas, el recuerdo de su fabricación y el progreso en la sofisticación de las mismas).
Hace 40 000 años	La subespecie del *homo sapiens sapiens* es la única subespecie de humanoide que sobrevive en la Tierra. La tecnología se desarrolla como evolución por otros medios.

Hace 10 000 años	Comienza la era moderna de la tecnología con la revolución agrícola.
Hace 6 000 años	Surgen las primeras sociedades en Mesopotamia.
Hace 5 500 años	Se usan ruedas, balsas, botes y lenguaje escrito.
Hace más de 5 000 años	En Oriente se desarrolla el ábaco. El usuario humano opera con él de manera que el ábaco ejecuta cálculos matemáticos sobre la base de métodos similares a los del ordenador moderno.
3 000-700 a. J.C.	En este período aparece la clepsidra en diversas culturas: China (c. 3 000 a. J.C.), Egipto (c. 1500 a. J.C.) y Asiria (c. 700 a. J.C.).
2 500 a. J.C.	Los ciudadanos egipcios buscan el consejo de los oráculos, que en general son estatuas en cuyo interior se ocultan sacerdotes.
469-322 a. J.C.	Sócrates, Platón y Aristóteles constituyen la base de la filosofía racionalista occidental.
427 a. J.C.	Platón expresa, en el *Fedón* y otras obras, ideas que apuntan a la comparación del pensamiento humano con la mecánica de la máquina.
c. 420 a. J.C.	Arquitas de Tarento, amigo de Platón, construye una paloma de madera cuyos movimientos son controlados por un chorro de vapor y de aire comprimido.
387 a. J.C.	La Academia, grupo fundado por Platón para el cultivo de la ciencia y la filosofía, proporciona un medio fértil para el desarrollo de la teoría matemática.
c. 200 a. J.C.	Los artesanos chinos desarrollan autómatas, incluso toda una orquesta mecánica.
c. 200 a. J.C.	Un ingeniero egipcio desarrolla una clepsidra más rigurosa.
725	Un ingeniero y un monje budista construyen en China el primer reloj mecánico auténtico. Es un aparato derivado de la clepsidra con un escape que lo hace funcionar.

1494	Leonardo da Vinci concibe y dibuja un reloj de péndulo, aunque hasta el siglo XVII no se inventará un reloj de péndulo preciso.
1530	Se usa la rueca en Europa.
1540, 1772	Durante el Renacimiento europeo se desarrolla la tecnología de autómatas más elaborados a partir de la tecnología de la fabricación de relojes. Entre otros, son ejemplos famosos la dama que tañe la mandolina, de Gianello Toriano (1540), y el niño de P. Jacquet-Dortz (1772).
1543	En *De Revolutionibus*, Nicolás Copérnico afirma que la Tierra y otros planetas giran alrededor del Sol. Esta teoría cambió efectivamente la visión de Dios y la relación que con él tenía la humanidad.
Siglos XVII-XVIII	La era de la Ilustración anuncia un movimiento filosófico que restaura la creencia en la supremacía de la razón humana, el conocimiento y la libertad. Con sus raíces en la antigua filosofía griega y el Renacimiento europeo, la Ilustración es la primera reconsideración sistemática de la naturaleza del pensamiento y el conocimiento humanos desde el platonismo e inspira desarrollos similares en ciencia y en teología.
1637	Además de formular la teoría de la refracción óptica y desarrollar los principios de la geometría analítica moderna, René Descartes lleva a su límite el escepticismo racional en *El discurso del método*, su obra más general. Concluye: «Pienso, luego existo.»
1642	Blas Pascal inventa la primera máquina de calcular *automática* del mundo. Llamada Pascaline, suma y resta.
1687	Isaac Newton establece sus tres leyes del movimiento y la ley de la gravitación universal en *Philosophiae Naturalis Mathematica*, conocida también como *Principia*.

1694	Gottfried Wilhelm Leibniz, inventor también del análisis matemático, perfecciona la computadora que lleva su nombre. Esta máquina multiplica mediante la repetición de sumas, algoritmo que aún hoy se usa en informática.
1719	Aparece un taller inglés de hilo de seda que emplea tres mil trabajadores, en su mayoría mujeres y niños. Muchos creen que ésta es la primera fábrica en sentido moderno.
1726	En *Los viajes de Gulliver*, Jonathan Swift describe una máquina que escribirá libros automáticamente.
1733	John Kay patenta su New Engine for Opening and Dressing Wool. Conocido luego como la lanzadera volante, este invento prepara el camino para una forma de tejer mucho más veloz.
1760	En Filadelfia, Benjamin Franklin erige pararrayos tras haber descubierto, con su famoso experimento de 1752 con la cometa, que el rayo es una forma de electricidad.
c. 1760	A comienzos de la revolución industrial, la esperanza de vida es de alrededor de treinta y siete años tanto en América del Norte como en el noroeste de Europa.
1764	James Hargreaves inventa la *jenny*, máquina capaz de hilar ocho hebras al mismo tiempo.
1769	Richard Arkwright patenta una hiladora hidráulica demasiado grande y cara para usar en las viviendas familiares. Conocido como fundador del sistema fabril moderno, en 1781 construye una fábrica para su máquina, con lo que despeja el camino a muchos de los cambios económicos y sociales que caracterizarán la revolución industrial.
1781	Immanuel Kant publica la *Crítica de la razón pura*, que expresa la filosofía de la

	Ilustración al tiempo que quita énfasis al papel de la metafísica, con lo que prepara el escenario para el surgimiento del racionalismo del siglo XX.
1800	Ya están automatizados todos los aspectos de la producción textil.
1805	Joseph-Marie Jacquard idea un método para el tejido automatizado que resulta precursor de la primitiva tecnología del ordenador. Los telares son dirigidos por instrucciones contenidas en una serie de tarjetas perforadas.
1811	En Nottingham, artesanos y obreros preocupados por la pérdida de empleos debida a la automatización constituyen el movimiento ludita.
1821	La British Astronomical Society concede su primera medalla de oro a Charles Babbage por su artículo «Observaciones sobre la aplicación de maquinaria al cálculo de tablas matemáticas».
1822	Charles Babbage desarrolla el Difference Engine, aunque finalmente abandona ese proyecto, técnicamente complejo y muy caro, para concentrarse en el desarrollo de un ordenador de uso general.
1825	Hace su primer viaje la «Locomotion n.° 1», de George Stephenson, primer motor de vapor para transportar pasajeros y carga de manera regular.
1829	William Austin Burt inventa una primitiva máquina de escribir.
1832	Charles Babbage desarrolla los principios del Analytical Engine. Es el primer ordenador del mundo (aunque nunca funcionó), y se puede programar para solucionar una serie muy amplia de problemas computacionales o lógicos.
1837	Samuel Finley Breese Morse patenta una versión más práctica del telégrafo. Envía cartas en códigos formados por puntos y rayas, sistema de uso común todavía un siglo más tarde.

1839	William Robert Grave, de Gales, desarrolla la pila que lleva su nombre.
1843	Ada Lovelace, única hija legítima de Lord Byron y a quien se tiene por la primera programadora informática del mundo, publica sus propias notas y la traducción del artículo de L. P. Menabrea sobre el Analytical Engine de Babbage. Lovelace especula sobre la capacidad de los ordenadores para imitar la inteligencia humana.
1846	En Spenser, Massachusetts, el residente Elias Howe patenta su máquina de coser de doble pespunte.
1846	Alexander Bain mejora enormemente la velocidad de la transmisión telegráfica mediante el empleo de cintas de papel perforadas para enviar mensajes.
1847	George Boole publica sus primeras ideas sobre lógica simbólica, que más tarde desarrollará en su teoría de la lógica y la aritmética binaria. Sus teorías siguen constituyendo la base de la computación moderna.
1854	París y Londres se conectan telefónicamente.
1859	Charles Darwin explica su principio de la selección natural y su influencia en la evolución de las diversas especies en su obra *El origen de las especies.*
1861	Ya hay líneas telegráficas que conectan San Francisco y Nueva York.
1867	Zénobe Théophile inventa el primer generador comercial que produce corriente alterna.
1869	Thomas Alva Edison vende a Wall Street por 40 000 dólares una teleimpresora de su invención.
1870	En dólares constantes de 1958, el PIB es de 530 dólares per cápita. Doce millones de norteamericanos, o sea el 31 por ciento de la población, tiene empleo, y sólo el 2 por ciento de los adul-

	tos tiene estudios secundarios completos.
1871	A su muerte, Charles Babbage deja más de treinta y seis metros cuadrados de dibujos para su Analytical Engine.
1876	Se concede en Estados Unidos la patente n.º 174 465 a Alexander Graham Bell por el teléfono. Es la patente más lucrativa que se concede en esa época.
1877	William Thomson, conocido más tarde como Lord Kelvin, demuestra que es posible programar máquinas para resolver una gran variedad de problemas matemáticos.
1879	Thomas Alva Edison inventa la primera bombilla de luz incandescente que arde durante un tiempo notablemente prolongado.
1882	Thomas Alva Edison diseña la iluminación eléctrica para la estación de Pearl Street de Nueva York.
1884	Lewis E. Waterman patenta la estilográfica.
1885	Boston y Nueva York se conectan por teléfono.
1888	William S. Burroughs patenta la primera máquina de sumar fiable del mundo, accionada con una llave. Esta calculadora se modificó cuatro años más tarde para incluir la resta y la impresión, y fue ampliamente adoptada.
1888	Heinrich Hertz transmite lo que hoy se conoce como ondas de radio.
1890	Sobre la base de las ideas del telar de Jacquard y el Analytical Engine de Babbage, Herman Hollerith patenta una máquina electromagnética de información que emplea tarjetas perforadas. En 1890 gana la licitación para efectuar el censo de EE. UU., con lo que introduce el uso de la electricidad en un proyecto importante de procesamiento de datos.
1896	Herman Hollerith funda Tabulating

	Machine Company. Esta compañía termina por convertirse en IBM.
1897	Gracias al mejor acceso a las bombas aspirantes, Joseph John Thomson descubre el electrón, primera partícula que se conoce más pequeña que el átomo.
1897	Alexander Popov, físico ruso, utiliza una antena para transmitir ondas radiales. Guglielmo Marconi, en Italia, recibe la primera patente de la historia en este campo y contribuye a organizar una compañía para comercializar el sistema.
1899	Se registra magnéticamente el sonido en alambre y en una banda delgada de metal.
1900	El telégrafo ya conecta todo el mundo civilizado. En EE.UU. hay más de 1,4 millones de teléfonos, 8 000 automóviles registrados y 24 millones de bombillas de luz eléctrica que cumplen la promesa de Edison de producir «bombillas eléctricas tan baratas que sólo los ricos encenderán velas». Además, la publicidad de Gramophone Company ofrece elección entre cinco mil grabaciones.
1900	Más de la tercera parte de los trabajadores norteamericanos se dedican a la producción de alimentos.
1901	Se fabrica la primera máquina de escribir eléctrica, la Blickenderfer Electric.
1901	Sigmund Freud publica *La interpretación de los sueños*. Esta y otras obras de Freud contribuyen a esclarecer las funciones de la mente.
1902	Millar Hutchinson, de Nueva York, inventa el primer instrumento auxiliar eléctrico de audición.
1905	Guglielmo Marconi desarrolla la antena direccional de radio.
1908	Tiene lugar el primer vuelo de una hora en aeroplano, que realiza Orville Wright.
1910-1913	Bertrand Russell y Alfred Whitehead publican *Principia Mathematica*, obra de gran influencia en los fundamentos de las

	matemáticas. Esta publicación en tres volúmenes presenta una nueva metodología para todas las matemáticas.
1911	Tras la adquisición de otras compañías, la Tabulating Machine Company de Herman Hollerith cambia su nombre por el de Computing-Tabulating-Recording Company (CTR).
1915	Thomas J. Watson, en San Francisco, y Alexander Graham Bell, en Nueva York, participan en la primera llamada telefónica norteamericana.
1917	El dramaturgo checo Karel Kapek acuña el término *robot* en 1917. En su popular drama de ciencia-ficción *R.U.R (Rossum's Universal Robots)*, describe máquinas inteligentes que, aunque creadas originalmente como siervas de los seres humanos, terminan por apoderarse del mundo y destruir a la humanidad entera.
1921	Ludwig Wittgenstein publica el *Tractatus Logico-Philosophicus*, sin duda una de las obras filosóficas más influyentes del siglo XX. Se considera a Wittgenstein el primer positivista lógico.
1924	La Computing-Tabulating-Recording Company (CTR), ex Tabulating Machine Company de Hollerith, es rebautizada como International Business Machines (IBM) por Thomas J. Watson, su nuevo director ejecutivo. IBM encabezará la industria moderna de la computación y se transformará en una de las mayores corporaciones industriales del mundo.
1925	Niels Bohr y Werner Heisenberg conciben los fundamentos de la mecánica cuántica.
1927	Werner Heisenberg presenta el principio de incertidumbre, según el cual los electrones no tienen localización precisa, sino más bien nubes de probabilidades de

	localizaciones posibles. Cinco años después ganará el Premio Nobel por su descubrimiento de la mecánica cuántica.
1928	John Von Neumann introduce el teorema de minimax. Este teorema se utilizará ampliamente en los futuros programas de juegos.
1928	Philo T. Farmsworth presenta la primera televisión completamente electrónica del mundo, y Vladimir Zworkin patenta un sistema de televisión en color.
1930	En Estados Unidos, el 60 por ciento de los hogares tienen radio, con un total de aparatos de propiedad privada que supera los 18 millones.
1931	Kurt Gödel presenta el teorema de la incompletitud, que muchos consideran el teorema más importante de las matemáticas.
1931	De manera independiente, Ernst August Friedrich Ruska y Rheinhold Ruedenberg inventan el microscopio electrónico.
1935	Se inventa el prototipo del primer motor de arranque.
1937	Grote Reber, de Wheaton, Illinois, construye el primer radiotelescopio internacional, un disco de 9,4 metros de diámetro.
1937	Alan Turing introduce la máquina de Turing, modelo teórico de ordenador, en su artículo «On Computabe Numbers». Sus ideas se basan en la obra de Bertrand Russell y Charles Babbage.
1937	Alonzo Church y Alan Turing desarrollan de manera independiente la tesis de Church-Turing. Esta tesis afirma que todos los problemas que un ser humano es capaz de resolver pueden reducirse a un conjunto de algoritmos y sostiene la idea de que la inteligencia mecánica y la inteligencia humana son esencialmente equivalentes.

1938	Lazlo Biró patenta el primer bolígrafo.
1939	Vuelos comerciales regulares comienzan a cruzar el océano Atlántico.
1940	John V. Atanasoff y Clifford Berry construyen ABC, el primer ordenador *electrónico* (aunque no programable).
1940	Gracias a Ultra, esfuerzo informático bélico de los británicos en el que participan diez mil personas, se crea el primer ordenador operativo del mundo, conocido como *Robinson.* Con relés electrónicos, *Robinson* descodifica con éxito mensajes de Enigma, la máquina criptográfica nazi de primera generación.
1941	Konrad Zuse, de Alemania, desarrolla el primer ordenador digital completamente programable, el Z-3. Arnold Fast, matemático ciego contratado para programar el Z-3, es el primer programador del mundo de un ordenador programable *operativo.*
1943	Warren McCulloch y Walter Pits exploran arquitecturas de redes neuronales de inteligencia en su obra *Logical Calculus of the Ideas Immanent in Nervous Activity.*
1943	Continuando su esfuerzo de guerra, el equipo informático Ultra de Gran Bretaña construye *Colossus,* que contribuye a la victoria de los aliados en la segunda guerra mundial por su capacidad para descifrar incluso los códigos alemanes más complejos. Utiliza tubos electrónicos de cien a mil veces más veloces que los relés de *Robinson.*
1944	Howard Aiken termina el Mark 1. Con cintas de papel perforadas para programar y tubos al vacío para calcular problemas, es el primer ordenador programable construido por un norteamericano.
1945	John Von Neumann, profesor del Institute for Advanced Study de Princeton, Nueva Jersey, publica el primer artículo

	que describe el concepto de programa almacenado.
1946	John Presper Eckert y John W. Mauchley desarrollan para el ejército el primer ordenador digital completamente electrónico de uso general. Llamado ENIAC, es casi mil veces más rápido que el Mark 1.
1946	El despegue de la televisión es mucho más rápido que el de la radio en los años veinte. En 1946, el porcentaje de hogares norteamericanos que tienen aparato de televisión es del 0,02. En 1956 se elevará al 56 por ciento y en 1983 a más del 90 por ciento.
1947	William Bradford Schockley, Walter Hauser Brittain y John Ardeen inventan el transistor. Este diminuto aparato funciona como un tubo al vacío pero es capaz de actuar como interruptor de corriente a altísimas velocidades. El transistor revoluciona la microelectrónica y contribuye a disminuir los costes de los ordenadores, a la vez que lleva al desarrollo del sistema principal y de miniordenadores.
1948	Se publica *Cybernetics*, libro fundamental de teoría de la información, de Norbert Wiener. Este autor acuña también la palabra *cibernética* con el significado de «la ciencia del control y la comunicación en el animal y la máquina».
1949	Maurice Wilkes, cuyo trabajo es influido por Eckert y Mauchley, construye el EDSAC, primer ordenador de programa almacenado del mundo. Poco después se presenta BINAC, desarrollado por la nueva compañía norteamericana de Eckert y Mauchley.
1949	En su libro *1984*, George Orwell describe un mundo escalofriante en el que las grandes burocracias utilizan los ordenadores para controlar y esclavizar a la población.

1950	Eckert y Mauchley desarrollan UNIVAC, el primer ordenador comercializado. Se usa para compilar los resultados del censo de Estados Unidos; es la primera vez que se maneja este censo con un ordenador programable.
1950	En su artículo «Computing Machinery and Intelligence», Alan Turing presenta el Test de Turing, medio para determinar si una máquina es inteligente o no.
1950	Se difunde por primera vez en Estados Unidos televisión comercial en color, mientras que al año siguiente se podrá disponer de televisión transcontinental en blanco y negro.
1950	Claude Elwood Shannon escribe «Programming a Computer for Playing Chess», que se publica en *Philosophical Magazine*.
1951	Eckert y Mauchley construyen EDVAC, primer ordenador que usa el concepto de pograma almacenado. El trabajo tiene lugar en la Moore School, Universidad de Pennsylvania.
1951	París es sede del Congreso de Cibernética.
1952	UNIVAC, que se utiliza en la red de televisión de la Columbia Broadcasting System (CBS), predice acertadamente la elección de Dwight D. Eisenhower como presidente de Estados Unidos.
1952	Se introducen las radios de bolsillo a base de transistores.
1952	Nathaniel Rochester diseña el 701, primer ordenador digital electrónico de producción en serie de IBM. Se comercializa para uso científico.
1953	James D. Watson y Francis H. C. Crick descubren la estructura química de la molécula de ADN.
1953	Se publica *Philosophical Investigations*, de Ludwig Wittgenstein, y *Esperando a Godot*, de Samuel Beckett. Se conside-

	ra que ambas obras revisten la mayor importancia para el existencialismo moderno.
1953	Marvin Minsky y John McCarthy consiguen empleos de verano en el Bell Laboratory.
1955	Se funda el Laboratorio de Semiconductores de William Schockley, con lo que se inicia Silicon Valley.
1955	La Remington Rand Corporation y Sperry Gyroscope unen esfuerzos y se convierten en la Sperry-Rand Corporation. Por un tiempo, presenta una seria competencia a IBM.
1955	IBM introduce su primera calculadora de transistores. Usa 2 200 transistores en vez de los 1 200 tubos al vacío que de otra manera necesitaría para un poder de cálculo equivalente.
1955	La compañía A.U.S. desarrolla el primer diseño de una máquina de tipo robot para la industria.
1955	Allen Newell, J. C. Shaw, y Herbert Simon crean IPL-II, el primer lenguaje artificial.
1955	El nuevo programa espacial y las Fuerzas Armadas de EE. UU. reconocen la importancia de los ordenadores con potencia suficiente para lanzar cohetes a la luna y misiles a través de la estratosfera. Ambas organizaciones aportan cuantiosos fondos a la investigación.
1956	Allen Newell, J. C. Shaw y Herbert Simon desarrollan el Logic Theorist, que emplea técnicas de investigación repetitivas para solucionar problemas matemáticos.
1956	John Backus y un equipo de IBM inventan FORTRAN, el primer ordenador científico que programa lenguaje.
1956	Stanislaw Ilam desarrolla MANIAC I, el primer programa de ordenador que venció a un ser humano en una partida de ajedrez.

1956	La compañía Lip de Francia presenta el primer reloj comercial que funciona con pilas eléctricas.
1956	En una conferencia sobre informática que se celebra en el Darmouth College se acuña la expresión *Inteligencia Artificial.*
1957	Kenneth H. Olsen funda Digital Equipment Company.
1957	Allen Newell, J. C. Shaw y Herbert Simon desarrollan el Solucionador General de Problemas, que emplea la búsqueda repetitiva para solucionar problemas.
1957	Noam Chomsky escribe *Syntactic Structures*, donde se ocupa con toda seriedad de la computación necesaria para la comprensión del lenguaje natural. Es la primera de las muchas obras importantes que le valdrán el título de padre de la lingüística moderna.
1958	Jack St. Clair Kilby, de Texas Instruments, crea un circuito integrado.
1958	John McCarthy y Marvin Minsky fundan el Laboratorio de Inteligencia Artificial en el Massachusetts Institute of Technology.
1958	Allen Newell y Herbert Simon predicen que, en el término de diez años, un ordenador digital será campeón mundial de ajedrez.
1958	John McCarthy desarrolla LISP, un lenguaje primitivo de IA.
1958	Se establece la Defense Advanced Research Projects Agency, que durante muchos años financiará importantes investigaciones en ciencia informática.
1958	Seymour Cray construye el CDC 1604, primer superordenador completamente transistorizado, para la Control Data Corporation.
1958-1959	Jack Kilby y Robert Noyce desarrollan de manera independiente el chip de ordenador, que lleva al desarrollo de orde-

	nadores mucho más baratos y más pequeños.
1959	Arthur Samuel termina su estudio sobre aprendizaje con máquinas. El proyecto, un programa para jugar a las damas, produce un rendimiento tan bueno como el de los mejores jugadores del momento.
1959	La preparación de documentos electrónicos aumenta el consumo de papel en Estados Unidos. Este año, la nación consumirá 7 millones de toneladas de papel. En 1986 se utilizarán 22 millones de toneladas. Solamente las empresas norteamericanas emplearán 850 000 millones de folios en 1981, 2,5 billones en 1986 y 4 billones en 1990.
1959	Se desarrolla el COBOL, lenguaje de ordenador diseñado para uso empresarial, por obra de Grace Murray Hopper, que también fue una de las primeras programadoras del Mark I.
1959	Xerox introduce la primera copiadora comercial.
1959	Theodore Harold Maimen desarrolla el primer láser. Utiliza un cilindro de rubí.
1960	La Advanced Research Projects Agency del Departamento de Defensa aumenta sustancialmente su aportación económica a la investigación informática.
1960-1970	Las máquinas de redes neuronales son muy simples e incorporan una pequeña cantidad de neuronas organizadas sólo en una o dos capas. Estos modelos tienen una capacidad muy limitada.
1961	Se desarrolla en el MIT el primer ordenador de tiempo compartido.
1961	El presidente John F. Kennedy da su apoyo al proyecto espacial Apolo y alienta una importante investigación en ciencia informática en su discurso de la sesión conjunta del Congreso, con estas palabras: «Creo que deberíamos ir a la Luna.»

1962	Una compañía norteamericana comercializa los primeros robots industriales del mundo.
1962	En su *Principles of Neurodynamics*, Frank Rosenblatt define el Perceptron, procesador sencillo para redes neuronales, que él mismo había presentado por primera vez en una conferencia en 1959.
1963	John McCarthy funda el Laboratorio de Inteligencia Artificial en la Univesidad de Stanford.
1963	Se publica *Steps Toward Artificial Intelligence*, de Marvin Minsky.
1963	La Digital Equipment Corporation introduce el PDP-8, primer miniordenador de éxito.
1964	IBM introduce su serie 360, con lo que refuerza su liderazgo en la industria informática.
1964	Thomas E. Kurtz y John G. Kenny, del Darmouth College, inventan el BASIC (Beginner's All-purpose Symbolic Instruction Code).
1964	Daniel Bobrow termina su tesis doctoral sobre Student, un programa para traducir algebraicamente problemas de nivel de escuela secundaria formulados en lenguaje natural.
1964	La predicción de Moore, que se formula en este año, dice que los circuitos integrados duplicarán su complejidad cada año, lo cual se conocerá como Ley de Moore y se demostrará cierta (con revisiones posteriores) para las décadas por venir.
1964	Marshall McLuhan, a través de su *Understanding the Media*, prevé la potencialidad de los medios de comunicación electrónicos, especialmente la televisión, para crear una «aldea global» en la que «el medio es el mensaje».
1965	En la Carnegie-Mellon University, Raj Reddy crea el Robotic Institute, llama-

	do a convertirse en un centro de avanzada en IA.
1965	Hubert Dreyfus presenta un conjunto de argumentos filosóficos contra la posibilidad de la inteligencia artificial en un informe a la RAND titulado «Alchemy and Artificial Intelligence».
1965	Herbet Simon predice que hacia 1985 «las máquinas serán capaces de hacer cualquier trabajo que el hombre pueda hacer».
1966	Stephen B. Gray funda la Amateur Computer Society, posiblemente el primer club informático. La *Amateur Computer Society Newsletter* es una de las primeras revistas sobre ordenadores.
1967	Medtronics desarrolla el primer marcapasos interno. Emplea circuitos integrados.
1968	Gordon Moore y Robert Noyce fundan Intel (Integrated Electronics) Corporation.
1968	La idea de un ordenador capaz de ver, hablar, oír y pensar se dispara en la imaginación cuando la película *2001: Una odisea del espacio*, de Arthur C. Clarke y Stanley Kubrick, presenta a HAL.
1969	En su libro *Perceptrons,* Marvin Minsky y Seymour Papert presentan la limitación de las redes neuronales de una sola capa. El teorema central del libro muestra que un perceptrón es incapaz de determinar si un dibujo lineal está plenamente conectado. El libro produjo una interrupción importante de la financiación de la investigación de redes nerviosas.
1970	El PIB, en dólares constantes de 1958, es de 3 500 dólares per cápita, o sea más de sesenta veces el de un siglo antes.
1970	Se introduce el *floppy disc* para almacenamiento de datos en ordenadores.
c. 1970	Investigadores del Palo Alto Research Center (PARC) de Xerox desarrollaron

	el primer ordenador personal, llamado Alto. Alto de PARC es pionero en el uso de gráficos con mapas de bits, ventanas, iconos y ratón.
1970	Terry Winograd completa su histórica tesis sobre SHRDLU, sistema en lenguaje natural que exhibe diversas conductas inteligentes en el reducido mundo de los bloques infantiles. Sin embargo, se critica a SHRDLU su falta de generalidad.
1971	En Intel se presenta el Intel 4004, primer microprocesador.
1971	Se presenta la primera calculadora de bolsillo, que suma, resta, multiplica y divide.
1972	Como continuación de su crítica de las capacidades de la IA, Hubert Dreyfus publica *What Computers Can't Do*, en el que sostiene que la manipulación simbólica no puede ser la base de la inteligencia humana.
1973	Stanley H. Cohen y Herbert W. Boyer muestran que el ADN se puede cortar, unir y luego reproducir en la bacteria *Escherichia coli*. Este trabajo funda la ingeniería genética.
1974	Comienza a publicarse *Creative Computing*. Es la primera revista para aficionados caseros a la informática.
1974	Intel presenta el 8080 de 8 bits, primer microprocesador de uso general.
1975	Las ventas de microordenadores en Estados Unidos superan los cinco mil y se presenta el primer ordenador personal, el Altair 8800. Tiene 256 bytes de memoria.
1975	Se publica *BYTE*, la primera revista de informática de gran difusión.
1976	Kurzweil Computer Products presenta la Kurzweil Reading Machine (KRM), primera máquina de lectura en voz alta para ciegos. Basada en la primera tecnología de reconocimiento de rasgos ópticos (siglas

	inglesas OCR) de cualquier *font* (tipo de letra), la KRM explora y lee en voz alta cualquier material impreso (libros, revistas, documentos mecanografiados).
1976	Stephen G. Wozniak y Steven P. Jobs fundan Apple Computer Corporation.
1977	En la película *La guerra de las galaxias* se retratan imaginativamente robots con aspecto de seres vivos y emociones humanas convincentes.
1977	Una compañía de teléfonos realiza por primera vez experimentos en gran escala con fibras ópticas en un sistema telefónico.
1977	Se introduce con éxito en el mercado el Apple II, primer ordenador personal que se vende montado y el primero con capacidad para gráficos en color.
1978	Texas Instruments presenta Speak & Spell, aparato informatizado de aprendizaje a partir de siete años de edad. Es el primer producto que duplica electrónicamente la huella vocal humana en un chip.
1979	En un estudio señero realizado por nueve investigadores y publicado en *Journal of Medical Association*, se compara el rendimiento del programa informático MYCIN con el de los médicos en el diagnóstico de diez casos de meningitis. MYCIN tuvo los mismos resultados que los facultativos. Cada vez se reconoce más el potencial de los sistemas expertos en medicina.
1979	Dan Bricklin y Bob Frankston establecen el ordenador personal como una herramienta seria de trabajo cuando desarrollan VisiClasic, la primera hoja de cálculo electrónica.
1980	Los beneficios de la industria de la IA es de unos pocos millones de dólares al año.
1980-1990	A medida que los modelos neuronales se hacen potencialmente más sofisticados,

	resurge el paradigma de la red nerviosa y comienza a ser común el uso de redes de muchos estratos.
1981	Xerox introduce el Star Computer, con lo que lanza el concepto de autoedición. El Laserwriter de Apple, disponible en 1985, incrementará más aún la viabilidad de esta manera, eficiente y económicamente accesible a escritores y artistas, de dar pleno acabado a los documentos.
1981	IBM presenta su Personal Computer (PC).
1981	Canon presenta el prototipo de la impresora de chorro de tinta.
1982	Se comercializan por primera vez los equipos de disco compacto.
1982	Mitch Kapor presenta Lotus 1-2-3, programa enormemente popular de hoja de cálculo.
1983	Las máquinas de fax se convierten rápidamente en una necesidad en el mundo empresarial.
1983	Se presenta en la primera exposición de fabricantes de instrumentos musicales de EE. UU. la Musical Instrument Digital Interfaz (MIDI).
1983	Se venden en EE. UU. seis millones de ordenadores personales.
1984	Apple Macintosh introduce la «metáfora de despacho», avanzada por Xerox, que incluye gráficos con mapa de bits, iconos y ratón.
1984	William Gibson utiliza el término *ciberespacio* en su libro *Neuromancer*.
1984	Se introduce en el mercado el sintetizador Kurzweil 250 (K250), considerado el primer instrumento electrónico que imita con éxito los sonidos de los instrumentos acústicos.
1985	Marvin Minsky publica *The Society of Mind*, obra en la que presenta una teoría de la mente que ve en la inteligencia

	el resultado de la propia organización de una jerarquía de mentes con mecanismos simples, en el nivel más bajo de la jerarquía.
1985	Jerome Weisner y Nicholas Negroponte fundan el Media Laboratory del MIT. El laboratorio está dedicado a investigar posibles aplicaciones e interacciones de la ciencia informática, la sociología y la inteligencia artificial en el contexto de la tecnología de los media.
1985	En Estados Unidos hay 116 millones de empleos, frente a los 12 millones de 1870. En el mismo período, la cantidad de empleados ha crecido del 31 al 48 por ciento, y el PIB en dólares constantes aumentó un 600 por ciento. Estas tendencias no dan señales de inflexión.
1986	Los teclados electrónicos llegan al 55,2 por ciento del mercado norteamericano de instrumentos musicales, más de 9,5 puntos más que en 1980.
1986	La esperanza de vida en EE.UU. es de alrededor de 74 años. Sólo el 3 por ciento de la fuerza de trabajo norteamericana se dedica a la producción de alimentos. El 76 por ciento de los norteamericanos tienen estudios secundarios completos, y las universidades norteamericanas tienen matriculados 7,3 millones de estudiantes.
1987	Los valores del NYSE sufren la mayor pérdida en un día debido, en parte, al comercio informatizado.
1987	Los sistemas de habla corriente pueden suministrar indistintamente: un gran vocabulario, reconocimiento de habla continua o independencia respecto del locutor.
1987	Los sistemas de visión robótica son ahora una industria de 300 millones de dólares y crecerán a 800 millones hacia 1990.

1988	La memoria del ordenador cuesta hoy cien millones de veces menos que en 1950.
1988	Marvin Minsky y Seymour Papert publican una edición revisada de *Perceptrons*, en la que discuten recientes desarrollos en la maquinaria de red neuronal para la inteligencia.
1988	En Estados Unidos se venden 4 700 000 microordenadores, 120 000 miniordenadores y 11 500 equipos principales.
1988	La Connection Machine de W. Daniel Hillis es capaz de realizar 65 536 cálculos al mismo tiempo.
1988	Entre los ordenadores portátiles se imponen los conocidos como *notebook*, del tamaño de un cuaderno.
1989	Intel presenta el microprocesador de 20 megahertzios (MHz) 80386SX, 2,5 MIPS.
1990	Se publica *Nautilus*, la primera revista en CD-ROM.
1990	El desarrollo del Hyper-Text Markup Language por el investigador Tim Berners-Lee y su presentación por el CERN, el laboratorio de física de alta energía de Ginebra, Suiza, lleva a la concepción de la World Wide Web.
1991	Los teléfonos celulares y el correo electrónico crecen en popularidad como herramientas de comunicación personal y empresarial.
1992	NEC pone a disposición pública el primer dispositivo de CD-ROM de doble velocidad.
1992	En la Muestra de Electrónica de Consumo de Chicago se presenta el primer asistente digital personal (siglas inglesas, PDA), que es un ordenador de bolsillo, desarrollado por Apple Computer.
1993	Intel lanza el microprocesador Pentium de 32 bits. Este chip tiene 3,1 millones de transistores.

1994	Surge la World Wide Web.
1994	America Online ya tiene más de un millón de suscriptores.
1994	Se difunde enormemente el uso del escáner y del CD-ROM.
1994	La Digital Equipment Corporation presenta una versión de 300 MHz del procesador Alpha AXP que ejecuta 1 000 millones de instrucciones por segundo.
1996	Compaq Computer y NEC Computer Systems comercializan ordenadores de mano que utilizan Windows CE.
1996	La NEC comercializa el procesador R4101 como asistente personal digital, que incluye una interfaz de pantalla de tacto.
1997	En un torneo oficial, *Deep Blue* derrota a Gary Kasparov, el campeón del mundo de ajedrez.
1997	Dragon Systems presenta Naturally Speaking, el primer producto de *software* de dictado de habla continua.
1997	En algunas empresas se empiezan a utilizar teléfonos con vídeo.
1997	Empiezan a utilizarse sistemas de reconocimiento de rostros por máquinas para el pago de la nómina.
1998	La Dictation Division de Lernout & Hauspie Speech Products (ex Kurzweil Applied Intelligence) presenta Voice Xpress Plus, el primer programa de reconocimiento de habla continua con capacidad para comprender órdenes en lenguaje natural.
1998	Empiezan a realizarse transacciones comerciales rutinarias por teléfono entre un cliente humano y un sistema automatizado que entabla un diálogo verbal con el cliente (por ej., las reservas de United Airlines).
1998	Surgen fondos de inversión que emplean algoritmos evolutivos y redes neuronales para tomar decisiones de inver-

	sión (por ej., Advanced Investment Technologies).
1998	La World Wide Web es ubicua. Se hace normal que los estudiantes de la escuela secundaria y las tiendas de alimentación tengan sitios web.
1998	Ya hay trabajando en algunos laboratorios personalidades automatizadas, que aparecen como rostros animados que hablan con movimientos de boca y expresiones faciales realistas. Estas personalidades responden a enunciados hablados y expresiones faciales de sus usuarios humanos. Se las está desarrollando para emplear en futuras interfaces de usuarios para productos y servicios, como investigación personalizada y asistentes comerciales, así como para conducir transacciones.
1998	Virtual Retina Display (VRD) de Microvision proyecta imágenes directamente en la retina del usuario. Para 1999 están proyectadas las versiones para el consumo, aunque serán muy caras.
1998	Se está desarrollando la tecnología del «Bluetooth» para las Redes de Área Local (siglas inglesas LAN) para el «cuerpo» y para la comunicación inalámbrica entre ordenadores personales y periféricos asociados. Está en desarrollo la comunicación inalámbrica para la conexión de banda ancha a la web.
1999	Se publica *La era de las máquinas espirituales. Cuando los ordenadores superen a la inteligencia humana*, de Ray Kurzweil, obra de la que el lector puede disponer en su librería habitual.
2009	Un ordenador personal de 1 000 dólares puede realizar alrededor de un billón de cálculos por segundo. Se ofrecen ordenadores personales con monitores de alta resolución visual en una gran variedad de tamaños, desde

los suficientemente pequeños como para incorporar en la ropa o las joyas, a los del tamaño de un pequeño libro.

Van desapareciendo los cables. La comunicación entre componentes emplea tecnología inalámbrica de corta distancia. La comunicación inalámbrica de alta velocidad proporciona acceso a la web.

La mayoría de los textos se crean con reconocimiento de habla continua. A menudo, la personalidad incluye una presencia visual animada, con aspecto humano.

Aunque todavía es común la organización tradicional del aula escolar, el instrumental informático pedagógico inteligente ya es un medio habitual de aprendizaje.

Las máquinas de leer de bolsillo para ciegos e individuos con deterioro visual, las «máquinas de oír» (conversación habla-texto) para sordos y las prótesis con control informatizado para parapléjicos hacen que se piense que las grandes discapacidades no son necesariamente desventajas.

Los teléfonos traductores (traducción habla-habla) se usan corrientemente para muchos pares de lenguas.

La aceleración de los resultados desde el progreso de la tecnología informática ha hecho posible una expansión económica incesante. La deflación de los precios, que había sido una realidad en el campo de la informática durante el siglo XX, se está dando ahora fuera de este campo. Ello se debe a que prácticamente todos los sectores económicos se han visto profundamente afectados por la aceleración del progreso en el comportamiento de los precios en informática.

Los músicos humanos se mezclan de

manera rutinaria con los músicos cibernéticos.

Los tratamientos del cáncer y de las enfermedades cardíacas con bioingeniería han reducido enormemente la mortalidad por estas afecciones.

Crece el movimiento neoludita.

2019

Un ordenador de 1 000 dólares (en dólares de 1999) se aproxima ahora a la capacidad de cálculo del cerebro humano.

Los ordenadores ya son en gran parte invisibles y están incorporados por doquier: paredes, mesas, sillas, escritorios, ropa, joyas y cuerpos.

Los monitores tridimensionales de realidad virtual montados en gafas y lentes de contacto, así como «lentes» auditivas, son usados como interfaces para la comunicación con otras personas, ordenadores, la web y la realidad virtual.

La mayor parte de la interacción con la informática se produce por medio de gestos y comunicación hablada bidireccional en lengua natural. Comienzan a aplicarse máquinas de nanoingeniería a la fabricación y al control de procesos.

La realidad visual y auditiva tridimensional de alta resolución, así como el medio táctil omniabarcante y realista capacita a las personas para relacionarse con cualquier otra, independientemente de la proximidad física.

Los libros o documentos en papel son muy raros y la mayor parte del aprendizaje se realiza con maestros inteligentes simulados a base de *software*.

Los ciegos usan normalmente sistemas de navegación de lectura montados en las gafas. Los sordos leen en sus monitores de lente lo que dicen las otras personas. Los parapléjicos y algunos cuadripléjicos caminan y suben escaleras normalmente gracias a la combinación de estimulación nerviosa informáticamente controlada y aparatos robóticos exoesqueléticos.

La amplia mayoría de las traducciones incluye una persona simulada.

En muchas carreteras se han instalado ya sistemas automatizados de conducción.

Las personas empiezan a tener relaciones con personalidades automáticas y a usarlas como compañeros, maestros, cuidadores y amantes.

En todas las artes surgen artistas virtuales que alcanzan un gran prestigio por sí mismos.

Hay amplios informes acerca de ordenadores que aprueban el Test de Turing, aunque estas pruebas no satisfacen los criterios establecidos por los estudiosos del conocimiento.

2029

Una unidad de computación de 1 000 dólares (en dólares de 1999), tiene la capacidad de cálculo de aproximadamente 1 000 cerebros humanos.

Se usan implantes permanentes o móviles (similares a las lentes de contacto) para los ojos e implantes cocleares para producir entrada y salida entre el usuario humano y la red informática mundial. Las sendas neuronales directas han sido perfeccionadas para conectarlas en banda ancha al cerebro humano. Cada vez se dispone de un espectro más amplio de implantes neuronales para potenciar la percepción visual y la auditiva, así como la interpretación, la memoria y el razonamiento.

Los agentes automatizados aprenden por su cuenta y las máquinas empiezan a crear conocimiento significativo con poca o nula intervención humana. Los ordenadores han leído toda la literatura de

	generación humana y mecánica y todo el material multimedia. Es abundante la comunicación neuronal omniabarcante, tanto visual como auditiva y táctil, que utiliza conexiones neuronales directas, lo que permite el surgimiento de la realidad virtual sin necesidad de estar en total encierro táctil. La mayoría de las comunicaciones no cuentan con un ser humano. La mayoría de las comunicaciones que cuentan con un ser humano se dan entre éste y la máquina. No hay casi empleo humano en la producción, la agricultura o el transporte. La inmensa mayoría de la humanidad tiene satisfechas sus necesidades básicas. Se discute cada vez más acerca de los derechos legales de los ordenadores y sobre qué es lo que constituye un ser «humano». Aunque los ordenadores satisfacen en general formas aparentemente válidas del Test de Turing, persiste la controversia acerca de si la inteligencia de la máquina equivale o no a la inteligencia humana en toda su diversidad. Las máquinas afirman que son conscientes y su afirmación es objeto de amplia aceptación.
2049	El uso común de alimento de nanoproducción, con la composición nutricional correcta y el mismo sabor y la misma textura que el alimento de producción orgánica, significa que la disponibilidad de alimento ya no se ve afectada por la limitación de recursos, los factores climáticos sobre las cosechas ni la descomposición. Las proyecciones de enjambres de nanobots se emplean para crear proyecciones visual-auditivo-táctiles de personas y objetos en la realidad real.

2072	La picoingeniería (desarrollo de la tecnología a escala de picómetros o billonésimas de metro) se hace práctica.[1]
Hacia el año 2099	Hay una fuerte tendencia a mezclar el pensamiento humano con el mundo de la inteligencia de la máquina, creada inicialmente por la especie humana. Ya no hay distinción clara entre seres humanos y ordenadores. La mayoría de las entidades conscientes no tienen presencia física permanente. Las inteligencias basadas en máquinas que derivan de modelos extendidos de inteligencia humana afirman que son humanos, a pesar de que su cerebro no tenga como soporte procesos celulares a base de carbono, sino sus equivalentes electrónicos y fotónicos. La mayoría de estas inteligencias no están ligadas a una unidad específica de procesamiento computacional. La cantidad de seres humanos en soporte de *software* superan con mucho a quienes continúan utilizando la computación neuronal originaria a base de carbono. Incluso entre las inteligencias humanas que siguen usando neuronas a base de carbono es común la tecnología de implantes neuronales, lo que les proporciona una enorme potenciación de sus capacidades perceptivas y cognitivas. Los seres humanos que no utilizan estos implantes son incapaces de participar en conversaciones con los que los utilizan. Puesto que la mayor parte de la información se publica en protocolos de conocimiento normalizados y asimilados, su inteligibilidad es inmediata. El objetivo de la educación, y de los seres inteligentes, es descubrir nuevo conocimiento que aprender.

	Se discute la finalidad de la femtoingeniería (ingeniería a escala de femtómetros o billonésimas de milímetro).[2] La esperanza de vida ya no es un término viable en relación con los seres inteligentes.
De aquí a bastantes milenios...	Los seres inteligentes consideran el destino del Universo.

Cómo construir una máquina inteligente: tres paradigmas fáciles

A medida que se avanza en el juego, *Deep Blue* da muestras de comprensión estratégica. En algún otro lugar, las meras tácticas se traducen en estrategia. Es lo más parecido que he visto a la inteligencia informática. Es una forma misteriosa de inteligencia, el comienzo de la inteligencia. Pero se la siente. Se la huele.

FREDERICK FRIEDEL, asistente de Gary Kasparov,
en referencia al ordenador que venció a su jefe.

Toda la finalidad de este enunciado es dejar claro cuál es la finalidad de este enunciado.

DOUGLAS HOFSTADTER

–¿Podrías decirme, por favor, qué camino debo coger para salir de aquí? –preguntó Alicia.

–Eso depende mucho de adónde quieras ir –respondió el Gato.

–No me importa demasiado adónde...

–Entonces no importa qué camino cojas –dijo el Gato.

–... con tal de que vaya a algún sitio –agregó Alicia a modo de explicación.

–¡Oh! –respondió el Gato–, de eso puedes estar segura, con tal de que camines lo suficiente.

LEWIS CARROLL

Apenas el profesor acaba su conferencia sobre el origen y la estructura del universo en una famosa universidad, una anciana en zapatillas de tenis se acerca al estrado. «Disculpe, señor, pero lo ha cogido usted todo mal –dice la anciana–. La verdad es que el universo se apoya sobre una gran tortuga.» El profesor decide seguirle la corriente: «¿Ah, sí? –dice–. Dígame entonces dónde se apoya la tortuga.» La dama replica al instante: «Se apoya en otra tortuga.» El profesor vuelve a preguntar: «¿Y dónde se apoya esta tortuga?» La respuesta, sin vacilación, es: «En otra tortuga.» El profesor, que continúa el juego, repite la pregunta. Una mirada de impaciencia asoma en el rostro de la mujer, quien, levantando la mano para interrumpir al profesor, dice: «Ahórrese aliento, hijo. Hacia abajo no hay nada más que tortugas.»

ROLF LANDAUER

Como dije en el capítulo seis –«La construcción de nuevos cerebros...»–, comprender la inteligencia es algo así como pelar una cebolla: al penetrar en cada capa sale a la luz otra cebolla. Al final del proceso, tenemos un montón de pieles de cebolla, pero no tenemos cebolla. En otras palabras, la inteligencia –en particular la inteligencia humana– opera en muchos niveles. Podemos penetrar en cada nivel y comprenderlo, pero la totalidad del proceso requiere el funcionamiento conjunto y correcto de todos los niveles.

Se presentan aquí algunas perspectivas más sobre los tres paradigmas que he analizado en el capítulo cuatro, «Una nueva forma de inteligencia en la Tierra». Cada uno de estos métodos puede proporcionar soluciones «inteligentes» a problemas cuidadosamente definidos. Pero para crear sistemas que respondan de manera flexible a los medios complejos en que suelen encontrarse los entes inteligentes, estos enfoques deben combinarse en forma adecuada. Esto es especialmente cierto cuando se interactúa con fenómenos que reúnen múltiples niveles de comprensión. Por ejemplo, si construimos una gran red neuronal única e intentamos entrenarla para que comprenda todas las complejidades del habla y el lenguaje, los resultados, en el mejor de los casos, serán limitados. Más alentadores son los resultados que se obtienen si dividimos el problema a fin de establecer correspondencias con los múltiples niveles de sentido que encontramos en esta forma única de comunicación humana.

De la misma manera está organizado el cerebro humano, es decir, como una compleja reunión de regiones especializadas. Y cuando conozcamos los algoritmos paralelos del cerebro tendremos los medios para extenderlos. Sólo a modo de ejemplo, digamos que la región del cerebro responsable del pensamiento lógico y repetitivo –la corteza cerebral– no tiene más de 8 millones de neuronas.[1] Actualmente estamos construyendo redes neuronales miles de veces más vastas y que operan millones de veces más rápido. El problema crucial en el diseño de máquinas inteligentes (hasta que ellas mismas nos releven en esa tarea) estriba en construir arquitecturas inteligentes que combinen los métodos relativamente simples que incluyen la construcción de bloques de inteligencia.

La fórmula repetitiva

He aquí una fórmula realmente simple para crear soluciones inteligentes a problemas difíciles. Léase atentamente o se cometerán errores.

La fórmula repetitiva es:

Para mi próximo paso, escoge mi mejor próximo paso. Si he acabado, he acabado.

Tal vez parezca demasiado simple, y admitiré que a primera vista no tiene mucho contenido. Pero su poder es sorprendente.

Tomemos el ejemplo clásico del tratamiento de un problema con la fórmula repetitiva: el ajedrez. Se piensa que el ajedrez es un juego inteligente, o al menos así era hasta hace poco. Todavía la mayoría de los observadores piensa que para jugar una buena partida de ajedrez hace falta inteligencia. Entonces, ¿cómo se desempeña nuestra fórmula en este terreno?

El ajedrez se juega mediante la realización de un solo movimiento cada vez. El objetivo es producir «buenos» movimientos. Por tanto, definamos un programa que realice buenos movimientos. Al aplicar la fórmula repetitiva al ajedrez, la reelaboramos de la siguiente manera:

ESCOJA MI MEJOR MOVIMIENTO: *Escoja mi mejor movimiento. Si he ganado, he acabado.*

No se detenga; dentro de un instante comprenderá lo que quiero decir. Tengo que introducir otro aspecto del ajedrez: que no estoy solo, que tengo un adversario. Este adversario también realiza movimientos. Concedámosle el beneficio de la duda y supongamos que también realiza buenos movimientos. Si esto resulta probadamente erróneo, habrá una oportunidad, no un problema. Así, tenemos:

ESCOJA MI MEJOR MOVIMIENTO: *Escoja mi mejor movimiento, suponiendo que mi adversario hará lo propio. Si he ganado, he acabado.*

A estas alturas, necesitamos tener en cuenta la naturaleza de la repetición. Una regla repetitiva es una regla que se define en términos de sí misma. Una regla repetitiva es circular, pero nosotros, puesto que queremos ser útiles, no queremos girar eternamente en círculo. Necesitamos una escapatoria.

Para ilustrar la repetición consideremos un ejemplo: la simple función «factorial». Para calcular el factorial de *n*, *multiplicamos* n *por el factorial de* (n – *1*). Éste es el aspecto circular: hemos definido esta función en términos de sí misma. Pero también necesitamos especificar ese *factorial de 1* = 1. Ésta es nuestra escapatoria.

A modo de ejemplo, calculemos el factorial de 2. De acuerdo con nuestra definición,

factorial de 2 = 2 veces (factorial de 1).

Ya sabemos cuál es el factorial de 1, de modo que ésa es nuestra escapatoria de la repetición infinita. Reemplazando (factorial de 1), podemos escribir:

factorial de 2 = 2 veces 1 = 2.

Volviendo al ajedrez, podemos ver que la función ESCOJA MI MEJOR MOVIMIENTO es repetitiva, puesto que hemos definido el mejor movimiento en términos de sí mismo. La parte de la estrategia que corresponde a la fórmula engañosamente inocua «*Si he ganado, he acabado*» es nuestra escapatoria.

Incluyamos ahora lo que sabemos del ajedrez. En este punto es donde consideramos cuidadosamente la definición del problema. Nos percatamos de que para elegir el mejor movimiento tenemos que empezar por hacer un listado de los movimientos *posibles*. Esto no es muy complicado. Los movimientos que pueden efectuarse durante la partida se definen mediante reglas. Aunque más complicadas que las de otros juegos, las reglas del ajedrez son directas y fáciles de programar. Así, hacemos una lista de los movimientos y elegimos el mejor.

Pero ¿cuál es el mejor? Si el movimiento culmina en victoria, lo será. De modo que, una vez más, consultamos las reglas y escogemos uno de los movimientos que producen jaque mate. Tal vez no tengamos suerte y ninguno de los movimientos posibles nos dé una victoria inmediata. Aún necesitamos comprobar si el movimiento me capacita para ganar o perder. A estas alturas necesitamos considerar el sutil añadido que hemos hecho a nuestra regla, «*suponiendo que mi adversario haga lo propio*». Después de todo, mi victoria o mi derrota se verá afectada por lo que haga mi adversario. Tengo que ponerme en su lugar y escoger su mejor movimiento. ¿Cómo puedo hacerlo? Aquí es donde interviene el poder de la repetición. Tenemos un programa que hace exactamente eso: ESCOJA MI MEJOR MOVIMIENTO. Por tanto, a él acudimos para determinar el mejor movimiento de mi adversario.

Nuestro programa se estructura ahora de la siguiente manera: ESCOJA MI MEJOR MOVIMIENTO genera una lista de todos los movimientos posibles y permitidos por las reglas. Cada movimiento da lugar a un tablero hipotético que representa cuál sería el emplazamiento de las piezas si se escogiera ese movimiento. Una vez más, esto requiere la aplicación de la definición del problema tal como se encarna en las reglas del ajedrez. ESCOJA MI MEJOR MOVIMIENTO se pone ahora en el lugar de mi adversario y acude a sí mismo para determinar su mejor movimiento. Luego comienza a generar todos sus movimientos posibles a partir de esa situación del tablero.

De esta manera, el programa continúa acudiendo a sí mismo, sigue expandiendo movimientos y contramovimientos posibles en un árbol de posibilidades en constante expansión. Este proceso recibe a menudo el nombre de busca *minimax*, porque alternativamente intentamos minimizar la capacidad de mi adversario para ganar y para maximizar la mía.

¿Dónde termina todo esto? El programa continúa llamándose a sí mismo hasta que todas las ramas del árbol de movimientos posibles desembocan en el final de la partida. Cada final de partida proporciona la respuesta: victoria, derrota o tablas. En el punto más alejado de la expansión de movimientos y contramovimientos, el programa se encuentra con movimientos que ponen fin a la partida. Si un movimiento culmina en victoria, lo escogemos. Si no hay movimientos ganadores, acordamos un empate. Si no hay movimientos para una victoria ni para un empate, sigo jugando con la esperanza de que mi adversario sea menos perfecto que yo.

Estos movimientos finales son las ramas finales –llamadas hojas– de nuestro árbol de secuencias de movimientos. Ahora, en vez de llamar a ESCOJA MI MEJOR MOVIMIENTO, el programa empieza a abandonar sus llamamientos y regresar a sí mismo. Cuando comienza este regreso de todos los llamamientos a ESCOJA MI MEJOR MOVIMIENTO conservados, ya ha decidido el mejor movimiento en cada momento (incluso el mejor movimiento para mi adversario), y así puede finalmente seleccionar el movimiento correcto para el estado actual *real* del tablero.

¿Juega bien este programa tan simple? La respuesta es que juega un ajedrez *perfecto*. No puedo perder, a menos que mi adversario mueva primero y también sea perfecto. En realidad, el ajedrez perfecto es muy bueno, mucho mejor que cualquier ajedrez puramente humano. La parte más complicada de la función ESCOJA MI MEJOR MOVIMIENTO –el único aspecto no extremadamente simple– es la que consiste en generar en cada momento los movimientos permisibles. Y eso sólo es cuestión de codificación de las reglas. En esencia, hemos determinado la respuesta mediante la cuidadosa definición del problema.

Pero no hemos terminado. Aunque jugar un ajedrez perfecto puede parecer impresionante, no es suficiente. Hemos de tener en cuenta en qué medida ESCOJA MI MEJOR MOVIMIENTO será sensible a un jugador. Si suponemos que hay un promedio de ocho movimientos posibles para cada situación del tablero y que una partida normal tiene más o menos treinta movimientos, tenemos que pensar en 8^{30} movimientos para la plena expansión del árbol de todas la posibilidades de movimientos-contramovimientos. Si suponemos que podemos analizar mil millones de posiciones de tablero por segundo (bastante más rápido que cualquier ordenador de ajedrez actual), la selección de cada movimiento llevaría 10^{18} segundos, o sea alrededor de 40 000 millones de años.

Desgraciadamente, no es un juego de regulación. Este enfoque de la repetición se parece un poco a la evolución, pues uno y otra realizan un trabajo admirable, pero son increíblemente lentos, lo que, bien pensado, no es sorprendente. La evolución representa otro paradigma simple, y en verdad es otra de nuestras fórmulas simples.

Sin embargo, antes de abandonar la fórmula repetitiva, intentemos modificarla para tener en cuenta nuestra paciencia humana y, mientras las cosas no cambien, nuestra mortalidad.

Es evidente que tenemos que poner límites a la profundidad que permitimos a la repetición. La medida en que permitimos desarrollarse al árbol de los movimientos-contramovimientos tiene que depender forzosamente del volumen de computación del cual dispongamos. De este modo, podemos utilizar la fórmula repetitiva en cualquier ordenador, desde uno de reloj de pulsera a un superordenador.

Limitar la magnitud de este árbol significa, por supuesto, que no podemos expandir cada rama hasta el final de la partida. Tenemos que detener arbitrariamente la expansión y disponer de un método para evaluar las «hojas terminales» de un árbol no inacabado. Cuando pensábamos expandir plenamente cada secuencia de movimientos de la partida, la evaluación era simple: ganar es mejor que empatar, perder nunca es bueno. Evaluar una situación de tablero en mitad de la partida es más complicado. Mejor dicho, es más controvertido porque aquí nos encontramos con muchas escuelas de pensamiento.

El gato de *Alicia en el país de las maravillas*, que le dice a Alicia que no importa qué camino siga, tiene que haber sido un experto en algoritmos repetitivos. Cualquier enfoque medianamente razonable funciona bastante bien. Si, por ejemplo, nos limitamos a añadir los valores de las piezas (es decir, 10 para la reina, 5 para la torre, etcétera), obtendremos resultados bastante respetables. La programación de la fórmula repetitiva de minimax que utiliza el método del valor de las piezas para evaluar las hojas terminales, como hace nuestro ordenador personal medio alrededor de 1998, derrotaría a todos los jugadores humanos del planeta, con excepción de unos cuantos miles.

Esto es lo que llamo escuela «de mentalidad simple». Esta escuela de pensamiento dice: utiliza un método simple de evaluación de las hojas terminales y pon cualquier poder computacional que tengas a mano a expandir los movimientos y contramovimientos con la mayor profundidad posible. Otro enfoque es el de la escuela de «mentalidad complicada», que dice que para evaluar la «cualidad» del tablero en cada posición de hoja terminal tenemos que utilizar procedimientos sofisticados.

Deep Blue, de IBM, el ordenador que atravesó este umbral histórico, utiliza un método de evaluación de hoja mucho más refinado que la mera suma de los valores de las piezas. Sin embargo, en una discusión que tuve con Murray Campbell, jefe del equipo de *Deep Blue*, sólo unas semanas antes de su histórica victoria de 1997, Campbell estuvo de acuerdo en que el método de evaluación de *Deep Blue* era más bien de mentalidad simple que de mentalidad complicada.

Los jugadores humanos son de mentalidad muy complicada. Ésa parece ser la condición humana. Como resultado, incluso los mejores ajedrecistas son incapaces de considerar más de un centenar de movimientos, en comparación con los miles de millones de *Deep Blue*. Pero cada movimiento humano es estudiado en profundidad. Sin embargo, en 1997, Gary Kasparov, el mejor ejemplo mundial de la escuela de mentalidad complicada, fue derrotado por un ordenador de mentalidad simple.

Personalmente, me inclino por una tercera escuela de pensamiento. No es en realidad una escuela. Según mi conocimiento, nadie ha probado esta idea. Implica la combinación del paradigma repetitivo con el de la red neuronal y lo describo en el análisis de las redes neuronales que viene a continuación.

Redes neuronales

A comienzos y mediados de los años sesenta del siglo XX, los investigadores de la IA se enamoraron de Perceptron, que era la máquina que se había construido a partir de modelos matemáticos de neuronas humanas. Las primeras de estas máquinas tuvieron un éxito modesto en tareas de reconocimiento de formas, como la identificación de letras impresas y sonidos del habla. Parecía que todo lo que se necesitaba para aumentar la inteligencia del Perceptron era agregar más neuronas y más conexiones.

Luego, en 1969, apareció *Perceptrons*, el libro de Marvin Minsky y Seymour Papert, con un conjunto de teoremas que aparentemente demostraban que un Perceptron nunca podría resolver el simple problema de decidir si un dibujo lineal está «conectado» o no (en un dibujo conectado todas las partes están conectadas entre sí por líneas). El libro tuvo gran repercusión y en la práctica se detuvieron todos los trabajos sobre los Perceptrones.[2]

A finales de los años setenta y en los ochenta, el paradigma de la construcción de simulaciones informáticas de neuronas humanas, que entonces se llamaban redes neuronales, comenzaron a reconquistar su popularidad. En 1988 escribió un observador:

«Había una vez dos ciencias nacidas de la nueva ciencia de la cibernética. Una hermana era natural, con rasgos hereditarios del estudio del cerebro, de la manera de operar de la naturaleza. La otra era artificial, relacionada desde el comienzo con el uso de ordenadores. Cada una de las ciencias hermanas trataba de construir modelos de inteligencia, pero a partir de materiales muy diferentes. La hermana natural construía modelos (llamados redes neuronales) a partir de neuronas matemáticamente purificadas. La hermana artificial construía sus modelos a partir de programas informáticos.

»En su primer florecimiento juvenil ambas tuvieron el mismo éxito y fueron igualmente cortejadas por pretendientes de otros campos del conocimiento. Se llevaban muy bien. La relación entre ellas cambió a comienzos de los años sesenta, cuando subió al trono un nuevo monarca, con las arcas más grandes y llenas que jamás se hubiera visto en el reino de las ciencias: era el señor DARPA, Defense Department's Advanced Research Projects Agency. La hermana artificial se puso celosa y decidió mantener para ella

«SEUDOCÓDIGO» SIN MATEMÁTICAS PARA EL ALGORITMO REPETITIVO

He aquí el esquema básico del algoritmo repetitivo. Hay muchas variaciones posibles, y el diseñador del sistema tiene que suministrar ciertos parámetros y métodos críticos, que se detallan a continuación.

EL ALGORITMO REPETITIVO

Defina una función (programa), «ESCOJA EL MEJOR PRÓXIMO PASO». La función devuelve un valor de «ÉXITO» (hemos resuelto el problema) o «FRACASO» (no lo hemos resuelto). En el primer caso, la función también devuelve la secuencia de pasos seleccionados que resolvieron el problema. ESCOJA EL MEJOR PRÓXIMO PASO hace lo siguiente:

ESCOJA EL MEJOR PRÓXIMO PASO:

– A esta altura, determine si el programa puede escapar a la repetición continuada. Este punto y los dos siguientes se ocupan de esta decisión de escape. En primer lugar, determine si el problema ya está resuelto. Puesto que es probable que el recurso a ESCOJA EL MEJOR PRÓXIMO PASO provenga del programa que se llama a sí mismo, tal vez tengamos una solución satisfactoria. Ejemplos:

I) En el contexto de un juego (por ej., ajedrez), el último movimiento nos permite ganar (por ej., dar jaque mate).

II) En el contexto de la solución de un teorema matemático, el último paso demuestra el teorema.

III) En el contexto de un programa artístico (por ej., poeta o compositor cibernéticos), el último paso satisface los objetivos para la palabra o la nota siguientes.

Si se ha resuelto satisfactoriamente el problema, el programa devuelve un valor de ÉXITO. En este caso, ESCOJA EL MEJOR PRÓXIMO PASO también devuelve la secuencia de pasos que fueron causa de éxito.

– Si no se ha resuelto el problema, determine si ya no cabe esperar una solución. Ejemplos:

I) En el contexto de un juego (por ej., ajedrez), este movimiento nos lleva a perder (por ej., el jaque mate a favor del lado contrario).

II) En el contexto de la solución de un teorema matemático, este paso viola el teorema.

III) En el contexto de un programa artístico (por ej., poeta o compositor cibernéticos), este paso viola los objetivos de la palabra o la nota siguientes.

Si se ha juzgado que no hay solución, el programa devuelve un valor de FRACASO.

– Si a estas alturas de la expansión repetitiva no se ha resuelto el problema, pero tampoco se considera irresoluble, determine si debería o no abandonarse la expansión. Éste es un aspecto clave del diseño y toma en consideración el tiempo limitado de cálculo con que contamos. Ejemplos:

I) En el contexto de un juego (por ej., ajedrez), este movimiento pone nuestro lado suficientemente «por delante» o «por detrás». Tal vez esta decisión sea imposible directamente, y entonces le compete al diseño. No obstante, hay enfoques simples (por ej., añadir valores parciales) que pueden proporcionar buenos resultados. Si el programa decide que nuestro lado está suficientemente por delante, ESCOJA EL MEJOR PRÓXIMO PASO vuelve análogamente a la decisión de que nuestro lado ha ganado (es decir, con un valor de ÉXITO). Si el programa decide que nuestro lado está suficientemente por detrás, ESCOJA EL MEJOR PRÓXIMO PASO vuelve análogamente a la decisión de que nuestro lado ha perdido (es decir, con un valor de FRACASO).

II) En el contexto de la solución de un teorema matemático, este paso implica decidir si es improbable que la secuencia de pasos de la demostración produzca una prueba. En caso afirmativo, ha de abandonarse esta dirección, y ESCOJA EL MEJOR PRÓXIMO PASO vuelve análogamente a la decisión de que este paso viola el teorema (es decir, con un valor de FRACASO). No hay equivalente «blando» del éxito. No podemos regresar con un valor de ÉXITO hasta que hayamos solucionado realmente el problema. Ésta es la naturaleza de las matemáticas.

III) En el contexto de un programa artístico (por ej., poeta o compositor cibernéticos), este paso implica decidir si es improbable que la secuencia de pasos (por ej., palabras en un poema, notas en una canción) satisfaga los objetivos de este próximo paso. En caso afirmativo, ha de abandonarse esta dirección, y ESCOJA EL MEJOR PRÓXIMO PASO vuelve análogamente a la decisión de que este paso viola los objetivos del próximo paso (es decir, con un valor de FRACASO).

– Si ESCOJA EL MEJOR PRÓXIMO PASO no ha regresado (porque el programa no ha decidido el éxito ni el fracaso, ni ha decidido que debería abandonarse esta dirección), no hemos escapado a la expansión repetitiva continua. En este caso, generamos una lista de todos los próximos pasos posibles. Aquí es donde hace su aparición el enunciado preciso del problema:

I) En el contexto de un juego (por ej., ajedrez), esto implica generar todos los movimientos posibles para «nuestro» lado dado el estado actual del tablero. Esto implica una codificación directa de las reglas del juego.

II) En el contexto de busca de la demostración de un teorema matemático, esto implica un listado de los posibles axiomas o teoremas ya demostrados que es posible aplicar a la solución en este momento.

III) En el contexto de un programa de arte cibernético, esto implica un listado de las posibles palabras/notas/segmentos de línea que se podrían utilizar a estas alturas.

Para cada uno de estos pasos posibles:

I) Cree la situación hipotética que se daría en caso de adoptar este paso. En un juego, esto significa el estado hipotético del tablero. En una demostración matemática, significa añadir este paso (por ej., axioma) a la demostración. En un programa artístico, significa añadir esta palabra/nota/segmento de línea.

II) Ahora llame a ESCOJA EL MEJOR PRÓXIMO PASO para examinar esta situación hipotética. Aquí, por supuesto, es donde aparece la repetición, porque el programa se llama a sí mismo.

III) Si el llamamiento anterior a ESCOJA EL MEJOR PRÓXIMO PASO vuelve con un valor de ÉXITO, vuelva del recurso a ESCOJA EL MEJOR PRÓXIMO PASO (donde estamos ahora), también con un valor de ÉXITO. De lo contrario, considere el próximo paso posible.

Si se han examinado todos los próximos pasos posibles y no se ha encontrado uno que culmine en un retorno del llamamiento a ESCOJA EL MEJOR PRÓXIMO PASO con un valor de ÉXITO, vuelva de este recurso a ESCOJA EL MEJOR PRÓXIMO PASO (donde estamos ahora) con un valor de FRACASO.

FIN DE ESCOJA EL MEJOR PRÓXIMO PASO

Si el recurso inicial a ESCOJA EL MEJOR PRÓXIMO PASO vuelve con un valor de ÉXITO, también volverá con la secuencia correcta de pasos:

I) En el contexto de un juego, el primer paso de esta secuencia es el próximo movimiento que habrá de hacer.

II) En el contexto de una demostración matemática, la secuencia entera de pasos es la demostración.

III) En el contexto de un programa artístico cibernético, la secuencia de pasos es la obra de arte.

Si el recurso inicial a ESCOJA EL MEJOR PRÓXIMO PASO es FRACASO, tiene que retroceder al tablero de empate.

Decisiones clave de diseño

En el esquema simple anterior, el diseñador del algoritmo repetitivo tiene que decidir desde el primer momento lo siguiente:

– La clave de un algoritmo repetitivo es decidir el momento oportuno para abandonar la expansión repetitiva de ESCOJA EL MEJOR PRÓXIMO PASO. Esto es fácil cuando el programa ha logrado claro éxito (por ej., jaque mate en ajedrez, o el requisito de solución en un problema matemático o combinatorio) o claro fracaso. Más difícil es cuando no se ha logrado ni una cosa ni otra. Entonces es necesario abandonar la línea de investigación antes de obtener un resultado bien definido; de lo contrario, el programa podría continuar operando durante miles de millones de años (o por lo menos hasta que expire la garantía de su ordenador).

– El otro requisito fundamental del algoritmo repetitivo es una codificación directa del problema. En un juego como el ajedrez, esto es fácil. Pero en otras situaciones no siempre es fácil obtener una definición clara del problema.

¡Feliz búsqueda repetitiva!

sola el acceso a los fondos de investigación de DARPA. Había que matar a la hermana natural.

»Del trabajo sucio se encargaron dos secuaces fanáticos de la hermana artificial, Marvin Minsky y Seymour Papert, que adoptaron el papel de cazadores con la misión de matar a Blancanieves y llevarse su corazón como prueba de la proeza. Su arma no era el puñal, sino la pluma más poderosa, de la que surgió un libro –*Perceptrons*–, que aportaba la prueba de que las redes neuronales nunca cumplen su promesa de construir modelos mentales: *esto sólo pueden hacerlo los programas informáticos*. La hermana artificial parecía tener asegurada la victoria. Y es verdad que durante la década siguiente, todas las recompensas del reino recayeron en su descendencia, donde la familia de sistemas expertos fue la que más fama y fortuna cosechó.

»Pero Blancanieves no había muerto. Lo que Minsky y Papert mostraron al mundo como prueba no era el corazón de la princesa, sino el de un cerdo.»

El autor del texto que se acaba de citar es Seymour Papert.[3] Su sarcástica alusión a corazones sangrientos refleja una extendida incomprensión de las implicaciones del teorema central de su libro de 1969 en colaboración con Minsky. El teorema demostraba las limitaciones de capacidad de una capa única de neuronas simuladas. Si, por otro lado, colocamos redes neuronales en múltiples niveles –con la condición de que el producto de una red neuronal alimente la red contigua–, el abanico de su competencia se expande enormemente. Además, si combinamos las redes neuronales con otros paradigmas, podemos realizar progresos aún mayores. El corazón que Minsky y Papert extrajeron pertenecía a la red neuronal de una sola capa.

La ironía de Papert también refleja las considerables contribuciones que él y Minsky realizaron en el campo de la red neuronal. En efecto, Minsky comenzó su carrera con contribuciones seminales al concepto en Harvard durante los años cincuenta.[4]

Pero basta de política. ¿Cuáles son los principales problemas en el diseño de la red neuronal?

Un problema clave es la topología de la red: la organización de las conexiones interneuronales. Una red organizada con múltiples niveles puede realizar discriminaciones mucho más complejas, pero es más difícil entrenarla.

El problema más grave es el entrenamiento de la red. En efecto, requiere toda una enorme biblioteca de ejemplos de las formas que se desea que la red reconozca, junto con la correcta identificación de cada forma. Se presenta cada forma a la red. Lo típico es que las conexiones que contribuyeron a una correcta identificación se vean reforzadas (al incrementar su peso asociado) y que las que contribuyeron a una identificación incorrecta se vean debilitadas. Este método de refuerzo y de debilitamiento de los pesos de las conexiones se llama retropropagación y es uno de los diversos métodos utilizados. Hay controversia en lo relativo a cómo se realiza este aprendizaje en las redes neuronales del cerebro humano, en la medida en que no parece haber ningún mecanismo por medio del cual se produzca la retropropagación. Un método que al parecer usa el cerebro humano es el de que la mera descarga de una neurona incremente las potencias neurotransmisoras de las sinapsis con las que está conectada. Además, recientemente los neurobiólogos han descubierto que los primates, y con toda probabilidad los seres humanos, desarrollan nuevas células nerviosas a lo largo de la vida, incluso en la edad adulta, lo cual contradice un dogma anterior según el cual eso era imposible.

Pequeñas y grandes colinas

Se suele hacer referencia a un problema clave de los algoritmos de adaptación –redes neuronales y algoritmos evolutivos– en términos de *«optimalidad» local contra «optimalidad» global*: en otras palabras, trepar a la colina más próxima contra encontrar y trepar a la colina más grande. Cuando una red neuronal aprende (mediante adaptación de las potencias de las conexiones) o cuando un algoritmo evolutivo evoluciona (mediante adaptación del código «genético» de los organismos simulados), el ajuste de la solución mejorará, hasta que se encuentre una solución «localmente óptima». Si comparamos esto con el hecho de trepar a una colina, los métodos mencionados son muy buenos a la hora de encontrar la cumbre de una colina próxima, que es la mejor solución posible dentro de un área local de posibles soluciones. Pero a veces estos métodos pueden quedar atrapados en la cumbre de la colina pequeña y no ver una montaña más alta en otra región. En el contexto de la red neuronal, si ésta ha convergido en una solución localmente óptima, cuando intenta ajustar cualquiera de las potencias conexionales, la adaptación empeora. Pero así como un alpinista podría verse obligado a descender de una pequeña elevación para luego trepar a un punto más alto en otra colina, así también la red neuronal (o algoritmo evolutivo) podría tener que empeorar temporalmente la solución para luego encontrar otra mejor.

Una manera de evitar esa «falsa» solución óptima (pequeña colina) es forzar el método adaptativo a que realice el análisis muchas veces y con muchas condiciones iniciales diferentes; o, en otras palabras, forzarlo a trepar a muchas colinas y no sólo a una. Pero incluso con este recurso, el diseñador del sistema tiene que asegurarse de que el método adaptativo no ha omitido una montaña más alta en una tierra más lejana.

El laboratorio de ajedrez

Podemos profundizar nuestra comprensión de la comparación del pensamiento humano y los enfoques de un ordenador convencional si volvemos a examinar el enfoque humano y el enfoque mecánico del ajedrez. No lo hago para explayarme acerca del problema del ajedrez, sino más bien porque ilustra claramente un contraste patente. Raj Reddy, gurú del departamento de IA de la Carnegie Mellon University, dice que los estudios sobre ajedrez han desempeñado el mismo papel respecto de la inteligencia artificial que los estudios sobre *E. coli* respecto de la biología: el de laboratorio ideal para el estudio de cuestiones fundamentales.[5] Los ordenadores emplean su extremada velocidad para analizar la inmensa cantidad de combinaciones creada por la explosión combinatoria de movimientos y contramovimientos. Aunque los programas de ajedrez utilicen otros trucos (como almacenar las aperturas de todas las partidas de maestros de este siglo y precalcular finales de partida), se valen sobre todo de la combinación de velocidad y precisión. En comparación, los seres humanos, incluso los grandes maestros del ajedrez, son extremadamente lentos e imprecisos. En efecto, precalculamos *todos* nuestros movimientos ajedrecísticos. Por esta razón se necesita tanto tiempo para llegar a ser un gran maestro de ajedrez, o de cualquier otra cosa. Gary Kasparov se ha pasado gran parte de sus pocas décadas de vida en el planeta estudiando –y experimentando– movimientos de ajedrez. Los investigadores estiman que los maestros en cualquier especialidad no trivial han memorizado alrededor de cincuenta mil de esos «fragmentos» de conocimiento.

Cuando Kasparov juega, también él genera un árbol de movimientos y contramovimientos en su cabeza, pero las limitaciones humanas en velocidad mental y en memoria a corto plazo limitan su árbol mental (para cada movimiento realmente ejecutado), en el mejor de los casos, a no más de unos centenares de posiciones del tablero. Compárese esto con los mil millones de posiciones del tablero de su antagonista electrónico. De modo que el maestro humano de ajedrez está obligado a podar drásticamente su árbol mental y eliminar ramas inútiles mediante sus intensas facultades de reconocimiento de formas. Confronta cada posición de tablero –real e imaginaria– con esta base de datos de decenas de miles de situaciones previamente analizadas.

Después de la derrota de Kasparov en 1997, leímos una y otra vez que en realidad *Deep Blue* se limitaba a producir una inmensa cantidad de ruidos, pero que no «pensaba» como su adversario humano. También se podría decir que la verdad está en lo contrario, que *Deep Blue* pensaba auténticamente las implicaciones de cada movimiento y contramovimiento, mientras que Kasparov no tenía tiempo para pensar demasiado durante el torneo. La mayor parte de su actividad consistía en extraer de su base de datos mental situaciones en las que ya había pensado hacía años. (Por supuesto, esto depende de la idea de pensamiento que tenga uno, como ya analicé en el capítulo tres.) Pero si el enfoque humano del ajedrez –uso del reconocimiento de formas a base de redes neuronales para identificar situaciones a partir de una biblioteca de situaciones previamente analizadas– debe considerarse como auténtico pensamiento, ¿por qué no programar nuestras máquinas para que funcionen de la misma manera?

La tercera vía

Ésta es precisamente la idea a la que antes aludí como tercera escuela de pensamiento en la evaluación de las hojas terminales de una investigación repetitiva. Recuérdese que la escuela de mentalidad simple emplea un enfoque que consiste en agregar valores parciales para evaluar una posición particular del tablero. La escuela de mentalidad complicada defiende un análisis lógico más elaborado y que consume más tiempo. Yo abogo por una tercera vía: combinar dos paradigmas simples –repetitivo y de red neuronal– mediante la utilización de la red neuronal para evaluar las posiciones del tablero en cada hoja terminal. El entrenamiento de una red neuronal consume tiempo y requiere un gran volumen de computación, pero la ejecución de una tarea simple de reconocimiento en una red neuronal que ya ha aprendido sus lecciones es muy rápida, comparable a una evaluación de mentalidad simple. Aunque rápida, la red neuronal se basa en la extensísima magnitud temporal que invirtió previamente en el aprendizaje del material. Puesto que tenemos *on line* las partidas de todos los maestros del ajedrez de este siglo, podemos utilizar esta inmensa cantidad de datos para entrenar la red neuronal. Este entrenamiento se realiza una vez y fuera de línea (es decir, no durante una partida real). Luego se podría utilizar la red neuronal entrenada para evaluar las posiciones de cada hoja terminal. Este sistema combinaría la ventaja millonaria que tienen los ordenadores con la capacidad humana en el reconocimiento de formas sobre el fondo de toda una vida de experiencia.

Propuse este enfoque al jefe del equipo de *Deep Blue*, Murray Campbell, quien lo encontró curioso y atractivo. Sin embargo, admitió que se estaba cansando de sintonizar a mano el algoritmo de evaluación de las hojas. Habló de montar un equipo asesor que implementara la idea, pero poco después IBM canceló todo el proyecto relativo al ajedrez. Creo que una de las claves para emular la diversidad de la inteligencia humana reside en la combinación óptima de paradigmas fundamentales. A continuación nos referiremos al paradigma de los algoritmos evolutivos.

ALGORITMOS EVOLUTIVOS

> Que los biólogos no hayamos tenido en cuenta la autoorganización no se debe a que el autoordenamiento no sea penetrante y profundo, sino a que todavía tenemos que saber cómo pensar los sistemas regidos simultáneamente por dos fuentes de orden. Sin embargo, al observar los copos de nieve, las moléculas simples de lípido que arrojadas en el agua forman vesículas lípidas vacías semejantes a células, el potencial de la cristalización de vida en enjambres de moléculas, el asombroso orden en redes que ligan decenas a decenas o millares a millares de variables, se puede no acertar a mantener un pensamiento central: para lograr alguna vez una teoría definitiva en biología, seguramente tendremos que comprender la mezcla de autoorganización y selección. Tendremos que percatarnos de que somos las expresiones naturales de un orden más profundo. Finalmente, descubrimos en nuestro mito de la creación que, después de todo, se nos espera.
>
> STUART KAUFFMAN

«SEUDOCÓDIGO» SIN MATEMÁTICAS PARA EL ALGORITMO DE RED NEURONAL

He aquí el esquema básico del algoritmo de red neuronal. Son posibles muchas variantes y el diseñador del sistema tiene que suministrar ciertos parámetros y métodos críticos, que a continuación se detallan.

EL ALGORITMO DE RED NEURONAL

La solución neuronal a un problema comprende los siguientes pasos:

– Definir la entrada.
– Definir la topología de la red neuronal (esto es, las capas de neuronas y las conexiones entre neuronas).
– Entrenar la red neuronal con ejemplos del problema.
– Poner en funcionamiento la red neuronal entrenada para solucionar nuevos ejemplos del problema.
– Haga pública su compañía de red neuronal.

Y ahora, la explicación de estos pasos (excepto el último).

Los datos de entrada

Los datos de entrada a la red neuronal constan de una serie de números. Pueden hallarse:

– en un sistema de reconocimiento de formas visuales: una serie bidimensional de números que representan los pixeles de una imagen; o
– en un sistema de reconocimiento auditivo (por ej., el habla): una serie bidimensional de números que representan un sonido, donde la primera dimensión representa parámetros del sonido (por ej., frecuencia de componentes) y la segunda dimensión representa puntos diferentes en el tiempo; o
– en un sistema de reconocimiento de formas arbitrarias: una serie *ene*-dimensional de números que representan la forma de la entrada.

Definición de la topología

Para montar una red neuronal:
La arquitectura de cada neurona consiste en:

– Múltiples entradas, cada una «conectada» a la salida de otra neurona, o bien a uno de los números de entrada de otra neurona.
– En general, una sola salida, conectada a la entrada de otra neurona (que casi siempre está en una capa superior), o bien a la salida final.

Monte la primera capa de neuronas:

– Cree N_0 neuronas en la primera capa. Para cada una de estas neuronas, «conecte» cada una de sus múltiples entradas a los «puntos» (esto es, los números) de los datos de entrada. Estas conexiones pueden ser determinadas al azar o mediante un algoritmo evolutivo (véase más adelante).
– Asigne una «potencia sináptica» inicial a cada conexión creada. Estos pesos pueden comenzar siendo todos iguales, pueden asignarse al azar o pueden determinarse de otra manera (véase más adelante).

Monte las capas adicionales de neuronas:

Monte un total de M capas de neuronas. Para cada capa, monte las neuronas de esa capa. Para la $capa_i$:

– Cree N_i neuronas en la $capa_i$. Para cada una de estas neuronas, «conecte» cada una de las múltiples entradas de la neurona a las salidas de las neuronas en la $capa_{i-1}$ (véase Variaciones, más adelante).
– Las salidas de las neuronas de la $capa_M$ son las entradas de la red neuronal (véase Variaciones, más adelante).

Las pruebas de reconocimiento

Cómo funciona cada neurona:

Una vez montada, la neurona hace lo siguiente en cada prueba de reconocimiento.

– Cada entrada sopesada a la neurona se computa multiplicando la salida de la otra neurona (o entrada inicial) a la que está conectada la entrada de esta neurona por la potencia sináptica de dicha conexión.
– Se suman todas estas entradas sopesadas a la neurona.
– Si esta suma es mayor que el umbral de descarga de esta neurona, se considera que esta neurona se «descarga» y su salida es 1. De lo contrario, su salida es 0 (véase Variaciones, más adelante).

Para cada prueba de reconocimiento, haga lo siguiente:
Para cada capa, de la $capa_0$ a la $capa_M$:
Para cada neurona de la capa:

– Sume sus entradas sopesadas (cada entrada sopesada = la salida de la otra neurona [o entrada inicial] a la que está conectada la entrada de esta neurona, multiplicado por la potencia sináptica de dicha conexión).
– Si esta suma de entradas sopesadas es mayor que el umbral de descarga para esta neurona, la salida de esta neurona es igual a 1; de lo contrario, es igual a 0.

Para entrenar la red neuronal

– Haga funcionar las pruebas de reconocimiento en problemas de muestra.
– Después de cada prueba, adapte las potencias sinápticas de todas las conexiones sinápticas para mejorar el rendimiento de la red neuronal en esta prueba (véase más adelante el análisis de cómo se hace esto).
– Continúe este entrenamiento hasta que la tasa de precisión de la red neuronal ya no mejore más (esto es, que llegue a una asíntota).

Decisiones clave de diseño

En el esquema simple anterior, el diseñador de este algoritmo de red neuronal tiene que determinar en el primer momento:

– Qué representan los números de entrada.
– La cantidad de capas de neuronas.
– La cantidad de neuronas de cada capa (no es necesario que todas las capas tengan la misma cantidad de neuronas).
– La cantidad de entradas a cada neurona, en cada capa. La cantidad de entradas (es decir, de conexiones interneuronales) también puede variar de una neurona a otra y de una capa a otra. Esto constituye un área clave de diseño. Para hacer esto hay diversas formas posibles:

I) conectar la red neuronal al azar;
II) utilizar un algoritmo evolutivo (véase la próxima sección de este apéndice) para determinar una conexión óptima; o
III) utilizar el sistema del mejor juicio del diseñador para determinar la conexión.

–Las potencias sinápticas iniciales (esto es, los pesos) de cada conexión. Hay varias maneras posibles de hacerlo:

I) asignar a las potencias sinápticas el mismo valor; o

II) asignar a las potencias sinápticas diferentes valores, al azar; o

III) utilizar un algoritmo evolutivo para determinar un conjunto óptimo de valores iniciales;

IV) utilizar el sistema del mejor juicio del diseñador para determinar los valores iniciales.

–El umbral de descarga de cada neurona.

–Determinar la salida. La salida puede ser:

I) las salidas de la $capa_M$ de neuronas; o

II) la salida de una sola neurona de salida, cuyas entradas son las salidas de las neuronas de la $capa_M$; o

III) una función (por ej., la suma) de las salidas de las neuronas de la $capa_M$; o

IV) otra función de las salidas de neuronas de múltiples capas.

–Determinar cómo se adaptan las potencias sinápticas de todas las conexiones durante el entrenamiento de esta red neuronal. Ésta es una decisión clave de diseño y objeto de un importante volumen de investigación y discusión sobre la red neuronal. Hay varias maneras posibles de hacerlo:

I) Para cada prueba de reconocimiento, incrementar o disminuir cada potencia sináptica en un montante (generalmente pequeño) de manera que la salida de la red neuronal se acerque a la respuesta correcta. Una manera de hacerlo es probar tanto el incremento como la disminución y observar qué efecto es más deseable. Éste puede ser el momento para consumir, de modo que hay otros métodos para tomar decisiones locales o acerca de si incrementar o disminuir cada potencia sináptica.

II) Hay otros métodos estadísticos para modificar las potencias sinápticas después de cada prueba de reconocimiento, de modo que el rendimiento de la red neuronal en esa prueba se acerque más a la respuesta correcta.

Obsérvese que la red neuronal operará aun cuando las respuestas a las pruebas no sean siempre correctas. Esto permite utilizar datos de prueba del mundo real con una tasa de error inherente. Una clave para el éxito de un sistema de reconocimiento basado en la red neuronal es el volumen de datos empleados en su entrenamiento. En general, para obtener resultados satisfactorios se necesita un volumen muy sustancial. Lo mismo que ocurre con los estudiantes humanos, el tiempo que invierten las redes neuronales para aprender sus lecciones es un factor clave en su rendimiento.

Variaciones

Son factibles muchas variaciones de lo que se acaba de exponer. He aquí algunas:

– Hay diferentes maneras de determinar la topología, como ya queda dicho. En particular, la conexión interneuronal puede establecerse al azar o bien mediante un algoritmo evolutivo.

– Hay diferentes maneras de establecer las potencias sinápticas iniciales, como ya se ha explicado.

– Las entradas a las neuronas en la $capa_i$ no tienen por qué llegar forzosamente de las salidas de las neuronas de la $capa_{i-1}$. Alternativamente, las entradas a las neuronas de cada capa pueden llegar de cualquier capa inferior o de cualquier capa.

– Para cada neurona, el método antes descrito compara la suma de las entradas sopesadas con el umbral para esa neurona. Si se excede el umbral, la neurona se descarga y su salida es 1. De lo contrario, su salida es cero. Este tipo de descarga de «todo o nada» se llama no linealidad. También hay otras funciones no lineales que se pueden usar. En general, se usa una función que vaya de 0 a 1 de una manera rápida, pero más gradual que el todo o nada. Además, las salidas pueden ser números distintos de 0 y 1.

– Los diferentes métodos para adaptar las potencias sinápticas durante el entrenamiento, ya descritos brevemente, constituyen una decisión clave de diseño.

– El esquema anterior describe una red neuronal «sincrónica», en la que cada prueba de reconocimiento funciona computando las salidas de cada capa, de la $capa_0$ a la $capa_M$. En un verdadero sistema paralelo, en el que cada neurona opera independientemente de las otras, las neuronas pueden hacerlo de manera asincrónica (es decir, independiente). En un enfoque asincrónico, cada neurona explora constantemente sus entradas y sus descargas (esto es, cambia su salida de 0 a 1) cuando la suma de sus entradas sopesadas excede su umbral (o, alternativamente, usa otra función no lineal de salida).

¡Feliz adaptación!

Como ya he expuesto, un algoritmo evolutivo requiere un medio simulado en el cual «criaturas» simuladas de *software* compiten por la supervivencia y por el derecho a reproducirse. Cada criatura de *software* representa una solución posible al problema codificado en su «ADN» digital.

Las criaturas a las que se les permitirá sobrevivir y reproducirse en la generación siguiente son las que mejor resuelven los problemas. Se considera que los algoritmos evolutivos forman parte de una clase de métodos «emergentes» porque las soluciones surgen gradualmente y en general los diseñadores del sistema no pueden predecirlas. Los algoritmos evolutivos son particularmente poderosos cuando se combinan con nuestros otros paradigmas. He aquí una manera única de combinar todos nuestros paradigmas «inteligentes».

La combinación de los tres paradigmas

El genoma humano contiene tres mil millones de peldaños de parejas básicas, que equivalen a seis mil millones de bits de datos. Con una pequeña compresión de datos, el código genético del lector cabrá en un CD-ROM simple. Podrá usted almacenar toda su familia en un DVD *(digital video disc).* Pero su cerebro tiene 100 billones de «cables», lo que requiere la representación de alrededor de 3 000 billones de bits. ¿Cómo hicieron los escasos 12 000 millones de bits de datos de sus cromosomas (de los que, según estimaciones actuales, sólo es activo el 3 por ciento) para designar las conexiones de su cerebro, que constituye alrededor de un cuarto de millón de veces más información?

Es obvio que el código genético no especifica exactamente cuáles son sus conexiones. He dicho ya que podemos establecer al azar las conexiones de una red neuronal y obtener resultados satisfactorios. A pesar de que esto es cierto, hay una manera mejor de hacerlo: utilizar la evolución. No me refiero a los miles de millones de años de evolución que produjo el cerebro humano. Me refiero a los meses de evolución que transcurren durante la gestación y la primera infancia. Muy pronto en nuestra vida, nuestras conexiones interneuronales están comprometidas en la lucha por la supervivencia. Las que tienen más comprensión del mundo son las que sobreviven. En la infancia tardía estas conexiones se vuelven relativamente fijas, y ésta es la razón por la que es bueno exponer a los bebés y los niños pequeños a medios estimulantes. De lo contrario, este proceso evolutivo empieza en el caos del mundo real del que extrae inspiración.

Podemos hacer lo mismo con nuestras redes sintéticas neuronales: utilizar un algoritmo evolutivo para determinar las conexiones óptimas. A esto exactamente se dedica el ambicioso proyecto de construcción cerebral del Kyoto Advanced Telecommunications Research.

«SEUDOCÓDIGO» PARA EL ALGORITMO EVOLUTIVO

He aquí el esquema básico para un algoritmo evolutivo. Hay muchas variaciones posibles, y es preciso que el diseñador del sistema proporcione ciertos parámetros y métodos críticos, que a continuación se detallan.

EL ALGORITMO EVOLUTIVO

Cree N «criaturas» resolutivas. Cada una tiene:

– Un código genético (secuencia de números que caracterizan una solución posible al problema). Los números pueden representar un parámetro crítico, pasos hacia una solución, reglas, etc.

Para cada generación de evolución, haga lo siguiente:

– Para cada una de las N criaturas resolutivas, haga lo siguiente:

I) Aplique esta solución de criatura resolutiva (como la que representa su código genético) al problema o a un medio simulado.

II) Evalúe la solución.

– Escoja las L criaturas resolutivas con las máximas evaluaciones para que sobrevivan en la generación siguiente.

– Elimine las (N-L) criaturas resolutivas no supervivientes.

– Cree (N-L) criaturas resolutivas nuevas a partir de las L criaturas resolutivas supervivientes mediante:

I) la producción de copias de las L criaturas supervivientes. Introduzca pequeñas variaciones aleatorias en cada copia; o

II) la creación de criaturas resolutivas adicionales combinando partes del código genético (usando reproducción «sexual», o de lo contrario combinando fragmentos de cromosomas) a partir de las L criaturas supervivientes; o

III) combinación de I y II.

– Determine si prosigue o no la evolución:

Progreso = (máxima evaluación en esta generación) – (máxima evaluación en la generación anterior).

Si Progreso < Umbral de Progreso, hemos terminado.

– La criatura resolutiva de la generación anterior con la máxima evaluación tiene la mejor solución. Aplique al problema la solución definida por su código genético.

Decisiones clave de diseño

En el esquema simple anterior, es preciso que el diseñador de este algoritmo evolutivo determine desde el primer momento:

– Parámetros clave:
N
L
Umbral de Progreso

– Lo que representan los números del código genético y cómo se computa la solución a partir del código genético.

– Un método para determinar las N criaturas resolutivas en la primera generación. En general, éstas sólo requieren ser intentos «razonables» de solución. Si estas soluciones de primera generación están muy alejadas unas de otras, será difícil que el algoritmo evolutivo converja en una buena solución. A menudo vale la pena crear criaturas resolutivas iniciales razonablemente distintas, lo cual ayudará a impedir que el proceso evolutivo encuentre una solución óptima tan sólo desde el punto de vista «local».

– Cómo se evalúan las soluciones.

– Cómo se reproducen las criaturas resolutivas.

Variaciones

Son factibles muchas variaciones de lo anterior. He aquí algunas:

– No tiene por qué haber una cantidad fija de criaturas resolutivas supervivientes (esto es, «L») para cada generación. La(s) regla(s) de supervivencia pueden permitir una cantidad variable de supervivientes.

– No tiene por qué haber una cantidad fija de nuevas criaturas resolutivas creadas en cada generación (es decir, N-L). Las reglas de procreación pueden ser independientes del tamaño de la población. La procreación puede estar relacionada con la supervivencia, lo que permite que las criaturas resolutivas más adaptadas sean las que más se procreen.

– La decisión respecto de si conviene o no continuar la evolución puede variar. Puede tener en cuenta la mejor criatura resolutiva a partir de la(s) generación(es) más recientes. También puede tener en cuenta una tendencia que trascienda las dos últimas generaciones.

¡Feliz evolución!

He aquí cómo puede usted resolver inteligentemente un problema difícil con el empleo de sólo tres paradigmas. En primer lugar, enuncie claramente el problema. Éste es en realidad el paso más difícil. La mayor parte de la gente intenta resolver problemas sin tomarse la molestia de comprender de qué trata el problema. Luego analice los perfiles lógicos de su problema *de manera repetitiva* mediante la búsqueda de muchas combinaciones de elementos (por ejemplo, movimientos en un juego, pasos en una solución) por las que usted y su ordenador tengan la paciencia de pasar. En cuanto a las hojas terminales de esta expansión repetitiva de posibles soluciones, evalúelas con una *red neuronal.* En cuanto a la topología óptima de su red neuronal, determine esta red mediante un algoritmo *evolutivo.* Y si nada de esto funciona, tendrá que vérselas con un problema ciertamente difícil.

Glosario

***Aaron*.** Robot informatizado (y *software* asociado), diseñado por Harold Cohen, que crea dibujos y pinturas originales.

ADN. Ácido desoxirribonucleico; son los bloques con que se construyen todas las formas de vida orgánicas. En el siglo XXI, las formas de vida inteligentes se basarán en nuevas tecnologías informáticas y en la nanoingeniería.

Agente inteligente. Programa autónomo de *software* que ejecuta una función por sí mismo, como la de buscar en la web información de interés para una persona de acuerdo con ciertos criterios.

Algoritmo. Secuencia de reglas e instrucciones que describen un procedimiento para solucionar un problema. Un programa informático expresa uno o más algoritmos de una manera comprensible para un ordenador.

Algoritmo evolutivo. Sistemas para la solución de problemas de base informática cuyos elementos clave de diseño son modelos informáticos de los mecanismos de evolución.

Algoritmo genético. Modelo de aprendizaje mecánico cuyo comportamiento deriva de una metáfora del mecanismo de evolución en la naturaleza. Dentro del programa se crea una población de «individuos» simulados que experimentan un proceso de evolución en un medio ambiente competitivo simulado.

Alu. Secuencia no significativa de 300 letras de nucleótidos que tiene lugar 300 000 veces en el genoma humano.

Analógica. Cantidad que varía continuamente, en oposición a la variación por pasos discretos. La mayor parte de los fenómenos del mundo natural son analógicos. Cuando los medimos y les damos valor numérico, los digitalizamos. El cerebro humano emplea tanto la computación digital como la analógica.

Analytical Engine. Primer ordenador programable, creado en la primera mitad del siglo XIX por Charles Babbage y Ada Lovelace. El Analytical Engine tenía una memoria de acceso al azar (RAM = *random access me-*

mory) que constaba de un millar de palabras de cincuenta cifras decimales cada una, una unidad central de procesamiento, una unidad especial de almacenamiento para el *software* y una impresora. Aunque anticipaba los ordenadores modernos, el invento de Babbage nunca funcionó.

Arte MOSH. En 2099, arte (en general creado por seres humanos potenciados) que teóricamente un MOSH es capaz de apreciar, aunque el arte MOSH no siempre se comparte con un MOSH.

Artista cibernético. Programa informático capaz de crear una obra original en poesía, artes visuales o música. Los artistas cibernéticos se harán cada vez más comunes a partir de 2009.

Autorréplica. Proceso o aparato capaz de crear una copia adicional de sí mismo. Los nanobots son autorreplicantes si pueden crear copias de sí mismos. Se considera que la autorréplica es un medio necesario de producción de nanobots, debido a la gran cantidad (billones) de este tipo de artilugios que se necesitan para realizar funciones útiles.

Base de datos. La colección estructurada de datos que se diseña en conexión con un sistema de recuperación de información. Un sistema de operación de la base de datos permite controlar y actualizar dicha base, así como interactuar con ella.

Bioingeniería. El campo del diseño de medicamentos, razas de animales y cepas vegetales mediante la modificación directa del código genético. La agricultura y la medicina son los campos de aplicación de materiales, drogas y formas de vida resultantes de la práctica de la bioingeniería.

Biología. Estudio de las formas de vida. En términos evolutivos, la emergencia de las formas de la materia y la energía que pudieron sobrevivir y replicarse para formar generaciones futuras.

Bit. Contracción de la expresión *binary digit*. En un código binario, uno de los dos valores posibles, generalmente 0 y 1. En teoría de la información, la unidad fundamental de información.

Brigada del Manifiesto de Florence. En 2099, grupo neoludita basado en el «Manifiesto de Florence», escrito por Theodore Kaczynski en la prisión. Los miembros de la brigada se oponen a la tecnología principalmente por medios no violentos.

BRUTUS.1. Programa informático que crea relatos de ficción con la traición como tema argumental, invento de Selmer Bringsjord, Dave Ferucci y un equipo de ingenieros de *software* del Rensselaer Polytechnic Institute de Nueva York.

Buckyball. Molécula esférica formada por una gran cantidad de átomos de carbono. Debido a su forma hexagonal y pentagonal, las moléculas han sido bautizadas como «buckyballs», en alusión a los diseños arquitectónicos de R. Buckminster Fuller.

Búsqueda. Procedimiento repetitivo en el que un solucionador automático de problemas busca una solución por exploración iterativa de secuencias de alternativas posibles.

Busy Beaver («Castor Atareado»). Ejemplo de una clase de funciones no computacionales; problema insoluble en matemáticas. Al ser un «problema insoluble para la máquina de Turing», la función de castor atareado no puede ser computada por la máquina de Turing. Para computar el *busy beaver n*, se crean todas las máquinas de Turing de *n*-estados y que no escriben un número infinito de unos en su cinta. El número mayor de unos que escribe la máquina de Turing, en este conjunto que escribe el mayor número de unos, es el *busy beaver* de *n*.

BWA. *Véase* Departamento de la Guerra Biológica.

Byte. Contracción de *by eight*. Grupo de ocho bits en racimo para almacenar una unidad de información en un computador. Un byte puede corresponder, por ejemplo, a una letra del alfabeto inglés.

Cálculo de conexiones neuronales. En una red neuronal, término que se refiere al cálculo primario de la multiplicación de la «fuerza» de una conexión neuronal por la entrada de esa conexión (lo que o bien es la salida de otra neurona o bien la entrada inicial del sistema) y el agregado posterior de este producto a la suma acumulada de ese tipo de productos derivados de otras conexiones a la misma neurona. Esta operación es enormemente repetitiva, de modo que los ordenadores neuronales están en óptimas condiciones para realizarla.

Caos. Volumen de desorden o de conducta impredecible en un sistema. En referencia a la Ley del Tiempo y el Caos, el caos se refiere a la cantidad de acontecimientos aleatorios e impredecibles relativos a un proceso.

Capital ángel. Se refiere a fondos disponibles en las redes de inversores ricos que invierten en empresas de vanguardia y que constituyen una fuente clave de capital para las compañías de vanguardia en alta tecnología.

Capital de riesgo. Se refiere a los fondos de inversión de los que disponen organizaciones con grandes fuentes de capital y la misión específica de invertir en compañías, sobre todo en nuevos riesgos.

CD-ROM (Compact disc read-only memory). Disco leído por láser que contiene hasta 500 millones de bytes de información. *Read-only* significa que en el disco sólo se puede leer la información, no borrarla ni grabarla de nuevo.

Chip. Colección de circuitos relacionados que operan conjuntamente en una tarea o conjunto de tareas y que residen en un pequeño disco de material semiconductor (normalmente de silicio).

Chip de visión. Imitación de la retina humana, en silicio, que capta el algoritmo del procesamiento visual de los mamíferos, conocido como filtrado del entorno del centro.

Chip tridimensional. Chip construido en tres dimensiones, lo que permite centenares o miles de estratos de sistemas de circuitos. En la actualidad, varias compañías están investigando y experimentando la fabricación de chips tridimensionales.

Chófer cibernético. Coches autoconducidos que usan sensores especiales en las carreteras. Se está experimentando este tipo de coches a finales de los noventa, mientras que su implantación en autopistas importantes será viable en la primera década del próximo siglo.

Cibernética. Término acuñado por Norbert Wiener para describir la «ciencia del control y la comunicación en animales y máquinas». La cibernética se basa en la teoría según la cual los seres inteligentes se adaptan al medio ambiente y cumplen con objetivos ante todo por reacción a la retroalimentación con su entorno.

Colossus. Primer ordenador electrónico, construido por los británicos a partir de quinientos tubos de radio durante la segunda guerra mundial. Funcionando en paralelo, *Colossus* y nueve máquinas similares descifraron los cada vez más complejos códigos alemanes de inteligencia militar y contribuyeron al triunfo de los aliados en la segunda guerra mundial.

Computación. Cálculo de un resultado por medio de un algoritmo (por ej., un programa informático) y datos afines. La capacidad para recordar y resolver problemas.

Computación cristalina. Sistema en el que los datos se almacenan en un cristal como un holograma, concebido por Lambertus Hesselink, profesor en Stanford. Este método tridimensional de almacenamiento requiere un millón de átomos para cada bit y podría llegar a un billón de bits de almacenamiento por cada centímetro cúbico. La computación cristalina también se refiere a la posibilidad de desarrollar ordenadores como cristales.

Computación cuántica. Método revolucionario de computación, basado en la física cuántica, que emplea la capacidad de partículas como los electrones para existir en más de un estado al mismo tiempo. *Véase Qu-bit.*

Computación por ADN. Forma de computación, de la que fue pionero Leonard Adleman, en la que se emplean las moléculas de ADN para plantear complejos problemas matemáticos. Los ordenadores con ADN permiten la realización simultánea de billones de cálculos.

Conciencia. Capacidad para tener experiencia subjetiva. Capacidad de un ser humano, un animal o un ente cualquiera para tener percepción y conocimiento de sí mismo. Capacidad para sentir. En el siglo XXI, será esencial saber si los ordenadores tendrán conciencia (la que se atribuye a sus creadores humanos).

Conexionismo. Enfoque para estudiar la inteligencia y crear soluciones inteligentes a problemas. El conexionismo se basa en el almacenamiento de conocimientos relativos a la solución de problemas como una forma de conexiones entre una gran cantidad de unidades simples de procesamiento que operan en paralelo.

Crecimiento exponencial. Se caracteriza por crecimientos en los que la magnitud se incrementa según un múltiplo fijo con el tiempo.

Criptografía. Codificación de la información de tal manera que sólo el receptor al que está destinada pueda entender el mensaje mediante su descodificación. Un ejemplo de criptografía es el PGP (Pretty Good Privacy).

Criptografía cuántica. Forma posible de criptografía con empleo de corrientes de partículas cuánticas mutuamente ligadas, como los fotones. *Véase* Ligazón cuántica.

Cuerpo virtual. En realidad virtual, nuestro cuerpo propio potencialmente transformado a fin de parecer diferente (y como tal ser experimentado) de lo que es en la realidad «real».

Deep Blue. Programa informático, creado por IBM, que derrotó a Gary Kasparov, campeón mundial de ajedrez.

Departamento de la Guerra Biológica (siglas en inglés: BWA). Agencia gubernamental que en la segunda década del siglo XXI se encargará de vigilar y planificar la tecnología de la bioingeniería aplicada a las armas.

Descohesión cuántica. Proceso en el cual el estado cuántico de ambigüedad de una partícula (como la rotación de un electrón que representa un *qubit* en un ordenador cuántico) se resuelve en un estado sin ambigüedad a consecuencia de la observación directa o indirecta de un observador consciente.

Desinsectación *[debugging]*. Descubrimiento y corrección de errores en el *hardware* y el *software*. El problema de los fallos *(bugs)* en un programa será cada vez más importante a medida que los ordenadores se integren en el cerebro y la fisiología humanas a lo largo del siglo. El primer *bug* fue una polilla real [otro significado de *bug*: insecto], descubierto por Grace Murray Hopper, primera programadora del ordenador Mark I.

Digital. Que varía en distintos grados. Uso de combinaciones de bits para presentar datos en computación. Se opone a analógico.

Disco de vídeo digital (DVD). Sistema de disco compacto de alta densidad que emplea un láser más centrado que en el CD-ROM convencional, con capacidad de almacenamiento de hasta 9,4 gigabytes en disco de doble cara. Un DVD tiene capacidad suficiente como para una película entera.

Disparador mental. Estimulación de una zona del cerebro que evoca un sentimiento que en general (esto es, en otra condición) se obtiene en la experiencia física o mental.

Diversidad. Variedad de lecciones de que se nutre la evolución, recurso clave para un proceso evolutivo. El otro recurso de la evolución es su orden creciente.

DVD. *Véase* Disco de vídeo digital.

Efecto 2000. Se refiere a la previsión de dificultades provocadas por el *software* (en general desarrollado varias décadas antes del año 2000) en que los campos de fecha sólo utilizaban dos dígitos. A menos que se adapte el *software*, esto hará que los programas de los ordenadores se comporten de manera errática o equivocada cuando llegue el año «00». Los programas confundirán el año 2000 con el 1900.

Efecto túnel. En mecánica cuántica, la capacidad de los electrones (partículas de carga negativa que giran en torno al núcleo del átomo) para existir en dos lugares a la vez, en particular a ambos lados de una barrera. El efecto túnel permite que algunos electrones atraviesen efectivamente la barrera y expliquen las propiedades «semiconductoras» de un transistor.

EMI. *Véase* Experimentos en Inteligencia Musical.

Enjambre de nanobots. A finales del siglo XX, enjambre formado por billones de nanobots. Los enjambres de nanobots pueden adoptar rápidamente cualquier forma. Un enjambre de nanobots puede proyectar imágenes visuales, sonidos y perfiles de presión de cualquier conjunto de objetos, incluso de personas. Los enjambres de nanobots también pueden combinar su habilidad computacional para emular la inteligencia de la gente, así como otras entidades y procesos inteligentes. Un enjambre de nanobots ofrece la posibilidad concreta de crear medios virtuales en el medio real.

Entropía. En termodinámica, una medida del caos (movimiento impredecible) de las partículas y de la energía no disponible en un sistema físico de muchos componentes. En otros contextos, el término se usa para describir la magnitud de la aleatoriedad y el desorden del sistema.

Escuela de mentalidad complicada. Uso de procedimientos sofisticados para evaluar las hojas terminales en un algoritmo repetitivo.

Escuela de mentalidad simple. Uso de procedimientos simples para evaluar las hojas terminales en un algoritmo repetitivo. Por ejemplo, en el contexto de un programa de ajedrez, el añadido de valores parciales.

Evolución. Un proceso en el que diversas entidades (a veces llamadas organismos) compiten por recursos limitados en un medio dado, con los organismos más exitosos, capaces de sobrevivir y reproducirse (en alto grado) en generaciones posteriores. Si pueden contar con muchas generaciones, los organismos se adaptan mejor para sobrevivir. Con las generaciones, aumenta el orden (adaptabilidad de la información a una finalidad) del diseño de los organismos, siempre con la supervivencia como finalidad. En un «algoritmo evolutivo» *(véase)* la finalidad puede definirse como el descubrimiento de una solución a un problema complejo. La evolución también se refiere a la teoría según la cual cada forma de vida en la Tierra tiene su origen en una forma anterior.

Evolución a base de *software*. Simulación en *software* de un proceso evolutivo. Un ejemplo de evolución a base de *software* es el Network Tierra, diseñado por Thomas Ray. Las «criaturas» de Ray son simulaciones en *software* de organismos en los que cada «célula» tiene su propio código genético semejante al ADN. Los organismos compiten entre sí por el limitado espacio simulado y los limitados recursos energéticos del medio ambiente simulado.

Experiencia objetiva. La experiencia de una entidad tal como la observa otra entidad o aparato de medición.

Experiencia subjetiva. La experiencia de un ente tal como este mismo ente la experimenta, en oposición a las observaciones que de él (o de sus procesos internos) realiza otro ente mediante aparatos de medición.

Experimentos en Inteligencia Musical (siglas inglesas: EMI). Programa informático que compone partituras musicales. Creado por el compositor David Cope.

Exploración destructiva. Proceso de exploración del cerebro y el sistema nervioso con destrucción de éstos, en vistas a sustituirlos por circuitos electrónicos de capacidad, velocidad y fiabilidad mucho mayores.

Explosión combinatoria. El crecimiento rápido –exponencial– de la cantidad de maneras posibles de escoger combinaciones distintas de elementos de un conjunto a medida que aumenta la cantidad de elementos de ese conjunto. En un algoritmo, el crecimiento rápido de la cantidad de alternativas a explorar mientras se realiza una investigación para solucionar un problema.

Femtoingeniería. En el 2099, tecnología de computación propuesta en escala de femtómetro (una milésima de billonésima de metro). La femtoingeniería requiere la preparación de mecanismos dentro de un quark. El personaje llamado Molly analiza con el autor los objetivos de la femtoingeniería en 2099.

***Foglet*.** Robot hipotético formado por un aparato del tamaño de una célula humana y con doce brazos que apuntan en todas direcciones. En el extremo de los brazos hay unos dispositivos que les permiten unirse para formar estructuras mayores. Estos nanobots son inteligentes y pueden unir entre sí sus respectivas capacidades informáticas para crear una inteligencia distribuida. Los *foglets* son producto del ingenio de J. Storrs Hall, científico informático de la Rutgers University.

Fórmula repetitiva. Paradigma de programación informática que emplea la búsqueda repetitiva para encontrar solución a un problema. La búsqueda repetitiva se basa en una definición precisa del problema (por ej., las reglas de un juego como el ajedrez).

Función inteligente. Función que requiere cada vez más inteligencia para computar cada vez más argumentos. Un ejemplo de función inteligente es la de *busy beaver*.

Gran crujido. Teoría según la cual el Universo terminará por perder fuerza de expansión, se contraerá y se hundirá en un acontecimiento opuesto al *big bang*.

Háptica. Desarrollo de sistemas que permiten tener experiencia del sentido del tacto en la realidad virtual.

Holograma. Forma de interferencia, a menudo con empleo de medios fotográficos, modificada por rayos láser y que se lee por medio de rayos láser de escasa potencia. Esta forma de interferencia puede reconstruir una imagen tridimesional. Una propiedad importante del holograma es que la información se distribuye en el holograma entero. Si se corta un holograma por la mitad, las dos mitades contendrán la imagen completa, sólo que con la mitad de resolución. Si a un holograma se le hace un rasguño, no queda de ello efecto notable en la imagen. Se considera que la memoria humana se distribuye de una manera similar.

Homo erectus. Surgió en África hace alrededor de 1,6 millones de años y desarrolló el fuego, la vestimenta, el lenguaje y el uso de armas.

Homo habilis. Antepasado directo que llevó al *homo erectus* y finalmente al *homo sapiens*. El *homo habilis* vivió aproximadamente hace unos 1,6-2 millones de años. Los homínidos de este tipo se diferenciaban de los homínidos anteriores por su mayor tamaño, su dieta carnívora y herbívora y la creación y el uso de herramientas rudimentarias.

Homo sapiens. Especie humana que surgió tal vez hace 400 000 años. El *homo sapiens* se asemeja a los primates avanzados en cuanto a su herencia genética y se distingue por la creación de la tecnología, además del arte y el lenguaje.

Homo sapiens neanderthal (neanderthalensis). Subespecie de *homo sapiens*. Se piensa que el *homo sapiens neanderthalensis* evolucionó a partir del *homo erectus* hace alrededor de 100 000 años en Europa y Oriente Medio. Esta subespecie, de gran inteligencia, desarrolló una cultura compleja que comprendía elaborados rituales funerarios, entierro de los muertos con ornamentos, cuidado de los enfermos y fabricación de herramientas para uso doméstico y para protegerse. El *homo sapiens neanderthalensis* desapareció hace alrededor de 35 000 o 40 000 años, con toda probabilidad debido a un conflicto violento con el *homo sapiens sapiens* (la subespecie de los humanos actuales).

Homo sapiens sapiens. Otra subespecie de *homo sapiens* que surgió en África hace alrededor de 90 000 años. Los humanos actuales son descendientes directos de esta subespecie.

Imagen óptica. Técnica de producción de imágenes cerebrales semejante a la RM, pero con imágenes de mejor resolución potencial. Las imágenes ópticas se basan en la interacción entre la actividad eléctrica de las neuronas y la circulación sanguínea en los capilares que alimentan las neuronas.

Implante coclear. Implante que realiza análisis de frecuencia de ondas sonoras, similares a las que realiza el oído interno.

Implante neuronal. Implante cerebral que potencia la capacidad sensorial, la memoria o la inteligencia. En el siglo XXI, los implantes neuronales serán muy comunes.

Improvisador. Programa informático que crea música original, escrito por Paul Hodgson, saxofonista de jazz británico. Improvisador puede emular estilos, desde Bach hasta los grandes jazzistas Louis Armstrong y Charlie Parker.

Independencia del hablante. Se refiere a la capacidad del sistema para reconocer el habla y comprender a cualquier hablante, con independencia de que el sistema haya o no tenido una muestra previa del habla de ese hablante concreto.

Información. Secuencia de datos significativa en un proceso, como el código ADN de un organismo o los bits en un programa informático. La información se opone al «ruido», que es una secuencia aleatoria. Sin embargo, ni el ruido ni la información son predecibles. El ruido es intrínsecamente impredecible pero no transporta información alguna. La información también es impredecible; es decir, que no podemos predecir la información futura a partir de la información del pasado. Los datos que podamos predecir por completo a partir de datos del pasado no constituyen información.

Informática. *Véase* Computación.

Ingeniería del conocimiento. El arte de diseñar y construir sistemas expertos. En particular, la recolección de conocimiento y reglas heurísticas a partir de expertos humanos en su zona de especialidad y su reunión en una base de conocimiento o sistema experto.

Ingeniería inversa. Examen de un producto, programa o proceso para comprender y determinar sus métodos y algoritmos. Explorar y copiar los métodos destacados de computación de un cerebro humano en un ordenador neuronal de capacidad suficiente es un ejemplo futuro de ingeniería inversa.

Inteligencia. La capacidad para emplear de manera óptima recursos limitados –incluso el tiempo– para conseguir un conjunto de metas (que pueden incluir la supervivencia, la comunicación, la solución de problemas, el reconocimiento de formas y la ejecución de habilidades). Los productos de la inteligencia pueden ser sagaces, ingeniosos, penetrantes, elegantes... R. W. Young define la inteligencia como «la facultad mental mediante la cual se percibe el orden en una situación que previamente se tenía por desordenada».

Inteligencia artificial (IA). El campo de investigación que intenta emular la inteligencia humana en una máquina. Los dominios internos de la IA incluyen sistemas basados en el conocimiento, sistemas expertos, reconocimiento de formas, aprendizaje automático, comprensión de lenguaje natural, robótica y otros.

Interfaz táctil. En los sistemas de realidad virtual, los agentes físicos que proporcionan al usuario la sensación táctil (incluso de presión y de temperatura).

Internet, aprovechamiento de la capacidad de computación del sistema. Intento de aprovechar los recursos computacionales no utilizados de los ordenadores personales de Internet y, por tanto, crear superordenadores paralelos virtuales. En 1998 hay en Internet suficiente cantidad de «cálculos» sin usar como para crear superordenadores con la capacidad del cerebro humano, al menos en términos de capacidad de *hardware*.

Legislación del abuelo. En 2099, la legislación que protege los derechos de los MOSH y reconoce las raíces humanas de ciertos seres del siglo XXI. *Véase* MOSH.

Lenguaje informático. Conjunto de reglas y especificaciones para describir un algoritmo o proceso en un ordenador.

Lenguaje natural. Lenguaje tal como los seres humanos hablan o escriben cuando usan una lengua como el inglés o el castellano (en oposición a la rígida sintaxis de un lenguaje informático). El lenguaje natural está regido por reglas y convenciones lo suficientemente complejas y sutiles como para que con mucha frecuencia la sintaxis y el significado presenten ambigüedades.

Lentes auditivas de realidad virtual. En 2019, aparatos sónicos que proyectarán sonidos de alta resolución, ubicados con precisión en el medio virtual tridimensional. Se las podrá montar en las gafas, usar como joyas o implantar.

Lentes ópticas de realidad virtual. En 2009, monitores tridimensionales montados en gafas o lentes de contacto. Estos monitores «oculares directos» crean medios visuales virtuales de gran realismo que se superponen al medio «real». Esta tecnología de monitores proyecta imágenes directamente en la retina humana y mejora la resolución de la visión humana. Su uso es muy amplio e independiente de los defectos visuales. En 1998, el Virtual Retina Display de Microvision ofrece una capacidad similar para pilotos militares y el anticipo de versiones para el consumidor.

Ley de Incremento del Caos. Cuando el caos crece exponencialmente, el tiempo se ralentiza exponencialmente (es decir, que el intervalo entre acontecimientos destacados es cada vez más largo).

Ley de la Aceleración de los Resultados. Cuando el orden crece exponencialmente, el tiempo se acelera exponencialmente (es decir, que el intervalo entre acontecimientos destacados es cada vez más corto).

Ley de Moore. Postulada por primera vez por Gordon Moore, ex consejero ejecutivo de Intel, la Ley de Moore predice que el tamaño de los transistores de un chip de circuito integrado se reducirá cincuenta veces cada veinticuatro meses. El resultado es el crecimiento exponencial del poder de computación a base de circuitos integrados. La Ley de Moore duplica tanto la cantidad de componentes en un chip como la velocidad de cada componente. Los dos aspectos duplican el poder de computación, lo que resulta en la cuadruplicación del poder de computación cada veinticuatro meses.

Ley del Tiempo y el Caos. En un proceso, el intervalo entre acontecimientos (de acontecimientos que cambian la naturaleza del proceso o que afectan significativamente el futuro del proceso) se expande o se contrae junto con la magnitud del caos.

Leyes de la termodinámica. Las leyes de la termodinámica gobiernan cómo y por qué se transfiere la energía.

La primera ley de la termodinámica (postulada por Hermann von Helmholtz en 1847), llamada también Ley de la Conservación de la Energía, afirma que la magnitud total de energía del Universo es constante. Un proceso puede modificar la forma de la energía, pero un sistema cerrado no pierde energía. Podemos utilizar este conocimiento para determinar la magnitud de energía en un sistema, la cantidad perdida como despilfarro de calor y la eficiencia del sistema.

La segunda ley de la termodinámica (formulada por Rudolf Clausuas en 1850), conocida también como Ley de la Entropía Creciente, establece que la entropía (desorden de partículas) del Universo nunca disminuye. A medida que el desorden aumenta en el Universo, la energía se transforma en formas menos utilizables. De esta manera, la eficiencia de cualquier proceso será siempre menor que el ciento por ciento.

La tercera ley de la termodinámica (descrita por Walter Hermann Nernst en 1906 sobre la base de la idea de una temperatura de cero absoluto que expresó por primer vez el barón Kelvin en 1848), conocida también como Ley de Cero Absoluto, nos dice que todo movimiento molecular se detiene a una temperatura llamada cero absoluto o 0 Kelvin (–273 °C). Dado que la temperatura es una medida del movimiento molecular, es posible aproximarse a la temperatua de cero absoluto, pero nunca alcanzarla.

Libre albedrío. Conducta con propósito y toma de decisión. Desde tiempos de Platón, los filósofos han explorado la paradoja del libre albedrío, en particular cómo se aplica a las máquinas. Un problema clave del próximo siglo será el de la posibilidad de que las máquinas evolucionen hasta convertirse en seres con conciencia y libre albedrío. Y dado que los acontecimientos son resultado de la interacción predecible –o impredecible– de partículas, la posibilidad misma del libre albedrío será un problema filosófico primordial. Si consideramos que la interacción de partículas es impredecible, la paradoja del libre albedrío queda en pie, puesto que en la conducta aleatoria no hay finalidad alguna.

Ligazón cuántica. Relación entre dos partículas separadas físicamente en circunstancias especiales. Dos fotones pueden estar «ligados cuánticamente» si son producto de la misma interacción de partículas y surgen en direcciones opuestas. Los dos fotones permanecen cuánticamente ligados entre sí aun cuando se encuentren a gran distancia uno de otro (aun cuando los separen años luz de distancia). En tales circunstancias, si se fuerza a dos fotones cuánticamente ligados a que escojan entre dos trayectorias igualmente probables, tomarán decisiones idénticas y lo harán en el mismo instante. Puesto que no hay comunicación posible entre ellos, la física clásica predeciría la independencia recíproca de sus decisiones. Pero los dos fotones cuánticamente ligados toman la misma decisión y lo hacen en el mismo instante. Los experimentos han demostrado que aun cuando hubiera una vía de comunicación desconocida entre ellos, no hay tiempo suficiente para que un mensaje viaje de un fotón a otro a la velocidad de la luz.

LISP (list processing [= procesamiento de listas]). Ordenador intérprete desarrollado a finales de los años cincuenta en el MIT por John McCarthy y empleado para manipular series simbólicas de instrucciones y datos. La estructura de datos principales es la lista, una secuencia ordenada y finita de símbolos. Puesto que un programa escrito en LISP se expresa en una lista de listas, LISP se presta a la repetición sofisticada, la manipulación de símbolos y el código de automodificación. Se ha usado ampliamente en la programación de IA, aunque hoy es menos popular que en los años setenta y ochenta.

Ludita. Grupo, entre otros, de trabajadores ingleses de comienzos del siglo XIX que, en señal de protesta, destruyeron maquinaria que economizaba mano de obra. Los luditas fueron el primer movimiento organizado que se opuso a la tecnología mecanizada de la revolución industrial. Hoy, los luditas son el símbolo de la oposición a la tecnología.

Mácula divina. Pequeña zona de las células nerviosas en el lóbulo frontal del cerebro que parece activarse durante las experiencias religiosas. Los neurocientíficos de la Universidad de California descubrieron la mácula divina cuando estudiaban a pacientes epilépticos con intensas experiencias místicas durante los ataques.

Máquina de leer. Máquina que explora el texto y lee en voz alta. Inicialmente desarrollada para personas con problemas de visión, hoy las usa cualquier persona que no pueda leer a su nivel intelectual, incluso las que tienen problemas con la lectura (por ej., disléxicas) y los niños que están aprendiendo a leer.

Máquina de Turing. Modelo abstracto simple de máquina de computación cuyo diseño presentó Alan Turing en su artículo de 1936 titulado «On

Computable Numbers». La máquina de Turing es un concepto fundamental en la teoría de la informática.

Mecánica cuántica. Teoría que describe las interacciones de partículas subatómicas y combina varios descubrimientos básicos, entre los que se incluye la observación que realizó Max Planck en 1900, que permiten sostener que la energía es absorbida o irradiada en cantidades discretas llamadas cuantos. También el principio de incertidumbre que Werner Heisenberg enunció en 1927 establece que no podemos conocer al mismo tiempo la posición y la fuerza exactas de un electrón ni de ninguna otra partícula. Las interpretaciones de la teoría cuántica implican que los fotones adoptan simultáneamente todas las vías posibles (por ej., cuando rebotan en un espejo). Algunas vías se cancelan mutuamente. La ambigüedad restante en la vía que realmente se ha seguido se resuelve sobre la base de la observación consciente de un observador.

Medio de computación. Sistema de circuitos capaz de poner en funcionamiento uno o más algoritmos. Ejemplos son las neuronas humanas y los chips de silicio.

Medio táctil total. En 2019, medio de realidad virtual que proporciona un medio táctil omniabarcante.

Medio táctil virtual. Sistema de realidad virtual que permite al usuario experimentar un medio táctil realista y omniabarcante.

MGC. *Véase* Música de generación cerebral.

Microprocesador. Circuito integrado construido sobre un chip simple que contiene toda la unidad central de procesamiento de un ordenador.

Millones de Instrucciones por Segundo. Método de medición de la velocidad de un ordenador por la cantidad de millones de instrucciones que ejecuta en un segundo. Una instrucción es un paso simple de un programa de ordenador tal como se representa en el lenguaje mecánico del ordenador.

MIPS. *Véase* Millones de Instrucciones por Segundo.

Monitor de realidad virtual de bloqueo. En 2019, tecnología de monitores que utilizará lentes ópticas de realidad virtual *(véase)* y lentes auditivas de realidad virtual *(véase)* que crearán medios de realidad virtual de gran realismo. El monitor bloquea el medio real, de modo que uno ve y oye exclusivamente el medio virtual proyectado.

Monitor de realidad virtual dirigido por la cabeza. En 2019, tecnología de monitor que usa lentes ópticas de realidad virtual *(véase)* y lentes auditivas de realidad virtual *(véase)* y proyecta un medio virtual inmóvil con respecto a la posición y la orientación de nuestra cabeza. Cuando movemos la cabeza, el monitor se mueve en relación con el medio real. Este modo se usa con frecuencia para interactuar con documentos virtuales.

Monitor superpuesto de realidad virtual. En 2019, tecnología de monitores que utiliza lentes ópticas de realidad virtual *(véase)* e integra medios reales y virtuales. Las imágenes exhibidas se deslizan cuando uno mueve o vuelve la cabeza, de manera que las personas, los objetos y el medio virtuales parecen inmóviles en relación con el medio real (que aún se puede ver). Así, si el monitor ocular directo exhibe la imagen de una persona (que podría ser una persona geográficamente lejana que nos llama por un teléfono visual tridimensional, o una persona simulada engendrada por un ordenador), esa persona proyectada parecerá estar en un lugar concreto en relación con el medio real que también vemos. Cuando movemos la cabeza, parecerá que esa persona proyectada permanece en el mismo sitio en relación con el medio real.

MOSH. En 2099, acrónimo de *Mostly Original Substrate Humans* (Seres Humanos con Sustrato Mayoritariamente Originario). En la última mitad del siglo XXI se denominará MOSH a un ser humano que use neuronas propias a base de carbono y potenciadas por implantes neuronales. En el 2099, Molly califica de MOSH al autor.

Moshismo. En 2099 se llamará así al término arcaico arraigado en el modo de vida MOSH, antes del advenimiento de seres humanos potenciados mediante implantes nerviosos y el transporte de cerebros humanos a nuevos sustratos computacionales. Un ejemplo de moshismo: la palabra «papeles» para referirse a estructuras de conocimiento que representan un cuerpo de trabajo intelectual.

Movimiento en Conmemoración de York. En la segunda década del siglo XXI, grupo neoludita de discusión en la web. El grupo debe su nombre a la conmemoración del juicio de 1813 en York, Inglaterra, durante el cual se ahorcó, encarceló o exilió a varios luditas que habían destruido máquinas industriales.

Movimiento por la destrucción de todas las copias. En 2099, movimiento para permitir que un individuo interrumpa el fichero de su mente y destruya todas las copias de seguridad del mismo.

Música de generación cerebral (MGC). Tecnología musical encabezada por NeuroSonics, Inc., que crea música en respuesta a las ondas cerebrales del oyente. Este sistema de retroalimentación biológica de ondas cerebrales evoca una Respuesta de Relajación mediante la estimulación de la generación de ondas alfa en el cerebro.

Música MOSH. En el 2099, arte musical de tipo MOSH.

MYCIN. Sistema experto de éxito, desarrollado en la Universidad de Stanford a mediados de los setenta, diseñado para ayudar a los médicos a prescribir un antibiótico adecuado mediante la identificación exacta de la infección sanguínea. También necesita saber cuándo detener su propia réplica. En 2029 habrá nanobots que circulen por la corriente sanguínea humana para diagnosticar enfermedades.

Nanoingeniería. El diseño y la manufactura de los productos y otros objetos sobre la base de la manipulación de átomos y moléculas por medio de máquinas construidas átomo por átomo. Nano se refiere a una milmillonésima de metro, que es el espesor de cinco átomos de carbono. *Véase* Picoingeniería; Femtoingeniería.

Nanopatógeno. Nanobot con autorréplica que se replica en forma excesiva, posiblemente sin límite, lo que provoca la destrucción tanto de la materia orgánica como de la inorgánica.

Nanopatrulla. En 2029, un nanobot en la corriente sanguínea que detecta elementos patógenos biológicos y otros procesos mórbidos en el cuerpo.

Nanotecnología. Cuerpo de tecnología en el que se crean productos y otros objetos mediante la manipulación de átomos y moléculas. «Nano» quiere decir una milmillonésima de metro, que es el espesor de cinco átomos de carbono.

Nanotubos. Moléculas alargadas de carbono que reúnen tubos largos y están formadas por las mismas formas pentagonales de los átomos de carbono que las *buckyballs*. Los nanotubos pueden ejecutar funciones electrónicas de componentes a base de silicio. Los nanotubos son extremadamente pequeños, gracias a lo cual proporcionan densidades altísimas de computación. Es probable que la tecnología de los nanotubos continúe proporcionando el crecimiento exponencial de la computación cuando, hacia el año 2020, la Ley de Moore sobre circuitos integrados toque a su fin. Los nanotubos también son extremadamente fuertes y resistentes al calor, lo que les permite la creación de circuitos tridimensionales.

Neanderthal. *Véase Homo sapiens neanderthal (neanderthalensis).*

Neurona. Célula de procesamiento de información del sistema nervioso central. Se estima que en el cerebro humano hay unos 100 000 millones de neuronas.

Nudo gordiano. Un problema intrincado, probablemente insoluble, en referencia al nudo que ató Gordius y que sólo pudo desatar el futuro gobernante de Asia, Alejandro Magno, quien zanjó el dilema del nudo cortándolo por la mitad con la espada.

OCR. *Veáse* Reconocimiento de rasgos ópticos.

Orden. Información que se adapta a una finalidad. La medida del orden es la medida en que la información se adapta a la finalidad. En la evolución de las formas de vida, la finalidad es sobrevivir. En un algoritmo evolutivo (programa informático que simula la evolución para resolver un problema), la finalidad es resolver el problema. El disponer de más información o de mayor complejidad no beneficia necesariamente la adaptación. Una solución superior para una finalidad –mayor orden– puede requerir más o menos información y más o menos complejidad. Sin embargo, la evolución ha mostrado que la tendencia a un mayor orden desemboca en general en mayor complejidad.

Ordenador. Máquina que emplea un algoritmo. Un ordenador transforma datos de acuerdo con las especificaciones de un algoritmo. Un ordenador programable permite cambiar el algoritmo.

Ordenador de programa almacenado. Ordenador en el que el programa se almacena en la memoria junto con los datos sobre los que hay que operar. La capacidad del programa almacenado es importante para los sistemas de inteligencia artificial porque la repetición y el código de automodificación resultan imposibles sin ella.

Ordenador en serie. Ordenador que realiza un solo cálculo a la vez. De modo que dos o más cálculos se ejecutan uno después de otro, no en forma simultánea (aun cuando los cálculos sean independientes). Es lo contrario de un ordenador de procesamiento paralelo.

Ordenador molecular. Ordenador basado en puertas lógicas y construido sobre principios de mecánica molecular (en oposición a los principios de la electrónica) mediante disposiciones adecuadas de las moléculas. Puesto que el tamaño de cada puerta lógica (aparato que puede ejecutar una operación lógica) es de sólo unas pocas moléculas, el ordenador resultante puede ser microscópico. Las limitaciones de los ordenadores moleculares sólo se deben a la física de los átomos. Los ordenadores moleculares son masivamente paralelos si en ellos billones de moléculas ejecutan simultáneamente computaciones paralelas. Se han exhibido ordenadores moleculares que usan la molécula del ADN.

Ordenador neuronal. Ordenador con *hardware* optimizado para uso del paradigma de la red neuronal. Un ordenador neuronal está diseñado para simular una cantidad masiva de modelos de neuronas humanas.

Ordenador óptico. Ordenador que procesa información codificada en forma de rayos lumínicos; se diferencia de los ordenadores convencionales de hoy, en los que la información se presenta en sistemas de circuitos electrónicos o codificada en superficies magnéticas. Cada corriente de fotones puede representar una secuencia independiente de datos, lo que proporciona una computación paralela extremadamente masiva.

Ordenador personal (PC). Expresión genérica para designar un ordenador de un solo usuario que emplea un microprocesador e incluye el *hardware* y el *software* de computación necesarios para el trabajo autónomo de un individuo.

Órgano biónico. En 2029, órganos artificiales construidos con nanoingeniería.

Paradigma. Forma, modelo o enfoque general para resolver un problema.

Paradoja de Russell. La ambigüedad creada por la siguiente pregunta: ¿Se incluye a sí mismo un conjunto definido como «todos los conjuntos que no se incluyen a sí mismos»? Esta paradoja movió a Russell a crear una nueva teoría de los conjuntos.

Perceptrón. A finales de los años sesenta y setenta, máquina construida a partir de modelos matemáticos de neuronas humanas. Los primeros perceptrones tuvieron un éxito modesto en el reconocimiento de formas tales como la identificación de letras impresas y de sonidos hablados. El perceptrón fue un precursor de las redes neuronales contemporáneas.

Persona simulada. Personalidad realista y animada que adopta una apariencia visual convincente y es capaz de comunicarse mediante el lenguaje natural. Hacia 2019, una persona simulada podrá interactuar con personas reales que empleen medios visuales, auditivos y táctiles en un medio de realidad virtual.

PGP. *Véase* Pretty Good Privacy.

Picoingeniería. Tecnología en la escala del picómetro (una billonésima de metro). La picoingeniería involucrará la ingeniería en el nivel de las partículas subatómicas.

Pixel. Abreviatura de «elemento pictórico». Es el menor elemento de una pantalla de ordenador que recoje información para representar una imagen. Los pixeles contienen datos que dan brillo y posiblemente color a puntos concretos de la imagen.

Poeta cibernético. Programa de computador capaz de crear poesía original.

Portal pictórico. En 2009, monitor para ver personas y otras imágenes en tiempo real. Con posterioridad, los portales proyectarán escenas tridimensionales en tiempo real. El hijo de Molly, Jeremy, utiliza un portal pictórico para ver el campus de la Universidad de Stanford.

Positivismo lógico. Escuela filosófica de pensamiento del siglo XX inspirada en el *Tractatus Logico-Philosophicus* de Wittgenstein. De acuerdo con el positivismo lógico, todo enunciado significativo puede ser confirmado por la observación y el experimento, o bien es «analítico» (deducible de observaciones).

Precio-rendimiento. Medida del rendimiento de un producto por unidad de coste.

Pretty Good Privacy (PGP). Sistema de criptografía (diseñado por Phil Zimmerman), distribuido en Internet y ampliamente utilizado. PGP utiliza una clave pública, que se puede difundir libremente y que cualquiera puede utilizar para codificar un mensaje, y una clave privada que sólo conoce el receptor de los mensajes codificados, quien utiliza la clave privada para descodificar mensajes criptográficos codificados con la clave pública. Para convertir la clave pública en privada hay que descomponer en factores números muy grandes. Si la cantidad de bits de la clave pública es suficientemente grande, resulta imposible calcular los factores en un tiempo razonable con computación convencional (y así la codificación permanece segura). La computación cuántica (con una cantidad suficiente de *qu-bits*) destruiría este tipo de criptografía.

Principio de conocimiento. Principio que enfatiza la importancia del papel que desempeña el conocimiento en muchas formas de actividad inteligente. Postula que un sistema exhibe inteligencia en parte debido al conocimiento específico relativo a la tarea que contiene.

Problema mente-cuerpo. Es la cuestión filosófica que se expresa en estas preguntas: ¿Cómo emerge el ente no físico (la mente) del ente físico (el cerebro)? ¿Cómo surgen los sentimientos y otras experiencias subjetivas del procesamiento del cerebro físico? Por extensión, ¿tendrán experiencias subjetivas las máquinas que emulan los procesos del cerebro humano? Además, ¿cómo ejerce la entidad no física de la mente el control mental de la realidad física del cuerpo?

Procedimiento o teorema de minimax. Técnica básica usada en programas de juegos. Se construye un árbol de expansión de movimientos y contramovimientos (movimientos del adversario) posibles. Luego se envía de retorno una evaluación de las hojas «terminales» del árbol que minimiza la habilidad del adversario para ganar y maximiza la capacidad del programa para ganar.

Procesamiento de imágenes. La manipulación de datos que representan imágenes o la representación pictórica en una pantalla, compuesta de pixeles. El uso de un programa informático para realzar o modificar una imagen.

Procesamiento paralelo. Se refiere a los ordenadores que usan procesadores múltiples que operan simultáneamente, en oposición a los de una única unidad de procesamiento. (*Compárese con* Ordenador en serie.)

Programa. Conjunto de instrucciones informáticas que capacitan a un ordenador para realizar una tarea específica. Los programas suelen estar escritos en un lenguaje de alto nivel, como el «C» o el «FORTRAN», comprensibles para los programadores humanos, y luego se traducen a un lenguaje mecánico por medio de un programa especial llamado compilador. El lenguaje mecánico es un conjunto especial de códigos que controlan directamente un ordenador.

Programación genética. Método de creación de un programa informático mediante el empleo de algoritmos genéticos o evolutivos. *Véase* Algoritmo evolutivo; Algoritmo genético.

Proyección de enjambres de *fogs*. A mediados y finales del siglo XXI, tecnología derivada de las proyecciones de los objetos y entidades físicas a través del comportamiento de billones de *foglets*. La apariencia física de Molly para el autor en 2099 es creada por una proyección de enjambres de *fogs*. *Véase Foglet; Utility fog.*

Proyecto del Genoma Humano. Programa de investigación internacional con el objetivo de reunir una fuente de mapas genómicos e información sobre secuencias de ADN que provean información detallada acerca de la estructura, la oganización y las características del ADN de los seres humanos y de otros animales. El proyecto comienza a mediados de los años ochenta y se espera que esté terminado alrededor de 2005.

Qu-bit. Un «bit cuántico», que se utiliza en computación cuántica y que es al mismo tiempo uno y cero, hasta que la descohesión cuántica (observación directa o indirecta de un observador consciente) haga que cada bit cuántico pierda la ambigüedad a favor del estado de cero o de uno. Un *qu-bit* almacena 2^n números posibles al mismo tiempo. Así, un ordenador cuántico de n *qu-bits* probaría 2^n soluciones posibles de un problema al mismo tiempo, lo que da al ordenador cuántico su enorme capacidad potencial.

Química. Composición y propiedades de las sustancias formadas por moléculas.

RAM (Random Access Memory [Memoria de acceso aleatorio]). Memoria en que se puede leer y escribir con localizaciones de memoria de acceso aleatorio. Acceso aleatorio significa que es posible acceder a las localizaciones en cualquier orden y no es necesario hacerlo de manera secuencial. La RAM se puede utilizar como la memoria funcional de un ordenador en el que se puedan cargar y hacer funcionar las aplicaciones y los programas.

Ray Kurzweil's Cybernetic Poet. Programa informático diseñado por Ray Kurzweil que usa el enfoque repetitivo para crear poesía. El Poeta Cibernético analiza patrones de secuencias de palabras de poemas que ha «leído» por medio de modelos markov (primer hermano matemático de las redes neuronales) y crea nueva poesía sobre la base de esos patrones.

Realidad virtual. Medio simulado en el cual se puede uno sumergir. Un medio de realidad virtual proporciona un sustituto convincente del sentido visual, del auditivo y (hacia 2019) del táctil. En décadas posteriores se incluirá también el sentido del olfato. Para una experiencia realista en realidad virtual es decisivo que cuando uno mueve la cabeza, la escena se recoloque instantáneamente de tal modo que uno esté mirando de inmediato una región distinta de la escena tridimensional. La intención es simular qué sucede cuando uno mueve la cabeza en el mundo real: las imágenes que nuestras retinas capturan cambian rápidamente. No obstante, nuestro cerebro comprende que el mundo no se ha movido en absoluto y que la imagen se desliza a través de nuestra retina únicamente porque hacemos rotar la cabeza. Inicialmente, la realidad virtual (incluso los rudimentarios sistemas actuales) requieren la utilización de artilugios especiales que suministren los medios visuales y auditivos. Hacia 2029, suministrarán la realidad virtual ubicuos sistemas a base de lentes de contacto y aparatos implantados de formación de imágenes retinales (así como los aparatos comparables de producción de «imágenes» auditivas). Más avanzado el siglo XXI, la realidad virtual (que abarcará todos los sentidos) será producida por estimulación directa de las trayectorias nerviosas gracias a la utilización de implantes neuronales.

Reconocimiento automático del habla (RAH). *Software* que reconoce el habla humana. Los sistemas generales de RAH incluyen la capacidad de extraer formas de alto nivel en los datos del habla.

Reconocimiento de formas. Reconocimiento de formas con el fin de identificar, clasificar o categorizar alimentaciones informáticas completas. Los ejemplos de este tipo de alimentaciones incluyen imágenes tales como caracteres impresos, rostros y sonidos tales como los del lenguaje hablado.

Reconocimiento de rasgos ópticos (siglas inglesas: OCR). Proceso en el cual una máquina explora, reconoce y codifica rasgos impresos (y posiblemente manuscritos) en forma digital para alimentación de un ordenador.

Reconocimiento del habla continua (RHC). Programa de *software* que reconoce y registra el lenguaje natural.

Red neuronal. Simulación informática de neuronas humanas. Sistema (aplicado en *software* o en *hardware*) cuya finalidad es emular la estructura computacional de las neuronas del cerebro humano.

Redes nerviosas masivamente paralelas. Red nerviosa construida a partir de muchas unidades de procesamiento paralelas. En general, cada modelo neuronal es aplicado por un ordenador separado y especializado.

Relatividad. Teoría basada en dos postulados: 1) que la velocidad de la luz en el vacío es constante e independiente de la fuente o del observador, y 2) que las formas matemáticas de las leyes de la física son invariables en todo sistema inercial. De la teoría de la relatividad se desprenden la equivalencia de masa y energía y de cambio en la masa, la dimensión y el tiempo con el aumento de la velocidad. *Véase también* Teoría de la relatividad de Einstein.

Repetición. Proceso de definición o de expresión de una función o procedimiento en sus propios términos. Característico es que cada repetición de un procedimiento de solución de naturaleza repetitiva produce una versión más simple (o posiblemente menor) del problema que la repetición anterior. Este proceso continúa hasta que se obtiene un subproblema cuya respuesta ya se conoce (o que se puede calcular de inmediato sin necesidad de repetición). Es asombrosa la cantidad de problemas simbólicos y numéricos que se prestan a formulaciones repetitivas. La repetición se usa en programas de juegos, como el de *Deep Blue* para el ajedrez.

Representación del conocimiento. Sistema de organización del conocimiento humano de un dominio dado en una estructura de datos lo suficientemente flexible como para permitir la expresión de hechos, reglas y relaciones.

Resonancia magnética (RM). Técnica de diagnóstico no invasora que produce imágenes informatizadas de los tejidos corporales y se basa en la resonancia magnética de átomos en el interior del cuerpo, producida por la aplicación de ondas de radio. Se coloca a una persona en un campo magnético treinta mil veces más fuerte que el campo magnético normal de la Tierra. Se estimula con ondas de radio el cuerpo de la persona, el cual responde con sus propias transmisiones electromagnéticas. Éstas son detectadas y procesadas por un ordenador para generar un mapa tridimensional de alta resolución de características internas, como los vasos sanguíneos.

Respuesta de Relajación. Un mecanismo neurológico descubierto por el doctor Herbet Benson y otros investigadores de la Harvard Medical School y el Beth Israel Hospital de Boston. En oposición a la respuesta de estrés o a la de «luchar o huir», la Respuesta de Relajación se asocia a niveles reducidos de epinefrina (adrenalina) y norepinefrina (noradrenalina), presión sanguínea, azúcar en sangre, respiración y pulsaciones por minuto.

Revolución Industrial. Período de la historia de finales del siglo XVIII y comienzos del XIX, marcado por la aceleración del desarrollo tecnológico que posibilitó la producción en masa de bienes y materiales.

RHA. *Véase* Reconocimiento automático del habla..

RHC. *Véase* Reconocimiento del habla continua.

RKCP. *Véase* Ray Kurzweil's Cybernetic Poet.

RM. *Véase* Resonancia magnética.

Robinson. Primer ordenador operativo del mundo, construido a partir de relés telefónicos y que debe su nombre a un popular autor de cómics que había dibujado las «Rube Goldberg» (máquinas muy ornamentadas con muchos mecanismos interactivos). *Robinson* suministró a los británicos la transcripción de casi todos los mensajes significativos de los nazis hasta que fue reemplazado por *Colossus*. *Véase Colossus*.

Robot. Aparato programable, unido a un ordenador, que consiste en manipuladores mecánicos y sensores. Un robot puede ejecutar una tarea física que normalmente realizan seres humanos, tal vez con mayor velocidad, fuerza y/o precisión.

Robótica. Ciencia y tecnología del diseño y manufactura de robots. La robótica combina inteligencia artificial e ingeniería mecánica.

Rodilla de la curva. El período en el que la naturaleza exponencial de la curva de tiempo comienza a explotar. El crecimiento exponencial se mantiene sin crecimiento visible durante un largo período, para entrar luego repentinamente en erupción. Esto es lo que está ocurriendo actualmente con la capacidad de los ordenadores.

ROM (Read-Only Memory [Memoria sólo para lectura]). Forma de almacenamiento informático en el que se puede leer, pero no escribir ni borrar (por ej., CD-ROM).

Ruido. Secuencia aleatoria de datos. Puesto que la secuencia es aleatoria y no significativa, el ruido no aporta información. Se opone a la información.

Sabio idiota. Sistema o persona con gran capacidad en un campo muy específico, pero que carece de contexto y resulta torpe en áreas más generales de funcionamiento inteligente. La expresión proviene de la psiquiatría y se refiere a una persona brillante en un dominio muy limitado, pero subdesarrollada en sentido común, conocimiento y competencia. Por ejemplo, los sabios idiotas humanos son capaces de multiplicar mentalmente números muy grandes, o memorizar un listín telefónico. *Deep Blue* es un ejemplo de sabio idiota no humano.

Santo Grial. Cualquier objetivo de una búsqueda larga y difícil. En la tradición medieval, el Grial es el vaso que usó Cristo en la última cena. El Santo Grial se convirtió luego en objeto de búsquedas caballerescas.

Segunda ley de la termodinámica. Conocida también como la ley de la entropía creciente, esta ley afirma que el desorden (volumen de movimiento aleatorio) de partículas en el Universo puede incrementarse, pero nunca disminuir. A medida que el desorden aumenta en el Universo, la energía se transforma en formas menos utilizables. Así, la eficiencia de cualquier proceso será siempre menor que el ciento por ciento (de donde la imposibilidad de las máquinas de movimiento perpetuo).

Segunda revolución industrial. Automatización de tareas más bien mentales que físicas.

Semiconductor. Material por lo general a base de silicio o de germanio, con conductividad intermedia entre un buen conductor y un aislante. Los semiconductores se usan para fabricar transistores y se basan en el efecto túnel. *Véase* Efecto túnel.

Senda nerviosa directa. Comunicación electrónica directa con el cerebro. En 2029, estas sendas nerviosas directas, en combinación con la tecnología de la comunicación inalámbrica, conectarán a los seres humanos directamente con la red informática mundial (la web).

Sensorium. En 2019, nombre de un producto para un medio de realidad virtual de tacto pleno, que proporciona un medio táctil omniabarcante.

Sentido común. La capacidad para analizar una situación sobre la base de su contexto y empleando millones de piezas integradas de conocimiento común. En la actualidad, los ordenadores carecen de sentido común. Para citar a Marvin Minsky: «Puede que *Deep Blue* sea capaz de ganar una partida de ajedrez, pero no sabría protegerse de la lluvia.»

Sexo virtual. Sexo en la realidad virtual, con incorporación de medio visual, auditivo y táctil. La pareja sexual puede ser una persona real o simulada.

SGP. *Véase* Solucionador General de Problemas.

Silicon Valley. El área de California, al sur de San Francisco, donde se emplaza el centro clave de innovación en alta tecnología, incluidos el desarrollo de *software*, comunicación, circuitos integrados y tecnologías afines.

Simulador. Programa que modela y representa una actividad o un medio en un sistema informático. Como ejemplos se pueden mencionar la simulación de interacción química y de flujo de fluido. Otros ejemplos son el simulador de vuelo que se usa para la formación de pilotos y el paciente simulado para la formación de médicos. A menudo los simuladores también se usan para entretenimiento.

Sintetizador. Aparato que calcula señales en tiempo real. En el contexto de la música, aparato (en general de base informática) que crea y genera sonido y música electrónicamente.

Sistema cerrado. Entidades y fuerzas interactuantes no sometidas a influencia externa (por ejemplo, el Universo). Un corolario de la segunda ley de la termodinámica es que en un sistema cerrado crece la entropía.

Sistema crítico de misión. Programa de *software* que controla un proceso del cual el usuario tiene una gran dependencia. Los ejemplos de *software* crítico de misión incluyen sistemas de soporte de la vida en hospitales, equipos de cirugía automatizados, sistemas de vuelo y de aterrizaje automáticos y otros sistemas basados en *software* relacionados con el bienestar de las personas u organizaciones.

Sistema experto. Programa informático basado en diversas técnicas de inteligencia artificial, que resuelve un problema con el empleo de una base de datos de conocimiento experto sobre un tema. También es un sistema que capacita a dicha base de datos para ponerse a disposición del usuario no experto. Una rama del campo de la inteligencia artificial.

Sistema operativo. Programa de *software* que maneja y proporciona una variedad de servicios para la aplicación de programas, incluso los dispositivos de interfaces del usuario y los aparatos de administración de la alimentación-producción y la memoria.

Sociedad mental. Teoría de la mente propuesta por Marvin Minsky, según la cual la inteligencia es el resultado de la organización adecuada de una gran cantidad (sociedad) de mentes, que a su vez están formadas por mentes más simples. En la base de esta jerarquía hay mecanismos simples, cada uno de los cuales carece de inteligencia por sí mismo.

Software. Información y conocimiento empleado para que los ordenadores y los aparatos informatizados realicen funciones útiles. Incluye los programas informáticos y sus datos, pero más en general también productos del conocimiento como libros, música, cuadros, películas y vídeos.

Solución de Alejandro. Expresión que alude al acto de Alejandro Magno de cortar con la espada el nudo gordiano. Es una referencia a la solución de un problema insoluble por medios expeditivos, aunque inesperados e indirectos.

Solucionador General de Problemas (SGP). Procedimiento y programa desarrollado por Allen Newell, J. C. Shaw y Herbert Simon. El SGP alcanza un objetivo con la utilización de la búsqueda repetitiva y mediante la aplicación de reglas para generar las alternativas en cada rama de la expansión repetitiva de las consecuencias posibles. El SGP emplea un procedimiento para medir la «distancia» de la meta.

Superconductividad. El fenómeno físico en el que los materiales exhiben resistencia eléctrica nula a baja temperatura. La superconductividad señala la posibilidad de gran poder de cálculo con poca o nula pérdida de calor (lo que hoy es un factor de limitación). La pérdida de calor es una razón importante de las dificultades para la creación de los circuitos tridimensionales.

Superordenador. El ordenador más veloz y potente de los que jamás se haya dispuesto. Los superordenadores se usan para computaciones que exigen gran velocidad y capacidad de almacenamiento (por ej., análisis de los datos climatológicos).

Sustrato. Medio de computación o sistema de circuitos. *Véase* Medio de computación.

Tarjeta perforada. Tarjeta rectangular que registra por lo general ochenta caracteres de datos en formato de código binario en agujeros perforados en ella.

Tecnología. Un proceso en curso de creación de herramientas para dar forma y controlar el medio. La tecnología va más allá del mero hecho de modelar y usar herramientas. Comprende también un registro de fabricación de herramientas y de progreso en la sofisticación de las mismas. Requiere invención y es en sí misma la continuación de la evolución por otros medios. El «código genético» del proceso evolutivo de la tecnología es la base de conocimiento que mantiene la especie productora de herramientas.

Teléfono traductor. Teléfono que proporciona la traducción del habla en tiempo real de un lenguaje humano a otro.

Tendencia exponencial. Cualquier tendencia que exhiba crecimiento exponencial (como una tendencia exponencial en el crecimiento de la población).

Teorema de la incompletitud, de Gödel. Teorema postulado por Kurt Gödel, matemático checo, que establece que en un sistema matemático lo suficientemente poderoso como para generar los números naturales, es inevitable la existencia de proposiciones de las que no se pueda demostrar su verdad ni su falsedad.

Teoría de la información. Teoría matemática relativa a la diferencia entre información y ruido y la capacidad de un canal de comunicación para transportar información.

Teoría de la relatividad de Einstein. Se refiere a dos teorías de Einstein. La Teoría de la Relatividad Especial postula que la velocidad de la luz es la máxima velocidad a la que puede transmitirse información. La teoría de la Relatividad General se ocupa de los efectos de la gravedad sobre la geometría del espacio. Comprende la fórmula $E = mc^2$ (la energía es igual a la masa multiplicada por el cuadrado de la velocidad de la luz), base de la energía nuclear.

Teoría del *big bang* («la gran explosión»). Importante teoría del comienzo del Universo: la explosión cósmica, de un simple punto de densidad infinita, que marcó el comienzo del Universo hace miles de millones de años.

Teoría del caos. El estudio de las formas y la conducta emergente en sistemas complejos que constan de muchos elementos impredecibles (por ej., las condiciones climáticas).

Test de Turing. Procedimiento propuesto por Alan Turing en 1950 para determinar si un sistema (en general un ordenador) ha alcanzado o no el nivel humano de inteligencia, sobre la base de que quien lo interroga crea que se trata de un ser humano. Un «juez» humano entrevista al sistema (ordenador) y a uno o más «controles» humanos al otro lado de líneas terminales (tecleando mensajes). Tanto el ordenador como los controles humanos tratan de convencer de su humanidad al juez o los jueces humanos. Si el juez humano es incapaz de distinguir el ordenador respecto de los controles humanos, se considera que el primero ha demostrado tener un nivel humano de inteligencia. Turing no especificó muchos de los detalles decisivos, como la duración del interrogatorio o el nivel de sofisticación del juez y los controles humanos. Hacia 2029, los ordenadores superarán el test, aunque la validez de las pruebas sigue siendo un punto de controversia y de debate filosófico.

Transistor. Aparato interruptor y/o amplificador que usa semiconductores, creado en 1948 por John Bardee, Walter Brattain y William Shockley, de Bell Labs.

Tubo al vacío. La forma más primitiva de interruptor (o amplificador) electrónico basado en contenedores de vidrio al vacío. Se los usó en radios y en otros equipos de comunicación, así como en los primeros ordenadores; fueron sustituidos por los transistores.

Utility fog. Un espacio lleno de *foglets*. Al final del siglo XXI se podrá utilizar el *utility fog* para simular cualquier medio, sobre todo proporcionando realidad «real» al medio gracias a la transformación de las capacidades de la realidad virtual. *Véase* Proyección de enjambres de *fogs; Foglet*.

Vida. Capacidad de entes (en general, organismos) para reproducirse en generaciones futuras. Formas de materia y energía que pueden perpetuarse y sobrevivir.

Vida artificial. Organismos simulados, cada uno de los cuales comprende un conjunto de reglas de comportamiento y de reproducción (un «código genético» simulado) y un medio ambiente simulado. Los organismos simulados imitan muchas generaciones de la evolución. Esta expresión también puede referirse a cualquier forma de autorréplica.

Virtualismo táctil. Hacia 2029, tecnología que permitirá usar un cuerpo virtual para gozar de experiencias de realidad virtual, sin otro equipo de realidad virtual que los implantes neuronales (que incluyen la comunicación inalámbrica de banda ancha). Los implantes neuronales crean la forma de las señales nerviosas que corresponden a una experiencia «real» comparable.

World Wide Web (WWW). Red de comunicación muy distribuida (no centralizada) que permite comunicarse entre sí a los individuos y a las organizaciones de todo el mundo. La comunicación comprende el hecho de compartir un texto, imágenes, sonidos, vídeo, *software* y otras formas de información. El paradigma primario de interfaz del usuario de la web se basa en el hipertexto, que consta de documentos (los cuales contienen cualquier tipo de datos) conectados por «enlaces» que el usuario selecciona mediante un artificio de señalación, como un ratón. La web es un sistema de servidores de datos–y–mensajes vinculados por enlaces de gran capacidad de comunicación, a los que puede acceder cualquier usuario de ordenador con un «navegador de web» y acceso a Internet. Con la introducción de Windows98, el acceso a la web viene integrado en el sistema operativo. A más tardar en el siglo XXI, la web suministrará el medio de computación distribuido para seres humanos con base de *software*.

Notas

PRÓLOGO

1. Mis recuerdos del episodio de *The Twilight Zone* son correctos en lo esencial, aunque el jugador sea en realidad un estafador insignificante llamado Rocky Valentine. El episodio 28, «Un bonito lugar para visitar» (supe el nombre después de escribir el prólogo), fue emitido durante la primera temporada de *The Twilight Zone*, el 15 de abril de 1960.

El episodio comienza con una voz en *off* que dice: «Retrato de un hombre en el trabajo, el único trabajo que jamás ha hecho, el único que conoce. Su nombre es Henry Francis Valentine, pero se autodenomina Rocky, porque así ha sido su vida: siempre dura, peligrosa y difícil...»

Mientras roba en la tienda de un prestamista, Valentine recibe un disparo de un policía y muere. Cuando se despierta, se encuentra en el otro mundo junto con su guía, Pip. Pip le explica a Valentine que le dará todo lo que quiera. Valentine desconfía, pero pide y recibe un millón de dólares y una muchacha hermosa. Luego se da al juego y gana en la ruleta, en las máquinas tragaperras y el billar. Está siempre rodeado de hermosas mujeres que lo colman de atenciones.

Finalmente, Valentine se cansa del juego, de ganar siempre y de las mujeres hermosas. Le dice a Pip que está aburrido de ganar todo el tiempo y que el Cielo no es lo suyo. Ruega a Pip que lo lleve «al Otro Sitio». Con brillo malicioso en los ojos, Pip responde: «¡Éste es el Otro Sitio!» Sinopsis del episodio adaptado a partir de Marc Scott Zicree, *The Twilight Zone Companion*, Bantam Books, Toronto, 1982, pp. 113-115.

2. ¿Cuáles fueron los principales problemas políticos y filosóficos del siglo XX? Uno era ideológico: el desafío a los sistemas totalitarios de derecha (fascismo) y de izquierda (comunismo), que fueron ampliamente derrotados por el capitalismo (aunque con un gran sector público) y la democracia. Otro fue el surgimiento de la tecnología, que empezó a hacerse sentir en el siglo XIX y que en el XX llegó a convertirse en una fuerza sustancial. Pero el problema de «qué constituye un ser humano» no es todavía un problema

primordial (salvo en lo que afecta al debate sobre el aborto), aunque el siglo pasado fue testigo de la continuación de debates anteriores hasta incluir a todos los miembros de la especie en calidad de sujetos dignos de determinados derechos.

3. Para una excelente visión general y detalles técnicos sobre reconocimiento del modelo de red neuronal, véase el sitio web «Neural Network Frequently Asked Questions», editado por W. S. Sarle en <ftp://ftp.sas.com/pub/neural/FAQ.html>. Además, un artículo de Charles Arthur, «Computers Learn to See and Smell US», del *Independent*, 16 de enero de 1996, describe la capacidad de las redes neuronales para diferenciar entre características únicas.

4. Como se analizará en el capítulo seis, «La construcción de nuevos cerebros...», la exploración destructiva será factible a comienzos del siglo XXI. La exploración no invasora con resolución y ancho de banda suficientes necesitará más tiempo, pero será factible a finales de la primera mitad del siglo XXI.

CAPÍTULO UNO

1. Para una visión general y detallada de las referencias a la teoría del *big bang* y el origen del Universo, véase «Introduction to Big Bang Theory», Bowdin College Department of Physics and Astronomy <http://www. bowdoin.edu/dept/physicis/astro.1997/astro4/bigbang.html>.

Entre las fuentes impresas sobre la teoría del *big bang* caben citar: Joseph Silk, *A Short History of the Universe*, Scientific American Library, Nueva York, 1994; Joseph Silk, *The Big Bang*, W. H. Freeman and Company, San Francisco, 1980; Robert M. Wald, *Space, Time & Gravity*, The University of Chicago Press, Chicago, 1977; y Stephen W. Hawking, *A Brief History of Time*, Bantam Books, Nueva York, 1988.

2. La fuerza fuerte mantiene unido un núcleo atómico. Se la llama «fuerte» porque necesita superar la poderosa repulsión entre los protones en un núcleo con más de un protón.

3. La fuerza electrodébil combina el electromagnetismo y la fuerza débil, responsable de la desintegración beta. En 1968, los físicos Steven Weinberg y Abdus Salam, norteamericano y paquistaní respectivamente, consiguieron unificar la fuerza débil y la fuerza electromagnética utilizando un método matemático para medir la simetría.

4. La fuerza débil es responsable de la desintegración beta y otros procesos nucleares lentos que tienen lugar en forma gradual.

5. Albert Einstein, *Relativity: The Special and the General Theory*, Crown Publishers, Nueva York, 1961.

6. Las leyes de la termodinámica gobiernan el cómo y el porqué de la transferencia de energía.

La primera ley de la termodinámica (postulada por Hermann von Helmholtz en 1847), también llamada Ley de Conservación de la Energía, establece que la cantidad total de energía del Universo es constante.

La segunda ley de la termodinámica (enunciada por Rudolf Clausius en 1850), conocida también como Ley de la Entropía Creciente, establece que la entropía –o desorden– del Universo nunca decrece (y, en consecuencia, en general se incrementa). A medida que el desorden del Universo aumenta, la energía se transforma en formas menos utilizables. Así, la eficiencia de cualquier proceso será siempre menor que el ciento por ciento.

La tercera ley de la termodinámica (descrita por Walter Hermann Nernst en 1906, sobre la base de la idea de una temperatura de cero absoluto que enunció por primera vez el barón Kelvin en 1848) y que se conoce también como Ley del Cero Absoluto, nos dice que todo movimiento molecular se detiene a una temperatura llamada cero absoluto, o 0 Kelvin (–273 °C). Puesto que la temperatura es una medida del movimiento molecular, es posible aproximarse a la temperatura de cero absoluto, pero nunca alcanzarla.

7. «Evolution and Behavior» en <http://ccp.uchicago.edu/~yin/evolution.htmel> contiene una excelente colección de artículos y enlaza con la exploración de las teorías de la evolución. Las fuentes impresas comprenden Edward O. Wilson, *The Diversity of Life*, W. W. Norton & Company, Nueva York, 1993; y Stephen Jay Gould, *The Book of Life*, W. W. Norton & Company, Nueva York, 1993.

8. Hace cuatrocientos millones de años, la vegetación se extendió a partir de los pantanos de las tierras bajas para crear las primeras plantas de tierra. Este desarrollo permitió que los animales herbívoros vertebrados pasaran a la tierra, creando así los primeros anfibios. Junto con los anfibios pasaron a la tierra los artrópodos, y algunos de ellos evolucionaron hasta convertirse en insectos. Hace aproximadamente 200 millones de años, los dinosaurios y los mamíferos comenzaron a compartir el mismo medio. Los dinosaurios eran muchísimo más notables. La mayoría de los mamíferos quedó fuera del camino de los dinosaurios ya que muchos de ellos fueron nocturnos.

9. Los mamíferos se hicieron dominantes en el nicho de animales de tierra tras la desaparición de los dinosaurios, hace 65 millones de años. Los mamíferos son los animales más intelectuales, se diferencian por la sangre caliente, la alimentación de sus crías con leche materna, la piel con pelos, la reproducción sexual, cuatro apéndices (en la mayoría de los casos) y, lo más notable, un sistema nervioso muy desarrollado.

10. Los primates, que constituyen el orden de mamíferos más avanzado, se distinguían por los ojos frontales, la visión binocular, el cerebro grande cubierto por una corteza con circunvoluciones que permitía facultades más avanzadas de razonamiento, pero tenían una característica adicional que

apresuraría la era de la computación: el pulgar oponible. En ese momento entraban en escena las dos cualidades necesarias para la posterior aparición de la tecnología: la inteligencia y la habilidad para manipular el medio ambiente. No es casual que, en inglés, los dedos de las manos *(fingers)* se llamen también *digits* («dedos», de la mano o del pie). La palabra *digit*, como se la usa en el inglés moderno y como hizo su aparición en el inglés medieval, deriva del latín *digitus*, que significa «dedo»; tal vez afín al griego *deiknynai*, «mostrar».

11. Hace aproximadamente 50 millones de años se desgajó de los primates el suborden antropoide. A diferencia de sus primos prosimios, los antropoides experimentaron una evolución rápida y dieron origen a primates avanzados como los monos de hace 30 millones de años. Estos primates sofisticados se destacaban por sutiles habilidades de comunicación que utilizaban sonidos, gestos y expresiones faciales, lo que permitió el desarrollo de complicados grupos sociales. Hace aproximadamente 15 millones de años surgieron los primeros humanoides. Aunque en principio andaban sobre las extremidades traseras, utilizaban los nudillos de sus extremidades delanteras para mantener el equilibrio.

12. Aunque vale la pena señalar que un cambio del 2 por ciento en un programa informático puede ser muy significativo.

13. El *homo sapiens* es hoy en día la única especie creadora de tecnología en la Tierra, pero no fue el primero de esa especie. Hace alrededor de 5 millones de años surgió el *homo habilis*, conocido por su posición erecta y por su cerebro grande. Se lo llamó «hábil» porque confeccionaba y usaba herramientas. Nuestro antecesor más directo, el *homo erectus*, hizo su aparición en África hace alrededor de dos millones de años. El *homo erectus* también fue responsable del progreso de la tecnología, que comprendía la domesticación del fuego, el desarrollo del lenguaje y el uso de armas.

14. La tecnología surgió de la niebla de la historia de los humanoides y a partir de entonces ha sido cada vez más rápida. Las tecnologías que inventaron otras especies y subespecies humanas comprenden la domesticación del fuego, herramientas de piedra, alfarería, tejidos y otros medios de proveer a las necesidades humanas básicas. Los primeros humanoides también iniciaron el desarrollo del lenguaje, el arte visual, la música y otros medios de comunicación humana.

Hace aproximadamente diez mil años, los seres humanos comenzaron a domesticar plantas y, poco después, animales. Las tribus cazadoras nómadas comenzaron a asentarse, lo que permitió formas más estables de organización social. Se construyeron edificios para proteger tanto a los hombres como a los productos agrícolas y ganaderos. Aparecieron medios de transporte más eficaces, lo que facilitó el surgimiento del comercio y las sociedades humanas en gran escala.

La rueda parece haber sido una innovación relativamente reciente, pues las ruedas más antiguas que se han encontrado, las de Mesopotamia, son de hace unos 5 500 años. Más o menos en la misma época y en la misma región aparecieron balsas, naves y un sistema de inscripciones «cuneiformes», primera forma de lenguaje escrito del que tenemos noticia.

Estas tecnologías permitieron a los hombres reunirse en grandes grupos, lo que dio origen a la civilización. Las primeras ciudades surgieron en Mesopotamia hace más o menos unos 6 000 años. Aproximadamente un milenio después lo hicieron las antiguas ciudades egipcias, comprendidas Menfis y Tebas, que culminaron en los reinos de los grandes reyes egipcios. Estas ciudades estaban construidas como máquinas de guerra, con murallas de defensa protegidas por ejércitos que utilizaban armas en cuya fabricación se utilizaban las tecnologías más avanzadas de la época, incluso carros, lanzas, escudos, arcos y flechas. A su vez, la civilización hizo posible la especialización del trabajo humano a través de un sistema de castas y organizó los esfuerzos en una tecnología avanzada. Surgió una clase intelectual formada por maestros, ingenieros, médicos y escribas. Otras contribuciones de la temprana civilización egipcia son un material semejante al papel, hecho de hojas de papiro, la estandarización de las medidas, el trabajo sofisticado del metal, la administración del agua y el calendario.

Hace más de dos mil años, los griegos inventaron maquinarias elaboradas con múltiples estados interiores. Arquímedes, Tolomeo y otros describieron palancas, levas, poleas, válvulas, ruedas dentadas y otros mecanismos complicados que revolucionaron la medición del tiempo, la navegación, la confección de mapas y la construcción de edificios y navíos. Sin embargo, los griegos son más conocidos por sus contribuciones a las artes, sobre todo la literatura, el teatro y la escultura.

Los griegos fueron desplazados por la superioridad de la tecnología militar de los romanos. El éxito del Imperio romano fue tal que produjo la primera civilización urbana que gozó de paz y estabilidad duraderas. Los ingenieros romanos construyeron decenas de miles de kilómetros de caminos y realizaron miles de construcciones públicas, como edificios administrativos, puentes, estadios deportivos, baños y cloacas. Los romanos hicieron grandes progresos en tecnología militar, como carros, escudos, catapultas y jabalinas, así como otros eficaces instrumentos de guerra.

La caída del Imperio romano, alrededor del año 500 d. J.C., anunció la mal llamada Edad Oscura. Aunque el progreso que tuvo lugar en los mil años siguientes fue lento para los patrones actuales, la espiral siempre tensa que es el progreso tecnológico siguió acelerándose. La ciencia, la tecnología, la religión, el arte, la literatura y la filosofía continuaron evolucionando en la sociedad bizantina, la islámica, la china y otras. El comercio mundial hizo posible que unas tecnologías fertilizaran a otras. En Europa, por ejemplo, la ballesta y la pólvora se trajeron de China. La rueca llegó de la India. El papel y la imprenta se desarrollaron en China hace unos dos mil años y migraron a Europa muchos siglos después. Los molinos de viento aparecieron en distintos lugares del mundo y facilitaron la pericia en máquinas de engranajes complejos que posteriormente darían soporte a las primeras máquinas de calcular.

El invento, en el siglo XIII, de un reloj movido por pesas y que utilizaba la tecnología de levas, perfeccionada para los molinos de viento y las ruedas hidráulicas, liberaron a la sociedad de organizar la vida en torno al sol. Tal vez el invento más importante de finales de la Edad Media fue el de Johannes Gutenberg: la imprenta de tipos móviles, que llevó la vida intelectual fuera de los ámbitos de la élite controlada por la Iglesia y el Estado.

Hacia el siglo XVII, la tecnología había creado los medios para que los imperios se expandieran por el globo. Diversos países europeos, tales como Inglaterra, Francia y España, desarrollaron economías basadas en colonias remotas. La colonización fue la fuente de la que surgió la clase de los mercaderes, el sistema bancario mundial y las primeras formas de protección de la propiedad intelectual, incluida la patente.

El 26 de mayo de 1733, la English Patent Office otorgó una patente a John Kay por su «New Engine for Opening and Dressing Wool». Buena noticia, pues Kay tenía planes para fabricar su «lanzadera volante» y comercializarla en la floreciente industria textil inglesa. El invento tuvo rápido éxito, pero Kay gastó todas sus ganancias en pleitos, tratando inútilmente de hacer valer su patente. Murió en la pobreza, sin llegar a comprender que su innovación en el campo del tejido representaba el lanzamiento de la revolución industrial.

La amplia adopción de la innovación de Kay creó una presión a favor de modos más eficientes de hilar, lo cual dio como resultado la Cotton Jenny (hiladora semimecánica) de sir Richard Arkwright, patentada en 1770. En los años ochenta del siglo XVIII se inventaron máquinas para cardar y peinar la lana a fin de alimentar las nuevas máquinas automáticas de hilar. El nacimiento de la revolución industrial condujo, a comienzos del siglo XIX, a la formación del movimiento ludita, primer movimiento organizado que se opuso a la tecnología.

15. El primatólogo Carl Van Schaik observó que todos los orangutanes del pantano de Suaq Balimbing, en Sumatra, producen y usan herramientas para atrapar insectos, miel y fruta. Aunque es más fácil enseñar a usar herramientas a los orangutanes en cautiverio, los primates de Suaq no son la primera población salvaje en la que se observa el empleo de herramientas. Tal vez el uso de herramientas sea resultado de la necesidad. No se ha observado que los orangutanes de otras regiones del mundo usen herramientas, básicamente porque tienen acceso más fácil al alimento.

Carl Zimmer, «Tooling Through the Trees», *Discover*, 16, n.° 11, noviembre de 1995, pp. 46-47.

Los cuervos fabrican herramientas con estacas y hojas, que utilizan con fines diferentes, muestran un alto grado de estandarización e incluso tienen ganchos o púas. Los cuervos emplean puntas ganchudas para encontrar bichos debajo de las hojas e incluso llevan las herramientas en vuelo y las almacenan cerca de sus nidos.

Tina Adler, «Crows Rely on Tools to Get Their Work Done», *Science News*, 149, n.° 3, 20 de enero de 1996, p. 37.

Los cocodrilos no pueden coger la presa, de modo que a veces la atrapan entre rocas o raíces de árboles. Las raíces de los árboles mantienen fija a la presa mientras el cocodrilo se la come. Hay quienes han querido ver empleo de herramientas en este uso de piedras y raíces por parte del cocodrilo.

De «Animal Diversity Web Site» en el University of Michigan's Museum of Zoology, <http://www.oit.itd.umich.edu/projects/ADW/>.

16. Un animal se comunica por una variedad de razones: defensa (para señalar la proximidad de un peligro a otros miembros de la especie), recolección de alimento (para alertar a otros miembros acerca de una fuente de alimento), cortejo y emparejamiento (para alertar a los miembros que desea y ahuyentar posibles competidores), y mantenimiento del territorio. El motivo básico de comunicación es la supervivencia de la especie. Algunos animales no sólo utilizan la comunicación para la supervivencia, sino también para expresar emoción.

Hay muchos ejemplos fascinantes de comunicación animal:

- La rana trepadora hembra que se ha encontrado en Malasia utiliza los dedos de las patas traseras para golpear la vegetación con el fin de alertar de que es deseable a potenciales compañeros sexuales. Lori Oliwenstein, Fenella Saunders y Rachel Preiser, «Animals 1995», *Discover*, 17, n.° 1, enero de 1996, pp. 54-57.
- El ratón de las praderas macho (pequeño roedor) se asea con el fin de producir olores corporales que atraigan a sus compañeros sexuales. Tina Adler, «Joles Appreciate the Value of Good Grooming», *Science News*, 149, n.° 16, 20 de abril de 1996, p. 247.
- Las ballenas se comunican mediante una serie de llamadas y de gritos. Mark Higgins, «Deep Sea Dialogue», *Nature Canada*, 26, n.° 3, verano de 1997, pp. 29-34.
- Los primates, naturalmente, vocalizan para comunicarse una variedad de mensajes. Un grupo de investigadores estudió a los monos capuchinos, los titís y los titís dorados que viven en los bosques de América Central y Sudamérica. Debido a la densidad del follaje, a menudo los miembros de la misma manada no se pueden ver entre sí. Por eso desarrollan una serie de llamadas o gorjeos que los alertarían para desplazarse hacia las fuentes de alimento. Bruce Bower, «Monkeys Sound Off, Move Out», *Science News*, 149, n.° 17, 27 de abril de 1996, p. 269.

17. Se dice que *Washoe* y *Koko* (gorilas macho y hembra, respectiva-

mente), han aprendido el American Sign Language (ASL). Son los primates comunicadores más famosos. Al chimpancé *Viki* se le enseñó a vocalizar tres palabras (*mamá, papá* y *cup*). A *Lana* y *Kanzi* (chimpancés hembra) se les enseñó a apretar botones con símbolos en una gran consola informática.

Steven Pinker reflexiona sobre las afirmaciones de los investigadores acerca de la plena comprensión del lenguaje que poseen los monos antropoides. En *The Language Instinct: How the Mind Creates Language*, Morrow, Nueva York, 1994, observa que los monos aprendieron una forma muy rudimentaria de ASL, no todos los matices de este lenguaje. Los signos que aprendieron eran burdos remedos de «la cosa real». Además, de acuerdo con Pinker, a menudo los investigadores interpretaron erróneamente como auténticos signos los movimientos de la mano de los monos. Un investigador sordo del equipo de *Washoe* observó que mientras que otros investigadores registraban largas listas de signos, el registro del investigador sordo era breve.

18. David E. Kalish, «Chip Makers and U.S. Unveil Project», *New York Times*, 12 de septiembre de 1997.

19. El gráfico «Crecimiento exponencial de la computación, 1900-1980» se basa en los siguientes datos:

Fecha	*Aparato*	*Tiempo añadido (seg)*	*Cálculos por segundo*	*Coste (dólares de entonces)*	*Coste (dólares de 1998)*	*PCS/1 000 $*
1900	Analytical Engine	9,00E–00	1,11E–01	1 000 000 $	19 087 000 $	5,821E–06
1908	Hollerith Tabulator	5,00E+01	2,00E–02	9 000 $	154 000 $	1,299E–04
1911	Monroe Calculator	3,00E+01	3,33E–02	35 000 $	576 000 $	5,787E–05
1919	IBM Tabulator	5,00E–00	2,00E–01	20 000 $	188 000 $	1,064E–03
1928	National Ellis 3000	1,00E+01	1,00E–01	15 000 $	143 000 $	6,993E–04
1939	Zuse 2	1,00E–00	1,00E–00	10 000 $	117 000 $	8,547E–03
1940	Bell Calculator Model 1	3,00E–01	3,33E–00	20 000 $	233 000 $	1,431E–02
1941	Zuse 3	3,00E–01	3,33E–00	6 500 $	72 000 $	4,630E–02
1943	Colossus	2,00E–04	5,00E+03	100 000 $	942 000 $	5,308E–00
1946	ENIAC	2,00E–04	5,00E+03	750 000 $	6 265 000 $	7,981E–01
1948	IBM SSEC	8,00E–04	1,25E+03	500 000 $	3 380 000 $	3,698E–00
1949	BINAC	2,86E–04	3,50E+03	278 000 $	1 903 000 $	1,837E–00
1949	EDSAC	1,40E–03	7,14E+02	100 000 $	684 000 $	1,044E–00
1951	Univac I	1,20E–04	8,33E+03	930 000 $	5 827 000 $	1,430E–00
1953	Univac 1103	3,00E–05	3,33E+04	895 000 $	5 461 000 $	6,104E–00
1953	IBM 701	6,00E–05	1,67E+04	230 000 $	1 403 000 $	1,188E+01
1954	EDVAC	9,00E–04	1,11E+03	500 000 $	3 028 000 $	3,669E–01
1955	Whirlwind	5,00E–05	2,00E+04	200 000 $	1 215 000 $	1,645E+01
1955	IBM 704	2,40E–05	4,17E+04	1 994 000 $	12 120 000 $	3,438E–00
1958	Datamatic 1000	2,50E–04	4,00E+03	2 179 100 $	12 283 000 $	3,257E–01
1958	Univac II	2,00E–04	5,00E+03	970 000 $	5 468 000 $	9,144E–01
1959	Mobidic	1,60E–05	6,25E+04	1 340 000 $	7 501 000 $	8,332E–00
1959	IBM 7090	4,00E–06	2,50E+05	3 000 000 $	16 794 000 $	1,489E+01

Fecha	Aparato	Tiempo añadido (seg)	Cálculos por segundo	Coste (dólares de entonces)	Coste (dólares de 1998)	PCS/1 000 $
1960	IBM 1620	6,00E–04	1,67E+03	200 000 $	1 101 000 $	1,514E–00
1960	DEC PDP-1	1,00E–05	1,00E+05	120 000 $	660 000 $	1,515E+02
1961	DEC PDP-4	1,00E–05	1,00E+05	65 000 $	354 000 $	2,825E+02
1962	Univac III	9,00E–06	1,11E+05	700 000 $	3 776 000 $	2,943E+01
1964	CD 6600	2,00E–07	5,00E+06	6 000 000 $	31 529 000 $	1,586E+02
1965	IBM 1130	8,00E-06	1,25E+05	50 000 $	259 000 $	4,826E+02
1965	DEC PDP-8	6,00E–06	1,67E+05	18 000 $	93 000 $	1,792E+03
1966	IBM 360 Model 75	8,00E–07	1,25E+06	5 000 000 $	25 139 000 $	4,972E+01
1968	DEC PDP-10	2,00E–06	5,00E+05	500 000 $	2 341 000 $	2,136E+02
1973	Intellec-8	1,56E–04	6,41E+03	2 398 $	8 798 $	7,286E+02
1973	Data General Nova	2,00E–05	5,00E+04	4 000 $	14 700 $	3,401E+03
1975	Altair 8800	1,56E–05	6,41E+04	2 000 $	6 056 $	1,058E+04
1976	DEC PDP-11 Model 70	3,00E–06	3,33E+05	150 000 $	429 000 $	7,770E+02
1977	Cray I	1,00E–08	1,00E+08	10 000 000 $	26 881 000 $	3,720E+03
1977	Apple II	1,00E–05	1,00E+05	1 300 $	3 722 $	2,687E+04
1979	DEC VAX II Model 780	2,00E–06	5,00E+05	200 000 $	449 000 $	1,114E+03
1980	Sun-1	3,00E–06	3,33E+05	30 000 $	59 300 $	5,621E+03
1982	IBM PC	1,56E–06	6,41E+05	3 000 $	5 064 $	1,266E+05
1982	Compaq Portable	1,56E–06	6,41E+05	3 000 $	5 064 $	1,266E+05
1983	IBM AT-80286	1,25E–06	8,00E+05	5 669 $	9 272 $	8,628E+04
1984	Apple Macintosh	3,00E–06	3,33E+05	2 500 $	3 920 $	8,503E+04
1986	Compaq Deskpro 386	2,50E–07	4,00E+06	5 000 $	7 432 $	5,382E+05
1987	Apple Mac II	1,00E–06	1,00E+06	3 000 $	4 300 $	2,326E+05
1993	Pentium PC	1,00E–07	1,00E+07	2 500 $	2 818 $	3,549E+06
1996	Pentium PC	1,00E–08	1,00E+08	2 000 $	2 080 $	4,808E+07
1998	Pentium II PC	5,00E–09	2,00E+08	1 500 $	1 500 $	1,333E+08

Las conversiones de costes de dólares de cada año a dólares de 1998 se basa en la relación de los índices de precios al consumo (IPC) de los años respectivos, de acuerdo con los datos registrados por el Woodrow Federal Reserve Bank de Minneapolis. Véase su sitio web: <http:/woodrow. mpls.frb.fed.us/economy/calc/cpihome.html>.

Charles Babbage diseñó su Analytical Engine en la década de 1830 y siguió refinando el concepto hasta su muerte, en 1871. Babbage nunca completó su invento. He estimado el año 1900 para la Analytical Engine porque es el año en que su tecnología mecánica se hizo viable, sobre la base de la disponibilidad de otra tecnología de computación mecánica disponible en ese período.

Las fuentes del gráfico «El crecimiento exponencial de la computación, 1900-1998» son las siguientes:
25 Years of Computer History
<http://www.compros.com/timeline.html>

BYTE Magazine «Birth of a Chip»
<http://www.byte.com/art/9612/sec6/art2.htm>
cdc.html@www.citybeach.wa.edu (Stretch)
<http://www.citybeach.wa.edu.au/lessons/history/video/sunedu/computer/cdc.html>
Chronology of Digital Computing Machines
<http://www.best.com/~wilson/faq/chrono.html>
Chronology of Events in the History of Microcomputers
<http:/www3.islandnet.com/~kpolsson/comphist/comp1977.htm>
The Computer Museum History Center
<http:www.tcm.org/html/history/index.html>
delan at infopad.eecs.berlkeley.edu
<http://infopad.eecs.berkeley.edu/CIC/summary/delan>
Electronic Computers Within the Ordnance Corps
<http://ftp.arl.mil/~mike/comphist/61ordnance/index.html>
General Processor Information
<http://infopad.eecs.berkeley.edu/CIC/summary/local/>
The History of Computing at Los Alamos
<http://bang.lanl.gov/video/sunedu/computer/comphist.html>
The Machine Room
<http://www.tardis.ed.ac.uk/~alexios/MACHINE-ROOM/>
Mind Machine Web Museum
<http://userwww.sfsu.edu/~hl/mmm.html>
Hans Moravec at Carnegie Mellon University: Computer Data
<http://www.frc.ri.cmu.edu/~hpm/book97/ch3/processor.list>
PC Magazine Online: Fifteen Years of PC Magazine
<http://www.zdnet.com/pcmag/special/anniversary/>
PC Museum
<http://www.microtec.net/~dlessard/index.html>
PDP-8 Emulation
<http://csbh.mhv.net/~mgraffam/emu/pdp8.html>
Silicon Graphics Webpage press release
<http://www.pathfinder.com/money/latest/press/PW/1998Jun16/270.html>
Stan Augarten, *Bit by Bit: An Illustrated History of Computers*, Ticknor & Fields, Nueva York, 1984.
International Association of Electrical and Electronics Engineers, «Annals of the History of the Computer», vol. 9, n.° 2, pp. 150-153, 1987.
IEEE, vol. 16, n.° 3, p. 20, 1994.
Hans Moravec, *Mind Children: The Future of Robot and Human Intelligence*, Harvard University Press, Cambridge, 1988.
René Moreau, *The Computer Comes of Age*, MIT Press, Cambridge, 1984.

20. Para otras visiones del futuro de la capacidad de cálculo, véase: Hans Moravec, *Mind Children: The Future of Robot and Human Intelligence*, Harvard University Press, Cambridge, MA, 1988; y «An Interview with David Waltz, Vize President, Computer Science Research, NEC Research Institute», en la página web de Think Quest <http://qd.advanced.org /2705/waltz.html>. Yo mismo analizo este tema en mi libro *The Age of Intelligent Machines*, MIT Press, Cambridge, MA, 1990, pp. 401-419. Estas tres fuentes analizan el crecimiento exponencial de la computación.

21. Teoría matemática relativa a la diferencia entre información y ruido y la capacidad de un canal de comunicaciones para transportar información.

22. El Santa Fe Institute ha desempeñado un papel pionero en el desarrollo de conceptos y tecnología relativos a la complejidad y a los sistemas emergentes. Uno de los principales autores en el desarrollo de paradigmas asociados al caos y la complejidad ha sido Stuart Kauffman. *At Home in the Universe: The Search for the Laws of Self-Organization and Complexity*, de Kauffman, Oxford University Press, Oxford, 1995, estudia «las fuerzas del orden que yacen al borde del caos» (de la descripción del catálogo).

En su libro *Evolution of Complexity by Means of Natural Selection*, Princeton University Press, Princeton, NJ, 1988, John Tyler Bonner pregunta lo siguiente: «¿Cómo se convierte un óvulo en un adulto desarrollado? ¿Cómo una bacteria, pasados muchos millones de años, pudo haber llegado a convertirse en elefante?»

John Holland es otro pensador de avanzada perteneciente al Santa Fe Institute en el emergente campo de la complejidad. Su libro *Hidden Order: How Adaptation Builds Complexity*, Addison-Wesley, Reading, MA, 1996, presenta una serie de conferencias que Holland pronunció en el Santa Fe Institute en 1994.

Véase también John H. Holland, *Emergence: From Chaos to Order*, Addison-Wesley, Reading, MA, 1998, y Waldrop, M. Mitchell, *Complexity: The Emerging Science at the Edge or Order and Chaos*, Simon and Schuster, Nueva York, 1992.

CAPÍTULO DOS

1. A comienzos de los años cincuenta de este siglo ya se conocía la composición química del ADN. En aquel momento, las preguntas importantes eran: ¿Cómo está formada la molécula de ADN? ¿Cómo hace su trabajo el ADN? A estas preguntas responderían en 1953 James D. Watson y Francis H. C. Crick.

Watson y Crick escribieron «The Molecular Structure of Nucleic Acid: A Structure for Deoxyribose Nucleic Acid», artículo que se publicó el 25 de abril de 1953 en *Nature*. Para mayor información sobre la carrera de diversos grupos de investigación por el descubrimiento de la estructura molecular del ADN, léase el libro de Watson *The Double Helix*, Atheneum Publishers, Nueva York, 1968.

2. La traducción comienza desplegando una región de ADN para exponer su código. Mediante la copia de los códigos de pares básicos del ADN expuestos se crea una banda del ARN mensajero (ARNm). El ARN mensajero –bien llamado de esta manera– registra una copia de una porción de la secuencia de letras de ADN y sale del núcleo para entrar en el cuerpo de la célula. Allí el ARNm choca con una molécula de ribosoma, que lee las letras codificadas en las moléculas del ARNm y luego, mediante la utilización de otro conjunto de moléculas llamado ARN de transferencia (ARNt), construye en realidad cadenas proteínicas tomando los aminoácidos uno por uno. Estas proteínas son las moléculas obreras que ejecutan las funciones de la célula. Por ejemplo, la hemoglobina, responsable de llevar el oxígeno de la sangre de los pulmones a los tejidos del cuerpo, es una secuencia de quinientos aminoácidos. Dado que cada aminoácido necesita tres letras nucleótidas, la codificación de la hemoglobina requiere 1 500 posiciones de la molécula de ADN. Dicho sea de paso, las moléculas de hemoglobina son creadas a razón de 500 millones por segundo en el cuerpo humano, de modo que la maquinaria es muy eficiente.

3. La meta del Proyecto del Genoma Humano es la construcción de mapas genéticos y físicos detallados de los 50 000 a 100 000 genes del genoma humano, y proporcionar información acerca de toda la estructura y todas las secuencias del ADN de los seres humanos y de otros animales. El proyecto comenzó a mediados de los años ochenta. El sitio web del Proyecto del Genoma Humano, <http://www.nhgri.nih.gov//HGP/>, contiene información sobre el fondo del proyecto, las metas actuales y futuras y explicaciones detalladas de la estructura del ADN.

4. Se encontrará una descripción de la obra de Ray en un artículo de Joe Flower, «A Life in Silicon», *New Scientist*, 150, n.° 2034, 15 de junio de 1996, pp. 32-36. El doctor Ray también tiene un sitio web con actualizaciones sobre su evolución en *software* en <http://www.hip.atr.co.jp/~ray/>.

5. He aquí una selección de libros que exploran la naturaleza de la inteligencia: H. Gardiner, *Frames of Mind*, Basic Books, Nueva York, 1983; Stephen Jay Gould, *The Mismeasure of Man*, Basic Books, Nueva York, 1983; R. J. Herrnstein y C. Murray, *The Bell Curve*, The Free Press, Nueva York, 1994; R. Jacoby y N. Glauberman, comps., *The Bell Curve Debate*, Time Books, Nueva York, 1995.

6. Para una exploración más a fondo de las teorías sobre la expansión y la contracción del Universo, véase: Stephen W. Hawking, *A Brief History of Time*, Bantam Books, Nueva York, 1988; y Eric L. Lerner, *The Big Bang Never Happened*, Random House, Nueva York, 1991. Para las últimas actualizaciones, véase el sitio web de la International Union (IAU) en

<http://www.intastun.org/>, así como en la ya citada «Introduction to Big Bang Theory» en <http.//www.bowdoin.edu/dept/physics/astro.1997/ astro4/bigbang.html>.

7. Véase el capítulo tres, «De hombres y máquinas», que incluye la sección «La visión de la mecánica cuántica».

8. Peter Lewis, «Can Intelligent Life Be Found? Gorilla Will Go Looking», *New York Times*, 16 de abril de 1998.

9. Voice Xpress Plus from the Dictation Division of Lernout & Hauspie Speech Products (ex Kurzweil Applied Intelligence) permite a los usuarios dar órdenes en «lenguaje natural» al Microsoft Word. También proporciona la posibilidad de dictar en lengua continua y con un vasto vocabulario. El programa es del tipo *mode-less*, así que los usuarios no tienen necesidad de indicar cuándo están dando órdenes. Por ejemplo, si el usuario dice: «He disfrutado de mi viaje a Bélgica de la semana pasada. Escribir este párrafo cuatro puntos mayor. Cambiar su tipo por cursiva. Espero volver pronto a Bélgica.» Voice Xpress determina automáticamente que el segundo enunciado y el tercero son órdenes y las quitará (en lugar de transcribirlos). Esto también determina que el primer enunciado y el cuarto no son órdenes, y los transcribirá en el documento.

CAPÍTULO TRES

1. Para mayor información acerca del estado de la investigación sobre exploración cerebral, un buen sitio para comenzar es un artículo de Vincent Kierman titulado «Brains at Work: Researchers Use New Techniques to Study How Humans Think» y está publicado en *Chronicle of Hugher Education*, 23 de enero de 1998, vol. 44, n.° 20, pp. 16-17. En él se analizan los usos de la resonancia magnética para realizar un mapa gráfico de la actividad del cerebro durante procesos complejos de pensamiento.

«Visualizing the Mind», de Marcus E. Raichle, publicado en *Scientific American* de abril de 1944 proporciona una información de fondo sobre diversas tecnologías de imagen cerebral: resonancia magnética, tomografía por emisión de positrones, magnetoencefalografía y electroencefalografía.

«Unlocking the Secrets of the Brain», de Tabitha M. Powledge, es un artículo en dos partes, publicado en el número de julio-agosto de *Bioscience*, 47, 1997, pp. 330-334 y 403-409.

2. Las células constitutivas de la sangre de la médula y de ciertas capas de la piel crecen y se reproducen permanentemente. En contraste, las células de los músculos no se reproducen en muchos años. De las neuronas se había pensado que no se reproducían en absoluto después del nacimiento, pero ciertos hallazgos recientes indican la posibilidad de que haya reproducción de neuronas de primate. La doctora Elizabeth Gould, de la Universi-

dad de Princeton, y el doctor Bruce S. McEwen, de la Universidad Rockefeller, Nueva York, descubrieron que los monos marmosetos adultos son capaces de producir células cerebrales en el hipocampo, que es una zona del cerebro conectada con el aprendizaje y la memoria. A la inversa, cuando los animales se hallan en situación de estrés, disminuye la capacidad de producir nuevas células en el hipocampo. Esta investigación se describe en un artículo de Gina Kolata, «Studies Find Brain Grows The Cells», *The New York Times*, 17 de marzo de 1998.

También otros tipos de célula crecerán y se reproducirán si es necesario. Por ejemplo, si se extirpan siete octavos de las células del hígado, las restantes crecerán y se reproducirán hasta sustituir a la mayor parte de las que faltan. Arthur Guyton, *Physiology of the Human Body*, 5.ª ed., W. B. Saunders, Filadelfia, PA, 1979, pp. 42-43.

3. A menudo se ha justificado de la misma manera la opresión de las razas humanas, las nacionalidades y otros grupos.

4. Las obras de Platón se pueden conseguir en griego y en inglés en las ediciones de la Loeb Classical Library. Se encontrará una exposición detallada de la filosofía de Platón en J. N. Finlay, *Plato and Platonism: An Introduction*. Sobre los diálogos como forma predilecta de Platón, véase D. Hyland, «Why Plato Wrote Dialogues», *Philosophy and Rhetoric*, 1, 1968, pp. 38-50. (En castellano, versión bilingüe griego-español de las obras completas de Platón, de García Bacca, México.)

5. Una breve historia del positivismo lógico puede encontrarse en A. J. Ayer, *Logical Positivism*, Macmillan, Nueva York, 1959, pp. 3-28.

6. David J. Chalmers distingue «entre los problemas fáciles y el problema difícil de la conciencia» y sostiene que «el problema difícil elude por entero los métodos de explicación», y en un ensayo titulado «Facing Up to the Problem of Consciousness», Stuart R. Hameroff, comp., *Toward a Science of Consciousness: The First Tucson Discussions and Debates (Complex Adaptive Systems)*, MIT Press, Cambridge, MA, 1996.

7. Esta visión objetiva ya fue definida en el siglo XX por Ludwig Wittgenstein en un análisis del lenguaje llamado positivismo lógico. Esta escuela filosófica, que luego habría de influir en el surgimiento de la teoría informática y la lingüística, se inspiró en la obra más importante de Wittgenstein, el *Tractatus Logico-Philosophicus*. El libro no tuvo un éxito inmediato, al punto de que para asegurar su publicación fue necesaria la influencia de Bertrand Russell, ex maestro de Wittgenstein.

En una premonición de los primeros lenguajes informáticos, Wittgenstein enumeró en su *Tractatus* todos los enunciados, con indicación de sus respectivas posiciones jerárquicas en su pensamiento. Comienza por el enunciado 1: «El mundo es todo aquello de lo que se trata», que indica el ambiguo programa del autor para el libro. Un enunciado típico es el número 4.0.0.3.1: «Toda filosofía es una crítica del lenguaje.» Su último enunciado, el número 7, dice «De lo que no se puede hablar, hay que callar». Quienes remontan sus raíces religiosas al primer Wittgenstein, aún consideran este breve libro como la obra filosófica del siglo pasado que más influencia ejerció. Ludwig Wittgenstein, *Tractatus Logico-Philosophicus*, traducido por D. F. Pears y B. F. Mc Guines, Alemania, 1961. (Versión española trad. Tierno Galván, 1973.)

8. En el prefacio a la *Philosophical Investigations*, traducción de G. E. M. Anscomber, Wittgenstein «reconoce» que en su obra anterior, el *Tractatus*, cometió «errores graves».

9. Para una útil visión de conjunto de la vida y la obra de Descartes, véase *The Dictionary of Scientific Biography*, vol. 4, pp. 55-65. Además, *Descartes*, de Jonathan Rée, presenta una visión unitaria de la filosofía de Descartes y de su relación con otros sistemas de pensamiento.

10. Citado de Douglas R. Hofstadter, *Gödel, Escher, Bach: An Eternal Golden Braid*, Basic Books, Nueva York, 1979. (Versión española «Gödel, Escher, Bach: un eterno y grácil bucle», Tusquets, Barcelona, 1987.)

11. «Computering Machinery and Intelligence», *Mind*, 59, 1950, pp. 433-460, reeditada por E. Feigenbaum y J. Feldman, comps., *Computers and Thought*, Mc Graw-Hill, Nueva York, 1963.

12. Para una descripción de la mecánica cuántica, léase George Johnson, «Quantum Theorists Try to Surpass Digital Computing», *New York Times*, 18 de febrero de 1997.

CAPÍTULO CUATRO

1. Los artilugios simples de cálculo se habían ido perfeccionando durante casi dos siglos antes de Babbage, empezando por la Pascaline de Pascal, de 1642, que podía sumar números, y una máquina de multiplicar que desarrolló Gottfried Wilhelm Leibniz un par de décadas después. Pero la automatización del cálculo de logaritmos fue mucho más ambiciosa que cualquier otra que se hubiera intentado con anterioridad.

Babbage no llegó muy lejos: agotó sus recursos financieros, se peleó con el gobierno británico por la propiedad, tuvo problemas para conseguir que le prefabricasen piezas de gran precisión que necesitaba y vio que su ingeniero jefe despedía a todos los obreros y luego se retiraba él mismo. También se vio perseguido por tragedias personales tales como la muerte de su padre, su mujer y dos de sus hijos.

Babbage pensó que lo único que cabía hacer entonces era abandonar su «Difference Engine» y embarcarse en algo más ambicioso aún: la primera computadora completamente programable del mundo. La nueva concepción de Babbage –el «Analytical Engine»– podía programarse para resolver cualquier problema lógico o de cálculo posible.

El Analytical Engine tenía una memoria de acceso aleatorio (RAM = *random-access memory*), que constaba de mil «palabras» de 50 dígitos decimales cada una, lo que equivalía a 175 000 bits. Desde cualquier localización se podía recuperar un número, modificarlo y almacenarlo en cualquier otra localización. Tenía un lector de tarjetas perforadas e incluso una impresora, aunque todavía habría que esperar otro medio siglo hasta que se inventara la máquina de composición tipográfica o la máquina de escribir. Su unidad de procesamiento central (CPU = *central processing unit*) era capaz de ejecutar las operaciones lógicas y aritméticas que realizan hoy en día las CPU. Lo más importante es que contaba con una unidad especial de almacenamiento para el *software*, con un lenguaje mecánico muy semejante al de los ordenadores de hoy. Un campo decimal especificaba el tipo de operación y otro la ubicación del operando en la memoria. Stan Augarten, *Bit by Bit: An Illustrated History of Computers*, Ticknor and Fields, Nueva York, 1984, pp. 63-64.

Babbage describe las características de esta máquina en «On the Mathematical Powers of the Calculating Engine», escrito en 1837 y reeditado como apéndice B por Anthony Hyman, *Charles Babbage, Pioneer of the Computer*, Oxford University Press, Oxford, 1982. Para información biográfica sobre Charles Babbage y Ada Lovelace véase la biografía de Hyman y el libro de Dorothy Stein, *Ada: A Life and a Legacy*, MIT Press, Cambridge, MA, 1985.

2. Stan Augarten, *Bit by Bit*, pp. 63-64. La descripción de Babbage del Analytical Engine en «On the Mathematical Powers of the Calculating Engine», escrito en 1837, fue reeditado como apéndice B por Anthony Hyman, *Charles Babbage: Pioneer of the Computer*, Oxford University Press, Oxford, 1982.

3. Joel Shurkin, en *Engines of the Mind*, p. 104, describe la máquina de Aiken como «un Analytical Engine electromecánico con manipulación de tarjetas IBM». Para una historia concisa del desarrollo de Mark I, véase *Bit by Bit*, de Augarten, pp. 103-107. Bernard Cohen, en su artículo «Babbage and Aiken», *Annals of the History of Computing*, 10, 1988, pp. 171-193, proporciona una nueva perspectiva sobre la relación entre Aiken y Babbage.

4. La idea de la tarjeta perforada, que Babbage extrajo de los rizos de la Jacquard (máquina de coser automática controlada por tarjetas de metal perforadas) también sobrevivió y constituyó la base de la automatización de las calculadoras del siglo XIX, cada vez más populares. Esto culminó en el censo de EE.UU. de 1890, en el que por primera vez se utilizó la electricidad para un proyecto importante de procesamiento de datos. La tarjeta perforada sobrevivió hasta los años setenta como soporte principal de la computación.

5. El *Robinson* de Turing no era un ordenador programable. No era necesario que lo fuese, ya que sólo tenía una función que cumplir. El primer

ordenador programable fue desarrollado por los alemanes. Konrad Zuse, ingeniero civil alemán con gran curiosidad práctica, estaba empeñado en facilitar, en sus palabras, los «espantosos cálculos que tienen que hacer los ingenieros civiles». Como el de Babbage, su primer aparato, el Z-1, era íntegramente mecánico (construido a partir de un equipo de levantamiento en el salón de la casa de sus padres). El Z-2 utilizó relés electromecánicos y fue capaz de resolver complejas ecuaciones simultáneas. Pero la versión que alcanzó mayor relevancia histórica fue la tercera, el Z-3. En efecto, es el primer ordenador *programable*. Tal como podría programarse de manera retroactiva a partir de la Ley de la Aceleración de los Resultados aplicada a la computación, el Z-3 de Zuse era bastante lento: una multiplicación llevaba más de tres segundos.

A pesar de que Zuse recibió algún apoyo ocasional del gobierno alemán y de que sus máquinas desempeñaron un cierto papel en el plano militar, las autoridades alemanas fueron poco o nada conscientes de la informática y de su importancia militar. Esto explica la aparente confianza de los alemanes en la seguridad de su código Enigma. Los militares alemanes asignaban en cambio una prioridad inmensamente mayor a otras tecnologías avanzadas, como la cohetería y las armas atómicas.

A Zuse y sus inventos les tocó en suerte pasar relativamente inadvertidos; hasta los aliados lo ignoraron una vez terminada la guerra. A menudo se atribuye a Howard Aiken la invención del primer ordenador programable del mundo, a pesar de que su Mark I no fue operativo hasta casi tres años después del Z-3. Cuando, en medio de la guerra, el Tercer Reich retiró la financiación a Zuse, un oficial alemán le explicó que «la aviación alemana es la mejor del mundo. No se me ocurre qué más podríamos calcular para mejorarla».

La pretensión de Zuse de haber construido el primer ordenador operativo digital completamente programable del mundo tiene el soporte de la solicitud de patente que presentó. Véase, por ejemplo, K. Zuse, «*Verfahren zur Selbst Atigen Durchfurung von Rechnungen mit Hilfe von Rechenmaschinen*», Solicitudes de Patentes de Alemania Z23624, 11 de abril de 1936. En Brian Randell, *The Origins of Digital Computers*, pp. 159-166, aparecen extractos traducidos con el título de «Methods for Automatic Execution of Calculations with the Aid of Computers».

6. «Computing Machinery and Intelligence», *Mind*, 59, 1950, pp. 433-460, reeditado por E. Feigenbaum, y J. Feldman, comps., *Computers and Thought*, McGraw-Hill, Nueva York, 1963.

7. Véase A. Newell, J. C. Shaw y H. A. Simon, «Programming the Logic Theory Machine», *Proceedings of the Western Joint Computer Conference*, 1957, pp. 230-240.

8. *Principia Mathematica*, de Russell y Whitehead (véase la referencia al final de esta nota), que se publicó por primera vez en 1910-1913, fue un

libro fundacional que reformuló las matemáticas sobre la base de la nueva concepción de la teoría de conjuntos de Russell. El avance de Russell en la teoría de conjuntos sentó las bases para el desarrollo posterior de la teoría informática de Turing, basada en la máquina de Turing (véase nota, más adelante). He aquí mi versión de la «paradoja de Russell», que estimuló el descubrimiento de Russell:

Antes de terminar en «el Otro Sitio», nuestro amigo el jugador había vivido una vida dura. Era impaciente y no le gustaba perder. En nuestra historia, también tiene algo de lógico. Pero esta vez se ha equivocado de individuo al que tenía que despachar. ¡Si hubiera sabido que el tipo era el sobrino del juez!

Conocido por su severidad, el magistrado está furioso y desea emitir la sentencia más grave que se pueda concebir. De esta manera, le dice al jugador que no sólo está condenado a morir, sino que la sentencia ha de cumplirse de una manera original.

–Ante todo, te liquidaremos rápidamente, de la misma manera que tú has hecho con la víctima –dice el juez–. Este castigo no debe hacerse efectivo después del sábado. Además, no quiero que te prepares para el día del juicio. La mañana de tu ejecución no sabrás que te ha llegado la hora. Iremos a buscarte por sorpresa.

–Muy bien, señor juez, siento un gran alivio –responde el jugador.

–No entiendo –exclama el juez–, ¿cómo te puedes sentir aliviado? Te he condenado a que te ejecuten. He ordenado que la sentencia se cumpla pronto, pero no podrás prepararte porque la mañana en que se cumpla no tendrás la seguridad de que ese día habrás de morir.

–Bueno, su señoría –apuntó el jugador–, para que su sentencia se cumpla, no me puede ejecutar el sábado.

–¿Por qué?

–Porque –explicó el jugador–, puesto que la sentencia no debe hacerse efectiva después del sábado, si llegamos al sábado sabré con seguridad que me ejecutará ese día, y no sería una sorpresa.

–Supongo que tienes razón. No se te puede ejecutar el sábado. Pero sigo sin entender por qué te sientes aliviado.

–Bueno, es que si hemos eliminado definitivamente el sábado, tampoco me puede ejecutar en viernes.

–¿Por qué? –preguntó el juez, que era algo tonto.

–Hemos estado de acuerdo en que no me puede ejecutar el sábado. Entonces el viernes es el último día en que me puede ejecutar. Pero si llega el viernes, sabré sin ninguna duda que seré ejecutado ese día, y por tanto no sería una sorpresa. De modo que no me puede ejecutar el viernes.

–Ya veo –dijo el juez.

–Así que el último día que me puede ejecutar es el jueves, pero si llega el jueves, yo sabría que ese día habría de morir, y por tanto no sería una sorpresa. En consecuencia, queda eliminado el jueves. Con el mismo razonamiento, podemos eliminar el miércoles, el martes, el lunes y el día de hoy.

El juez se rascó la cabeza mientras se llevaban de nuevo a su celda al jugador, seguro de sí mismo.

Esta historia tiene un epílogo. El jueves, conducen al jugador para que se le ejecute. Y está muy sorprendido. De modo que las órdenes del juez terminan por cumplirse a plena satisfacción.

Ésta es mi versión de lo que se ha dado en llamar «paradoja de Russell», en homenaje a Bertrand Russell, que fue tal vez la última persona en alcanzar grandes logros tanto en matemáticas como en filosofía. Si analizamos la historia, vemos que las condiciones que el juez ha puesto dan como resultado que ningún día se ajusta a ellas, porque, como señala con tanta astucia el prisionero, en ninguno de ellos la ejecución sería una sorpresa. Pero la *conclusión* cambia la situación y la sorpresa vuelve a ser posible. Esto nos retrotrae a la situación original en la que el prisionero podía (en teoría) demostrar que cada día sería a su vez imposible, y así al infinito. El juez aplica la «solución de Alejandro», en la que el rey Alejandro cortó con la espada el nudo gordiano, imposible de desatar.

Un ejemplo más simple, y el único con el que Russell se debate en realidad, es la siguiente cuestión acerca de conjuntos. Un conjunto es una construcción matemática que, como su nombre indica, es una colección de cosas. Un conjunto puede incluir sillas, libros, autores, jugadores, números, otros conjuntos, a sí mismo, lo que sea. Ahora pensemos en un conjunto A, que se define como el conjunto que contiene todos los conjuntos que no son miembros de sí mismos. ¿Se contiene a sí mismo el conjunto A?

Cuando pensamos en este famoso problema nos damos cuenta de que sólo hay dos respuestas posibles: «Sí» y «No». En consecuencia, probamos las dos (no es el caso de la mayoría de los problemas matemáticos). Veamos qué pasa en caso afirmativo. Si la respuesta es «Sí», el conjunto A se contiene a sí mismo. Pero si el conjunto A se contiene a sí mismo, de acuerdo con la condición de su definición, no pertenece al conjunto A, y entonces no pertenece a sí mismo. Dado que la respuesta afirmativa conduce a contradicción, tiene que ser errónea.

Probemos ahora la respuesta negativa. Si la respuesta es «No», el conjunto A no se contiene a sí mismo. Pero, otra vez de acuerdo con la condición de su definición, si el conjunto A no pertenece a sí mismo, debería pertenecer al conjunto A, otra contradicción. Como en la historia del prisionero, tenemos proposiciones incompatibles que se implican mutuamente, «Sí» implica «No», que da paso a «Sí», etcétera.

Puede que esto no parezca un gran problema, pero para Russell amenaza el fundamento de las matemáticas. Las matemáticas se basan en el concepto de conjunto, y el problema de la inclusión (es decir, qué pertenece a un conjunto) es fundamental para esa idea. La definición del conjunto A parece razonable. El problema de si el conjunto A pertenece a sí mismo también parece razonable. Sin embargo, tenemos dificultad para dar una respuesta razonable a esta pregunta razonable. Las matemáticas se hallaban ante un gran problema.

Russell sopesó este dilema durante más de una década, hasta llegar casi al agotamiento y a romper al menos un matrimonio. Pero consiguió una respuesta. Para ello inventó el equivalente de un ordenador teórico (aunque no el nombre). El «ordenador» de Russell es una máquina lógica y realiza una transformación lógica por vez, cada una de las cuales requiere un cuanto de tiempo, de modo que no sucede todo simultáneamente. Russell pone en funcionamiento su computadora teórica (que, a falta de ordenador real, sólo funciona en su cabeza) y las operaciones lógicas son «ejecutadas» una por una. De modo que, en un momento, nuestra respuesta es «Sí», pero el programa sigue funcionando y tras unos pocos cuantos de tiempo la respuesta se ha convertido en «No». El programa funciona en un bucle infinito, en constante alternancia de «Sí» y «No».

¡Pero la respuesta nunca es «Sí» y «No» al mismo tiempo!

¿Impresionado? Russell quedó encantado. La eliminación de la posibilidad de que la respuesta fuera «Sí» y «No» al mismo tiempo bastó para salvar las matemáticas. Con la ayuda de Alfred North Whitehead, amigo y ex tutor de Russell, éste relanzó íntegramente las matemáticas en términos de su teoría de los conjuntos y de la lógica, que publicaron en *Principia Mathematica* en 1910-1913. Vale la pena señalar que el concepto de ordenador, teórico o de otro tipo, no fue en ese momento objeto de amplia comprensión. Los esfuerzos decimonónicos de Charles Babbage, que se analizan en el capítulo cuatro, «Una nueva forma de inteligencia en la Tierra», eran casi desconocidos a la sazón. No está claro si Russell tenía noticias de los esfuerzos de Babbage. La obra tan influyente y revolucionaria de Russell inventó una teoría lógica de computación y relanzó las matemáticas como una de sus armas. Las matemáticas pasaron así a ser parte de la informática.

Russell y Whitehead no hablaron explícitamente de ordenadores, pero lanzaron sus ideas en la terminología matemática de la teoría de conjuntos. Quedó para Alan Turing la tarea de crear el primer ordenador teórico en 1936, en su máquina de Turing (véase nota 16, más adelante).

Alfred N. Whitehead y Bertrand Russell, *Principia Mathematica*, 3 vols., 2.ª ed., Cambridge University Press, Cambridge, 1925-1927. (La primera edición es de 1910, 1912 y 1913.)

La paradoja de Russell se presentó por primera vez en Bertrand Russell, *Principles of Mathematics*, reeditado en Nueva York, W. W. Norton & Company, 1996; 2.ª ed., pp. 79-81. La paradoja de Russell es una variante sutil de la Paradoja del Mentiroso. Véase E. W. Beth, *Foundations of Mathematics*, North Holland, Amsterdam, 1959, 485.

9. «Heuristic Problem Solving: The Next Advance in Operations Research», *Journal of the Operations Research Society of America*, 6. n.º 1, 1958, reeditado por Herbert Simon, *Models of Bounded Rationality*, vol. 1, *Economic Analysis and Public Policy*, MIT Press, Cambridge, MA, 1982.

10. «A Mean Chess-Playing Computer Tears at the Meaning of Thought», *New York Times*, 19 de febrero de 1996, contiene las reacciones de Gary Kasparov y una cantidad de pensadores notables en relación con las derivaciones que puede tener el que *Deep Blue* se imponga al campeón de ajedrez.

11. Daniel Bobrow, «Natural Language Input for a Computer Problem Solving System», en Marvin Minsky, comp., *Semantic Information Processing*, pp. 146-226.

12. Thomas Evans, «A program for the Solution of Geometric-analogy Intelligence Test Questions», en Marvin Minsky, comp., *Semantic Information Processing*, MIT Press, MA, 1968, pp. 271-353.

13. Robert Lindsay, Bruce Buchanan, Edward Feigenbaum y Joshua Lederberg, describen el DENDRAL en *Applications of Artificial Intelligence for Chemical Inference: The DENDRAL Project*, McGraw-Hill, Nueva York, 1980. Para una explicación breve y clara de los mecanismos esenciales que se hallan tras el DENDRAL, véase Patrick Winston, *Artificial Intelligence*, 1984, pp. 134-164, pp. 195-197.

14. Durante muchos años, el SHRDLU fue mencionado como una realización prominente de inteligencia artificial. Winograd describe su investigación en su tesis *Understanding Natural Language*, Academic Press, Nueva York, 1972. Una breve versión aparece como «A Procedural Model of Thought and Language», en Roger Schank y Kenneth Colby, comps., *Computer Models of Thought and Language*, W. H. Freeman, San Francisco, 1973.

15. Haneef A. Fatmi y R. W. Young, «A Definition of Intelligence», *Nature*, 228, 1970, p. 97.

16. Alan Turing demostró que la base esencial de la informática podría modelarse con una máquina teórica muy simple. Creó el primer ordenador teórico en 1936 (presentado por primera vez en Alan M. Turing, «On Computable Numbers with an Application to the Entscheinungs problem», Proc. London Math. Soc. 42, 1936, pp. 230-265), en una concepción epónima llamada máquina de Turing. Lo mismo que sucedió con una cantidad de avances de Turing, a él correspondería la primera palabra y la última. La máquina de Turing constituyó el fundamento de la teoría informática moderna. También se mantuvo como modelo teórico primario de ordenador, debido a su combinación de simplicidad y potencia.

La máquina de Turing es un ejemplo de la simplicidad de los fundamentos de la inteligencia. Consta de dos unidades primarias (teóricas): un impulsor de cinta y una unidad de computación. La primera tiene una cinta de longitud infinita en la cual puede escribir –y (posteriormente) leer– una serie formada por dos símbolos: cero y uno. La unidad de computación tiene un programa que consta de una secuencia de órdenes que derivan sólo de siete operaciones posibles:

- Leer la cinta
- Mover la cinta un símbolo a la izquierda
- Mover la cinta un símbolo a la derecha
- Escribir 0 en la cinta
- Escribir 1 en la cinta
- Saltar a otra orden
- Parar

Turing consiguió demostrar que esta máquina tan extremadamente simple puede calcular todo lo que es capaz de calcular una máquina, por compleja que sea. Si un problema no puede ser resuelto por una máquina de Turing, tampoco puede resolverlo ninguna otra máquina. Ocasionalmente esta posición se ha topado con desafíos, pero en gran medida pasó la prueba del tiempo.

En el mismo trabajo, Turing informa acerca de otro descubrimiento inesperado: el de problemas irresolubles. Se trata de problemas bien definidos, con respuestas únicas de cuya existencia se puede dar prueba, pero que una máquina de Turing no puede resolver, lo que equivale a decir que son irresolubles para cualquier máquina. Esto asesta otro revés a la confianza decimonónica en que todos los problemas que se pueden definir terminarán por ser resueltos. Turing mostró que hay tantos problemas irresolubles como solucionables.

Turing y Alonzo Church, su ex profesor, afirmaron luego lo que dio en conocerse como la tesis de Church-Turing y que dice así: Si un problema que se puede presentar a una máquina de Turing no es solucionable para ésta, tampoco lo será para el pensamiento humano. Las interpretaciones «fuertes» de la tesis de Church-Turing proponen una equivalencia esencial entre lo que un ser humano puede pensar o conocer y lo que una máquina puede calcular. La tesis de Church-Turing puede considerarse un nuevo enunciado, en términos matemáticos, de una de las tesis primarias de Wittgenstein en su *Tractatus*. La idea básica es que el cerebro humano está sometido a la ley natural y que, por tanto, su capacidad para procesar información no puede superar a la de la máquina. Nos encontramos así ante la desconcertante situación de ser capaces de definir un problema, demostrar que sólo tiene una respuesta válida y, sin embargo, saber que nunca se podrá conocer esa respuesta.

Tal vez el problema irresoluble más interesante es el que se conoce como *Busy Beaver* (Castor atareado) y que se puede enunciar de la siguiente manera: Cada máquina de Turing tiene una cierta cantidad de órdenes en su programa. Dado un entero positivo *n*, construimos todas las máquinas de Turing que tienen *n* estados (esto es, *n* órdenes). Luego eliminamos las máquinas de Turing de *n* estados que caen en un bucle infinito (es decir, que no paran nunca). Por último, seleccionamos la máquina (una que se pare) que escriba en su cinta el mayor número de unos. La cantidad de unos que esta máquina de Turing escriba se conoce como el *busy beaver* de *n*.

Tibor Rado, matemático y admirador de Turing, demostró que no hay algoritmo (es decir, que no hay máquina de Turing) capaz de calcular la función de *busy beaver* para todos los *n*. El quid del problema está en separar las máquinas de Turing de *n* estados que caen en bucles infinitos. Si programamos una máquina de Turing para que genere y simule toda máquina posible de *n* estados, este simulador cae él mismo en un bucle infinito cuando intenta simular una de las máquinas de Turing de *n* estados que cae en un bucle infinito. Sólo es posible calcular el *busy beaver* para algunos *n*, y es interesante destacar que también es irresoluble el problema consistente en separar los *n* para los que podemos determinar el *busy beaver* de aquellos para los que eso nos es imposible.

La de *busy beaver* es una «función inteligente». Dicho con más precisión, es una función que requiere inteligencia cada vez mayor para informatizar cada vez más argumentos. A medida que aumentamos *n*, aumenta la complejidad de los procesos necesarios para calcular el *busy beaver* de *n*.

Con $n = 6$, estamos tratando con la suma y el *busy beaver* de 6, que es igual a 35. En otras palabras, la suma es la operación más compleja que es capaz de realizar una máquina de Turing con sólo 6 pasos en su programa. En 7, el *busy beaver* aprende a multiplicar y el *busy beaver* de 7 es igual a 22 961. En 8, el *busy beaver* puede exponenciar, y la cantidad de unos que escribe nuestro octavo *busy beaver* en su cinta es, aproximadamente, 10^{43}. Obsérvese que se trata de un crecimiento más rápido aún que el de la Ley de Moore. Cuando llegamos a 10, necesitamos una notación exótica con una serie de exponentes (10 a la décima a la décima, etc.), cuya altura está determinada por otra serie de exponentes, y así sucesivamente. Para el duodécimo *busy beaver* necesitamos una notación todavía más exótica. La inteligencia humana (en términos de la complejidad de las operaciones matemáticas que podemos entender) se ve superada bastante antes de que el *busy beaver* llegue a 100. Los ordenadores del siglo XXI serán un poco mejores.

El problema del *busy beaver* es un ejemplo de una vasta clase de funciones no computables, como puede verse en Tibor Rado, «On Noncomputable Functions», *Bell System Technical Journal*, 41, n.º 3, 1962, pp. 877-884.

17. Raymond Kurzweil, *The Age of Intelligent Machines*, MIT Press, Cambridge, MA, 1992, pp. 132-133.

18. H. J. Berliner, «Backgammon Computer Program Beats World Champion», en *Artificial Intelligence*, 14, n.º 1, 1980. Véase también Hans Berliner, «Computer Backgammon», en *Scientific American*, junio de 1980.

19. Para bajar el Cybernetic Poet de Ray Kurzweil (RKCP), váyase a: <http://www.kurzweiltech.com>. En la sección «La máquina creadora», del capítulo ocho, «1999», se hallará una exposición más detallada del RKCP.

20. En la sección «La máquina creadora», del capítulo ocho, «1999», se hallará una exposición más detallada sobre los programas de composición musical.

21. Véase W. S. Sarle, comp., «Neural Network Frequently Asked Questions», <ftp://ftp.sas.com/pub/neural/FAQ.html>. Este sitio web contiene muchas fuentes de investigación actuales y pretéritas sobre redes neuronales. «How Neural Networks Learn from Experience», de G. E. Hinton y publicado en el número de septiembre de 1992 de *Scientific American*, pp. 144-151, también suministra una buena introducción a las redes neuronales.

22. Investigadores de la Productivity from Information Technology (PROFIT) Iniciative, del MIT, han estudiado la efectividad de las redes neuronales en la comprensión de la escritura hológrafa.

La PROFIT Iniciative se basa en la Sloan School of Management del MIT. La misión de la Iniciativa es estudiar el uso de la tecnología de la información, tanto en sectores privados como públicos. En <http://scannergroup.mit.edu/papers.html> se incluyen resúmenes de trabajos sobre esta y otras investigaciones en redes neuronales y recopilación de datos.

23. Miros Inc. está situada en Wellesley, Massachusetts, y se especializa en el suministro de *software* de reconocimiento de rostros. Los productos de Miros incluyen TrueFace PC, la primera solución de reconocimiento de rostros para ordenador, seguridad de red y de datos; y TrueFace GateWatch, solución completa de seguridad de *hardware/software* que permite o deniega el acceso a edificios y habitaciones mediante el reconocimiento automático del rostro de la persona, captado por una videocámara. De Miros Company Information en <http:www.miros.com/About_Miros.htm>.

24. Para mayor información sobre la aptitud del BrainMaker para diagnosticar enfermedades y para predecir el Standard and Poor 500 para LBS Management, véase la página de presentación de California Scientific en <http://www.calsci.com/>.

25. El tiempo de restablecimiento que damos aquí es un promedio estimado de los cálculos mediante conexiones neuronales. Por ejemplo, Vladim Gerasimov estima que la frecuencia máxima de las neuronas (lo que supera significativamente el promedio) es de 250-2 000 Hz (intervalos de 0,5-4 metros) en «Information Processing in the Human Body», en <http://vadim.www.media.mit.edu/MAS862/Project.html>. El tiempo de descarga se ve afectado por una cantidad de variables, incluidas, por ejemplo, el nivel y

la duración de un sonido, como se analiza en Jos. J. Eggermont, «Firing Rate and Firing Synchrony Distinguish Dynamic from Steady State Sound», *NeuroReport*, 8, número 12, pp. 2709-2713.

26. Hugo de Garis tiene un sitio web sobre su investigación para el Brain Builder Group de ATR en <http://www.hip.atr.co.jp/~degaris/>.

27. Para una intrigante exposición acerca de esta investigación, léase Carver Mead, *Analog VSLI and Neural Systems*, Addison-Wesley, Reading, MA, 1989, pp. 157-278. El estudio de la sinapsis es brevemente destacado en Carol Levin, «Here's Looking at You», en *PC Magazine*, 20 de diciembre de 1994, p. 31. El sitio web de Carver Mead también proporciona información detallada sobre esta investigación en «Physics of Computation-Carver Mead's Group», en <http://www.pcmp.caltech.edu/>.

28. El SETI (Search for Extraterrestrial Intelligence) Institute está investigando otras señales de vida en el Universo, con el énfasis puesto en la busca de inteligencia extraterrestre. El instituto es una organización de investigación sin fines de lucro, financiada por departamentos gubernamentales, fundaciones privadas e individuos, con más de dos docenas de proyectos en curso. Para mayor información, véase el sitio web del SETI Institute, <http://www.seti.org>.

29. El autor dicta fragmentos de este libro a su ordenador mediante el programa de reconocimiento del habla continuada llamado *Voice Xpress Plus*, de la división de dictado de Lernout & Hauspie (ex Kurzweil Applied Intelligence). Para mayor información, véase la nota 9 del capítulo dos, más arriba.

30. Si se quiere más información sobre la compra de State Street en una apuesta mayoritaria en Advanced Investment Technology, léase Frank Byrt, «State Street Global Invests in Artificial Intelligence», *Dow Jones Newswires*, 29 de octubre de 1997. El sistema de algoritmos genéticos empleado por el fondo mutual de AIT Vision se describe en S. Mahfoud & G. Mani, «Financial Forecasting Using Genetic Algorithms», en *Applied Artificial Intelligence*, 10, 1996, pp. 543-565. El fondo mutuo de AIT Vision se inauguró a comienzos de 1996 y tiene números de rendimiento a disposición pública. En su primer año completo (1996), el fondo mutuo incrementó en un 27,2 por ciento su activo neto, frente al 21,2 por ciento para su punto de referencia, el índice 3000 de Russell.

31. Hay muchas fuentes *on line* sobre informática evolutiva y algoritmos evolutivos y genéticos. Una de las mejores es «The Hitchhiker's Guide to Evolutionary Computation: A List of Frequently Asked Questions (FAQ)», a cargo de Jörg HeitkOtter y David Beasley en <http://www.cs.purdue. edu-/coast/archive/clife/FAQ/www/>. Esta guía contiene desde un glosario hasta enlaces con diversos grupos de investigación.

Otra fuente útil *on line* es el sitio web del Santa Fe Institute, al que se puede acceder en <http://www.santafe.edu>.

Para una introducción en papel a los algoritmos genéticos, léase el artículo de John Holland «Genetic Algorithms», en *Scientific American*, 267, n.° 1, 1992, pp. 66-72. Como he dicho en la nota 22 del capítulo primero, Holland y sus colegas de la Universidad de Michigan desarrollaron algoritmos genéticos en la década de los setenta.

Para mayor información sobre el uso de la tecnología de algoritmos genéticos para gestionar el desarrollo y la manufactura de camiones Volvo, léase Srikumar S. Rao, «Evolution at Warp Speed», *Forbes*, 11, n.° 1, 12 de enero de 1998, pp. 82-83.

Véase también la nota 22 del capítulo primero, sobre la complejidad.

32. Véase «Information Processing in the Human Body», de Vadim Gerasimov, en <http://vadim.www.media.mit.edu/MAS862/Project.html>.

33. Véase «Information Processing in the Human Body», de Vadim Gerasimov, en <http://vadim.www.media.mit.edu/MAS862/Project.html>.

34. Yo mismo fundé Kurzweil Applied Intelligence (Kurzweil AI) en 1982. Hoy, la compañía es subsidiaria de Lernout & Hauspie Speech Products (L&H), líder internacional en el desarrollo de tecnologías del habla y el lenguaje y en aplicaciones y productos afines. Para mayor información acerca de estos productos de reconocimiento del habla, véase <http://www.lhs.com/dictation/>.

CAPÍTULO CINCO

1. Victor L. Yu, Lawrence M. Fagan, S. M. Wraith. William Clancey, A. Carliste Scott, John Hannigan, Robert Blum, Bruce Buchanan y Stanley Cohen, «Antimicrobial Selection by Computer. A Blinded Evaluation by Infectious Desease Experts», en *Journal of The American Medical Association*, 242, n.° 12, 1979, pp. 1279-1282.

2. Para una introducción al desarrollo de sistemas expertos y su uso en diversas compañías, léase: Edward Feigenbaum, Pamela McCorduck y Penny Nii, *The Rise of the Expert Company*, Addison-Wesley, Reading, MA, 1983.

3. William Martin, Kenneth Church y Ramesh Patil, «Preliminary Analysis of a Breath-First Parsing Algorithm: Theoretical and Experiential Results». MIT Laboratory for Computer Science, Cambridge, A, 1981.

En este documento, Church dice que la oración sintética:

«¿Era el número de productos de productos de productos de productos de productos de productos de productos de productos?»
tiene 1 430 interpretaciones sintácticamente correctas.

Y que la oración:

«¿Qué número de productos de productos de productos de productos de productos de productos de productos de productos era el número de

productos de productos de productos de productos de productos de productos de productos de productos?»
tiene 1 430 X 1 430 = 2 044 900 interpretaciones.

4. Estos y otros aspectos teóricos de la lingüística son tratados en Mary D. Harris, *Introduction to Natural Language Processing*, Reston Publishing Co., Reston, VA, 1985.

[*Aclaración del traductor*: En el texto, he citado entre corchetes los enunciados correspondientes del original para que se orienten quienes lean inglés. Al resto me permito señalarles que la imposibilidad de reproducir el juego formal de significaciones del original estriba en la inexistencia en castellano de palabras con los dobles significados de las inglesas *time* (sustantivo: «tiempo»; y verbo: «medir el tiempo», «cronometrar»), *flies* (verbo: «vuela»; y sustantivo: «moscas») y *like* (partícula comparativa: «como»; y verbo: «gustar de».]

CAPÍTULO SEIS

1. Es probable que Hans Moravec presente este argumento en su libro de 1998 *Robot: Mere Machine to Transcendent Mind*, Oxford University Press, aún en prensa en el momento de escribir estas líneas.

2. Ciento cincuenta millones de cálculos por segundo para un ordenador personal de 1998 que se duplique veintisiete veces hasta el año 2025 (lo cual supone duplicar cada dos años tanto el número de componentes como la velocidad de cada componente) equivalen aproximadamente a 20 000 billones de cálculos por segundo en esta última fecha. En 1998, simular un cálculo mediante conexiones neuronales requiere muchos cálculos en un ordenador personal convencional. Sin embargo, los ordenadores del 2020 estarán optimizados para el cálculo mediante conexiones neuronales (y otros cálculos enormemente repetitivos y necesarios para simular funciones neuronales). Obsérvese que los cálculos mediante conexiones neuronales son más simples y más regulares que los cálculos de uso general de un ordenador personal.

3. Los 5 000 millones de bits por cada 1 000 dólares de 1998 se habrán duplicado diecisiete veces en 2023, lo que representa alrededor de 1 000 billones de bits por 1 000 dólares.

4. De los objetivos de NEC de construir un superordenador con un rendimiento máximo de más de 32 teraflops se da cuenta en «NEC Begins Designing World's Fastest Computer», en *Newsbytes News Networth*, 21 de enero de 1998, localización *on line* <http://www.nbpacifica.com/headline-/necbeginsdesigningwo_1208.shtmel>.

En 1988, IBM era una de las compañías elegidas para participar en PathForward, iniciativa del Departamento de Energía para desarrollar superordenadores para el siglo XXI. Otras compañías implicadas en el proyecto son

Digital Equipment Corporation; Sun Microsystems, Inc.; y Silicon Graphic-/Cray Computer Systems (SGI/Gray). PathForward forma parte de la Accelerated Strategic Computing Iniciative (ASCI). Para mayor información sobre esta iniciativa, véase <http.//www.llnl.gov/asci>.

5. Al aprovechar el progreso en la aceleración tanto en favor de la densidad de los componentes como de su velocidad, la potencia de cálculo se duplicará cada doce meses o, lo que es lo mismo, según un factor igual a mil en diez años. Sobre la base de la proyección según la cual, hacia el año 2020, 1 000 dólares de computación equivaldrán al poder estimado de procesamiento del cerebro humano (20 000 billones de cálculos por segundo), obtenemos una proyección según la cual en 2040 1 000 dólares de computación equivaldrán a un millón de cerebros humanos, en 2050 a mil millones y en 2060 a un billón.

6. Hacia 2099, 1 000 dólares de computación equivaldrán a 10^{24} veces al poder de procesamiento del cerebro humano. Así, un centavo de dólar de computación equivaldrá a 10^{9} (mil millones) de veces al poder de procesamiento de todos los cerebros humanos.

7. En las teorías del Equilibrio puntuado se considera que la evolución progresa por saltos súbitos seguidos de períodos de relativa estabilidad. Es interesante que a menudo vemos un comportamiento similar en los algoritmos evolutivos (véase el capítulo cuatro).

8. Dean Takahashi, «Small Firms Jockeying for Position in 3D Chip Market», en *KnightRidder/Tribune News Service*, 21 de septiembre de 1994, p. 0921k4365.

9. Todo el número de febrero de 1998 de *Computer* (vol. 31, n.° 2), explora la situación de la computación óptica y de los métodos ópticos de almacenamiento.

Sunny Bains habla de compañías que emplean la computación óptica para el reconocimiento de huellas digitales y otras aplicaciones en «Small, Hybrid Digital/Electronic Optical Correlators Ready to Power Commercial Products: Optical Computing Comes into Focus». *EE Times*, 26 de enero de 1998, número 990. Este artículo se encuentra *on line* en <http://www.techweb.com/se/directlink.cgi?EET19980126S0019>.

10. Para una introducción no técnica a la computación basada en el ADN, véase Vincent Kiernan, «DNA-Based Computers Could Race Past Supercomputers, Researchers Predict», *Chronicle of Higher Education*, 28 de noviembre de 1997. Kiernan estudia la investigación del doctor Robert Corn, de la Universidad de Wisconsin, así como la del doctor Leonard Adleman. Se puede acceder al artículo *on line* en <http://chronicle.com/data/articles.dir/art-44.dir/issue-14.dir/14a02301.htm>.

La investigación de la Universidad de Wisconsin se puede consultar *on line* en <http://corninfo.chem.wics.edu/writings/DNAcomputing.html>.

«Molecular Computation of Solutions to Combinatorial Problems», de Leonard Adleman, publicado en el número del 11 de noviembre de 1994 de *Science*, vol. 266, p. 1021, suministra una visión general técnica de su proyecto de programación de tipo ADN para ordenadores.

11. De la investigación de Lambertus Hesselink informan Phillip F. Schew y Ben Stein en *Physics News Update*, n.° 219, 28 de marzo de 1995. Se puede encontrar la descripción *on line* <http://www.aip.org/enews/enews/physnews/1995/split/pnu219-2.hm>.

12. Para información sobre nanotubos y *buckyballs*, léase el artículo de Janet Rae-Dupree «Nanotechnology Could Be Foundation for Next Mechanical Revolution», en *Knight-Ridder/Tribune News Service*, 17 de diciembre de 1997, p. 1217-K1133.

13. La investigación del doctor Sumio Iijima sobre nanotubos se resume en el artículo del sitio NEC: <http://www.labs.nec.co.jp/rdletter01/index1.html>.

14. De la investigación de Isaac Chuang y Neil Gershenfeld se informa en «Cue the Qubis: Quantum Computing», *The Economist* 342, n.° 8005, 22 de febrero de 1997, pp. 91-92; y en un artículo de Dan Vergano, «Brewing a Quantum Computer in Coffee Cup», en *Science News*, 151, n.° 3, 18 de enero de 1997, p. 37. Más detalles técnicos y una lista de publicaciones de Chuang y Gershenfeld se hallarán en Physics and Media Group/MIT Media Lab <http://physics.www.media.mit.edu/publications/> y en Los Alamos National Laboratory <http://qso.lanl.gov/qc/>.

Otros grupos que trabajan en computación cuántica incluyen el grupo de Information Mechanics en el Lab for Computer Science del MIT <http://www.research.ibm.com/quantuminfo/>.

15. «Student Cracks Encryption Code», en *USA Today Tech Report*, 2 de septiembre de 1997.

16. Mark Buchanan, «Light's Spooky Connections Set Distance Record», en *New Scientist*, 28 de junio de 1997.

17. Roger Penrose, *The Emperor's New Mind*, Penguin USA, Nueva York, 1990.

18. Para entender el concepto de *efecto túnel* es importante entender cómo funcionan los transistores en un chip de circuito integrado. Un chip integrado lleva inscritos circuitos formados por miles o millones de transistores, cuyos aparatos electrónicos utiliza para controlar el flujo de electricidad. Los transistores están formados por un pequeño bloque de semiconductores, material que actúa como aislante y como conductor de electricidad al mismo tiempo. Los primeros transistores eran de germanio, que luego dio paso al silicio.

Los transistores operan reteniendo un patrón de carga eléctrica y permitiendo que ese patrón cambie millones de veces por segundo. El efecto túnel se refiere a la capacidad de los electrones (pequeñas partículas que giran alrededor del núcleo de un átomo) a desplazarse o «viajar por un túnel» a través del silicio. Se dice que los electrones sufren el efecto túnel a través de la barrera como consecuencia de la incertidumbre cuántica acerca del lado de la barrera en el que se encuentran realmente.

19. Las porciones de conocimiento serían mayores que la cantidad de palabras distintas porque las palabras se usan de más de una manera y con más de un significado. A menudo se llama «sentido» de una palabra a cada uno de sus significados o usos diferentes. Es probable que Shakespeare utilizara más de 100 000 sentidos de palabras.

20. Citado de Douglas R. Hofstadter, *Gödel, Escher, Bach: An Eternal Golden Braid*, Basic Books, Nueva York, 1979.

21. Michael Winerip, «Schizophrenia's Most Zealus Foe», en *New York Sunday Times*, 22 de febrero de 1998.

22. El objetivo de Visible Human Project es crear detalladas representaciones anatómicas tridimensionales del cuerpo humano masculino y femenino. La fase actual del proyecto reúne imágenes de TC transversales, RM e imágenes de criosección de cadáveres representativos de hombres y de mujeres. La localización web es <http://www.nlm.nih.gov/research/ visible-/visible_human.html>.

23. Los investigadores Mark Hübener, Doron Shoham, Amiram Grinvald y Tobias Bonhoeffer publicaron sus experimentos sobre imágenes ópticas en «Spatial Relationships among Three Columnar Systems in Cat Area 17», en *Journal of Neuroscience*, 17, 1997, pp. 9270-9284.

Se encontrará más información acerca de esto y otras investigaciones sobre imágenes cerebrales en el sitio web del Weizmann Institute <http: //www.weizmann.ac.il/> y en el sitio web de Amiram Grinvald <http:// www.weizmann.ac.il/brain/grinvald/grinvald.htm>.

24. El trabajo del doctor Benebid y otros investigadores se resume en un artículo, «Neural Prosthetics Come of Age as Research Continues, de Robert Finn, en *The Scientist*, 11, n.° 19, 29 de septiembre de 1997, pp. 13 y 16. Este artículo se puede encontrar en <http://www.the-scientist.library. upenn.edu/yr1997/sept/research_970929.html>.

25. De la entrevista telefónica de abril de 1998 del autor con el doctor Trosch.

26. La investigación del doctor Rizzo se analiza también en el artículo de Finn, «Neural Prosthetics Come of Age as Research Continues».

27. Para más datos sobre el «transistor neuronal», véase el sitio web del Departamento de Membrana y Neurofísica del Max Plank Institute para Bioquímica, <http.//mnphys.biochem.mpg.de/>.

28. Robert Finn, «Neural Prosthetics Come of Age as Research Continues».

29. La investigación de Carver Mead se describe en <http://www. pcmp.caltech.edu/>.

30. W. B. Yeats, «Sailing to Byzantium», de *Selected Poems and Two Plays of William Butler Yeats*, edición a cargo de M. L. Rosenthal, Macmillan, Nueva York, 1966.

CAPÍTULO SIETE

1. Herbert Dreyfus es bien conocido por su crítica de la inteligencia artificial en su libro *What Computers Can't Do: The Limits of Artificial Intelligence.* Entre otros teóricos a los que se puede considerar partidarios de la perspectiva de la máquina-más-allá-de-la-mente podemos mencionar a J. R. Lucas y a John Searle. Véase J. R. Lucas, «Minds, Machines and Gödel», en *Philosophy*, 36, 1961, pp. 120-124; y John Searle, «Mind, Brains, and Programs», en *The Behavioral and Brain Sciences*, 3, 1980, pp. 417-424. Además, véase el libro más reciente de Searle titulado *The Rediscovery of the Mind*, MIT Press, Cambridge, MA, 1992.

2. Un grupo de investigadores encabezados por el doctor Clifford Steer, de la Medical School de la Universidad de Minnesota, informan en la actual *Nature Medicine* que han eliminado la necesidad de virus para aprovechar los procesos de reparación genética del propio organismo. En un histórico experimento de prueba del concepto, el equipo de Minnesota alteró de manera permanente un gen de la coagulación sanguínea en el 40 por ciento de las células del hígado de un grupo de ratas. Los investigadores empezaron por empalmar su fragmento de ADN con una faja de ARN. Luego envolvieron la molécula híbrida con una capa protectora, la ataron con azúcares que detectan las células del hígado y la inyectaron en ratas de laboratorio. Tal como se había planeado, las moléculas híbridas se dirigieron al gen que se había pensado como objetivo y se mantuvieron al mismo nivel que éste. Una enzima de células hepáticas de las ratas hizo el resto: cada vez que detectaba un ADN mal emparejado, eliminaba simplemente el ADN agresor y cosía un sustituto. Ahora la habilidad está en demostrar que funcionará en otros tejidos... y en otras especies. De «ADN Therapy: The New, Virus-Free Way to Make Genetic Repairs», en *Time*, 16 de marzo de 1998.

3. Hans Moravec, *Mind Children: The Future of Robot and Human Intelligence*, Harvard University Press, Cambridge, MA, 1998, p. 108.

4. Los comentarios de Ralph Merkle sobre nanotecnología pueden encontrarse en una visión panorámica en su sitio web en Xerox Palo Alto Research Center, <http://sandbox.xerox.com/nano>. Su sitio mantiene vínculos con importantes publicaciones sobre nanotecnología, como la charla de Richard Feynman de 1959 y la disertación de Eroc Drexler, así como vínculos con diferentes centros de investigación que se ocupan de la nanotecnología.

5. Richard Feynman presentó estas ideas el 29 de diciembre de 1959, en el encuentro anual de la American Physical Society del California Institute of

Technology (Cal Tech). Su charla se publicó por primera vez en el número de febrero de 1960 de *Engineering and Science*, de Cal Tech. Se encontrará este artículo en <http://nano.xerox.com/nanotech/feynman. html>.

6. Eric Drexler, *Engineers of Creation* (Anchor Press/Doubleday, New York, 1986). También se puede acceder al libro *on line* a partir del sitio de nanotecnología de Xerox, <http://sandbox.xerox.com/nano> y también a partir del sitio web de Drexler en el Foresight Institute, <http://www. foresight.org/EOC/index.html>.

7. Eric Drexler, *Nanosystems: Molecular Machinery, Manufacturing, and Computation*, John Wiley and Sons, Nueva York, 1992.

8. De acuerdo con el sitio web de Nanothinc <http://www.nanothinc. com/>, «La nanotecnología, ampliamente definida para que incluya una gran cantidad de actividades y disciplinas afines a la nanoescala, es una industria global en la que hoy más de trescientas compañías producen más de 5 000 millones de dólares anuales... y 24 000 millones en cuatro años». Nanothinc comprende una lista de compañías e ingresos en los que se basa esta cifra. Algunas de las nanoaplicaciones que producen beneficios son las micromáquinas, los sistemas microelectromecánicos, la autofabricación, la nanolitografía, las herramientas de nanotecnología, el microscopio de sonda de exploración, el *software*, los materiales en nanoescala y los materiales en nanofase.

9. Las publicaciones y el trabajo de Richard Smalley sobre nanotecnología se encuentran en el sitio web del Center for Nanoscale Science and Technology de Rice University <http://cnst.rice.edu/>.

10. Para información sobre el uso de nanotecnología en la creación del logotipo de IBM, léase Faye Flam, «Tiny Instrument Has Big Implications», en *Knight-Ridder/Tribute News Service*, 11 de agosto de 1997, p. 811k7204.

11. El doctor Jeffrey Sampsell, de Texas Instruments, ha escrito un libro blanco que resume la investigación acerca de microespejos y que se puede consultar en <http://www.ti.com/dlp/docs/it/resources/white/overview/over. shtml>.

12. Se hallará una descripción de las máquinas voladoras en el sitio web de MEMS (MicroElectroMechanical Systems) y Fluid Dynamics Research Group at the University of California en Los Ángeles (UCLA) <http:// ho.seas.ucla.edu/(new/main.htm>.

13. La investigación de Xerox en nanotecnología se describe en Brian Santo, «Smart Matter Program on Sensor Theory for Smart Materials», en *EETimes*, 23 de marzo de 1998, p. 129. Se hallará más información sobre esta investigación en el sitio web de Smart Matter Research Group del Palo Alto Research Center de Xerox, en <http:/www.parc.xerox.com/spl/projects/ smart-matter/>.

14. Para información sobre el uso de nanotecnología en la creación de la nanoguitarra, léase Faye Flam, «Tiny Instrument Has Big Implications», en *Knight-Ridder/Tribune News Service*.

15. Más información sobre la región de Chelyabinsk se encontrará en el sitio web dedicado a ayudar a vivir a la gente de esa zona, en <http.// www-.logtv.com/chelya/chel.html>.

16. Para mayor información acerca de lo que hay detrás del juego La Guerra Espacial, véase «A History of Computer Games», *Computer Gaming World*, noviembre de 1991, pp. 16-26; y Eric S. Raymond, comp., *New Hacker's Dictionary*, MIT Press, Cambridge, MA, 1992. La Guerra Espacial fue desarrollado en 1961 por Steve Russell, quien lo implantó un año después en el PDP-1 en el MIT.

17. Medical Learning Company es una empresa colectiva formada por American Board of Family Practice (una organización que certifica la práctica de sesenta mil médicos de familia) y Kurzweil Technologies. El objetivo de la compañía es desarrollar *software* educacional para continuar la formación profesional de los médicos y abarcar otros mercados. Un aspecto clave de la tecnología incluirá un paciente interactivo simulado al que se puede examinar, entrevistar y tratar.

18. La idea del Utility Fog de Hall se describe en J. Storrs Hall, «Utility Fog Part 1», en *Extropy*, número 13, vol. 6, n.° 2, tercer trimestre de 1994; y J. Storrs Hall, «Utility Fog Part», *Extropy*, número 14 (volumen 7, n.° 1), primer trimestre de 1995. Véase también Jim Wilson, «Shrinking Micromachines: A New Generation of Tools Will Make Molecule-Size Machines a Reality», en *Popular Mechanics*, 174, n.° 11, noviembre de 1997, pp. 55-58.

19. Mark Yim, «Locomotion with a Unit-Modular Reconfigurable Robot», Stanford University Technical Report STAN-CSR-95-1536.

20. Joseph Michael, UK Patent #94004227.2.

21. Para ejemplos de las primeras publicaciones de textos «lascivos», véase *A History of Erotic Literature*, de Patrick J. Kearney, Hong Kong, 1982; y *History Laid Bare*, de Richard Zachs, HarperCollins, Nueva York, 1994.

22. *Upside Magazine*, abril de 1998.

23. Por ejemplo, el «TFUI» (Touch-and-Feel User Interface) a partir de pixis, tal como se usa en su serie de CD-ROM Diva and Space Sirens.

24. De «Who Needs Jokes? Brain Has a Ticklish Spot», de Malcome W. Brown, en *New York Times*, 10 de marzo de 1998. Véase también I. Freed (con C. L. Wilson, K. A. MacDonald y E. J. Behnke), «Electric Current Stimulates Laughter», en *Scientific Correspondence*, 1998, pp. 391 y 650.

25. K. Blum y otros, «Reward Deficiency Syndrome», en *American-Scientist*, marzo-abril, 1996.

26. Brain Generated Music es una tecnología patentada de NeuroSonics, pequeña compañía de Baltimore, Maryland. El fundador, director ejecutivo y principal responsable del desarollo de la tecnología es el doctor Geoff Wright, que es jefe de música informática en el Peabody Conservatory.

27. Para detalles relativos al trabajo del doctor Benson, véase su libro *The Relaxation Response*, Avon, Nueva York, 1990.

28. «"God Spot" Is Found in Brain», en *Sunday Times*, Gran Bretaña, 2 de noviembre de 1997.

CAPÍTULO OCHO

1. El U.S. Federal Government Gateway for Year 2000 Information Directories, en <http://www.itpolicy.sgsa.gov/mks/yr2000/y2khome.htm>, contiene una gran cantidad de referencias a páginas web dedicadas a los problemas del Y2K *(efecto 2000)*. También en la web hay muchos grupos de discusión acerca del tema Y2K. Para buscar «Y2K discussion» utilícese sencillamente un buscador como el Yahoo (www.yahoo.com) y se encontrará muchas páginas web dedicadas a este tema.

2. David Cope habla de su programa EMI en su libro *Experiments in Musical Intelligence*, A-R Editions, Madison, WI, 1996. El EMI se analiza también en Margaret Boden, «Artificial Genius», revista *Discover*, octubre de 1996.

3. Más sobre el programa Improvisor se encontrará en Margaret Boden, «Artificial Genius», revista *Discover*, octubre de 1996. El artículo se pregunta si el creador real de arte original producido por los programas informáticos es el programador o el programa mismo.

4. Laurie Flynn, «Program Proves Bad Puns Not Limited to Humans», en *New York Times*, 3 de enero de 1998.

5. «ParaMind copia en su pantalla cualquier texto que uno escriba y luego lo mezcla sistemáticamente con palabras nuevas. Todas las palabras están relacionadas, como los adjetivos relativos a la vista o los adverbios relativos al andar. En el texto que uno está escribiendo se seleccionan una o dos palabras donde las palabras nuevas encajarán bien y tal como uno lo desee. El resultado es una nueva expresión de la idea, con varias alteraciones fascinantes.» De la página web de ParaMind Brainstorming Software en <http://www.paramind.net/>. Para mayor información acerca de otros programas informáticos de escritura, véase la página web de Marius Watz llamada Computer Generated Writing, en <http://www.notam.uio.no/ ~mariusw/c-g.writing/>.

6. Se hallará más información sobre BRUTUS.1 y sus inventores en <http://www.rpi.edu/dept-/ppcs/BRUTUS/brutus.html>.

7. Ray Kurzweil's Cybernetic Poet (RKCP) es un programa de *software* diseñado por Ray Kurzweil y desarrollado por Kurzweil Technologies. Se puede bajar una copia del programa en <http://www.kurzweiltech.com>.

A continuación, a título indicativo, ofrecemos la traducción aproximada de los poemas que se reproducen en el texto:

PÁGINA: «Paséate por la página / y atraviesa la leona / acurrucada en mi alma.»

IMAGINA AHORA Y CANTA: «Imagina ahora y canta / creando mitos/ formando joyas de la nieve que cae.»

ALMA: «Me rompiste el alma, / zumo de eternidad, / espíritu de mis labios.»

PIENSO QUE ESTALLARÉ: «Pienso que estallaré. / ¿Por mí mismo con la paz / de Dios en un extraño sonido, / por mí mismo en mi corazón? / Y la vida llora / desde un corazón sangrante / de ramas que curvan / sus sendas, / de ramas que curvan / las sendas de brisa / que sabe que allí hemos estado.»

LA SOFOCANTE ASFIXIANTE: «La sofocante asfixiante / aula católica / donde no puedo ser real.»

ME HE PREGUNTADO: «Hoy me he preguntado / si reflexioné / hoy te he visto / supe / con veneración y tú / si me he preguntado / si reflexioné / hoy tuve un deseo / si te he visto / si te he visto / si he tenido un deseo.»

NIÑO LUNA: «Loco niño luna / ocúltate de tu ataúd / y despecha a tu destino.»

ÁNGEL: «Rayos del amanecer en el ángel / con mar calmo y silencioso / con un centenar de veces escribimos, / con una oportunidad abrimos tal vez / en su rostro un ritmo estable / espacio silencioso / playa desolada, restos esparcidos de amor.»

GATO: «Un viejo gato amarillo / yace contento durmiendo, / hace ronronear un corazón.»

MUCHOS AÑOS HAN PASADO: «Muchos años han pasado. / Pienso en la despedida. / Bien encerrado en la noche / pienso en la pasión. / Arrastrado a la tristeza, la noche / durante la página / mis añicos de vida / observan el regocijo / añicos de amor / mis añicos de amor / ya rancios.»

SANDALIAS: «Sandalias esparcidas / llamada de retorno a mí mismo, / tan a hueco sonaría mi eco.»

8. Para ejemplos de creaciones artísticas de Mutator, véase el sitio web de Computer Artworks en <http://www.artworks.co.uk/welcome.html>.

Karl Sims ha escrito varios artículos acerca de su trabajo, tales como «Artificial Evolution for Computer Graphics», en *Computer Graphics*, 25, n.º 4, julio de 1991, pp. 319-328.

9. Los dibujos y las pinturas de *Aaron*, el artista cibernético de Harold Cohen, han sido expuestos en la Tate Gallery de Londres, el Museo Stedelijik de Amsterdam, el Brooklyn Museum, el Museum of Modern Art de San Francisco, el Capitol Children's Museum de Washington y otros.

10. Harold Cohen, «How to Draw Three People in a Botanical Garden», AAAI-88, *Proceedings of the Seventh National Conference on Artificial Intelligence*, 1988, pp. 846-855. Algunas de las implicaciones de *Aaron* se

discuten en Pamela MacCorduck, «Artificial Intelligence: An Aperçu», en *Daedalus*, Winter, 1988, pp. 65-83.

11. En <http://www.umcs.maine.edu/~larry/latour/aaron.html> se encontrará una lista de sitios web sobre *Aaron* de Cohen. Véase también el artículo de Harold Cohen titulado «Constructions of the Mind», en <http:// shr.stanford.edu/shrerview/4-2/text/cohen.html>.

12. Raymond Kurzweil, *The Age of Intelligent Machines*, MIT Press, Cambridge, MA, 1990. Véase también la sección de publicaciones del sitio web de Kurzweil Technologies en <http://www.kurzweiltech.com> y la sección de publicaciones del sitio web de Kurzweil Educational Systems en <http://www.kurzweiledu.com>.

13. El capital de riesgo se refiere a los fondos de inversión de los que disponen organizaciones que cuentan con elevados paquetes de capital específicamente para invertir en compañías, sobre todo en nuevas especulaciones. El capital ángel se refiere a fondos de los que disponen redes de inversores ricos para invertir en compañías de avanzada. En Estados Unidos, uno y otro tipo de capitales han cargado el acento en inversiones de alta tecnología.

14. Para una lista general de los productos de reconocimiento de rostros y de reconocimiento del habla, así como de proyectos de investigación, váyase a The Face Recognition Home Page en <http://cherry.kist.re.kr/ center/html/sites.html>.

15. Para un excelente panorama de este tema, véase «The Intelligent Vehicle Initiative: Advancing "Human-Centered" Smart Vehicles», de Cheryl Little de Volpe National Transportation Systems Center. Este artículo se encuentra en la página web de Turner-Fairbrank Highway Research Center, en <http://www.tfhrc.gov/pubrds/pr97-10/p18.htm>. Para detalles acerca de las pruebas en la Interestatal 15 en California, váyase a National AHS Consortium Home Page, en <http://monolith-mis.com/ahs/default.htm>.

16. Por ejemplo, Voice XpressPlus, de la división de dictado de Lernout & Hauspie (ex Kurzweil Applied Intelligence), combina la gran extensión de vocabulario y el reconocimiento del habla en el dictado con la comprensión de las órdenes en lenguaje natural. También se puede disponer de reconocimiento del habla continua, pero sin comprensión del lenguaje natural (como el de 1998) en Dragon System's Naturally Speaking and IBM's ViaVoice.

17. Entre los ejemplos de productos de traducción se incluye el T1 Professional de Langenscheidt, perteneciente a Gesellschaft für Multilinguale Systeme, división de Lernout & Hauspie Speech Products, Gobalink Power Translator y SYSTRAN Classic for Windows.

18. Duncan Bythell, *The Handloom Weavers: A Study in the English Cotton Industry During the Industrial Revolution*, p. 70. También hay diversos sitios web que exploran tanto la historia original de los luditas como el

movimiento neoludita contemporáneo. Para un ejemplo, véase la página web Luddites On-Line, en <http://www.luddites.com/index2.html>.

19. Ben J. Watternberg, comp., U. S. Department of Commerce, Bureau of the Census, *Statistical Abstract of the United States*, 1997.

20. Ben J. Watternberg, comp., *The Statistical History of the United States from Colonial Time to the Present.*

21. U. S. Department of Commerce, Bureau of the Census, *Statistical Abstract of the United States*, 1997.

22. El Unabomber Manifesto de Ted Kaczynski se publicó en el *New York Times* y en el *Washington Post* de septiembre de 1995. El texto completo del documento se encuentra en muchas páginas web, incluso <http://www.soci.nui.edu/~critcrim/uni/uni.txt>.

CAPÍTULO NUEVE

1. Un consorcio de dieciocho fabricantes de teléfonos celulares y otros aparatos electrónicos portátiles está desarrollando una tecnología llamada Bluetooth, que proporciona comunicaciones inalámbricas en un radio de alrededor de diez metros a una tasa de 700 a 900 kilobits de datos por segundo. Se espera la presentación de Bluetooth para finales de 1999 y que tenga un coste inicial de alrededor de veinte dólares por unidad. Se espera que este coste descienda rápidamente tras la presentación. Bluetooth permitirá las comunicaciones recíprocas entre personas y aparatos electrónicos.

2. Una tecnología como la de Bluetooth (véase nota 1) permitirá la comunicación recíproca de componentes del ordenador como unidades de computación, teclados, dispositivos de señalación, impresoras, etc., sin necesidad de cables.

3. Microvision de Seattle tiene un producto llamado Virtual Retina Display (VRD) que proyecta imágenes directamente en la retina del usuario al tiempo que le permite ver el medio normal. Actualmente, el VRD de Microvision es caro y se vende principalmente a los militares y lo emplean los pilotos. Richard Rotkowski, director ejecutivo de Microvision, proyecta una versión de consumo montada en un simple chip antes del año 2000.

4. Si se proyecta a partir de la velocidad de los ordenadores personales, que en 1998 ejecutan alrededor de 150 millones de instrucciones por segundo por aproximadamente 1 000 dólares de coste, y esta cifra se duplica cada doce meses, hemos de multiplicar los 150 millones por 2^{11} (2 048), lo que es igual a 300 000 millones de instrucciones por segundo en el año 2009. Las instrucciones son menos poderosas que los cálculos, de modo que la cantidad de estos últimos por segundo oscilará alrededor de los 100 000 millones. No obstante, si se proyecta a partir de la velocidad de los ordenadores neuronales, que en 1997 proporcionan 2 000 millones de cálculos de cone-

xión neuronal por segundo por unos 2 000 dólares, lo que equivale a 1 000 millones de cálculos por cada 1 000 dólares, y esta cifra se duplica cada doce meses, hemos de multiplicar los 1 000 millones por 2^{12} (4 096), lo que es igual a 4 billones de cálculos por segundo en el año 2009. Hacia 2009, los ordenadores combinarán rutinariamente ambos tipos de computaciones, de modo que con que sólo el 25 por ciento sean del tipo de cálculo de conexión neuronal, es razonable la estimación de 1 billón de cálculos por segundo por cada 1 000 dólares.

5. Los superordenadores más poderosos lo son veinte mil veces más que un ordenador personal de 1 000 dólares. Con ordenadores personales de 1 000 dólares que en el año 2009 proporcionen alrededor de 1 billón de cálculos por segundo (en particular del tipo de cálculo de conexión neuronal), los superordenadores más poderosos suministrarán alrededor de 20 000 billones de cálculos por segundo, lo que equivale aproximadamente al poder de procesamiento estimado del cerebro humano.

6. A este respecto se ha hablado mucho del trabajo del doctor Judah Folkman del Hospital de Niños de Boston, Massachusetts, y de los efectos de los inhibidores de angiogénesis. En particular, la combinación de Endostatin y Angiostatin, drogas producidas por la bioingeniería, que inhiben la reproducción de capilares, ha resultado notablemente eficaz en ratones. Aunque se ha comentado mucho que a menudo las drogas que funcionan bien en los ratones luego no funcionan bien en los seres humanos, la efectividad de esta combinación de drogas en estos animales de laboratorio fue notable. Las drogas que presentan resultados tan efectivos con ratones suelen funcionar bien en los seres humanos.

Véase «HOPE IN THE LAB: A Special Report. A cautious Awe Greets Drugs That Eradicate Tumors in Mice», en *New York Times*, 3 de mayo de 1998.

CAPÍTULO DIEZ

1. Véase la nota 3 del capítulo nueve sobre el Virtual Retina Display de Microvision.

2. Un ordenador neuronal de 1997 suministraba alrededor de 2 000 millones de cálculos de conexión neuronal por segundo al coste de 2 000 dólares. Si esta cantidad se duplica cada doce meses hasta el año 2019, se llega a un total aproximado de 8 000 billones de cálculos por segundo por cada 2 000 dólares y 16 000 billones de cálculos por segundo cada 4 000 dólares. Para el año 2020, el proyecto es de 16 000 millones de cálculos por segundo cada 2 000 dólares.

3. Con la provisión de 10^{16} cálculos por segundo de cada cerebro humano y una estimación de 10 000 millones (10^{10}) de personas, obtenemos

aproximadamente 10^{26} cálculos por segundo para todos los seres humanos de la Tierra. En 1998 hay alrededor de 100 millones de ordenadores en el mundo. Una estimación conservadora para el año 2019 rondaría los 1 000 millones de ordenadores, lo que es igual a la capacidad de que se dispondrá entonces con máquinas de 1 000 dólares de coste. Así, el poder total de computación de los ordenadores equivale a 1 000 millones (10^9) de veces 10^{16} = 10^{25} cálculos por segundo, que es el diez por ciento de 10^{26}.

CAPÍTULO ONCE

1. Dado que cada cerebro humano proporciona alrededor de 10^{16} cálculos por segundo y que se estima la población en unos 10 000 millones (10^{10}) de personas, obtenemos una cantidad estimada de 10^{26} cálculos por segundo para todos los cerebros humanos de la Tierra. En 1998 hay en el mundo alrededor de 100 millones de ordenadores. Una estimación (muy) conservadora para el año 2029 eleva la cifra a unos cien millones de ordenadores equivalentes a 1 000 dólares de la tecnología del momento. Es en realidad un cálculo demasiado conservador, pero suficiente para nuestros fines. Así, el poder total de computación de los ordenadores iguala los mil millones (10^9) de veces 10^{19} = 10^{28} cálculos por segundo, que equivale a cien veces el poder de procesamiento de todos los cerebros humanos (que es de 10^{26} cálculos por segundo).

2. Véase Raymond Kurzweil, *The 10 % Solution for a Healthy Life: How to Eliminate Virtually All Risk of Heart desease and Cancer*, Crown Publishers, Nueva York, 1993.

CAPÍTULO DOCE

1. Como he analizado en el capítulo seis, «La construcción de nuevos cerebros...», y en el diez, «2019», alrededor del año 2020 se conseguirá la capacidad humana de unos 2×10^{16} cálculos (de conexiones neuronales) por segundo con aparatos de computación de 1 000 dólares. Como también observé, la capacidad de computación se duplicará cada doce meses, o sea diez veces cada década, lo que equivale a mil (2^{10}) veces la capacidad del cerebro humano, o sea 10^{40}. Con la estimación de un billón de personas virtuales (cien veces más que los aproximadamente 10 000 millones de personas para comienzos del próximo siglo), y una estimación de un millón de dólares de computación dedicada a cada persona, obtenemos una cantidad estimada de 10^{55} cálculos por segundo.

2. Mil *qu-bits* harían posibles $2^{1\,000}$ (aproximadamente 10^{300}) cálculos que se realizarán al mismo tiempo. Si 10^{42} cálculos por segundo son de ín-

dole cuántica, tenemos un equivalente a $10^{42} \times 10^{300} = 10^{342}$ cálculos por segundo. Pero 10^{55} es más o menos lo mismo que 10^{342}.

3. ¿Se pregunta el lector qué pasó con la picoingeniería? El término «picoingeniería» se refiere a la escala de un picometro, que es una billonésima de metro. Recuerde que el autor ha estado setenta años sin hablar con Molly. La nanotecnología (tecnología en la escala de una mil millonésima de metro) resulta practicable en la década comprendida entre 2019 y 2029. Obsérvese que en el siglo XX, la Ley de la Aceleración de los Resultados aplicada a la computación se ha cumplido a través de la ingeniería en escalas cada vez más reducidas de tamaño físico. Buen ejemplo de esto es la Ley de Moore, que sostiene que el tamaño de un transistor (en dos dimensiones) ha ido disminuyendo a la mitad cada dos años. Esto quiere decir que los transistores se han empequeñecido según un factor de $2^5 = 32$ en diez años. De esta suerte, el tamaño futuro de los transistores se reducirá según un factor igual a la raíz cuadrada de 32 = 5,6 cada diez años. En consecuencia, estamos reduciendo el tamaño de los componentes según un factor de alrededor de 5,6 en todas las dimensiones cada década.

Si la ingeniería en escala nanométrica (nanotecnología) resulta practicable en el año 2032, la ingeniería en escala picométrica debiera resultar practicable unos cuarenta años más tarde (porque $5{,}6^4$ = aproximadamente 1 000), o sea en el año 2072. Por tanto, la ingeniería en escala femtométrica (una milésima de billonésima de metro) debería ser factible alrededor del año 2112. De modo que soy un tanto conservador cuando digo que en 2099 la femtoingeniería será tema de controversia.

La nanoingeniería implica la manipulación de átomos individuales. La picoingeniería implicará la ingeniería en el nivel de partículas subatómicas (por ej., electrones). La femtoingeniería implicará la ingeniería en el interior del quark. Esto no debería parecer particularmente asombroso, pues las teorías actuales ya postulan complejos mecanismos en el seno de los quarks.

EPÍLOGO

1. Podemos usar la Función del *busy beaver* (véase la nota 16 sobre la Máquina de Turing en el capítulo cuatro), como medida cuantitativa del *software* de la inteligencia.

CRONOLOGÍA

Las fuentes de la cronología incluyen Raymond Kurzweil, *The Age of Intelligent Machines*, MIT Press, Cambridge, 1990.

Una introducción a la teoría del *big bang* en <http://www.bowdin.edu/

dept/physics/astro.1997/astro4/bigbang.html>; Joseph Silk, *A Short History of the Universe*, Scientific American Library, Nueva York, 1994; Joseph Silk, *The Big Bang*, W. H. Freeman and Company, San Francisco, 1980; Robert M. Wald, *Space, Time and Gravity*, The University of Chicago Press, Chicago, 1977; Stephen W. Hawking, *A Brief History of Time*, Bantam Books, Nueva York, 1988.

Sobre evolución y conducta, puede verse <http://ccp.uchicago. edu/~j-yin/evolution.htmel>; Edward O. Wilson, *The Discovery of Life*, W. W. Norton and Company, Nueva York, 1993; Stephen Jay Gould, *The Book of Life*, W. W. Norton and Company, Nueva York, 1993; Alexander Hellemans y Bryan Bunch, *The Timetable of Science*, Simon and Schuster, 1988. «CBN History: Radio/ Broadcasting Timeline», en <http://www.wcbn. org/history/wcbntime.html>.

«Cronology of Events in the History of Microcomputers», en <http://www3.islandnet.com/~kpolsson/comphist.htm>.

«The Computer Museum History Center», en <http://www.tcm. org-/history/ index.html>.

1. La picoingeniería aplica la ingeniería en el nivel de partículas subatómicas (por ej., electrones). Véase la nota 3 al capítulo doce, sobre picoingeniería y femtoingeniería.

2. La femtoingeniería involucrará la ingeniería que utiliza mecanismos en el interior del quark. Véase la nota 3 al capítulo doce, sobre picoingeniería y femtoingeniería.

PARADIGMAS

1. Véase «Information Processing in the Human Body», de Vadim Gerasimov, en <http://vadim.www.media.mit.edu/MAS862/Project.htmel>.

2. Marvin Minsky y Seymour A. Papert, *Perceptrons: An Introduction to Computational Geometry*, MIT Press, Cambridge, MA, 1988.

3. El texto citado sobre las «dos ciencias hermanas» pertenece a Seymour Papert, «One AI or Many», en *Daedalus*, Winter, 1988.

«El doctor Seymour Papert es matemático y uno de los principales pioneros en Inteligencia Artificial. Además, goza de reconocimiento internacional como pensador creativo acerca del modo en que los ordenadores pueden cambiar el aprendizaje. Nacido y educado en Sudáfrica, donde ha participado activamente en el movimiento antiapartheid, el doctor Papert realizó investigaciones matemáticas en Cambridge University entre 1954 y 1958. Trabajó asimismo con Jean Piaget en la Universidad de Ginebra entre 1958 y 1963. Esta colaboración lo llevó a considerar el uso de las matemáticas al servicio de la comprensión del proceso de aprendizaje y de pensamiento en los niños. A comienzos de los años sesenta, Papert vino al MIT, donde, en colaboración con Marvin Minsky, fundó el Artificial Intelligence Laboratory y fue coautor de *Perceptrons*, obra auténticamente seminal.» Texto tomado de la página web titulada «Seymour Papert», en <http.//papert.www.media.mit.edu/people/papert/>.

4. «[Marvin] Minsky fue ... uno de los pioneros de la robótica y la telepresencia mecánica inteligente... En 1951 construyó la primera máquina de aprendizaje de red neuronal con conexiones aleatorias (llamada SNARC, de Stochastic Neural-Analog Reinforcement Computer), que se fundaba en el refuerzo de los coeficientes de transmisión sináptica simulada ... Desde comienzos de los años cincuenta, Marvin Minsky trabajó en el uso de ideas informáticas para caracterizar los procesos psicológicos humanos, así como para dotar de inteligencia a las máquinas.» Tomado de la breve biografía académica de Marvin Minsky en <http://minsky.www.media.mit.edu/people/minsky/minskybiog.html>.

5. El doctor Raj Reddy es decano de la School of Computer Science de la Carnegie-Mellon University y profesor de ciencia informática y robótica de la Herbert A. Simon University. El doctor Reddy es un investigador de la IA cuyos intereses incluyen tanto la interacción hombre-computación como la inteligencia artificial.

Bibliografía sugerida

Abbott, E. A., *Flatland: A Romance in Many Dimensions*, Blackwell, Oxford, 1962.
Abelson, Harold y Andrea diSessa, *Turtle Geometry: The Computer as a Medium for Exploring Mathematics*, MIT Press, Cambridge, MA, 1980.
Abrams, Malcolm y Harriet Bernstein, *Future Stuff*, Viking Penguin, Nueva York, 1989.
Adams, James L., *Conceptual Blockbusting: A Guide to Better Ideas*, Addison-Wesley, Reading, MA, 1986.
—, *The Care and Feeding of Ideas: A Guide to Encouraging Creativity*, Adisson-Wesley, Reading, MA, 1986.
Adams, Scott, *The Dilbert Future: Thriving on Stupidity in the 21st Century*, Harper Business, Nueva York, 1997.
Alexander, S., *Art and Instinct*, Folcroft Press, Oxford, 1970.
Allen, Peter K., *Robotic Object Recognition Using Vision and Touch*, Kluwer Academic, Boston, 1987.
Allman, William F., *Apprentices of Wonder: Inside the Neural Network Revolution*, Bantam Books, Nueva York, 1989.
Amit, Daniel J., *Modeling Brain Function: The World of Attractor Neural Networks*, Cambridge University Press, Cambridge, 1989.
Anderson, James A., *An Introduction to Neural Networks*, MIT Press, Cambridge, MA, 1997.
Andriole, Stephen, ed., *The Future of Information Processing Technology*, Petrocelli Books, Princeton, NJ, 1985.
Antébi, Elizabeth y David Fishlock, *Biotechnology: Strategies for Life*, MIT Press, Cambridge, MA, 1986.
Anton, John P., *Science and the Sciences in Plato*, EIDOS, Nueva York, 1980.
Ashby, W. Ross, *Design for a Brain*, John Wiley and Sons, Nueva York, 1960.
—, *An Introduction to Cybernetics*, John Wiley and Sons, Nueva York, 1963.
Asimov, Isaac, *Asimov on Numbers*, Bell Publishing Company, Nueva York, 1977.

—, *I, Robot*, Doubleday, Nueva York, 1950.
—, *Robot Dreams*, Berkley Books, Nueva York, 1986.
—, *Robots of Dawn*, Doubleday and Company, Nueva York, 1983.
Asimov, Isaac y Karen A. Frenkel, *Robots: Machines in Man's Image*, Harmony Books, Nueva York, 1985.
Atkins, P. W., *The Second Law*, Scientific American Books, Nueva York, 1984.
Augarten, Stan, *Bit by Bit: An Illustrated History of Computers*, Ticknor and Fields, Nueva York, 1984.
Austrian, Geoffrey D., *Herman Hollerith: Forgotten Giant of Information Processing*, Columbia University Press, Nueva York, 1982.
Axelrod, Robert, *The Evolution of Cooperation*, Basic Books, Nueva York, 1984.
Ayache, Nicholas y Peter T. Sander, *Artificial Vision for Mobile Robots: Stereo Vision and Multisensory Perception*, MIT Press, Cambridge, MA, 1991.
Ayer, Alfred J., *The Foundations of Empirical Knowledge*, Macmillan and Company, Londres, 1964.
—, *Language, Truth and Logic*, Dover Publications, Nueva York, 1936.
—, ed. *Logical Positivism*, Macmillan, Nueva York, 1959.
Ayers, M., *The Refutation of Determinism: An Essay in Philosophical Logic*, Methuen, Londres, 1968.
Ayres, Robert U., y otros, *Robotics and Flexible Manufacturing Technologies: Assessment, Impacts, and Forecast*, Noyes Publications, Park Ridge, NJ, 1985.
Babbage, Charles, *Charles Babbage and His Calculating Engines*, Editado por Philip Morrison y Emily Morrison, Dover Publications, Nueva York, 1961.
—, *Ninth Bridgewater Treatise: A Fragment*, Murray, Londres, 1838.
Babbage, Henry Prevost, *Babbage's Calculating Engines: A Collection of papers by Henry Prevost Babbage* (editor), vol. 2, Tomash, Los Ángeles, 1982.
Bailey, James, *After Thought: The Computer Challenge to Human Intelligence*, Basic Books, Nueva York, 1996.
Bara, Bruno G. y Giovanni Guida, *Computational Models of Natural Language Processing*, North Holland, Amsterdam, 1984.
Barnsley, Michael F., *Fractals Everywhere*, Academic Press Professional, Boston, 1993.
Baron, Jonathan, *Rationality and Intelligence*, Cambridge University Press, Cambridge, 1985.
Barrett, Paul H., ed., *The Collected Papers of Charles Darwin*, vols. 1 y 2, University of Chicago Press, Chicago, 1977.
Barrow, John, *Theories of Everything*, Oxford University Press, Oxford, 1991.

Barrow, John D. y Frank J. Tipler, *The Anthropic Cosmological Principle*, Oxford University Press, Oxford, 1986.
Bartee, Thomas C., ed., *Digital Communications*, Howard W. Sams and Company, Indianapolis, IN, 1986.
Basalla, George, *The Evolution of Technology*, Cambridge University Press, Cambridge, 1988.
Bashe, Charles J., Lyle R. Johnson, John H. Palmer, y Emerson W. Pugh, *IBM's Early Computers*, MIT Press, Cambridge, MA, 1986.
Bateman, Wayne, *Introduction to Computer Music*, John Wiley and Sons, Nueva York, 1980.
Baxandall, D., *Calculating Machines and Instruments*, Science Museum, edición revisada, Londres, 1975. Original, 1926.
Bell, C. Gordon con John E. McNamara, *High-Tech Ventures: The Guide for Entrepreneurial Success*, Addison-Wesley, Reading, MA, 1991.
Bell, Gordon, «Ultracomputers: A Teraflop Before Its Time», en *Science,* 256 (3 de abril, 1992).
Benedikt, Michael, ed., *Cyberspace: First Steps*, MIT Press, Cambridge, MA, 1992.
Bernstein, Jeremy, *The Analytical Engine: Computers-Past, Present and Future*, edición revisada, William Morrow, Nueva York, 1981.
Bertin, Jacques, *Semiology of Graphics: Diagrams, Networks, Maps.*, University of Wisconsin Press, Madison, 1983.
Beth, E. W., *Foundations of Mathematics*, North Holland, Amsterdam, 1959.
Block, Irving, ed., *Perspectives on the Philosophy of Wittgenstein*, MIT Press, Cambridge, MA, 1981.
Block, Ned, Owen Flanagan, Guven Guzeldere, eds., *The Nature of Consciousness: Philosophical Debates*, MIT Press, Cambridge, MA, 1997.
Bobrow, Daniel G. y A. Collins, eds., *Representation and Understanding*, Academic Press, Nueva York, 1975.
Boden, Margaret, *Artificial Intelligence and Natural Man*, Basic Books, Nueva York, 1977.
—, *The Creative Mind: Myths & Mechanisms*, Basic Books, Nueva York, 1991.
Bolter, J. David, *Turing's Man: Western Culture in the Computer Age*, The University of North Carolina Press, Chapel Hill, 1984.
Boole, George, *An Investigation of the Laws of Thought on Which Are Founded the Mathematical Theories of Logic and Probabilities*, 1854, reedición, Open Court Publishing, Peru, IL, 1952.
Botvinnik, M. M., *Computers in Chess: Solving Inexact Search Problems*, Springer-Verlag, Nueva York, 1984.
Bowden, B. W., ed., *Faster Than Thought*, Pittman, Londres, 1953.
Brachman, Ronald J. y Hector J. Levesque, *Readings and Knowledge Representation*, Morgan Kaufmann, Los Altos, CA, 1985.

Brady, M., L. A. Gerhardt, y H. F. Davidson, *Robotics and Artificial Intelligence*, Springer-Verlag, Berlín, 1984.

Brand, Stewart, *The Media Lab: Inventing the Future at MIT*, Viking Penguin, Nueva York, 1987.

Brigss, John, *Fractals: The Patterns of Chaos*, Simon and Schuster, Nueva York, 1992.

Brittan, Gordon G., *Kant's Theory of Science*, Princeton University Press, Princeton, NJ, 1978.

Bronowski, J., *The Ascent of Man*, Little, Brown and Company, Boston, 1973.

Brooks, Rodney A., «Elephants Don't Play Chess», en *Robotics and Autonomous Systems* 6, 1990.

—, «Intelligence Without Representation», en *Artificial Intelligence*, 47, 1991.

—, «New Approaches to Robotics», en *Science*, 253, 1991.

Brooks, Rodney A. y Anita Flynn, «Fast, Cheap and Out of Control: A Robot Invasion of the Solar System», en *Journal of the British Interplanetary Society*, 42, 1989.

Brooks, Rodney A., Pattie Maes, Maja J. Mataric, y Grinell More, «Lunar Base Construction Robots», *IROS*, IEEE International Workshop on Intelligence Robots and Systems, 1990.

Brown, John Seeley, *Seeing Differently: Insights on Innovation*, Harvard Business School Press, Cambridge, MA, 1997.

Brown, Kenneth A., *Inventors at Work: Interviews with 16 Notable American Inventors*, Tempus Books of Microsoft Press, Redmond, WA, 1988.

Brumbaugh, R. S., *Plato's Mathematical Imagination*, Indiana University Press, Bloomington, 1954.

Bruner, Jerome S., Jacqueline J. Goodnow, y George A. Austin, *A Study of Thinking*, 1956, reedición, Science Editions, Nueva York, 1965.

Buderi, Robert, *The Invention That Changed the World: How a Small Group of Radar Pioneers Won the Second World War and Launched a Technological Revolution*, Simon and Schuster, Nueva York, 1996.

Burger, Peter y Duncan Gillies, *Interactive Computer Graphics: Functional, Procedural and Device-Level Methods*, Addison-Wesley Publishing Company, Workingham, UK, 1989.

Burke, James, *The Day the Universe Changed*, Little, Brown and Company, Boston, 1985.

Butler, Samuel, «Darwin Among the Machines», en *Canterbury Settlement* (escrito en 1863 por el autor de *Erewhon*), AMS Press, 1923.

Buxton, H. W., *Memoir of the Life y Labours of the Late Charles Babbage, Esq. F.R.S.*, Edited by A. Hyman, Tomash, Los Ángeles, 1988.

Byrd, Donald, «Music Notation by Computer», tesis doctoral, Computer Science Department, University Indiana, 1984.

Bythell, Duncan, *The Handloom Weavers: A Study in the English Cotton Industry During the Industrial Revolution*, Cambridge University Press, Cambridge, 1969.
Cairns-Smith, A. G., *Seven Clues to the Origin of Life*, Cambridge University Press, Cambridge, 1985.
Calvin, William H., *The Cerebral Code: Thinking a Thought in the Mosaics of the Mind*, MIT Press, Cambridge, MA, 1996.
Campbell, Jeremy, *The Improbable Machine*, Simon and Schuster, Nueva York, 1989.
Carpenter, Gail A. y Stephen Grossberg, *Pattern Recognition by Self-Organizing Neural Networks*, MIT Press, Cambridge, MA, 1991.
Carroll, Lewis, *Through the Looking Glass*, Macmillan, Londres, 1871.
Cassirer, Ernst, *The Philosophy of the Enlightenment*, Princeton University Press, Princeton, NJ, 1951.
Casti, John L., *Complexification: Explaining the Paradoxical World Through the Science of Surprise*, HarperCollins, Nueva York, 1994.
Cater, John P., *Electronically Hearing: Computer Speech Recognition*, Howard W. Sams and Company, Indianápolis, IN, 1984.
—, *Electronically Speaking: Computer Speech Generation*, Howard W. Sams and Company, Indianápolis, IN, 1983.
Caudill, Maureen y Charles Butler, *Naturally Intelligent Systems*, MIT Press, Cambridge, MA, 1990.
Chaitin, Gregory J., *Algorithmic Information Theory*, Cambridge University Press, Cambridge, 1987.
Chalmers, D. J., *The Conscious Mind*, Oxford University Press, Nueva York, 1996.
Chamberlin, Hal, *Musical Applications of Microprocessors*, Hayden Books, Indianápolis, IN, 1985.
Chapuis, Alfred y Edmond Droz, *Automata: A Historical and Technological Study*, Griffon, Nueva York, 1958.
Cherniak, Christopher, *Minimal Rationality*, MIT Press, Cambridge, MA, 1986.
Chomsky, Noam, *Cartesian Linguistics*, Harper and Row, Nueva York, 1966.
—, *Language and Mind*. Edición aumentada, Harcourt Brace Jovanovich, Nueva York, 1972.
—, *Language and Problems of Knowledge: The Managua Lectures*, MIT Press, Cambridge, MA, 1988.
—, *Language and Thought*, Moyer Bell, Wakefield, RI, y Londres, 1993.
—, *Reflections on Language*, Pantheon, Nueva York, 1975.
—, *Rules and Representation*, MIT Press, Cambridge, MA, 1980.
—, *Syntactic Structures*, Mouton, La Haya, 1957.
Choudhary, Alok N. y Janak H. Pattl, *Parallel Architectures and Parallel Algorithms for Integrated Vision Systems*, Kluwer Academic, Boston, 1990.

Christensen, Clayton, *The Innovator's Dilemma: When New Technologies Cause Great Firms to Fail*, Harvard Business School Press, Cambridge, MA, 1997.

Church, Alonzo, *Introduction to Mathematical Logic*, vol. 1, Princeton University Press, Princeton, NJ, 1956.

Church, Kenneth W., *Phonological Parsing in Speech Recognition*, Kluwer Academic, Norwell, MA, 1987.

Churchland, P. S. y T. J. Sejnowski, *The Computational Brain*, MIT Press, Cambridge, MA, 1992.

Churchland, Paul, *The Engine of Reason, the Seat of the Soul*, MIT Press, Cambridge, MA, 1995.

—, *Matters and Consciousness: A Contemporary Introduction to the Philosophy of Mind*, MIT Press, Cambridge, MA, 1984.

—, *A Neurocomputational Perspective: The Nature of Mind and the Structure of Science*, MIT Press, Cambridge, MA, 1989.

Clark, Andy, *Being There: Putting Brain, Body, and World Together Again*, MIT Press, Cambridge, MA, 1997.

Clarke, Arthur, C., *3001: The Final Odyssey*, Ballantine Books, Nueva York, 1997.

Coates, Joseph F., John B. Mahaffie, y Andy Hines, *2025: Scenarios of U.S. and Global Society Reshaped by Science y Technology*, Oak Hill Press, Greensboro, NC, 1997.

Cohen, I. Bernard, *The Newtonian Revolution*, Cambridge University Press, Cambridge, 1980.

Cohen, John, *Human Robots in Myth and Science*, Allen and Unwin, Londres, 1966.

Cohen, Paul R., *Empirical Methods for Artificial Intelligence*, MIT Press, Cambridge, MA, 1995.

Cohen, Paul R. y Edward A. Feigenbaum, *The Handbook of Artificial Intelligence*, vols. 3 y 4, William Kaufmann, Los Altos, CA, 1982.

Connell, Jonathan H., *Minimalist Mobile Robotics: A Colony-Style Architecture for an Artificial Creature*, Academic Press, Boston, 1990.

Conrad, Michael y H. H. Pattee, «Evolution Experiments with an Artificial Ecosystem», en *Journal of Theoretical Biology*, 28 (1970).

Conrad, Michael y otros, «Towards an Artificial Brain», en *BioSystems*, 23 (1989).

Cornford, Francis M., *Plato's Cosmology*, Routledge and Kegan Paul, Londres, 1937.

Crandall, B. C., ed., *Nanotechnology: Molecular Speculations on Global Abundance*, MIT Press, Cambridge, MA, 1997.

Crease, Robert P. y Charles C. Mann, *The Second Creation*, Macmillan, Nueva York, 1986.

Crick, Francis, *The Astonishing Hypothesis: The Scientific Search for the Soul*, Charles Scribner's Sons, Nueva York, 1994.

—, *Life Itself*, Mcdonald, Londres, 1981.
Critchlow, Arthur J., *Introduction to Robotics*, Macmillan Publishing Company, Nueva York, 1985.
Cullinane, John J., *The Entrepreneur's Survival Guide: 101 Tips for Managing in Good Times and Bad*, Business One Irwin, Homewood, IL, 1993.
Daedalus: Journal of the American Academy of Arts and Sciences. Artificial Intelligence, vol. 117, invierno 1998.
Darwin, Charles, *The Descent of Man, and Selection in Relation to Sex*, 2.ª ed., Hurst and Company, Nueva York, 1874.
—, *The Expression of the Emotions in Man and Animals*, 1872, reedición, University of Chicago Press, Chicago, 1965.
—, *Origin of Species*, reedición Penguin, Londres, 1859.
Davies, Paul, *Are We Alone? Implications of the Discovery of Extraterrestrial Life*, Basic Books, Nueva York, 1995.
—, *The Cosmic Blueprint*, Simon and Schuster, Nueva York, 1988.
—, *God and the New Physics*, Simon and Schuster, Nueva York, 1983.
—, *The Mind of God*, Simon and Schuster, Nueva York, 1992.
—, «A New Science of Complexity», en *New Scientist* 26 (noviembre 1988).
Davis, Philip J. y David Park, eds., *No Way: The Nature of the Impossible*, W. H. Freeman, Nueva York, 1988.
Davis, Philip J. y Reben Hersh, *Descartes' Dream: The World According to Mathematics*, Harcourt Brace Jovanovich, San Diego, CA, 1986.
Davis, R. y D. B. Lenat, *Knowledge-Based Systems in Artificial Intelligence*, McGraw-Hill, Nueva York, 1980.
Dawkins, Richard, *The Blind Watchmaker: Why the Evidence of Evolution Reveals a Universe Without Design*, W. W. Norton and Company, Nueva York, 1986.
—, «The Evolution of Evolvability», en *Artificial Life*, Christopher G. Langton (ed.), Addison-Wesley, Reading, MA, 1988.
—, *The Extended Phenotype*, Freeman, San Francisco, 1982.
—, *River out of Eden: A Darwinian View of Life*, Basic Books, Nueva York, 1995.
—, «Universal Darwinism», en *Evolution from Molecules to Men*, D. S. Bendall (ed.), Cambridge University Press, Cambridge, 1983.
—, *The Selfish Gene*, Oxford University Press, Oxford, 1976.
Dechert, Charles R., ed., *The Social Impact of Cybernetics*, Simon and Schuster, Nueva York, 1966.
Denes, Peter B. y Elliot N. Pinson, *The Speech Chain: The Physics and Biology of Spoken Language*, Bell Telephone Laboratories, 1963.
Dennett, Daniel C., *Brainstorms: Philosophical Essays on Mind and Psychology*, MIT Press, Cambridge, MA, 1981.
—, *Consciousness Explained*, Little, Brown and Company, Boston, 1991.

—, *Content and Consciousness*, Routledge and Kegan Paul, Londres, 1969.
—, *Darwin's Dangerous Idea: Evolution and the Meanings of Life*, Simon and Schuster, Nueva York, 1995.
—, *Elbow Room: The Varieties of Free Will Worth Wanting*, MIT Press, Cambridge, MA, 1985.
—, *The Intentional Stance*, MIT Press, Cambridge, MA, 1987.
—, *Kinds of Minds: Toward an Understanding of Consciousness*, Basic Books, Nueva York, 1996.
Denning, Peter J. y Robert M. Metcalfe, *Beyond Calculation: The Next Fifty Years of Computing*, Copernicus, Nueva York, 1997.
Depew, David J. y Bruce H. Weber, eds., *Evolution at a Crossroads*, MIT Press, Cambridge, MA, 1985.
Dertouzos, Michael, *What Will Be: How the New World of Information Will Change Our Lives*, HarperCollins, Nueva York, 1997.
Dertouzos, Michael L. y Joel Moses Dertouzos, *The Computer Age: A Twenty Year View*, MIT Press, Cambridge, MA, 1979.
Descartes, R., *Discourse on Method, Optics, Geometry, and Meteorology*, 1637. Reedición, Bobbs-Merrill, Indianápolis, IN, 1956.
—, *Meditations on First Philosophy*, Michel Soly, París, 1641.
—, *Treatise on Man*, París, 1664.
Devlin, Keith, *Mathematics: The Science of Patterns*, Scientific American Library, Nueva York, 1994.
Dewdney, A. K., *The Armchair Universe: An Exploration of Computer Worlds*, W. H. Freeman, Nueva York, 1988.
De Witt, Bryce y R. D. Graham, eds., *The Many-Worlds Interpretation of Quantum Mechanics*, Princeton University Press, Princeton, NJ, 1974.
Diebold, John, *Man and the Computer: Technology as an Agent of Social Change*, Avon Books, Nueva York, 1969.
Dixit, Avinash y Robert S. Pindyck, *Investment Under Uncertainty*, Princeton University Press, Princeton, NJ, 1994.
Dobzhansky, Theodosius, *Mankind Evolving: The Evolution of the Human Species*, Yale University Press, New Haven, CT, 1962.
Dodds, E. R., *Greeks and the Irrational*, University of California Press, Berkeley, 1951.
Downes, Larry, Chunka Mui, y Nicholas Negroponte, *Unleashing the Killer App: Digital Strategies for Market Dominance*, Harvard Business School Press, Cambridge, MA, 1998.
Drachmann, A. G., *The Mechanical Technology of Greek and Roman Antiquity*, University of Wisconsin Press, Madison, 1963.
Drexler, K. Eric, *Engines of Creation*, Doubleday, Nueva York, 1986.
—, «Hypertext Publishing and the Evolution of Knowledge», en *Social Intelligence*, 1:2 (1991).

Dreyfus, Hubert, «Alchemy and Artificial Intelligence», en *Rand Technical Report*, diciembre, 1965.
—, *Philosophic Issues in Artificial Intelligence*, Quadrangle Books, Chicago, 1967.
—, *What Computers Can't Do: The Limits of Artificial Intelligence*, Harper and Row, Nueva York, 1979.
—, *What Computers Still Can't Do: A Critique of Artificial Reason*, MIT Press, Cambridge, MA, 1992.
—, ed., *Husserl, Intentionality & Cognitive Science*, MIT Press, Cambridge, MA, 1982.
Dreyfus, Hubert L. y Stuart E. Dreyfus, *Mind over Machine: The Power of Human Intuition and Expertise in the Era of the Computer*, The Free Press, Nueva York, 1986.
Drucker, Peter F., *Innovation and Entrepreneurship: Practice and Principles*, Harper and Row, Nueva York, 1985.
Durrett, H. John, ed., *Color and the Computer*, Academic Press, Boston, 1987.
Dyson, Esther, *Release 2.0: A Design for Living in the Digital Age*, Broadway Books, Nueva York, 1997.
Dyson, Freeman, *Disturbing the Universe*, Harper and Row, Nueva York, 1979.
—, *From Eros to Gaia*, HarperCollins, Nueva York, 1990.
—, *Infinite in All Directions*, Harper and Row, Nueva York, 1988.
—, *Origins of Life*, Cambridge University Press, Cambridge, 1985.
Dyson, George B., *Darwin Among the Machines: The Evolution of Global Intelligence*, Addison-Wesley, Reading, MA, 1997.
Eames, Charles y Ray Eames, *A Computer Perspective*, Harvard University Press, Cambridge, MA, 1973.
Ebeling, Carl, *All the Right Moves: A VLSI Architecture for Chess*, MIT Press, Cambridge, MA, 1987.
Edelman, G. M., *Neural Darwinism: The Theory of Neuronal Group Selection*, Basic Books, Nueva York, 1987.
Einstein, Albert, *Relativity: The Special and the General Theory*, Crown, Nueva York, 1961.
Elithorn, Alick y Ranan Banerji, *Artificial and Human Intelligence*, North Holland, Amsterdam, 1991.
Enderle, G., *Computer Graphics Programming*, Springer-Verlag, Berlín, 1984.
Fadiman, Clifton, ed., *Fantasia Mathematica: Being a Set of Stories, Together with a Group of Oddments and Diversion, All Drawn from the Universe of Mathematics*, Simon and Schuster, Nueva York, 1958.
Fahlman, Scott E., *NETL: A System for Representing and Using Real-World Knowledge*, MIT Press, Cambridge, MA, 1979.
Fant, Gunnar, *Speech Sounds and Features*, MIT Press, Cambridge, MA, 1973.

Feigenbaum, E. y Avron Barr, eds., *The Handbook of Artificial Intelligence*, vol. 1, William Kaufmann, Los Altos, CA, 1981.

Feigenbaum, Edward A. y Julian Feldman, eds., *Computers and Thought*, McGraw-Hill, Nueva York, 1963.

Feigenbaum, Edward A. y Pamela McCorduck, *The Fifth Generation: Artificial Intelligence and Japan's Computer Challenge to the World*, Addison-Wesley, Reading, MA, 1983.

Feynman, Richard, «There's Plenty of Room at the Bottom», en H. D. Gilbert (ed.) *Miniaturization*, Reinhold, Nueva York, 1961.

Feynman, Richard P., *Surely You're Joking, Mr. Feynman!*, Norton, Nueva York, 1985.

—, *What Do You Care What Other People Think?*, Bantam, Nueva York, 1988.

Feynman, Richard P., Robert B. Leighton, y Matthew Sands, *The Feynman Lectures in Physics*, Addison-Wesley, Reading, MA, 1965.

Findlay, J. N., *Plato and Platonism: An Introduction*, Times Books, Nueva York, 1978.

Finkelstein, Joseph, ed., *Windows on a New World: The Third Industrial Revolution*, Greenwood Press, Nueva York, 1989.

Fischler, Martin A. y Oscar Firschein, *Intelligence: The Eye, the Brain and the Computer*, Addison-Wesley, Reading, MA, 1987.

—, eds., *Readings in Computer Vision: Issues, Problems, Principles, and Paradigms*, Morgan Kaufmann, Los Altos, CA, 1987.

Fjermedal, Grant, *The Tomorrow Makers: A Brave New World of Living Brain Machines*, Macmillan Publishing Company, Nueva York, 1986.

Flanagan, Owen, *Consciousness Reconsidered*, MIT Press, Cambridge, MA, 1992.

Flynn, Anita, Rodney A. Brooks, y Lee S. Tavrow, «Twilight Zones and Cornerstones: A Gnat Robot Double Feature», en *A.I. Memo 1126*, MIT Artificial Intelligence Laboratory, 1989.

Fodor, Jerry A., *The Language of Thought*, Harvester, Hassocks, Reino Unido, 1975.

—, «Methodological Solipsism Considered as a Research Strategy in Cognitive Psychology», *Behavioral and Brain Sciences*, vol. 3, 1980.

—, *The Modularity of Mind*, MIT Press, Cambridge, MA, 1983.

—, *Psychosemantics*, MIT Press, Cambridge, MA, 1987.

—, *Representations: Philosophical Essays on the Foundations of Cognitive Science*, MIT Press, Cambridge, MA, 1982.

—, *A Theory of Content and Other Essays*, MIT Press, Cambridge, MA, 1990.

Fogel, Lawrence J., Alvin J. Owens y Michael J. Walsh, *Artificial Evolution Through Simulated Evolution*, John Wiley and Sons, Nueva York, 1966.

Foley, James, Andries Van Dam, Steven Feiner, y John Hughes, *Computer Graphics: Principles and Practice*, Addison-Wesley, Reading, MA, 1990.

Forbes, R. J., *Studies in Ancient Technology*, 9 vols., E. J. Brill, Leiden, Países Bajos, 1955-1965.
Ford, Kenneth M., Clark Glymour, y Patrick J. Hayes, *Android Epistemology*, MIT Press, Cambridge, MA, 1995.
Forester, Tom, *Computers in the Human Context*, MIT Press, Cambridge, MA, 1989.
—, *High-Tech Society: The Story of the Information Technology Revolution*, MIT Press, Cambridge, MA, 1987.
—, *The Information Technology Revolution*, MIT Press, Cambridge, MA, 1985.
—, *The Materials Revolution*, MIT Press, Cambridge, MA, 1988.
Forrest, Stephanie, ed., *Emergent Computation*, North Holland, Amsterdam, 1990.
Foster, Richard, *Innovation: The Attacker's Advantage*, Summit Books, Nueva York, 1986.
Fowler, D. H., *The Mathematics of Plato's Academy*, Clarendon Press, Oxford, 1987.
Franke, Herbert W., *Computer Graphics-Computer Art*, Springer-Verlag, Berlín, 1985.
Franklin, Stan, *Artificial Minds*, MIT Press, Cambridge, MA, 1997.
Frauenfelder, Uli H. y Lorraine Komisarjevsky Tyler, *Spoken Word Recognition*, MIT Press, Cambridge, MA, 1987.
Freedman, David H., *Brainmakers: How Scientists Are Moving Beyond Computers to Create a Rival to the Human Brain*, Simon and Schuster, Nueva York, 1994.
Freeman, Herbert, ed., *Machine Vision for Three-Dimensional Scenes*, Academic Press, Boston, 1990.
Freud, Sigmund. *La interpretación de los sueños*, Planeta-Agostini, D. L., Barcelona, 1994.
—, *El chiste y su relación con lo inconsciente*, Alianza Editorial, Madrid, 1986.
—, *Jokes and Their Relation to the Unconscious*, vol. 8 de *Standard Edition of the Complete Psychological Works of Sigmund Freud*, 1905, Reedición, Hogarth Press, Londres, 1957.
Freudenthal, Hans, *Mathematics Observed*, Trans. Stephen Rudolfer y I. N. Baker, McGraw-Hill, Nueva York, 1967.
Frey, Peter W., ed., *Chess Skill in Man and Machine*, Springer-Verlag, Nueva York, 1983.
Friend, David, Alan R. Pearlman, y Thomas D. Piggott, *Learning Music with Synthesizers*, Hal Leonard, Lexington, MA, 1974.
Gamow, George, *One Two Three... Infinity*, Bantam Books, Toronto, 1961.
Gardner, Howard, *The Mind's New Science: A History of the Cognitive Revolution*, Basic Books, Nueva York, 1985.

Gardner, Martin, *Time Travel and Other Mathematical Bewilderments*, W. H. Freeman, Nueva York, 1988.
Garey, Michael R. y David S. Johnson, *Computers and Intractability*, W. H. Freeman, San Francisco, 1979.
Gates, Bill, *The Road Ahead*, Viking Penguin, Nueva York, 1995.
Gay, Peter, *The Enlightenment: An Interpretation*, vol. 1, *The Rise of Modern Paganism*, W. W. Norton, Nueva York, 1966.
—, *The Enlightenment: An Interpretation*, vol. 2, *The Science of Freedom*, W. W. Norton, Nueva York, 1969.
Gazzaniga, Michael S., *Mind Matters: How Mind and Brain Interact to Create Our Conscious Lives*, Houghton-Mifflin Company, Boston, 1988.
Geissler, H. G. y otros, *Advances in Psychology*, Elsevier Science, BV, Amsterdam, 1983.
Geissler, Hans-George, y otros, *Modern Issues in Perception*, North Holland, Amsterdam, 1983.
Gelernter, David, *Mirror Worlds: Or the Day Software Puts the Universe in a Shoebox... How It Will Happen and What It Will Mean*, Oxford University Press, Nueva York, 1991.
—, *The Muse in the Machine: Computerizing the Poetry of Human Thought*, The Free Press, Nueva York, 1994.
Gell-Mann, Murray, *The Quark and the Jaguar: Adventures in the Simple and the Complex*, W. H. Freeman, Nueva York, 1994.
—, «Simplicity and Complexity in the Description of Nature», Engineering & Science 3, primavera 1988.
Ghiselin, Brewster, *The Creative Process: A Symposium*, New American Library, Nueva York, 1952.
Gilder, George, *Life After Television*, W. W. Norton and Company, Nueva York, 1994.
—, *The Meaning of Microcosm*, The Progress and Freedom Foundation, Washington , D.C., 1997.
—, *Microcosm: The Quantum Revolution in Economics and Technology*, Simon and Schuster, Nueva York, 1989.
—, *Telecosm*, American Heritage Custom Publishing, Nueva York, 1996.
Gillispie, Charles, *The Edge of Objectivity*, Princeton University Press, Princeton, NJ, 1960.
Glass, Robert L., *Computing Catastrophes*, Computing Trends, Seattle, WA, 1983.
Gleick, James, *Chaos: Making a New Science*, Viking Penguin, Nueva York, 1987.
Glenn, Jerome Clayton, *Future Mind: Artificial Intelligence: The Merging of the Mystical and the Technological in the 21st Century*, Acropolis Books, Washington, D.C.,1989.
Gödel, Kurt, *On Formally Undecidable Propositions in «Principia Mathematica» and Related Systems*, Basic Books, Nueva York, 1962.

Goldberg, David E., *Genetic Algorithms in Search, Optimization, and Machine Learning*, Addison-Wesley, Reading, MA, 1989.
Goldstine, Herman, *The Computer from Pascal to von Neumann*, Princeton University Press, Princeton, NJ, 1972.
Goleman, Daniel, *Emotional Intelligence: Why It Can Matter More Than IQ*, Bantam Books, Nueva York , 1995.
Good, I. J., «Speculations Concerning the First Ultraintelligent Machine», en *Advances in Computers*, vol. 6. Franz L. Alt and Morris Rubinoff (eds.), Academic Press, 1965.
Goodman, Cynthia, *Digital Visions: Computers and Art*, Harry N. Abrams, Nueva York, 1987.
Gould, Stephen J., *Ever Since Darwin*, Norton, Nueva York, 1977.
—, *Full House: The Spread of Excellence from Plato to Darwin*, Crown, Nueva York, 1995.
—, *Hen's Teeth and Horse's Toes*, Norton, Nueva York, 1983.
—, *The Mismeasure of Man*, Norton, Nueva York, 1981.
—, *Ontogeny and Phylogeny*, Harvard University Press, Cambridge, MA, 1977.
—, «Opus 200», en *Natural History*, agosto, 1991.
—, *The Panda's Thumb*, Norton, Nueva York, 1980.
—, *Wonderful Life: The Burgess Shale and the Nature of History*, Norton, Nueva York, 1989.
Gould, Stephen J. y Elisabeth S. Vrba, «Exaptation-A Missing Term in the Science of Form», *Paleobiology*, 8:1, 1982.
Gould, Stephen J. y R. C. Lewontin, «The Spandrels of San Marco and the Panglossian Paradigm: A Critique of the Adaptationist Programme», en *Proceedings of the Royal Society of London*, B 205 (1979).
Graubart, Steven R., ed., *The Artificial Intelligence Debate: False Starts, Real Foundations*, MIT Press, Cambridge, MA, 1990.
Greenberg, Donald, Aaron Marcus, Alan H. Schmidt, y Vernon Gorter, *The Computer Image: Applications of Computer Graphics*, Addison-Wesley, Reading, MA, 1982.
Greenberger, Martin, ed., *Computers and the World of the Future*, MIT Press, Cambridge, MA, 1962.
Greenblatt, R. D. y otros, *The Greenblatt Chess Program. Proceedings of the Fall Joint Computer Conference*, ACM, 1967.
Gribbin, J., *In Search of Schrödinger's Cat: Quantum Physics and Reality*, Bantam Books, Nueva York, 1984.
Grimson, W., Eric L., *Object Recognition by Computer: The Role of Geometric Constraints*, MIT Press, Cambridge, MA, 1990.
Grimson, W., Eric L. y Ramesh S. Patil, eds., *AI in the 1980s and Beyond: An MIT Survey*, MIT Press, Cambridge, MA, 1987.
Grimson, William, Eric Leifur, *From Images to Surfaces: A Computational*

Study of the Human Early Visual System, MIT Press, Cambridge, MA, 1981.

Grossberg, Stephen, ed., *Neural Networks and Natural Intelligence*, MIT Press, Cambridge, MA, 1988.

Grossman, Reinhardt, *Phenomenology and Existentialism: An Introduction*, Routledge and Kegan Paul, Londres, 1984.

Guillen, Michael, *Bridges to Infinity: The Human Side of Mathematics*, Jeremy P. Tarcher, Los Ángeles, 1983.

Guthrie, W. K. C., *A History of Greek Philosophy*, 6 vols., Cambridge University Press, Cambridge, 1962-1981.

Hafner, Katie y John Markoff, *Cyberpunk: Outlaws and Hackers on the Computer Frontier*, Simon and Schuster, Nueva York, 1991.

Halberstam, David, *The Next Century*, William Morrow, Nueva York, 1991.

Hameroff, Stuart R., Alfred W. Kaszniak, y Alwyn C. Scott, eds., *Toward a Science of Consciousness: The First Tucson Discussions and Debates*, MIT Press, Cambridge, MA, 1996.

Hamming, R. W., *Introduction to Applied Numerical Analysis*, McGraw-Hill, Nueva York, 1971.

Hankins, Thomas L., *Science and the Enlightenment*, Cambridge University Press, Cambridge, 1985.

Harel, David, *Algorithmics: The Spirit of Computing*, Addison-Wesley, Menlo Park, CA, 1987.

Harman, Willis, *Global Mind Change: The New Age Revolution in the Way We Think*, Warner Books, Nueva York, 1988.

Harmon, Paul y David King, *Expert Systems: Artificial Intelligence in Business*, John Wiley and Sons, Nueva York, 1985.

Harre, Rom, ed., *American Behaviorial Scientist: Computation and the Mind*, vol. 40, n.° 6, mayo, 1997.

Harrington, Steven, *Computer Graphics: A Programming Approach*, McGraw-Hill, Nueva York, 1987.

Harris, Mary Dee, *Introduction to Natural Language Processing*, Reston, Reston, VA, 1985.

Haugeland, John, *Artificial Intelligence: The Very Idea*, MIT Press, Cambridge, MA, 1985.

—, ed. *Mind Design: Philosophy, Psychology, Artificial Intelligence*, MIT Press, Cambridge, MA, 1981.

—, ed., *Mind Design II: Philosophy, Psychology, Artificial Intelligence*, MIT Press, Cambridge, MA, 1997.

Hawking, Stephen W., *A Brief History of Time: From the Big Bang to Black Holes*, Bantam Books, Toronto, 1988.

Hayes-Roth, Frederick, D. A. Waterman, y D. B. Lenat, eds., *Building Expert Systems*, Addison-Wesley, Reading, MA, 1983.

Heisenberg, Werner, *Physics and Beyond: Encounters and Conversations*, Harper and Row, Nueva York, 1971.
Hellemans, Alexander y Bryan Bunch, *The Timetables of Science*, Simon and Schuster, Nueva York, 1988.
Herbert, Nick, *Quantum Reality*, Anchor Press, Garden City, NY, 1985.
Hildebrandt, Stefan y Anthony Tromba, *Mathematics and Optimal Form*, Scientific American Books, Nueva York, 1985.
Hillis, W. Daniel, *The Connection Machine*, MIT Press, Cambridge, MA, 1985.
—, «Intelligence as an Emergent Behavior; Or: The Songs of Eden», en S. R. Graubard, ed., *The Artificial Debate: False Starts and Real Foundations*, MIT Press, Cambridge, MA, 1988.
Hindle, Brooke y Steven Lubar, *Engines of Change: The American Industrial Revolution, 1790-1860*, Smithsonian Institution Press, Washington, D.C., 1986.
Hoage, R. J. y Larry Goldman, *Animal Intelligence: Insights into the Animal Mind*, Smithsonian Institution Press, Washington, D.C., 1986.
Hodges, Andrew, *Alan Turing: The Enigma*, Simon and Schuster, Nueva York, 1983.
Hoel, Paul G., Sidney C. Port, y Charles J. Stone, *Introduction to Stochastic Processes*, Houghton-Mifflin, Boston, 1972.
Hofstadter, Douglas R., *Gödel, Escher, Bach: An Eternal Golden Braid*, Basic Books, Nueva York, 1979.
—, *Metamagical Themas: Questing for the Essence of Mind and Pattern*, Basic Books, Nueva York, 1985.
Hofstadter, Douglas R. y Daniel C. Dennett, *The Mind's I: Fantasies and Reflections on Self and Soul*, Basic Books, Nueva York, 1981.
Hofstadter, Douglas R., Gray Clossman, y Marsha Meredith, «Shakespeare's Plays Weren't Written by Him, but by Someone Else of the Same Name», Indiana University Computer Science Department Technical Report 96, Bloomington, 1980.
Holland, J. H., K. J. Holyoke, R. E. Nisbett, y P. R. Thagard, *Induction: Processes of Inference, Learning, and Discovery*, MIT Press, Cambridge, MA, 1986.
Hookway, Christopher, ed., *Minds, Machines, and Evolution: Philosophical Studies*, Cambridge University Press, Cambridge, 1984.
Hopper, Grace Murray y Steven L. Mandell, *Understanding Computers*. 2.ª ed., West Publishing Co., St. Paul, MN, 1987.
Horn, Berthold Klaus Paul, *Robot Vision*, MIT Press, Cambridge, MA, 1986.
Horn, Berthold K. P. y Michael J. Brooks, *Shape from Shading*, MIT Press, Cambridge, MA, 1989.
Hsu, F., *Two Designs of Functional Units for VLSI Based Chess Machines*, informe técnico. Computer Science Department, Carnegie Mellon University, 1986.

Hubel, David H., *Eye, Brain, and Vision*, Scientific American Library, Nueva York, 1988.
Hume, D., *Inquiry Concerning Human Understanding*, 1748, reedición, Bobbs-Merrill, Indianápolis, IN, 1955.
Hunt, V. Daniel, *Understanding Robotics*, Academic Press, San Diego, CA, 1990.
Huxley, Aldous, *Brave New World*, Harper, Nueva York, 1946.
Hyman, Anthony, *Charles Babbage: Pioneer of the Computer*, Oxford University Press, Oxford, 1982.
Inose, Hiroshi y John R. Pierce, *Information Technology and Civilization*, W. H. Freeman, Nueva York, 1984.
Jacobs, François, *The Logic of Life*, Pantheon Books, Nueva York, 1973.
James, Mike, *Pattern Recognition*, John Wiley and Sons, Nueva York, 1988.
James, William, *The Varieties of Religious Experience*, Collier Books, Nueva York, 1961.
Jamieson, Leah H., Dennis Gannon, y Robert J. Douglas, *The Characteristics of Parallel Algorithms*, MIT Press, Cambridge, MA, 1987.
Johnson, Mark y George Lakoff, *Metaphors We Live By*, University of Chicago Press, Chicago, 1980.
Jones, Steve, *The Language of Genes: Solving the Mysteries of Our Genetic Past, Present, and Future*, Anchor Books, Nueva York, 1993.
Jones, W. T., *Kant and the Nineteenth Century*, vol. 4 de *A History of Western Philosophy*, 2.ª ed., Harcourt Brace Jovanovich, Nueva York, 1975.
—, *The Twentieth Century to Wittgenstein and Sartre*, vol. 5 de *A History of Western Philosophy*, 2.ª ed., Harcourt Brace Jovanovich, Nueva York, 1975.
Joy, Kenneth I., Charles W. Grant, Nelson L. Max, y Lansing Hatfield, *Tutorial: Computer Graphics: Image Synthesis*, Computer Society Press, Washington, D.C., 1988.
Judson, Horace F., *The Eighth Day of Creation*, Simon and Schuster, Nueva York, 1979.
Jung, Carl, *Memories, Dreams, Reflections*, edición revisada a cargo de Aniela Jaffé y traducida por Richard y Clara Winston, Pantheon Books, Nueva York, 1961.
Jung, Carl, y otros, *Man and His Symbols*, Doubleday, Garden City, NY, 1964.
Kaku, Michio, *Hyperspace: A Scientific Odyssey Through Parallel Universes, Time Warps, and the 10th Dimension*, Anchor Books, Nueva York, 1995.
—, *Visions: How Science Will Revolutionize the 21st Century*, Doubleday, Nueva York, 1997.
Kant, Immanuel, *Prolegomena to Any Future Metaphysics*, Bobbs-Merrill, Indianápolis, IN, 1950.

Kasner, Edward y James Newman, *Mathematics and the Imagination*, Simon and Schuster, Nueva York, 1940.
Kauffman, Stuart A., «Antichaos and Adaptation», en *Scientific American*, agosto, 1991.
—, *At Home in the Universe: The Search for the Laws of Self-Organization and Complexity*, Oxford University Press, Nueva York, 1995.
—, *The Origins of Order: Self-Organization and Selection in Evolution*, Oxford University Press, Oxford, 1993.
—, «The Sciences of Complexity and "Origins of Order"», Santa Fe Institute, 1991, informe técnico 91-04-021.
Kaufmann, William J. y Larry L. Smarr, *Supercomputing and the Transformation of Science*, Scientific American Library, Nueva York, 1993.
Kay, Alan C., «Computers, Networks and Education», en *Scientific American*, septiembre, 1991.
Kelly, Kevin, *Out of Control: The New Biology of Machines, Social Systems and the Economic World*, Addison-Wesley, Reading, MA, 1994.
Kent, Ernest W., *The Brains of Men and Machines*, BYTE/McGraw-Hill, Peterborough, NH, 1981.
Kidder, Tracy, *The Soul of a New Machine*, Allen Lane, Londres, 1982.
Kirk, G. S., J. E. Raven, y M. Schofield, *The Presocratic Philosophers*, Cambridge University Press, Cambridge, 1983.
Kleene, Stephen Cole, *Introduction to Metamathematics*, D. Van Nostrand, Nueva York, 1952.
Kline, Morris, *Mathematics and the Search for Knowledge*, Oxford University Press, Oxford, 1985.
Klivington, Kenneth A., *The Science of Mind*, MIT Press, Cambridge, MA, 1989.
Klix, Friedhart, ed., *Human and Artificial Intelligence*, North Holland, Amsterdam, 1979.
Knorr, Wilbur Richard, *The Ancient Tradition of Geometric Problems*, Birkhäuser, Boston, 1986.
Kobayashi, Koji, *Computers and Communications: A Vision of C & C*, MIT Press, Cambridge, MA, 1986.
Kohonen, Teuvo, *Self-Organization and Associative Memory*, Springer-Verlag, Berlín, 1984.
Kosslyn, Stephen M., *Image and Brain: The Resolution of the Imagery Debate*, MIT Press, Cambridge, MA, 1996.
Koza, John R., *Genetic Programming: On the Programming of Computers by Means of Natural Selection*, MIT Press, Cambridge, MA, 1992.
Krauss, Lawrence N., *The Physics of Star Trek*, Basic Books, Nueva York, 1995.
Kullander, Sven y Borje Larsson, *Out of Sight! From Quarks to Living Cells*, Cambridge University Press, Cambridge, 1994.

Kuno, Susumu, *Functional Syntax: Anaphora, Discourse, and Empathy*, University of Chicago Press, Chicago, 1987.

Kurzweil, Raymond, *The Age of Intelligent Machines*, MIT Press, Cambridge, MA, 1990.

—, *The Age of Spiritual Machines: When Computers Exceed Human Intelligence*, Viking Penguin, Nueva York, 1999.

—, «When Will HAL Understand What We Are Saying? Computer Speech Recognition and Understanding», en *HAL's Legacy: 2001's Computer as Dream & Reality*, David G. Stork (ed.), MIT Press, Cambridge, MA, 1996.

—, *The 10% Solution for a Healthy Life: How to Eliminate Virtually All Risk of Heart Disease and Cancer*, Crown Publishers, Nueva York, 1993.

Lammers, Susan, *Programmers at Work: Interviews*, Microsoft Press, Redmond, WA, 1986.

Landes, David S., *Revolution in Time: Clocks and the Making of the Modern World*, Harvard University Press, Cambridge, MA, 1983.

Landreth, Bill, *Out of the Inner Circle: A Hacker's Guide to Computer Security*, Microsoft Press, Bellevue, WA, 1985.

Langley, Pat, Herbert A. Simon, Gary L. Bradshaw, y Jan M. Zytkow, *Scientific Discovery: Computational Explorations of the Creative Process*, MIT Press, Cambridge, MA, 1987.

Langton, Christopher G., ed., *Artificial Life: An Overview*, MIT Press, Cambridge, MA, 1997.

Lasserre, François, *The Birth of Mathematics in the Age of Plato*, World Publishing Co., Nueva York, 1964.

Latil, Pierre de, *Thinking by Machine: A Study of Cybernetics*, Houghton-Mifflin, Boston, 1956.

Laver, Murray, *Computers and Social Change*, Cambridge University Press, Cambridge, 1980.

Lea, Wayne A., ed., *Trends in Speech Recognition*, Prentice-Hall, Englewood Cliffs, NJ, 1980.

Leavitt, Ruth, ed., *Artist and Computer*, Creative Computing Press, Morristown, NJ, 1976.

Lee, Kai-Fu y Raj Reddy, *Automatic Speech Recognition: The Development of the SPHINX Recognition System*, Kluwer, Boston, 1989.

Lee, Thomas F., *The Human Genome Project: Cracking the Genetic Code of Life*, Plenum Press, Nueva York, 1991.

Leebaert, Derek, ed., *Technology 2001: The Future of Computing and Communications*, MIT Press, Cambridge, MA, 1991.

Leibniz, Gottfried Wilhelm, *Philosophical Writings*, G. H. R. Parkinson, J. M. Dent and Sons, Londres y Toronto, 1973.

Leibniz, Gottfried Wilhelm y Samuel Clarke, *The Leibniz-Clarke Correspon-*

dence, Ed. H. G. Alexander, Manchester University Press, Manchester, Reino Unido, 1956.
Lenat, Douglas B., «The Heuristics of Nature: The Plausible Mutation of DNA», Stanford Heuristic Programming Project, 1980, informe técnico HPP-80-27.
Lenat, Douglas B. y R. V. Guha, *Building Large Knowledge-Based Systems: Representation and Inference in the CYC Project*, Addison-Wesley, Reading, MA, 1990.
Leontief, Wassily W., *The Impact of Automation on Employment, 1963-2000*, New York University, Institute for Economic Analysis, 1984.
Leontief, Wassily W. y Faye Duchin, eds., *The Future Impact of Automation on Workers*, Oxford University Press, Oxford, 1986.
Lettvin, J. Y., U. Maturana, W. McCulloch, y W. Pitts, «What the Frog's Eye Tells the Frog's Brain», *Proceedings of the IRE*, 47 (1959).
Levy, Steven, *Artificial Life: The Quest for a New Creation*, Pantheon Books, Nueva York, 1992.
—, *Hackers: Heroes of the Computer Revolution*, Anchor Press/Doubleday, Garden City, NY, 1968.
Lewin, Roger, *Complexity: Life at the Edge of Chaos*, Macmillan, Nueva York, 1992.
—, *In the Age of Mankind: A Smithsonian Book of Human Evolution*, Smithsonian Books, Washington, D.C., 1988.
—, *Thread of Life: The Smithsonian Looks at Evolution*, Smithsonian Books, Washington, D.C., 1982.
Lieff, Jonathan D. (M.D.), *Computer Applications in Psychiatry*, American Psychiatric Press, Washington, D.C., 1987.
Lloyd, G. E. R., *Aristotle: The Growth and Structure of His Thought*, Cambridge University Press, Cambridge, 1968.
—, *Early Greek Science: Thales to Aristotle*, W. W. Norton, Nueva York, 1970.
Locke, John, *Essay Concerning Human Understanding*, Londres, 1690.
Lord, Norman W. y Paul A. Guagosian, *Advanced Computers: Parallel and Biochip Processors*, Ann Arbor Science, Butterworth Group, Ann Arbor, MI, 1983.
Lowe, David G., *Perceptual Organization and Visual Recognition*, Kluwer Academic, Boston, 1985.
Lubar, Steven, *InfoCulture: The Smithsonian Book of Information Age Inventions*, Houghton-Mifflin Company, Boston, 1993.
Luce, R. D. y H. Raiffa, *Games and Decisions*, John Wiley and Sons, Nueva York, 1957.
Lucky, Robert W., *Silicon Dreams: Information, Man, and Machine*, St. Martin's Press, Nueva York, 1989.
MacEy, Samuel L., *Clocks and the Cosmos: Time in Western Life and Thought*, Archon Books, Hamden, 1980.

Maes, Pattie, *Designing Autonomous Agents*, MIT Press, Cambridge, MA, 1991.
Magnenat-Thalmann, Nadia y Daniel Thalmann, *Computer Animation: Theory and Practice*, Springer-Verlag, Tokio, 1985.
Malcolm, Norman, *Ludwig Wittgenstein: A Memoir with a Biographical Sketch by Georg Henrik Von Wright*, Oxford University Press, Oxford, 1958.
Mamdani, E. H. y B. R. Gaines, *Fuzzy Reasoning and Its Applications*, Academic Press, Londres, 1981.
Mandelbrot, Benoit B., *The Fractal Geometry of Nature*, W. H. Freeman, Nueva York, 1988.
—, *Fractals: Form, Chance, and Dimension*, W. H. Freeman, San Francisco, 1977.
Mander, Jerry, *In the Absence of the Sacred: The Failure of Technology and the Survival of the Indian Nations*, Sierra Club Books, San Francisco, 1992.
Margulis, Lynn y Dorion Sagan, *Microcosmos: Four Billion Years of Evolution from Our Microbial Ancestors*, Summit Books, Nueva York, 1986.
Markle, Sandra y William Markle, *In Search of Graphics: Adventures in Computer Art*, Lothrop, Lee and Shepard Books, Nueva York, 1985.
Markoff, John, «The Creature That Lives in Pittsburgh», en *New York Times*, 21 de abril, 1991.
Markov, A., *The Theory of Algorithms*, Academia Nacional de Ciencias de la URSS, Moscú, 1954.
Marr, D., *Vision*, W. H. Freeman, Nueva York, 1982.
Martin, James y Steven Oxman, *Building Expert Systems: A Tutorial*, Prentice-Hall, Englewood Cliffs, NJ, 1988.
Martin, William A., K. W. Church, y R. S. Patil, «Preliminary Analysis of a Breadth-First Parsing Algorithm: Theoretical and Experiential Results», MIT Laboratory for Computer Science, Cambridge, MA, 1981.
Marx, Leo, *The Machine in the Garden: Technology and the Pastoral Ideal in America*, Oxford University Press, Londres, 1964.
Mason, Matthew T. y Kenneth Salisbury, Jr., *Robot Hands and the Mechanics of Manipulation*, MIT Press, Cambridge, MA, 1985.
Massaro, D. W., y otros, *Letter and Word Perception: Orthographic Structure and Visual Processing in Reading*, North Holland, Amsterdam, 1980.
Mathews, Max V., *The Technology of Computer Music*, MIT Press, Cambridge, MA, 1969.
Mayr, Ernst, *Animal Species and Evolution*, Harvard University Press, Cambridge, MA, 1963.
—, *Toward a New Philosophy of Biology*, Harvard University Press, Cambridge, MA, 1988.
Mayr, Otto, *Authority, Liberty, and Automatic Machinery in Early Modern Europe*, Johns Hopkins University Press, Baltimore, MD, 1986.

Mazlish, Bruce, *The Fourth Discontinuity: The Co-Evolution of Humans and Machines*, Yale University Press, New Haven, CT, 1993.

McClelland, James L. y David E. Rumelhart, *Parallel Distributed Processing: Explorations in the Microstructure of Cognition*, volumen 1, MIT Press, Cambridge, MA, 1986.

—, *Parallel Distributed Processing: Explorations in the Microstructure of Cognition*, volumen 2, MIT Press, Cambridge, MA, 1986.

McCorduck, Pamela, *Aaron's Code: MetaArt, Artificial Intelligence, and the Work of Harold Cohen*, W. H. Freeman, Nueva York, 1991.

—, *Machines Who Think: A Personal Inquiry into the History and Prospects of Artificial Intelligence*, W. H. Freeman, San Francisco, 1979.

McCulloch, Warren S., *An Account of the First Three Conferences of Teleological Mechanisms*, Josiah Macy, Jr. Foundation, 1947.

—, *Embodiments of Mind*, MIT Press, Cambridge, MA, 1965.

McLuhan, Marshall, *The Medium Is the Message*, Bantam Books, Nueva York, 1967.

—, *Understanding Media: The Extension of Man*, McGraw-Hill, Nueva York, 1964.

McRae, Hamish, *The World in 2020: Power, Culture, and Prosperity*, Harvard Business School Press, Cambridge, MA, 1994.

Mead, Carver, *Analog VLSI Implementation of Neural Systems*, Addison-Wesley, Reading, MA, 1989.

Mead, Carver y Lynn Conway, *Introduction to VSLI Systems*, Addison-Wesley, Reading, MA, 1980.

Meisel, William S., *Computer-Oriented Approaches to Pattern Recognition*, Academic Press, Nueva York, 1972.

Mel, Bartlett W., *Connectionist Robot Motion Planning: A Neurally-Inspired Approach to Visually-Guided Reaching*, Academic Press, Boston, 1990.

Metropolis, N., J. Howlett, y Gian-Carlo Rota, eds., *A History of Computing in the Twentieth Century*, Academic Press, Nueva York, 1980.

Miller, Eric, ed., *Future Vision: The 189 Most Important Trends of the 1990s*, Sourcebooks Trade, Naperville, IL, 1991.

Minsky, Marvin, *Computation: Finite and Infinite Machines*, Prentice-Hall, Englewood Cliffs, NJ, 1967.

—, «A Framework for Representing Knowledge», en *The Psychology of Computer Vision*, P. H. Winston (ed.), McGraw-Hill, Nueva York, 1975.

—, *The Society of Mind*, Simon and Schuster, Nueva York, 1985.

—, ed., *Robotics*, Doubleday, Nueva York, 1985.

—, ed., *Semantic Information Processing*, MIT Press, Cambridge, MA, 1968.

Minsky, Marvin y Seymour A. Papert, *Perceptrons: An Introduction to Computational Geometry*, MIT Press, Cambridge, MA, 1969 (edición revisada, 1988).

Mitchell, Melanie, *An Introduction to Genetic Algorithms*, MIT Press, Cambridge, MA, 1996.
Mohr, Richard R., *The Platonic Cosmolity*, E. J. Brill, Leiden, Países Bajos, 1985.
Moore, Thomas J., *Lifespan: New Perspectives on Extending Human Longevity*, Simon and Schuster, Nueva York, 1993.
Moore, Walter, *Schrödinger: Life and Thought*, Cambridge University Press, Cambridge, 1989.
Moravec, Hans, *Mind Children: The Future of Robot and Human Intelligence*, Harvard University Press, Cambridge, MA, 1988.
Morgan, Christopher P., ed., *The «Byte» Book of Computer Music*, Byte Books, Peterborough, NH, 1979.
Morowitz, Harold J. y Jerome L. Singer, *The Mind, the Brain, and Complex Adaptive Systems*, Addison-Wesley, Reading, MA, 1995.
Morris, Desmond, *The Naked Ape: A Zoologist's Study of the Human Animal*, McGraw-Hill, Nueva York, 1967.
Morse, Stephen S., ed., *Emerging Viruses*, Oxford University Press, Oxford, 1997.
Mumford, Lewis, *The Myth of the Machine: Technics and Human Development*, Harcourt Brace and World, Nueva York, 1967.
Murphy, Pat, *By Nature's Design*, Chronicle Books, San Francisco, 1993.
Murray, David W. y Bernard F. Buxton, *Experiments in the Machine Interpretation of Visual Motion*, MIT Press, Cambridge, MA, 1990.
Myers, Terry, John Laver, y John Anderson, eds., *The Cognitive Representation of Speech*, North Holland, Amsterdam, 1981.
Naisbitt, John, *Global Paradox: The Bigger the World Economy, the More Powerful Its Smallest Players*, William Morrow, Nueva York, 1994.
Naisbitt, John y Patricia Aburdene, *Megatrends 2000: Ten New Directions for the 1990's*, William Morrow, Nueva York, 1990.
—, *Re-Inventing the Corporation: Transforming Your Job and Your Company for the New Information Society*, Warner Books, Nueva York, 1985.
Nayak, P. Ranganath y John M. Ketteringham, *Breakthroughs! How the Vision and Drive of Innovators in Sixteen Companies Created Commercial Breakthroughs That Swept the World*, Arthur D. Little, Nueva York, 1986.
Negroponte, Nicholas, *Being Digital*, Alfred A. Knopf, Nueva York, 1995.
—, «Products and Services for Computer Networks», *Scientific American*, septiembre, 1991.
Neuberger, A. P., *The Technical Arts and Sciences of the Ancients*, Methuen, Londres, 1930.
Newell, Allen, *Intellectual Issues in the History of Artificial Intelligence*, Carnegie Mellon University, Pittsburgh, PA, 1982.
—, *The Unified Theories of Cognition*, Harvard University Press, Cambridge, MA, 1990.

Newell, Allen y Herbert A. Simon, *Human Problem Solving*, Prentice-Hall, Englewood Cliffs, NJ, 1972.
Newell, Allen, y otros, «Speech Understanding Systems: Final Report of a Study Group», Computer Science Department, Carnegie Mellon University, Pittsburgh, mayo, 1971.
Newmeyer, Frederick J., *Linguistic Theory in America*, 2.ª ed., Academic Press, Orlando, FL, 1986.
Newton, Isaac, *Philosophiae Naturalis Principia Mathematica*, 3.ª ed., Harvard University Press, Cambridge, MA, 1972. Original, 1726.
Nierenberg, Gerard, *The Art of Creative Thinking*, Simon and Schuster, Nueva York, 1982.
Nilsson, Lennart, *The Body Victorious: The Illustrated Story of Our Immune System and Other Defenses of the Human Body*, Clare James (trad.), Delacorte Press, Nueva York, 1985.
Nilsson, Nils J., *Principles of Artificial Intelligence*, Morgan Kaufmann, Los Altos, CA, 1980.
Nilsson, Nils J. y Bonnie Lynn Webber, *Readings in Artificial Intelligence*, Morgan Kaufmann, Los Altos, CA, 1985.
Nocera, Joseph, *A Piece of the Action: How the Middle Class Joined the Money Class*, Simon and Schuster, Nueva York, 1994.
Norretranders, Tor, *The User Illusion: Cutting Consciousness Down to Size*, Viking, Nueva York, 1998.
O'Keefe, Bernard J., *Nuclear Hostages*, Houghton-Mifflin Company, Boston, 1983.
Oakley, D. A., ed., *Brain and Mind*, Methuen, Londres y Nueva York, 1985.
Oliver, Dick, *FractalVision: Put Fractals to Work for You*, Sams Publishing, Carmel, IN, 1992.
Ornstein, Robert, *The Evolution of Consciousness: Of Darwin, Freud, and Cranial Fire; the Origins of the Way We Think*, Prentice-Hall Press, Nueva York, 1991.
—, *The Mind Field*, Octagon Press, Londres, 1976.
—, *Multimind: A New Way of Looking at Human Behavior*, Houghton-Mifflin, Boston, 1986.
—, *On the Experience of Time*, Penguin Books, Londres, 1969.
—, *The Psychology of Consciousness*, 2.ª ed., Harcourt Brace Jovanovich, Nueva York, 1972.
—, ed., *The Nature of Human Consciousness: A Book of Readings*, Viking, Nueva York, 1973.
Ornstein, Robert y Paul Ehrlich, *New World, New Mind: Moving Toward Conscious Evolution*, Doubleday, Nueva York, 1989.
Ornstein, Robert y D. S. Sobel, *The Healing Brain*, Simon and Schuster, Nueva York, 1987.

Ornstein, Robert y Richard F. Thompson, *The Amazing Brain*, Houghton-Mifflin, Boston, 1984.
Osherson, Daniel N., Michael Stob, y Scott Weinstein, *Systems That Learn: An Introduction to Learning Theory for Cognitive and Computer Scientists*, MIT Press, Cambridge, MA, 1986.
Ouellette, Pierre, *The Deus Machine*, Villard Books, Nueva York, 1994.
Owen, G., *The Universe of the Mind*, Johns Hopkins University Press, Baltimore, MD, 1971.
Pagels, Heinz R., *The Cosmic Code: Quantum Physics as the Language of Nature*, Bantam Books, Nueva York, 1983.
—, *The Dreams of Reason: The Computer and the Rise of the Sciences of Complexity*, Bantam Books, Nueva York, 1988.
—, *Perfect Symmetry: The Search for the Beginning of Time*, Bantam Books, Nueva York, 1986.
Papert, Seymour, *The Children's Machine: Rethinking School in the Age of the Computer*, Basic Books, Nueva York, 1993.
—, *Mindstorms: Children, Computers, and Powerful Ideas*, Basic Books, Nueva York, 1980.
Pascal, Blaise, *Pensées*, E. P. Dutton, Nueva York, 1932. Original, 1670.
Paul, Gregory S. y Earl D. Cox, *Beyond Humanity: CyberEvolution and Future Minds*, Charles River Media, Rockland, MA, 1996.
Paul, Richard P., *Robot Manipulators: Mathematics, Programming, and Control*, MIT Press, Cambridge, MA, 1981.
Paulos, John Allen, *Beyond Numeracy: Ruminations of a Number Man*, Alfred A. Knopf, Nueva York, 1991.
Pavlov, I. P., *Conditioned Reflexes*, Oxford University Press, Londres, 1927.
Peat, F. David, *Artificial Intelligence: How Machines Think*, Baen Enterprises, Nueva York, 1985.
—, *Synchronicity: The Bridge Between Matter and Mind*, Bantam Books, Toronto, 1987.
Peitgen, H. O., D. Saupe, y otros, *The Science of Fractal Images*, Springer-Verlag, Nueva York, 1988.
Peitgen, H. O. y P. H. Richter, *The Beauty of Fractals: Images of Complex Dynamical Systems*, Springer-Verlag, Berlín, 1986.
Penfield, W., *The Mystery of the Mind*, Princeton University Press, Princeton, NJ, 1975.
Penrose, Roger, *The Emperor's New Mind: Concerning Computers, Minds, and the Laws of Physics*, Oxford University Press, Nueva York, 1989.
—, *Shadows of the Mind*, Oxford University Press, Oxford, 1994.
Penrose, R. y C. J. Isham, eds., *Quantum Concepts in Space and Time*, Oxford University Press, Oxford, 1986.
Pentland, Alex P., ed., *From Pixels to Predicates: Recent Advances in Com-*

putational and Robotic Vision, Ablex Publishing Corporation, Norwood, NJ, 1986.
Peterson, Dale, *Genesis II: Creation and Recreation with Computers*, Reston Publishing Co., Reston, VA, 1983.
Petroski, Henry, *To Engineer Is Human: The Role of Failure in Successful Design*, St. Martin's Press, Nueva York, 1985.
Piaget, Jean, *The Psychology of Intelligence*, Routledge and Kegan Paul, Londres, 1967.
Pickover, Clifford A., *Computers and the Imagination: Visual Adventures Beyond the Edge*, St. Martin's Press, Nueva York, 1991.
Pierce, John R., *The Science of Musical Sound*, Scientific American Books, Nueva York, 1983.
Pines, David, ed., *Emerging Syntheses in Science*, Addison-Wesley, Reading, MA, 1988.
Pinker, Steven, *How the Mind Works*, W. W. Norton and Company, Nueva York, 1997.
—, *The Language Instinct*, William Morrow, Nueva York, 1994.
—, *Language Learnability and Language Development*, Harvard University Press, Cambridge, MA, 1984.
—, *Learnability and Cognition: The Acquisition of Argument Structure*, MIT Press, Cambridge, MA, 1989.
—, ed., *Visual Cognition*, MIT Press, Cambridge, MA, 1984.
Pinker, Steven y J. Mehler, eds., *Connections and Symbols*, MIT Press, Cambridge, MA, 1988.
Platón, *Epinomis*, en The Loeb Classical Library. W. R. M. Lamb (ed.), vol. 8, G. P. Putnam's Sons, Nueva York, 1927.
—, *Protagoras and Meno*, Penguin Books, Baltimore, MD, 1956.
—, *Timaeus*, Bobbs-Merrill, Indianápolis, IN, 1959.
Pollock, John, *How to Build a Person: A Prolegomenon*, MIT Press, Cambridge, MA, 1989.
Poole, Robert M., *The Incredible Machine*, The National Geographic Society, Washington, D.C., 1986.
Poppel, Ernst, *Mindworks: Time and Conscious Experience*, Harcourt Brace Jovanovich, Boston, 1988.
Popper, Karl y John Eccles, *The Self and Its Brain*, Springer-Verlag, Berlín, Londres, 1977.
Posner, Michael I. y Marcus E. Raichle, *Images of Mind*, Scientific American Library, Nueva York, 1994.
Potter, Jerry L., ed., *The Massively Parallel Processor*, MIT Press, Cambridge, MA, 1985.
Poundstone, William, *Prisoner's Dilemma*, Doubleday, Nueva York, 1992.
—, *The Recursive Universe: Cosmic Complexity and the Limits of Scientific Knowledge*, William Morrow, Nueva York, 1985.

Pratt, Vernon, *Thinking Machines: The Evolution of Artificial Intelligence*, Basil Blackwell, Nueva York, 1987.
Pratt, William K., *Digital Image Processing*, John Wiley and Sons, Nueva York, 1978.
Price, Derek J. de Solla, *Gears from the Greeks: The Antikythera Mechanism-A Calendar Computer from Circa 80 B. C.*, Science History Publications, Nueva York, 1975.
Prigogine, Ilya, *The End of Certainty: Time's Flow and the Laws of Nature*, Simon and Schuster, Nueva York, 1997.
Prueitt, Melvin L., *Art and the Computer*, McGraw-Hill, Nueva York, 1984.
Prusinkiewicz, Przemyslaw y Aristid Lindenmayer, *The Algorithmic Beauty of Plants*, Springer-Verlag, Nueva York, 1990.
Rabiner, Lawrence R. y Ronald W. Schafer, *Digital Processing of Speech Signals*, Prentice-Hall, Englewood Cliffs, NJ, 1978.
RACTER, *The Policeman's Beard Is Half Constructed: Computer Prose and Poetry by RACTER*. [William Chamberlain and Joan Hall.] Warner Books, Nueva York, 1984.
Radford, Andrew, *Transformational Syntax: A Student's Guide to Chomsky's Extended Standard Theory*, Cambridge University Press, Cambridge, 1981.
Raibert, Marc H., *Legged Robots That Balance*, MIT Press, Cambridge, MA, 1986.
Randell, Brian, ed., *The Origins of Digital Computers: Selected Papers*, Springer-Verlag, Nueva York, 1975.
Raphael, Bertram, *The Thinking Computer: Mind Inside Matter*, W. H. Freeman, San Francisco, 1976.
Rasmussen, S., y otros, «Computational Connectionism Within Neurons: A Model of Cytoskeletal Automata Subserving Neural Networks», en *Emergent Computation,* Stephanic Forrest (ed.), MIT Press, Cambridge, MA, 1991.
Raup, David M., *Extinction: Bad Genes or Bad Luck?,* W. W. Norton, Nueva York, 1991.
Rawlings, Gregory J. E., *Moths to the Flame: The Seductions of Computer Technology*, MIT Press, Cambridge, MA, 1996.
Rée, Jonathan, *Descartes*, Pica Press, Nueva York, 1974.
Reichardt, Jasia, *Robots: Fact, Fiction and Prediction*, Penguin Books, Middlesex, Reino Unido, 1978.
Reid, Robert H., *Architects of the Web: 1,000 Days That Built the Future of Business*, John Wiley and Sons, Nueva York, 1997.
Restak, Richard M. (M.D.), *The Brain*, Bantam Books, Toronto, 1984.
Rheingold, Howard, *Virtual Reality*, Summit Books, Nueva York, 1991.
Rich, Elaine, *Artificial Intelligence*, McGraw-Hill, Nueva York, 1983.

Rich, Elaine y Kevin Knight, *Artificial Intelligence*, 2.ª ed., McGraw-Hill, Nueva York, 1991.
Ringle, Martin D., ed., *Philosophical Perspectives in Artificial Intelligence*, Harvester Press, Brighton, Sussex, 1979.
Roads, Curtis, ed., *Composers and the Computer*, William Kaufmann, Los Altos, CA, 1985.
—, ed., *The Music Machine: Selected Readings from «Computer Music Journal»*, MIT Press, Cambridge, MA, 1988.
Roads, Curtis y John Strawn, *Foundations of Computer Music*, MIT Press, Cambridge, MA, 1989.
Robin, Harry y Daniel J. Kevles, *The Scientific Image: From Cave to Computer*, Harry N. Abrams, Nueva York, 1992.
Rock, Irvin, *Perception*, Scientific American Books, Nueva York, 1984.
Rogers, David F. y Rae A. Ernshaw, eds., *Computer Graphics Techniques: Theory and Practice*, Springer-Verlag, Nueva York, 1990.
Rose, Frank, *Into the Heart of the Mind: An American Quest for Artificial Intelligence*, Vintage Books, Nueva York, 1984.
Rosenberg, Jerry M., *Dictionary of Artificial Intelligence and Robotics*, John Wiley and Sons, Nueva York, 1986.
Rosenblatt, Frank, *Principles of Neurodynamics*, Spartan, Nueva York, 1962.
Rosenfield, Israel, *The Invention of Memory: A New View of the Brain*, Basic Books, Nueva York, 1988.
Rothchild, Joan, ed., *Machina ex Dea: Feminist Perspectives on Technology*, Pergamon Press, Nueva York, 1982.
Rothschild, Michael, *Bionomics: The Inevitability of Capitalism*, Henry Holt and Company, Nueva York, 1990.
Rucker, Rudy, *Infinity and the Mind*, Birkhäuser, Boston, 1982.
—, *Mind Tools: The Five Levels of Mathematical Reality*, Houghton-Mifflin Company, Boston, 1987.
—, *Software*, Penguin Books, Middlesex, Reino Unido, 1983.
Rumelhart, D. E., J. L. McClelland, y el PDP Research Group, *Parallel Distributed Processing*, vols. 1 y 2, MIT Press, Cambridge, MA, 1982.
Russell, Bertrand, *The ABC of Relativity*, 4.ª ed. 1925, reedición, Allen and Unwin, Londres, 1985.
—, *The Autobiography of Bertrand Russell: 1872-1914*, Bantam Books, Toronto, 1967.
—, *The Autobiography of Bertrand Russell: 1914-1944*, Bantam Books, Toronto, 1968.
—, *A History of Western Philosophy*, Simon and Schuster, Nueva York, 1945.
—, *Introduction to Mathematical Philosophy*, Macmillan, Nueva York, 1919.
—, *Mysticism and Logic*, Doubleday Anchor Books, Nueva York, 1957.

—, *The Principles of Mathematics*, reedición, W. W. Norton & Company, Nueva York, 1996.
—, *The Problems of Philosophy*, Oxford University Press, Nueva York, 1959.
Russell, Peter, *The Global Brain: Speculations on the Evolutionary Leap to Planetary Consciousness*, J. P. Tarcher, Los Ángeles, 1976.
Sabbagh, Karl, *The Living Body*, Macdonald & Company, Londres, 1984.
Sacks, Oliver, *The Man Who Mistook His Wife for a Hat and Other Clinical Tales*, Harper and Row, Nueva York, 1985.
Sagan, Carl, *Contact*, Simon and Schuster, Nueva York, 1985.
—, *The Dragons of Eden: Speculations on the Evolution of Human Intelligence*, Ballantine Books, Nueva York, 1977.
—, ed., *Communication with Extraterrestrial Intelligence*, MIT Press, Cambridge, MA, 1973.
Sambursky, S., *The Physical World of the Greeks*, Routledge and Kegan Paul, Londres, 1963. Original, 1956.
Sanderson, George y Frank Mcdonald, eds., *Marshall McLuhan: The Man and His Message*, Fulcrum, Golden, CO, 1989.
Saunders, Peter T., «The Complexity of Organisms», *Evolutionary Theory: Paths into the Future*, J. W. Pollard (ed.), John Wiley and Sons, Nueva York, 1984.
Savage, John E., Susan Magidson, y Alex M. Stein, *The Mystical Machine: Issues and Ideas in Computing*, Addison-Wesley, Reading, MA, 1986.
Saxby, Graham, *Holograms: How to Make and Display Them*, Focal Press, Londres, 1980.
Sayre, Kenneth M. y Frederick J. Crosson, *The Modeling of Mind: Computers and Intelligence*, Simon and Schuster, Nueva York, 1963.
Schank, Roger, *The Creative Attitude: Learning to Ask and Answer the Right Questions*, Macmillan Publishing Company, Nueva York, 1988.
—, *Dynamic Memory: A Theory of Reminding and Learning in Computers and People*, Cambridge University Press, Cambridge, 1982.
—, *Tell Me a Story: A New Look at Real and Artificial Memory*, Charles Scribner's Sons, Nueva York, 1990.
Schank, Roger C. y Kenneth Mark Colby, eds., *Computer Models of Thought and Language*, W. H. Freeman, San Francisco, 1973.
Schank, Roger [con Peter G. Childers], *The Cognitive Computer: On Language, Learning, and Artificial Intelligence*, Addison-Wesley, Reading, MA, 1984.
Schilpp, P. A., ed., *The Philosophy of Bertrand Russell*, Chicago University Press, Chicago, 1944.
Schön, Donald A., *Educating the Reflective Practitioner: Toward a New Design for Teaching and Learning in the Professions*, Jossey-Bass, San Francisco, 1987.

Schorr, Herbert y Alain Rappaport, eds., *Innovative Applications of Artificial Intelligence*, AAAI Press, Menlo Park, CA, 1989.
Schrödinger, Erwin, *What Is Life?*, Cambridge University Press, Cambridge, 1967.
Schull, Jonathan, «Are Species Intelligent?», en *Behavioral and Brain Sciences*, 13:1 (1990).
Schulmeyer, G. Gordon, *Zero Defect Software*, McGraw-Hill, Nueva York, 1990.
Schwartz, Lillian F., *The Computer Artist's Handbook: Concepts, Techniques, and Applications*, W. W. Norton and Company, Nueva York, 1992.
Searle, John R., «Minds, Brains, and Programs», *The Behavioral and Brain Sciences*, vol. 3, Cambridge University Press, Cambridge, 1980.
—, *Minds, Brains and Science*, Harvard University Press, Cambridge, MA, 1985.
—, *The Rediscovery of the Mind*, MIT Press, Cambridge, MA, 1992.
Sejnowski, T. y C. Rosenberg, «Parallel Networks That Learn to Pronounce English Text», en *Complex Systems*, 1 (1987).
Serra, Jean, ed., *Image Analysis and Mathematical Morphology*, vol. 1, Academic Press, Londres, 1988.
—, ed., *Image Analysis and Mathematical Morphology*, vol. 2: Theoretical Advances, Academic Press, Londres, 1988.
Shapiro, Stuart D., ed., *Encyclopedia of Artificial Intelligence*, 2 vols., John Wiley and Sons, Nueva York, 1987.
Sharples, M. D., y otros, *Computers and Thought: A Practical Introduction to Artificial Intelligence*, MIT Press, Cambridge, MA, 1989.
Shear, Jonathan, ed., *Explaining Consciousness-The «Hard» Problem*, MIT Press, Cambridge, MA, 1995-1997.
Shortliffe, E., *MYCIN: Computer-Based Medical Consultations*, American Elsevier, Nueva York, 1976.
Shurkin, Joel, *Engines of the Mind: A History of the Computer*, W. W. Norton, Nueva York, 1984.
Siekmann, Jorg y Graham Wrightson, *Automation of Reasoning 1: Classical Papers on Computational Logic 1957-1966*, Springer-Verlag, Berlín, 1983.
—, *Automation of Reasoning 2: Classical Papers on Computational Logic 1967-1970*, Springer-Verlag, Berlín, 1983.
Simon, Herbert A., *Models of My Life*, Basic Books, Nueva York, 1991.
—, *The Sciences of the Artificial*, MIT Press, Cambridge, MA, 1969.
Simon, Herbert A. y Allen Newell, «Heuristic Problem Solving: The Next Advance in Operations Research», en *Operations Research*, vol. 6, 1958.
Simon, Herbert A. y L. Siklossy, eds., *Representation and Meaning: Experiments with Information Processing Systems*, Prentice-Hall, Englewood Cliffs, NJ, 1972.

Simpson, George Gaylord, *The Meaning of Evolution,* The New American Library of World Literature, A Mentor Book, Nueva York, 1951.
Singer, C., E. J. Holmyard, A. R. Hall, y T. I. Williams, eds., *A History of Technology*, 5 vols., Oxford University Press, Oxford, 1954-1958.
Singer, Michael A., *The Search for Truth*, Shanti Publications, Alachua, FL, 1974.
Slater, Robert, *Portraits in Silicon*, MIT Press, Cambridge, MA, 1987.
Smith, John Maynard, *Did Darwin Get It Right? Essays on Games, Sex and Evolution*, Chapman and Hall, Nueva York, 1989.
Smullyan, Raymond, *Forever Undecided: A Puzzle Guide to Gödel*, Alfred A. Knopf, Nueva York, 1987.
Solso, Robert L., *Mind and Brain Sciences in the 21st Century*, MIT Press, Cambridge, MA, 1997.
Soltzberg, Leonard J., *Sing a Song of Software: Verse and Images for the Computer-Literate*, William Kaufmann, Los Altos, CA, 1984.
Soucek, Branko y Marina Soucek, *Neural and Massively Parallel Computers: The Sixth Generation*, John Wiley and Sons, Nueva York, 1988.
Spacks, Barry, *The Company of Children*, Doubleday and Company, Garden City, NY, 1969.
Spinosa, Charles, Hubert L. Dreyfus, y Fernando Flores, *Disclosing New Worlds: Entrepreneurship, Democratic Action, and the Cultivation of Solidarity*, MIT Press, Cambridge, MA, 1997.
Stahl, Franklin W., *The Mechanics of Inheritance*, Prentice-Hall, Englewood Cliffs, NJ, 1964, 1969.
Stein, Dorothy, *Ada: A Life and a Legacy*, MIT Press, Cambridge, MA, 1985.
Sternberg, Robert J., ed., *Handbook of Human Intelligence*, Cambridge University Press, Cambridge, 1982.
Sternberg, Robert J. y Douglas K. Detterman, eds., *What Is Intelligence? Contemporary Viewpoints on its Nature and Definition*, Ablex Publishing Corporation, Norwood, NJ, 1986.
Stewart, Ian, *Does God Play Dice?*, Basil Blackwell, Nueva York, 1989.
Stock, Gregory, *Metaman: The Merging of Humans and Machines into a Global Superorganism*, Simon and Schuster, Nueva York, 1993.
Stork, David G., *HAL's Legacy: 2001's Computer as Dream and Reality*, MIT Press, Cambridge, MA, 1996.
Strassmann, Paul A., *Information Payoff: The Transformation of Work in the Electronic Age*, The Free Press, Nueva York, 1985.
Talbot, Michael, *The Holographic Universe*, HarperCollins, Nueva York, 1991.
Tanimoto, Steven L., *The Elements of Artificial Intelligence: An Introduction Using LISP*, Computer Science Press, Rockville, MD, 1987.
Taylor, F. Sherwood, *A Short History of Science and Scientific Thought*, W. W. Norton and Company, Nueva York, 1949.

Taylor, Philip A., ed., *The Industrial Revolution in Britain: Triumph or Disaster?*, Heath, Lexington, MA, 1970.
Thearling, Kurt, «How We Will Build a Machine That Thinks», A Workshop at Thinking Machines Corporation, 24-26 de agosto, 1992.
Thomas, Abraham, *The Intuitive Algorithm*, Affiliated East-West PVT, Nueva Delhi, 1991.
Thomis, Malcolm I., *The Luddites: Machine Breaking in Regency England*, Archon Books, Hamden, CT, 1970.
Thorpe, Charles E., *Vision and Navigation: The Carnegie Mellon Navlab*, Kluwer Academic, Norwell, MA, 1990.
Thurow, Lester C., *The Future of Capitalism: How Today's Economic Forces Shape Tomorrow's World*, William Morrow, Nueva York, 1996.
Time-Life Books, *Computer Images*, Time-Life Books, Alexandria, VA, 1986.
Tjepkema, Sandra L., *A Bibliography of Computer Music: A Reference for Composers*, University of Iowa Press, Iowa City, 1981.
Toepperwein, L. L., y otros, *Robotics Applications for Industry: A Practical Guide*, Noyes Data Corporation, Park Ridge, 1983.
Toffler, Alvin, *Powershift*, Bantam Books, Nueva York, 1990.
—, *The Third Wave: The Classic Study of Tomorrow*, Bantam Books, Nueva York, 1980.
Toffoli, Tommaso y Norman Margolis, *Cellular Automata Machines: A New Environment for Modeling*, MIT Press, Cambridge, MA, 1987.
Torrance, Stephen B., ed., *The Mind and the Machine: Philosophical Aspects of Artificial Intelligence*, Ellis Horwood, Chichester, Reino Unido, 1986.
Traub, Joseph F., ed., *Cohabiting with Computers*, William Kaufmann, Los Altos, CA, 1985.
Truesdell, L. E., *The Development of Punch Card Tabulation in the Bureau of the Census, 1890-1940*, Government Printing Office, Washington, D.C., 1965.
Tufte, Edward R., *The Visual Display of Quantitative Information*, Graphics Press, Cheshire, CT, 1983.
—, *Visual Explanations: Images and Quantities, Evidence and Narrative*, Graphics Press, Cheshire, CT, 1997.
Turing, Alan, «Computing Machinery and Intelligence», reimpreso en *Minds and Machines*, Alan Ross Anderson (ed.), Prentice-Hall, Englewood Cliffs, NJ, 1964.
—, «On Computable Numbers, with an Application to the *Entscheidungsproblem*», Proceedings, London Mathematical Society, 2, n.º 42 (1936).
Turkle, Sherry, *The Second Self: Computers and the Human Spirit*, Simon and Schuster, Nueva York, 1984.
Tye, Michael, *Ten Problems of Consciousness: A Representational Theory of the Phenomenal Mind*, MIT Press, Cambridge, MA, 1995.

Ullman, Shimon, *The Interpretation of Visual Motion*, MIT Press, Cambridge, MA, 1982.
Usher, A. P., *A History of Mechanical Inventions*, 2.ª ed., Harvard University Press, Cambridge, MA, 1958.
Vaina, Lucia y Jaakko Hintikka, eds., *Cognitive Constraints on Communication*, Reidel, Dordrecht, Países Bajos, 1985.
Van Heijenoort, Jean, ed., *From Frege to Gödel*, Harvard University Press, Cambridge, MA, 1967.
Varela, Francisco J., Evan Thompson, y Eleanor Rosch, *The Embodied Mind: Cognitive Science and Human Experience*, MIT Press, Cambridge, MA, 1991.
Vigne, V., «Technological Singularity», *Whole Earth Review*, invierno 1993.
Von Neumann, John, *The Computer and the Brain*, Yale University Press, New Haven, CT, 1958.
Waddington, C. H., *The Strategy of the Genes*, George Allen and Unwin, Londres, 1957.
Waldrop, M. Mitchell, *Complexity: The Emerging Science at the Edge of Order and Chaos*, Simon and Schuster, Nueva York, 1992.
—, *Man-Made Minds: The Promise of Artificial Intelligence*, Walker and Company, Nueva York, 1987.
Waltz, D., «Massively Parallel AI», trabajo presentado ante el congreso de la American Association of Artificial Intelligence (AAAI), agosto, 1990.
Waltz, David, *Connectionist Models and Their Implications: Readings from Cognitive Science*, Ablex, Norwood, NJ, 1987.
Wang, doctor An., *Lessons: An Autobiography*, Addison-Wesley, Reading, MA, 1986.
Wang, Hao, *A Logical Journey: From Gödel to Philosophy*, MIT Press, Cambridge, MA, 1996.
Warrick, Patricia S., *The Cybernetic Imagination in Science Fiction*, MIT Press, Cambridge, MA, 1980.
Watanabe, Satoshi, *Pattern Recognition: Human and Mechanical*, John Wiley and Sons, Nueva York, 1985.
Waterman, D. A. y F. Hayes-Roth, eds., *Pattern-Directed Inference Systems*. Descatalogado.
Watson, J. B., *Behaviorism*, Norton, Nueva York, 1925.
Watson, J. D., *The Double Helix*, Atheneum, Nueva York, 1968.
Watt, Roger, *Understanding Vision*, Academic Press, Londres, 1991.
Webber, Bonnie Lynn y Nils J. Nilsson, eds., *Readings in Artificial Intelligence*, Morgan Kaufmann, Los Altos, CA, 1981.
Weinberg, Steven, *Dreams of a Final Theory*, Pantheon Books, Nueva York, 1992.
—, *The First Three Minutes: A Modern View of the Origin of the Universe*, Pantheon Books, Nueva York, 1977.

Weiner, Jonathan, *The Next One Hundred Years*, Bantam Books, Nueva York, 1990.
Weinstock, Neal, *Computer Animation*, Addison-Wesley, Reading, MA, 1986.
Weiss, Sholom M. y Casimir A. Kulikowski, *A Practical Guide to Designing Expert Systems*, Rowman and Allanheld, Totowa, NJ, 1984.
Weizenbaum, Joseph, *Computer Power and Human Reason*, W. H. Freeman, San Francisco, 1976.
Werner, Gerhard, «Cognition as Self-Organizing Process», en *Behavioral and Brain Sciences*, 10, 2:183.
Westfall, Richard, *Never at Rest: A Biography of Isaac Newton*, Cambridge University Press, Cambridge, 1980.
White, K. D., *Greek and Roman Technology*, Thames and Hudson, Londres, 1984.
Whitehead, Alfred N. y Bertrand Russell, *Principia Mathematica*, 3 vols., 2.ª ed., Cambridge University Press, Cambridge, 1925-1927.
Wick, David, *The Infamous Boundary: Seven Decades of Heresy in Quantum Physics*, Birkhäuser, Boston, 1995.
Wiener, Norbert, *Cybernetics: or Control and Communication in the Animal and the Machine*, MIT Press, Cambridge, MA, 1965.
—, *God and Golem, Inc.: A Comment on Certain Points Where Cybernetics Impinges on Religion*, MIT Press, Cambridge, MA, 1985.
Wills, Christopher, *The Runaway Brain: The Evolution of Human Uniqueness*, Basic Books, Nueva York, 1993.
Winkless, Nels e Iben Browning, *Robots on Your Doorstep: A Book About Thinking Machines*, Robotics Press, Portland, OR, 1978.
Winner, Langdon, *Autonomous Technology: Technics-Out-of-Control as a Theme in Political Thought*, MIT Press, Cambridge, MA, 1977.
Winograd, Terry, *Understanding Computers and Cognition*, Ablex, Norwood, NJ, 1986.
—, *Understanding Natural Language*, Academic Press, Nueva York, 1972.
Winston, Patrick Henry, *Artificial Intelligence*, Addison-Wesley, Reading, MA, 1984.
—, *The Psychology of Computer Vision*, McGraw-Hill, Nueva York, 1975.
Winston, Patrick Henry y Richard Henry Brown, eds., *Artificial Intelligence: An MIT Perspective*, vol. 1, MIT Press, Cambridge, MA, 1979.
—, eds., *Artificial Intelligence: An MIT Perspective*, vol. 2, MIT Press, Cambridge, MA, 1979.
Winston, Patrick Henry y Karen A. Prendergast, *The AI Business: Commercial Uses of Artificial Intelligence*, MIT Press, Cambridge, MA, 1984.
Wittgenstein, Ludwig, *Philosophical Investigations*, Blackwell, Oxford, 1953.
—, *Tractatus Logico-Philosophicus*, Routledge and Kegan Paul, Londres, 1961.

Yavelow, Christopher, *MacWorld Music and Sound Bible*, IDG Books Worldwide, San Mateo, CA, 1992.

Yazdani, M. y A. Narayanan, eds., *Artificial Intelligence: Human Effects*, Ellis Horwood, Chichester, Reino Unido, 1984.

Yovits, M. C. y S. Cameron, eds., *Self-Organizing Systems*, Pergamon Press, Nueva York, 1960.

Zadeh, Lofti, *Information and Control*, vol. 8, Academic Press, Nueva York, 1974.

Zeller, Eduard, *Plato and the Older Academy*, trad., Russell and Russell, Nueva York, 1962.

Zue, Victor W., Francine R. Chen, y Lori Lamel, *Speech Spectrogram Reading: An Acoustic Study of English Words and Sentences*, MIT Press, Cambridge, MA, trad., 26-30 de julio, 1982.

Referencias en Internet

A continuación se despliega, organizado por temas, un catálogo de los sitios de la World Wide Web pertinentes a los asuntos a los que se refiere el libro. Recuérdese que, en comparación con los libros mencionados en una bibliografía, los sitios web no tienen el mismo tiempo de vida. Todos fueron verificados cuando se envió el libro a la imprenta, pero es inevitable que algunos queden pronto inactivos. Desgraciadamente, Internet está plagado de sitios no funcionales.

SITIOS CORRESPONDIENTES AL LIBRO

Del libro *The Age of Spiritual Machines: When Computers Exceed Human Intelligence*, de Ray Kurzweil:
<http://www.penguinputnam.com/kurzweil>
Dirección de e-mail del autor:
raymond@kurzweiltech.com
Para bajar una copia del Ray Kurzweil's Cybernetic Poet:
<http://www.kurzweiltech.com>
Dirección de e-mail de la casa editora de este libro, Viking:
<http.//www.penguinputnam.com>
Para ediciones de Ray Kurzweil:
Ir a <http://www.kurzweil.com> o <http://www.kurzweiledu.com> y luego seleccionar «Publications»

SITIOS WEB DE COMPAÑÍAS FUNDADAS POR RAY KURZWEIL

Kurzweil Educational Systems, Inc. (creadora de los sistemas de lectura letra impresa-habla para personas con problemas de lectura y deficiencias visuales):
<http://www.kurzweiledu.com>
Kurzweil Technologies, Inc. (creadora del Ray Kurzweil's Cybernetic Poet y otros proyectos de *software*):

<http://www.kurzweiltech.com>

La división de dictado de Lernout & Hauspie Speech Products (ex Kurzweil Applied Intelligence, Inc.), creadora de los sistemas de *software* de reconocimiento del habla y de lenguaje natural:

<http://www.lhs.com/dictation/>

El sitio web de Lernout & Hauspie en general:

<http://www.lhs.com/>

Kurzweil Music Systems, Inc., creadora de los sintetizadores musicales de base informática y vendida en 1990 a Young Chang:

<http://www.youngchang.com/kurzweil/index.html>

TextBridge Optical Character Recognition (OCR). Ex Kurzweil OCR de Kurzweil Computer Products, Inc. (vendida a Xerox Corp. en 1980):

<http://www.xerox.com/scansoft/textbridge/>

INVESTIGACIÓN EN VIDA ARTIFICIAL E INTELIGENCIA ARTIFICIAL

The Artificial Intelligence Laboratory, Massachusetts Institute of Technology (MIT):

<http://www.ai.mit.edu/>

Vida artificial *on line*:

<http://alife.santafe.edu>

Filosofía contemporánea de la mente: bibliografía comentada:

<http://ling.ucsc.edu/~chalmers/biblio.html>

Machine Learning Laboratory, University of Massachusetts, Amherst:

<http://www-ml.cs.umass.edu/>

The MIT Media Lab:

<http://www.media.mit.edu/>

SSIE 580B: Evolutionary Systems and Artificial Life, de Luis M. Rocha, Los Alamos National Laboratory:

<http://www.c3.lanl.gov/~rocha/ss504_02.html>

Guía de vida artificial, de Stewart Dean:

<http://www.webslave.dircon.co.uk/alife/intro.html>

ASTRONOMÍA/FÍSICA

American Institute of Physics:

<http://www.aip.org/history/einstein/>

International Astronomical Union (IAU):

<http://www.instastun.org/>

Introducción a la teoría del *big bang*:

<http://www.bowdoin.edu/dept/physics/astro.1997/astro4/bigbang.html>

BIOLOGÍA Y EVOLUCIÓN

American Scientist Article: Reward Deficiency Syndrome:
<http://www.amsci.org/amsci/Articles/96Articles/Blum-full.html>
Sitio web sobre diversidad animal, Museo de Zoología de la Universidad de Michigan:
<http://www.oit.itd.umich.edu/projects/ADW/>
El origen de las especies, de Charles Darwin:
<http://www.literature.org/Works/Charles-Darwin/origin/>
Evolución y comportamiento:
<http://ccp.uchicago.edu/~jyin/evolution.html>
El proyecto del Genoma Humano:
<http://www.nhgri.nih.gov/HGP/>
Procesamiento de información en el cuerpo humano:
<http://vadim.www.media.mit.edu/MAS862/Project.html>
Thomas Ray/Tierra:
<http://www.hip.atr.co.jp/~ray/>
The Visible Human Project:
<http://www.nlm.nih.gov/research/visible/visible_human.html>

INVESTIGACIÓN EN IMAGEN DEL CEREBRO

Brain Research Web Page, Jeffrey H. Lake Research:
<http://www.brainresearch.com/>
Aplicaciones de la investigación cerebral:
<http://www.brainresearch.com/apps.html>
Sitio web de Amiram Grinvald: Imagen del cerebro en acción:
<http://www.weizmann.ac.il/brain/grinvald/grinvald.htm>
The Harvard Brain Tissue Resource Center:
<http://www.brainbank.mclean.org:8080>
The McLean Hospital Brain Imaging Center:
<http://www.mclean.org:8080/>
Optical Imaging, Inc., Home Page:
<http://opt-imaging.com/>
Research Imaging Center: Solving the Mysteries of the Mind, University of Texas Health Science Center at San Antonio:
<http://biad63.uthscsa.edu/>
Visualización y análisis de imágenes cerebrales funcionales tridimensionales, de Finn Å rup Nielsen, Instituto de Modelos Matemáticos, Sección de procesamiento de señales digitales, ex Instituto de Electrónica, Universidad Técnica de Dinamarca:
<http://hendrix.ei.dtu.dk/staff/students/fnielsen/thesis/finn/finn.html>

Weizmann Institute of Science:
<http://www.weizmann.ac.il/>
The Whole Brain Atlas:
<http://www.med.harvard.edu/AANLIB/home.html>

EMPRESAS DE INFORMÁTICA/APLICACIONES MÉDICAS

Automated Highway System DEMO; National AHS Consortium Home Page:
<http://monolith-mis.com/ahs/default.htm>
Biometric (The Face Recognition Home Page):
<http://cherry.kist.re.kr/center/html/sites.html>
Face Recognition Homepage:
<http://www.cs.rug.nl/~peterkr/FACE/face.html>
The Intelligent Vehicle Initiative: Advancing «Human-Centered» Smart Vehicles:
<http://www.tfhrc.gov/pubrds/pr97-10/p18.htm>
Kurzweil Educational Systems, Inc.:
<http://www.kurzweiledu.com/>
Kurzweil Music (Welcome to Kurzweil Music Systems):
<http://www.youngchang.com/kurzweil/index.html>
Laboratory for Financial Engineering, MIT:
<http://web.mit.edu/lfe/www/>
Lernout & Hauspie Speech Products:
<http://www.lhs.com/>
Medical Symptoms Matching Software:
<http://www.ozemail.com.au/~lisadev/sftdocpu.htm>
Miros Company Information:
<http://www.miros.com/About_Miros.htm>
Synaptics, Inc.:
<http://www.synaptics.com/>
Systran:
<http://www.systransoft.com/>

ORDENADORES Y ARTE/CREATIVIDAD

Arachnaut's Lair - Electronic Music Links:
<http://www.arachnaut.org/music/links.html>
ArtSpace: Computer Generated Art:
<http://www.uni.uiuc.edu/~artspace/compgen.html>
BRUTUS.1 Story Generator:

<http://www.rpi.edu/dept/ppcs/BRUTUS/brutus.html>
But Is It Computer Art?:
<http://www.cs.swarthmore.edu/~binde/art/index.html>
Computer Artworks, Ltd.:
<http://www.artworks.co.uk/welcome.htm>
Computer Generated Writing:
<http://www.notam.uio.no/~mariusw/c-g.writing/>
Northwest Cyberartists: Time Warp of Past Events:
<http://www.nwlink.com/cyberartists/timewarp.html>
Music Software:
<http://www.yahoo.com/Entertainment/Music/Software/>
An OBS Cyberspace Extension of *Being Digital*, de Nicholas Negroponte:
<http://www.obs-us.com/obs/english/books/nn/bdintro.htm>
Ray Kurzweil's Cybernetic Poet:
<http://www.kurzweiltech.com>
Recommended Reading, Computer Art:
<http://ananke.advanced.org/3543/resourcessites.html>
Virtual Muse: Experiments in Computer Poetry:
<http://camel.conncoll.edu/ccother/cohar/programs/index.html>

ORDENADORES Y CONCIENCIA/ESPIRITUALIDAD

Consideraciones sobre la conciencia humana:
<http://www.mediacom.it/~v.colaciuri/consc.htm>
Extropía *on line*, Arterati sobre ideas, de Natasha Vita More; visión de Vinge de la singularidad:
<http://www.extropy.com/~exi/eo/articles/vinge.htm>
Dios y los ordenadores:
<http://web.mit.edu/bpadams/www/gac/>
Kasparov vs. Deep Blue: The Rematch:
<http://www.nytimes.com/partners/microsites/chess/archive8.html>
Artículos *on line* sobre conciencia, compilados por David Chalmers:
<http://ling.ucsc.edu/~chalmers/mind.html>
Hacia una Ciencia de la Conciencia, «Tucson III», 1998, conferencia, The University or Arizona, Tucson, Arizona. Con apoyo del Fetzer Institute y el Institute of Noetic Sciences:
<http://www.zynet.co.uk/imprint/Tucson/>

INVESTIGACIÓN EN CIENCIA DE LA COMPUTACIÓN

Defining Virtual Reality, Industry Consortium in the Institute for Communication Research, Department of Communication, Stanford University:

<http://www.cyborganic.com/people/jonathan/Academia/Papers/Web/defining-vr.html>

Computer Games: Past, Present, Future:
<http://www.bluetongue.com/~pang/DRAFT.html>

The Haptics Community Web Page:
<http://haptic.mech.nwu.edu>

Modeling and Simulation: Linking Entertainment and Defense:
<http://www.nap.edu/readingroom/books/modeling/index.html>

Physics News Update Number 219-The Density of Data. Enlace con la investigación de Lambertus Hesselink sobre computación cristalina.
<http://www.aip.org/enews/physnews/1995/split/pnu219-2.htm>

Quebrantamientos estudiantiles de códigos criptogramáticos. Enlace con un artículo en *USA Today* sobre cómo Ian Goldberg, estudiante de posgrado de la Universidad de California, descifró el criptograma de 40 bits.
<http://www.usatoday.com/life/cyber/tech/ct718.htm>

Agentes autónomos

Agent Web Links:
<http://www.cs.bham.ac.uk/~amw/agents/links/index.html>

Visión informática

Computer Vision Research Groups:
<http://www.cs.cmu.edu/~cil/v-groups.html>

Computación con ADN

«DNA-based computers could race past supercomputers, researchers predict.» Enlace con un artículo en *Chronicle of Higher Education* sobre computación con ADN:
<http://chronicle.com/data/articles.dir/art-44.dir/issue-14.dir/14a02301.htm>

Explanation of Molecular Computing with DNA, de Fred Hapgood, moderador del Nanosystems Interest Group del MIT:
<http://www.mitre.org/research/nanotech/hapgood_on_dna.html>

The University of Wisconsin: DNA Computing:
<http://corninfo.chem.wisc.edu/writings/DNAcomputing.html>

Sistemas expertos/Ingeniería del conocimiento

Ingeniería del conocimiento, Programa de Posgrado de Administración de la Ingeniería en la Christian Brothers University, recursos *on line* a una variedad de enlaces:
<http://www.cbu.edu/~pong/engm624.htm>

Algoritmos genéticos/Computación evolutiva

The Genetic Algorithms Archive del Navy Center for Applied Research in Artificial Intelligence:
<http://www.aic.nrl.navy.mil/galist/>
Guía de Hitchhiker a la computación evolutiva, item 6.2: lista de preguntas formuladas con frecuencia (FAQ), editado por Jörg Heitkötter y David Beasley:
<ftp://ftp.cs.wayne.edu/pub/EC/FAQ/www/top.htm>
The Santa Fe Institute:
<http://www.santafe.edu>

Administración del conocimiento

ATM Links (Asynchronous Transfer Mode):
<http://www.ee.cityu.edu.hk/~splam/html/atmlinks.html>
Knowledge Management Network:
<http://kmn.cibit.hvu.nl/index.html>
Some Ongoing KBS/Ontology Projects and Groups:
<http://www.cs.utexas.edu/users/mfkb/related.html>

Nanotecnología

Sitio web de Eric Drexler en el Foresight Institute (incluye el texto completo de *Engines of Creation*):
<http://www.foresight.org/EOC/index.html>
Charla de Richard Feynman: «There's Plenty of Room at the Bottom»:
<http://nano.xerox.com/nanotech/feynman.html>
Nanotecnología: sitio web de Ralph Merkle en el Xerox Palo Alto Research Center:
<http://sandbox.xerox.com/nano>
MicroElectroMechanical Systems and Fluid Dynamics Research Group Professor Chih-Ming Ho's Laboratory, University of California at Los Angeles:

<http://ho.seas.ucla.edu/new/main.htm>
Nanolink: Key Nanotechnology Sites on the Web:
<http://sunsite.nus.sg/MEMEX/nanolink.html>
Nanothinc:
<http://www.nanothinc.com/>
NEC Research and Development Letter: resumen de la investigación del doctor Sumio Iijima en nanotubos:
<http://www.labs.nec.co.jp/rdletter/letter01/indexl.html>
An Overview of the Performance Envelope of Digital Micromirror Device (DMD) Based Projection Display System, del doctor Jeffrey Sampsell de Texas Instruments. Enlace con un artículo que describe la creación de microespejos en un proyector pequeño con resolución de gran calidad:
<http://www.ti.com/dlp/docs/it/resources/white/overview/over.shtml>
Small Is Beautiful: A Collection of Nanotechnology Links:
<http://science.nas.nasa.gov/Groups/Nanotechnology/nanotech.html>
Center for Nanoscale Science and Technology, Rice University:
<http://cnst.rice.edu/>
Small is Beautiful: serie de enlaces sobre nanotecnología:
<http://www.parc.xerox.com/spl/projects/smart-matter/>
Página inicial de Richard Smalley:
<http://cnst.rice.edu/reshome.html>

Implantes neuronales/Prótesis neuronales

Membrane and Neurophysics Department, Max Planck Institute for Biochemistry:
<http://mnphys.biochem.mpg.de/>
«Neural Prosthetics Come of Age as Research Continues, de Robert Finn, en *Scientist*. Enlace con un artículo sobre el uso de prótesis neuronales para ayudar a pacientes con desórdenes neurológicos:
<http://www.the-scientist.library.upenn.edu/yr1997/sept/research_970929.html>
Physics of Computation-Carver Mead's Group:
<http://www.pcmp.caltech.edu/>

Redes neuronales

Brainmaker/California Scientific's home page:
<http://www.calsci.com/>
Hugo de Garis's web site on Brain Builder Group:
<http://www.hip.atr.co.jp/~degaris>
IEEE Neural Network Council Home Page:

<http://www.ewh.ieee.org/tc/nnc/>
Neural Network Frequently Asked Questions:
<ftp://ftp.sas.com/pub/neural/FAQ.html>
PROFIT Initiative at MIT's Sloan School of Management:
<http://scanner-group.mit.edu/>

Computación cuántica

The Information Mechanics Group/Lab for Computer Science, MIT:
<http://www-im.lcs.mit.edu/>
Quantum computation/cryptography, Los Alamos National Laboratory:
<http://qso.lanl.gov/qc/>
Physics and Media Group, MIT Media Lab:
<http://physics.www.media.mit.edu/home.html>
Quantum Computation, IBM:
<http://www.research.ibm.com/quantuminfo/>

Supercomputadores

Accelerated Strategic Computing Initiative:
<http://www.llnl.gov/asci>
Lawrence Livermore National Laboratory/University of California for the U.S. Department of Energy:
<http://www.llnl.gov/>
NEC Begins Designing World's Fastest Computer:
<http://www.nb-pacifica.com/headline/necbeginsdesigningwo_1208.shtml>

VISIONES DEL FUTURO

ACM 97 «The Next 50 Years» (Association for Computing Machinery):
<http://research.microsoft.com/acm97/>
The Extropy Site (sitio web y revista *on line* que cubre un amplio espectro de tecnologías avanzadas y futuras):
<http://www.extropy.org>
SETI Institute web site:
<http://www.seti.org>
WTA: The World Transhumanist Association:
<http://www.transhumanism.com/>

HISTORIA DE LOS ORDENADORES

Advances of the 1960s:
<http://www.inwap.com/reboot/alliance/1960s.txt>
BYTE Magazine-December 1996/Cover Story/Progress and Pitfalls:
<http://www.byte.com/art/9612/sec6/art3.htm>
History of Computing: IEEE Computer Society:
<http://www.computer.org/50/>
The Historical Collection, Computer Museum History Center:
<http://www.tcm.org/html/history/index.html>
Intel Museum Home Page: What is Moore's Law?:
<http://www.pentium.com/intel/museum/25anniv/hof/moore.htm>
SPACEWAR: Fanatic Life and Symbolic Death Among the Computer Bums, de Stewart Brand:
<http://www.baumgart.com/rolling-stone/spacewar.html>
Timeline of Events in Computer History, from the Virtual History Museum Group:
<http://video.cs.vt.edu:90/cgi-bin/ShowMap>
Chronology of Events in the History of Computers:
<http://www3.islandnet.com/~kpolsson/comphist.htm>
Unisys History Newsletter:
<http//www.cc.gatech.edu/services/unisys-folklore/>

REVOLUCIÓN INDUSTRIAL Y MOVIMIENTO LUDITA/NEOLUDITA

Anarcho-Primitivist, anticivilization, and neo-Luddite articles:
<http://elaine.teleport.com/~jaheriot/anarprim.htm>
What's a Luddite?:
<http://www.bigeastern.com/ludd/nl_whats.htm>
Luddites On-Line:
<http://www.luddites.com/index2.html>
The Unabomber Manifesto by Ted Kaczynski:
<http://www.soci.niu.edu/~critcrim/uni/uni.txt>

Índice onomástico y temático

Aaron, 224, 233, 254, 399
Abrahams, Marc, 193
Adison, Thomas Alva, 39, 349, 350
Adleman, Leonard, 153, 154, 161
ADN, 64-65, 194, 310, 344, 356, 362, 399
computación con, 154, 155, 161, 402
corrección de errores en el, 64, 65, 68, 146
del *homo sapiens* versus oirmates, 30
en la evolución, 29, 34, 53, 58, 64-65, 68, 146
síntesis proteínica y, 65, 192
véase también genes, código genético
Age of Intelligent Machines, The (Kurzwei), 110, 237-242, 295
Agencia de la Guerra Biológica (BWA), 294, 401
Aiken, Howard, 99-100, 354, 441.
ajedrez, 101, 102, 103, 109-110, 114, 237, 357, 387-388
computación cuántica y, 163
el juego de Deep Blue, 18, 102-103, 110, 131-132, 150, 223, 237, 367, 375, 380
leyenda sobre el inventor del, 59-60, 62
programa Escoge el Mejor Movimiento para el, 109, 376-398
aleatoriedad, 50, 72, 165
Alejandro, solución de, 421, 443
algoritmos evolutivos, 51, 69, 70, 120-122, 145, 280, 387, 389-398, 399
artes visuales y, 232-233
autoorganización en los, 122, 136
conocimiento y, 132-133, 137-138
en los programas de inversión, 51-52, 119, 128, 130, 367
esquema básico de los, 396-397
algoritmos genéticos, 399
véase también algoritmos evolutivos
algoritmos, 167, 353, 399
alimento, 319-321, 365, 372
Allen, Woody, 83, 331
alma, 86-87
Alu, 66, 399
Analogía, 102
Analytical Engine, 41, 99, 348-349, 350, 399-400, 433
animales, 84-85, 344
comunicación en los, 34-35, 75-76, 431-432
y utilización de herramientas, 31, 33-34, 335
antimateria, 24, 70, 343
aparatos de retroalimentación de fuerza, 201-202, 207, 306
aparatos habla-letra impresa, 267, 299-300
aprendizaje, 124, 139-140, 265-266, 299-300, 311, 325, 368, 369
curva del, 56
en las redes neuronales, 112-113, 115, 125, 133-134, 137, 139-140, 146, 376, 386, 388
véase también educación; conocimiento
arco vital, 286, 302, 347, 365, 374

Aristóteles, 133, 345
armas, 200, 240, 286
creadas mediante bioingeniería, 219, 273, 285
nanoarmas, 200, 219
ARN, 124, 191, 436
artes, 34, 76, 141, 222-233, 319, 400
comunicación en el, 34
en 2009, 271
en 2019, 285, 371
en 2029, 302
literaria, 226-232, 272, 285, 302
«Poeta cibernético» (Kurzweil), 111, 229, 253-254, 415
musicales, *véase* música
ordenadores cuánticos y, 164
programas repetitivos en las, 111
trascendencia de los materiales en las, 33
visuales, 232-233, 254, 271, 285, 302
Asimov, Isaac, 338
asistentes inteligentes, 269, 279, 283, 291, 296
asistentes personales, 269, 279, 283, 291, 296
asteroides, 52-53, 340
Atkins, Peter, 27
átomos, formación de los, 24, 343
autoorganización, 122, 127, 130, 137
autorréplica, 194, 196-201, 219, 310, 327, 328, 334, 337, 400

Babbage, Charles, 98-100, 348-349, 350, 353, 433, 440, 444
Bach, Johann Sebastian, 225-226
Barrow, John, D., 23
Baterson, Gregory, 223
béisbol, 117, 123
Bell, Alexander Graham, 333, 350, 352
Benebid, A. L., 181
Benson, Herbert, 214
Berger, Ted, 182
Berlin, Andrew, 196
Berliner, Hans, 110
big ban, 62, 72, 426
Binsted, Kim, 226
bioingeniería, 104, 219, 273, 285, 286, 295, 304, 370, 400
bits, 157, 400
Blob, The, 199
Bluetooth, 368, 461
Bobrow, Daniel G., 103, 360
Bohr, Niels, 315, 352
Bourne, Randolph, 278
BrainMaker, 113
Brigada del Manifiesto de Florence, 309, 326, 400
Bringsjord, Selmer, 229
BRUTUS 1, 229, 400
buckyballs, 156, 195, 400
busy beaver, 401, 447, 464

calor, 27
Campbell, Murray, 380, 389
caos, 28, 49, 50, 57, 62, 71, 264, 401
algoritmos evolutivos y, 121
evolución y, 52, 58, 152
Ley de Incremento del Caos, 45, 50, 401, 409
capital ángel, 239, 401
capital de riesgo, 239, 401
Carr, Dustin, 196
Carroll, Lewis, 375
casetes, 39
CD-ROM (*compact disc read-only memory*), 207, 262, 366, 395, 401
Células, 29, 191
solares, 197
censo, 43, 307, 310, 322-323, 350, 355
Center for Human Simulation, 173
cerebro humano, 19, 30, 57, 85, 118, 302, 376, 386, 395
cantidad de neuronas en el, 149, 170-171, 376
capacidad de memoria del, 149
complejidad de los ordenadores versus, 15
computación cuántica en el, 167-168, 179, 323
conciencia y, 86, 88, 90; *véase también* conciencia
corteza cerebral, 30, 124, 376
densidad de computación en el, 341
descricpión del, según Minsky y Papert, 134

diseño conservador del, 171
evolución de cuerpo y, 191
habilidades y debilidades del, 145, 146, 149; *véase también* mente, neuronas
ingeniería inversa del, 16, 77, 80, 169-183, 264, 280, 298, 314 ; *véase también* exploraciones cerebrales
logro de la capacidad de hardware del, 146-151, 170-171
módulo divino en el, 215-216, 217, 410
regiones especializadas en el, 134
sentimientos producidos por estimulación del, 211-212
Chalmers, D. J., 88
Champernowne, David, 101
Chang, Young, 246
Chelyabinsk, 200
Chernobyl, 200
China, 269, 345, 429
leyenda del emperador de, 59-60, 62
chip de visión, 118, 172, 177, 403
chips, ordenador, 241, 263, 359, 366, 403, 453
Ley de Moore y, *véase* Moore, Ley de
tridimensionales, 57, 152, 408
Chuang, Isaac, 161-162
Chuang-tzu, 137
Church, Alonzo, 353, 446
Church, Ken, 138
Church-Turing, tesis de, 353, 446
Churchill, Winston, 27
ciegos, 105, 244, 266, 277, 281-282, 300, 370
máquinas de lectura para, 105, 243-244, 248, 280, 362, 369, 410
circuitos integrados, 43, 149, 156, 358, 453
efectos cuánticos en los, 152, 160
Ley de Moore sobre, *véase* Moore, Ley de
neuronas y, 182
Clarke, Arthur C., 361
coches y conducción, 121, 195, 241, 270, 283, 371
Cohen, Harold, 224, 233, 254
Colossus, 100-101, 354, 401-402
comida, 319-321
complejidad, 52
computación cristalina, 155-156, 402
computación cuántica, 93, 157-158, 292, 293, 323, 402
analogía del espejo, 159
computación digital en comparación con la, 160, 161, 162
con ADN, 162
criptograma y, 164-165, 402
descohesión cuántica, 158, 160, 161, 162-163, 168, 403
empleos de la, 30-32
en el cerebro humano, 167-168, 178, 323
líquido, 161-162
observación consciente y, 158-159, 163, 168
y conciencia en las máquinas, 166-168
computación, 145-186, 349, 402
ADN, 153, 154-155, 161-162, 399
crecimiento exponencial de la, 36-45, 48, 54, 56, 57, 74, 147, 150, 152, 385
cristalina, 155-156, 402
cuántica, *véase* cuántica, computación
densidad de, 147, 341
destrucción de la información en, 115
digital, 157, 160, 162
en Internet, propuesta para, 150, 264, 407-408
inevitabilidad de la, 36-45, 55, 336
irreversibilidad de la, 115
Ley de Aceleración de los Resultados aplicada a la, 146, 147-152, 185, 336, 341, 370, 408, 464
logro de las capacidades de nivel humano en, 146-152, 170-171
molecular, 153, 154, 402
nanotubos y, 156-157, 194-196, 280
óptica, 153, 413
orden y, 55
Turing Machine, modelo de, 108, 353, 410, 444, 446, 447
véase también inteligencia artificial, inteligencia

Computing Machinery and Intelligence (Turing), 101
comunicación, 139
en las artes, 33-34
en los animales, 34, 35, 75, 430-432
tecnologías futuras para las, 261-262, 267-268, 282-283, 300-301, 368-369, 371-372
conciencia, 20, 83-97, 402
cerebro y, 85, 89, 90, 91
como «materia de distinto tipo», 90
como máquina que reflexiona sobre sí misma, 87-88
como función de patrones versus partículas, 82, 180
concepto positivista lógico de la, 89-90
concepto de Platón de la, 86-87
en ordenadores/IA, 20, 77-78, 85, 90, 92, 166-168, 216, 217, 273, 286, 304, 372-373
en la evolución, 61-62
escuelas de pensamiento sobre la, 87-94
incapacidad humana para entender la, 91
máxima de Descartes y, 90
mecánica cuántica y, 93-94
múltiple, 86, 92, 95
Test de Turing y la, *véase* Turing, Test de
Universo y, 23, 24, 62, 72-73
verificabilidad de la, 95
véase también identidad
conducción, 241, 270, 283-284, 372
conocimiento, 16, 133-141, 145, 171, 300, 301, 311, 325, 373
adquisición de, por los ordenadores, 135, 136, 299
bajar, al cerebro, 140-141, 229, 311, 312
bases del, 16-17, 33, 135-136, 224
contexto y, 133-136
coparticipación en el, 16-17, 139, 300
en la evolución de la tecnología, 30-31, 33-35
fragmenos de, 170
incorporado, 133-134
lenguaje y, 137-140
sentido común, 133, 170, 420
tecnología y, 126
véase también aprendizaje
constante cosmológica, 71, 342
contexto, 131-136, 224
Cope, David, 226
Crick, Francis H. C., 64, 356
criónica, 194, 197
criptograma, 159-160, 164-165, 197, 267, 284, 292-293, 294, 402
cuántico, 159-160, 165-166, 402
Pretty Good Privacy, 327, 415
cronología, 343-374
Cser, Jim, 193
cuerpo(s), 188-220
a base de proteína, 65, 192
de una mente replicada, 179, 191
potenciado nanotecnológicamente, 198, 209, 219
sexo y, *véase* sexo
virtual, 200-206; *véase también* realidad virtual
cuidado de la salud, *véase* medicina
Curl, Robert, 156

De Garis, Hugo, 118
Debussy, Claude, 223
Deep Blue (ordenador ajedrecista), 18, 102-103, 110, 132, 150, 223, 367, 375, 380, 388, 403
DENDRAL, 103
Dennett, Daniel, 95, 169
Descartes, René, 90, 346
digital, 403, 428
dinosaurios, 30, 33, 344
discapacidades, 104-105, 212, 247-248
ceguera, *véase* ciegos
en 2009, 266, 277, 368-370
en 2019, 278-286, 370-371
en 2029, 300
implantes neuronales y, *véase* implantes neuronales
prótesis y, 181, 267, 300
sordera, *véase* sordos
disco compacto (CD), 39, 364

disco de vídeo digital (DVD), 207, 262, 270, 403
disparadores de la mente, 211, 403
documentos en papel, 39-40, 196, 240, 264, 281, 324, 359, 370
Dogbert, 206
Donovan, 314
2000, *véase* efecto 2000.
2009, 261-277, 371
2019, 278, 296, 371
2029, 298-333, 371
2099, 314-332, 371
Drexler. Eric, 194, 197, 324
Dreyfuss, Hubert, 103, 189, 361, 362
drogas, 104, 212, 310
Dyson, Esther, 190

economía, *véase* negocios, economía y finanza
educación, 252, 301, 373
en 2009, 264-265, 271, 368-369
en 2019, 281, 370
en 2029, 299-300
maestros y enseñanza en la, 139, 265, 281, 299-300, 370
ordenadores en las escuelas, 239, 264-265
véase también aprendizaje
efecto 2000, 222, 424
efecto túnel, 152, 160, 168, 404
Einstein, Albert, 129, 165
constante cosmológica de, 71, 342
sobre la simplificación, 52
teoría de la relatividad de, 26, 165-166, 422
Eisenhower, Dwight, 45
electrocardiograma (EKG), 104
electrones, 24, 343, 351, 352
efecto túnel de los, 152, 160, 168, 404
Emerson, Ralph Waldo, 169
EMI (Experiments in Musical Intelligence), 225-226, 404, 405
emociones, 19, 20
en los animales, 84
producida por estimulación cerebral, 211-212
Emperor's New Mind, The (Penrose), 166
empleo, 250-251, 271-272, 285, 301, 323, 349, 365, 372
enfermedad, 273, 286, 304, 370
cáncer, 191, 197, 220, 273, 275, 286, 370
criónica y, 194, 197
patógenos en la, *véase* patógenos
véase también código genético
Engines of Creation (Drexler), 194
Enigma, código, 43, 100-101, 108, 354
enjambres nanobóticos, 205-206, 210, 315, 316, 319, 320-372, 404
enseñanza, maestros, 139, 265, 281, 300, 370
entropía, 28, 70, 404
ley de incremento de la, *véase* segunda ley de la termodinámica
escritura, *véase* artes visuales
espejos, 159, 196, 456
espiritualidad, 20, 210, 213-216, 217, 332
módulo divino y, 215-216, 217, 410
estados internos, 36
Estados Unidos, 269, 272-273
estrellas, 25, 72, 334, 340, 343
Evans, Thomas G., 103
evolución, 19, 64-76, 108, 404
a base de ADN, 28-29, 34, 53, 57, 64-65, 68, 146
aceleración del tiempo en la, 26-30, 33, 36, 48, 54, 55-57, 58, 62, 73, 152
caos y orden en la, 52-53, 58, 74, 150
complejidad y, 52
de la evolución, 68-69
de las formas con vida, 23, 25-27, 30, 32, 34, 36, 51, 52, 57, 70, 334, 336, 343
de patógenos, 74-75
de la tecnología, 30-35, 38-40, 48, 53, 54, 57, 58, 335-336, 344-345
de cuerpo y cerebro, 190-191
de la vida consciente, 61
del ojo, 67, 68
desarrollo fetal y, 67, 73-74
Equilibrio Puntuado, teorías sobre el, 152

ineficiencia de la, 66
inteligencia de la, 68-74
Ley de la Aceleración de los Resultados aplicada a la, 50, 54, 55-57, 68, 72, 73, 146, 185
programación informática en comparación con la, 65
registro de logros en la, 29, 30, 53
ritmo de la, 70, 75, 120
selección natural en la, 67, 171, 349
simulación informática de la, 68, 74
y el fin del Universo, 72-73
experiencia objetiva, 83-87, 88, 405
experiencia subjetiva, 83-87, 88, 405
del tiempo, 61, 62, 96
véase también conciencia
Experiments in Musical Intelligence (EMI), *véase* EMI
exploraciones cerebrales, 80-81, 280, 309, 314
congelación del cerebro para, 173
destructivas, 80-81, 173-174, 264, 426
identidad y, 20, 80-82, 179, 184, 186, 308, 325
imagen óptica, 174
información sobre neuronas recogida de las, 175, 176-177
movimiento por la destrucción de todas las copias y, 325-326, 412
no invasoras, 20, 80, 81, 96, 174-175, 264, 405
tiempo subjetivo y, 96
transferencia de información y, 16, 20, 80-82, 96, 176-184, 186, 190, 205, 217, 308, 322, 325-326
exploradores, 243-245, 248
exponenciales, tendencias, 48-49, 62, 109, 422
aceleración del ritmo en la evolución, 26-30, 33, 36, 48, 53, 54, 56-57, 58, 61, 62, 72, 151-152
crecimiento de la computación, 36-45, 46, 55, 56, 57, 73, 91, 147, 149
crecimiento de la tecnología, 32-35, 53, 336
en la leyenda del inventor del ajedrez y el emperador, 59-60, 62-63
lentificación del desarrollo del Universo, 23-26, 36, 49, 60, 61-63
lentificación del progreso de la vida del organismo, 48, 49, 60-61, 74-75
naturaleza del tiempo, 25-26, 27
predicciones y, 55-56

factoreo de números, 159-160, 161, 165
Feigenbaum, Edward A., 103, 256
femtoingeniería, 324, 373, 405
Ferucci, Dave, 228
feto, 67, 72-74, 85
Feynman, Richard, 193, 194
filogenia, ontogenia y, 67, 73-74
finanza, *véase* negocios, economía y finanza
Foch, Marshal, 236
Foglets, 204, 405
fonemas, 138
Ford, Henry, 38
fotones, *véase* luz
Fredkin, Edward, 107
Fried, Itzhak, 211
Friedel, Frederick, 375
Fromherz, Peter, 182
fuerza
débil, 24, 343
electrodébil, 24, 343
electromagnética, 24, 343
fuerte, 24
Fuller, R. Buckminster, 156
función inteligente, 405, 447
futuro de la tecnología informática, 15-20
en 2009, 261-277, 368-370
en 2019, 278-279, 370-371
en 2029, 298-313, 371-372
en 2099, 314-332, 372-374

galaxias, 25, 72, 340, 343
Gates, Bill, 237, 329
genes, código genético, 191-192, 280, 285, 302, 395
ingeniería inversa de, 65
Proyecto de Genoma Humano, 66, 80-81, 176, 416

repeticiones en, 67
véas también ADN
Gershenfeld, Neil, 160-162
Gilder, George, 221
Gilmore, John, 164
Gisin, Nicolas, 165
glosario, 399-424
Gödel, teorema de la incompletud de, 167, 422
Goldberg, Ian, 164
Gorbachev, Mijail, 240
gorilas, 30, 34, 75
gran crujido, 71-73, 340, 342, 405
gran explosión, *véase* big ban
gravedad, 24, 343
Greenspan, Alan, 238
Grinvald, Amiram, 174-175, 177
guerra, 62, 125, 126, 239-240, 294
en 2009, 272
en 2019, 285-286
Guerra del Espacio, 67
Guerra del Golfo, 105, 240
véase también Segunda Guera Mundial
Guerra de las galaxias, La, 139, 363
guitarra microscópica, 196

habla, 136, 137, 138, 365
Hall, J. Storrs, 204-205
Harries, Richard, 215
herramientas, 30-31, 32-35, 193, 336, 344
Hesselink, Lambertus, 155
Hillis, W. Daniel, 298, 366
hipotálamo, 211
Ho, Chih Ming, 196
Hodgson, Paul, 226
Hofstadter, Dopuglas, 193, 225, 375
sobre la autocomprensión, 91, 172
hologramas, 122-125, 155, 299, 301, 405, 406
homo erectus, 406, 428
homo habilis, 406-428
homo sapiens, 30, 31, 33, 85, 344, 406
homo sapiens neanderthalensis, 31, 57, 85, 184, 344, 406
homo sapiens sapiens, 31, 57, 85, 344, 406
Hubener, Mark, 175, 177
humanoides, 30, 31, 344
humor, 211-212
chistes, 227
Huxley, Thomas Henry, 133

I've Got a Secret, 243
IBM, 150, 351-352, 356, 360, 364
identidad:
como función de patrón versus partículas, 82
definición de lo «humano»: 14, 301-303, 306-309, 315, 321-323, 371, 373
implantes neuronales y, 79, 185-186, 301, 308
y transferencia de información tras la exploración cerebral, 20, 79-82, 179-180, 184, 186, 308, 325
véase también conciencia
Iijima, Sumio, 156
imagen óptica, 174, 280, 406
implantes cocleares, 79, 181, 282, 298-299, 371, 406
implantes neuronales, 79, 80, 141, 181, 182, 281, 300, 301, 308, 309, 311, 314, 371, 373, 406
identidad y, 80-81, 185-186, 301, 308
medio virtual y, 203, 209, 371
sentimientos potenciados por, 212
Improvisador, 225, 406-407
información, 51-52, 164, 407
informática, *véase* computación
ingeniería inversa, 66, 198, 407
del cerebro, 16, 77, 88, 169-184, 264, 279, 298, 301, 314 , *véase también* exploraciones cerebrales
innovación, 56, 57, 59
insectos, 30, 84-85
inteligencia artificial (IA), 98-106, 357, 363, 407
adquisición de conocimientos en la, 16-17, 134-136, 299
algoritmos evolutivos en la, *véase* algoritmos evolutivos
conciencia e, 20, 77-78, 85, 90, 94, 166-168, 216-217, 274, 286, 304, 372-373, *véase también* conciencia

derechos de la, 287, 302, 315, 371
discapacitados e, *véase* discapacidades
inteligencia humana versus, 15-20, 32, 73, 140, 284, 301-304, 314-315, 354
LISP en la, 104, 358, 410
problemas filosóficos e, *véase* problemas filosóficos
redes neuronales, *véase* redes neuronales
repetición en la, *véase* repetición
véase también informática, ordenadores
inteligencia, 33, 107-116, 169-171, 375-376, 407
conciencia e, 20
conocimiento de, *véase* conocimiento
cuerpo e, 189; *véase también* cuerpo
de la evolución, 68-73, 75; *véase también* evolución
definición de, 108
densidad de la, 340-341
dualidad de la, 169
el empleo del tiempo como elemento de la, 36, 70, 108
hardware de la, 145-157
humana versus artificial, 15-20, 32, 73-78, 140, 284, 301, 304, 314-315, 354
individual versus grupal, 75, 76
pertinencia de la, al resto del Universo, 340-342
reconocimiento de formas en la, *véase* reconocimiento de formas
surgimiento de la, y entropía, 27-28
Test de Turing e, *véase* Turing, Test de
y evolución de la tecnología, 58
véase también inteligencia artificial
inteligencia, paradigmas de la, 16, 107-122, 128, 145, 169, 375-398
algoritmos evolutivos, *véase* algoritmos evolutivos
combinación de los, 384-385, 395
conocimiento y, 133-134
interfaces del usuario de lenguaje, 263, 368
Internet, 206, 237, 239
comercio sobre, 239, 269
propuesta para acumular computación, 150-151, 266, 407-408
véase también World Wide Web
inventos, 33, 38
Isaac, Randy, 48

JAPE (Joke Analysis and Production Enigne), 226
Japón, 238, 269

Kaczynski, Theodore (Ted), 242, 248-249, 252-254, 257, 309
Kasparov, Gary, 223, 388
partida de Deep Blue con, 18, 102-103, 131-132, 367, 375, 380-381
Kauffman, Stuart, 389
Kay, Alan, 107
Kazantzakis, Nikos, 190
Kelvin, William Thompson, Lord, 236, 350, 427
Kocher, Paul, 164
Koko, 34, 75
Koza, John, 125
Kroto, Harold, 156
Kuno, Susumu, 138
Kurzweil Applied Intelligence, 124, 227, 246-248, 367
Kurzweil Computer Products, 243, 362-363
Kurzweil Cybernetic Poet, 111, 227-232
Kurzweil Data Entry Machine, 245
Kurzweil Educational Systems, 247-248
Kurzweil Music Systems, 247-248
Kurzweil Reading Machine (KRM), 244, 362-363
Kurzweil ViceMed (Kurzweil Clinical-Reporter), 246-247
Kurzweil, Ray:
aspectos destacados de la cida de, 243-248
antiguas predicciones de, 110-111, 233-248
Kuzweil Voice, 247

Landauer, Rolf, 375
LANs (redes corporales locales), 262, 368

Lao-tsé, 126
Larson, Steve, 225
Latham, William, 232
legislación de los abuelos, 320, 326, 408
Leibniz, Gottfried Wilhelm, 98, 347, 439
lenguaje, 16, 34-35, 137, 139, 324-325
natural, 408
traducción del, 241-248, 267, 271-272, 275, 282, 370, 408
Test de Turing y, 96, 226
Leonardo da Vinci, 38, 172, 346
Lernout & Hauspie (L&H), 124, 227, 247, 367
Lewis, C. S., 169
Ley de Incremento de la Entropía, *véase* segunda ley de la termodinámica
Ley de Incremento del Caos, 45, 49, 409
Ley de la Aceleración de los Resultados, 51, 56, 58, 62, 165, 217, 239, 252, 257, 315
aplicada a la computación, 146-153, 185, 257, 336, 341, 369, 408, 464, 464
aplicada a la evolución, 45-50, 54-57, 68, 72, 73, 145, 185
computación cuántica y, 157
en el diagrama de flujo, 45
exploraciones cerebrales y, 80, 81
tecnologías de exploración y, 175
Universo y, 333-349
Ley del Tiempo y el Caos, 45-61, 71-75, 333, 409
leyes de la termodinámica, *véase* termodinámica, leyes de la
libre albedrío, 20, 85, 87, 90, 409
libros, 39, 141, 263, 264, 267, 281, 288, 289, 370
sensuales, 206
ligazón cuántica, 165, 409-410
LISP (procesamiento de listas), 104, 358, 410
Lógico Teórico, 102, 357
Lovelace, Ada, 99, 349
Ludd, Ned, 250, 293
luditas, 125-126, 250-252, 271, 348, 370, 410, 430
luz (fotones), 24, 93, 343
computación óptica, 151-152, 402
efectos cuánticos y, 158, 165-166, 402

mácula divina, 215-217, 410
mamíferos, 30, 53, 334, 344
manuscrito, 117
máquinas, 191, 193
capacidades de los animales versus las, 85
de escuchar, 266, 369
de leer:
para ciegos, 105, 243-244, 247-248, 281, 363, 369, 410
para niños, 265
de volar, 196, 236, 284, 351
derechos de las, 286-287, 302, 315, 372
efecto sobre el empleo, 249-252, 348
ludditas y, *véase* ludditas
véase también inteligencia artificial; ordenadores; tecnología
Marshall, Wallace, 98
Martin, Steve, 226
matemáticas, 41, 350, 351-352, 444
conjuntos en, 442, 443-444
ordenadores cuánticos y, 163-164
problemas insolubles en, 167
repetición y, 110-111
teorema de la incompletud en, 167, 353, 422
materia, 24, 25, 70, 334, 343
Max Planck Institute, 175, 182
Mead, Carver, 182
mecánica cuántica, 23, 73, 93-94, 152, 353, 410-411
lógica en la, 168
Medical Learning Company, 202
medicina, 105, 113, 246
en 2009, 286
en 2019, 302, 303
en 2029, 273-274, 370
formación en, 202, 273-274
implantes neuronales en, *véase* implantes neuronales
sistema MYCIN, 135-136, 363, 412
terapias genéticas, 191

véase también enfermedad
medios virtuales en los juegos, 94
meditación, 213, 214, 331
mente, 77-97
como máquina versus mente más allá de la máquina, 83-94
sociedad de, 95, 364-365, 415-416
véase también conciencia; problemas filosóficos
mercado de valores y decisiones de inversión, 51-52, 104, 119-121, 127-129, 130, 268-269, 365, 368
Merkle, Ralph, 193, 197
Metcalfe, Robert, 237
Michael, Joseph, 205
Michelson, Albert Abraham, 236
microprocesadores, 147, 411
Microsoft, 76, 121, 201, 227, 247
1999, 221-258
efecto 2000 y, 222, 424
Millones de Instruciones por Segundo (MIP), 48, 54, 411
Minsky, Marvin, 134, 138, 194, 330, 357, 358, 360, 385-386
Perceptrons, 361, 366, 385
sobre Deep Blue, 131-132
sobre el sentido común, 133
sobre las bases del conocimiento, 136
sobre la conciencia, 89
sobre la sociedad de mentes, 95, 364-365, 421
modalidades de fracaso, 62, 337-338
modelos markov, 114, 229
monitores de retina virtual, 278-279, 368, 461
Moore, Gordon, 37, 360, 361
Moore, Ley de, 37-45, 48, 55, 57, 127, 147, 150, 152, 176, 247, 360, 408, 447, 464
Moravec, Hans, 43, 192, 451
mortalidad, 14, 183-184
arco vital, 286, 302-303, 347, 365, 374
Moser, David, 157
MOSH (Mostly Original Substrate Humans) (Seres humanos con sustrato mayoritariamente original),
motores, de retropropulsión, 121
Movimiento en Conmemoración de York, 293, 308-309, 325-326, 412
muerte, *véase* mortalidad
Mulcahy, Susan, 228-229
Murdach, Iris, 323
música, 34, 111, 214-215, 224-226, 240, 271, 282, 285, 302, 319, 320, 369-370, 412
de generación cerebral (MGC), 213-215, 412
instrumentos en la, 245-247, 271-272, 365
sintetizadores Kurzweil y, 245-246, 251, 364
Test de Turing y la, 225
MYCIN, 135-136, 363, 412

nanobots, 197, 199, 219, 220, 303, 304, 328, 412
enjambres de, 205-206, 210, 315, 316, 319, 320, 372, 404
nanopatógenos, 198, 295, 309, 328, 412
nanopatrullas, 310, 311, 412-413
nanotecnología, 65, 192, 193-200, 203, 264, 280, 289, 295, 299, 304, 315, 370, 413, 464
alimento y, 319-320, 373
armas y, 200, 220
autorréplica en la, 194, 196-200, 219, 295, 310, 327, 328, 337
crecimiento de la industria de la, 195
cuerpos potenciados por la, 198-199, 209, 219
ejemplos actuales de, 195-196
peligros de la, 198-200, 219
vida en la Tierra como, 194
nanotubos, 156-157, 195-196, 280, 341, 413
naves espaciales, 195, 339
negocios, economía y finanza, 237-239
en 2009, 268-270, 369
en 2019, 283-284
en 2029, 301
filosofía ludita y, 251
IA en, 104
mercado de valores e inversión, 51-52,

104, 119-121, 127-129, 130, 268-270, 367-368
neuronas, 16, 17, 67, 115, 118, 170, 307, 314, 386, 413
aparatos de disparar las, 182
cantidad de, en el cerebro, 149, 170, 376
circuitos integrados y, 182
computación cuántica en las, 167-168
información sobre las, a partir de exploraciones cerebrales, 176, 177
poca velocidad de las, 114, 134, 146, 149, 153, 192
tipos de, 178
NeuroSonics, 213
neurotransmisores, 149, 178, 181, 386
neutrones, 24, 343
Newell, Allen, 102, 110, 357, 358
Newton, Isaac, 27, 346
nudo gordiano, 413, 443

ojo, 67, 68, 279
véase también retina
Olds, James, 212
Olson, Ken, 236
ontogenia, 67, 73
orden, 28, 51-52, 57, 72, 413
computación y, 54
en los procesos evolutivos, 52-53, 58, 74, 152
y la ley de incremento de la entropía, 52-54
ordenadores, 354, 414
Analytical Engine de Babbage, 41, 98-99, 348-349, 350, 359-360, 433
arte y, *véase* artes
cantidad de ordenadores, 45, 358-359
conciencia en los, 20, 77-78, 86, 90, 92, 166-168, 216, 217, 274, 286-287, 303, 372
chips en los, *véase* chips, ordenador
dependencia respecto de los, 221-222, 254
efecto 2000 y: 222, 424
el primer o. operativo del mundo, 101, 354
en 2009, 261-264, 270, 368-369
en 2019, 278-280, 298-299, 370-371
en las escuelas, 239, 264-266
inteligencia de los, *véase* inteligencia artificial,
Ley de Moore y, *véase* Moore, Ley de
neuronal, *véase* redes neuronales
predicciones del pasado sobre los, 356-357
primer o. programable norteamericano, 99-100, 354
programación de los, en comparación con la evolución, 66-67
reunión y coparticipación del conocimiento, 16-17, 134-136
superordenadores, 151, 264, 422
velocidad y poder de los, 16, 17-18, 264, 280, 298-299, 323, 368, 389

Pagels, Heinz, 93
Papert, Seymour, 134, 137, 385-386
Perceptrons, 361, 366, 385
paradigmas, 414
de la inteligencia, *véase* inteligencia, paradigmas, de la
Parkinson, enfermedad de, 181
patógenos, 74-75, 198, 219
nanopatógenos, 198, 295, 309, 328, 412
software, 328, 337-338
Patterson, Francine, 75
Penrose, Roger, 166, 167-168
percepción del color, 83-84, 88
Percepción, 360, 385, 414
Perceptrons (Minsky y Papert), 361, 366, 385
Philosophical Investigations (Wittgentein), 89, 356-357
picoingeniería, 373, 415, 464
Planck, Max, 83
población, 56, 301
Poe, Edgar Allan, 83
política y sociedad, 425
en 2009, 270-271
en 2019, 301-302
en 2029, 284-285
véase también problemas filosóficos
Popular Mechanics, 236

posicionamiento global, sistema de (GPS), 266
positivismo lógico, 88-89, 352, 415
positrones, 24, 343
predicciones, 55, 233-248
  en *Age of Intelligent Machines*, 110, 237-248, 295
  en teoría de la información, 51
  realizadas en el pasado, 235-237
  realizadas en los albores de la IA, 102, 103, 104
  véase también futuro de la tecnología del ordenador
Pretty Good Privacy (PGP), 327, 415
primates, 30, 41, 386
  comunicación y, 34-35, 431
Principia Mathematica (Russell y Whitehead), 102, 351-352, 444
privacidad, 270-271, 274, 285, 327
  véase también criptograma
problema el trayecto del viajante, 153, 155, 160
problema mente-cuerpo, 90, 415-416
problemas filosóficos, 19-20, 77-82, 315, 425-426
  en 2009, 274
  en 2019, 286-287
  en 2029, 303-304, 371-372
  véase también conciencia; identidad; espiritualidad,
procesamiento de imagen, 104, 118, 416
procesamiento de palabras, 227
  activado por la voz, 247, 271, *véase también* reconocimiento del habla
procesamiento paralelo, 28, 149, 264, 416
  masivo, 149, 155, 161
  redes neuronales masivamente paralelas, 16, 118, 149, 264, 280, 298, 418
proteínas, 65, 192
protones, 24, 334, 343
Proyecto de Genoma Humano, 66, 80-81, 170, 416

qu-bits, 157-159, 161-162, 323, 416-417
quarks, 24, 324, 343, 464
RAM (Randon Access Memory), 150, 417
Ray Kurzweil's Cybernetic Poet (RKCP), 111, 229-232, 253-254, 417
Ray, Thomas, 68
realidad virtual, 78, 200-206, 268, 272, 285, 288-291, 301, 302, 306, 310, 315, 327, 370, 417
  enjambres nanotecnológicos en la, 205-206, 210, 372
  implantes neuronales en la, 203, 209, 371
  interacciones sexuales en la, 206-210, 216-217, 268, 275-277, 283, 291-292, 406
  sentimientos en la, 211
  tecnologías táctiles en la, 68-70, 206-208, 267-268, 272, 283, 291, 300-301, 305-306, 370, 372, 417
reconocimiento de formas, 114-116, 121, 128, 130, 133, 149, 153, 170, 240, 386, 388, 418
reconocimiento de rasgos ópticos (OCR), 243, 244, 362-363, 417
reconocimiento de rostro, sistemas de, 113, 240, 367
reconocimiento del habla continua, 227, 241, 247, 263, 367, 369, 417
  Voice Xpress Plus, 227, 247, 367, 437, 449, 460
reconocimiento del habla, 17-18, 75, 105, 113, 124-125, 139-140, 240, 241-242, 365, 417
  véase también reconocimiento de habla continua
recuerdo(s), 135
  capacidad cerebral y, 149
  exploraciones cerebrales y, 177, 178, 180, 186, 322, *véase también* exploraciones cerebrales
  naturaleza holográfica del, 122-125
red de intercomunicación de memoria, 147
Reddy, Raj, 360, 387
redes corporales locales (body LANs), 262, 368
redes neuronales, 16, 77-78, 96, 112-114, 117-119, 122, 130, 145, 170, 177, 229, 280, 298, 534, 359, 361, 363-364, 376, 386, 418

autoorganización en las, 121-122, 145
en combinación con otros métodos, 385, 388-394, 395
en programas de inversión, 120, 128
entrenamiento de las, 104, 114, 115, 125, 133-134, 137, 140, 145, 377, 387, 388
esquema básico de las, 390-394
masivamente paralelas, 16, 118, 149, 264, 280, 298, 418
procesadores en las, 147
reconocimiento de formas en las, 114, 117, 149
reducción de información en las, 115-116
solución de problemas en las, 121, 122, 145
registros fonográficos, 36-37
relatividad, 26, 166, 418
religión, 90, 213, 216
véase también espiritualidad
repetición, 102, 109-113, 114, 130, 145, 155, 357, 376-385, 418
conocimiento y, 133, 137
en combinación con otros métodos, 385, 388-394, 395
resonancia magnética (RM), 174, 175, 264, 418-419
respuesta de relajación, 213-214, 419
retina, 68, 78, 172, 201
implantes de, 181-182, 282, 299
monitores virtuales y, 278-279, 368-369, 461
Revolución Industrial, 125, 251, 286, 347, 419, 430
Segunda, 286, 419
Rich, Elaine, 106
Rizzo, Joseph, 181
Robinson (ordenador), 100-101, 354, 419
robots, 270, 283, 299, 337, 352, 357, 360, 363, 419
Rogers, Will, 295
Romero, Tim, 261
ruido, 51, 419
Rukeyser, Murie, 23
Russell, Bertrand, 102, 110, 351, 353
paradoja de, 414, 442-443, 444
teoría de conjuntos de, 442, 444-445

Savage-Rumbaugh, Emily, 75
Search for Extra Terrestrial Intelligence (SETI), 119
Segunda Guerra Mundial. 125, 295, 354
segunda ley de la termodinámica, 28, 52-54, 58, 71-72, 115, 420, 427
Seinfeld, Kal y Jerry, 145
semiconductores, 57, 420, 453
Sensorium, 288, 291-292, 305, 420
sentido común, 133, 170, 420
ser humano:
definición del, 14, 302-304, 307-309, 315, 321-323, 372-373
MOSH, 317, 318, 319, 320, 323, 324, 325, 326, 327, 412
sexo, 206-210, 211, 216-217, 320
virtual, 206-210, 216-217, 269, 274-277, 283, 290-292, 420
Shahn, Ben, 261
Shakespeare, William, 170, 314
Shaw, J. C., 102, 110, 357, 358
SHRDLU, 103, 362
Simon, Herbert, 102, 110, 169, 357, 358, 361
simplificación, 52
Sims, Karl, 233
sintetizadores, 421
musicales, 246-247, 251, 364, 421
sistema crítico de misión, 199, 421
sistema legal, 115, 301, 311-312, 326-327
sistemas expertos, 421, 450
sistemas solares, 25, 341, 343
Smalley, Richard, 156, 195
Smolin, Lee, 45
Society f Mid, The (Minsky), 94, 364-365
software lectura impreso-habla, 243-244, 247, 248, 265, 281, 362-363
«Solitary at Sventeen, The» (Spacks), 206
solución de problemas, 52, 70, 102, 398
contexto en la, 131-132
véase también inteligencia
Solucionador General de Problemas, 102, 110, 358, 421

sordos, 181, 247, 266-267, 277, 282, 299, 370
implantes cocleares para, 78, 181, 282, 299, 371, 406
Spacks, Barry, 206, 317
Star Trek, 81
Steer, Clifford, 191
Student, 103
superordenadores, 151, 264, 422
Swinburne, Charles A., 210
Synaptics, 172, 177

tarjetas perforadas, 422, 440
tecnología nuclear, 199-200, 337
tecnología, 33-35, 58, 76, 335, 422
Clarke sobre, 30
conocimiento y, 126
creación de, 30-31, 32, 70, 335, 344
crecimiento exponencial de la, 33-35, 48, 53, 336
definición y derivación de la palabra, 33, 34
desarrollos históricos de la, 428-429
detener el avance de la, 185, 219, 252, 257-258
economía y, 251
evolución de la, 30-35, 38-39, 47, 48, 53, 54, 57, 58-59, 336, 344
fases de la, 38-40
fusión de la especie inventora de la tecnología y la, 336-337, 339, 373
inevitabilidad de la, 34-35, 52
ludditas y, *véase* ludditas
nanotecnología, *véase* nanotecnología
tecnología creada por la, 30, 58, 73
trascendencia de materiales en la, 33
uso constructivo de la, 126, 257, 333
véase también artes; ordenadres; lenguaje
tecnologías de identificación de personas, 240, 262
tejedores, 125, 249-250, 347-348, 430, 441
teléfono, 236, 267, 282, 350, 351, 352, 363
traducción, 241-248, 267, 275, 369, 422
Teller, Astro, 98
telómeros, 192
teoría de conjuntos, 442, 444
termodinámica, leyes de la, 27, 409
segunda, 28, 52-55, 59, 71-72, 115, 420, 426-427
tiempo, 48
la muerte y el, 14
direccionalidad el, 71-72, 115
naturaleza exponencial del, 25-26, 27; *véase también* tendencias
inteligencia y, 36, 70, 108
Ley del Tiempo y el Caos, 45-60, 71-75, 333, 409
lineal, 25, 71-73
velocidad del, 26, 48-49, 50, 54-55
subjetivo, 60-61, 62, 96-97
en la teoría de la relatividad, 26
Tierra, 333-334, 339-340, 346
formación de la, 24, 29, 344
Today, 244
Todd, Stephen, 232
Toffler, Alvin, 237
Tolkien, J. R. R., 278
Torrey, E. Fuller, 173
Tractatus Logico-Philosophicus (Wittgenstein), 89, 352, 446
transistores neuronales, 182
transistores, 43, 156, 355, 357, 423, 453-454
efecto túnel en los, 152, 160, 167, 404
Ley de Moore y, *véase* Moore, Ley de
Trosch, Rick, 181
Turing, Alan, 43, 132, 226, 274, 353, 356, 442
código Enigma y, 100, 108
Máquina de, 108, 353, 410, 444, 445-447
sobre el reconocimiento de inteligencia a las máquinas, 105
Test de, 92-97, 133, 226, 274, 286-287, 296, 301, 303, 308, 356, 371, 423
musical, 225
Twilight Zone, The, 13, 14
Unión Soviética, 240
Universo:
conciencia y, 23, 24, 61, 72

desarrollo del, 23-26, 35, 45, 49, 52, 55, 60, 62
expansión y contracción del, 71-72, 342
fin del, 72-73, 340, 342
Ley de la Aceleración de los Resultados, 333-342
origen del, 23, 61-62, 340, 343
pertinencia de la inteligencia al, 340-342
vida en el, 334
visitas desde otros planetas del, 338-339
Ussachevsky, Vladimir, 223
Utility Fog, 204, 210, 423

vida, 194, 335, 423
evolución de la, 23, 24, 27-30, 31-32, 34-35, 51, 52, 58, 70, 335, 343-344
artificial, 68, 423
virus, 293-294, 328, 338
Visible Human Proyect, 173
Vlastos, Gregory, 30
VoiceXpress Plus, 227, 247, 367, 437, 449, 460
Von Neumann, John, 236, 353, 354

Waltz, David, 43
Wang An, 221
Washoe, 34
Watson, James, D., 64, 356
Watson, Thomas, J., 236, 352
Weinzenbaum, Joseph, 107
Whitehead, Alfred North, 102, 110, 351, 444
Wilde, Oscar, 210
Wilson, James Q., 255
Winograd, Terry, 103, 362
Wittgenstein, Ludwig, 89, 316, 352, 356, 446
Wonder, Stevie, 244-245
World Wide Web (WWW), 32, 239, 241, 367, 368, 424
en el siglo XXI, 204, 290, 312, 328-329, 330
entretenimiento para adultos en la, 207

Xerox, 245, 359, 364
Palo Alto Research Center, 193, 196, 361-362

Yeats, William Butler, 183
Yim, Mark, 205
Young, R. W. 107

Zettl, Alex, 157
Zimmerman, Phil, 327

Esta edición
se terminó de imprimir en
Cosmos Offset S.R.L.
Coronel García 444, Avellaneda,
en el mes de enero de 2000.